Sergej und Marina Dyachenko
Das Jahrhundert der Hexen

SERIE PIPER

Zu diesem Buch

Die Bürger der ukrainischen Millionenstadt Wyshna leben in Angst. Gerüchten zufolge schließen sich Hexen zu einem mächtigen Bund zusammen, um die Herrschaft über alles Menschliche zu übernehmen. Die Ankunft der grausamsten aller Magierinnen, der Großen Mutter, steht unmittelbar bevor. Der Ermittler Klawdi versucht, den Plan der Hexen zu vereiteln. Dabei muss er erfahren, dass auch Ywha, die Verlobte seines Freundes Nasar, zu den Verdächtigen gehört. Doch Ywha selbst ahnt nicht, welch unheimliche Macht in ihr schlummert. Als die Verschwörerinnen sie in ihren Bann ziehen wollen, gerät sie zwischen die Fronten der Hexen und Menschen. Es entbrennt eine apokalyptische Schlacht um die Zukunft unserer Welt … Rasante, fesselnde Action und düsterer Spannung für alle Fans von Sergej Lukianenko.

Sergej Dyachenko, geboren 1945, und *Marina Dyachenko*, geboren 1968, stammen aus Russland und gehören neben Sergej Lukiancinko zu den Stars der russischen Fantasy. Bevor sie sich aufs Schreiben verlegten, arbeitete Marina als Schauspielerin, Sergej als Psychologe. Ihre Romane und Erzählungen wurden in mehrere Sprachen übersetzt und mit vielen Preisen ausgezeichnet, unter anderem beim EuroCon in Glasgow in der Kategorie »Bester Autor«. Die Dyachenkos leben heute in Kiew, Ukraine. Weiteres zu den Autoren: www.rusf.ru/english/marser

Sergej und Marina Dyachenko

Das Jahrhundert der Hexen

ROMAN

Aus dem Russischen von
Christiane Pöhlmann

Piper München Zürich

Mehr über unsere Autoren und Bücher:
www.piper.de

Deutsche Erstausgabe
März 2008

Titel der russischen Originalausgabe:
»Ved'min vek«, Eksmo, Moskau 2005

Umschlagkonzeption: Büro Hamburg
Umschlaggestaltung: HildenDesign, München – www.hildendesign.de
Umschlagabbildung: Anke Koopmann
Satz: psb, Berlin
Papier: Munken Print von Arctic Paper Munkedals AB, Schweden
Druck und Bindung: CPI – Clausen & Bosse, Leck
Printed in Germany ISBN 978-3-492-26656-7

Prolog

Das, was er zu tun beabsichtigte, trug schon seit vielen Jahrhunderten den Stempel eines ungeschriebenen Verbots.

Das, was er zu tun beabsichtigte, schreckte ihn selbst – auch wenn er die Angst immer wieder fortjagen konnte. Zwei trockene Hölzchen, das eine senkrecht im anderen, waren auf die geschickteste Weise aneinander abgeschliffen worden. Das Reisig wartete, das trockene, spröde Moos war zur Hand, bereit, sich noch am schwächsten Funken voller Dankbarkeit zu entzünden.

Bevor er mit der auslaugenden Arbeit begann, legte er die Handteller auf die Erde und bat diese um Nachsicht.

Hinter ihm schwiegen die uralten Tannen in ihrem schweren, bodenlangen Gewand. Die unteren, zum Teil verdorrten Zweige zitterten wie schwarze Hände; das üppige grüne Moos hing als zauseliger Bart von den Stämmen herab.

Es schwieg der Nebel, der sich den Hang hinunter ins Tal wälzte. Es schwiegen auch die fernen Berge, von denen die vorderen grün, die mittleren blau und die hinteren himmelgrau aufragten. Von weit her drang das Geklimper eines Glöckchens heran, das ein Hirte einem feinwolligen Schaf um den Hals gebunden hatte. Es musste ein guter Hirte sein, und das Glöckchen klang zart, silbern.

Von dem gedrungenen, unscheinbaren Haus, das gerade halb im Nebel verschwand, trieb der Geruch von Rauch herüber.

Er holte Atem. Langsam löste er den Riemen seiner Armbanduhr, nahm sie ab und steckte sie tief in seine Tasche, um sich gleich darauf das Handgelenk zu massieren. Ein letztes Mal sah er sich um, ehe er an die Arbeit ging.

Ein reines Feuer entfachte man einzig auf diese Weise: indem man Holz gegen Holz rieb.

Als sich die reine Flamme gen Himmel erhob, durfte sich der Mann für die nächsten Stunden in Sicherheit wiegen. Doch das Feuer würde niederbrennen, weshalb er bis zum Morgen die heißen Holzstücke bewachen musste, damit *jene* nicht erschien …

Selbstverständlich konnte *jene* trotzdem erscheinen. Jetzt, da er seiner Arbeit nachkam und schutzlos war. Sie dürfte die Gefahr wittern, die von seinen Händen ausging, womöglich schnüffelte sie bereits unruhig herum, hielt die Nase bald in die eine, bald in die andere Richtung, um ein Lüftchen einzufangen, einen Hauch, einen Geruch.

Vielleicht eilte sie sogar schon hierher. Der Mann spähte wieder umher und verdreifachte seine Anstrengungen.

Das, was er da tat, trug schon seit vielen Jahrhunderten den Stempel eines ungeschriebenen Verbots. Doch … blieb ihm denn ein anderer Ausweg?

Gab es denn eine andere Möglichkeit, sich zu schützen? Sich, seine Kinder, sein Vieh und sein Haus?

Sollten diejenigen, die im Dorf wohnten, ruhig versuchen, sich freizukaufen. Sollten sie doch versuchen, *sie* zu umschmeicheln. Er, dessen Vorfahren schon seit Jahren nicht mehr in das Tal gezogen waren und auch nicht neben den anderen Menschen auf dem Friedhof lagen, sondern sich hier, auf diesem Berg, mit einer Einfriedung nahe dem Haus begnügen mussten … er würde sich niemandem beugen. Er würde sich selbst helfen.

Das Holz roch schon nach Rauch. Der Rauch stieg unter seinen Händen auf. Noch ein wenig mehr, und wenn die *Hexe* dann nicht erschien, hätte er gewonnen.

Der Rauch. Sein süßlicher Geruch. Die schnell hingeworfene rituelle Formel, eine Prise Erde, eine Prise Salz – und schon züngelte die reine Flamme wieder auf.

Eine Weile lang entspannte er sich voller Genuss, bevor er sich schließlich erhob und weiteres Reisig ins Feuer gab. Dies prasselte, loderte und spie blaue, zerfranste Wolken aus. Ein reines Feuer. Morgen würde er in aller Frühe die Kinder über die erkaltete Glut laufen lassen, damit sie auch weiter gesund blieben. Er würde die Kuh hindurchführen, damit die Kinder stets genug zu essen hatten. Und er würde auch selbst hindurchgehen. Obendrein würde er ein Stück verkohlten Holzes in einen kleinen Beutel einnähen, den er sich um den Hals hängen wollte, sodass er ihr, sollte er *sie* treffen, unverzagt in die Augen blicken konnte …

Er zuckte zusammen. Die Funken, wie sie da in den dunkelgrauen Himmel aufsprühten, flogen seiner Ansicht nach nicht so, wie es zu erwarten war.

Sollte …? Sollte sie hier sein? Oder bildete er sich das ein?

Er spähte zu dem sich dunkel abzeichnenden Berg hinüber, bis ihm die Augen schmerzten, tastete mit dem Blick die fernen Hänge ebenso wie die nahen Stämme ab. Jetzt stoben die Funken allerdings so, wie sie sollten. Folglich musste er sich getäuscht haben. Er würde noch ein Weilchen warten müssen.

Also setzte er sich wieder hin. Seine Finger umklammerten den Griff eines spitzen, uralten Beils.

Das Feuer brannte. Eine flinke orangefarbene Zunge schlängelte sich zum Himmel hinauf. Der Mann glaubte, die Welt um ihn herum schwärze sich, sei nicht imstande, dem reinen Feuer ihre Farben entgegenzusetzen. Er meinte zu erblinden, in seinen Augen schienen Feuerkreise zu tanzen, und er glaubte, von der Welt sei nichts geblieben außer diesem Licht, das alles überzog und Kraft spendete.

Als er die Lider senkte, verwandelte sich das feuergelbe Licht in grellrotes.

Irgendwo schrie eine Eule, flitzten Mäuse durchs Wurzelwerk. Der Mann blickte auf den roten Kreis, der auf der Innenseite seiner Lider glomm, und sah, wie seine Frau, die gerade mit ihrem jüngsten Sohn schwanger ging, am helllichten Tag mühevoll einen steilen Pfad hochkletterte. Er beobachtete, wie sie behutsam die geschwollenen Beine setzte, wie sie angstvoll nach seiner längst ausgestreckten Hand griff. Sehnsucht, Zärtlichkeit und der Schmerz des Verlusts schnürten ihm die Kehle zu und nahmen ihm den Atem.

Der metallische Glanz seines bereitliegenden Handbeils. Stille. Stehende Zeit.

Er öffnete die Augen. Jetzt gaukelte ihm sein Blick die eigenen Kinder vor, die im ängstlichen Gänsemarsch über die erkaltete Glut zogen. Das älteste Kind, dessen Mundwinkel stets nach unten wiesen, ein düsterer und verschlossener Junge, der in den Gesichtszügen und auch im Charakter dem gestrengen Großvater nachschlug. Der mittlere, der seiner Mutter ähnelte, mit dem hellen Haar und den neugierigen, immerzu erstaunt dreinblickenden grünen Augen und mit der Narbe über der Oberlippe. Und der jüngste, gerade anderthalb Jahre alt, der keine Muttermilch gekannt hatte und sich nur mit Mühe auf den dünnen, schwachen Beinchen hielt.

Der Mann seufzte mehrmals.

Er sah ins Feuer, und es kam ihm vor, als lugten auch die Berge und der Wald in die Flammen. Als erschauderten auch die Berge und der Wald angesichts seiner Kühnheit. Seit langer Zeit hatte in dieser Gegend niemand mehr ein reines Feuer entfacht, von dem ein einziger Funke ausreichte, die halbe Welt niederzubrennen.

Der Wind drehte.

Nach wie vor saß der Mann reglos da, doch seine Augen durchstreiften nun unablässig die Dunkelheit jenseits des Lichtkreises. Vielleicht würde ja auch ein Tschugeist kommen. Vielleicht würde er kommen, um am Feuer zu tanzen, dieser durch und durch widerwärtige Geselle …

In der fernen Dunkelheit piepte an der Schwelle des niedrigen Hauses das Radio, das Mitternacht verkündete.

Kaum wahrnehmbar verkrampften sich die Äste der Tannen, die im Licht lagen – der Wind strich dahin. Der Mann spannte sich ebenfalls an, über seinen Rücken rieselte ein eisiger Schauer. Bildete er sich das nur ein? Das Stöhnen … die Geräusche … das Rascheln … die Lichtreflexe … Halluzinierte er oder nicht?

»Fort mit dir, Hexe«, verlangte er, während er das Beil langsam aufhob.

Die Frau stand am Rande des Lichtkreises.

Und er, der schon zum Sprung, zum Schlag bereit war, prallte zurück.

Denn diejenige, die sich da dem reinen Feuer genähert hatte, war keine Hexe.

Ihr Körper schimmerte weiß wie Schafskäse, ihr Gesicht wirkte vollkommen blutleer, dieses bis in den letzten Zug hinein vertraute Gesicht. Allein die Augen waren erstaunlich groß, größer als zu Lebzeiten.

Ihr Name wollte ihm einfach nicht über die Lippen kommen, sie versagten ihm den Dienst. Sacht schüttelte die Frau den Kopf, den seltsamen, gläsernen und dazu traurigen Blick unverwandt auf ihn gerichtet. Die zarte Haut schien jede Sorte von Licht durchzulassen. Dieses unsagbar geliebte Gesicht.

»Du … bist gekommen … die Kinder … schlafen.«

Was sonst hätte er sagen sollen?!

»Die Kinder … schlafen. Ich werde ihnen sagen … dass du … gekommen bist.«

Eine Kopfbewegung. Nein.

Er stand auf, tat einen Schritt auf sie zu, dann noch einen und noch einen. Schon glaubte er, er bräuchte bloß die Hand auszustrecken und seine Finger würden schon den Stoff ihres Hemdes berühren. Dann würde er die Wärme ihres Körpers spüren können, würde durch ihre Haare fahren.

Und alles würde werden, wie es einst gewesen war.

Er vergaß das reine Feuer. Er vergaß auch die Hexe. Gedankenverloren streckte er die Hand immer weiter aus, schritt hinein in die Dunkelheit, ihr, unter deren Füßen das Gras nicht knickte, nachfolgend. Auch noch während sie zurückwich, schien sie ihn zu sich zu locken, mit ihrem gequälten Lächeln und dem zierlichen, an die Lippen gepressten fleischlosen Finger.

»War…te …«

Da veränderte sich ihr Gesicht plötzlich. In den trüben Augen stand nun Entsetzen geschrieben. Sie blickte über seine Schulter hinweg.

Er drehte sich um.

Dort, wo in der Dunkelheit das noch immer kräftige Feuer zuckte, stand nun ein Tschugeist.

Ein Waldgeschöpf, das die Menschen vor den Njawken schützt. Einzig aus diesem Grund war auch er gekommen: um diese Frau zu vernichten, diese Untote, diese Njawka.

Selbst wenn sich die blasse Frau bereits in der Düsternis des Waldes auflöste, der Mann wusste doch, wie leicht der Tschugeist sie einholen würde. Schon im nächsten Augenblick mochte er sie packen.

Der Mann trat einen Schritt vor, die bleichen Finger um die nunmehr nutzlose Waffe klammernd. Was konnte er denn mit seinem kunstvoll gearbeiteten Handbeil – was mit dessen spitzer Schneide – gegen einen Tschugeist aus dem Wald ausrichten?

Die Menschen kannten nur einen Weg, einen Tschugeist aufzuhalten – und selbst dann auch nur vorübergehend.

Der Mann ging weiter auf den anderen zu, breitete die Arme in einer einladenden Geste weit aus. »Wollen wir tanzen? Tanzt du mit mir, Großväterchen?«

Das Waldgeschöpf schwieg. In seinem großflächigen, von einem Fellkranz gerahmten Gesicht las der Mann Spott. Die Njawka, die Beute, war viel zu nah, als dass der Tschugeist die Jagd abbrechen wollte. Und sei es um seines besonderen Vergnügens willen …

»Tanzen wir?!« Der Mann hockte sich keck hin und ließ das Beil in einem funkelnden großen Kreis zwischen seinen Händen herumwirbeln.

»Warum stellst du dich mir in den Weg?«, fragte der Tschugeist. Seine Stimme knarzte wie eine alte Tanne.

Der Mann hielt in der Bewegung inne und hätte beinahe das Beil fallen gelassen.

»Die Njawka bringt dir den Tod.« Die schwarzen Hundelippen des Tschugeists verzogen sich zu einem Hohnlächeln. »Und trotzdem sperrst du dich dagegen, dass ich sie umbringe?«

Der Mann hüllte sich in Schweigen.

Der Tschugeist stapfte vorwärts. »Vielleicht kannst du eine Hexe überwinden, aber eine Njawka überwindest du niemals, denn die Njawka ist ein Teil von dir … Du hast keine Angst vor dem Leben … und trotzdem willst du nicht, dass ich deine Njawka töte?«

Der Mann hüllte sich in Schweigen.

»Gut«, befand der Tschugeist, dessen Stimme die wuchtigen Tannen ängstlich erzittern ließ. »Soll dich deine Njawka ruhig in den Nebel am Abhang führen.«

Daraufhin verschwand der Tschugeist.

Die Tannenzweige, die er streifte, wogten nicht.

1

Zum ersten Mal nach all den Tagen glaubte Ywha an ihr Glück.

Der Mann, der sie in dieser Zeit examiniert hatte, war endlich zufrieden gewesen und sogar ein wenig aufgetaut. Ein Scherz von ihr hatte ihn zum Lachen gebracht, bis ihm die Tränen kamen. Danach hatte er von ihr verlangt, sie – als Braut – möge aufhören, ihn ehrfurchtsvoll als »Professor Mytez« anzusprechen, und ihn lieber so nennen, wie es sich gehörte: Schwiegerpapa. Begeistert hatte Ywha dem zugestimmt und sich schließlich darangemacht, auf der Wiese ein Lagerfeuer für ihr Picknick zu entfachen.

»Was dein Herz begehrt, das sei ihm nicht verwehrt!« Der Professor offenbarte nun sogar den Possenreißer, der in ihm steckte. »Wo man ist zu zwei'n, da stellt sich bald ein Drittes ein, und ist man erst zu drei'n, da werden es bald fünfe sein. Lasst uns anstoßen, Kinder, auf dass die Welt bald mehr von uns hat!«

Die rote Abendsonne brach sich in den hohen Fenstern ihres zukünftigen Zuhauses. Das Gebäude mit dem roten Dach besaß einen Balkon, der, von Weinreben umwunden, an das Etikett auf einer Flasche alten Weins erinnerte. Hoch oben zitterte ein kupferner Wetterhahn. Nasar kam über den Hof, einen Korb mit Essen in der Armbeuge und dabei ständig etwas verlierend, mal ein Geschirrtuch, mal ein Bündel Servietten, mal eine glitschige Kartoffel.

Irgendwann stimmte ihr Schwiegervater die Mandoline. Zum Repertoire dieses ernsten und achtbaren Mannes gehörten zahllose neckische und sogar ein paar frivole Stücke. Vor lauter Lachen ließ Ywha ihr Brot zweimal ins Feuer fallen. Ihr Schwiegervater funkelte mit den Augen und klampfte derart los, dass sich selbst Nasars Wangen vor Verlegenheit röteten.

Mit einem Mal presste der Schwiegervater den Handteller gegen die Saiten, blinzelte, blickte ins Feuer und stimmte dann mit einer ganz veränderten Stimme etwas Lyrisches an, eine lange

Ballade, in der ein Mädchen am Ufer ein Taschentuch schwenkt, während sie vom Meer aus eine Nymphe mit einem runden Spiegel in der Hand und einem Kamm im grünen Haar ruft. Und alle beide wollen sie den schönen Kapitän gewinnen.

Nasar streckte sich im Gras aus, den Kopf auf Ywhas Schenkel gebettet. Sein Vater öffnete ungeniert die nächste Flasche, stürzte in einem Zug ein halbes Glas herunter und intonierte ein Lied aus seiner Studentenzeit. Ywha hätte gern in den Gesang eingestimmt, doch da sie weder den Text noch die Melodie kannte, öffnete und schloss sie lediglich den Mund – wie ein Fisch. Nach einer Weile mischte sich ein Motor, der in der Ferne brummte, in die zarte Melodie.

»Wir bekommen Besuch«, meinte Nasar träge.

Ywha verkrampfte sich. Sie mochte weder Neuigkeiten noch Veränderungen oder ungebetene Gäste, ja, nicht einmal angenehme Überraschungen. Schon gar nicht jetzt, da sich ihre innere Anspannung gerade löste und sie in ihrem Glück dahinschmolz wie Schokolade in der Hand. Ihr fehlte jede Kraft, ihr brüchiges inneres Gleichgewicht zu verteidigen. Ein Neuankömmling stellte einen Angreifer dar, der ungebeten in ihre Welt eindrang, gerade als nach vielfältigen Schwierigkeiten Ruhe und Ordnung darin einkehrten.

Eine Ruhe auf tönernen Füßen. In der Ferne brauchte nur ein Motor zu brummen – und schon verflüchtigte sich jede Ruhe.

Voller Bedauern hob Nasar seinen Kopf von ihrem Schoß und stand auf. »Pa«, wandte er sich mit einem strahlenden Lächeln an seinen Vater, »hat Klawdi ein neues Auto? Einen grünen Graf mit Antenne?«

Sofort legte der Schwiegervater die Mandoline beiseite. »Klaw?! Ich werd verrückt … Ihr werdet sehen, Kinderchen, jetzt werden wir bis morgen früh höchst vergnügt zusammensitzen!«

Ywha hüllte sich in Schweigen. Die anderen durften ihre Enttäuschung nicht bemerken. Offenbar kam da ein alter Freund. Bestimmt erwarteten sie von ihr, dass sie sich freute. Schließlich hätte die Ankunft eines unangenehmen, unsympathischen Menschen den Schwiegervater ja wohl kaum in eine solche Begeisterung versetzt. Und auch Nasar würde sonst nicht am Tor herumalbern, dem Mann hinter dem Steuer wie ein Verkehrspolizist salutieren und dann wie ein kleiner Junge rittlings auf dem sich schließenden Eingangsgitter hocken.

Ihr Schwiegervater hielt die Mandoline jetzt wie eine Pistole im Anschlag. »Pass auf, Rote, gleich lernst du jemand ganz Besonderen kennen ... Was ist denn mit dir, Rote?«

Gemächlich fuhr das grüne Auto auf den Hof, so akkurat und höflich, als sei es ein lebendiges und gut erzogenes Wesen. Die abgeblendeten Scheinwerfer wirkten auf Ywha jedoch eher wie die trüben Augen eines Monsters. Das Brot blieb ihr im Hals stecken, ließ sich weder schlucken noch ausspucken. Aus den Tiefen ihres Körpers stiegen Übelkeit und Schmerz auf. Sie kannte dieses Gefühl – nur war es damals, beim ersten Mal, entschieden schwächer gewesen. Jetzt dagegen ...

»Ywha, was ist mit dir?«

Nasar schüttelte bereits die Hand desjenigen, der aus dem Auto gestiegen war. Ywha sah nur den Rücken des Ankömmlings, der ein helles Hemd trug. Ein schwarzhaariger, gepflegter Hinterkopf, glattes, penibel geschnittenes Haar ...

»Ywha, was ist denn?«

»Mir ist schlecht ...«, brachte sie mit Mühe hervor. »Tut mir leid, Schwiegerpapa, aber ich werde reingehen ... Ich muss mich hinlegen ...«

»Rote?!« Unmittelbar vor ihrer Nase tauchten die alarmierten, prüfenden und zugleich fröhlichen Augen ihres Schwiegervaters auf. »Was ist denn los? Du machst mich doch wohl nicht zum Opapa?«

Nasar brachte den Besucher schon zum Lagerfeuer. Jetzt bekam Ywha auch das lachende Gesicht des unangekündigten Gastes zu sehen. Es war ihr völlig unbekannt. Nein, nicht ihn hatte sie damals gesehen.

Ihr Unwohlsein spürend, hörte Nasar auf zu lachen und war mit zwei Sätzen an Ywhas Seite. Die Berührung seiner Hände machte es ihr leichter, wenn auch nur kurzzeitig.

»Verzeiht.« Gequält verzog sie die Lippen zu einem Lächeln und versuchte, an dem Gast vorbeizusehen.

Der Besucher lächelte nach wie vor. Mitleidig, wie sie glaubte.

Nasar hob sie in seine Arme und drückte sie wie ein Kätzchen an seine Brust. Während er sie zum Haus trug, sah er sie besorgt an. »Was machst du denn für Sachen, Rote? Hast du was Schlechtes gegessen oder … meine Rote … Sollen wir einen Arzt holen?«

Sie lächelte so beruhigend, wie es irgend ging.

Er trug sie die Treppe vor dem Haus hoch. Ungeachtet ihrer Proteste trug er sie auch noch in den ersten Stock hinauf, was ihm nicht die geringsten Schwierigkeiten bereitete, nur die Stufen knarzten jämmerlich. Mit dem Knie stieß er die Tür zu ihrem Zimmer auf, legte sie aufs Bett und setzte sich neben sie, ohne ihre Hand dabei loszulassen.

»Was soll euer Gast denn jetzt von mir denken?« Sie biss sich auf die Lippe.

Nasar schüttelte den Kopf, um eine widerspenstige Strähne aus der Stirn zu vertreiben. »Mach dir darüber mal keine Gedanken«, sagte er mit einem aufmunternden Lächeln. »Klawdi gehört quasi zur Familie …«

Ywha atmete so tief ein, dass ihr die Luft bis in die Fersen drang. Die Übelkeit nahm ab, doch das nervöse Zittern wich nicht. Der arme Nasar. Jetzt glaubte er also, sie sei schwanger, freute sich aufrichtig und nahm an, sie habe sich den Kopf zerbrochen und ins Kissen geweint. Ach, Nasar!

Ein Anflug von Zärtlichkeit zwang sie, sich umzudrehen und ihr Gesicht im Kopfkissen zu vergraben. Ein Anflug von Zärtlichkeit und Scham. Sie hatte ihn nicht täuschen wollen. Und ihre Unpässlichkeit hing in keiner Weise mit der freudigen Erwartung auf einen Nachkommen zusammen …

»Was ist, Rote?«

Sie fuhr mit dem Finger über eine blaue Ader seiner festen, muskulösen Hand. »Mir ist nicht gut. So was Peinliches, wo gerade Besuch gekommen ist. Geh zu ihm und sag … ich habe mich nur kurz hingelegt.«

Er schluckte. Noch einmal wollte er nicht in sie dringen, weshalb er ihr auch nur über die Wange strich. Schließlich erhob er sich und ging zur Tür, kehrte jedoch noch einmal zurück. Er gab ihr einen Kuss auf den Scheitel. Dann riss er sich los und sprang an die Decke, wobei er dem schweren Lüster einen solchen Klaps versetzte, dass die Zierelemente klirrten.

»Du dummer Junge …« Ywha rang sich ein Lächeln ab. »Sag mal … euer Klawdi, was ist das für einer?«

»Wie meinst du das?«, fragte er mit hochgezogener Augenbraue.

Da sie nicht wusste, wie sie ihre Frage in andere Worte kleiden sollte, schwieg sie.

»Klawdi«, erklärte Nasar, während er sich hinter dem Ohr kratzte, »ist ein fabelhafter Mann, ein alter Freund meines Vaters … Außerdem ist er der Großinquisitor der Stadt Wyshna.«

»Aha.« Ywha schloss die Augen. »Geh jetzt …«

Erneut knarzte die Holztreppe, da Nasar, zwei Stufen auf einmal nehmend, nach unten stürmte. Den Blick auf die Schatten an der Decke gerichtet, lag Ywha da, während das kühle Bett unter ihr wie eine Bratpfanne glühte.

Sie beide hüllten sich lange in Schweigen, denn Worte hätten nur gestört. Still genossen sie den Sommerabend, den Rauch des Lagerfeuers und die Gesellschaft des anderen. Der Gast blinzelte träge, und die Glut vor seinen Lippen fraß nach und nach den dünnen Schaft der teuren Zigarette. Mytez drehte über dem Feuer ein Stück Schinken, das auf einen spitzen Stock gespießt war.

In diesem Augenblick trat Nasar aus dem Haus. Mit einem entschuldigenden Lächeln näherte er sich dem Lagerfeuer. »Klawdi, dass das gerade heute passieren musste! Dabei hätte ich euch einander so gern vorgestellt.«

Derjenige, der Klawdi hieß, senkte verständnisvoll die Lider.

»Was willst du denn hier?«, blaffte der Soziologieprofessor Mytez in bärbeißigem Ton. »Warum lässt du sie allein?«

»Also, eigentlich wollte ich«, stotterte Nasar, »Klawdi nur sagen, dass sie sich entschuldigen lässt …«

Der Gast winkte ungeduldig mit der Hand ab, als wollte er zum Ausdruck bringen: Das weiß ich doch, was verlierst du darüber groß Worte. Nasar lächelte noch einmal entschuldigend und machte wieder kehrt. Die beiden Männer am Lagerfeuer blickten ihm nach.

»Erinnerst du dich noch?«, fragte Mytez leise. »Als ich mir wegen Nasar solche Sorgen gemacht habe …«

»Hm«, nickte Klawdi. »Er wollte einfach nicht erwachsen werden.«

»Was die Frauen bei uns nicht alles fertigbringen, Klaw!« Professor Mytez lächelte triumphierend. »Was ist, trinken wir einen?«

Mit einem geheimnisvollen Lächeln zog der Gast eine kleine, flunderplatte Flasche aus der Innentasche. »Ich komme gerade aus Egre, der Hauptstadt des Weins, wenn du so willst. Da hat man mir diese Kleinigkeit aufgedrängt. Neidisch?«

»Mir fehlen die Worte! Du lässt dich bestechen!«, rief der Professor mit gespielter Empörung. »Allerdings kommt uns diese Kleinigkeit gerade recht, Klaw!«

Beide verstanden etwas vom Wein, der Professor setzte beim Trinken obendrein eine Kennermiene auf, gab sich den aufmerksamen und konzentrierten Anstrich eines echten Degustators. Der Gast lachte zufrieden.

»Ich werde Enkel haben«, erklärte Professor Mytez nach einer Weile, den Anblick der rubinroten Flüssigkeit am Glasboden genießend. »Einen ganzen Stall voller Enkel ... Übrigens habe ich mir schon gedacht, dass du wieder durch die Provinzen ziehst. Zu Hause habe ich dich nämlich nicht erreicht.«

»Die Pflichten«, entgegnete der Gast vage. »Die üblichen Pflichten zum Wohle aller ... oder zumindest der meisten. Du bekommst eine hübsche Schwiegertochter, Jul. Wann findet die Hochzeit statt?«

»Ich glaube, im Oktober«, antwortete der Professor mit einem zufriedenen Nicken.

»Steht der Termin denn noch nicht fest?«, verwunderte sich der Gast.

»Lach jetzt bloß nicht, aber es ist erst eine Woche her, dass ...« Der Professor breitete die Arme aus. »Dass Nasar sie mir vorgestellt hat. Er hat Angst gehabt, ich würde böse sein ...«

»Aber das warst du nicht«, meinte Klawdi. »Und recht hast du.«

Der Professor nahm seine Mandoline aus dem Gras auf. Während der Gast beobachtete, wie Julian sorgsam die Saiten spannte, fischte er eine weitere Zigarette aus der schmalen goldfarbenen Schachtel. »Juljok ...«

Etwas ließ den Professor zusammenzucken. Er riss sich von seiner Tätigkeit los und sah den Gast erstaunt an. »Ja?«

»Juljok …« Derjenige, der Klawdi hieß, zog aus dem niederbrennenden Lagerfeuer einen Ast mit glühender Spitze. »Verdammt, ich weiß nicht, wie ich es dir sagen soll.«

»Von mir aus kannst du deinen Hexen in den Verliesen mit solchem Getue Angst einjagen«, knurrte der Professor, dem es auf einmal die Laune verschlagen hatte. »Ich kann darauf verzichten! Was ist los?«

Der Gast steckte sich die Zigarette an. Nach einem tiefen Zug meinte er, ohne die zusammengekniffenen, leicht geröteten Augen von seinem Freund zu nehmen: »Du weißt natürlich, dass sie eine Hexe ist?«

»Wer?«, fragte der Professor begriffsstutzig.

»Deine Schwiegertochter«, antwortete der Gast nach einem weiteren tiefen Zug an der Zigarette. »Deine zukünftige Schwiegertochter … Wie heißt sie eigentlich?«

»Ywha«, antwortete der Professor sofort. Plötzlich schoss er von dem Baumstamm, auf dem er saß, hoch. »Was?!«

»Ywha«, wiederholte Klawdi nachdenklich.

»Ist dir klar, was du da sagst?«, fragte der Professor mit ersterbender Stimme.

Sein Gegenüber nickte. »Juljok … Seit fünfundzwanzig Jahren schinde ich mich jetzt mit dieser Arbeit ab. Mir reicht ein vergilbtes Schwarzweißfoto, um sie zu erkennen. Und am schrecklichsten ist, dass auch sie mich wittern. Ich verursache ihnen Übelkeit. Eurer Ywha ist nicht schlecht geworden, weil sie schwanger ist, sondern weil jemand so Widerliches wie ich in ihre Nähe kam.«

Der Professor setzte sich wieder. Er griff nach der Mandoline, die er hatte fallen lassen.

»Tut mir leid, dass du das nicht wusstest«, meinte Klawdi. »Ich habe angenommen … Aber das ist verzeihlich, Jul. Sie … vor allem die jungen, vor allem die aus der tiefsten Provinz … sie haben Angst. Ob sie es Nasar gesagt hat?«

»Hör bloß auf«, brummte der Professor, der nach und nach Saite um Saite stimmte. »Mist!« Ein Wirbel der Mandoline war abgebrochen. Ganz kurz lag er auf Julians Hand, dann flog er ins

Feuer. Die aufgerührte Glut loderte hoch, beruhigte sich jedoch sogleich wieder.

Sein Gegenüber ließ eine gewisse Zeit verstreichen. »Im Grunde ist doch nichts Schlimmes dabei«, erklärte er schließlich seufzend. »Ich habe schon so viele glückliche Familien gesehen, in denen die Frau eine Hexe war. Weißt du, wie viele legale Hexen allein in der Hauptstadt leben? Diejenigen, die wir lediglich zu registrieren und zur Kontrolle vorzuladen brauchen?«

Die gerissene Saite der Mandoline hatte sich wie eine Weinrebe zu einer Spirale aufgerollt.

»Juljok …«

»Schweig.«

Nasar trat aus dem Haus. »Sie hat gesagt, sie wolle schlafen«, bemerkte er leicht verwirrt, ja, sogar ein wenig verbittert. »Offenbar geht es ihr aber besser … Papa?!«

»Sei so gut …« Sein Vater wandte sich zu ihm um. »Sei so gut und mach uns einen Kaffee.«

Der junge Mann rührte sich jedoch nicht vom Fleck. Immer wenn er nervös war, machte sich ein Tick an ihm bemerkbar: Seine Augen klapperten schnell auf und zu, wie bei einer Puppe, die man sanft schüttelte. »Papa …«

»Nasar …«

»Es ist alles in Ordnung, Nasaruschka«, mischte sich der Gast überraschend ein. »Geh nur …«

Beide Männer schwiegen angespannt, bis der Junge durch die Küchentür verschwunden war. Doch auch danach währte ihr Schweigen noch einige quälend lange Minuten.

»Juljok«, ergriff der Besucher zögernd das Wort. »Du bist ein vernünftiger Mann … schon immer gewesen. Aber, verflucht noch mal, ich frage mich allmählich, ob ich diese Nebensächlichkeit nicht besser hätte für mich behalten sollen. Und dir später, in einer ruhigen Minute …«

»Das ist ja wohl nicht dein Ernst, oder?« Der Professor schleuderte die Mandoline weg, die erbärmlich losschrillte, als sie auf den kleinen Steinen im Gras landete. Missbilligend zuckte der Gast die Achseln, sagte jedoch kein Wort. »Du …« Der Professor holte Luft. »Eine Hexe … in meinem Haus … mit meinem Sohn … hinter meinem Rücken … wie gemein. Was für eine Gemeinheit, Klaw!« Er erhob sich und stopfte die Hände tief in die Taschen. »Ich bitte dich, Klawdi«, sagte er mit einem fordernden Unterton in der Stimme, »sprich gleich mit Nasar. Ich will nicht … keine Minute länger …«

»Jul?« Klaw zog verwundert eine Augenbraue hoch. »Und was soll ich deiner Ansicht nach Nasar sagen? Wenn er sie doch liebt?«

»Liebt?!«

Der Professor umrundete verdrossen das Lagerfeuer, ohne die nötigen Worte zu finden. Schließlich setzte er sich. Seinem Gesichtsausdruck konnte Klaw entnehmen, dass Julian Mytez seine Selbstbeherrschung zurückerlangt hatte. »Soweit ich es verstehe«, setzte der Professor mit ausdrucksloser Stimme an, »ist es deine Pflicht, sie mitzunehmen, oder? Zur Kontrolle und Registrierung?«

»Diese Pflicht«, antwortete der Gast, der nun nachdenklich seine dritte Zigarette rauchte, »haben andere zu erfüllen. Aber anzuordnen, dass man sie festnimmt, das ist in der Tat …«

»Ich bitte dich nur um eines: nicht in meinem Haus«, presste der Professor mit nach wie vor blasser, tonloser Stimme hervor. »Ich würde nicht wollen …«

»Es besteht doch gar keine Notwendigkeit, sie zu verhaften!« Sein Gegenüber klaubte ein schwarzes Rußpartikelchen von seiner eleganten grauen Hose. »Sie kann sich selbst an die entsprechende Stelle wenden, und ich versichere dir, nicht *ein* Nachbar …«

»Die Nachbarn können mir gestohlen bleiben!« Wut verzerrte das Gesicht des Professors. Jeder, der noch vor einer Minute das ausgelassene Zusammensein und den Gesang miterlebt hätte, wäre über die Veränderung erstaunt gewesen, die inzwischen mit Mytez vor sich gegangen war. »Die Nachbarn können mir gestohlen bleiben. Aber mein Sohn liegt mir am Herzen. Ob die Hexe nun initiiert ist oder nicht … Verdammt noch mal, du betrachtest das alles mit den Augen des Fachmanns, aber ich …« Der Professor verstummte. Er holte tief Luft, erhob sich und wollte gerade ins Haus gehen.

»Ich anstelle deines Sohnes würde in diesem Fall nicht auf dich hören«, rief ihm derjenige, der Klawdi hieß, hinterher.

Nasar tauchte eine halbe Stunde später auf. Von einem Menschen, der einen Schock erlitten hat, heißt es oft, er sei über Nacht gealtert. Auf Nasar traf das Gegenteil zu. Der junge Mann, der seine zukünftige Frau vorhin erst ins Haus getragen hatte, wirkte jetzt wie ein verschreckter und tödlich beleidigter kleiner Junge.

»Klawdi?«

In der Zeit, die der Freund der Familie allein zugebracht hatte, hatte er ein Päckchen seiner exklusiven Zigaretten aufgeraucht. Jetzt beobachtete er, wie die aparte Pappschachtel im Lagerfeuer verbrannte.

»Sie hätte es dir noch von sich aus erzählt, Nasaruschka. Früher oder später. Aber ich musste deinen Vater in Kenntnis setzen. Alles andere wäre ... meinerseits nicht sehr schön gewesen. Nicht anständig. Meinst du nicht auch?«

»Vielleicht hat sie am Ende selbst keine Ahnung davon?« Nasar schluckte geräuschvoll. »Wäre das nicht möglich?«

Eine Weile lang spielte Klawdi mit dem Gedanken, den Jungen anzulügen. »Leider nein«, meinte er aber schließlich kopfschüttelnd. »Sie wissen immer alles über sich selbst.«

»Dann hat sie mich angelogen«, sagte Nasar tonlos.

Bedrückt zuckte Klawdi die Achseln.

Ywha schlief nicht. Sie lag da, die Decke über den Kopf gezogen, die Nase in die angezogenen Knie vergraben, und stellte sich vor, sie sei eine Schnecke und befände sich in ihrem Häuschen, wo es warm und heimelig war, und alles, was außerhalb dieses Gehäuses passierte, brauchte sie nicht zu interessieren und stellte keinerlei Gefahr dar.

Irgendwann erschöpfte sich ihre Phantasie, während sich der Abend noch immer hinzog. Jemand lief durchs Haus, irgendwo unterhielt sich wer, später ließ dann einer einen Motor an.

Ganz kurz glaubte sie, der Albtraum ende und der Großinquisitor breche auf, woraufhin alles bliebe, wie es gewesen war.

Doch da kam Nasar herein. Ohne das Licht anzuschalten, blieb er im Halbdunkel direkt an der Tür stehen. Ywha verkrampfte sich, traute sich jedoch nicht, als Erste etwas zu sagen.

»Wie geht's dir?«, erkundigte er sich, und sie begriff, dass er bereits alles wusste. »Wie fühlst du dich?«

Wie fühle ich mich?, fragte sich Ywha. Wie eine Laus beim Friseur, ein wenig unbehaglich …

Nasar schwieg. Unter seinem Blick fühlte sich Ywha, die in der Dunkelheit lag, in der Tat wie eine Laus in einer prachtvollen Mähne, ein kleines Insekt, das durch einen Betrug in diese wunderschöne Welt gelangt war.

»Dann gute Nacht«, sagte Nasar mit hölzerner Stimme, bevor er die Tür hinter sich schloss.

Ein paar Minuten lag Ywha reglos da und verbiss sich in die eigene Hand. Dann sprang sie auf, schaltete die Stehlampe ein und raffte wie wild ihre Sachen zusammen.

Das fiebrige Tun half ihr vorübergehend, ihre Gedanken zu verdrängen. Sie weidete den Schrank aus und kippte den Inhalt des Nachttischs auf den Fußboden. Die alte Tasche, Ywhas Reisegefährtin, stellte sich als zu klein für all diese Sachen heraus.

Sie hatte sich diesem Leben entwöhnt, in dem ihr gesamter Besitz noch in die zerschlissene Sporttasche gepasst hatte. O ja, sie hatte sich ihm entwöhnt, hatte sich entspannt und ihr Glück genossen.

Als sie begriff, was sie gerade verlor, durchbohrte sie der Schmerz wie eine rostige Nadel. Sie ließ die Arme hängen, setzte sich auf den Fußboden und biss sich auf die Lippe, um nicht loszuschreien. Später würde es genug Raum für Tränen geben. Später.

Dennoch hätte sie geweint, wenn ihr nicht ein anderer Gedanke eine eisige Hand auf die Schulter gelegt hätte: die Inquisition. Und zwar nicht die provinzielle Inquisition, der sie schon so oft entkommen war, sondern die richtige, die Oberste Inquisition, die in ihren Grafs durchs die Gegend fuhr, jenen Nobelwagen in der Farbe einer fetten Kröte.

Als Ywha die Stehlampe ausschaltete, hätte sie beinahe die Schnur vom Schalter abgerissen. Lautlos trat sie ans Fenster. Der herrliche Sommerabend war einer nicht minder schönen, sternenklaren Nacht voll von Grillengezirpe und tiefstem Frieden gewichen. Gestern Abend war sie um diese Zeit mit Nasar …

Ywha verabreichte sich eine Ohrfeige. Der Schlag vertrieb

den Gedanken, doch den heftigen Schmerz in ihrem Innern löste ein profaner und vulgärer ab. Obwohl Ywha in der Dunkelheit nicht sonderlich gut sah, überstieg ihr Sehvermögen das eines jeden Menschen …

Sofern es sich bei diesem nicht um eine Hexe oder einen Inquisitor handelte.

So übervoll wie ihre Tasche war, erinnerte sie an die Leiche einer Kuh. Oder an jene Leiche, die sie in ihrer Kindheit auf der Straße gesehen hatte, ein Bild, das sie lange heimgesucht hatte.

Sie atmete stoßweise.

Einen Großteil der Geschenke, die Nasar ihr gemacht hatte, musste sie erbarmungslos wieder auspacken. Sie hätte sich auch ganz von ihnen getrennt, aber die warme graue Jacke leistete ihr so gute Dienste, wenn es regnete, und in den neuen Turnschuhen ließ es sich hervorragend über staubige Straßen wandern, sogar von früh bis spät.

Irgendwann fand sie zwischen den Sachen Nasars weißes Hemd und blieb mit ihm zwei lange Minuten sitzen, das Gesicht in die schlaffen leeren Ärmel gepresst. Der Kragen verströmte Nasars Geruch. Gerüche nahm sie nicht so gut wahr, doch auch das noch besser als jeder andere Mensch …

Sofern es sich nicht um eine Hexe oder einen Inquisitor handelte.

Liebend gern hätte sie sich ein Stück zur Erinnerung mitgenommen. Und Nasar wenigstens ein Wort, wenigstens einen Buchstaben hinterlassen … Sie würde es nicht ertragen können, wenn er von ihr …

… so dachte, wie sie es verdiente.

Sie öffnete die Schranktür, um sich lange in dem klaren, wenn auch verstaubten Spiegel zu betrachten. Eine Rothaarige mit den runden Wangen einer Landpomeranze und Sommersprossen im ganzen Gesicht, mit dieser angedeuteten Spitznase und den kindlich vollen Lippen – und dann auch noch dem Blick einer ausgewachsenen, aber unendlich müden und unsagbar unglücklichen Füchsin.

Die Jagdsaison war eröffnet …

Das Wort »Inquisition« brachte sie wie eine Peitsche auf Trab. Sich lautlos durchs undurchdringliche Dunkel bewegend, riss

Ywha das Fenster weiter auf, schulterte die Tasche und setzte problemlos übers Fensterbrett.

Der erste Stock ihres eben noch zukünftigen Zuhauses durfte als niedriger zweiter Stock gelten. Sie blieb im Gras kauern und wartete ab, bis sich der Schmerz in den aufgeschlagenen Beinen legte. In Nasars Zimmer brannte kein Licht mehr, im Unterschied zum Esszimmer. Was ihr ehemaliger Schwiegervater wohl gerade tat? Wenn sie sich vorstellte, was er für ein Gesicht gemacht hatte, als er …

Dieses Mal verzichtete sie auf die Ohrfeige, denn jemand hätte das Klatschen hören können. Stattdessen kniff sie sich mit aller Kraft in den Schenkel, woraufhin der aufdringliche Gedanke abzog. Wie einfach das war – nur ein hässlicher Fleck von violetter Farbe würde ihr bleiben. Den Nasar glücklicherweise nie zu sehen bekäme!

Sie sprang auf, um hinters Haus zu schlüpfen, an eine Stelle, an die das Licht der Laterne nicht drang. Ein Ast des Apfelbaums mit den winzigen, noch unreifen Früchten kratzte gottserbärmlich über die Ziegelmauer. Er warf einen zerhackten, bemitleidenswerten Schatten.

Mit angehaltenem Atem spähte Ywha vorsichtig um die Ecke. Die Pforte sicherte ein schlichter Haken. Zu dieser späten Stunde trieb sich in ihrer Nähe niemand herum. Trotzdem hämmerte ihr Herz wild und hart.

Ein Auto. Der grüne Graf stand noch immer da, wo Nasar in seinem Übermut zum Wagenschlag gerannt war.

Was war das? Das Geräusch eines Motors? Holte ihr Schwiegervater etwa das Auto aus der Garage?

»Ywha.«

Das kam aus der Nähe. Hinter ihr. Klebrig lief es ihr den Rücken herunter. Warum hatte sie sein Kommen nicht gespürt?

»Du brauchst keine Angst zu haben! Ich werde dir nichts tun.«

»Als ob Sie das nicht schon hätten«, flüsterte sie, ohne sich umzudrehen – obwohl sie sich diese Frechheit auch hätte verkneifen können.

»Tut mir leid«, versicherte der Großinquisitor der Stadt Wyshna. Offenbar tat er einen Schritt nach vorn, denn Ywha verspürte plötzlich sowohl Würgereiz wie auch Schwäche, allerdings in einer gemilderten, rudimentären Form. Vermutlich konnte er das regulieren.

»Ich will gehen«, sagte sie, sich mit dem Rücken unter den mageren Zweig des Apfelbaums gegen die Mauer pressend. »Darf ich?«

»Sicher«, sagte der Inquisitor überraschend umstandslos. »Ich an deiner Stelle würde aber den Morgen abwarten. Das ist doch sonst irgendwie … feige. Es sieht nach Flucht aus, meinst du nicht auch?«

»Stimmt«, erwiderte sie, die Tasche gegen ihre Brust drückend. »Was würden Sie mit mir machen?«

»Ich persönlich nichts«, erklärte der Inquisitor mit leicht tadelnder Stimme. »Aber wenn du dich nicht innerhalb einer Woche registrieren lässt, könntest du bestraft werden. In Form von gemeinnütziger Arbeit, die du zusammen mit deinesgleichen – also ebenfalls nicht initiierten, aber mehrheitlich bösen und unsympathischen Hexen – abzuleisten hättest. Weshalb willst du dir das antun?«

»Das geht Sie nichts an«, blaffte sie, sich der Mauer zuwendend. Die Übelkeit nahm zu. Es fehlte nicht viel, und das Gespräch mit dem Inquisitor würde auf die denkbar unglücklichste Weise enden.

»Wohin willst du? Mitten in der Nacht? Hier an dieser Chaussee?«

Sie atmete schnell und tief. Durch den Mund. »Wenn …« Mühevoll stieß sie jedes einzelne Wort aus. »Wenn … Sie mir vorschlagen wollen … mich in die Stadt zu bringen … Das lehne ich ab.«

»Das ist zwar nicht sehr klug«, konstatierte der Inquisitor, »aber wie du willst. Geh nur.«

Sie schob die Tasche so auf den Rücken, dass ihr Schatten an ein altes krankes Kamel erinnerte.

»Ywha.«

Sie gab dem Wunsch, sich umzudrehen, nicht nach. In ihre herabhängende Hand wurde ein Rechteck aus festem Karton geschoben.

»Falls es jemals so weit kommen sollte … und es wird so weit kommen … zier dich nicht und ruf mich an. Schließlich kenne ich Nasar schon … da waren Hemd und Hose noch eins. Er liegt mir am Herzen … Seinetwegen würde ich dir helfen. Also mach keine Dummheiten, ja?«

»Gut«, antwortete sie mit heiserer Stimme.

Dann trat sie durch die Pforte zu ihrem eben noch zukünftigen Zuhause. Sie lief am Nachbarhaus vorbei. Im ersten Stock brannte hinter den Gardinen ein zartes Nachtlicht, ein Kassettenrekorder summte mit gedämpfter Stimme. Vermutlich etwas über die ewige und treue Liebe.

Ywha würgte die wieder in ihr aufsteigende Verzweiflung ab. Unter einer Laterne blieb sie stehen und öffnete mit aller Gewalt die fest geballte, feuchte Hand.

Großinquisitor Klawdi Starsh, Wyshna. Palast der Inquisition, Sprechzeiten, Telefon … Privatadresse: Platz des Siegreichen Sturms Nr. 8, Wohnung 4 … Telefon …

Ywha schluckte. Verbissen zerknüllte sie den starren Karton und stopfte ihn in eine Spalte zwischen der Laternensäule und dem Zaun dahinter.

Auf ihrem Handteller blieb ein rotes Rechteck eingedrückter Haut zurück, fast eine Art Brandmal.

Der Linienbus kam im Morgengrauen, als sie das Warten schon beinah aufgegeben hatte.

Nachdem sie ein paar Stunden an der Haltestellte gedöst hatte, auf dem harten Sitz in dem leeren Wartehäuschen, war sie durch die Kälte wach geworden und hatte auf der feuchten Straße getanzt, als sei sie eine aufgebrachte Mamba. Zu schade, dass Nasar diesen Tanz der Verzweiflung nicht hatte bewundern können. Während Ywha auf der rutschigen Fahrbahn herumgesprungen war, hatte sie der Welt ihre nicht gerade vorteilhafte Meinung über dieselbe wortlos kundgetan.

Damit hatte sie sich in einem Atemzug verausgabt und gewärmt. Genau in diesem Augenblick hatte ihr das Schicksal mitleidsvoll die Wange getätschelt: In der Ferne war aus einer Kurve ein Autobus aufgetaucht, unter dem Rot einer herbstlichen Eberesche.

In seinem Innern war es warm, ja sogar stickig. Ywha hatte sich zwischen weichen Sitzen und schlafenden Menschen den langen Gang hindurch bis ans Ende des Busses gezwängt und sich neben einer kreidebleichen Frau, deren Gesicht bis zu den Augen im Kragen eines warmen Pullovers versank, auf einen leeren Platz gesetzt.

Ein älterer Mann ihr gegenüber raschelte mit einer Zeitung. Die Überschriften ähnelten sich, sie waren ungrammatisch und vage gehalten. Ywha sprang ein Satz ins Auge: »Da die Aggressivität aller Hexen mit den Jahren zunimmt …«

Der Mann hielt die Zeitung zur Seite und nahm Ywha so jede Möglichkeit weiterzulesen.

Die Frau neben ihr wirkte verhärmt, vielleicht nicht ganz gesund. Über dem weiten Kragen des Pullovers schimmerte matt eine weiße, blutleere Stirn, unter deren schütteren Brauen stumpfe, ausdruckslose Augen müde blinkerten. Auf Ywhas anderer Seite saß ein selig schlummernder junger Mann in einer knappen Fischerjacke, dessen knochige Pranken zur Hälfte aus den viel zu kurzen Ärmeln ragten. Damit endete also dieses Kapitel ihres Lebens. Ywha schloss die Augen.

Sofort träumte sie, in der engen Stadtwohnung in Nasars Bett zu liegen. An der Decke des ärmlichen und etwas liederlichen Studentenquartiers baumelte ein prachtvoller Lampenschirm in Gestalt eines Piratenschiffs mit geblähtem Segel. Eine Woche lang hatte Nasar das Stück entzückt im Schaufenster eines Antiquariats betrachtet. Als er sich endlich zum Kauf durchgerungen hatte, hatte hinter dem Ladentisch eine junge Frau mit feuerrotem Haar, offenen Gesichtszügen und den Augen einer lustigen Füchsin gestanden …

Ywha lächelte im Schlaf. Ihre Hand, die sich in die Sitzlehne gekrallt hatte, lag ja eigentlich auf der festen Schulter des schlafenden Nasar. Das Schiff leuchtete von innen heraus und warf auf alle Gegenstände in diesem kleinen Zimmer bizarre Schatten. Sanft schaukelte das Deck …

Auf einmal fuhr sie zusammen und erstarrte. Statt vor sich hin zu träumen, sollte sie besser nie wieder ein Auge schließen. Der Bus hielt. Und der Stille in seinem Innern haftete etwas Unnatürliches an.

»Verehrte Fahrgäste, der Tschugeister-Dienst bittet Sie für die kurze Verzögerung um Entschuldigung …«

Ywha schlug die Augen auf. Der knochige Mann neben ihr wachte ebenfalls auf und starrte verängstigt auf die im Gang stehenden Wesen.

Es waren drei, und sie hatten kaum Platz. Derjenige, der in zungenbrecherischem Tempo die seit Langem auswendig gelernte Formel heruntergeleiert hatte, war sehnig und mager. Die beiden anderen würdigte Ywha gar nicht erst eines genaueren Blickes. Alle drei trugen über ihrer eng anliegenden schwarzen Kleidung eine legere, weite Weste aus Kunstpelz. Jedem von ihnen baumelte eine Kette mit einer silbernen Dienstmarke um den Hals.

Alle im Bus schwiegen. Ywha, die sich innerlich krümmte, senkte den Kopf.

»Eine Routinekontrolle«, fuhr der Magere mit gedämpfter Stimme fort. »Ich bitte alle, an ihren Plätzen zu bleiben. Personen weiblichen Geschlechts bitte ich, mir in die Augen zu sehen.«

Ywha zog den Kopf ein.

Der Plastikboden quietschte zart unter den federnden Schritten des Mageren. Seine beiden Kollegen folgten ihm im Abstand eines Meters. Eine füllige Frau in den vorderen Reihen tat ihre Empörung kund. Die Tschugeister blieben ihr jede Antwort schuldig. Ywha bemerkte, wie sich die Fahrgäste, an denen das Dreiergespann bereits vorbeigegangen war, entspannten und sogar zu scherzen anfingen. Ywhas Nachbarin, die Frau in dem dicken Pullover, tauchte bis zum Scheitel in ihren Kragen ab.

Der Magere blieb vor Ywha stehen. Als ringe sie sich zu einer widerlichen, jedoch unabdingbaren medizinischen Prozedur durch, überwand sich Ywha und hob den Blick. Sobald der Tschugeist ihren gehetzten Blick auffing, beugte er sich gierig vor. Seine Augen glitten über Ywha hinweg und sondierten einen zwar unsichtbaren, doch eindeutig spürbaren Abgrund, ließen dann jedoch auf halbem Weg enttäuscht von ihr ab, als sei sie lediglich ein alter Kleidersack.

»Hexe«, formten die Lippen des Mageren das Urteil. Genauer gesagt, sie wollten das Wort gerade aussprechen, als ein Schrei den beengten Innenraum des Busses durchriss.

Die Frau in dem warmen Pullover, die neben Ywha saß, schrie auf, und ihre Stimme bohrte sich wie ein Spieß in jedes Ohr. Als

Ywha von ihr abrückte, wäre sie beinah auf dem knochigen Mann gelandet.

Das blutleere Gesicht, das schließlich aus dem grauen Kragen aufstieg, war in Panik verzerrt. Die abgezehrten Hände, die die Frau zu verbergen suchte, erinnerten an Vogelkrallen. »N... nein ... Ne...«

Die beiden Tschugeister, die hinter dem Rücken des Mageren hervortraten, zogen die Frau, die sich sträubte, bereits zur Tür. Durch den gesamten, vom Geschrei paralysierten Bus kroch den dreien ein Flüstern hinterher: eine Njawka ... eine Njawka ... eine Untote ... eine Njawka ...

Der Magere zögerte noch. Wieder belinste er Ywha. Er fuhr sich mit dem Finger über die Lippe, als fege er einen dort sitzenden Krümel weg. In Gedanken versunken stand er – bis er sich endlich in Richtung Ausgang bewegte. Eine Njawka ... hier ... im Bus ... eine Njawka, murmelten die erregten, leicht heiseren Stimmen.

An der Tür drehte sich der Tschugeist noch einmal um. »Unser Dienst dankt allen Fahrgästen für die engagierte Mithilfe, die uns bei der Festnahme eines besonders gefährlichen Individuums des Typus Njawka gewährt wurde. Angenehme Weiterfahrt ...«

Da Ywha seinem Blick nicht noch einmal begegnen wollte, wandte sie den Kopf und schaute zum Fenster hinaus.

Die, die eben noch neben ihr gesessen hatte, kreischte ununterbrochen, nur büßte ihr Schrei immer mehr an Volumen ein, und schließlich erstickte ihn die dicke Scheibe des Busses vollends. Die Njawka hockte auf Knien am Straßenrand, vor ihren erstaunlich großen Augen hing ein Schleier des Entsetzens. Ein paar Mal riss sie den Mund weit auf. Ywha glaubte die Worte eines zusammenhanglosen Gebets zu hören, die dem Mund zusammen mit dem Schrei entschlüpften.

Der Magere und seine beiden Kollegen bauten sich langsam um die Njawka herum auf, die sie zum Zentrum eines gleichseitigen Dreiecks machten. Ihre seitlich ausgestreckten Arme berührten sich flüchtig, als wollten die Tschugeister einen Reigen um ihr Opfer vollführen. Die Njawka schrie mit neuer Kraft los. In diesem Augenblick fuhr der Bus an.

Die Bäume und die schrägen Dächer in der Ferne zogen an

den Fenstern vorbei. Erst ein paar Minuten später begriff Ywha, dass sie mit all ihrem Gewicht auf dem knochigen Mann lastete, der sich jedoch nicht getraut hatte, sie einfach wegzuschieben.

Im Bus fingen alle zugleich zu sprechen an. Ein Kind weinte. Jemand fand für seine Eindrücke lauthals die unanständigsten Worte, ein anderer kicherte, ein Dritter lachte fröhlich. Die meisten zeigten sich jedoch empört, behaupteten, die Njawken nähmen überhand und der Tschugeister-Dienst komme mit dem Fangen nicht nach. Außerdem sei es unmoralisch, Njawken an öffentlichen Orten zu erledigen, da könne man ja gleich einen streunenden Hund auf einem Kinderspielplatz erschießen. Obendrein lege die Regierung die Hände in den Schoß, während die Steuergelder im Nichts versandeten und die Stadt allmählich zum Spielball des Bösen werde. Erst die Njawken, dann die Hexen …

»Tut mir leid«, entschuldigte sich Ywha bei dem Mann, der neben ihr saß. Dieser lächelte bloß einfältig.

Der Sitz rechts von Ywha blieb leer. Über ihm zitterte eine sorgfältig in der Gepäckablage verstaute Plastiktüte. Ihre Besitzerin dürfte inzwischen nicht mehr unter den Lebenden weilen.

Allerdings galt das schon seit einer ganzen Weile. Eine Njawka konnte man doch nicht mehr umbringen, denn sie war ja ohnehin tot. Eine Njawka musste man ausweiden, ganz und gar vernichten. Und die Tschugeister verstanden ihr Handwerk.

Ywha hatte das schon einmal mitangesehen. Die Tschugeister nehmen an anderen keinen Anstoß, fürchten auch keine Zeugen. In ihrer Offenheit lag etwas Anstößiges. Normalerweise brachten sie ihr Opfer nicht weiter als bis zur nächsten Hausecke. Auf offener Straße, mitten in einem Hof vollzogen sie ihr Ritual, das eigentlich in einem menschenleeren Keller ausgeführt werden sollte. Selbst Kinder wohnten manchmal dem Tanz der Tschugeister bei. Nachts nässten sie dann ins Bett und bereiteten ihren Eltern allerlei Kummer und Sorge. Tschugeister töten Njawken mit einem Tanz. Dieser Tanz spinnt das Opfer in ein unsichtbares Netz ein, erstickt es und presst es aus. Auch eine dematerialisierte Njawka hatte Ywha schon gesehen. Genauer gesagt, sie hätte sie sehen können, wenn sie sich nicht davor gefürchtet und den Blick abgewandt hätte …

Am Fenster zogen die gekrümmten Schultern eines Fahrradfahrers vorbei, der in die Pedale trat. Ywha schluckte. Verglichen mit den Tschugeistern nahm sich die Inquisition fast wie Väterchen Frost aus. Der gute Alte, der erst Geschenke an die braven Kinder verteilte und in den leer gewordenen Sack dann diejenigen stopfte, die weniger folgsam gewesen waren.

Der knochige Mann neben ihr schien sich einzubilden, nun, nachdem Ywha schon auf seinen Knien gesessen hatte, hätte er gewisse Rechte erworben, und zwinkerte ihr frech zu. Angewidert wandte sich Ywha ab.

Klawdi raste nie. Selbst jetzt, auf der leeren Überlandstraße, jagte er nicht in halsbrecherischer Geschwindigkeit dahin, wie es die ungeheure Motorstärke des Autos eigentlich verlangte. Er fuhr einfach in normalem, wenn auch nicht sonderlich langsamem Tempo. Beim Fahren wollte er sich entspannen, legte es jedoch nicht auf einen Kick an. Allerdings kam der Großinquisitor auch ohne diesen Geschwindigkeitsrausch in den Genuss extremer Empfindungen – in letzter Zeit sogar mehr, als ihm lieb war.

Er hatte es sich zur Gewohnheit gemacht, seinen Instinkten zu vertrauen. Wenn ein unangenehmes, im Grunde genommen jedoch nicht außergewöhnliches Ereignis einen unerklärlichen Alarm in ihm auslöste und ihn dieses Gefühl, obwohl es sich längst gelegt haben sollte, nicht verließ, dann nahm er das Signal ernst. Dann fragte er sich: Woher rührte es?

Klawdi fuhr durch die letzten Schwaden des Morgennebels. Auf dem Beifahrersitz leistete ihm eine halbleere Schachtel dünner teurer Zigaretten Gesellschaft. Er rauchte, den Ellbogen aufs Fenster gestützt. An einer Seite der Windschutzscheibe klebte ein Bild, ein spitzbübisches Mädchen auf einem Besen, mit einem im Wind wehenden Schwanz, einem spielerisch entblößten Bein und charmanten Grübchen in den rosafarbenen Wangen.

Das Bild hatte Klawdi letztes Jahr an einem Kiosk gekauft. Er hatte es aus einer Unmenge von lachenden Echsen, Krokodilen, Robotern, nackten Feen und bärtigen Magiern ausgewählt. Und er war der einzige erwachsene Kunde gewesen, alle anderen waren Kinder.

Kurz riss er den Blick von der leeren Straße, um das eigene Spiegelbild in der Scheibe zu betrachten. Verschwommen und bleich, wie ein Gespenst, mit einem unangenehmen Lächeln um die dünnen Lippen. Vorurteile …

Wer, wenn nicht er, verstand etwas über das verknäulte Netz von Vorurteilen, das sich seit Langem über den Hexen zusammenzog. Wer, wenn nicht er, vermochte die mächtigen Wurzeln all dieser diffusen Ängste auszumachen. Wenn Julian Mytez das über Hexen gewusst hätte, was dem Großinquisitor im Zuge seines Berufs bekannt geworden war, hätte er Ywha kurzerhand auf der Wiese vor seinem Haus verbrannt. In dem Lagerfeuer bei ihrem Picknick …

Und trotzdem: Worum handelte es sich bei dieser Kette von Ereignissen, die sich da in seinem Gedächtnis wand und sich zwar nicht an der Oberfläche zeigen, aber auch nicht vergessen werden wollte? Woher speiste sich dieses Gefühl einer drohenden Gefahr, diese Ahnung eines nahenden Unglücks?

Selbstverständlich hätte er das Mädchen eigentlich nicht gehen lassen dürfen. Es war ihm jedoch schlicht zuwider gewesen, es vor diesen beiden Romantikern, Mytez senior und junior, zu einer beispiellosen Szene der Gewalt kommen zu lassen. Und es wäre ihm auch peinlich gewesen, den alten Freund mitansehen zu lassen, mit welch professionellem Geschick er Druck auf jemanden ausüben konnte. In diesem Fall auf eine junge Frau, die für die beiden keine Fremde war, die ihnen ans Herz gewachsen und zu einer der Ihren geworden war.

Voller Schmerz verzog er das Gesicht, als er sich daran erinnerte, wie Nasar geweint hatte, in einer Ecke kauernd, untröstlich und kindlich. Wie unangemessen sich die kläglichen Versuche seines Vortrags zu dem Thema »Eine Hexe ist auch ein Mensch« ausgenommen hatten.

Julian nahm ihm die Sache ganz ohne Frage übel. Und hatte er nicht auch wirklich das Recht, von seinem Freund in einer schweren Stunde Hilfe zu erwarten – statt dieser banalen Erläuterungen? Tatsächlich hätte er, Klawdi, Hilfe leisten können, indem er Nasar einige Fälle aus der Praxis geschildert hätte, damit dieser, der gestern noch so verliebt gewesen war, sich wieder zu ihnen ans Lagerfeuer hätte gesellen können.

Die Straße machte eine Kurve. Klawdi bremste ab. Am Rand parkte ein Wagen der Tschugeister, ein helles Auto mit einem gelb-grünen Blinklicht auf dem Dach.

Er drückte die zu Ende gerauchte Zigarette im Aschenbecher aus und vertrieb den angewiderten Ausdruck, der sich unwillkürlich auf sein Gesicht geschlichen hatte. Zwei kräftige Männer stopften etwas in einen Plastiksack, das noch vor Kurzem eine Njawka gewesen war. Ein dritter stand an der Straße und rauchte ebenfalls. Der grüne Graf interessierte ihn nicht mehr als ein sich rasch auflösender Nebel.

Klawdi unterdrückte den Wunsch anzuhalten. Schließlich mischte sich der Tschugeister-Dienst ja auch nicht in die Belange der Inquisition ein. Wer auch immer die Unglückselige gewesen sein mochte, deren Überreste nun in dem Beutel landeten, davor war sie jedenfalls eine Njawka gewesen, eine wandelnde Leiche, ein Wesen, das den Tod brachte.

Etwas schüttelte ihn. Der Wagen mit dem Blinklicht und die Menschen am Straßenrand lagen bereits weit hinter ihm, er rauchte eine Zigarette nach der anderen und tastete im Handschuhfach nach einer neuen Schachtel, die er vor sich selbst versteckt hatte.

(Djunka. Juni)

»Willst du wissen, auf wen die Ameise zukrabbelt? Die krabbelt auf dich zu.«

Der Sand hatte eine seltsame Farbe. Grellgelbe Flecken wechselten mit hellgrauen, eine feste Kruste, die noch von dem gestrigen Regenschauer zeugte, knackte erwartungsgemäß unter den nackten Füßen, und in diesen Mulden ihrer Fußspuren hielten die Ameisen Hof, friedliche, schwarze Tiere, die nicht bissen.

»Wollen wir zum anderen Ufer rüberschwimmen?« Djunka lächelte.

All das musste schon einmal jemand erlebt haben. Der warme Sand gab in allzu vertrauter Weise unter den Füßen nach. Es roch nach Wasser und nach Weiden.

»Hier ist es doch schön«, antwortete er verblüfft. »Oder nicht?«

(Seine berühmte Intuition schwieg, als sei sie taubstumm.)

Djunka steckte sich die Haare hoch. Er staunte jedes Mal, wie sie so klar artikulieren konnte, während sie ein halbes Dutzend Spangen im Mund hielt.

»Was ist jetzt? Wollen wir rüber oder nicht?«

Am anderen Ufer standen Kiefern. Fünf hohe Bäume, die es aus unerfindlichen Gründen in das Reich der Weiden verschlagen hatte. Über den nadelbedeckten Sand rannte ein großes Eichhörnchen.

»Du weißt doch, was für einen Schwimmer ich abgebe.« Gedankenversunken rieb er sich die Nasenspitze.

Djunka klimperte mit den Augen. Ihren Klassenkameraden gegenüber verhielt sie sich ganz ungezwungen, aber bei Klaw versetzte sie jedes missverstandene Wort in Panik. Diesmal hatte sie offenbar seine Eitelkeit angekratzt, denn bis zum anderen Ufer würde er es in der Tat nicht schaffen.

»Gut, dann nehmen wir das Boot ...«

Das sogenannte Boot gehörte drei jungen Männern, die auf drei abgenutzten Strandmatten lagen und auch die Besitzer der drei Motorräder im Hintergrund waren. Sie tranken Limonade und verschoben träge irgendwelche Spielsteine. Unmittelbar am Wasser lag ein riesiger Schlauch von einem LKW-Reifen, der teilweise schon trocken und so grau wie Asphalt, teilweise aber noch nass und schwarz wie eine Robbe im Zoo war. Klaw zog die Brauen hoch. Sein gesunder und nüchterner Menschenverstand verbot es ihm, diese drei Kerle um etwas zu bitten.

Aber Djunka stapfte bereits los, wanderte direkt zu den dreien hinüber. Eifersüchtig registrierte Klaw, wie sich drei trübe Augenpaare von den Spielsteinen losrissen und wie in ihnen, in diesen Blicken, ein Feuer aufloderte, das Klaw förmlich herausforderte. Djunka ging jedoch unbeirrt weiter, in ihrem schlangenfarbenen Badeanzug, während sie diese dämliche hochaufragende Frisur wie eine Kanne auf dem Kopf balancierte.

Klaw verkrampfte sich. Ein Spaß war ja gut und schön, aber wenn sich diese Kerle *das* herausnehmen sollten ... oder etwas, das Klaw *dafür* hielt ...

Doch nein, das taten sie nicht. Nicht bei Djunka. Sie verhandelte bereits mit ihnen, zeigte auf das Boot. In ihrer Stimme lag weder Verlegenheit noch Provokation, weder aufgesetzte Lockerheit noch Angst. Djunka verstand es, für alle und jeden den richtigen Ton zu finden, für das Schaf in der Koppel genauso wie für den Wolf im Wald oder den Direktor ihrer Schule, Herrn Fedul. Und allem Anschein nach bereitete ihr keine der Situationen auch nur die geringste Mühe.

Schwerer fiel es ihr, mit Klaw eine gemeinsame Sprache zu finden. Sie hatte eine panische Angst davor, ihn zu verletzen. Nie wollte es ihr gelingen, ihre Zuneigung auch nur ansatzweise zu verbergen – und das stellte ihre Achillesferse dar. Das schwächte sie, denn eine Frau sollte nicht zu leicht zu erobern sein.

Sobald der Schlauch auf dem Wasser schaukelte, verlor er seine graue Farbe. Nun glänzte er so schwarz wie ein Meeresungeheuer.

»Herr Starsh wird aufgefordert, sich an Deck zu begeben! Herr Starsh, sämtliche Ratten haben das Schiff bereits verlassen, Sie können die Kapitänsbrücke also getrost betreten! Hey, Herr Starsh, wenn Sie noch eine Sekunde länger zögern, probt die Mannschaft den Aufstand! Hey, Klaw, hiss das Segel, bring mir eine Buddel Rum und pack das Gold in unsere Truhen. Yohoho, hol den Anker ein!«

Da er Angst vorm Wasser hatte, klammerte er sich schon an den Schlauch, selbst als seine Füße noch Halt am Grund fanden. Das Wasser spritzte auf, denn Djunka schlug mit den Armen, sie zerhackte die Sonnenreflexe, tauchte ins Wasser und funkelte mit dem schlangenfarbenen Badeanzug. Klaw stockte der Atem. Djunka bezeichnete sich gern als Seeschlange. Bislang war Klaw jedoch nicht klar gewesen, welch erotische Anziehungskraft diese Schlangen besaßen.

Er kniff die Augen zusammen. Jäh ging ihm auf, dass er glücklich war, dass er den Augenblick eines außerordentlichen Glücks genoss, den er aber nicht festhalten konnte, sondern an den er sich nur lange, lange Jahre würde erinnern können.

Djunka spürte seine Stimmung. Sie hörte auf zu toben und stieß den Reifen konzentriert vom Ufer weg, näher an die Schilfwand heran, wo in einem löchrigen Kahn ein älterer Angler pittoresk schlummerte.

»Weißt du was, Klaw?«

Ihre Stimme klang ein wenig heiser. Das mochte vom kühlen Wasser herrühren oder von ihrem piratenhaften Gehabe.

»Weißt du was, Klaw … Warum heiraten wir nicht? Schon morgen könnten wir uns trauen lassen. Was meinst du, Klaw, was das für ein Spaß wäre!«

»Morgen«, erwiderte er mit lehrerhaft erhobenem Finger, »habe ich eine Prüfung. In Weltgeschichte.«

»Und übermorgen bin ich dran«, meinte Djunka enttäuscht. »Wann wollen wir dann heiraten? Na, sag schon!«

Verstört bemerkte Klaw, dass er nicht wusste, ob sich Djunka einen Scherz erlaubte oder nicht. Oder scherzte sie nur zum Teil? Vielleicht zu sechzig Prozent?

Er schüttelte den Kopf. Diese dämlichen Prüfungen raubten ihm noch den Verstand. Selbst die simpelsten Gedanken rechnete er bereits in Prozent um.

»Und dann gehen wir auf Hochzeitsreise«, sagte Djunka verträumt. »Fahren ins Ausland, in ferne Länder, ans Meer, zu den alten Schlössern …«

Das in dem Reifen eingeschlossene Wasser plätscherte leise. Durch das so entstandene runde, schwarze Fenster glaubte Klaw bis zum Grund, bis auf jenes grüne Geflecht mit den kahlen Stellen aus hellem Sand hinunterspähen zu können. Djunkas lange Beine blitzten hier und da auf, weiß wie eine Süßkirsche.

»Hey, das ist ja ein echtes Bullauge«, begeisterte er sich. Djunka lächelte.

Im nächsten Augenblick tauchte sie unter. Wie eine Seeschlange glitt sie durchs Wasser. Ihre Beine verschwanden aus dem Blickfeld des runden Fensterchens, und der Reifen schwankte. Plötzlich sah Klaw Djunkas Gesicht.

Unter Wasser schaute sie ihn durch das Bullauge an. Klaw verschlug es den Atem. Die Unterwasser-Djunka lächelte ihm mit geschlossenem Mund zu, als sei sie ein Bild in einem alten Rahmen und betrachte ihn aus der Tiefe eines Spiegels heraus. Wie schaffte sie es nur, die Luft derart lange anzuhalten?

Das Schilf knackte. So wie sich ein Eisbrecher seinen Weg durchs Eis bahnte, pflügte der Autoreifen die Rohre nieder. Das Geräusch weckte den Angler.

Djunkas Lippen waren fischkalt. Zu lange war sie unter Wasser geblieben. Klaw dagegen schien sich den weißen Rücken verbrannt zu haben. Morgen, bei der Prüfung, würde ihn sicher ein Fieber schütteln. Egal.

Er hatte beschlossen, nicht mehr mit ihr über die Heirat zu sprechen. Für ihn war die Sache klar, aber diese Entscheidung sollte vorerst ruhig noch sein Geheimnis bleiben. Sonst würde sie vermutlich an nichts anderes mehr denken können und durch ihre Prüfung rasseln. Außerdem würde sie ihm die ganze Zeit mit der Genehmigung für die Hochzeit in den Ohren liegen. Aus irgendeinem Grund hielt man eine Siebzehnjährige für reif genug, diesen Schritt zu tun, während ein junger Mann, der ein Jahr weniger auf dem Buckel hatte … Egal. Er fühlte sich nicht mehr wie ein Teenager. Seit Langem hielt er sich in jeder Hinsicht für einen erwachsenen Mann.

Die drei am Strand machten sich allmählich Sorgen, natürlich ausschließlich um ihren Schlauch. Klaw rechnete schon mit Vorwürfen, aber ein Lächeln von Djunka genügte, um ihn jede Schimpftirade ertragen zu lassen. Die Weiden raschelten, der Wind hatte den Sand in die Sandalen geweht, die unter einem Strauch lagen.

»Wie schön es hier ist«, flüsterte Djunka. »So schön, dass es fast ein bisschen schrecklich ist. Oder nicht, Klaw?«

(Seine Intuition schwieg nach wie vor.)

»Du bist mir eine! Normalerweise bekommen es die Menschen mit der Angst zu tun, wenn etwas nicht schön ist.«

»Übermorgen findet meine Prüfung statt, und ich habe noch keinen blassen Schimmer von …«

»Meine ist morgen. Und mir geht es so ähnlich.«

»Lüg mich nicht an. Du weißt immer alles.«

»Du bist eine Süßholzrasplerin. Eine Schmeichelzunge …«

»Nenn mich nicht so!«

»Doch! Du schmierst mir Honig ums Maul, drischst Komplimente … Ich habe bisher keinen einzigen Blick ins Lehrbuch geworfen.«

»Hindert dich vielleicht jemand, es zu lesen?«

»Du!«

Kreischend sprangen ein paar nackte, braun gebrannte Jungen im Wasser herum. Der heiße Wind trieb den Sand auf die vergilbten Seiten des alten Lehrbuchs, das von Verrat und Kriegen berichtete. Djunka langweilte sich.

»Hör mal, Klaw, ich schwimme noch eine Runde, während du lernst.«

»Ist es nicht zu kalt?«

»Pah!«

Er sah ihr nach, wie sie zum Wasser hinunterging. In der Sonne funkelte der schlangenfarbene Badeanzug, die träge Flusswelle wich zur Seite, um dem geschmeidigen Körper Platz zu machen.

Ihm standen noch drei lange Kapitel bevor, Arbeit für eine Stunde.

Erst als der Schatten der kleinen Weide an sein Buch herankroch, tauchte er wieder aus seiner Lektüre auf. Beinahe schlaftrunken schüttelte er den Kopf, um die Benommenheit zu vertreiben. Richtig festgelesen hatte er sich, noch dazu in dieser Hitze.

Der Strand hatte sich inzwischen geleert. Die Jungs waren verschwunden, die Datschenbesucher wollten gerade nach Hause zurückkehren, der Angler marschierte mit einigen kleinen Brassen in einem Drahtnetz vorbei. Auf den Sohlen von Djunkas Sandalen häufte sich Sand. Wie Scherben in alten Amphoren …

Die drei, die ihnen das Schlauchboot geliehen hatten, pressten gerade konzentriert die Luft aus diesem heraus, indem sie sich nacheinander auf das immer schmaler werdende schwarze Gebilde legten.

Die Schmerzen in den verspannten Muskeln ignorierend, erhob sich Klaw.

Der Sand hatte die Farbe gewechselt. Das Wasser ebenfalls. Am anderen Ufer spielten ein paar Leute zwischen den Kiefern Volleyball.

Verärgert biss sich Klaw auf die Lippe. Wie zu erwarten, war Djunka zum anderen Ufer geschwommen, nachdem sie ihren schwächlichen Freund in Gesellschaft seines Lehrbuchs zurückgelassen hatte. Und es wäre ja in der Tat seltsam gewesen, wenn der Anblick der Volleyballspieler sie nicht angelockt hätte. Schon die ihr eigene übermäßige Geselligkeit musste sie zu ihnen getrieben haben.

Er schlenderte zum Wasser hinunter. Die Augen mit der Hand abschirmend, schaute er zu den Volleyballern hinüber. Ein oder zwei Mal glaubte er, einen schlangenfarbenen Badeanzug dazwischen auszumachen. Aber die Spieler, darunter auch ein paar junge Frauen, trugen Jeans und T-Shirt, einzig eine magere Frau in mittleren Jahren sprang im Bikini herum.

Klaw wurde wütend. Er kehrte zur Strandmatte zurück, hockte sich hin und schnappte sich sein Buch. Das Lesen wollte ihm jedoch nicht glücken.

»Lass dich nicht unterkriegen.«

Neben ihm stand ein junger Mann, einer der Besitzer des Autoreifens. Seine Freunde beluden in aller Ruhe ihre Motorräder.

»Lass dich nicht unterkriegen. Du weißt doch, wie die Frauen sind. Wenn du einmal nicht nach ihrer Pfeife tanzt, spielen sie prompt die beleidigte Leberwurst.«

»Aber wir haben uns gar nicht gestritten«, bemerkte Klaw, selbst verblüfft darüber, dass er sich überhaupt auf ein Gespräch mit diesem aufdringlichen Kerl einließ.

»Eine Klassefrau«, erklärte der Typ völlig aufrichtig und ohne jede Geringschätzung. »Meine Freundin ist auch nicht schlecht, aber deine … echt stark …«

Zehn Minuten später heulten die Motorräder auf. Die noch anwesenden Datschenbesucher blickten ihnen verdrossen nach. Klaw tigerte am Wasser auf und ab.

Warum tat sie ihm das an? Wusste sie denn nicht, was für Sorgen er sich machte? Jetzt war es schon bald sieben Uhr. Ausgerechnet heute Morgen war er versehentlich auf seine Uhr getreten, die seitdem stand.

Still steht die Uhr, stumm,
Schon stirbt mein Name, verlischt.
Golden schimmert eine Blume in der Welt aus Stahl,
Tönern schlägt die Stunde und stumm steht die Uhr.

Die prätentiösen Zeilen ließen ein beklommenes Gefühl in ihm aufsteigen. Er konnte sich nicht erinnern, wo er sie überhaupt gelesen hatte. In einer Zeitschrift? In einem Buch? Oder hatte

Djunka sie ihm vorgetragen? Sie hatte diese Angewohnheit, mit geheimnisvoller Miene Vierzeiler vorzulesen und mit großen Augen auf Klaws Reaktion zu lauern.

Die Volleyballspieler am anderen Ufer verschwanden hinter den Kiefern. Als Letzte brach die halbnackte, dünne Frau auf. Der Ball in ihren Händen sprang auf und ab, als lebe er.

Als die Dämmerung hereinbrach, beschloss er endlich, den leeren Strand zu verlassen. Djunkas Kleidung ließ er zurück. Sie mitzunehmen hieße, *daran* zu glauben.

Djunka wird schon noch kommen, redete sich Klaw immer wieder ein. Djunka wird kommen – und dann fände sie ihre Sachen nicht. Sie konnte doch nicht im Badeanzug nach Hause gehen, oder? Schließlich war die Nacht kühl.

Er trabte im gemäßigten Tempo dahin, und als er dennoch außer Puste geriet, wechselte er in Schrittgeschwindigkeit. Nur kurz anrufen würde er und dann gleich zurückkommen. Djunka würde sich die Haare auswringen und ihn aufgebracht anfahren: Warum hast du nicht auf mich gewartet?

Das Polizeirevier war verraucht. Graublauer Qualm hing über den Holztischen, über den Schränken und Bänken, über der leeren, einsamen Zelle in der Ecke, eingerichtet für alle diejenigen, die sich etwas hatten zuschulden kommen lassen.

»Wiederhol den Namen, vollständig.«

»Dokija Sterch ... Siebzehn Jahre.«

»Und ihr habt euch wirklich nicht gestritten?«

»Nein. Sie ... sie hätte so etwas nie gemacht. Sie ...«

»Beruhige dich.«

Er schloss die Augen. Zum x-ten Male: Beruhige dich. Hier waren alle ruhig, hier heulten jede Nacht Leute, während andere lautstark fluchten, hier roch es sogar durch den Rauch hindurch nach Eisen und Schweiß, hier war es unerträglich stickig.

»Wyshnaer Schule Nr. 3 ... Wohnheim. Zimmer 74 ...«

Es läutete. Noch einmal. Durch die Scheibe war kein Ton zu hören. Eifrig bewegten sich Lippen.

»Was hatte sie an?«

»Hä?«

»Was hatte sie an?«

Djunkas Sandalen lagen da, unter einer Schicht Sand begraben. Sorglos hatte sie die Shorts auf die Strandmatte geworfen …

»Beruhige dich, mein Junge. Wird schon nichts passiert sein. Morgen früh ist sie wieder da.«

Und dann brach der Morgen an.

2

Der Bus kam mit einer halben Stunde Verspätung in Wyshna an. Ywha steuerte auf die nächste Telefonzelle zu und zog ihr zerfleddertes Notizbuch heraus, rührte sich dann aber lange nicht, sondern blickte mit starrem, entrücktem Blick durch das trübe Glas.

In dieser Stadt lebten mehr als genug Menschen. Und es gab durchaus einige, für die die Wortverbindung »Ywha Lys« nicht nur eine leere Hülse war. Zum Beispiel Beta, mit der sie sich ein Zimmer geteilt hatte. Oder Klokus, der so gern mit ihr befreundet sein wollte. Oder die Besitzerin des Antiquariats am Rosenplatz, eine strenge, auf Etikette bedachte Dame, die Nasar damals an der Tür aufgehalten hatte, um ihm leise ins Ohr zu flüstern: »Das ist kein Mädchen, sondern ein Wunder. Sie sollten keine Sekunde zögern ...«

Normalerweise stellte man in dem Antiquariat niemanden ohne Empfehlungen ein. Doch Ywha passte ausgezeichnet – geradezu ideal – zu dem barocken Ambiente, ihr unscheinbares Gesicht mit den Fuchsaugen und der feuerroten Mähne nahm sich inmitten der verschnörkelten Pracht so gut aus ...

»Dein Name passt zu dir. Lys, das bedeutet Fuchs. Und ein Fuchs bist du. Eine Füchsin. Ein Füchslein ...«

Ein fülliger Mann klopfte sanft gegen die milchige Scheibe. »Junge Dame, sind Sie fertig? Kann ich jetzt telefonieren?«

Ywha kam heraus und überließ ihm das Telefon. Sie setzte sich auf eine Bank und presste den Riemen ihrer zerschlissenen Tasche in den Händen zusammen.

Jeder von ihnen ... Jeder Einzelne von ihnen ... Was würde die Besitzerin des Antiquariats für ein Gesicht machen, wenn sie erführe, dass in ihrem Geschäft ein halbes Jahr lang eine Hexe gearbeitet hatte? Würden die Kunden nicht angetrabt kommen, um alles zurückzugeben, was Ywha ihnen verkauft hatte? Und Klokus ... Ja, sogar Beta, die vermutlich die Baseballkappe wegschmeißen würde, die sie Ywha einmal ausgeliehen hatte.

Aber was erwartete sie denn von ihnen? Wenn sogar Nasar …

Die Knöchel ihrer Hände traten weiß hervor. Sicher, Nasar hatte ihr keinen Vorwurf gemacht. Sie selbst war es, die ihn eines Schrittes für fähig hielt, den er gar nicht gemacht hatte. Deshalb war sie fortgerannt, ohne jede Erklärung. Wie eine Verräterin, wie eine Diebin.

Der Dicke beendete sein Gespräch. Als Ywha zur Telefonzelle zurückging, spürte sie, wie ihr Herz hämmerte und ihre Hände feucht wurden.

Ein langes Tuten am anderen Ende der Leitung. Noch eins. Und dann noch eins.

»Hallo?«

Die Stimme ihres Schwiegervaters. Die Worte blieben Ywha im Hals stecken.

»Hallo!«, erklang es nun verärgert.

Behutsam hängte Ywha den Hörer ein.

Ein kleiner Misserfolg zieht sofort Tränen nach sich. Das Bewusstsein, ein Fiasko erlitten zu haben, stellt sich dagegen erst langsam ein, nach und nach.

Ywha stieg in die Metro und fuhr jeweils ein paar Stationen in die eine und in die andere Richtung. Die trügerische Freiheit raubte ihr noch den Verstand. Sie konnte gehen, wohin sie wollte – doch die Tür des kleinen Käfigs fiel bereits zu. Sie war gefangen, gefangen wie ein Füchslein. Und sie konnte nichts daran ändern.

Sie konnte sich nicht dazu durchringen, einen ihrer Bekannten aufzusuchen. Als wäre ihr das Wort »Hexe« auf der Stirn eingebrannt. Sie hatte nicht nur Nasar verloren – sie hatte ihr Geheimnis verloren, das es ihr erlaubt hatte, glücklich in dieser glücklichen Stadt zu leben. Obwohl das natürlich Quatsch war: Wie sollte sie denn ohne Nasar ein glückliches Leben führen?

Etwas Ähnliches hatte sie schon einmal erlebt. Erst, als sie aus ihrem Heimatdorf hatte fliehen müssen. Und dann, als sie die Ausbildung hatte abbrechen und Hals über Kopf die Stadt Rydna hatte verlassen müssen, die doch im Grunde ganz passabel gewesen war. Außerdem noch, als …

Sie erschauderte. Dort, in jenem Brei unangenehmer Erinnerungen, verbarg sich auch ihre erste Begegnung mit einem Inquisitor. Die Übelkeit und die Schwäche, die sie damals empfunden hatte. Der ausgestreckte Zeigefinger: »Hexe!«

Ywha fuhr zusammen und sah sich um. Der Metrowaggon war voller Fahrgäste, ab und zu schaukelte er wie eine Wiege. Die auf sie gerichteten Zeigefinger existierten jedoch nur in ihrer Phantasie. Die Leute lasen, schlummerten, unterhielten sich oder starrten mit leerem Blick auf die dunklen Scheiben.

Sie sehen aber auch abscheulich aus, kleines Fräulein, kanzelte Ywha ihr bleiches Spiegelbild innerlich ab. Sie sollten unbedingt zum Friseur und zur Massage gehen, meine Liebe, vor allem aber zu einem Psychiater. Denn Sie haben ganz wahnsinnige Augen. Vermutlich wird man sich weigern, eine verrückte Hexe wie Sie überhaupt zu registrieren. Selbst zur gemeinnützigen Arbeit taugen Sie nicht. Die werden Sie unverzüglich auf dem Scheiterhaufen verbrennen – oder was sie heute so haben. Auf dem Lande, da gibt es mit Sicherheit noch einen primitiven Scheiterhaufen, aber hier in der Stadt werden sie wohl eher einen humanen elektrischen haben ... einen Hexengrill ...

Auf einmal bedrückte sie die Fahrt in der Untergrundbahn. Wieder an der frischen Luft, brauchte sie lange, um sich zu sammeln, wobei sie so tat, als studiere sie die Zeitschriften in der Auslage eines Kiosks. Damit zog sie allerdings einige erstaunte Blicke auf sich, bis sie plötzlich begriff: Es handelte sich um ausgesprochen frivole Magazine, solche mit dem fetten Aufdruck »Für Männer«.

Sie trat einen Schritt zur Seite – und wäre beinah mit einem jungen Mann zusammengestoßen, der über der hautengen schwarzen Kleidung lässig eine Fellweste trug.

Der Tschugeist betrachtete sie mit gelangweiltem, irgendwie gummiartigem Blick, der mal vorschnellte und Interesse bekundete, dann wieder teilnahmslos wegglitt, als sei er ein Gartenschlauch, dessen geschmeidiger Wasserstrahl abriss. Gebannt stand Ywha da, unfähig, die Sohlen ihrer abgetragenen grauen Turnschuhe vom Asphalt zu lösen.

So sind sie alle. Erst stürzen sie sich auf dich, dann rümpfen sie die Nase. Tschugeister wittern Hexen, interessieren sich jedoch nur für Njawken. Jeder Tschugeist konnte in Ywhas Innerem lesen, machte aber glücklicherweise kein Aufhebens davon.

Der Tschugeist wandte sich von ihr ab. Es spielte keine Rolle mehr, wie viele untote Frauen er heute endgültig getötet hatte, denn im Augenblick hielt er ein Hochglanzmagazin in Händen, auf dessen Cover pralles rosafarbenes Fleisch das Leben pries, lockendes Fleisch, dessen Ruf taub machen konnte.

Ywha drehte sich um und schleppte sich mit schweren Beinen davon.

Das kleine Antiquariat war geöffnet. Ywha fasste allerdings nicht den Mut, das Geschäft zu betreten, und suchte stattdessen die Telefonzelle auf der gegenüberliegenden Straßenseite auf. Sie wählte die Nummer der Inhaberin, drückte die Gabel aber sofort wieder herunter. Anschließend rief sie mit fest zusammengebissenen Zähnen bei den Mytezes an, um den hallenden, triumphierenden Klingeltönen lange zu lauschen.

In Nasars Stadtwohnung nahm ebenfalls niemand ab. Mit eingezogenem Kopf überquerte Ywha schließlich den Rosenplatz, erreichte einen kleinen Park, setzte sich und streckte erschöpft die Beine aus.

»Heiße Sandwiches?«

Sie zuckte zusammen.

Unmittelbar vor ihr stand ein kleiner Karren mit einem grellfarbenen Behälter, aus dessen geöffnetem Deckel Dampf aufwölkte. Den Wagen schob ein etwa vierzehnjähriges Mädchen. Unter ihrer langen, ausgelassenen Jacke lugte der Saum eines dunklen Kleides hervor, das an eine Schuluniform erinnerte.

»Heiße Sandwiches«, rief das Mädchen mit einer Stimme, die keinen Widerspruch duldete. »Mit Tomaten und Zwiebeln … Nur fünf Taler.«

Ywha klimperte mit dem Kleingeld in der Tasche. Ein Gedanke, der sie völlig gleichgültig ließ, kam ihr in den Sinn und schlich sich wieder davon: Morgen würde sie vielleicht überhaupt kein Geld mehr haben. Nicht einmal für ein Sandwich …

Aus irgendeinem Grund hatte das Mädchen keine Eile weiterzuziehen. Es stand da und sah zu, wie Ywha kaute. Ob sie auf Lob wartete?

»Die Sandwiches sind ausgezeichnet.« Ywha zwang sich zu einem freundlichen Lächeln.

»Du … du bist die Füchsin, die mit den Hühnern leben will«, erklärte das Mädchen völlig ernst. »Und du hoffst, dass sie dich nicht durchschauen.«

Ywha schwieg. Der Bissen blieb ihr im Hals stecken.

»Eine Füchsin isst keine Hirse!«, hielt das Mädchen ihr überlegen vor. »Das wirst du schon noch sehen … irgendwann.« Dann hantierte sie geschäftig an ihrem Karren herum. »Auf Wiedersehen …«

Ihre Hand bohrte sich schmerzhaft in Ywhas Schulter. Daraufhin verschluckte sie sich. Schon im nächsten Augenblick war das Mädchen fort, wobei es den Karren mit einem derart trauervoll-siegreichen Blick vor sich herschob, als handle es sich bei ihm um den Katafalk auf einer Militärbeerdigung.

Als er in die Stadt einfuhr, meldete sich am Armaturenbrett mit einem stechend roten Blinklicht der Notruf. Obwohl Klawdi nicht nach dem Telefonhörer griff, krampfte sich seine Brust in schlimmer Vorahnung schmerzlich zusammen. Also doch …

Am Platz des Siegreichen Sturms parkten immer viele Autos; heute versperrte ein schnittiger weißer Maxik mit seinem kecken Hintern die Durchfahrt, sodass sich Klawdi zu seinem Verdruss gezwungen sah, die Sirene einzuschalten.

Nachdem er oben in seiner Wohnung angekommen war, studierte er nachdenklich den Inhalt des Kühlschranks; dann schlug er die Tür zu, setzte Teewasser auf und machte es sich mit dem Telefon bequem.

»Nieder mit dem Abschaum, Patron.« Obwohl die Stimme seines Stellvertreters professionell rau war, hörte Klawdi klar und deutlich einen Hauch echter Erleichterung heraus. »Ich habe Sie gesucht, Patron …«

»Nieder mit dem Abschaum, Hljur. Was gibt's?« Klawdi streckte sich auf dem Sofa aus, ohne die verstaubten Schuhe auszuziehen.

»Eine Epidemie, Patron. Pestfälle in Rjanka …«

»Fälle? Wie viele?«

»Zehn, Patron.«

»Wie viele?!«

»Zehn Fälle von Beulenpest, davon bereits drei mit tödlichem Ausgang ... Die Sanitätstruppe schlägt Alarm, Rjanka ist zum Sperrgebiet erklärt worden ... Die Information ist bereits zur Presse durchgesickert ...«

»Weiter.«

»Lynchjustiz.«

Klawdi klemmte sich den Hörer mit der Schulter ans Ohr. In der Küche pfiff der Kessel immer lauter.

»Wo?«

»Auf dem zentralen Platz, Patron. In ihrer Panik haben die Menschen dort einen Scheiterhaufen errichtet. Unsere Leute sind erst eingetroffen, als das Feuer schon brannte.«

»Das ist bedauerlich.« Klawdis Stimme klang jetzt unbeteiligt und sachlich. »Es ist höchst bedauerlich, dass unsere Leute in Rjanka so lahm sind. Wer ist die Tote?«

»Eine Hexe. Aber ... eine nicht initiierte, Patron. Ob sie etwas mit der Epidemie zu tun hat ...«

»Festnahmen?«

»Fünfzehn Menschen. Der Kurator des Kreises Rjanka zeigt Härte ... sozusagen, um die Wogen zu glätten ...«

»Der Kurator des Kreises Rjanka ist nach Wyshna abzuberufen«, erklärte Klawdi gedehnt. »Als Nachfolger soll ... Wenn ich mich recht erinnere, arbeitet Juryz in diesem Kreis?«

Sein Stellvertreter hüllte sich in Schweigen. »Das dürfte dem Rat der Kuratoren kaum gefallen ...«, brachte er dann vorsichtig, jedes Wort auf die Goldwaage legend, hervor. »Sie beschweren sich ohnehin bei jeder Sitzung darüber, dass Wyshna überall seine eigenen Leute hinschickt.«

Klawdi prustete los. Sein Gelächter war auch am anderen Ende der Leitung gut zu hören, worauf Hljur sich rasch auf die Zunge biss.

»Alle Inhaftierten ...« Klawdi ließ den Clip seines goldenen Füllers klackern. »Alle Inhaftierten sind in die Stadt zu bringen. Zu mir.«

»Ja, Patron«, murmelte der Stellvertreter etwas zu hastig, als dass es mit seiner Position in Einklang zu bringen gewesen wäre.

Gedankenversunken betrachtete Klawdi die prächtigen Weinranken vor dem Fenster.

Wenn er *das* doch nur geahnt hätte. Aber gut, noch konnte er das alles akzeptieren. Noch – denn es hätte auch wesentlich schlimmer aussehen können.

»Ich komme jetzt gleich rüber, dann brauche ich genaue Informationen, Hljur. Ich will wissen, wo in Rjanka die Brunnen liegen ... Warum haben Sie mir bisher eigentlich noch nicht mitgeteilt, dass der Herzog angerufen hat?«

»Patron ...« Sein Stellvertreter verstummte. »Woher wissen Sie das?«

»Kommen Sie schon!« Klawdi lachte. »Jedes Mal, wenn wir versagt haben ... Und Ihnen ist doch klar, Hljur, dass alles, was geschehen ist, auf unser extremes Versagen zurückgeht, oder?«

»Ja, Patron.« Der Stellvertreter schluckte so heftig, dass es in der Leitung zu hören war. »Ja, natürlich.«

(Djunka. Juni)

Am Tag der Beerdigung nahm ihn Djunkas Schwester zur Seite und bat ihn, die tiefliegenden, geröteten Augen fest auf ihn gerichtet: »Reiß dich zusammen, Klawdi. Du führst dich auf, als wärst du der Einzige, der Dokija geliebt hat.«

Er sank in sich zusammen, als hätte sie ihn mit einem Beil geschlagen. Dann nickte er.

Die letzten zweiundsiebzig Stunden waren zu einem einzigen, nicht enden wollenden Tag verschmolzen. Drei Mal war die Nacht heraufgezogen. Er hatte auf Fragen geantwortet, während seine Freunde, Mitschüler und ihm völlig unbekannte Menschen hinter seinem Rücken beredte Blicke gewechselt und miteinander getuschelt hatten: Das ist der Junge, mit dem sie an dem Tag am Strand war. Das ist der Junge ...

»Sie kann nicht einfach ertrunken sein! Sie schwamm wie ein ... Das ist unmöglich!«

»Beruhige dich, Starsh. Ihr Körper wies keinerlei Spuren von Gewaltanwendung auf. Ein Krampf muss ihr zum Verhängnis geworden sein.«

Ein Krampf.

»Klaw, komm schon, du darfst dich nicht so quälen. Sieh zu, dass du deine Prüfungen bestehst, versuch, auf andere Gedanken zu kommen …«

»Klaw, verzeih, aber habt ihr beide … und sei es auch nur ein Mal … habt ihr?«

Jetzt wartete er, bis sich der Friedhof leerte.

Die Menschen, die eben noch die gramgebeugte Prozession gebildet hatten, strömten langsam dem Ausgang zu. Nur Juljok Mytez blieb zurück, um verzweifelt nach Klaw Ausschau zu halten. Als er ihn nicht fand, rannte er zu den anderen, die gleichzeitig bedrückt und überdreht wirkten. Djunkas Mutter entschwand bereits seinem Blick – gerade schlug hinter ihr eine Autotür zu.

Vor vielen Stunden hatte Klaw aufgehört, sich für diese Menschen zu interessieren. *Reiß dich zusammen* – das hieß doch nichts anderes als: Sei in deinem Egoismus konsequent.

Der Abend dämmerte. Die verwelkenden Blumen verströmten einen starken, satten und schweren Geruch.

»Djunka«, sagte er und ließ sich auf die Knie fallen. »Djunka, ich wollte dir sagen, dass wir nach den Prüfungen heiraten … Schick mich nicht weg. Kann ich hier einfach ein bisschen sitzen?«

Der schummrige Abendhimmel. Das beruhigende Zirpen der Zikaden.

»Djunka …«

Er fand keine Worte.

Vielleicht wollte er ihr sagen, dass er sich unverzeihlicherweise an ihre Liebe gewöhnt hatte. Dass er sie zu oft großspurig weggescheucht hatte: Komm morgen wieder. Dass sie für ihn halb ein Gegenstand und halb ein Kind gewesen war. Dass er nicht wusste, wie er sich bestrafen sollte. Und ob ihm die grausamste Strafe überhaupt helfen würde …

Schließlich sprach er das aus, was er für nötig hielt. Was er als das einzig Richtige und Angemessene erachtete. »Djun, ich schwöre, dass ich niemals irgendjemanden außer dir lieben werde.«

Fuhr da der Wind durch die Krone einer der dunklen Friedhofstannen? Oder erzürnte sich Djunka, die ihn von *dort* beobachtete, die nassen Haare schüttelte und verärgert die spitz zulaufende Nase rümpfte?

»Jetzt habe ich es gesagt«, flüsterte er tonlos. »Verzeih mir.«

Hinter ihm knackte das Geäst. Er erstarrte, zählte langsam bis fünf und drehte sich um.

An alle, die bei der Beerdigung gewesen waren, erinnerte er sich zwar nicht, dennoch meinte er aus irgendeinem Grund sicher zu wissen, dass dieser Alte nicht daran teilgenommen hatte. Er trug einen zerknitterten dunklen Anzug und zerschlissene Stiefel. Der Friedhofswärter? Obdachlose, die leere Flaschen einsammelten und verkauften, hatten ganz bestimmt nicht ein so entschlossenes Gesicht. Und keinen so klaren Blick.

»Ich bin ein Lum«, sagte der Alte, als antworte er auf die unausgesprochene Frage. »Du brauchst keine Angst zu haben.«

Ein Lum. Ein Tröster auf dem Friedhof. Es hieß, dieses Handwerk gehe auf einen heute in Vergessenheit geratenen Glauben zurück. Auf jene Geistlichen, die einst für die am schmerzlichsten leidenden Seelen, die durch den Verlust am stärksten geschwächt waren, Worte gefunden hatten. Djunkas Eltern hatten nicht zu den Diensten eines Lums Zuflucht genommen, stolz wollten sie die Bürde des eigenen Leids allein tragen. Ob der Alte glaubte, er würde bei Klaw, der sich von der Prozession abgesondert hatte, mehr Glück haben?

»Nein.« Klaw drehte sich um. »Danke, aber … Ich glaube nicht daran. Ich brauche das nicht. Ich schaffe das selbst.«

»Woran glaubst du nicht?«, fragte der Alte verwundert.

»Ich möchte allein sein«, flüsterte Klaw. »Mit … ihr. Bitte, gehen Sie weg.«

»Du tust Unrecht«, seufzte der Alte. »Du tust Unrecht … aber ich gehe ja schon. Nur …«

Verärgert hob Klaw den Kopf.

»Nur …« Der Alte kaute auf den Lippen herum, als wolle er die Worte erst schmecken – und danach die richtigen auswählen. »… tust du etwas, das man nicht tun darf. Du gönnst ihr keine Ruhe, rufst sie herbei. Du hältst sie fest. Diejenigen, die *jener* Welt angehören, darf man jedoch auf keinen Fall in *diese* ziehen. Die Njawken …«

Klaw fuhr zusammen. »Gehen Sie.«

»Leb wohl ...«

Die schwarzen Tannenzweige erzitterten, als sie den lautlos verschwindenden Lum durchließen. Klawdi Starsh, ein sechzehn Jahre alter Junge, der sich für einen Mann hielt, blieb allein zurück.

Mit Djunka.

Die Nacht verbrachte sie auf dem Bahnhof.

Das schmerzhafte Gefühl, schutzlos zu sein, trieb sie von Stockwerk zu Stockwerk, von Saal zu Saal; jedes Mal, wenn sie für ein paar Minuten auf einem der tiefen Plastikstühle einnickte, schreckte sie wie im Fieber aus dem Schlaf hoch und konnte sich lange nicht besinnen, wer sie war und wo sie sich eigentlich befand.

Schließlich, der drückenden Hitze und des unnatürlichen Lichts der weißen Deckenlampen müde, trat Ywha auf einen der vom Sprühregen feuchten Bahnsteige hinaus. Winzige Wasserpartikel flirrten wie Mücken um die unerträglich grellen Laternen. Die unbequemen Nachtzüge kamen an oder fuhren ab, eine schwarze Silhouette lief rasch die riesigen, Furcht einflößenden Räder ab und schlug mit einem Stab geräuschvoll gegen das Eisen. Die Zeiger der runden Bahnhofsuhr klebten reglos am Zifferblatt, die Nacht zog sich ewig hin. Ywha verzweifelte.

Der Polizist, der neben der Kasse Posten stand, schielte anfangs gleichgültig, später aber neugierig zu ihr hinüber. Ywha baute sich unmittelbar vor ihm auf und studierte ausgiebig und demonstrativ die Anzeige für die Züge, diese riesige Tafel voller Namen und Ziffern, die mit gleichmäßig blinkenden Linien die ganze Welt symbolisierte.

Plötzlich wollte sie ihre Taschen umstülpen und sich mit dem letzten Geld das Recht erwerben, unbehelligt über den Bahnhof zu schlendern – als Besitzerin einer Fahrkarte, als Herrin über das eigene Schicksal – und von oben herab auf den neugierigen Polizisten zu blicken, da sie dann zumindest hier eine völlig legal handelnde Person abgab, eine gesetzestreue und anständige Frau.

Der Gedanke lockte derart stark, dass sie sogar einen Schritt auf das Fensterchen zu machte, wobei sie im Gehen überschlug, wie weit sie die bescheidenen Mittel bringen könnten, die ihr noch verblieben waren. Doch schon der nächste Schritt fiel um die Hälfte kürzer aus, danach weigerten sich ihre Beine ganz weiterzugehen, denn wenn sie jetzt wegführe, bedeutete dies, sich endgültig von Nasar zu trennen.

Verwundert starrte der Polizist sie an. Ywha blieb stehen, hob den Blick zu der Anzeigentafel und ging naiv davon aus, ihre Tränen seien, da sie ihr ja nicht über die Wangen kullerten, nicht zu bemerken.

Doch sie standen ihr in den Augen. Wie zwei von Staudämmen eingeschlossene Seen.

»Junge Frau, kann ich Ihnen vielleicht helfen?«

Der Polizist verschwamm vor ihrem Blick. Offenbar sah er sie jedoch voller Mitleid an.

Ywha schüttelte den Kopf und wandte sich rasch dem Ausgang zu.

Den Morgen erlebte sie in Gesellschaft einer Najade des städtischen Springbrunnens. Während sie sich in die graue Jacke – ein Geschenk Nasars! – mummelte, versuchte sie, die Reste der Wärme zu speichern, nicht einen Zug der feuchten Luft durch den Kragen dringen zu lassen und auch nicht zu atmen. Auf dem Kopf der Najade saß eine Taube, deren Krallen ständig abglitten, wieder und wieder abrutschten.

Manchmal glaubte Ywha allerdings, es gebe gar keine Taube. Dass das Tier nur ein Auswuchs ihrer Phantasie sei und jene weiße Skulptur keine Najade, sondern eine an eine Säule gekettete Frau darstelle, zu deren Füßen ein steinernes Reisigbündel liege, aus dem bereits ein steinernes Feuer lodere.

In Ywhas Nacken saß eine Art Nagel, schon seit einer ganzen Weile, und er fühlte sich immer wohler, schlug Wurzeln.

Als ein paar Räder aufquietschten, zuckte Ywha zusammen.

Bereits früh am Morgen lief das Mädchen mit der ausgelassenen Jacke, unter der das an eine Schuluniform erinnernde braune Kleid hervorlugte, durch die menschenleeren Straßen. Der grellfarbene Karren polterte hinter ihr über den Asphalt.

»Heiße Sandwiches«, rief das Mädchen, obwohl der Wagen leer war.

Ywha leckte sich über die Lippen. Der Nagel in ihrem Nacken bohrte sich tiefer.

»Übernachte nicht noch mal auf dem Bahnhof!« Das Mädchen rieb sich die Nasenwurzel, und da begriff Ywha plötzlich, dass die andere nicht erst vierzehn, sondern schon viel älter war. »Die haben dich bereits ins Auge gefasst ... diese bösen Menschen.«

Ywha schwieg, ohne die andere aus den Augen zu lassen.

»Böse Menschen machen böse Sachen. Ein Mädchen ohne Zuhause ist eine Ware, die ihnen umsonst zufällt.« Die Sandwich-Verkäuferin verzog einen Mundwinkel zu einem schiefen Lächeln. »Geh nicht mehr zum Bahnhof.«

Angst beschlich Ywha. Das Mädchen schwieg und lächelte, während in ihren Augen die Antwort auf die noch unausgesprochene Frage stand: Du weißt, wer ich bin. Denn du weißt, wer du selbst bist. Also verhalte dich entsprechend!

Eine Hexe, eine reife Hexe schaute Ywha aus dem schmächtigen Körper einer Schülerin an. Ein Schauder lief über Ywhas Rücken; um ihre Angst zu überwinden, stellte sie sich ihr Gegenüber bei einer Mathematikstunde vor. An der Tafel, mit der abgegriffenen Kreide in der mageren Hand, biss sie sich konzentriert auf die Lippe ...

»Was ist so komisch?«, fragte das Mädchen irritiert.

»Nichts«, antwortete Ywha und blickte schnell woanders hin.

Das Mädchen schob ihren Karren vor und zurück. »Kommst du mit mir mit?«

»Nein.« Ywha erhob sich, und mit einem Mal kam ihr die Tasche unerhört schwer vor. Ihre Verunsicherung ärgerte sie. »Ich ziehe heterosexuelle Beziehungen vor«, fügte sie dann hinzu.

Der Nagel, der sich in ihrem Nacken eingenistet hatte, ruckte und schmerzte noch heftiger. Ywha schulterte die Tasche und ging schnellen Schrittes davon, doch die Worte, die ihr das Mädchen nachrief, erreichten sie auch so und peitschten ihr schmerzhaft über den Rücken: »Bilde dir nicht ein, dass du eine Wahl hast, du Idiotin. Es wird nur schlimmer, wenn man dich unschuldig verbrennt.«

Eine Panikattacke, die ihr weiche Knie beschert und in ihrem Mund einen ekligen Geschmack zurückgelassen hatte, lag bereits hinter ihr; zweimal war Ywha in einer Straßenbahn die gesamte Strecke mitgefahren, bis der Schaffner sie schließlich misstrauisch beäugt hatte.

Es hieß, eine Hexe fürchte die Initiation genauso wie eine Jungfrau die Hochzeitsnacht. Ywha wusste nicht, ob das stimmte; von ihrer Jungfräulichkeit hatte sie sich spielend verabschiedet – es war ihr so vorgekommen, als ob Nasar und sie bloß fummelten. Bei dem Gedanken an eine mögliche Initiation packte sie dagegen heftige Angst; sie sah sich an einem Abgrund stehen, dessen gezackter Rand einen Punkt markierte, von dem es kein Zurück mehr gab. Selbst einen Menschen und einen Hund schien mehr miteinander zu verbinden als einen Menschen und eine Hexe …

In ihren Albträumen schwebte sie in einem langen schwarzen Gewand über einem aufgeschlagenen alten Buch. Sie lief einen schmalen, verschlungenen Weg entlang, eine von vielen, die an einer beängstigend einlullenden Prozession teilnahmen. Schließlich flog sie nackt auf einem Besen durch die Luft, wobei an ihrem Hintern ein kurzer Schwanz prangte. Aber sobald sie aufwachte und den warmen, entspannten Körper Nasars spürte …

Ywha schaltete sich in die Realität zurück. Unmittelbar vor ihr befand sich ein neues Münztelefon, ein grauer Apparat mit nur einem einzigen, langen und tiefen Kratzer. Wie eine Narbe auf einem jungen Gesicht.

Ywha seufzte mehrmals. Seit zwei Tagen verfolgten sie jetzt diese Telefone. Die Apparate hefteten sich ihr an die Fersen, packten sie bei den Händen, rammten ihr die Hörer unter die Nase: Wähl! Wähl, und Nasar wird sagen: Ywha … Mein Füchslein, wo steckst du denn …

Sie biss sich auf die Lippe. Die Stimme war zu deutlich zu hören, als dass es sich um ein Phantasieprodukt handeln konnte; vielleicht war sie ja imstande, über die Entfernung hinweg Nasars Gedanken zu lesen. Vielleicht …

»Hallo.«

Beinah hätte Ywha aufgeschrien. Sie presste den Hörer so fest ans Ohr, bis es schmerzte.

»Hallo. Wer ist da?«

Ein spröde, angespannte Stimme. Ob er auf den Anruf gewartet hatte? Ob er ahnte, wer am anderen Ende schwieg und in den Hörer atmete?

Er musste es ahnen, begriff Ywha mit einem Frösteln. Es konnte gar nicht anders sein. Nach allem, was vorgefallen war – wer sollte da sonst anrufen und schweigen?!

»Ich verstehe Sie nicht«, sagte die monotone Stimme Nasars. »Ich verstehe Sie nicht … Hallo? Sagen Sie doch was!«

Sie wollte etwas sagen. Sie hatte schon tief Luft geholt und damit durch die Telefonleitung über viele Kilometer hinweg einen erstickten Laut geschickt: chha …

»Ich verstehe Sie nicht«, sagte Nasar wieder. »Versuchen Sie es bitte noch einmal.«

Freizeichen. Andauernd knallten sie aus dem Hörer: wie Gerten, mit denen man in alten Zeiten ungehorsame Kinder bestraft hatte.

Ganz vorsichtig legte Ywha den Hörer auf, trat jedoch nicht aus der Telefonzelle hinaus. Stattdessen beobachtete sie, wie die Tropfen des nach und nach einsetzenden Regens über die Scheibe rannen.

Platz des Siegreichen Sturms Nr. 8, Wohnung 4. Telefonnummer …

Telefonnummern hatte sie sich immer nur mit Mühe einprägen können. Wie sollte man sich auch eine Reihe bedeutungsloser Ziffern merken?

Doch diese Nummer hatte sich ihr ein für alle Mal in den Schädel gehämmert. Was für ein Hohn!

Oder machen ihre Visitenkarten das? Einmal gelesen – und schon behältst du die Angaben für immer im Gedächtnis?

Der Regen tropfte ihr in den Kragen. Unwillkürlich zog sie den Kopf ein.

Nachdem sie den ganzen Tag ziellos durch die Straßen gestreift war, stieß sie schließlich auf den Palast der Inquisition.

Seit ein paar Stunden umrundete sie ihn schon, umzingelte ihn, ging für eine Tasse billigen Kaffees in ein Café, bläute sich die Straßennamen ein und zog ihre Kreise enger und enger. Am

Ende erhob sich vor ihr das hohe, recht neue, allerdings im klassischen Stil erbaute Gebäude mit dem spitzen, in den Himmel aufragenden Dach.

Wie ein Vogel vor einem Schlangennest verharrte Ywha an Ort und Stelle. Die Flügel der breiten Tür zierten kupferne Wappen mit der kursiv gehaltenen Inschrift: »Nieder mit dem Abschaum«. Dieser Abschaum, der bin ich, schoss es Ywha durch den Kopf. Sie presste ihre Tasche gegen die Brust.

Rechts neben dem Haupteingang befand sich eine kunstvolle Glastür. Vor ihr stand eine Reklametafel, nur dass anstelle der üblichen Werbung ein strenges Plakat darauf geklebt war. Ywha blinzelte. Der Nagel in ihrem Nacken schmerzte erbärmlich.

»Hexe, vergiss nie, dass die Gesellschaft dich nicht zurückweist. Erhebe dich über den Abschaum und lass dich registrieren, damit du eine gleichberechtigte und gesetzestreue Bürgerin wirst ... Hängst du auch weiterhin dem Bösen an, so verdammst du dich selbst zu Kummer und Einsamkeit ... Gemäß Artikel ... des Gesetzbuches ... Nichtregistrierung ... wird mit gemeinnütziger Arbeit bestraft ... in Tateinheit mit einem Verbrechen ... wird sie vor das Gericht der Inquisition gestellt ...«

Ywha schluchzte auf. Jetzt gleich würde sie diese Glastür öffnen und sich auf den Weg machen ... zu allen anderen Bürgern, zu gleichberechtigten und gesetzestreuen Menschen wie Nasar. Wenn die Gesellschaft mich nicht zurückweist, warum weist du mich dann zurück?, grummelte sie innerlich. Bist du etwa besser als die Gesellschaft?!

Mit dem Handrücken wischte sich Ywha das kümmerliche Nass unter der Nase weg. Eine schmerzhafte Courage hatte sich ihrer bemächtigt, die ihr jedoch angenehmer vorkam als Verzweiflung oder Panik. Auf der Stelle würde sie den Großinquisitor anrufen. Schluss mit der albernen Grübelei! Aber wo war das Telefon?! Sie war doch voll von Telefonen, diese verdammte Stadt.

Energisch wählte ihre Hand die gesamte Nummer, von Anfang bis Ende, erst bei der letzten Sieben zögerte sie. Aber nur eine Sekunde.

Sie hoffte, ihre Erinnerung trüge sie. Dass die Nummer gar nicht existierte und eine automatische Ansage sie unverzüglich mit widerwärtiger, nasaler Stimme davon in Kenntnis setzte.

Es läutete. Der lange Ton des Freizeichens. In Ywhas Innernem vereiste alles.

Gleich würde eine geplagte Hausfrau an den Apparat gehen: »Wen?! Die Inquisition? Ich bitte Sie, unterlassen Sie solche Scherze! Sie haben sich verwählt.«

Wie oft hatte es schon geklingelt? Drei Mal oder fünf Mal? Der Herr Großinquisitor war ein viel beschäftigter Mann und selten zu Hause …

Beim achten Klingeln hatte sie sich fast beruhigt. Anstandshalber wollte sie das zehnte Klingeln noch abwarten – und dann wieder gehen. Vor allem, da die Entschlossenheit, die sie ans Telefon getrieben hatte, längst verflogen war.

»Hallo.«

Beinahe hätte Ywha den Hörer fallen lassen.

Eine kalte, etwas müde Stimme, die von weit her klang, als käme sie aus einer anderen Welt.

»Hallo, wer ist denn …«

Sie sollte unverzüglich die Gabel herunterdrücken. Den gefährlichen Faden kappen, den sie in ihrer Unvorsichtigkeit gespannt hatte, zwischen sich und …

»Wer ist da?«

Ywha befeuchtete sich die Lippen und streckte die Hand nach der Gabel aus.

»Bist du das, Ywha?«

Sie konnte ihre Hand nicht mehr aufhalten. Die eingeleitete Bewegung setzte sich fort, die Hand drückte auf die Gabel, und zwar so stark, dass sich die eisernen Hörner ihr schmerzhaft ins Fleisch bohrten.

Innerhalb von vierundzwanzig Stunden waren im Kreis Rjanka zehn Menschen infolge der Epidemie gestorben, hundertundacht erkrankt; die Schuld für diese Vorfälle wurde den Hexen zugeschoben. Die Nachrichten, die stündlich im Fernseher liefen, brachten unermüdlich das immer gleiche, reißerische Bild: eine junge Hexe mit Schaum vorm Mund, die in die Kamera schrie: »Das ist bloß der Anfang! Das ist bloß der Anfang! Wartet's nur ab!«

Eine Amateuraufnahme des Hexensabbats. Eine aufgelöste Menge. Mitten auf einem Platz war in einem Hexenfeuer ein

Körper verbrannt worden. Klawdi nippte an dem heißen Kaffee, verzog jedoch das Gesicht, als handle es sich um Medizin.

Die Aufnahme stammte noch aus dem letzten Jahr. Eine Fernsehgesellschaft hatte dem Verrückten, der sie gemacht hatte, eine unerhörte Summe dafür geboten, und jetzt, kaum war das Wort »Hexe« gefallen, fiel den Leuten in den Sendeanstalten nichts Besseres ein, als diese unscharfen Bilder zur Illustration der jüngsten Ereignisse zu bringen. Klawdi grinste gallig. Sie alle hatten nur eine sehr vage Vorstellung von dem, was ein echter Hexensabbat war. Und bestimmt würden mindestens hundert Leute ihr letztes Hemd für das Recht hergeben, im Videoarchiv der Inquisition zu kramen.

Ein Körper, von Hexen verbrannt. All das waren alte Bilder – aber dort, in Rjanka, hatte man jetzt wirklich jemanden verbrannt, noch dazu eine völlig unschuldige Frau. Und vor dem Sitz der Inquisition in Rjanka demonstrierten seit dem Morgen die Menschen: »Schützt uns vor den Hexen!«

Im welchem Irrenhaus hatte man diese Hysterikerin bloß aufgetrieben? *»Das ist bloß der Anfang! Das ist bloß der Anfang! Wartet's nur ab!«*

Jetzt kam eine verängstigte Frau mit einem Kind auf dem Arm ins Bild. »Was haben wir ihnen denn getan, diesen Hexen? Was haben wir ihnen bloß getan? Angeblich sind schon alle Brunnen ... und auch das Leitungswasser vergiftet ...«

Klawdi stellte den Fernseher ab. Aus einem halbleeren Päckchen fischte er eine weitere Zigarette. In einer Ecke stand ehrerbietig ein Bote, der wohl dachte, er verberge seine Gedanken zur Genüge. Doch hinter der Fassade höflicher Aufmerksamkeit ließen sich auf seinem Gesicht ohne Frage Verzweiflung und Ärger erkennen: Der Großinquisitor macht es sich gemütlich. Der Großinquisitor tut nichts, sondern legt die Beine hoch, trinkt Kaffee und macht einem Päckchen Zigaretten den Garaus, während sich eine Epidemie ausbreitet und die Panik auf die Hauptstadt überzugreifen droht.

Das Telefon blökte mit schwacher Stimme los. »Nieder mit dem Abschaum!«, meldete sich der Polizeichef.

»Nieder mit ihm.« Klawdi ließ das Feuerzeug aufschnippen und blinzelte in die bläulich-gelbe Flamme.

»Man hat sie hergebracht, Patron … Vier. Der Rest taugte ohnehin nichts, den haben wir gleich in der Kreisverwaltung behalten …«

»In den Verhörraum.«

»In welcher Reihenfolge?«

»Egal. In alphabetischer.« Klawdi legte auf und erhob sich. Als der Bote seinen Blick auffing, trat er unwillkürlich einen Schritt zurück – mit einem Nicken entließ Klawdi ihn.

In seinem Vorzimmer versauerte der Kurator des Kreises Rjanka. Da er den Kollegen, einen Nichtraucher, nicht mit seinem Tabakrauch belästigen wollte, verschwand Klawdi durch eine Geheimtür. Der Kurator wartete bereits seit dem Morgen darauf, vorgelassen zu werden. Klawdi wusste nicht, weshalb er diesen im Grunde anständigen Menschen quälte; darüber würde er sich später den Kopf zerbrechen. Und er würde versuchen zu vergessen, dass ebendieser Kurator vor fünf Jahren alles darangesetzt hatte zu verhindern, dass Klawdi Starsh seinen jetzigen Posten bekam. Oder sollte er besser versuchen, sich daran zu erinnern?

Der Verhörraum lag traditionell im Kellergeschoss, fünf Minuten von seinem Büro entfernt, wenn er gemächlich ging. Also konnte der Großinquisitor noch in aller Ruhe zu Ende rauchen.

(Djunka. Oktober–Dezember)

Versetzt wurde Starsh noch unter Vorbehalt, doch bereits im Herbst bestand er ordnungsgemäß die beiden fehlenden Prüfungen. Sein Zimmergenosse war nun Juljok Mytez, ein gutmütiger Tollpatsch, der Liebling aller Frauen und ein Ritter mit Mandoline. Im Zimmer gab es fast jeden Tag eine Party, wobei Klaw wie alle grölte und sich gesellig zeigte. Er machte jetzt alles wie alle, denn jene Worte von Djunkas Schwester: »Reiß dich zusammen, Klawdi. Du führst dich auf, als wärst du der Einzige, der Dokija geliebt hat« hatten sich tief in seiner Seele eingenistet.

Zum Friedhof konnte er bequem trampen. Die Fahrer schwerer LKWs kannten ihn schon bald und hielten an, ohne auf sein Zeichen zu warten.

Von diesen nächtlichen Ausflügen wusste nur Juljok. »Klaw, was soll das denn? Bei dem Regen heute … Willst du nicht lieber morgen fahren? Ja, ja, ich halt schon den Mund. Also, dann bring ich heute Lynka mit aufs Zimmer. Du hast doch nichts dagegen, oder?«

Stundenlang saß Klawdi auf der kleinen Bank an der Friedhofsmauer. Neben sich stellte er eine batteriebetriebene Lampe – und versank dann in einen Dämmerzustand, in einen Tagtraum. Und dort, in diesem Traum, lebte Djunka und war an seiner Seite.

Der alte Lum sprach ihn nur noch ein Mal an. Unhörbar trat er aus der Dunkelheit heraus und versperrte ihm den Weg zum Grab. »Aus Unwissenheit richtest du schlimme Dinge an, mein Junge. *Störe sie nicht.* Quäle weder sie noch dich, erinnere dich voller Freude an sie, aber störe *ihre* Ruhe nicht mit deinen Rufen!«

»Sie können mich nicht trösten!«, sagte Klaw leise. »Gehen Sie weg!«

»Dir sind bestimmte …« Der alte Lum presste die Lippen aufeinander. »… Möglichkeiten gegeben. Ich weiß nicht, was du einmal werden wirst, aber … dein Wunsch hat ein zu großes Gewicht. Wünsch dir daher nichts Unvernünftiges.«

Mit diesen Worten verschwand er.

Als der Winter anbrach, hielt es Juljok Mytez, der bislang geduldig darauf gewartet hatte, dass Klaw »gesund« wurde und den Kampf gegen seinen Kummer gewann, nicht mehr aus und probte den Aufstand. »Du bist doch nicht normal! Du bist verhext, geplatzt wie ein Fieberthermometer in kochendem Wasser! Wenn das so weitergeht, rufe ich den Notarzt, damit der dir ein Beruhigungsmittel spritzt! Was soll das denn? Kannst du nicht tagsüber gehen, sonntags, wie alle Leute?!«

Klaw öffnete den Mund und wünschte seinen Freund an einen Ort, von dem es kein Zurück gab. Tödlich beleidigt schwieg sich Juljok lange aus.

Eine Woche später fing sich Klaw tatsächlich eine Erkältung ein und erkrankte, jedoch nicht ernstlich, man steckte ihn bloß für eine Woche ins Krankenzimmer. Aus dem Reich der Medizin konnte er sich nicht unbemerkt davonstehlen; als er es doch einmal versuchte, hätte ein mürrischer Pfleger den aufsässigen

Patienten beinahe zusammengeschlagen. Seines wichtigsten Lebensinhalts beraubt, zog sich Klaw die Decke über den Kopf und wandte sich in einer ganz normalen Fieberphantasie an Djunka. »Verlass mich nicht …«

An dem Tag, als er gesundgeschrieben wurde, fand in der Schule der traditionelle Winterball statt. Für Klaw bot sich damit eine willkommene Gelegenheit zu verschwinden, und zwar ohne Aufsehen zu erregen. Er schützte Schwäche und Kopfschmerzen vor – und nach seiner Krankheit war er in der Tat schwach – und weigerte sich, Juljok und seiner Mandoline Gesellschaft zu leisten. Gegen Abend brach jedoch ein Schneesturm los, der so heftig tobte, dass selbst der fanatische Klaw genug Verstand besaß, auf einen Friedhofsbesuch zu verzichten.

Während sich alle anderen amüsierten, saß Klaw im leeren Zimmer an dem zugeschneiten Fenster. Vor ihm stand eine elektrische Lampe in Form einer dicken, gedrehten Kerze auf dem Tisch. Das Spiegelbild der Lampe in der schwarzen Fensterscheibe wirkte wie eine richtige brennende Kerze; vor dieser Kerze saß ein trübsinniger Junge, der sich für erwachsen hielt – und sein Spiegelbild war nicht minder streng, nicht minder finster. Böser, wütender Schnee hämmerte gegen das Fenster.

Das Gefühl schlich sich keineswegs hinterrücks an. Klawdi ertappte sich dabei, wie er bereits seit einigen Minuten angespannt lauschte, vielleicht auf die fernen Ballgeräusche, vielleicht auch auf das Heulen des Windes, vielleicht auf sich selbst. Das zarte Würmchen der Panik rührte sich zunächst kaum merklich in seiner Brust, ruckte dann unter Schmerzen, als hinge es am Haken, und jagte einen Schauder über seine Haut, der weitaus kälter war als der Frost draußen. Klaw meinte, das Licht der kerzenartigen Lampe in der Scheibe flackere wie eine Flamme in der Zugluft.

Er schlug die Hände vors Gesicht. Ein paar Sekunden lang saß er da und versteckte sich hinter dem nicht sehr soliden Gitterwerk seiner verschränkten Finger vor der Welt. Schließlich zog er die Schublade unter dem Tisch auf, ertastete das Röllchen mit den weißen Tabletten und nahm gleich zwei, die er ohne Wasser herunterschluckte.

Kurz darauf hatte er seine Ruhe wiedergefunden. Eine gewaltsam herbeigeführte Ruhe freilich, als sei sein hämmerndes Herz in eine Zwangsjacke gesteckt worden. Schläfrig blinzelte er, gähnte, schaute auf die dunkle Glasscheibe und ließ den Kopf auf die Hände sinken.

Das nächste Mal bohrte sich die Unruhe durch seine schlaftrunkene Benommenheit – wie ein Messer durch Watte. Klaw rang kurz mit sich, dann stand er auf und schaltete die Deckenbeleuchtung ein. Das Licht flutete bis in den hintersten Winkel des Zimmers, in Klaws Innerem herrschte jedoch noch immer Finsternis und Panik. Reglos, als sei er an das Eisengeländer einer unsichtbaren Treppe gekettet, lauschte er auf die weichen Schritte, wie sie die Stufen erklommen. Sie näherten sich langsam, aber zielstrebig und ohne zu zögern. Wer kam da? Was kam da?!

Ihm war klar, wie dumm es aussehen würde, wenn er mitten in der Nacht in den Ball platzte, bleich und verschreckt, in einem verwaschenen Trainingsanzug. Das war ihm klar, und er biss sich auf die Lippe, doch weder Stolz noch Scham vermochten ihn aufzuhalten, als er zur Tür hinausstürzen wollte.

Welches Gefühl es dann eigentlich war, konnte er nicht sagen.

Gegen die Scheibe bollerte trockener Schnee. Die elektrische Kerze brannte gleichmäßig, die Deckenlampe leuchtete hell und rein, im Fenster ließ sich wie in einem schwarzen Spiegel das gemütliche Zimmer der beiden fleißigen jungen Herren erkennen. Auf der anderen Seite der Scheibe prangte indes ein weißes Gesicht, das, halb von einer Straßenlaterne beleuchtet, an den abnehmenden Mond erinnerte.

Klaw presste die Hände gegen die Rippen, die sich hoben und senkten. Diese idiotischen Späße seiner betrunkenen Mitschüler. Wie sie es wohl geschafft hatten, auf den Balkon zu klettern?

Seine Gedanken schwirrten in alle Richtungen. Seine Gedanken schützten ihn, instinktiv, wie ein Vogel, der sich tot stellt, um sein Nest zu verteidigen. Klaw trat einen Schritt ans Fenster heran. Dann noch einen. Dann …

Ihr Gesicht war traurig. Sehr bedrückt, lang und schmal, wie die Flamme der Lampe, die Lippen kummervoll zusammengepresst, die fremdartig großen Augen verschattet. Nur einen Blick erhaschte er, der sich ihm unauslöschlich einprägte.

Der Wind!

Grausamer Wind trieb den Schnee gegen das Fenster, bis die Scheibe, von außen vereist, von einem Muster bedeckt wurde, durch das man nichts erkennen konnte, dazu kam noch das Licht der Straßenlaterne, das von der Seite auf sie einfiel – und der verrückte Junge nahm in diesem Schattenspiel Gott weiß was wahr …

In dem schmalen Kellerraum spendete eine einzige Fackel, die hinter Klawdi angebracht war, Licht. Er streckte den Arm in der Dunkelheit aus. Ein unsichtbarer Wächter legte ihm unverzüglich das feine, leichte Gewand über den Arm.

Die Einrichtung im Verhörraum bestand lediglich aus einem langen Eichentisch und einem Stuhl mit einer überproportional hohen, beschnitzten Lehne, ebenfalls aus Eiche. Kaum hatte Klawdi Platz genommen, griff er schon gleich nach den Zigaretten in der Brusttasche; seine Hand spürte die Schachtel unter der undurchdringlichen Seide des Gewands. Sich zusammenreißend, zog Klawdi die Kapuze über den Kopf. Der leichte Stoff, der nach Naphthalin und Feuchte roch, verbarg sein Gesicht bis zu den Lippen. In Augenhöhe waren schmale Sehschlitze ausgespart. Bereits nach einer Minute nahm Klawdi die Kapuze nicht mehr als störend wahr, er hatte sich an sie gewöhnt.

Eine Weile lang herrschte im Verhörraum noch die tiefste Stille. Klawdi starrte vor sich hin. Er durfte einer Hexe nicht leichtfertig gegenübertreten. Schweigend ließ er nach und nach den Großinquisitor in sich entstehen.

»Bring sie herein«, befahl er schließlich. »Eine nach der anderen. Die Reihenfolge spielt keine Rolle.«

Die Tür quietschte. Die Angeln wurden traditionell nicht geölt. Klawdi wartete.

Eine junge Frau kam herein, nicht älter als dreißig. Hand- und Fußgelenke steckten in Holzblöcken; diejenigen, die sie geschnappt hatten, mussten sie also für besonders gefährlich gehalten haben. Auf ihrem Gesicht lag ein gleichgültiger, überlegener Ausdruck.

Unter der Kapuze verengten sich Klawdis Augen zu Schlitzen. Vor ihm stand eine Schildhexe. Es war keinesfalls übertrieben, sie zu fesseln. Die Schildhexe schien es bereits mehrfach mit der Inquisition zu tun gehabt zu haben, denn obwohl die Nähe Starshs, der sich aufs Verhör vorbereitete, schmerzhaft für sie war, brachte sie es fertig, sich nicht das Geringste anmerken zu lassen. Tapfer und routiniert steckte die Hexe den Schlag ebenso klaglos ein wie hartes Leder einen Peitschenhieb.

»Sei gegrüßt, Schild«, sagte Klawdi mit gesenkter Stimme. »Hast du einen Namen?«

Die Hexe hüllte sich in Schweigen. Hinter ihr standen zwei kräftige Wachtposten – wie dunkle Säulen.

Klawdi griff nach den Papieren, die vor ihm lagen. »Magda Rewer. Mir ist völlig egal, ob du diesen Namen bei der Geburt bekommen oder ihn dir selbst gewählt hast. Hängst du an deinem Leben?«

Eine Welle seiner inneren Kraft ergoss sich über die Hexe. Kaum hatte Klawdi ihren überheblichen Blick abgefangen, hakte er sich an ihm fest, um das Niveau des »Brunnens« auszumessen. Die Hexe zuckte zusammen, doch in den aufgerissenen Augen spiegelte sich kein Schmerz. Diejenigen, die diesen Schild geschmiedet hatten, verstanden ihr Handwerk.

Erschöpft sank Klawdi gegen die Stuhllehne zurück. Ihr sogenannter Brunnen nahm auf der Skala einen Wert von zweiundsiebzig ein. Das war ein hoher Wert, ein sehr hoher sogar. Ein gefährlicher ...

»Du weißt, was jetzt kommt? Sprichst du freiwillig mit mir oder soll ich etwas nachhelfen, damit du mir erzählst, was ich wissen will?«

Magda Rewers Wange zuckte. »Dazu bist du nicht imstande.«

»Ach nein?« Klawdi beugte sich vor.

Obwohl er gar nicht die Absicht hatte, seine Drohung in die Tat umzusetzen – nach dem langen, schweren Tag stand ihm wahrlich nicht der Sinn danach, sich durch einen Schild zu bohren, noch dazu bei einem zweiundsiebziger Brunnen –, fasste die Hexe seine knappe Bewegung als einen solchen Versuch auf.

Ihre Lippen formten daraufhin ein unschuldiges, geradezu kindliches Lächeln. Das zerknitterte Kostüm, in dem sie vermutlich auch festgenommen worden war, wechselte von der schmutzig beigen Farbe plötzlich zu Schneeweiß, um sodann in Fetzen von ihr abzufallen und auf den Steinfußboden zu gleiten. Magda Rewer stand nackt vor ihm. Die Fesseln, die sich schmerzhaft in Hand- und Fußgelenke bohrten, versinnbildlichten nun eine bizarre erotische Phantasie.

Magda Rewer warf den Kopf in den Nacken, und ein lang anhaltender, leidenschaftlicher Schauder erfasste ihren Körper. Die bräunlichen Brustwarzen zogen sich zusammen und richteten sich auf, stachen dem Inquisitor förmlich in die Augen. In Klawdis Ohren trommelte es dumpf. Immer lauter und lauter.

Er biss sich auf die Lippe und riss die rechte Hand mit aneinandergepressten Fingern nach vorn. Die Hexe unterdrückte den Schmerzensschrei nicht.

Die nächsten Minuten betrachtete Klawdi den eigenen Schatten, der im Licht der Fackel zuckte, und lauschte darauf, wie die Spannung von ihm abfiel. Wendungen dieser Art mochte er nicht sonderlich. Nach solchen Verhören blieb das Gefühl, ein geiler Bock zu sein, an ihm kleben, und Gewissensbisse plagten ihn.

Er hob den Blick. Magda Rewer krümmte sich, ging jedoch nicht zu Boden. Nach wie vor trug sie das zerknitterte Kostüm, die Wächter hinter ihr standen ungerührt da. Sie hatten diese Vision nicht gehabt, denn die Schildhexe hatte ihre Kräfte auf einen der anwesenden Männer konzentriert.

»Magda«, flüsterte er. »Du arbeitest gerade an deinem eigenen Scheiterhaufen.«

Sie wimmerte zwar, ihr Blick behielt jedoch seinen gelangweilten, überheblichen Ausdruck bei.

»Du hast zwei Stunden, um über alles nachzudenken … Ich möchte aus Rjanka einen hexenfreien Kreis machen. Das ist nicht einfach, aber du wirst mir bestimmt dabei helfen …«

Die Hexe grinste über beide Ohren.

»Von mir aus kannst du es auch bleiben lassen«, fuhr Klawdi unbeirrt fort. »In diesem Fall wären für den Henker sämtliche Zweifel ausgeräumt.«

Die Schildhexe hüllte sich in Schweigen und gaukelte Klawdi vor, die Umrisse ihrer Brustwarzen würden sich unter ihrem Jackett abzeichnen. Der Inquisitor presste die Zähne aufeinander.

»Ich fahre nach Rjanka«, verkündete er. »Vorher jedoch wirst du mir sagen, was ich wissen will. Du oder eine andere. Aber mit Sicherheit wird mir eine von euch weiterhelfen.«

Indem er die Hand hob, bedeutete er ihr, dass das Verhör beendet sei. Als Magda abgeführt wurde, setzte sie an, etwas zu sagen, brachte dann aber doch kein Wort hervor. Nur ihre Augen verengten sich für einen flüchtigen Moment zu Schlitzen, was sie wie die Schießscharten einer belagerten Festung aussehen ließ.

»Magda Rewer, Registrierungsnummer 712«, sagte Klawdi in den Raum. »Verschärfte Haftbedingungen.«

Die beiden Stunden, die ihr zum Nachdenken zugebilligt worden waren, verbrachte die Schildhexe Magda Rewer in einer Einzelzelle, Hände und Füße in fest verankerte Holzblöcke gezwängt. Da die Zellenwände mit dem Zeichen des Spiegels versehen waren, wurde jeder ihrer Gedanken von den Wänden zurückgeworfen und traf, zehnfach verstärkt, wieder auf die Quelle.

Wenn Magda am Leben bleiben wollte, musste sie an etwas Angenehmes denken. Klawdi grinste spöttisch.

Bei dem Gedanken an den abberufenen Kurator aus dem Kreis Rjanka schlich sich Schadenfreude in dieses Grinsen. Jetzt wusste er immerhin, was er dem Mann sagen konnte, der so viele lange, unangenehme Stunden in seinem Vorzimmer hatte warten müssen. Jetzt wusste er auch, weshalb er den Kollegen aus Rjanka auf diese Weise erniedrigt hatte. Nicht, weil er, Klawdi, von Natur aus gemein war – und nicht einmal, weil er sich für Intrigen aus der Vergangenheit rächen wollte. Für die Verhaftung einer Schildhexe hätte der Kollege aus Rjanka Lorbeeren einheimsen können – wenn sie vor der Epidemie erfolgt wäre und nicht, während diese gerade tobte. Insofern durfte der Herr Kurator kaum noch mit Lob rechnen.

Klawdi unterdrückte das Verlangen nach einer Zigarette. Erschaudernd dachte er an die prallen Brüste Magda Rewers. Er presste die Kiefer aufeinander und schwor sich, heute bis zum Umfallen zu arbeiten. Bis er überhaupt keinen Wunsch mehr in sich verspürte. Bis zur Leichenstarre.

»Weiter«, befahl er mit tonloser Stimme. »Die nächste.«

Wieder quietschte die Tür enervierend in den ungeölten

Angeln. Die eintretende Frau trug keine Fesseln, zischte etwas und fiel hin.

Eine gewöhnliche Arbeitshexe, etlichen Anzeichen zufolge nur Mittelmaß. Warum man ausgerechnet sie unter den anderen Verhafteten ausgewählt und zum Verhör nach Wyshna gebracht hatte, war Klawdi schleierhaft. Obwohl ... Mit dem Brunnen stimmte offenbar etwas nicht, der wirkte ausgesprochen merkwürdig.

»Steh auf«, sagte er leise.

Die Wächter mussten die Hexe stützen. Willenlos hing sie in ihren Armen. Ihre Abwehrkräfte reichten nur, um das Bewusstsein nicht zu verlieren.

»Lass uns das Kriegsbeil begraben«, schlug Klawdi vor, während er die Kapuze zurechtrückte und die Sehschlitze neu ausrichtete. »Du bist zu schwach für einen Kampf, und mir steht nicht der Sinn danach ... Was ist in Rjanka los? Holt ihr zum Schlag aus? Oder spannt ihr ein Netz?«

»Ich weiß es nicht«, krächzte die Hexe voller Hass. Um diese Lüge zu bestrafen, bohrte er sich in ihren Blick und maß ihren Brunnen aus.

Die Hexe schrie auf, denn der Schmerz war mehr, als sie ertragen konnte. Klawdi biss die Zähne aufeinander. Vierundsiebzig. Bei einer unauffälligen, durchschnittlichen Arbeitshexe! Ein ähnliches Gefühl musste einen Gemüsegärtner beschleichen, der in seinen Beeten einen Bären von der Größe eines Königspudels einfing.

Die Frau verlor das Bewusstsein und tauchte in eine tiefe Ohnmacht ab. Klawdi schielte zum Protokoll über das Vorverhör hinüber. Xana Utopka, von Beruf Grundschullehrerin.

Mit geschlossenen Augen stellte er sich den Kurator aus Rjanka in allen Einzelheiten vor, packte ihn insgeheim beim Revers, schüttelte ihn ...

Er würde nach Rjanka fahren müssen. Über kurz oder lang würden die Scheiterhaufen der Lynchjustiz dort lodern. Grillen würde man jedoch weder Schild- noch Kampfhexen, ja, nicht einmal einfache Arbeitshexen, sondern ganz gewöhnliche, dumme, nicht initiierte Mädchen, solche wie jene Rothaarige, die ihn an eine Füchsin erinnerte.

»Xana Utopka«, sagte er in die Dunkelheit hinein. »Registrierungsnummer 709, normale Haftbedingungen … Und holt sofort einen Arzt!«

Die quietschende Tür öffnete und schloss sich.

Die nächste Hexe betrat mit stolz erhobenem Kopf den Raum. Sofort erkannte Klawdi sie wieder. *»Das ist bloß der Anfang! Das ist bloß der Anfang! Wartet's nur ab!«*

»Hallo, Schreihals«, presste er zwischen den Zähnen hervor.

Das Mädchen war höchstens fünfzehn. Klawdis Anwesenheit irritierte sie, mehr aber auch nicht. Um ihre innere Abwehr hätte sie ein schwerer Panzer beneiden können.

»Hallo, Henker«, erwiderte sie ungerührt. »Hast du für den Scheiterhaufen genug Brennholz auf Vorrat?«

»Keine Sorge, das hab ich«, beruhigte sie Klawdi. »Warum hast du gesagt, dies sei nur der Anfang?«

»Das wirst du schon noch sehen«, erklärte die junge Frau mit gebleckten Zähnen. Bei ihr handelte es sich um eine Bannerhexe. Dieser Typ war fanatisch bis zum Wahnsinn und verfügte, was die Sache besonders unangenehm machte, ansatzweise über das zweite Gesicht. Sie spielten die hysterischen Wahrsagerinnen, tarnten ihren nüchtern kalkulierenden Verstand dabei jedoch bloß hinter Raserei.

»Bist du schon volljährig?«, fragte Klawdi nachdenklich.

»Nein«, teilte das Mädchen sorglos mit. »Ich bin noch keine achtzehn … Laut Hexenrecht dürfen Minderjährige beim Verhör nicht gefoltert werden, ebenso wie bei ihnen von allen anderen Arten der Bestrafung abzusehen ist. Stimmt doch, oder?«

»Hmm«, meinte Klawdi nickend, während er nach ihrem Blick schnappte.

Eine sekundenkurze Pause. Die Hexe erbleichte, ließ sich ihren Schmerz jedoch nicht anmerken. Klawdi gab sie wieder frei und sank erschöpft gegen die Lehne.

Der Brunnen rangierte auf der Skala bei fünf- oder sechsundsiebzig. Entweder musste dem Kurator aus Rjanka eine Prämie für die Festnahme der drei stärksten Hexen im Land ausgezahlt werden, oder …

… oder in Rjanka schossen seit Kurzem Hexenmonster wie Pilze aus dem Boden.

Klawdi senkte die Lider. Er gierte nach einer Zigarette.

Eine Bannerhexe also. Vorgefühle, Vorhersagen, geheime Hoffnungen und Ängste …

»Kein Verhör mit Folter«, presste er zwischen den Zähnen hervor.

Seine rechte Hand streckte sich in Richtung der Hexe aus, bis die Spitzen der angespannten Finger auf Höhe ihrer gemeinen grünen Augen schwebten. Bannerhexen hatten eine fatale Schwäche: Sie orakelten allzu gern.

»Neh…men … Sie … die weg!«, jammerte das Mädchen. Klawdis Finger pressten sich zusammen.

Auch unter der Folter hätte sie vermutlich kaum etwas preisgegeben. Prophezeiungen krochen jedoch ganz von selbst aus ihr heraus. Sie konnte diesen kruden Strom nicht eindämmen – und vermutlich wollte sie es auch gar nicht. Die grünen Augen loderten entrückt.

»Sie … kommt! Sie ist schon auf dem Weg, sie …« Es folgte zusammenhangloses Gemurmel. »*Sie* schart uns um sich und …« Wilde Schreie, ein seliges Lächeln.

Klawdi schielte in die Schublade des Tisches. Alles in Ordnung, das Aufnahmegerät war eingeschaltet. Er würde sich den Text einprägen. Das eine oder andere dürfte von Interesse sein, selbst wenn vorerst nur ein einziger Hinweis relevant war: »Odnyza!«, schrie das Mädchen, während es den Kopf zurückwarf. »Im Kreis Odnyza. Ja, ja, ja!«

Odnyza, das klang für die meisten Menschen wie Musik. Ein Ferienort, Magnet für Touristen aus aller Welt, endlose Strände, la dolce vita, ein heiliger Traum, ausgebrütet in den langen Monaten des Winters und Herbstes, Geld, das eigens »für Odnyza« abgezweigt und gespart wurde, für Odnyza und in seinem Namen.

Der Kreis Odnyza grenzte an Rjanka. Der zwischenzeitlich eingesetzte Kurator war ein Mann Klawdis, ein treuer und zuverlässiger Kollege. Und da es längst zu spät war, nach Rjanka zu fahren, blieb ihm nur Odnyza, der Kreis Odnyza.

Zehn Sekunden nachdem er den Druck aufgegeben und die Hand weggenommen hatte, stellte das Mädchen das Prophezeien wieder ein. Mit einem schiefen Grinsen versuchte die junge Hexe, die eingebüßte Würde zurückzugewinnen. Denn vormachen konnte sie sich da nichts: Sie hatte sich der Gewalt gefügt und getan, was er von ihr verlangt hatte.

Die Rache ließ nicht lange auf sich warten. »Du wirst dein Leben auch noch in unserem Feuer aushauchen.«

»Ach ja?« Klawdi zog die Augenbrauen hoch. »Verwechselst du mich da nicht mit jemandem?«

»Du stirbst im Feuer«, wiederholte das Mädchen nachdrücklich. »Schade, dass ich nicht dabei sein werde.«

»Fürwahr ein würdiger Anlass zur Wehklage«, bemerkte er.

Die Hexe beruhigte sich jedoch nicht, sondern fuhr mit ihrem lautstarken Lamento auch dann noch fort, als man sie bereits den Gang entlangführte. »Ins Feuer! Der Großinquisitor teilt das Schicksal der Hexen, ins Feuer, ins Fe…«

Die quietschende Tür schloss sich und würgte damit das Ende des Satzes ab. Für eine Zigarettenpause reichte die Zeit nicht.

Die vierte Inhaftierte war mager und hatte eine Hakennase. Der dunkle Mantel hing an ihr wie an einem Kleiderständer. Sobald sie Klawdi erblickte – eine schwarze Figur, beleuchtet von einer Fackel, die schwarze Kapuze, die starren Augen in den Sehschlitzen –, fing die Frau an zu zittern und bedeckte das Gesicht mit den Händen.

Eine Weile lang starrte er sie verwundert an. Es bereitete ihm Mühe, so wie sonst seinem professionellen sechsten – oder siebten? – Sinn zu vertrauen. »Dyara Luz«, informierte ihn das Protokoll über das Vorverhör. »Leiterin eines Tanzensembles. Vermutlich eine Kampfhexe, deren Klassifizierung schwierig ist, da …«

Klawdi huschte mit den Augen über den Text, bis er ans Ende gelangte, zur Unterschrift. Als er sie las, empfand er eine gewisse Erleichterung. Damit, mein lieber Kurator aus Rjanka, hast du dir dein eigenes Grab geschaufelt. Nun kann ich dich problemlos und ohne jedes Zögern eliminieren, denn einen solchen Lapsus sehen dir selbst deine engsten Freunde nicht nach. *Kampfhexe*, pah!

»Ich bin keine Hexe«, flüsterte die Hakennasige, die sich das Gesicht immer noch mit den Händen bedeckte. »Das ist ein grauenvoller Irrtum … Ich schwöre bei meinem Leben, dass ich keine Hexe bin, dass ich …«

»Ich weiß«, versicherte Klawdi seufzend.

Die Frau verstummte. Sie löste die tränenfeuchten Finger von den Wangen und richtete die Augen auf Klawdi. Sie waren vom Weinen geschwollen. »Sie … Ich bin keine … Weshalb?!«

»Die Oberste Inquisition entbietet Ihnen ihre aufrichtige Entschuldigung«, sagte er mit offizieller, monotoner Stimme. »Die für diesen Fehler Verantwortlichen werden aufs Schärfste bestraft werden.«

»Mich …«, schluchzte sie, »… wie eine … zusammen mit … denen … wie soll ich jetzt … leben … was soll ich sagen …«

Die Wächter, selbst nahezu fassungslos, geleiteten sie bereits auf den Gang hinaus. Klawdi senkte den Kopf und ließ sich nicht in die Augen blicken.

Die quietschende Tür schloss sich. Wütend riss sich der Großinquisitor die Kapuze vom Kopf, streifte den Seidenumhang von den Schultern und tastete in der Brusttasche nach dem heißersehnten Päckchen Zigaretten.

Er hatte nicht die geringste Absicht, seine Zeit mit dem Kurator von Rjanka zu verplempern. Deshalb unterschrieb er einfach nur den Suspendierungsbefehl und beauftragte Hljur, den Kollegen entsprechend in Kenntnis zu setzen.

Die nächsten anderthalb Stunden verschlangen Berichte und Dossiers. Der Epidemie in Rjanka war Einhalt geboten worden, allerdings setzte nun in Bernst, am anderen Ende des Landes, ein massenhaftes Viehsterben ein. Draußen vor dem Palast der Inquisition ertranken aufgebrachte Demonstranten fast im Regen. Klawdi warf einen flüchtigen Blick auf ein noch warmes Foto, aus dem ihn undurchdringliche Gesichter und ausnehmend beleidigende Plakate ansprangen. Warum, wusste er zwar nicht, aber er war davon überzeugt, dass dem Herzog genau in dieser Minute ebenfalls ein solches Bild auf den Schreibtisch gelegt wurde.

Gleichsam als Antwort auf diesen Gedanken blinkte das rote Lämpchen des Regierungstelefons auf.

»Es ist nicht leicht, Sie zu erreichen, Herr Großinquisitor.«

»Die Arbeit im Namen der staatlichen Sicherheit verlangt eine gewisse Mobilität, Eure Durchlaucht«, entgegnete Klawdi trocken.

»Dann will ich nur hoffen«, schnaubte der Herzog, »dass Sie sich in den nächsten Stunden etwas mobiler zeigen als im letzten halben Jahr – selbstverständlich nur, falls es diesbezüglich tatsächlich eine gewisse Dependenz gibt. Ich meine, zwischen Ihrer Mobilität und der Zahl der Toten in Rjanka. Oder zwischen Ihrer Mobilität und dem Schaden, den die Wirtschaft in Bernst erlitten hat. Haben Sie schon gehört, dass die Kühe dort verrecken? Sie wissen wohl nicht auch zufällig, warum?«

»Um der Reinheit des Experiments willen«, entgegnete Klawdi bedächtig, »sollte ich vielleicht Urlaub nehmen ... den ich am liebsten in Odnyza verbringen würde. Dann würden wir ja sehen, ob die Dinge wieder ins Lot kämen. Vielleicht werden die Kühe ja wieder lebendig?«

»Eine schöne Zeit für Ihre Scherze haben Sie sich da ausgesucht.« Die Stimme des Herzogs wechselte von einer kalt-spöttischen Tonlage in die gänzlich kalte.

»Und Sie haben eine nicht minder schöne für Ihre Gardinenpredigt gefunden«, parierte Klawdi. »Ich kenne einen Witz, da verprügelt ein besonders schlauer Bauer seinen Zuchthengst, nun ... sozusagen ... mitten im Geschehen. Um die Qualität der Nachkommen zu verbessern. Na, kommt Ihnen das vage bekannt vor?«

Der Herzog legte eine Pause ein. Jeder andere Beamte hätte es in dieser Zeit geschafft, sich vor Angst gewaltig in die Hose zu pinkeln. Es war eine bedeutsame, eine schöne Pause.

»Ich will Ihnen nicht zu nahe treten, Klaw«, fuhr der Herzog mit tiefer Stimme fort. »Aber mir gefällt nicht, was da vor sich geht.«

»Wir tun alles, um das Ganze im Zaum zu halten«, erklärte Starsh einlenkend.

Damit konnten sich beide zufrieden geben.

Noch ein paar Minuten behielt Klaw den stummen Hörer nachdenklich in der Hand. Dann drückte er auf die Gabel und wählte die Nummer seines Stellvertreters. »Hljur, ich fahre nach Odnyza.«

Für den Nachhauseweg brauchte er eine halbe Stunde. Wieder betrachtete er den Inhalt des Kühlschranks, den seine umsichtige

Haushälterin aufgefüllt hatte. Nachdem er etwas kaltes Wasser getrunken, das Hemd gewechselt und den überquellenden Aschenbecher angeekelt zur Kenntnis genommen hatte, warf er sich aufs Sofa, um sich einem fünfzehn Minuten langen An-nichts-Denken hinzugeben. Seine heilige Viertelstunde.

Aus diesem entspannenden Halbschlaf riss ihn das Telefon. Ganz von selbst tastete seine Hand nach dem Hörer. »Ja, hallo.«

Es knisterte leise in dem unsichtbaren Gang, der zwischen ihm und jenem, der am anderen Ende schwieg, entstanden war.

»Hallo …«, wiederholte er mechanisch.

Jemand atmete in den Hörer. Unterdrückt und ungleichmäßig. Noch immer benommen setzte sich Klawdi auf dem Sofa hoch. »Wer ist denn da?«

Niemand. Stille. Keine falsche Verbindung, sondern einfach Schweigen. Ein Hörer, den eine Hand fast zu Tode quetschte. Durch die Wände der Telefonzelle drang der ferne Krach der Stadt. Am anderen Ende versuchte gerade jemand, den Atem anzuhalten. Dieser Jemand konnte nicht sehr groß sein, dazu war das Brustvolumen zu klein.

»Ywha, bist du das?«

Verschreckt tuteten die kurzen Freizeichen los.

Klawdi schaute auf die Uhr. Unten wartete bereits ein Wagen auf ihn.

Mist.

Er hämmerte auf die Tasten. Glücklicherweise ging Mytez junior an den Apparat. Heiser und offenbar verschlafen. »Nasar?« Klawdi versuchte, seine Stimme möglichst natürlich und sorglos klingen zu lassen. »Hier ist Klaw. Wie geht's dir?«

»Danke«, brachte der junge Mann tapfer hervor. »Gut … Ich … Soll ich Papa rufen?«

»Nasaruschka«, sagte Klawdi, »ich muss jetzt gleich wegfahren … Ich wollte dich nur fragen, ob … Ywha ist nicht zufällig aufgetaucht?«

Eine Pause. O ja, hier hätte der Herzog seinen Meister gefunden. Von ihm könnte er noch lernen. Von diesem Nasar Mytez, zwanzigeinhalb Jahre alt.

»Nein«, stieß Nasar schließlich aus. »Soll ich Papa jetzt rufen?«

»Richte ihm einen Gruß von mir aus«, sagte Klawdi rasch. »Also dann, tschüs.«

»Tschüs …«

Wieder erklangen die vielsagenden Freizeichen. Was für ein Tag, dachte Klawdi müde. Ein wahrer Festtag des Telefonsignals!

Er wählte erneut. Der Wachhabende im Gefängnistrakt meldete sich prompt.

»Guten Abend, Kul, hier ist Starsh … Magda Rewer, Registrierungsnummer 712, will sie immer noch nichts sagen?«

Schweigen. Wirklich ein erstaunlicher Tag, dachte Klaw.

»Kul, die Fähigkeit, Gedanken zu lesen, ist mir nicht gegeben. Sie sollten sie schon in Worte kleiden.«

»Herr Großinquisitor … Ich habe bereits vor zehn Minuten Herrn Hljur darüber informiert, dass …«

»Was?!«

»Magda Rewer, Nummer 712, hat sich das Leben genommen. Mit dem Zeichen des Spiegels … Ich bin bereit, jede Strafe auf mich zu nehmen, Herr Großinquisitor, aber …«

»Verstehe. Setzen Sie Ihren Dienst fort, Kul. Was ich zu diesem Vorfall zu sagen habe, werde ich Ihnen persönlich mitteilen.«

Diesmal unterblieben die Freizeichen – der Wachhabende Kul wartete beflissen, bis Klawdi den Hörer aufgelegt hatte. Zeremonien!

Magda Rewer wäre so oder so zum Tod verdammt gewesen. Trotzdem gehörte einiges dazu, den grausamen und widerwärtigen Tod mit dem Zeichen des Spiegels zu wählen, bei dem man in der eigenen Scheiße ertrank. Gefesselt hatte die Hexe dagesessen, in dieser kleinen quadratischen Zelle, und all ihren Hass und ihre Niedertracht heraufbeschworen. Gespiegelt an der Wand mit dem Zeichen, brachte ihre eigene Teufelei sie ganz langsam um.

Oder war ihr doch ein schneller Tod beschieden gewesen? Schließlich war sie stark und böse gewesen, diese Magda Rewer. Vielleicht hatte sie ja doch einen leichten Tod sterben können.

Jemand klingelte sanft an der Tür. Halb angezogen ging Klawdi in die Diele hinaus. Sein Anblick brachte den vor der Tür wartenden Bodyguard in Verlegenheit. »Es hat bereits jemand vom Flughafen angerufen, Herr Starsh. Ob sie auf uns warten sollen oder nicht ...«

»Sie werden sich noch etwas gedulden müssen«, meinte Klawdi ungerührt. »Ich werde ja wohl erst in meine Hosen schlüpfen dürfen, oder?«

Der Bodyguard schwieg höflich.

(Djunka. Dezember–Januar)

Nach diesem Abend fuhr er nie wieder zum Friedhof. Die nächtlichen Besuche am Grab brachten ihm doch keine Ruhe mehr, sondern fachten nur die Unruhe an, die sich in seinem Innern eingenistet hatte.

Juljok freute sich zwar darüber, doch schon bald schien ihn das seltsame Verhalten seines Freundes weit mehr zu beunruhigen als die bisherigen Friedhofsgänge.

Klaw wurde nervös. Jede unschuldige Berührung der Schulter ließ ihn zusammenzucken. Er fürchtete die Dunkelheit – wobei er gleichzeitig gierig zu den nächtlichen Fenstern hinausstarrte, in die Dämmerung hinein. Und der Ausdruck, der in solchen Minuten in Klaws Augen lag, gefiel Juljok in keinster Weise.

»Du ... wenn was ist, sag's ruhig. Kann ja alles mal vorkommen. Brauchst du vielleicht einen Arzt?«

»Vielen Dank, Jul, mit mir ist alles in Ordnung.«

Eines Tages, als Juljok einmal eher vom Unterricht zurückkam als sein Freund, bemerkte er im Zimmer Spuren der Anwesenheit einer dritten Person, woraufhin er vermutete, Klaw hätte eine neue Freundin.

»Klaw, hast du heute ein Mädchen erwartet? Ich glaube, hier ist jemand gewesen, hat die Kekse aus der Schale aufgegessen, ein paar dreckige Fußspuren hinterlassen und ist dann wieder gegangen. Läuft deine Freundin im Wohnheim eigentlich barfuß herum?«

Klaw wurde nicht bleich, sondern blau. Zum ersten Mal kam Juljok der Gedanke, in ein anderes Zimmer überzuwechseln. Um von vornherein jeder Gefahr aus dem Weg zu gehen.

Vermutlich hätte er sich tatsächlich zu diesem radikalen Schritt durchgerungen, wenn er gewusst hätte, dass Klaw allmitternächtlich mit panisch verdrehten Augen aufwachte. Nacht für Nacht träumte er von dem Gesicht, das ihn aus dem Wasser durch das runde Fenster des schwarzen LKW-Reifens anstarrte – und zwar nicht lebendig und froh wie an jenem Sommertag, sondern bleich und reglos, verloren in dem dämlichen Seidenvolant des schweren Sargs.

»Hast du gerade mit der Tür geklappert, Jul? Als du ins Zimmer gekommen bist?«

»Nein ... Ich dachte, das warst du.«

»Ich ... ich bin im Bad gewesen ...«

»Na, dann wird es Pynja gewesen sein, der sein Buch geholt hat. Was ist so schlimm daran?«

»Nichts ... aber sein Buch, das liegt da ...«

»Dann wird es jemand anders gewesen sein. Was ist denn bloß los?! Hast du Angst, beklaut zu werden? Du führst dich ja wie ein hysterisches Weib auf. Haufenweise Tabletten stopfst du in dich rein. Wenn du so weitermachst, hängst du bald an der Nadel ...«

»Verpiss dich doch ...«

In der nächsten schlaflosen Nacht gestand Klaw Djunka seine jämmerliche Feigheit ein, bekannte, dass er das Unbekannte fürchte; das, was sich zwischen dem Sein und dem Nicht-Sein befinde und ihn mit Sehnsucht erfülle. Dabei lebe er doch nur noch, um an Djunka zu denken. Weshalb flößte ihm die Erinnerung an diesen Abend, als der Schneesturm getobt hatte, bloß solche Angst ein? Verübelte sie ihm seine Furcht? Wenn sie ihn jetzt hören könne, solle sie ihm ein Zeichen geben. Seine Liebe würde ausreichen, um jede Grenze zu überschreiten.

Nach dieser fiebrigen Beichte erbarmte sich seiner eine sonderbare Ruhe. Traumlos schlief er die ganze Nacht und wachte um sieben Uhr auf. Wie von der Tarantel gestochen.

Juljok atmete geräuschvoll. Sein Unterricht fing heute erst in der dritten Stunde an. Im Waschraum gegenüber rauschte das Wasser, ihre Mitschüler redeten und kicherten miteinander. Die üblichen morgendlichen Geräusche, an die er zu gewöhnt war, als dass sie ihn aus tiefem Schlaf hätten reißen können ...

Da war allerdings noch ein Geruch. Ein seltsamer Geruch, der unangenehme Duft angekokelter Synthetik.

Er stand auf. Im Halbdunkel blinzelnd, tapste er hinter den Paravent, der das »Schlafzimmer« vom »Flur« trennte, und schaltete die Lampe auf dem Tisch ein.

Ein Schneesturm schickte seine Vorboten, Flocken trieben gegen die Scheibe.

Obwohl er noch nicht verstand, was eigentlich los war, war sein Hemd, eine Reaktion seines Unterbewusstseins, am Rücken bereits klatschnass.

Auf dem alten Holztisch, auf dem sich Konserven, Kekse, eine Kaffeekanne, Streichhölzer und Kernseife türmten, lag seit Urzeiten ein buntes Tischtuch aus Wachstuch.

Mitten in den daraufgedruckten Äpfeln und Tomaten, Zwiebeln, Nüssen und anderen Gaumenfreuden prangte jetzt ein schwarzer Brandfleck.

So etwas passiert, wenn du ein Bügeleisen auf ein Wachstuch stellst. Das Tuch trägt eine gekräuselte, schwarze Narbe davon, und es entsteht dieser ekelhafte Brandgeruch. Genau wie hier!

Nur dass derjenige, der vor Kurzem hier gewesen war, die Tischdecke weder mit einem Bügeleisen noch mit einem Lötkolben berührt hatte. Denn bei dem Brandmal handelte es sich um den Abdruck einer Hand. Die fünf Finger waren deutlich eingebrannt.

Klaw riss sich zusammen.

Juljok schnaufte noch immer. Aufmerksam lauschte Klaw und zuckte bei jeder Veränderung in Juljoks Atmung zusammen. Dann machte er sich daran, das Tischtuch ruckweise herunterzuziehen.

Die Dosen klapperten. Klaw fluchte lautlos und beeilte sich. Aus irgendeinem Grund glaubte er felsenfest, jeder fremde Blick auf *diesen* Abdruck löse ein nie gekanntes Leid aus. Zum Glück hatte der Tisch an der Stelle darunter kaum gelitten. Die wenigen Rußspuren kratzte Klaw verbissen mit einem Messer ab.

Während Juljok schlief, zog Klaw seinen Mantel an, gleich über seinen Pyjama, und schlüpfte aus dem Zimmer, eine kleine Zeitungsrolle an sich gepresst.

Als er zurückkam, ging der Geruch verbrannten Plastiks von ihm aus. Niemand hatte ihn beobachtet. Niemand würde je etwas erfahren.

An einer Ecke unterhielten sich fünf Mitarbeiter des Tschugeister-Dienstes bei einer Zigarette. Wer an ihnen vorbeiging, wahrte einen respektvollen Abstand. Klaw dagegen näherte sich ihnen mit einem breiten und einnehmenden Lächeln. »Gebt mir eine Zigarette, Freunde.«

Konfrontiert mit fünf solchen Blicken hätte sich einer wie Juljok Mytez vor Angst in die Hosen gemacht. Klaw aber zuckte nur bescheiden die Achseln. »Ich bin ein armer Schüler, meine Eltern geben mir kein Geld für Zigaretten, was ja auch verständlich ist, oder?«

»Stimmt«, erwiderte ein Schrank von einem Mann mit kurzen Beinen. Die breite Fellweste ließ seine Figur so gedrungen wie einen Tisch wirken. »Rauchen schadet der Gesundheit, und Schnorren birgt auch ein gewisses Risiko.«

»Spiel dich nicht so auf«, meinte ein anderer amüsiert, der leicht gebeugt dastand und glasklare blaue Augen hatte. »Bist du überhaupt schon siebzehn?«

»Nein«, erklärte Klaw, der sich nicht zu einer Lüge bequemen wollte. »Aber weil ich schon mit einer Frau geschlafen habe, könnt ihr mich ruhig für volljährig halten. Okay?«

Vier der fünf schienen einen kurzen Moment lang irritiert. Der Fünfte, ein nicht mehr ganz so junger Mann mit braun gebranntem, faltigem Gesicht, nickte wohlwollend. »Das ist ein Argument. Hier.«

Er legte eine kurze und dicke Zigarette in Klaws Hand, der ein Feuerzeug folgte. »Lass sie dir schmecken …«

Klaw nahm den ersten Zug seines Lebens.

Die vier, die ihn anschwiegen und ihm ihre eigene Verwirrung immer noch übel nahmen, erhielten prompt die Gelegenheit zur Revanche. Der Junge hustete, die Lungen rebellierten gegen den starken Tabak der Matros, aus seinen Augen schossen dicke Tränen.

»Man soll den Mund eben nicht so voll nehmen!«

»Wie war das mit der Frau? Ob wir dir das abkaufen sollen? Oder hast du dich da geschickter angestellt?«

»Das werde ich deiner Schule melden! Wie läuft das? Gibt's bei euch noch die Prügelstrafe?«

Seinen Brechreiz überwindend, nahm Klawdi Zug um Zug.

Vor seinem inneren Auge vermoderte das Tischtuch mit der eingebrannten Hand. Wenn die Tschugeister *das* gesehen hätten …

Er musste die Furcht vor ihnen besiegen, vor den Tschugeistern, diesen Killern von Njawken. Denn er war der Komplize einer Njawka und hatte das Beweisstück vernichtet. Von nun an würde Djunka mit ihm leben, das wusste er genau.

Ihm war egal, was sie jetzt war. Hauptsache, sie würden zusammenbleiben.

3

In der Metro sitzend, in eine Ecke gekauert, fand Ywha für rund sechs Stunden nervösen Schlaf. Um sie herum kamen und gingen Menschen. Sie träumte, jemand ziehe ihr die Tasche aus der Hand, man wecke sie, nehme sie fest, bringe sie irgendwohin … Panisch riss sie die Augen auf – und beruhigte sich, schlief wieder ein, während die trüben Lampen brannten, Fahrgäste ein- und ausstiegen, Tunnel an ihr vorbeizogen und sich in ihren Traum bald Stimmen mengten, die mal wie eine wütende Menge unter freiem Himmel, mal wie ein durchdringender Kinderchor klangen.

Irgendwann wurde der Betrieb für die Nacht eingestellt, und ein mürrischer Alter in Dienstuniform forderte sie auf auszusteigen. Da war es ein Uhr nachts.

Wo sollte sie jetzt hin? Verloren stand Ywha in einer völlig menschenleeren Straße unterm Sternenhimmel. Es roch nach Veilchen, das Geäst wogte beruhigend. Ywha hatte keine Ahnung, an welchem Ende der Stadt sie sich befand. An der Straße führte eine gelbe Mauer entlang, der sie nur folgte, weil ihr sonst nichts Besseres einfiel.

Sie stieß auf Eisenbahngleise und ein paar abgekuppelte Güterwaggons, die hier aus irgendeinem Grund die Nacht verbrachten. Es roch nach Maschinenöl und schon wieder nach Veilchen. Der Wind trug den Geruch von Wasser heran, offenbar lag in der Nähe ein Fluss oder ein See. Sobald Ywha ein abgeschiedenes Plätzchen für sich gefunden hätte, könnte sie sich endlich richtig ausschlafen. Genau in diesem Augenblick beschlich sie das Gefühl, hier sei noch jemand.

Ywha sah in der Dunkelheit nicht so gut und vermochte die Gedanken eines Menschen nicht so treffend zu erahnen, ihre Intuition war allerdings immer gut ausgeprägt gewesen, weshalb sie sofort verstand, dass sie hier nicht bleiben konnte. Hier sollte sie nicht schlafen – lieber nicht.

Wie zur Bekräftigung dieses Entschlusses leuchteten in einiger Entfernung gespenstisch die weißen Augen von Taschenlampen auf.

Ywha blieb stehen. Alle Ängste, die die horrorverliebte Phantasie der Menschen mit einsamen, verlassenen Orten in Verbindung brachte, fielen ihr prompt ein und verknäulten sich zu einem undurchdringlichen Ganzen. Lauerten hier etwa Verrückte? Vergewaltiger? Kannibalen?

Eine Frau schrie. Scharf und laut wie ein großer Vogel. Die Taschenlampen krochen vorwärts und drifteten zu einem Halbkreis auseinander. Ywha fühlte sich wie in einem schlechten Traum: Ihre Beine sollten sie forttragen, rührten sich aber nicht von der Stelle.

Zwei Frauen sprangen auf Ywha zu. Da sie in der Dunkelheit und im Lauf nur schlecht auszumachen waren, wirkten sie fast wie Zwillinge. Beide waren jung und bleich, beide trugen nur Lumpen. Und in beider Augen glomm die Panik eines gehetzten Tiers, eine pathologische Angst, derzufolge dem, was sie in der Dunkelheit verfolgte, ein hundertfach größerer Schrecken anhaftete als dem Tod.

Ywha wich zurück. Die beiden huschten an ihr vorbei, ohne sie zu bemerken, obwohl sie sie fast umgestoßen hätten. Von ihnen ging ein Geruch aus, den Ywha nicht einzuordnen wusste, der jedoch noch vom Geruch der Angst überlagert wurde. Kurz verlor Ywha die Kontrolle über sich.

Sie ergriff die Flucht. Sie musste es bis zur Metro schaffen, die Straße erreichen und diese schreckliche gelbe Mauer hinter sich lassen. Sie feuerte sich an weiterzulaufen, alles zu geben …

Die beiden rannten vor ihr her. Als sie sich unter dem dunklen Bauch eines Waggons abduckten, begriff Ywha, dass auch ihre Rettung dort lag. Kalt funkelte das Gleis im Licht einer einsamen Laterne. Sich die Hände aufkratzend und die Tasche wegwerfend, die sie nur behinderte, kroch sie auf die andere Seite. Wieder und wieder verschwand sie unter den Waggons – eine Füchsin im Wald, der von Jägern umstellt war, ein rotfelliges Tier, das der Hatz zu entkommen suchte, seine Spuren verwischte und weiterlief, immer weiter …

Das grelle Licht der Taschenlampe spiegelte sich in einer Konservendose wider, die jemand weggeworfen hatte. Ywha schrie auf. Die beiden, die vor ihr herrannten, ebenfalls. Keinen klaren Gedanken vermochte Ywha mehr zu fassen, und so verwandelte sie sich endgültig in ein Tier, das den schmalen Grat zwischen Leben und Tod entlanghetzte; mit letzter Kraft wollte sie sich durch einen schmalen Mauerspalt zwängen. Hinter dieser Mauer winkte Rettung, da gab es Menschen und Häuser, da gab es …

Im letzten Moment packte sie jemand am Bein. Die blassen Zwillingsgestalten schrien erneut auf, zweistimmig, jämmerlich und panisch.

Es waren so viele. Und sie waren überall. Sie bildeten Ringe, diese Schwarzgewandeten, die sich in der Dunkelheit der Nacht verloren hätten, wenn ihre groben Westen aus Kunstpelz nicht im schneidenden Licht der Laternen gefunkelt hätten. Kaum hatten sie einen Kreis gebildet, legten sie die Hände auf die Schultern des Nebenmannes und schritten vorwärts.

Ein Schrei.

Der Kreis der Tänzer zog sich zusammen, als sei er eine fleischfressende Pflanze, die eine Fliege erwischt hat und die Blatthälften zufrieden über der Beute zusammenklappt, als sei er ein grummelnder Magen, der sich anschickt, alles Lebendige zu verdauen, das unvorsichtigerweise in seine Nähe gekommen ist. Der Tanz der Tschugeister ist nichts anderes als das Instrument, mit dem eine grauenvolle Strafe vollzogen wird.

Ihr Reigen begann, dieser Wechsel komplizierter Bewegungen, mal langsamer und bedächtiger, mal abrupter und entschlossener, ganz so wie bei einem Spinnrad, das seine Fäden ausspuckt. Nur dass dieser schwarze Ring, der sich drehte, jemandem den Tod brachte.

In die Szenerie mischte sich der Veilchengeruch, ein unnatürlich starker Geruch.

Die Erde erbebte.

Mit jeder Bewegung vervielfältigten sich die unsichtbaren Fäden, die auf ihre Opfer einpeitschten, diese pulsierenden Schläuche, die ihnen das Leben nahmen, diese schwarzen Rüssel, die ihnen die Seele heraussaugten. Zwei Schatten lagen in einer quälenden Agonie, ein dritter gehörte der erstarrten, lautlos schreienden Ywha.

Die erstickende, nach Veilchen riechende Nacht wendete alles nach links, und von der dampfenden, nach außen gekehrten Innenseite ihres Fells baumelten die inneren Organe herab.

»Hexe …«

Zu ihrem Glück verlor Ywha kurzzeitig das Bewusstsein. Die Tschugeister zogen sie, gepackt an Armen und Schultern, über das Gras und die kleinen, sich in den Körper bohrenden Steine. Die Nacht verwandelte sich in Tag, denn gleich mehrere Scheinwerfer knallten ihr ins Gesicht, das sie aufkreischend mit den Händen bedeckte.

»Halt den Mund, du Idiotin!«

»Ich gehöre nicht zu denen!«

»Das kannst du uns alles noch nachher erklären …«

Dann ließen sie sie in Ruhe.

Dafür fingen nun die Njawken an zu schreien. Und Ywha ahnte, was sie durchmachten. Am Ende blieb nur die leere Haut von ihnen übrig, dieser Overall, der so kunstvoll zusammengenäht schien. Und die Plättchen der Fingernägel blieben auch noch übrig, ebenso wie die weißen Bälle der Augen und die Haare auf dem flachen Kopf, der an einen schlaffen Fußball erinnerte und deshalb übernatürlich groß wirkte.

Als die Tschugeister ihren Tanz beendet hatten, war das Einzige, wozu Ywha noch imstande war, von ihnen wegzukriechen. Unter den Waggon, wo sie sie jedoch gleich fanden.

»Komm her!«

Sie leistete keinen Widerstand.

»Du bist doch eine Hexe, oder? Was machst du dann hier, du Idiotin?«

Sie hätte es ihnen erklärt, bestimmt hätte sie das.

»Das Mädchen ist ja mit den Nerven völlig am Ende«, mischte sich einer der Tschugeister ein, dessen Taschenlampe ein Gelbfilter verblendete. »Was treibt sie sich auch nachts in dieser finstren Gegend rum? Und warum rennt sie vor uns weg? Schließlich ist sie doch keine Njawka!«

Ywha spürte, wie ihre willenlose Hand auf die kräftige Schulter von jemandem gelegt wurde. »Gehen wir, Mädchen. Und du …« Das galt seinem Kollegen. »Warum händigst du ihr nicht gleich ein Handbuch über das richtige Verhalten von jungen

Hexen aus, die sich nicht initiieren lassen wollen und die Registrierung fürchten? Das trifft doch auf dich zu, oder?« Letzteres galt Ywha.

Ywha konnte nicht aufhören zu schluchzen. Der mit der harten Schulter begriff alles viel zu schnell, erklärte alles viel zu ausführlich. Der Boden unter ihr schwankte, weshalb sie sich, bemüht, das Gleichgewicht zu wahren, in die Fellweste verkrallte, die seine Schulter bedeckte.

»Du brauchst keine Angst zu haben. Wir tun dir nichts. Auf solche wie dich haben wir's nämlich gar nicht abgesehen.« Das war der mit dem Gelbfilter. »Kann schon sein, dass andere bei dir nichts hätten anbrennen lassen, aber wir sind in festen Händen. Und unsere Freundinnen sind sauberer und auch hübscher als du.«

Jemand lachte. Jemand warf ihm ein freundliches »Halt den Mund« hin. Gegen die Erstarrung und den Schmerz ankämpfend, kam Ywha zu dem Schluss, der Besitzer des gelben Filters müsse der Scherzbold unter ihnen sein. Ein alberner Tschugeist – Sachen gibt's!

»Hey, Mädchen, ist das deine Tasche? Oder gehört die einer von *denen*?«

Jammernd presste Ywha die Tasche an sich.

Ihre Autos standen auf der anderen Seite der Mauer. Ein Laster mit einem gelb-grünen Blinklicht auf dem Dach und einige PKWs, große und kleine, ältere und noch nicht ganz so abgenutzte.

»Sollen wir dich mitnehmen?«, fragte ein großer Tschugeist mit rundem, fast kahl rasiertem Schädel, während er die Tür des Lasters vor Ywha aufriss. Achtlos hatte er sich einen mit einem Reißverschluss gesicherten Plastiksack unter den Arm geklemmt. Ywha wusste, was sich darin befand.

Und dieses Wissen musste sich auf ihrem Gesicht widerspiegeln, denn derjenige, auf dessen Schulter sie sich stützte, sprach jetzt beruhigend auf sie ein: »Du brauchst wirklich keine Angst zu haben ...«

Sie schüttelte den Kopf. Sie würde sich nicht zu Tode erschrocken in diesen Laster setzen. Eher würde sie sich vors Auto werfen ...

»Na komm, ich nehm dich mit«, sagte der mit dem Gelbfilter plötzlich völlig ernst. »Ich habe einen Maxik. Vor einfachen PKWs wirst du doch keine Angst haben, oder?«

Alle sechs, die noch vor einer halben Stunde Teil jenes monsterhaften Mechanismus gewesen waren, sprachen jetzt leise miteinander, wie ganz normale Menschen. Ein Auto nach dem nächsten wurde angelassen. Mit einem Mal begriff Ywha, dass auch die Tür des Lasters zuschlug, um sie herum niemand mehr war – nur derjenige, an dessen Schulter sie sich festgehalten hatte. Er vereinbarte etwas mit dem rundschädligen Hünen, bevor sie dann über den kommenden Tag sprachen, den sie jedoch nicht »morgen«, sondern »heute« nannten.

Der Himmel war nicht mehr schwarz, sondern schon grau. Ein dunkles, trübes Grau, die Dämmerung …

»Was ist? Weißt du nicht, wohin?«, wurde Ywha von dem gefragt, den sie insgeheim den Scherzbold getauft hatte. »Hast du kein Zuhause? Hat man dich rausgeschmissen? Oder bist du nicht von hier? Hast du kein Geld?«

Sie wollte ihn schon bitten, sie in Frieden zu lassen, verzog stattdessen bei dem kläglichen Versuch, ein Lächeln zustande zu bringen, aber nur die Lippen.

»Gehen wir.« Er griff nach ihrem Arm.

Er fuhr wirklich einen Maxik. Einen kleinen Wagen, dessen Hintern offenbar gerade Bekanntschaft mit dem Laster geschlossen hatte, sah der Kofferraum doch wie eine Quetschkommode aus.

»Ich habe jetzt einen Tag frei … Du brauchst keine Angst zu haben. Ich bin kein Tier … Aber schau mal in den Spiegel. Du bist eine schöne Frau … Ich versteh ganz gut, dass die Inquisition euch jagt, aber ich gehöre nicht dazu … Wirf deine Tasche auf den Rücksitz, was klammerst du dich so daran fest, ich nehm sie dir schon nicht weg!«

Die gelbe Mauer zog an ihnen vorbei, immer schneller und schneller.

Ywha atmete stoßweise und schloss die Augen.

Odnyza empfing Klawdi mit einer stickigen Nacht, einer Lichterkette und einem gepanzerten Wagen am Rande der Landebahn, einem schwarzen Ding, das aus der Ferne an einen feuchten Lackschuh erinnerte.

»Nieder mit dem Abschaum, Patron.«

Es verging eine volle halbe Minute, bevor er die Stimme erkannte, diese tiefe und kräftige Stimme einer verhinderten Opernsängerin. Wie sich ihre Trägerin in den letzten drei Jahren verändert hatte! Nicht gealtert war sie, aber sie hatte sich doch stark verändert. Oder trug daran das künstliche gelbe Licht der Scheinwerfer die Schuld?

Die getönten Scheiben des Autos verwandelten die Außenwelt in eine weiche, matte Märchenlandschaft. Ungeachtet der späten Stunde funkelten in Odnyza überall Lichter, Reklametafeln drehten sich, die Stadt machte den Touristen schöne Augen. Gleich fiel Klawdi wieder ein, wie er vor gut dreißig Jahren zum ersten Mal mit seiner Mutter in diese Stadt gekommen war. Auch damals in der Nacht. Am Flughafen hatten sie sich ein Taxi genommen, durch die Scheibe hatte Odnyza wie eine verzauberte Stadt gewirkt.

»Kurator Mawyn hat einen Bericht vorbereitet, Patron. Sobald Sie es wünschen ...«

»Nachts achte ich nicht auf die Etikette«, ließ Klawdi trocken fallen. »Quäl mich nicht, Fedora, ich bin ohnehin schon am Ende meiner Kräfte. Wie geht es deinen Kindern?«

Es folgte eine Pause. Die Autos, die noch in großer Zahl durch die nächtlichen Straßen fuhren, machten dem gemächlich dahinzuckelnden schwarzen, gepanzerten Wagen respektvoll Platz. Der kurz geschorene Nacken des Fahrers hinter der blauen Trennscheibe fing den Widerschein der Lichter ein, was ihn wie einen Planeten wirken ließ, um den Hunderte von Gestirnen kreisten.

»Den Kindern ... geht es gut«, antwortete Fedora stockend. »Allen ... geht es gut.«

»Ich wusste nicht, dass du jetzt in Odnyza bist«, gab Klawdi ehrlich zu.

»Wyshna ist eben nicht in der Lage, alle Versetzungen im Auge zu behalten«, sagte Fedora mit fahlem Lächeln. »Das wäre auch ungewöhnlich.«

»In den letzten drei Jahren hast du ordentlich Karriere gemacht.«

»Ich gebe mir alle Mühe.«

»Wie stehst du zu diesem Querulanten Mawyn?«

Eine weitere Pause, die Klawdi zu verstehen gab, dass er sich im Ton vergriffen hatte.

»Unser Verhältnis ist einigermaßen gut«, erklärte die Frau schließlich. »Aber nicht eng – falls du das wissen wolltest.«

Klawdi wollte ihr schon versichern, dass er *das* nicht wissen wollte, hielt sich jedoch im letzten Augenblick noch zurück. Dies hätte erst recht taktlos gewirkt.

»Dein Besuch war immerhin nicht eingeplant«, sagte Fedora mit einem kurzen Lachen. »Er kam ziemlich überraschend. Das war zu viel für Mawyn. Er hat nämlich Angst vor dir.«

»Ach ja?«, staunte Klawdi.

Die Frau holte tief Luft. »Also ...« Sie senkte den Blick. »Für mich wäre es leichter gewesen, wenn wir uns an die Etikette gehalten hätten.«

Leichter, das muss nicht immer heißen: besser, wollte Klawdi schon einwenden. Doch auch diesmal beherrschte er sich, vertrieb den bedeutungsschweren Satz von der Zunge. Was sollte das bringen? Fedora würde ihn für weiser halten, als er eigentlich war ...

Er lächelte schief, die Frau verkrampfte sich.

»Wir können gern zur Etikette zurückkehren«, lenkte er ein.

»Dazu ist es jetzt zu spät«, entgegnete Fedora. »Jetzt würde mich das verletzen.«

Ein eiserner Charakter, ein brillanter Verstand – und die Empfindlichkeit eines hässlichen Teenagers. Nein, niemals hätte er es ihr recht machen können. Und vermutlich würde er das auch nie fertigbringen.

»Was glaubst du, weshalb ich gekommen bin?«

Wieder schlich sich Anspannung in ihre schönen, kalten Augen. Fast Schrecken. Oder täuschte ihn auch diesmal das gespenstische, dahinhuschende Licht?

»Klawdi ... Klaw ...« Zum ersten Mal sprach sie ihn heute mit Namen an. Hastig und vernuschelt, als fürchte sie, sich die Zunge zu verbrennen. »Klawdi, wir stehen vor ungeheuren Problemen ... Mawyn, ich, wir alle.«

»Ja?«

»Ja. Im Sommer nimmt die Sterblichkeit im Kreis traditionell zu. Unglücksfälle in den Bergen, im Meer … Vergiftungen, Schlägereien unter Jugendlichen … Der enorme Zulauf von Touristen … da ist es sehr schwer zu entscheiden … wann hinter einem Tod eine Hexe steckt. Aber … in den letzten zwei Wochen haben wir ein Dutzend Menschen verurteilt. Die Urteile sind noch nicht vollstreckt …«

Klawdi hüllte sich in Schweigen. Fedora hatte Angst. In der langen Geschichte der Inquisition ließen sich die Frauen, die für sie gearbeitet hatten, an den Fingern abzählen – von drei Händen. Die Frauen, die an solchen Stellen saßen, fielen in der Regel durch ihre Härte und Unnachgiebigkeit auf. Fedora verfügte über das eine wie über das andere. Doch jetzt hatte sie Angst, und Klawdi wollte sie nicht unterbrechen und eventuell noch weiter beunruhigen.

»Im letzten Monat hat sich das Niveau der frisch initiierten Hexen durchschnittlich verdoppelt, Patron … Wir haben es jetzt mit fünfundsiebziger und achtziger Brunnen zu tun … Es gibt eine nie da gewesene … Aggressivität … Und Zusammenrottungen. Früher kam dergleichen nie vor, da stand jede Hexe für sich allein … Aber jetzt …«

»Warum hat sich Kurator Mawyn damit nicht an Wyshna gewandt?«, zischte Klawdi mit einer seiner furchterregendsten Stimmen. Er spürte, wie Fedora weiter von ihm abrückte.

»Er …«, presste sie heraus. »Anfangs hielten wir das Ganze für einen Irrtum. Dann glaubten wir, es liege an unserer Unachtsamkeit, dass wir etwas übersehen hätten und es wieder geradebiegen müssten … Natürlich ist es nicht gerade angenehm … die eigene Unzulänglichkeit einzugestehen.«

»Ich hab schon verstanden«, sagte Klawdi mit seiner normalen Stimme. »Erzähl Mawyn nichts von unserem Gespräch. Er soll mir lieber von sich aus alles erzählen.«

Das Auto hielt vor einem schwach beleuchteten Gebäude, einem architektonischen Denkmal. Der älteste und schönste Palast der Inquisition im ganzen Land.

»Klaw …«

Er spürte, wie sie ihn am Arm zurückhielt.

»Klawdi … Du verstehst das doch, nicht wahr? Das, was hier vor sich geht? Du kannst dem doch Einhalt gebieten, oder?«

Die Tür öffnete sich. Der Fahrer machte eine respektvolle Verbeugung, die die Inquisitoren zum Aussteigen aufforderte.

Von ihrer Schwäche unangenehm überrascht, wollte Klaw schon etwas Beruhigendes und Vages antworten – doch in diesem Augenblick schien ihm die tote Hexe Magda Rewer aus der Nacht entgegenzustarren, mit zu Schlitzen verengten Augen. Das zerknitterte Kostüm fiel in Fetzen auf den Boden …

Er sah Fedora nackt vor sich. So, wie er sich an sie erinnerte. Weich und weiblich, mit schweren runden Brüsten und nach den heutigen Maßstäben zu breiten Hüften. An der rechten Schulter hatte sie ein Muttermal, aus dem antennengleich ein schwarzes, starres Haar herausragte.

Was bist du bloß für ein geiler Bock! Solche Phantasien, in Gegenwart von zwei Untergegebenen!

»Steig aus!«, sagte er scharf. Zu scharf. Fedora zuckte zusammen, doch er machte keine Anstalten, einen sanfteren Ton anzuschlagen. Der Kampf mit sich selbst dauerte eine lange Minute und trug ihm ein paar neue graue Haare ein. Gut, von nun an würde er härter sein. Sowohl mit Fedora als auch mit ihnen, den Gefährtinnen der toten Magda Rewer – egal, wie viele von ihnen er in dem herrlichen Kreis Odnyza orten mochte.

(Djunka. Februar–März)

Eine Woche vor Winterende hatte er einem Bekannten den Schlüssel für das Bootshaus im Sportzentrum aus den Rippen geleiert.

Unter der Decke brannte ein Glühbirne, umhüllt von einem Schirm aus Spinnennetzen. Tote Fliegenkörper warfen überproportional große Schatten an die furnierten Wände. Die Spiralen eines elektrischen Heizgeräts glühten rot, in einer Ecke stapelten sich die orangefarbenen Rettungswesten zu einem kleinen Berg, an der Wand standen lackierte Ruder – stramm wie Soldaten. Klaw setzte sich auf das durchhängende Bett und wartete.

Ihm war unklar, woher sie eigentlich kam. Musste sie eine *Grenze* überschreiten oder versteckte sie sich einfach in den Weiden? Oder vielleicht unter Wasser?

Die Holzstufen des alten Hauses knarrten leise unter ihren nackten Füßen. Sobald er dieses Knarzen hörte, verspürte er jedes Mal eine lähmende Schwäche. Dazu kam das Geräusch tropfenden Wassers. Platsch … platsch …

Quietschend öffnete sich die Tür ein Stück weit. In dem Spalt stand Djunka. Die nassen, offenen Haare fielen ihr über die Schultern, und aus den haarigen Eiszapfen sickerte in glasklaren Strömen Wasser. Der schlangenfarbene, feuchte Badeanzug schimmerte matt.

In der ersten Zeit war es ihm nicht leicht gefallen. Allerlei Unsinn hatte er da gebrabbelt und versucht, seine Angst und eine quälende Befangenheit hinter Albernheit zu verbergen. An solchen Tagen hatte Djunka geschwiegen, mit geschlossenem Mund ein Lächeln angedeutet und nur genickt, traurig und verständnisvoll.

Nach und nach hatte er sich dann an die Situation gewöhnt und angefangen, ohne weiche Knie, ohne diese Lähmung und auch ohne nächtliche Albträume auf ihr Erscheinen zu warten. Als dann auch Djunka fröhlicher wurde, hatte er endgültig geglaubt, sie sei zurückgekehrt.

Stets redete er, während sie zuhörte. Ihre Gespräche kreisten um nichts Bestimmtes. Manchmal legte sie ihm eine kalte Hand auf die Schulter. Mit zusammengepressten Zähnen versuchte er, nicht zu erschaudern. Schließlich nahm er ihre Hand in die seine, woraufhin sich die Eishand erwärmte; Klaw hauchte einen Kuss darauf. Wie verhext murmelte er: »Djunka, ich habe nie eine außer dir … Djunotschka, könntest du nicht für immer zurückkehren? Komm mit mir, wir wollen in der Stadt leben, und wenn du willst, gebe ich die Schule auf …«

Sie schwieg und lächelte geheimnisvoll. Kein Ja, kein Nein.

Als sie aufbrach, legte sie den Finger vor den Mund, eine magere Figur, das Sinnbild ewigen Schweigens. Er blieb in dem leeren Zimmer zurück, tigerte von einer Ecke zur anderen und zählte bis hundert. Dann schlüpfte er hinaus, schnappte sich einen alten Besen, der unter der Vortreppe stand, und machte sich daran, den Weg gründlich zu fegen, denn hier und da waren im Schnee und im überfrorenen Sand die Abdrücke nackter Füße zu erkennen. Zum Schilf hin verloren sich die Spuren. Klaw verschnaufte, blickte zu den Sternen hoch, die inzwischen am Himmel standen, schulterte die Sporttasche und ging zur Bushaltestelle, um am übernächsten Tag wiederzukommen.

Juljok Mytez nahm Klaws Stimmungswechsel schweigend und voller Freude zur Kenntnis. Endlich hatte sein Zimmergenosse eine neue Freundin gefunden, eine feste, anständige, kein Flittchen. Und Juljok glaubte sich allen Ernstes für die Heilung seines Freundes mitverantwortlich: Hatte er also nicht umsonst so lange auf Klaw eingeredet und ihm diesen Gedanken schmackhaft gemacht. Auch die schöne Myra, seine eigene ehemalige Freundin, hatte er ihm nicht umsonst vorgestellt. Selbst wenn es mit den beiden nicht geklappt hatte, hatte sein Freund endlich das innere Gleichgewicht wiedergefunden.

Das Einzige, was dem gutherzigen Juljok nicht gefiel, war der ständige Tabakgeruch, der sich hartnäckig in ihrem Zimmer hielt. Klaw rauchte wie eine Chemiefabrik. Billige, stinkende Zigaretten.

Zu Frühlingsbeginn wurde Klaw siebzehn. Die chronische innere Anspannung, die Liebe, die Freude und das Geheimnis, das er permanent mit sich trug, machten ihn für Frauen aller Art zu einer begehrenswerten Beute. Brummend entdeckte Juljok immer wieder Briefe von Verehrerinnen unter der Zimmertür. Klaw deutete lediglich mit dem Mundwinkel ein Lächeln an, während der lebenslustige Mytez über diese ritterliche Treue nur staunen konnte. Was für ein monogamer Kerl! Der sah nicht einmal einer anderen hinterher!

Er hieß Priw. Der saubere Treppenabsatz vor seiner schmalen Wohnungstür roch nach feuchtem Staub und kaltem Tabakrauch. Ywha biss sich auf die Lippe. Der Geruch, das Muster auf dem braunen Kunstleder und die seltsam geschwungene Holzklinke erinnerten sie an jenen Tag, als Nasar und sie zum ersten Mal in seine Stadtwohnung gegangen waren. Als durchlaufe die Zeit voller Spott den nächsten Kreis und alles, was Ywha bisher widerfahren war, zeigte es sich nun noch einmal in einem hässlichen Zerrspiegel.

»Komm rein.«

Im Flur roch es anders, nach Kleister, Seife und etwas, das

sie nicht bestimmen konnte. Ywha schluckte dicken Speichel hinunter.

»Möchtest du einen Kaffee?«

Bei dem Gedanken an Kaffee wurde Ywha schlecht. All die billigen Cafeterien mit den immer gleichen weißen Tassen, der dunkle Satz am Boden sowie die schrägen und schmierigen Blicke der Stammkunden fielen ihr ein.

Einen Tee oder Milch, dachte Ywha sehnsüchtig, erlaubte ihren Lippen jedoch nicht, sich zu öffnen. Schweigend schüttelte sie den Kopf.

»Oder was zu essen?«

Sie nickte rasch und heftig.

»Setz dich hier hin ... Und entspann dich einfach. Schau dir die Bilder an ...«

Nachdem zunächst ein verstaubter Tennisball, der hinter dem Fuß des Schrankes lag, ihren Blick gefesselt hatte, registrierte sie, dass sie auf der Kante eines weichen, dunkelvioletten Sessels saß, dessen Armlehnen leicht abgerieben waren. Schließlich erweiterte sich ihr Horizont und sie nahm den flachen Tisch mit dem Berg von Zeitschriften, das Sofa mit der rauen Decke darauf und das Rechteck, das das Sonnenlicht auf dem Boden zeichnete, wahr. An der Grenze zwischen Licht und Schatten kroch eine kleine Stubenfliege entlang.

Ywha seufzte. Erschrocken flog die Fliege zur Decke hoch und zog ihre Kreise unter dem weißen Lampenschirm, an dem Ywha ein schief aufgeklebtes Inserat: »Zoo sucht Wärter, Putzfrau und Elefantenpfleger für den hinteren Teil, Bezahlung nach Stunden ...« durchschimmern sah.

Ywha befeuchtete die ausgetrockneten Lippen und sah sich genauer um. Der Sonnenstrahl fiel durch ein gardinenverhangenes Fenster. Auf dem Fensterbrett stand ein Blumentopf, in dem eine Schaumstoffpalme wuchs, an deren Stamm ein Gummiaffe hochkletterte. Auf der Krone der Pflanze lag wie auf einem Teller ein Tütchen mit rotem Pfeffer.

Ywha rang sich ein Lächeln ab. Priw pfiff in der Küche, aus dem Hahn plätscherte Wasser, Geschirr klimperte leise. All diese gewohnten Haushaltsgeräusche machten Ywha schwindlig.

Eine ganze Weile saß sie da, gegen die Sessellehne gesackt, die Augen geschlossen. Wer hätte gedacht, dass das Brodeln von kochendem Wasser in der Küche eine derart betörende Kraft haben konnte? Die gedämpften Schritte, das Klappern des Geschirrs, der Sonnenstrahl auf dem Boden – all das war real. Passierte jetzt. Hier gab es keine Njawken und keine Inquisition, keine Vergangenheit und keine Zukunft, sondern nur das Rauschen des Wassers und den Geruch gebratenen Fleisches. Und ihr Leben zog sich dahin, solange sich dieser Morgen dahinzog …

Ihr Lächeln gewann an Zuversicht. Im Sonnenstrahl tanzten Staubkörner. Die bunte Tapete wirkte durch die hier und da angepinnten Fotografien, Bilder und Zeitungsausschnitte noch farbenfroher. Sie stützte sich ab und stand auf.

Eine Eisbahn im Winter, auf der eine Frau tanzte, deren Bekleidung einzig aus Schlittschuhen und einem roten Schal um den Hals bestand. Ein rosafarbenes Schweinchen mit absolut skeptischer Miene, das auf einem kleinen Computerbildschirm thronte. Ein braun gebrannter Priw in verwaschener Badehose auf einem Bock aus dem Sportunterricht, der in einem Fluss stand. Das nächste Foto: derselbe Bock, auf dem sich diesmal jedoch vier Personen zwängten, drei Männer und ein Mädchen von etwa zwölf Jahren; auf ihren ausgestreckten Armen lag eine Riesenschlange, allem Anschein nach eine echte.

Eine Ecke der Aufnahme war akkurat mit einer Nadel durchbohrt. An einem strammen Faden baumelte ein blauer Busfahrschein, ein Plastikring, wie ihn Schüler für den Gewinn bei einem Quiz erhalten. Und ein Päckchen Brausepulver. Glücksbringer, die einzig für den Besitzer von Bedeutung waren.

Ein Strand am Meer. Eine halb zerfallene Sandburg, vor der ein trauriger, fünfjähriger Junge saß, nackt, das Barett eines Astrologen über ein Ohr gezogen und mit einem Fernglas auf den Knien.

Drei Personen, die ein riesiges Dreieck bildeten, in dessen Mitte …

Ywha prallte zurück, konnte den Blick jedoch nicht von dem Bild wenden.

In der Mitte des Dreiecks lag eine Frau mit seltsam deformiertem Körper im Gras. Das Gesicht hatte sich in den Schädel eingedrückt, die Augen glibberten über die Stirn. Eine aufblasbare Puppe, aus der alle Luft entwichen war.

Beinahe hätte Ywha die Kontrolle über sich verloren. Sie wollte aufstöhnen, bekam jedoch keine Luft, als sei ihr Hals mit Watte verstopft. Die letzte Nacht würde für immer in ihrem Gedächtnis bleiben. Jetzt erst recht.

Die nächste Aufnahme, überraschend großformatig, zeigte einen älteren Mann auf dem Asphalt, inmitten einer Blutlache. Ein hellgelber Vordruck baumelte an ihm: »Tod … durch Fall aus großer Höhe … infolge des Kontakts mit einer Njawka …«

Dann ein Mann in mittleren Jahren im nassen Trainingsanzug auf einem Gulli. »Tod … durch Ertrinken … infolge des Kontakts mit einer Njawka …«

Eine Badewanne, randvoll mit purpurrotem Wasser. Ein gelbes Gesicht, von dem sich nicht sagen ließ, ob es zu einem jungen Mann oder zu einer kurzhaarigen Frau gehörte. »Tod … durch … infolge des Kontakts mit einer Njawka …«

Ein Bär, der auf einer Laute spielte. Etwas Grelles, Sommerliches, Bälle und Zelte, lachende Kinder, funkelnde Wasserspritzer …

Der erschlaffte Körper einer Njawka. Eine Hülle, die man wie einen Teppich zusammenrollen konnte. Ein Kopf wie ein eingetretener Ball.

»Genug gesehen. Lass uns lieber frühstücken.«

Priw stand hinter ihr. Der Klang seiner Stimme ließ Ywha zusammenzucken. Seine große, feste Hand legte sich beruhigend um ihre Taille.

»Beruhige dich … Gleich kriegst du ein paar Tropfen, denn deine Nerven liegen echt blank. Eine nervöse Hexe, das ist doch einfach traurig. Fast wie ein vegetarisches Krokodil.«

Schwach und gehorsam folgte sie ihm in die Küche. Auf dem blitzblanken Tisch dampften zwei Teller mit Fleisch, das mit Tomatenschnitzen garniert war. »Geh dir die Hände waschen …«

Im Bad gab es rechts von einem großen Spiegel ein kleines Aquarium. Auf dem Sandboden lagen eine zerbrochene Amphora, einige Flussmuscheln und ein eingepacktes Präservativ.

Zwei rote Fische schwammen gleichmütig an einem Schild vorbei: Im Notfall Scheibe mit Hammer einschlagen.

»Seit einiger Zeit verstehe ich sie nicht mehr.« Der Kurator Mawyn nahm zum vierten Mal in der letzten Minute die Brille ab, um sie zu putzen. »Sie haben … ihre Vorsicht verloren. Jedes Gefühl für das richtige Maß. Jeden Verteidigungsinstinkt. Mir ist unbegreiflich, warum sie all das tun … was sie da tun. Geht es um ihren eigenen Vorteil? Was in Teufels Namen soll das für ein Vorteil sein? Diese blinde Aggressivität, die doch in der Regel mit einem Verhör in unseren Verliesen endet. Es jagt mir Angst ein, wenn ich etwas nicht begreife, und momentan verstehe ich die Hexen nicht im Geringsten …«

»Früher konntest du dich also damit brüsten, sie zu verstehen?« Klawdi kniff die Augen zusammen und schickte einen dicken bläulichen Rauchfaden in Richtung Decke.

»Das habe ich zumindest geglaubt, Patron«, meinte Mawyn achselzuckend. »Das half mir … bei der Arbeit.«

Es tagte bereits. Klawdi schoss der Gedanke durch den Kopf, ein wenig zu schlafen. Bevor er, dem Büro des Kurators entkommen, endlich in seine Badehose schlüpfte und sich zu dem goldenen Strand aufmachte, nach dem er sich so sehnte, und sich vom warmen Meer liebkosen ließ. »Ich habe meine Badehose nicht mal eingepackt«, sagte er laut.

»Wir haben Hochsaison«, erklärte Mawyn mit gequältem Lächeln, während Fedora bewusst wegsah. »Und die fällt komischerweise ausgerechnet mit der … *Zeit der unverhofften Erbschaften* zusammen. Da stirbt zum Beispiel eine angesehene Frau an einem Herzinfarkt. Sie ist noch nicht alt und ihr gehört, sagen wir mal, ein Friseurgeschäft. In der Regel taucht schon bald eine Erbin aus der tiefsten Provinz auf. Wie geht es dann weiter?! Nach einer kurzen Krise floriert das Geschäft wieder, nach wie vor kommen – jedenfalls mehr oder weniger – die alten Kunden … Nach einer Weile kommt es jedoch zu einem Ansturm auf die psychiatrische Klinik. Außerdem sind ein paar Infarkte, einige unerklärliche Morde, aber auch Lottogewinne zu verzeichnen. Eine Maniküre, auch das nur ein Beispiel, fängt plötzlich an zu singen und gelangt schnell ganz nach oben … Dann ziehen wir los, um die Erbinnen festzunehmen. Meist ist es schon zu spät. Die Hexenbrut hat sich längst vermehrt und ist uns über den Kopf gewachsen. Friseurinnen sind aus irgendeinem Grund besonders …« Mawyn verstummte, als sei er nicht imstande, das richtige Wort zu finden.

»Sie flechten ihren Kundinnen ›Krötenhaare‹ ein«, meinte Fedora mit tonloser Stimme. »Alles wie gehabt, die Hexen holen sich Fingernägel und Haare von ihren Kundinnen. Aber auf Befehl? Und von wem? Wer gibt den Auftrag, ein Zimmermädchen aus einem kleinen Hotel, das ein halbes Jahr gespart hat, um sich den Besuch in diesem extravaganten Friseurladen leisten zu können, verrückt zu machen? Und wozu?«

»Aber die Maniküre hat angefangen zu singen?«, fragte Klawdi mit hochgezogener Braue.

»Die Maniküre!« Fedora runzelte verärgert die Stirn. »Wir haben sie ein Dutzend Mal durchleuchtet. Die können wir völlig außer Acht lassen. Vielleicht haben sich die Hexen da einfach einen schlechten Scherz erlaubt.«

»Und machen Sie sich klar, wie viele Friseure es in Odnyza gibt, Patron«, klagte Mawyn. »Oder andere Läden, wo manchmal harmlose Tätowierungen vorgenommen werden, manchmal in die Haut der naiven Leute das Zeichen von Keil oder Pumpe eingeritzt wird. Außerdem haben wir noch Vergnügungseinrichtungen, in denen …« Mawyns Stimme überschlug sich. »Von den Tausenden von Hotels, Restaurants, Massagesalons, Privatkliniken und dergleichen ganz zu schweigen!«

Klawdi drückte die Zigarette in einem riesigen, geschmacklosen Marmoraschenbecher aus. »Mawyn, ich habe immer geglaubt, du würdest den Kreis, in dem du arbeitest, kennen. Mehr noch: Als du diesen Posten angetreten hast, wusstest du doch, worauf du dich einlässt. Und jetzt erklärst du mir mit beleidigter Miene: Wie ich festgestellt habe, kann man sich am Feuer verbrennen, und Wespen stechen …«

Wieder nahm Mawyn seine Brille ab, damit entblößte er einen empfindlich geröteten Abdruck an der Nasenwurzel. »Dennoch ist es in Odnyza ruhig, Patron. Zumindest auf den ersten Blick. Dafür haben wir … aber lassen wir das. Und die Epidemie ist in Rjanka ausgebrochen, nicht hier.«

»Beschrei's nicht!«

Mawyns und Klawdis Blicke kreuzten sich, worauf der Kurator prompt dermaßen erbleichte, dass selbst der rosafarbene Streifen auf der Nasenwurzel mit der Haut verschwamm. »Was? Hier? In Odnyza? Was?!«

»Ich muss da eine Sache überprüfen.« Nachdenklich zählte Klawdi die Zigaretten, die noch in der Schachtel steckten. »Ich muss dringend mit euren Todeskandidatinnen sprechen. Mit den zehn Frauen, die verurteilt wurden, aber noch nicht bestraft worden sind … Sieh mich nicht so an, Fedora. Ich brauche einen Raum für die Verhöre und … Möglicherweise werde ich sie auch foltern müssen.«

(Djunka. März)

Juljok ahnte nicht einmal, dass sein Freund ausgerechnet an seinem Geburtstag einen neuen Schock zu verkraften hatte.

Das ungute Gefühl nagte bereits seit der Haltestelle an Klaw, dort wo er jetzt, im Frühling, normalerweise aus dem Bus sprang, um in einer halben Stunde über einen menschenleeren Pfad zum Sportzentrum zu wandern. Äußere Gründe gab es dafür keine, keinerlei Geräusche, außer dem Krächzen einer Krähe, keine Gerüche, außer dem gewöhnlichen Duft feuchter Erde, keine fremden Spuren im Schnee. Trotzdem verkrampfte sich Klaw, sein Mund trocknete aus.

Den gewohnten Weg legte er in knapp der Hälfte der Zeit zurück. Vorm Tor zum Sportzentrum stand ein Minibus, ein gelber, mit Blinklicht. Klaw glaubte, seine Beine versänken bis zu den Knien im Boden.

Diese Schweine!

Er sah den engen Kranz des Reigens, in dessen Mitte sich eine weibliche Figur in einem schlangenfarbenen Badeanzug wand, schon fast vor sich. In den geballten Fäusten spürte er förmlich das warme, blutbeschmierte Fleisch ihrer Henker. Mit allen Kräften musste er vorwärtsstürmen, um sie allein gegen eine Überzahl zu verteidigen.

Tatsächlich aber machte er keinen einzigen Schritt.

Er atmete ein. Und aus. Langsam zählte er bis zehn und ging gelassen und maßvoll weiter. Niemand, kein einziger Beobachter dieser Szene, hätte in seiner Miene etwas anderes zu entdecken vermocht als die erstaunte Neugier eines Jungen.

Die Tschugeister tanzten nicht. Es waren vier, und sie marschierten am Ufer der teilweise vereisten Bucht entlang, rauchten und warfen sich geschäftig Sätze zu. Ohne die Worte richtig zu verstehen, wusste Klaw, dass überhaupt kein Tanz stattgefunden hatte. Tschugeister, die getanzt und ihr Opfer getötet hatten, zeigten andere Gesichter. Andere Bewegungen, ein anderes Verhalten.

Also war Djunka …

Klaw spürte, wie heißes, pulsierendes Blut in seine bleichen, tauben Wangen schoss. Djunka lebte doch noch! Ihr war nichts geschehen! Sie hatten sie gar nicht erwischt!

Alles Gute zum Geburtstag, Klaw. Heute ist dein Glückstag.

Sie hatten ihn längst bemerkt. Er wartete noch einen Augenblick, genau so lange, wie ein forscher Junge brauchte, um seine natürliche Schüchternheit zu überwinden. Schließlich marschierte er munter weiter. »Guten Tag«, sagte er. »Ist hier was passiert?«

Wieder diese Blicke. Klaw hatte eigentlich geglaubt, die Angst vor ihnen ein für alle Mal überwunden zu haben. Ein Irrtum, wie sich jetzt herausstellte.

»Hallo.« Der Chef der Gruppe war ein kleiner junger Mann mit schwarzem Haar; offenbar stammte er aus dem Süden. »Verrätst du uns vielleicht deinen Namen und was du hier tust?«

»Ich bin Klawdi Starsh von der Wyshnaer Schule Nr. 3. Ich wollte rudern …«

»Ach ja? Das Wasser ist noch gefroren, Junge. Eishockey könntest du spielen …«

Daraufhin sollte Starsh tunlichst in Pein vergehen. Er sollte unter dem hartnäckigen Blick erröten und erbleichen, sich tröpfchenweise die schreckliche Wahrheit aus der Nase ziehen lassen. Und wollte er tief in seinem Innern denn nicht auch gestehen? So wie man essen oder trinken will?

Ihm kam entgegen, dass er jünger aussah, als er war. Der Tschugeist wusste, dass kein Junge unter einem solchen Blick zu lügen vermochte. Selbst ein Erwachsener würde da zusammenbrechen.

Mit den Augen klappernd, mimte Klaw den Aufgewühlten. Er würde doch nur den üblichen Kram erledigen ... das Haus sauber machen, die Rettungswesten flicken ... sämtliche Schlösser überprüfen ... Im letzten Jahr war der Kühlschrank aus dem Haus des Trainers gestohlen worden ... und einen offiziellen Objektschützer gebe es eben nicht!

»Kommst du allein her? Oder triffst du hier vielleicht jemanden? Eine Freundin?«

Er schüttelte den Kopf, bis seine Haare unter der Kapuze herauslugten. Aber nein, niemand wolle mit ihm in diese Einöde, ihm gefalle ja gerade, dass er hier ganz ungestört sei ...

»Wann bist du das letzte Mal hergekommen? Wer ist dir hier begegnet? Wen hast du gesehen?«

Bereitwillig gab er Auskunft: Da waren schon einige Leute. Ein Junge habe sich hier herumgedrückt, vermutlich wollte er etwas klauen. Dann die Angler. Die lüden ihn immer auf einen Tee ein.

Die Tschugeister fielen ihm grob ins Wort und verlangten, er solle den Mund halten, kehrt machen und verschwinden. Und sich hier nie wieder blicken lassen. Allem Anschein nach treibe sich hier nämlich eine Njawka rum!

Mit hastigen Schritten verließ er das Sportzentrum, nicht ohne sich immer wieder umzudrehen. Auf halbem Weg zur Haltestelle schlug er sich in ein junges Tannenwäldchen, hockte sich auf die trockenen kalten Nadeln und zündete sich eine Zigarette an.

Sie wollten Djunka umbringen. Sie zwingen, noch einmal zu sterben. Djunka jedoch war verschwunden. Keine Ahnung, warum, aber er wusste genau, dass sie in Sicherheit war, dass ihr keine Gefahr mehr drohte.

Diesmal.

Ywha lag auf dem Sofa, eine weiche Decke unter sich. Sie lag da, drückte die Schulter gegen die Wand, hatte sowohl ihren Pullover als auch ihre abgetragenen Hosen noch an. Priw saß zu ihren Füßen, seine lässige Haltung hätte sie beruhigen sollen. Ruhe und Freundlichkeit strahlte er aus, keinen Druck. Trotzdem brachte Ywha es nicht fertig aufzustehen, solange Priw da war. Vielleicht unterstellte sie ihm völlig zu Unrecht gemeine Absichten. Einfach aus Angst. Aber wovor sollte sie sich fürchten – da sie doch keine Njawka war?

»Wovor hast du Angst?«, fragte Priw leise, als habe er ihre Gedanken gelesen.

Sie drehte den Kopf auf dem Kissen herum. »Vor nichts ...«

Die Tropfen, die sie, sich seinem sanften Befehl beugend, eingenommen hatte, waren tatsächlich weder eine Droge noch ein Schlafmittel gewesen, sondern nur irgendwelche Kräuter, eine angenehm entspannende Mischung. Doch im Grunde war ihr das egal. Es gefiel ihr, sich in seiner Macht zu fühlen. Hündische Ergebenheit und friedliche Ruhe – ja, ohne Frage, diese Art der Ruhe tat ihr gut.

»Willst du dich waschen?«

Ywha hob die schweren Lider. »Hä?«

»Willst du duschen? Du bist dreckig wie ein Ferkel ...«

»Ja.« Ywha rang sich ein Lächeln ab. »Wenn die Fische ... im Bad ... dann nicht erschrecken.«

Zu spät wurde ihr der Hintersinn des Satzes bewusst. Entsetzt errötete sie. Es brannte, bis ihr die Tränen kamen.

»Das sind ganz normale Fische«, erwiderte Priw amüsiert. Seine Hand ruhte auf Ywhas Bauch.

Ywha fing an zu weinen. Sie wusste nicht, welche ihrer Sorgen das auslöste. Vermutlich war es der Kummer darüber, nie einen friedlichen Morgen mit Geschirrklappern erleben zu dürfen. Darüber, dass die Sonne niemals durch das offene Fenster hereinfallen und Nasar sie nie zum Frühstück rufen würde. Ihr Leben hätte Ywha für einen solchen Morgen gegeben. Für einen kurzen Augenblick dieses viel belachten Glücks. Dafür, so zu sein wie alle.

»Ich bin eine Hexe«, erklärte sie Priw, indem sie die Tränen herunterschluckte.

»Deshalb brauchst du doch nicht zu weinen«, erwiderte er ernsthaft.

»Du ... Ekelst du dich nicht vor mir? Ich widere dich nicht an?«

Priw betrachtete sie so lang und aufmerksam, dass sie sich am liebsten unter die plüschige Decke verkrochen hätte.

»Du hast Angst vor mir.« Nachdenklich fuhr er sich mit dem Finger über die Unterlippe. »Hat schon mal jemand Angst vor dir gehabt?«

Ywha schluchzte.

Mit einer unmerklichen Bewegung beugte sich Priw vor, wobei er ihr Haar gegen das Sofa drückte, bis es ziepte. Ywha nahm den Geruch von Minze wahr, der von ihm ausging. Zahnpasta vielleicht, oder ein Kaugummi.

»Wir werden uns jetzt an deinem … Professorensöhnchen rächen.« Behutsam befreite er Ywhas malträtiertes Haar. »Gleich jetzt! Stimmt's, er ist ein Idiot?«

»Ja«, flüsterte sie, während sie gebannt in die schwarzen Augen mit den starren Pupillen blickte.

»Heulen wird er, wenn er erfährt, wie wir uns an ihm gerächt haben, oder etwa nicht?«

»Ja«, bestätigte Ywha flüsternd. Sie sah das bleiche Gesicht Nasars mit seinen zusammengepressten Lippen vor sich.

Priw meinte das völlig ernst.

»Du bist bestimmt müde«, presste sie heraus, sich an ihre Unentschlossenheit klammernd, »nach deiner Schicht.«

»Ich bin schon wieder topfit. Na, geh die Fische füttern. Nimm das grüne Handtuch. Die Schachtel mit dem Futter steht auf dem Regal neben dem Spiegel.«

Die Fische fraßen gierig.

Die Badezimmertür ließ sich nicht abschließen, an der Stelle des Schlosses klaffte ein Loch. Unsicher stocherte Ywha mit dem Finger darin herum. Warum machte sie sich bloß all diese Gedanken? Schließlich ging sie nicht zum Schafott. Sie war nicht zum Tode verurteilt. Sie stand nicht im Zentrum des Kreises tanzender Tschugeister, landete nicht in dem Plastiksack mit Reißverschluss. Befand sich nicht in den Verliesen der Inquisition. Oder in dem stickigen Büro, in dem die Hexen zur Registrierung antreten mussten, was angeblich eine grauenvolle Prozedur war.

Und Nasar? Was hatte er eigentlich von ihr erwartet? Blieb ihr nicht nur die Wahl zwischen Regen und Traufe? Sie wollte weder zur Registrierung noch auf den Scheiterhaufen. Und auch nicht auf den Strich. Obwohl … *Verehrte Herren, besuchen Sie unser exotisches Bordell* Hexensabbat im Bett. *Sex auf dem*

Besen, verehrte Herren, Sie werden verzückt sein, Ihre Freizeit mit unseren temperamentvollen Hexen zu verbringen!

Sie wollte nur noch heißes Wasser. Inbrünstig schrubbte sie sich die Nächte ab, die sie in Wartesälen verbracht hatte, wusch sich den Geruch der Metro und den penetranten Duft des Deos vom Körper. Letzteres hing ihr zum Halse heraus. Drei Tage lang quälte sie sich jetzt damit. Sie würde ein anderes kaufen, und sei es von ihrem letzten Geld, gleich heute würde sie das erledigen.

Sie wollte sich häuten. Wie eine Schlange. Sich erneuern, das alte, überflüssige, glanzlose und zerlöcherte Leben fortwerfen – wie eine alte Socke. Und sich beispielsweise ohne Wenn und Aber in Priw verlieben, diesen anständigen Kerl.

Ohne Wenn und Aber. Für den einen Tag, der ihm bis zur nächsten Schicht blieb.

Der Reißverschluss an dem Plastiksack. Der Reißverschluss, die roten Fische, die gierig nach dem streng riechenden Futter schnappten. Die schrecklichen Überreste der Njawka im flach getretenen Gras. Die Strahlen des heißen Wassers …

»Du bist doch nicht ertrunken?« Priw klopfte taktvoll an die Tür. »Oder haben dich diese Piranhas etwa aufgefressen?«

Das grüne Handtuch war so groß wie ein Bettlaken. Ywha stand vor Priw, verhüllt wie ein Denkmal kurz vor der Einweihung. Ihre herabhängende Hand krampfte sich um die vom Dampf ganz feucht gewordene Kleidung.

»Warte.« Priw betrat das Bad und öffnete sich dabei die Hose. »Ich werde sie auch noch füttern.«

Einen Moment lang verharrte Ywha im dunklen Flur und lauschte auf das Rauschen des Wassers.

Eine halbe Stunde nach Beginn des Konzerts kamen sie vorm Stadion angerast. Überall auf den Tribünen sangen und klatschten die Leute. Die Masse, die versucht hatte, ohne Eintrittskarte hinter die Absperrung zu kommen, zerstreute sich allmählich, die Absperrung selbst, eine Kette aus jungen Männern in Uniform, lockerte sich ein wenig, löste sich hier und da auf. Über dem Spielfeld waberte bunter Rauch, über den, immer wieder in ihn ein- und aus ihm auftauchend, die grellen Lichter trunkener Scheinwerfer fegten.

»Du rührst dich nicht von der Stelle«, befahl Klawdi Fedora.

Im Minibus, in dem lauter bewaffnete Männer saßen, trat eine bedeutsame Stille ein. Wie in einem Gerichtssaal, kurz vor der Urteilsverkündung. Oder wie in einem Krankenhaus.

»Patron ...« Mawyn hüstelte, über seine Brillengläser huschten Lichtreflexe. »Der Großinquisitor ist hier nicht ... Das ist ein Einsatz. Ein Einsatz in meinem Gebiet, für den einzig und allein ich ...«

Klawdi nickte bestätigend. Er wartete ab, bis Mawyn erleichtert seufzte, um ihm dann mit kalter, offizieller Stimme mitzuteilen: »Angesichts der Ausnahmesituation halte ich meine persönliche Anwesenheit für angemessen und um des Allgemeinwohls willen für unerlässlich. Die Einsatzgruppe ...« Sein Blick erfasste die Männer, die mit ihm im Bus saßen. »... untersteht meinem Befehl. Nieder mit dem Abschaum!«

Mawyn schwieg. Um den Effekt seiner Worte zu steigern, ließ Klawdi noch einen Augenblick verstreichen, bevor er die Tür öffnete und ausstieg.

Der Platz vor dem Stadion war bis zum Gehtnichtmehr vollgemüllt. Durch zertretene Plastikbecher, Zeitungsfetzen und die bunten Schalen greller Südfrüchte watend, hielt Klawdi auf die riesige Betonschale zu, die da unter dem funkelnden Abendhimmel lag. Ein Teller voll von brodelnder Menschenbrühe.

Brühe? Suppe? Kam er zu spät?!

Um hinter die Bühne zu gelangen, musste man drei Kontrollen passieren. Einige der nicht ins Stadion eingelassenen Fans standen noch in Gruppen beisammen und blickten finster auf die über und über mit Waffen behängten Security-Leute der ersten Kontrolle. Sobald die Furcht einflößenden Männer Klawdis Dienstmarke sahen, traten sie verängstigt auseinander, als seien sie eine Horde Dorfjungs.

Über das Gelände wogte ein Lied, gar kein schlechtes – ehrlich gesagt. Klawdi jedoch würde die ganze Schönheit darin leider nie erfassen. Wie ein Chirurg beim Ballett, der nicht den Tanz, sondern nur die Muskelkontraktion und die gedehnten Sehnen registrierte, hörte er statt der Musik lediglich den impertinenten Lärm, das stumpfe rhythmische Getrommel, das nicht zu seinem Herzschlag passte und ihn hinderte, sich zu konzentrieren.

Ohne stehen zu bleiben, streckte er die rechte Hand seitlich nach unten aus. Diejenigen, die ihm folgten, waren alles andere als Dilettanten. Ach ja, wie lange hatte er schon an keiner Operation mehr teilgenommen!

Die zweite Kontrolle. Männer in Zivil. Die magische Wirkung der funkelnden Dienstmarken der Inquisition. Die erschrockenen Gesichter. Ein paar halb nackte Tänzerinnen, deren durchscheinende Hosen an den verschwitzten Körpern klebten. Eine Dame in einem Gehrock mit eingemeißelten professionellen Falten in den Winkeln der aufeinandergepressten Lippen.

»Was gibt es, meine Herren? Sie ...«

»Bewahren Sie bitte die Ruhe. Die Oberste Inquisition.«

Die dritte Kontrolle. Eine Visage, die auf Dienstmarken und Etikette spuckte. Auf keinen Fall wollte sich Klawdi an diesem Kerl die Hände schmutzig machen. Jetzt, da er bereits eine Hexe witterte. Immer deutlicher. Dort, hinter der geschlossenen Tür ...

»Zurück! Stehen geblieben, sage ich!«

Die Visage drohte ihm. Offenbar mit einer Pistole. Grandiose Idee! In diesem Gedränge zu schießen!

Klawdi trat zur Seite. Mochten sich die unteren Ränge mit dem Kerl befassen. Er, der Großinquisitor, witterte eine Hexe. Beinahe hatte er schon vergessen, dass Hexen nicht in Verhörräumen zur Welt kommen, fix und fertig und gefesselt, ja, kaum erinnerte er sich noch, wie eine ordentliche freie Hexe aussah.

Statt die Klinke zu berühren, gab er bloß ein Zeichen, und jemand aus seinem Gefolge sprang eichhörnchengleich herbei, um die Tür mit der Schulter einzustoßen. Obwohl sie äußerlich so uneinnehmbar wirkte, handelte es sich nur um billiges Furnier.

Ein Krachen, ein leiser Aufschrei. All das ging im Rhythmus des ewig andauernden Liedes unter.

Ein prachtvoller Raum. Auf samtbezogenen Sofas waren malerisch Kleidungsstücke drapiert. Beflissen warfen hohe Spiegel eine unendliche Reihe von Lampen zurück. Zwei Frauen hielten sich hier auf, die eine kniete in einer Ecke und bedeckte das Gesicht mit den Händen, die andere war hinter der Lehne eines Drehstuhls erstarrt, einen Schminktopf in der Hand. Ihre Augen ...

Klawdi prallte zurück. Zwei unglaublich lange, spitze Klingen schienen sich ihm gleichzeitig unterhalb der Ohren in den Hals zu bohren. Die vor ihm stehende Hexe war unsagbar stark. Monströs stark.

»Zurück, Inquisitor.«

Noch einmal ein leiser Schrei, ausgestoßen von der Frau, die in der Ecke kniete.

»Zurück. Oder auf den Tribünen werden sich die Toten stapeln.«

Klawdi hüllte sich in Schweigen. Das war nicht der Moment, seine Kraft an ein Gespräch zu vergeuden.

»Hast du mich verstanden, Inquisitor?«

Das Lied brach ab.

Auf dem höchsten Ton und so abrupt, als sei es abgeschossen worden. Im Stadion toste der Applaus los. In diesem Augenblick stürzte Klawdi auf die Hexe zu.

Ihre Lippen verzogen sich in schrecklicher Weise. Sie schlug mit einem Strahl ihrer Angst, ihrer panischen, Ekel erregenden Angst, auf Starshs Gesicht ein. Er schaffte es gerade noch, die Hände schützend hochzureißen, als sich die Augen der Hexe zu den vertikalen Schlitzen einer Katze formten. »Zu...rück!«

Wieder traf ihn eine Woge der Angst wie der Schlag einer Peitsche. Allerdings erschlaffte die Peitsche nun ein wenig und war bereit, sich der Hand zu entwinden.

»Zurück ... Inquisitor ...« In ihrer Hand blitzte trüb Metall auf. Silbern. Eine geschwungene Silberklinge.

Dann folgte ein Stöhnen. Die Hexe taumelte auf eine graziöse, in gewisser Weise schöne Art zurück, krümmte sich in der Mitte zusammen und fiel zu Boden.

Ihr Ärmel schlug aufs Parkett auf, mehr war nicht zu hören.

Die andere winselte leise. Über ihnen wummerte auf der Bühne die Musik, und mehrere schwache Mädchenstimmen näselten rhythmisch los.

Klawdi hielt die Leute, die durch die Tür drängen wollten, mit einer Geste auf. Er trat an die gestürzte Hexe heran und fuhr mit der Hand durch die Luft über ihr, als wolle er sie streicheln, traue sich jedoch nicht. Seine Hand spürte auch nichts – als ob da auf dem Parkett niemand läge.

Klawdi packte die Hexe bei der Schulter und drehte sie unter Aufbietung aller Kraft auf den Rücken.

Das Blut der Hexe war schwarz wie Pech. Erst jetzt fiel Klawdi auf, dass sie den blauen Kittel einer Maskenbildnerin trug. Zwischen den beiden Brusttaschen lugte kokett der Griff eines silbernen Ritualdolchs heraus, der ihr einen schnellen und sicheren Tod beschert hatte. Eine würdige Alternative für jede Hexe. Ein ruhmreicher Abgang.

»Was … geht hier … Meine Herren, Sie …«

Klawdi wandte sich um. Mit dem Ellbogen stieß er den schweißgebadeten, verängstigten Star zurück, der völlig aufgelöst vor dem Eingang der eigenen Garderobe herumwieselte. Was hatte die Hexe gesagt? Die Toten würden sich auf den Tribünen stapeln?

Und was hatte die Bannerhexe prophezeit? »Im Kreis Odnyza, ja, ja, ja.«

Was hatte sie noch vorhergesagt?

Vor der Tür, eine verängstigte Traube von Stadionmanagern und Bühnenpersonal im Rücken, hatte sich der Kurator Mawyn aufgebaut, in dessen Augen es kalt und gierig loderte.

(Djunka. April)

»Wohin soll ich euch bringen, Kinder?«

Zwei Tramper, ein Junge von etwa sechzehn Jahren und ein Mädchen, das in einen langen schwarzen Mantel gehüllt war, dessen hochgestellter Kragen ihr Gesicht bis zu den Augen verbarg.

»Mir-Passage? Oh, oh, um diese Zeit gibt es da jede Menge Staus …«

»Wir haben es nicht eilig.«

Gemütlich fraß das Auto die Kilometer. Mit dem Rücken gegen den Ledersitz gepresst saß Klaw da, Djunkas kalte Finger fest in seiner Hand haltend.

Jetzt würde alles anders werden. Er würde verhindern, dass sie weiter gejagt würde, er würde niemanden an sie heranlassen. In Wyshna wimmelte es von Menschen, das war kein ödes Sportzentrum. Da sollten die Tschugeister mal versuchen, zwischen einer Million Spuren diejenigen Djunkas aufzunehmen.

Er hatte eine Wohnung im Stadtzentrum gemietet. Dafür

hatte er sein Sparbuch geplündert, das er vor drei Jahren angelegt hatte, um sich den Traum von einem Sportwagen zu erfüllen. Einen winzigen Käfig im vierzehnten Stock eines engen Bienenstocks hatte er bekommen, in dem sogar die Nachbarn einander nur flüchtig und zufällig kannten. Jetzt würden Djunka und er einen richtigen, ruhigen Alltag genießen. Als ob *das* nie passiert wäre.

Angst ließ ihn jäh zusammenfahren, und er drückte ihre Hand fester. Er fürchtete um Djunka, aber, was noch schlimmer war, er fürchtete sich auch *vor ihr*. Sosehr sich sein Gehirn auch anstrengte, er konnte diesen Widerspruch nicht überwinden: Djunka war gestorben. Djunka war zurückgekehrt. Sie lag im Grab, sie war tot – und sie saß hier neben ihm.

Mit aller Entschlossenheit nahm er sich vor, nie mehr daran zu denken. Man sollte ohnehin nicht allzu intensiv über das Leben nachdenken, denn das nahm einem die Lust daran. Zukünftiges Unheil ließ sich nicht vorhersagen, Probleme konnte man nicht vorab lösen.

Auf Djunkas Sitz entstand ein feuchter Fleck. Der Badeanzug nässte durch den dünnen Mantel.

»Frierst du nicht?«

Eine verneinende Kopfbewegung. Ihr schien jetzt nie kalt zu sein, selbst wenn ihre Finger so eisig wie der Winter waren.

Als spüre sie seine Stimmung, drehte sie ihm den Kopf ein wenig zu. Sanft drückte sie seine Hand. »Klaw … verlass … mich … nicht.«

Das Zimmer war winzig klein. Zur Straße hin gab es einen halbrunden Balkon mit einem schiefen, verrosteten Geländer. Als Klaw zum Rauchen hinaustrat, wurde ihm sofort schwindlig, denn vierzehn Stockwerke unter ihm schossen unaufhaltsam zwei Ströme aus funkelndem Metall, bunten Lichtern und verärgertem Gehupe aufeinander zu, das zu ihm heraufdrang. Die Nacht schien sich hinter ein schmutziges, künstliches Licht zurückgezogen zu haben.

Djunka saß auf dem durchhängenden Sofa. Den Mantel hatte sie abgelegt, sodass sie nur den verfluchten schlangenfarbenen Badeanzug trug.

»Zieh den aus«, bat Klaw im Flüsterton. »Wir wollen ihn … verbrennen.«

Obwohl er nicht damit gerechnet hatte, kam sie der Bitte nach. Sie streifte erst einen, dann den anderen Träger über die Schulter. Klaw, der sich nicht rechtzeitig umgedreht hatte, konnte den Blick nun nicht mehr von ihr wenden. In *jenem* Leben hatte er Djunka nie nackt gesehen. Deshalb konnte er nicht beurteilen, ob sie sich seitdem verändert hatte oder nicht.

Ihre Brust hob sich bleich gegen den Rest des Körpers ab. Und ihre Sonnenbräune schimmerte nicht bronzen, sondern war aschgrau. Oder spielte ihm da das Licht, das von der Straße hereinfiel, einen Streich?

Djunka erhob sich und rollte die Schlangenhaut über die Schenkel. Klaw blinzelte. Der Badeanzug verwandelte sich in einen nassen Schlauch, der ihr die Knie fesselte.

Hitze überkam ihn. Unwillkürlich griff er nach der Schnalle seines Gürtels. Djunka schleuderte den Badeanzug fort und erhob sich. »Klaw …«

Seine Nackenhaare sträubten sich. Fast hätte er aufgeschrien, so schmerzhaft knallten die beiden gleich starken, auch gleichermaßen erbarmungslosen Wissensströme in ihm gegeneinander.

Der geliebte Körper, seine Freundin, seine Frau. Das erste Mal …

Andererseits die nassen Haarsträhnen, die eisigen Hände, die Fußabdrücke im gefrorenen Sand, der erstickende Geruch der Blumen auf dem Grab und vor allem ihr Gesicht in dem breiten Trauerrahmen …

Er sah sie im Grab vor sich. *Und* er sah sie jetzt.

»Klaw … jag … mich … nicht … fort …«

»Das tu ich nicht«, stieß er mit trockener Kehle hervor. »Aber …«

»Hab keine Angst … Klawuschka, hab keine Angst. Ich liebe dich doch. Umarm mich, Klaw, ich sehne mich schon so lange danach …«

Er rammte sich die Zähne so in die Unterlippe, dass warmes Blut über sein Kinn rann. »Nicht jetzt, Djunotschka …«

»Klaw! Klaw …«

Ich kann das nicht, dachte er hilflos. Ich … kann das nicht.

Da stand Djunka vor ihm, mit fischkalten Händen, als ob sie zu lange im Flusswasser geblieben wäre.

Und das stimmte ja auch. Sie war zu lange dort drin geblieben.

Er musste sich zwingen zu glauben, dass die Zeit zehn Monate zurückgestellt worden war. Dass sie heißen Juni hatten, er morgen seine Prüfung ablegte und Djunka nach dem Baden einfach fror. Er musste sich zwingen, die Beerdigung und diesen schrecklichen Blumengeruch zu vergessen. Ganz genau wie den Geruch der Friedhofserde. Er musste es einfach vergessen. Auf der Stelle.

»Klaw …«

»Gleich, Djunotschka. Gleich …«

Dem Kuss haftete der Beigeschmack des Blutes an, das aus seiner verletzten Lippe troff.

»Klawuschka …«

Er presste die Zähne aufeinander. Er wusste, dass die Entscheidung gefallen war.

4

Das Telefon heulte mit langen Tönen. Das Telefon flehte mit jämmerlichen Seufzern: Komm zu mir, komm! Nimm den Hörer ab, das ist wichtig, davon hängt das Leben eines Menschen ab!

Nasar hörte die Bitte nicht. Er zog einfach die Schnur aus der Buchse, damit stellte er in seiner Welt wieder Ruhe und Stille her. Vielleicht schlief er aber auch nur.

Ywha ließ sich erschöpft auf die vom Dunst beschlagene Sitzbank in Priws Flur fallen.

Natürlich gab es auch hier ein Telefon, und zwar stand es auf einem kleinen Tischchen. Mit letzter Kraft stellte Ywha es wieder in seine ursprüngliche Position zurück, eine Seite zur Badezimmertür, eine Seite an der gegenüberliegenden Wand. Priws Wohnung war klein, der Flur nur schmal.

Hier in der Diele zog sie außerdem rasch ihre noch nassen Sachen an. Die Tränen hinunterschluckend schlüpfte sie in Jeans und Pullover. Ohne die Turnschuhe zuzubinden, entschwand sie zur Tür, sobald das Rauschen des Wassers im Bad aufhörte. Angst packte Ywha, fast so stark wie vorhin, in der nächtlichen Ödnis, zwischen den reglosen schwarzen Waggons.

Sie rannte los. Die Tasche klatschte gegen ihren Hintern, als triebe sie sie an. Auf der Straße vor dem Haus stob eine Schar Kinder vor ihr auseinander. Ein alter Mann mit einer Einkaufstasche wäre beinahe hingefallen. Sie schlüpfte durch eine sich schließende Tür in einen Bus. Selbst als sie nach fünf Stationen wieder ausstieg, fürchtete sie noch, Priw würde sie einholen.

Weshalb hatte sie sich ihm gegenüber so verhalten? Was hatte er ihr getan? War er nicht wirklich nett zu ihr gewesen?

Und was würde geschehen, wenn er sie fände? Wenn er sich daranmachte, sie zu suchen?

Und das würde er tun. Solche wie er verziehen dergleichen nicht. Und Priw schon gar nicht.

Wenn Nasar wenigstens ans Telefon gegangen wäre. Diesmal

hätte Ywha nicht geschwiegen. Inzwischen war sie so weit zu reden. Und sie war so weit, ihn demütig um etwas zu bitten. Nämlich darum, dass ihr Schwiegervater – Mist, ihr ehemaliger Schwiegervater –, sie als Haushaltshilfe einstellte. Eine Hochzeit konnte sie sich natürlich abschminken. Aber von nun an würde Ywha nicht mehr stolz und hochtrabend auftreten, denn sie war jetzt ein Niemand. Wenn Nasar keine Hexe lieben wollte, konnte er sie doch immerhin beschützen. Sich ihr – der Hexe – gegenüber mitleidig zeigen.

Der schiefe Blick einer Frau, die an ihr vorbeiging, traf sie wie eine Ohrfeige. Ein mitleidig-angeekelter Blick, der einer jungen Herumtreiberin mit verheulten Augen und geröteter Nase galt. Ywha fühlte sich wie Spucke an der Bank, auf der sie saß. Widerwärtig anzusehen und aus hygienischer Sicht untragbar. Ob die Polizeipatrouille, die da gelangweilt die Straße entlangmarschierte, das verdächtige Mädchen wohl nach seinen Papieren fragen würde?

Klar und deutlich hatte Ywha vor Augen, wie sie auf dem Revier landete. Eine obdachlose, arbeitslose Hexe, die sich der obligatorischen Registrierung entzog und mit der Faust auf den verstaubten Tisch des Polizeihauptmanns schlug. »Ich werde jetzt den Großinquisitor von Wyshna anrufen! Privat! Auf der Stelle! Dann dürfen Sie ihm Rede und Antwort stehen!«

Die Polizeipatrouille kam näher. Ywha unterdrückte den panischen Wunsch wegzurennen. In ihrer Tasche grabschte sie nach einem Notizbuch, das sie auf der erstbesten Seite aufschlug, um sich in die Entzifferung ihrer miserablen Handschrift zu versenken. Ich bin ein beschäftigter Mensch, ein Mensch, der sich nur kurz auf eine Parkbank gesetzt hat, ein Mädchen aus der Provinz, das zum Studium hierhergekommen ist und, zugegeben, nicht gerade wie aus dem Ei gepellt aussieht, dafür aber enorm eifrig.

Sie schielte auf die Schatten, die bis auf einen Zentimeter an ihre Turnschuhe herankrochen – aber nicht auf sie fielen. Ein gutes Zeichen …

»Keine Angst, du Idiotin. Die können dir nichts anhaben.«

Am anderen Ende der Bank hatte das Mädchen in dem Kleid Platz genommen, das nach einer Schuluniform aussah. Aus ihrem Wägelchen stieg der Appetit anregende Dampf heißer Sandwiches auf.

»Du solltest mal dein Image wechseln«, blaffte Ywha.

»Was?« Das Mädchen zog die Brauen hoch.

»Dein Image.« Ywha verzog verächtlich den Mund. »Kauf dir eine Perücke und einen Schirm ... Oder schmeiß dich in eine Lederjacke mit lauter Aufnähern und leg dir ein Motorrad zu. Deine Sandwiches kotzen mich nämlich langsam an!«

Das Mädchen grinste. »Ich fürchte, wenn eine von uns das Image wechseln sollte, dann *du*«, sagte sie völlig ungerührt. »Am besten lässt du dich gleich heute noch registrieren. Da wird man dir gern helfen, dein Schicksal zu wählen. Eine Papierfabrik am Stadtrand und die väterliche Aufsicht der Inquisition dürften deinen Erwartungen vom Leben doch voll und ganz entsprechen, oder etwa nicht?«

Ywha sagte kein Wort. Aus den schmalen Augen des Mädchens blickte sie ein erfahrenes, raubtierhaftes, weises Wesen an.

»Was willst du?«, fragte Ywha hilflos.

»Soll ich dir erzählen, wie die Registrierung aussieht?« Sie rümpfte die Nase. »Zuerst befehlen sie dir, dich nackt auszuziehen. Dann entkleiden sie deine Seele. Du wirst losplappern wie ein braves Mädchen, die Worte werden dir sogar aus den Ohren kriechen ... Eine ganze Kassette wirst du vollquatschen ... mit Sicherheit sogar mehr als eine. Dann kommt ein Kerl ...« Das Mädchen krümmte sich wie unter heftigen Schmerzen. »... einer von denen, die ... der für dich zuständige Inquisitor. Der steckt seine ungewaschenen Finger in dich hinein ...«

»Haben die *dich* schon registriert?«, frage Ywha leise.

Das Mädchen grinste. Sie hatte ihre Selbstbeherrschung zurückgewonnen – die sie eigentlich nie verloren hatte. Sie hatte sich lediglich ein paar Gefühle gestattet, um Ywha ...

»Geh weg, ja?«, flüsterte Ywha. »Bitte.«

Das Mädchen schwieg. Sie reckte sich vor, holte ein Sandwich aus ihrem Wagen und biss hinein, woraufhin ein grünes Blatt Petersilie an ihrer Unterlippe hängen blieb.

»Ich frage mich, wie lange du glaubst ...« Das Blatt verschwand, von einer langen Zunge geangelt. »... so sturköpfig durch diese Scheiße waten zu können.«

Ohne ein weiteres Wort zu verlieren, ging sie die Straße hinunter. Der Saum ihres kurzen braunen Kleides flatterte und verschwand immer wieder unter der ausgelassenen, sackartigen grauen Jacke.

Am Abend hefteten sich zwei schräge Typen mit trüben Augen an Ywhas Fersen.

Gerade ging sie die Straße hinunter, die sich rasch leerte, als sie im Rücken ihre aufdringlichen, gemeinen Blicke spürte. Um ihnen zu entkommen, schlüpfte sie in ein grell leuchtendes Geschäft. Doch dort, zwischen den hohen Regalen und den lässig umherschlendernden Kunden, fanden die beiden Kerle sie schon wieder und bauten sich ohne viel Federlesens am Eingang auf, wo sie amüsiert den Ständer mit den nicht gerade jugendfreien Zeitschriften inspizierten. Abwechselnd taxierten sie Ywha immer mal wieder mit einem Blick, als verglichen sie ihre Vorzüge mit dem nackten Fleisch auf den Hochglanzcovern. Nachdem Ywha erst zu kochen begann, packte sie schließlich eine eiskalte Wut.

Mit zusammengebissenen Zähnen stapfte sie an den beiden vorbei in Richtung Ausgang. Die Männer verströmten einen Geruch, einen ganz leichten nur, einen süßlichen und widerwärtigen Geruch. Ywha fragte sich nicht einmal, ob es wirklich Tabak war, was die beiden rauchten. Die seltsamen trüben Augen ihrer Verfolger machten ihr momentan nicht das Geringste aus. Sollten die sich ruhig mit ihrem Kraut vergnügen …

»Hey, Füchslein!«

Unwillkürlich fuhr Ywha zusammen. So hatte Nasar sie manchmal genannt. Jetzt war der Kosename für immer durch einen fremden, stinkenden Mund in den Dreck gezogen.

Sie beschleunigte den Schritt.

»Füchslein, renn doch nicht so! Willst du einen Kognak?«

»Haut ab!«, zischte Ywha. Ihr Herz hämmerte wie wild, in ihrem Mund breitete sich ein galliger Geschmack aus: vor Angst. Den kannte sie nur zu gut.

Eine gewaltige Pranke riss sie schmerzhaft an der Schulter zurück. »Dass sich heutzutage aber auch jedes Weibsbild für was Besseres hält!«

Ywha wurde schwarz vor Augen.

Schande, Erniedrigung und Flucht – das machte jetzt ihre Tage und Nächte aus. Gegenüber der Inquisition war sie machtlos und vor den Tschugeistern hatte sie panische Angst. Aber warum um alles in der Welt musste sie sich auch noch mit diesem Pack herumschlagen?

An das, was danach geschah, erinnerte sie sich kaum noch. Die Nacht zwinkerte ihr mit dem trüben Licht einer Flasche zu, die unter einer Bank lag und deren Hals sich ihr ganz von selbst in die Hand legte. Scherben flogen hoch durch die Luft.

»Haut ab!« Sie wollte noch etwas hinzufügen, diesen beiden Typen ein würdiges Etikett verpassen, doch daran scheiterte sie. Selbst der dreckigste Ausdruck erschien ihr noch harmlos und fad, weshalb sie einfach auf die beiden Kerle zuging, fest entschlossen, ihnen den Bauch aufzuschlitzen.

»Hau du doch ab, du glubschäugige Hexe!«

Je weiter sie zurückwichen, desto leiser wurde ihr Gezeter. Das Wort »Hexe« galt nicht ihrem Wesen, sondern war lediglich ein weiteres Glied in der Kette der Beschimpfungen. Die wenigen Fußgänger, die die Szene aus sicherem Abstand verfolgten, machten, dass sie weiterkamen. Von weit her vernahm Ywha den Pfiff eines Polizisten. Sie blickte auf die zerschlagene Flasche in ihrer Hand. Der glatte Hals fletschte seine schiefen Zähne. Ywha suchte nach einem Mülleimer. Aus unerfindlichen Gründen erschien es ihr besonders wichtig, die Flasche nicht einfach auf die Straße zu schmeißen. Zum Glück entdeckte sie in der Nähe eine Tonne. Sie hob den Metalldeckel an, und der halb leere Eimer nahm Ywhas Geschenk bereitwillig auf.

»Wie lange glaubst du eigentlich noch, so sturköpfig durch diese Scheiße waten zu können?«

Über ihre Finger rannen schwarze Bluttropfen. Hatte sie sich also doch geschnitten.

Die Eingangstür war verschlossen. Ywha stand lange in einem Tordurchgang zwischen den Häusern und lauschte, wie das träge Regenwasser durch die Rinne plätscherte.

Wohin die Fenster von Wohnung 4 wohl zeigten? Auf den *Platz des Siegreichen Sturms* oder in den Hof, wo im Regen eine Kinderschaukel durchweichte?

Ihre Entschlossenheit schmolz dahin. Diese verfluchte Nacht und diese verfluchten Wolken! Vor allem aber dieses verfluchte Schloss in der Haustür! Womöglich hockte hinter der nachts verschlossenen Tür sogar noch ein Security-Typ. Vielleicht schlummerte er ja gerade, schaute in einem kleinen Fernseher etwas an, wärmte sich die Füße an einem elektrischen Heizer und linste immer wieder zu Wohnung 4 hinüber.

Aus dem Tordurchgang rannte sie in eine Telefonzelle. Eine Weile betrachtete sie wie gebannt den Tanz der Regentropfen auf der Glasscheibe. Dann riss sie jäh den schwer gewordenen Arm hoch, wählte die Nummer, die sie sich nicht einmal hatte aufzuschreiben brauchen. Sie hatte sich ihrem Gedächtnis doch sofort eingebrannt.

Niemand nahm ab. Mit dem Rücken gegen die Scheibe gelehnt, sackte Ywha nach unten. Sie umklammerte ihre Knie und zwang sich, an nichts zu denken.

Am frühen Morgen wurde die Haustür von innen geöffnet. Eine ältere Frau mit einem Hund kam zum üblichen Morgenspaziergang heraus. Dame und Hund ähnelten einander in einer Weise, die sich kaum beschreiben ließ. Beide wirkten adlig, gepflegt und ernst.

Ywha wartete ab, bis die Dame die Hundeexkremente peinlich genau mit einer Schaufel aufgenommen und sie quer über den Hof getragen hatte, um die Masse triumphierend in einen speziellen Abfalleimer zu versenken. Dann geduldete sich Ywha, bis beide nach einigen gemütlich auf dem Hof gedrehten Runden die Treppe vor dem Haus erklommen. Den Hund vorschickend, schloss die Dame die Tür nicht mehr hinter sich ab. Ein neuer Tag hatte begonnen.

Im Treppenflur roch es nach Regen. Einen Security-Menschen gab es nicht. Dafür stand in einer Ecke ein prachtvoller Ficus, der seinen Kübel zu sprengen drohte. Vermutlich hatte er die Dame schon als Mädchen, den Hund bereits als Welpen gekannt.

Ywhas Turnschuhe hinterließen feuchte Abdrücke auf den hellen Stufen. Die Decken in dem Haus waren so hoch, dass in den Ecken unter der Treppe das Halbdunkel noch behaglich nistete. Mit der Hand über das lackierte Geländer gleitend, machte sich Ywha auf den Weg nach oben. Es galt, überraschend viele Stufen zu nehmen, obwohl sie doch bloß in den ersten Stock hinauf musste – zu jener hohen, schwarzen Panzertür.

Die Klingel hallte lange nach. Ywha riss den Finger vom Knopf, der grün wie die Knöpfe an ihrem alten Mantel war.

Schweigen. Stille. Plötzlich drehte sich im zweiten Stock beherzt der Schlüssel in der Tür, der Hund bellte aufgeregt los.

Ywha wich von der Tür zurück, wie in Zeitlupe steckte sie die Hände in die Tasche und hob den Kopf.

Die Dame erschien auf dem Treppenabsatz. In ihrem Gesicht spiegelten sich weder Furcht noch das Misstrauen wider, wie es in vergleichbaren Situationen üblich war, sondern lediglich maßlose Neugier.

»Herr Starsh ist nicht da. Er ist vorgestern weggefahren. Kann ich Ihnen helfen?«

»Nein.« Ywha drehte sich um.

»Aber Sie wollten doch zu Klaw, oder?« Das Erstaunen der Dame schien noch zuzunehmen. »Ich meine, zu Herrn Starsh.«

Sie sollte jetzt wohl besser etwas sagen. Eine Minute lang versuchte Ywha, sich ein Wort abzuringen. Dann wandte sie sich einfach um und ging nach unten. Hilflos glitt ihre schmutzige Hand über den gelben Lack des Geländers.

Klawdi schlief und träumte, ein Fisch zu sein. Ein kugelrunder und vollkommen grauer Fisch. Das gefiel ihm, doch als das Flugzeug zur Landung ansetzte, brach der Traum mit einer unangenehmen Kälte in der Brust ab.

Zwei Hexen hatte er umsonst gefoltert, sie wussten nicht das Geringste. Die dritte wusste zwar etwas, doch selbst er schaffte es nicht, ihr dieses Wissen zu entreißen. Die vierte hatte ebenfalls beharrlich geschwiegen, war am Ende aber doch eingeknickt und hatte ausgesagt.

Selbst wenn es kaum alles gewesen sein dürfte. Mawyn war ein Profi, der hart würde arbeiten müssen. Aber eben darum ging es nun einmal, um Arbeit, nicht um das nervöse Löschen eines Feuers. Immerhin schienen sie dieses Feuer gerade noch rechtzeitig ausgetreten zu haben.

»Du verstehst das doch, nicht wahr? Das, was hier vor sich geht? Du kannst dem doch Einhalt gebieten, oder?«

Als ob das nicht noch in den Sternen stand!

Plötzlich sackte das Flugzeug in ein Luftloch. Klawdis Magen hüpfte ihm hoch bis in den Hals. Zum Glück hatte er fast vierundzwanzig Stunden lang nichts gegessen. Andererseits brauchte er sich nichts vorzumachen: Selbst wenn er jetzt festen Boden unter den Füßen hätte, wäre ihm schlecht. Dieser Brechreiz würde ihn noch sehr, sehr lange quälen. Sein ganzes Leben lang …

Er hätte Mawyn zwingen sollen, die Verhöre selbst durchzuführen, sinnierte er böse. Schließlich war Mawyn der Kurator, da hätte er sich die Hexen ebenso gut vornehmen können. Und es hätte ihm bestimmt nicht geschadet, auch mal ein bisschen zu schwitzen. Sollte er doch an seiner eigenen Wohlanständigkeit ersticken. Oder an etwas anderem – das nun bei Klawdi blaue Flecken hinterlassen hatte. Striemen. Er hätte auch Fedora zwingen können, schließlich war sie eine harte Frau.

Mit einem Mal lächelte er schief. Mawyn hätte *dieses* Geständnis nicht aus der Hexe herausgeholt. Es tat ihm gut, sich die eigene professionelle Überlegenheit gegenüber seinen Untergegeben bewusst zu machen. Wie in diesem Witz von den Latrinenräumern: »Lerne, mein Söhnchen, du willst ja wohl nicht dein Lebtag bloß die Schlüssel besorgen.«

Das Flugzeug setzte auf der Landebahn auf. Bedauernd nahm Klawdi wahr, wie das Gefühl des Fluges dem irren Dahinrasen über den Betonstreifen wich. Jetzt würde er nach Hause fahren, das Telefon ausstöpseln und wieder zum Fisch werden. Im Traum. Wo es ebenso wenig dieses schmerzliche Vorgefühl gab wie Hexen oder auch ein Stadion, diese riesige Betonschale voller Menschenbrei, voller Menschenmatsch.

Es schüttelte ihn. Genau mit diesem Gefühl hatte er sich gestern in die Katakomben begeben. Heute gab es noch ein weiteres Bild: Tausende von Menschen stürzten panisch zu den Ausgängen. Frauen, Kinder, Jugendliche, eine Blutsuppe in einer Betonschale …

Das Flugzeug kam zum Stehen. Das reicht, ermahnte sich Klawdi. Diesen Gedankengang schalten wir mal lieber ab!

Daraufhin atmete er tief ein und rief sich das Szenario bis ins letzte Detail in Erinnerung. In allen Einzelheiten und Farben, bis hin zu der zerquetschten Brille unter einem der Sitze. Dann malte er sich aus, wie über das grelle Bild seiner Phantasie Risse krochen, als berste Glas. Und wie die Scherben klirrend auseinanderflogen. Erleichtert atmete er aus. Das war's.

Es regnete.

»Wie war es in Odnyza, Patron?«, erkundigte sich sein Bodyguard höflich.

»Ein Ferienort während der Hochsaison.« Klawdi lächelte. »Überall duftet es nach Magnolien. Nimm dir Urlaub, Saly, pack deine Frau ein und ab geht's …«

Der Bodyguard lachte. »Ich bin geschieden, Patron«, erklärte er, während er Klawdi den Wagenschlag aufhielt.

»Tatsächlich?« Klawdi zeigte sich erstaunt. »Hm … Irgendwie bereiten einem die Frauen doch nur Probleme. Und quasi jede zweite ist eine Hexe …«

Jetzt lachten beide.

Vor zwei Stunden hatte Fedora Klawdi zum Flughafen begleitet, ihn bis zur Gangway gebracht. Ohne ein einziges Wort zu sagen. Natürlich musste sie ihn laut Etikette begleiten. Denn Mawyn, der Kurator, kam dafür nicht in Frage, da Klawdis Besuch nicht offiziell, sondern lediglich ein Arbeitstreffen war. Genauer gesagt, ein Treffen, bei dem eine verdammt hässliche Arbeit erledigt werden musste.

Fedora hatte geschwiegen, und er war mit seinen Gedanken ganz woanders gewesen. Er hatte sich danach gesehnt, allein zu sein, sich im Sitz zurückzulehnen und seine Wunden zu lecken. Damit es wenigstens so aussah, als habe er sein Gleichgewicht zurückerlangt.

»Halt die Ohren steif, Fedora. Arbeite. Richte den Kindern einen Gruß aus«, hatte er gesagt.

»Mach ich.«

»Gefällt es ihnen in Odnyza? Immerhin leben sie jetzt am Meer …«

»Ich glaube, es gefällt ihnen.«

»Auf Wiedersehen. Ich muss los.«

»Gute Reise … Klaw.«

Selbst als er später darüber nachdachte und alles zu analysieren versuchte, fand er keine Erklärung für den Ausdruck, mit dem sie ihn betrachtet hatte. Sah sie in ihm einen Henker? Vermutlich nicht, vermutlich machte sich da nur sein Argwohn bemerkbar. Einen Helden?

Einen ähnlichen Ausdruck hatte er einmal in den Augen ihrer Tochter bemerkt. Damals war das Mädchen fünf Jahre alt gewesen und ihre Mutter auf eine lange Geschäftsreise gegangen. Die Kleine hatte sie mit müdem und hoffnungslosem Blick angesehen, mit einem ganz und gar nicht altersgerechten Blick, als quäle sie sich unablässig mit der Frage: Was kann ich schon gegen das Schicksal ausrichten?

Ihre Mutter war auf eine Geschäftsreise gegangen, die auch als »ein Monat Urlaub mit Onkel Klaw an einem menschenleeren Ferienort« hätte umschrieben werden können. Darüber hinaus blieb die Frage, ob überhaupt jemand etwas gegen das Schicksal ausrichten konnte.

Das Auto erreichte den *Platz des Siegreichen Sturms.* Voller Genugtuung registrierte Klawdi, dass er sich tatsächlich von den verbotenen Gedanken hatte losreißen können. Noch ein paar Stunden Schlaf – und er war imstande weiterzugraben. Denn er zweifelte nicht im Geringsten daran, dass nicht bloß Rjanka und Odnyza von Hexen mit derart tiefen Brunnen heimgesucht werden würden. Vorerst musste all dies jedoch noch warten. Damit würde er sich später befassen.

Der Bodyguard schaute ins Haus, kam zurück und stellte sich respektvoll hinter den Großinquisitor, abwartend, bis dieser es aufgab, das Irisbeet zu betrachten, und hinaufgehen würde. Klaw winkte ihm träge zu. »Geh nur … Saly … Tschüs.«

Im Treppenhaus war es kalt und feucht. Klawdi musste den gesamten ersten Absatz hinter sich bringen, um endlich die Anwesenheit einer Hexe zu wittern.

(Djunka. April)

Er brachte ihr Brot, Kefir und abgepacktes Essen aus der Mensa. Anscheinend aß sie nichts. Sie brach ein Brötchen in Stücke und verteilte den Kefir auf mehrere Gläser, allerdings nur, um die Illusion einer Mahlzeit zu schaffen. Widerspruchslos wusch Klaw das Geschirr ab und brachte ihr weiteres Essen. Er akzeptierte die Spielregeln, ja, mehr noch: Er versuchte, an sie zu glauben.

Er hatte die Schule fast ganz aufgegeben, sah jetzt dürr und abgezehrt aus. Juljok Mytez wollte schon die zweite Woche nicht mit ihm sprechen, weil Klaw ihn auf eine harmlose Frage heftig angefahren und grundlos beleidigt hatte. Noch stärker verübelte ihm Juljok die Tatsache, dass er allem Anschein nach als Einziger unter dem »Boykott« litt. Klaw selbst pfiff auf derartige psychologische Feinsinnigkeiten.

Klaw lebte sein Leben, von der übrigen Welt durch einen undurchdringlichen Schleier getrennt. In der winzigen Wohnung im vierzehnten Stock jenes Ameisenhauses wartete tagein, tagaus die geliebte Frau auf ihn, die eigentlich tot war. Permanent von seiner Umwelt isoliert, versuchte Klaw die entscheidende Frage seines Lebens zu beantworten: War er glücklich oder litt er?

Wenn er sie berührte, musste er sich jedes Mal überwinden. Da er den Geruch nach Wasser, der von ihr ausging, nicht einatmen wollte, hielt er die Luft an, zwang sich, den Mund zu öffnen und den Kuss zu erwidern. Doch währte der qualvolle Kampf nur eine Minute, danach folgte sein Körper den Instinkten und nahm in ihren Berührungen das reale gierige Fleisch wahr. Sobald er dann auf sie reagierte, glomm es in seinem Körper auf, während Djunkas Körper die Kälte verlor, die Zurückhaltung aufgab. Ihre Haut färbte sich rosa, ihre Lippen röteten sich, und bei jeder Liebkosung des schlanken Halses fühlte er den Puls, den Strom ihres Blutes.

In solchen Augenblicken kehrte sein Gedächtnis nahezu mühelos zu jenem warmen Sommer zurück, und er flüsterte verzweifelt: »Verzeih mir, Djunotschka«, und umarmte sie, als wolle er sie erdrücken.

So lebten sie bereits einen Monat wie Mann und Frau zusammen.

Er verkaufte einem Antiquar ein Dutzend seiner Lieblingsbücher, um ihr ein Kleid und Unterwäsche zu besorgen, Schuhe und Pantoffeln, ja, sogar Kosmetik. Er hoffte, die Dinge des menschlichen Alltags würden, in zwangloser Ordnung in der bescheidenen Wohnung verteilt, ihnen beiden helfen, den zarten

Schatten des Wahns zu vertreiben, der sich nun einmal über ihr seltsames Spiel gelegt hatte. Eines Tages schlug er ihr sogar vor: »Wollen wir nicht mal deine Eltern anrufen?«

Djunka sah ihn lange mit unverwandtem Blick an. Schließlich schüttelte sie bedächtig den Kopf, worauf Klaw seine dumme Frage bereute.

Ihre Haare wollten allerdings nie trocknen. Sobald Klaw sie in den Arm nahm, legten sich die feuchten Strähnen wie kalte Schlangen auf seine Schulter. So zählte er denn das Geld, das noch vom letzten Besuch bei dem Buchhändler übrig war, und kaufte ihr einen starken, fünfstufigen Föhn.

Sie schien sich darüber zu freuen. Gedankenversunken saß er in dem renovierungsbedürftigen, engen Zimmer und lauschte dem Dröhnen, das aus dem Bad herüberdrang. Nach einer Weile drang das Plätschern von Wasser an sein Ohr.

Er klopfte an und schaute zur Tür hinein. Lächelnd pustete ihm Djunka warme Luft ins Gesicht. Wie ein Beduine kam sich Klaw vor, einer, der den Wind der glühenden Wüste spürt.

Djunka hatte ihm ein Bad eingelassen. Eine weiße, an Reisbrei in einem Topf erinnernde Schaummütze schickte sich an, über den Rand zu kriechen.

»Was für ein Riesenbier«, bemerkte er und freute sich, als Djunka lachte. »Willst du baden?«

Djunka schüttelte den Kopf. Sie brauchte nicht zu baden, sie wollte bloß ihre Haare trocknen.

»Also ist das für mich?«

Sie nickte. Irgendwie seltsam zufrieden. Als bereite ihr der Gedanke an einen frisch gewaschenen Klaw unglaubliche Freude. Ob er jetzt beleidigt sein sollte? Weil sie ihn für einen Dreckspatz hielt?

Bei diesem dummen Gedanken musste er selbst grinsen. Er berührte Djunkas Wangen, die sich zum allerersten Mal warm anfühlten: »Gut«, sagte er. »Ich bin gleich wieder bei dir.«

Sie ging hinaus und schloss hinter sich die Tür.

Klaw zog sich aus und warf die Sachen achtlos über ein schief stehendes Regal. Unter dem matten Schaum war es warm und angenehm, angenehmer sogar, als er es sich ausgemalt hatte. Glücklich sank er in seine eigene kleine Welt, streckte sich aus, bettete den Hinterkopf auf den Rand der alten Wanne und schloss die Augen.

Alles würde werden, wie es einst gewesen war. Djunka war ja schon zu ihm zurückgekehrt. Wie viele Menschen in dieser Stadt wohl jahrelang mit … mit ihnen lebten? Mit den geliebten Wesen, die auf ihren Ruf hin *jene* Grenze überschritten hatten? Jahrelang oder jahrzehntelang? Und wer hatte das Recht, sie daran zu hindern? Die Tschugeister vielleicht. Doch an die wollte er lieber nicht denken. Ob die Tschugeister Djunka hier fänden? Nein, niemals!

Die Mündung des Wasserhahns starrte Klaw in die Augen. Ein runder und schwarzer Abgrund, fast wie ein Brunnen. Seit einer Minute quoll nun schon ein Tropfen daran. Er wuchs, schimmerte und fing das trübe Licht der Deckenlampe ein. Schließlich riss er sich schmatzend los und fiel in den Schaum. *Platsch.*

In der Stille nahm sich das Aufklatschen wie eine kleine Katastrophe aus. Eine ferne Explosion. Obwohl – es war ja gar nicht still. Die Seifenblasen knisterten trocken, in den Labyrinthen der Rohre rauschte das Wasser, ein leises Brummen ließ sich vernehmen, vermutlich Djunka, die sich nebenan immer noch die Haare föhnte.

Klaw kniff die Augen zusammen.

Nein, der Föhn lag ja hier, auf dem Brett für das Shampoo. Auf jenem Brett, das, wundersamerweise von zwei rostigen Schrauben gehalten, Schlagseite zeigte und über dem Badewannenrand lauerte. Jetzt lag darauf das Geschenk, das Klaw Djunka gemacht hatte, der Föhn, der, eingestellt auf die niedrigste Stufe, leise vor sich hin brummte. Seinen Augen nicht trauend, verfolgte Klaw das gezwirbelte schwarze Kabel, das fest in der Steckdose saß.

Wie hatte sie ihn dort hinlegen können? Und wie hatte er so dumm sein und nicht bemerken können, dass der Föhn noch lief? Schließlich hatte er nicht die Absicht, kurzen Prozess mit sich zu machen. Oder hatte er den Verstand verloren – und es war, als er in den Schaum geglitten war, überhaupt kein Föhn da gewesen?

Vor langer Zeit hatte er mal einen Film gesehen. Einen komischen und zugleich schrecklichen Film. Djunka und er waren zusammen im Freiluftkino gewesen, die Mücken hatten sie unbarmherzig gebissen, die Nachtfalter in den Lichtstrahlen getanzt. In diesem Film gab es eine junge Frau, die einem Killer entkommen musste. Sie stieß den Kerl kurzerhand in die Wanne und warf ein eingeschaltetes Elektrogerät hinterher. Genauer gesagt, einen Föhn. Wer hatte denn auch schon einen Fernseher oder eine Nachttischlampe im Bad? Was für ein Idiot er doch war!

Vorsichtig und darauf bedacht, dass die Spitze der Schaumwehe nicht das Brett für das Shampoo berührte, tastete er nach dem glitschigen Wannenrand. Genau in diesem Augenblick erzitterte das Brett, denn die beiden Schrauben gaben nach …

Klaw erstarrte. In seinem Bauch ballte sich eine trockene, peinigende Leere zusammen.

Der Föhn, der noch immer eifrig pustete, kroch näher an den Rand des Bretts. Der weiße Plastikaufsatz neigte sich wie das Maul eines verdurstenden Tiers dem Wasser zu. Er spürte einen schwachen warmen Luftzug, der Schaum zitterte und bildete eine Kuhle. Ein Fleck blanken Wassers trat zutage, eine kleine Lache. Langsam, aber unaufhaltsam rutschte der Föhn weiter nach vorn, sein Weg endete, der freie Fall begann, und dieser Bruchteil einer Sekunde dehnte sich für Klaw zu endlos quälenden Minuten aus.

Keine einzige Geschichte aus seinem Leben wollte ihm einfallen, er erinnerte sich weder an seine Mutter noch an den ersten Kuss. Der alte Lum schoss ihm durch den Kopf, der sich schwer auf die Friedhofsmauer stützte. Mit den entzündeten Augen in dem klugen, wenn auch absolut durchschnittlichen, alten Gesicht. Und auch an die dunklen Zweige der uralten Tanne erinnerte er sich. An mehr aber nicht.

Nein!

Niemand hatte ihm diese Geste beigebracht. Er riss beide Hände nach vorn, um das Gespenst des über ihn herfallenden Todes wegzustoßen. Das Wasser in der Wanne wogte hoch auf, als wolle es den fallenden Föhn belecken – oder einfach fortspülen.

Er verstand nicht gleich, warum das elektrische Spielzeug einen Moment in seinem Fall innehielt. Vermutlich hing der dicke gerippte Griff irgendwo fest. Klaw war bereits aus der Wanne gesprungen, eine Schärpe aus Wasser und Schaumflocken hinter sich herziehend. Schon spürte er unter seinen Füßen den rauen Wannenvorleger aus Gummi, schon packte seine feuchte Hand das Kabel …

Aus unerfindlichen Gründen war er felsenfest davon überzeugt, das Kabel würde sich ihm widersetzen. Doch der Stecker glitt leicht und lautlos aus der Dose und flog, von dem allzu heftigen Ruck getragen, quer durchs Bad, schlug gegen die Wand, prallte ab und landete im Wasser, dem Föhn hinterher, der inzwischen zwar nicht mehr surrte, aber am Ende doch ins Wasser gefallen war.

Klaw stand in einer rasch erkaltenden Pfütze. Von dem nun mit extremer Schlagseite herabhängenden Brett purzelten nacheinander das Shampoo, ein Rasierpinsel und eine leere Seifendose in die Wanne, auf deren weißem Boden reglos der Föhn ruhte, dieses ertrunkene Monster.

Plötzlich rieselte ihm kalte Luft den Rücken hinunter. Die Tür, die er nicht abgeschlossen hatte, war aufgegangen.

Djunka stand auf der Schwelle und schwieg. Ihr verständnisloser Blick schweifte von dem nackt zitternden Klaw zur Wanne mit den sich immer stärker lichtenden Seifenblasen und wieder zurück.

»Puh«, kicherte Klaw leise und seltsam. »Ich wäre beinahe verschmurgelt.«

Djunka schwieg. In ihren angespannten Augen lag ein Ausdruck, den Klaw nicht zu deuten vermochte.

Ywha schreckte aus dem Halbschlaf auf, als sie unten die ersten Schritte hörte. Mit angehaltenem Atem lauschte sie auf die fremde, geräuschlose Anwesenheit. Der Ankömmling blieb neben dem Ficus stehen, drehte sich wieder um und verließ das Haus. Sie hatte noch nicht wieder Luft geholt, als schon wieder jemand hereinkam. Die vertraute Übelkeit stieg in Ywha auf.

Sie presste die Tasche an sich und wollte weiter nach oben stürzen, erst in den zweiten Stock, dann in den dritten und schließlich auf den Dachboden, doch schon nach dem ersten Treppenabsatz verrenkte sie sich den Fuß, weshalb ihr nichts anderes übrig blieb, als sich in eine dunkle Ecke zu kauern, die immerhin von der schwarzen Panzertür aus nicht einzusehen war.

Die Anwesenheit des Inquisitors setzte ihr immer mehr zu, trat immer deutlicher und schärfer hervor. Durch das Blut, das in ihren Ohren rauschte, hörte Ywha die Schritte. Zunächst entschlossen, dann zögernd und schließlich, nach einer kurzen Pause, so langsam, als gelte es, irgendwelche Gedanken zu ordnen.

»Ist hier jemand?«

Ein Schlag. Ywha krümmte sich und presste die Hand vor den Mund. Der Schmerz spülte über sie hinweg und verebbte wieder. Durch die tränenfeuchten Wimpern beobachtete sie die Stufen, die nach unten führten. Auf ihnen erschienen Füße in schwarzen Schuhen, die trotz des Regens absolut trocken waren.

»Du brauchst dich nicht zu verstecken, Ywha.«

So tief sie konnte, atmete sie durch. Der mysteriöse Druck lastete jetzt nicht mehr auf ihr, lediglich eine leichte Übelkeit und Schüttelfrost machten ihr noch zu schaffen.

»Du brauchst dich da nicht in der Ecke herumzudrücken. Das ist gefährlich. Komm runter.«

»Ich will mich nicht registrieren lassen«, sagte sie, den Rücken an die kalte Wand gepresst. »Ich will nicht ins Gefängnis. Ich will da nicht hin, ich will nicht …«

»Ach, Ywha.« Aus der müden Stimme glaubte sie Verärgerung herauszuhören. »Deine Sorgen möchte ich haben.«

Als Allererstes öffnete Klawdi den Kühlschrank und stierte in sein reiches, mit Kochtöpfen bestücktes Inneres. Er hatte zwar überhaupt keinen Hunger, doch das Betrachten der Speisen half ihm, sich zu konzentrieren und sich in der Illusion zu wiegen, er tue etwas. Außerdem konnte ein Mann, der in den Kühlschrank sah, ja wohl kaum beängstigend wirken. Zumindest hoffte Klawdi das.

Mytez junior hatte unrecht. Seine Freundin hatte sich nicht zu einer ihrer Freundinnen geflüchtet, die sie nach Nasars Ansicht in großer Zahl besaß. Eine Frau, die drei Tage hintereinander bei einer Freundin geschlafen hat, sieht anders aus, die hat nicht diesen Ausdruck in den Augen.

»Diese Zeiten …«, sagte er beinah zu sich selbst. »Diese Zeiten … sie sind einfach nicht danach, dass sich eine unregistrierte Hexe herumtreibt und auf Bahnhöfen schläft.«

Obwohl er Ywha nicht ansah, entging ihm nicht, wie sie hochschoss, da sie glaubte, er habe ihre Gedanken gelesen. Oder ein Heer von Spionen in der Stadt stationiert.

Vorgestern hatte er aus irgendeinem Grund an sie gedacht. Ach ja, sie hatte ihn angerufen. Woraufhin er Nasar angerufen hatte. Doch der …

»Hast du lange auf mich gewartet?«

Sie atmete tief ein. »Ich weiß nicht, meine Uhr ist stehen geblieben …«

Klawdi seufzte.

Still steht die Uhr, stumm,
Schon stirbt mein Name, verlischt.
Golden schimmert eine Blume in der Welt aus Stahl,
Tönern schlägt die Stunde und stumm steht die Uhr.

Nachdenklich bewegte er ein Päckchen Schinken in den Händen hin und her. Was sollte er jetzt machen? Mit Ywha, nicht mit dem Schinken. Was sollte er mit ihr machen – vor allem in Anbetracht des Befehls, den er gestern erlassen hatte?

Er ging ins Wohnzimmer zurück. Das Mädchen stand an der Tür, an einer teppichfreien Stelle, noch immer in ihrer nassen Jacke und mit ihrer alten Sporttasche in der Hand.

»Seit gestern«, Klawdi knallte sich das Päckchen Schinken auf den Handteller, »genauer, seit gestern Abend hat sich die Situation für ausnahmslos alle Hexen extrem verkompliziert, und zwar in allen Provinzen. Im Grunde hat sie sich schon vorher zugespitzt … als die Lynchjustiz begann. Allein in Rjanka … aber lassen wir das, das sind interne Informationen. Wyshna ist eine beschauliche Stadt, die bisher mit Demonstrationen davongekommen ist.« Eingehend betrachtete er den Aufdruck auf der Verpackung. »Warum malt man auf ein Päckchen Schinken ein lachendes Schwein? Freut es sich etwa darauf, geräuchert zu werden?«

»Nicht mehr … als die Hexen«, zwang sich Ywha zu einer Antwort. »Schon bald wird man in Supermärkten Bastelsets anbieten, damit sich Kinder ihren eigenen Hexengrill zusammenbauen können. Dazu gibt's ein Bündel Brennholz ... mit einem hübschen Aufdruck. Mit einer lachenden ...« Ihr versagte die Stimme.

»Zieh dich aus«, sagte er sachlich.

Ihre wachsamen Augen verengten sich noch weiter. Klawdi setzte ein schiefes Lächeln auf. »Ich meinte: Zieh deine Jacke aus. Und die Turnschuhe auch.«

Er warf den Schinken aufs Sofa und ging zum Fernseher, um wahllos ein Programm einzuschalten.

Im Nachrichtensender gab ein hagerer, südländischer Mann, der an einen Vogel erinnerte, seinen Kommentar ab. Hexen erwähnte er mit keinem Wort, wofür Klawdi ihm im tiefsten Innern dankbar war. Die Welt bestand eben nicht nur aus ihnen. Selbst wenn die Hexen gerade überhandnahmen.

»Hast du Nasar angerufen?«, fragte er, den Blick auf den vogelgesichtigen Mann gerichtet, der seinen Platz jetzt einer Frau mit sportlicher Frisur überließ.

»Ich lasse mich nicht registrieren«, erklärte Ywha tapfer. »Diese ... Ich gehe da nicht hin!«

Klawdi hob den Telefonhörer ab.

Ywha biss sich die Lippe blutig und beobachtete, wie die kräftige, mit einem Aderkranz geschmückte Hand eine kurze Nummer wählte. Ein herunterrasselndes Gitter, Ketten und der Gestank der Fackeln: *Hier bei mir hockt eine Hexe. Schickt doch mal einen Wagen vorbei!*

Sie hatte sich so verhalten, wie es von ihr erwartet wurde. Sie hatte auf die Gnade des Siegers gehofft. Wie verächtlich das Mädchen in der ausgelassenen grauen Jacke jetzt lächeln würde! *Na, hab ich's dir nicht gleich gesagt? Hast du es nicht selbst so gewollt? Weshalb bist du sonst zu ihm gegangen? Freiwillig?*

»Nieder mit dem Abschaum«, brummte der Mann, der mit dem Rücken zu ihr stand, in den Hörer. Ywha fuhr zusammen, als wünsche er ihr persönlich den Tod. Dieser Abschaum, dachte sie, das bin ich.

Der Inquisitor schwieg lange, lauschte der Stimme am anderen Ende. Hilflos wie ein Wurm am Haken eines Anglers wartete

Ywha ab. *Schickt einen Wagen für die Hexe! In den nächsten zehn Minuten!*

»Ja«, blaffte der Inquisitor. »Darüber können wir nachher noch diskutieren, Hljur. Oder wir vergessen das Ganze am besten gleich! … In drei Stunden brauche ich die Liste mit allen Namen. Bis dahin halte mich für tot.«

Der Hörer lag wieder auf der Gabel.

»Ich lasse mich nicht registrieren …«, sagte Ywha tonlos.

»Du hast eine gute innere Abwehr«, urteilte der Inquisitor, während er zum Fenster hinausblickte. »Wie geht es dir?«

Verblüfft stellte Ywha fest, dass ihr kaum noch schlecht war. Ihre Übelkeit hatte sich verflüchtigt, war ganz und gar verschwunden.

»Eine gute Abwehr«, wiederholte der Inquisitor zerstreut. »Willst du vielleicht schlafen, Ywha? Ich schon. Sehr sogar, Ywha. Falls ich jetzt nicht wenigstens zwei Stunden Schlaf bekomme, dürfen die Hexen sämtlicher Provinzen vermutlich mein baldiges Ableben feiern.«

Er rieb sich die Augen. Zunächst lässig, dann so kräftig und angestrengt, dass sich die Lider im Nu röteten.

»Ich lege mich jetzt hin, Ywha. Geh in die Küche, nimm dir aus dem Kühlschrank, was dir gefällt, und iss etwas … Wenn du willst, schlaf auf dem Sofa. Es gibt nur zwei Sachen, die du nicht machen solltest.« Er seufzte. »Lass die Finger von der Wohnungstür und setz keinen Fuß in mein Arbeitszimmer. In beiden Fällen würde ich sofort aufwachen, und das würde, wie es in Romanen so schön heißt, meine Nerven erschüttern. Geh auch nicht ans Telefon …«

Ywha brachte kein Wort heraus.

Die Ereignisse wirkten erstaunlich irreal. Inzwischen hatte sie sich auf den pikenden Läufer vorgewagt. Ihre Socken waren durchnässt, es schien ihr jedoch allzu leger, sie vor dem Großinquisitor auszuziehen. Dergleichen wäre unangebracht, zu intim.

Die schwere Tür des Arbeitszimmers schloss sich. Die eigenwillig geschwungene Klinke klackte. Ohne viel Federlesens ließ sich Ywha einfach auf den Boden herab.

Draußen regnete es noch immer. Im Fernseher, den Klawdi auszuschalten vergessen hatte, flimmerte ein Reklamespot.

Im Schneidersitz lauschte Ywha auf das Wehklagen ihrer Muskeln. Die Jeans waren völlig durchgeweicht. Ein Feuerchen wäre jetzt schön, ein Kamin …

Ein Lagerfeuer.

Ywha erschauderte. Im Fernsehen loderte ein Scheiterhaufen, doch die Kamera, offenbar von einem Amateur geführt, zuckte heftig, weshalb das Metallgerüst nicht zu erkennen war, an dem die Flamme hochzüngelte. Ach nein, jetzt erkannte sie den Basketballkorb. Und offenbar war an die Metallstange ein Mensch gefesselt. Das am Ring baumelnde Netz war bereits verbrannt. Schreiende Menschen, die an Fans erinnerten. Ihre Schreie blieben stumm, denn der Ton war abgestellt. Ein Feuerwehrauto sauste ins Bild, weitere Menschen eilten herbei, diesmal in Uniform. Wie in Zeitlupe gingen Knüppel nieder. Dann brach der Film ab.

Der sprechende Kopf des Kommentators. Immer noch dieser südländische, vogelartige Typ mit dem scheuen Mitleid in dem hageren Gesicht. Ywha hielt nach der Fernbedienung Ausschau. Da sie sie nicht fand, ging sie zum Fernseher und suchte den Knopf, der den Ton zuschalten würde.

»… hat darüber hinaus bestätigt, dass nie zuvor in den letzten zwanzig Jahren derart strenge Maßnahmen ergriffen worden sind. Ihre Wirksamkeit hätten sie bereits unter Beweis gestellt, denn zwei Stunden nach Einleitung der prophylaktischen Vorkehrungen im Kreis Odnyza konnten fünf extrem gefährliche Individuen vernichtet und neunzehn Durchschnittshexen verhaftet werden. Der Großinquisitor hält es zudem für seine Pflicht zu betonen, dass er in engem Kontakt mit den Einrichtungen zur Aufrechterhaltung der öffentlichen Ordnung stehe und kein weiteres Umgreifen der Lynchjustiz zulassen werde, da diese nicht nur der Inquisition selbst Schaden zufüge, sondern auch als inhuman und blasphemisch einzustufen sei …«

Mit untergeschlagenen Füßen saß Ywha da, und der allzu nahe Bildschirm brannte ihr in den Augen.

»… größte Kräfte wende man nach wie vor auf, um unregistrierte Hexen aufzuspüren. Von heute an würden alle Todesurteile der Inquisition innerhalb von vierundzwanzig Stunden vollstreckt, zudem sei die Liste der Straftaten, die eine Verhaftung oder den Tod einer Hexe nach sich ziehen, erheblich erweitert worden …«

Noch während Ywha den Apparat ausschaltete, spürte sie genussvoll die eigene Macht. Ein perfides Vergnügen, als der vogelgesichtige Sprecher verblasste und erlosch, sich zusammenzog – und alles, was von ihm noch blieb, der graugrüne Spiegel des Bildschirms war.

So, so. Da hockte sie also in der Wohnung des Großinquisitors, auf seinem Fußboden, vor seiner stummen Glotze. Bleib jetzt ganz ruhig, du Hexe, verlier bloß nicht die Nerven. Draußen im Regen wäre es weitaus ekliger. Für Hexen ist im Augenblick alles etwas komplizierter, ihr ohnehin nicht gerade einfaches Leben eben auch.

Feuchte Spuren auf dem Boden hinterlassend, ging sie in die Küche. Mit zusammengepressten Lippen sah sie sich um und öffnete den Kühlschrank. In ihrem Mund wurde es sofort warm. Spucke sammelte sich. Zum Glück war ihr gesunder Appetit noch immer stärker als jedes Unglück. Sie würde sich gar nicht erst etwas warm machen, sondern gleich alles kalt essen. Nur einen Tee wollte sie sich kochen.

Sie wandte sich dem Herd zu. Der Kessel funkelte ihr mit einer spiegelblanken Seite zu, in der sich ein Mensch abzeichnete, der im Türrahmen stand.

Ywhas Arme wurden schwer. Selbst der Kessel wurde unsagbar schwer, obwohl doch nur Wasser für zwei Tassen darin war.

»Ich kann nicht einschlafen«, erklärte der Inquisitor fast entschuldigend. »Das ist zwar ärgerlich, erstaunt mich aber auch nicht besonders.«

Er trug einen schwarzen Hausmantel, dessen bodenlanger Schnitt sie an ein mittelalterliches Gewand erinnerte.

»Dafür haben die Menschen jede Menge Wunderpillen ersonnen«, sagte Ywha mit gesenktem Blick.

»Die wirken bei mir nicht«, gestand der Inquisitor. »Ich habe einen besonderen Organismus, ist dir das noch nicht aufgefallen?«

Indem Ywha schluckte, vertrieb sie das Gespenst der Übelkeit.

»Um deine Abwehr könnte dich wirklich jede Kampfhexe beneiden«, bemerkte der Inquisitor mit einem seltsamen Lächeln. »Lass uns was essen.«

Doch wie Ywha feststellte, war ihr der Appetit schlagartig vergangen. Sie beobachtete, wie die Wassertropfen auf dem spiegelblanken Kessel zitterten, zischten und verdampften. »Was werden Sie jetzt mit mir machen?«

»Gute Frage ...«, erwiderte der Inquisitor mit hochgezogener Braue.

Zum ersten Mal traute sich Ywha, ihm ins Gesicht zu blicken. Ein müdes Gesicht, das musste sie zugeben. Beleuchtet von dem weißen Laternenlicht, obwohl es bereits heller Tag war.

»Eine gute Frage, Ywha.« Gedankenverloren holte der Inquisitor ein krosses, helles Brötchen aus dem Brotkasten. »Hast du Nasar angerufen?«

Sie wandte sich ab.

»Weißt du ...« Der Inquisitor schnitt das Brötchen so akkurat in Scheiben, dass es jedem Restaurant Ehre gemacht hätte. »... schon in meiner Kindheit hat man mir beigebracht, dass die persönlichen Probleme eines Menschen nur diesen selbst etwas angehen.«

»Warum haben Sie es ihnen dann gesagt?«, zischte Ywha kaum hörbar. »Sie wollen mich doch ... bei lebendigem Leibe ... Warum? Was habe ich Ihnen getan?«

»Es ist *Nasar*, der dir deinen Verrat krummnimmt«, erklärte der Inquisitor kalt. »Früher oder später wäre sowieso alles herausgekommen, nur wäre es dann noch schmerzlicher gewesen.«

»Das geht gar nicht.«

»Das glaubst du.« Die Stimme des Inquisitors knisterte wie Asche, die der Wind durch einen Schornstein fegte, und ließ Ywha frösteln.

Das Wasser kochte, der Kessel pfiff. In seinem Hals muss auch eine Pfeife stecken, dachte Ywha. Damit er anschlagen kann wie ein fröhlicher Hund.

»Die persönlichen Probleme ...«, knurrte Ywha aufgebracht. »Man sollte das nicht verwechseln ... die persönlichen Probleme und ... die beruflichen Pflichten ... Aber Sie wollten ja offenbar zwei Fliegen mit einer Klappe schlagen ...«

»Du solltest dich hinsetzen, Ywha«, sagte der Inquisitor müde.

»Ich stehe lieber.«

»*Setz dich.*«

Indem sie sich am Rand des Tisches festkrallte, versuchte sie stehen zu bleiben, während der hingeschleuderte Befehl mit ihrem Willen kämpfte. So machen sie es!, schoss es Ywha durch den Kopf. Genau so. Da hat mich das Mädchen in der Schuluniform nicht angelogen.

Der Boden kam immer näher. Ein sauberer Boden, gewischt von den Händen einer rechtschaffenen Putzfrau. Mit einem lustig gewürfelten PVC …

Der Kampf endete ergebnislos, riss einfach ab. Der Befehl löste sich in Luft auf, und Ywhas angespannter Wille, damit seines Gegners beraubt, strauchelte auf der Suche nach einem Ausweg. In ihren Ohren hallte der Aufprall wider, als sie schmerzhaft mit der Hand auf dem Boden aufschlug.

»Tut mir leid, das wollte ich nicht.«

Sie biss sich auf die Lippen und rappelte sich hoch. Auf gar keinen Fall durfte sie vor ihm auf dem Boden liegen – denn nur die Besiegten krümmen sich zu Füßen ihres Gegners.

»Tut mir leid, das wollte ich nicht … Aber deine Freiheitsliebe ist schon richtig pathologisch. Du fühlst dich ja selbst dann noch unter Druck gesetzt, wenn nicht mal jemand welchen ausübt.«

Ywha betrachtete ihre Hand, die sich im Nu rötete.

Schon wollte sie ihm erwidern, er als Großinquisitor brächte es einfach nicht fertig, keinen Druck auf sein Gegenüber auszuüben, da er bereits so mit seiner Rolle verwachsen sei, dass er das selbst bei Kleinigkeiten tue. Dass er ohne jeden Grund und Anlass, ohne es selbst zu merken, Druck ausübe. Da sie sich in ihrer Situation dergleichen jedoch besser verkniff, hörte sie bloß darauf, wie ein grauer Spatz auf der anderen Seite des Fensters tschilpte.

Inzwischen hatte der Inquisitor mit dem Essen begonnen. Er aß ohne jede Hast, aber dennoch sehr schnell, aus Gewohnheit schnell, wie ein Soldat oder ein Akkordarbeiter. »Du hast doch in der Schule Prüfungen ablegen müssen, oder?«

Ywha erschauderte.

»Dann lös doch spaßeshalber mal folgende Aufgabe. Du hast eine Stadt voller Menschen. In dieser Stadt ist eine Bombe versteckt. In einer Stunde wird sie explodieren, vielleicht in der Metro, in einem Krankenhaus oder einem Kindergarten. Der einzige Mensch, der weiß, wo sie hochgehen wird, ist eine zu allem entschlossene Frau, die allerdings jede Aussage verweigert. Du ermittelst in der Sache. Du bist ein Mann in mittleren Jahren. Was unternimmst du?«

Begriffsstutzig schwieg Ywha. Was sollte das? Was hatte sie damit zu tun? Schließlich verstand sie nicht das Geringste von Bomben!

Der Inquisitor schob seinen Teller zur Seite. Er holte eine Zigarettenschachtel von länglicher Form aus der Tasche und fing gierig und sogar ein wenig hingebungsvoll an zu rauchen. »Komm ja nicht auf die Idee, die Geschichte auf dich zu beziehen«, warnte er sie, mit zusammengekniffenen Augen in den Rauch spähend. »Die habe ich mir ausgedacht. Sie dient nur als Beispiel. Wie ein Rätsel. Also, was würdest du tun?«

»Ich weiß es nicht«, sagte Ywha tonlos.

»Meinst du …«, der Inquisitor zog schon wieder die Augenbraue hoch, »… diesen Menschen, den Erwachsenen und den Kindern, die in einer Stunde sterben, wäre durch deine Unwissenheit geholfen?«

Alarmiert fuhr Ywha zusammen. Zu sehr glaubte sie an die Macht des Wortes über die Realität. Selbst eine fiktive Geschichte könnte sich bewahrheiten – in einer fiktiven Welt. Und die ausgedachten Menschen in ausgedachten sechzig Minuten in die Luft jagen …

»Ich müsste herausbekommen, wo sich die Bombe befindet«, brachte sie mühevoll hervor.

»Wie?« In der Stimme des Inquisitors lag Hoffnungslosigkeit, als drifte das Spiel mit beängstigender Rasanz in die Realität ab. »Wie willst du es herausbekommen – wenn diese Hündin schweigt?«

»Warum tut sie das?«, fragte Ywha hilflos.

»Ich weiß es nicht«, gestand der Inquisitor. »Ich habe keine Ahnung. Übrigens läuft die Zeit, fünf Minuten grübeln wir jetzt schon …«

»Weiß es denn sonst niemand?« Ywha presste die Hände gegeneinander.

»Nein, niemand«, erklärte der Inquisitor nach einem weiteren Zug an der Zigarette. »Entschuldige, ich habe mir einfach eine angezündet, ohne dich vorher zu fragen. Du rauchst doch nicht, oder?«

»Es kann nicht sein, dass es sonst niemand weiß!«

»Doch. Sie hat die Bombe zusammen mit einem Komplizen gebastelt, der inzwischen tot ist. Jetzt ist sie die Einzige ...«

Schließlich setzte sich Ywha, auf den Rand des Hockers, die Knie nervös aneinandergequetscht. »Ich ... weiß es nicht. Man müsste sie foltern, damit sie etwas sagt ...«

Die Finger des Inquisitors drückten die brennende Zigarette aus. Asche fiel auf den Tisch, Funken stoben auf, dann erlosch die Kippe. Verängstigt sah Ywha ihn an. Hatte sie etwas falsch gemacht?

»Genau davon bin ich nicht überzeugt«, sagte der Inquisitor mit tonloser Stimme. »Ich bin nicht davon überzeugt, dass dies der richtige Weg ist. Gestern habe ich den ganzen Tag nichts anderes getan, als Frauen zu foltern, Ywha. Und die öffentliche Meinung, momentan vertreten durch dich, billigt das offenbar.« Er lächelte schief, ohne sie aus den Augen zu lassen.

»Und was wollten Sie von ihnen?«, fragte sie, bemüht, ihrer Stimme einen möglichst gleichgültigen Klang zu geben.

»Ich wollte ...« Ungeduldig fischte er die nächste Zigarette aus dem Päckchen. »Eigentlich spielt das keine Rolle. Was ich wollte, habe ich auch bekommen.«

Einen Augenblick lang hörten beide zu, wie das Wasser aus dem Hahn tropfte. Platsch, platsch schlug es im vernickelten Waschbecken auf. Plötzlich erschien vor Ywhas innerem Auge ein riesiger Saal mit vernickelten Waschbecken und Metalltischen – aus Zink? –, auf denen ...

»Wenn sie dich initiieren ...«, der Inquisitor beobachtete die Veränderungen in ihrer Miene genau, »... wenn das passiert, könnte dir unter Umständen eine glänzende Karriere bevorstehen. Falls dieses Wort in *ihrer* Hierarchie angemessen ist. Mit deinen Anlagen dürftest du vermutlich eine Schildhexe abgeben ... oder eine Bannerhexe, denn du verfügst über ein außerordentliches Gespür. Vielleicht kommt es aber auch anders. Trotz allem bitte ich dich, Ywha, dich nicht initiieren zu lassen. Bereite mir nicht noch mehr Kopfschmerzen, als ich ohnehin schon habe.« Er lachte traurig.

»Was wollen die Hexen?« Ihre Gesprächspartnerin fiel ihr ein, die Verkäuferin der heißen Sandwiches.

»Ich würde viel dafür geben«, sagte der Inquisitor nach einem neuerlichen Zug, »um das zu verstehen. Manchmal meine ich, ja, jetzt bin ich dahintergekommen. Aber ... letztlich muss man dafür eine Hexe sein. Wenn du eine wirst ... lass es mich doch aus alter Freundschaft wissen. Was die Hexen wollen ...«

»Aber Sie fragen sie unter Folter«, konnte Ywha sich nicht verkneifen zu bemerken. Der Inquisitor verengte die Augen zu schmalen Schlitzen und wollte schon etwas sagen, doch in diesem Moment blökte im Zimmer das Telefon los, dem mit etwas leiserer Stimme ein zweiter Apparat in der Küche antwortete.

Angst erfasste Ywha. Panische und hoffnungslose, jedoch absolut grundlose Angst. Vermutlich ließen sie einfach ihre Nerven im Stich, die durch das schrille Geräusch gereizt waren. Der Inquisitor legte seine Zigarette am Rand des Aschenbechers ab und griff mit einer kraftlosen Geste nach dem Hörer. »Hallo ...«

Obwohl sich sein Gesichtsausdruck nicht veränderte, wusste Ywha, wer da anrief. Sie wusste es, und am ganzen Körper brach ihr der Schweiß aus.

»Ja, ich war nicht da. Ich bin erst heute Morgen zurückgekommen, aus einem Ferienort sozusagen, aus Odnyza ... Ja, eine wirklich interessante Arbeit ... Hör auf damit. Weshalb sollte ich dir das übel nehmen, schließlich sind wir beide erwachsene, kluge Männer ... Nein, das kann ich unter keinen Umständen einrichten ... Ja, das entspricht so in etwa den Tatsachen ... Wie?«

Ywha nahm sich eine kleine Scheibe Brot vom Tisch. Wie betäubt biss sie ein Stück ab, nagte daran und versuchte, mit dem frischen Brot nicht den Hunger, sondern ein anderes Gefühl zu vertreiben, ein vages zwar, aber dennoch nicht weniger drängendes. Sie musste kauen, einfach nur kauen.

Ohne Ywha anzusehen, hörte der Inquisitor zu. Er beobachtete, wie die auf dem Aschenbecher deponierte Zigarette ungeraucht vor sich hin qualmte. Versteinert wartete Ywha ab.

»Du musst wissen«, fuhr der Inquisitor einen Ton tiefer fort, »dass ich mich in meiner Stellung nicht mit diesen Dingen beschäftige ... Tut mir leid, aber im Moment kann ich dir dazu rein gar nichts sagen.«

Er schaute zu Ywha hinüber. Schnell und flüchtig, aber doch so, dass sie zusammenzuckte.

Im Hörer polterte aufgeregt eine metallische, durch die Entfernung verzerrte Stimme. Eine erhobene und angespannte Stimme, die offenbar begierig darauf war, sich durchzusetzen.

»Gut«, lenkte der Inquisitor widerwillig ein. »Aber warum rufst *du* an und nicht er? Immerhin ist er ja wohl auch schon geschlechtsreif, oder?«

Ywha wurde unbehaglich zumute. Als hätte man Nasar in ihrer Anwesenheit beleidigt.

»Gut«, wiederholte der Inquisitor, diesmal jedoch müde und bedrückt. »Soll er mich anrufen ... Oder ich rufe an, wenn ich etwas Neues weiß. Einverstanden?«

Ywha erhob sich. Lautlos ging sie ins Wohnzimmer zurück. Stehend sah sie sich im Raum um, ohne ihn jedoch wirklich wahrzunehmen. Sie setzte sich in einer Ecke auf den Fußboden und zog die Füße unter sich. Es gehörte sich nicht, fremde Telefonate zu belauschen.

Nachdem er aufgelegt hatte, blieb er einige Minuten sitzen und beobachtete, wie die abgelegte Zigarette verglomm.

Dieser Herr Papa! Nasar hatte er quasi ganz allein großziehen müssen. Das hatte Spuren hinterlassen, in seiner Persönlichkeit. Vermutlich wäre das nicht bei jedem der Fall gewesen, aber bei Juljok ganz bestimmt, denn der war doch die geborene Glucke.

Die Frau hockte im Wohnzimmer auf dem Boden. Eine Rothaarige, eine Füchsin in der Falle. Fragend sah sie ihn an – nur um den Blick prompt wieder zu senken. Ihre Augen waren zwar gerötet, aber es lag doch kein gejagter Ausdruck darin. Klawdi seufzte kurz. Es gibt doch nichts Schlimmeres als eine unregistrierte Hexe.

»Also, Ywha ... Mein Freund und dein ... wenn du so willst, dein Schwiegervater ist dabei, eine Riesendummheit zu begehen. Natürlich interessiert ihn das Schicksal seines Sohnes mehr ...

als unsere Belange. In gewisser Weise hat er damit sogar recht. Wir warten jetzt noch eine halbe Stunde, du denkst gründlich über alles nach … und dann rufst du Professor Mytez an.«

»Nein«, antwortete sie sofort. »Ich werde ihn nicht … nein. Ich weiß nicht, was … ich sagen soll.«

»In Ordnung.« Theatralisch zuckte Klawdi die Achseln. »Und was dann? Was soll ich mit dir machen?«

Wieder verkrampfte sich Ywha. Wutentbrannt rammte sie die Schulterblätter in eine Ecke des Sofas, womit Klawdi eine weitere Kostprobe ihrer potenziellen Möglichkeiten erhielt. Obwohl: Aus jeder von ihnen konnte die Initiation ebenso gut eine herausragende Kampfhexe als auch eine graue Arbeitshexe machen.

»Ruf ihn an«, sagte er sanft. »Er verliert die Nerven. Er sucht dich … Versuch, ihn zu verstehen. Ruf ihn an … Wenn du willst, gehe ich inzwischen raus.«

Ohne auf ihre Zustimmung zu warten, verließ er das Arbeitszimmer und schloss die Tür hinter sich.

Lange Zeit blieb es im Zimmer still. Irgendwann klackerten leise die Tasten des Telefons. Klaw nickte zufrieden, als er die Nummer am Klang erkannte. Er schloss die Augen und legte den Fuß über die Armlehne des weichen Sessels.

»Ich bin's.«

Die Stimme des Mädchens klang stumpf, aber fest. Entschlossen, ohne zu schwanken und zu stottern. Klawdi fand in der Schublade des Tisches einen Bonbon, mit dem er erst eine Weile spielte, bevor er ihn sich in die Wangentasche steckte.

»Ich bin's … Ja.«

Schweigen. Worüber der gute alte Professor, der am anderen Ende der Leitung schwitzte, sich jetzt wohl ausließ?

»Ich weiß, dass es nicht richtig war.« Die Stimme der jungen Hexe wurde lauter, fraglos klang Stolz darin mit. »Aber, so leid es mir tut, ich hatte keine andere Wahl.«

Klaw zerbiss den Bonbon. Zu spät fiel ihm ein, dass er Menthol nicht ausstehen konnte. Er hatte gemeint, seine Haushälterin gebeten zu haben, andere zu kaufen, die besser schmeckten, irgendwelche, selbst Berberitze wäre nicht so scheußlich.

»Das verstehe ich ja.« In Ywhas Stimme schlich sich ein

metallener Unterton. »Ich glaube, das müssen Sie entscheiden. Und Nasar muss sich darüber klar werden … Nein, keine Sorge, mir geht es gut.«

Eine stolze Frau vom Land, dachte Klawdi schwermütig. Selbst nach drei Nächten auf dem Bahnhof hielt sie an ihrem Lügenmärchen von der guten Freundin noch fest, bei der sie sicher sei, es bequem habe, gern ein, gern aber auch zehn Jahre bleiben könne.

Mit einem Mal packte ihn die Wut. Er ärgerte sich über Mytez junior wie senior, die bereit waren, dieses für sie so bequeme Märchen zu glauben. Und auch die Hexe konnte ihm gestohlen bleiben, mit diesem krankhaften Stolz der Jugend.

»Ich?« Die Stimme der Frau verkrampfte sich. Offenbar wollte sie die Antwort herauszögern, denn sie fragte noch einmal: »Ich?«

Eine Pause. Ein Stocken. Klawdi wusste genau, dass am anderen Ende ebenfalls jemand schwieg – in Erwartung einer Antwort.

»Ich …« Das Mädchen stotterte. »Ich bin bei … Herrn Starsh. Ja …«

Interessant. Da hatte Ywha also etwas von einer Telefonzelle erzählen wollen, aus der sie gerade anrief. Oder von der guten Freundin. Doch offenbar befürchtete sie, Klawdi würde die Lüge aufklären.

»Ja«, wiederholte Ywha, und ihre Stimme klang überraschend schwach. »Natürlich.«

Ohne ein Geräusch zu machen, erhob sich Klawdi. Die Tür seines Arbeitszimmers quietschte nie.

Ywha stand am Fenster, mit dem Rücken zu ihm. Die Telefonschnur ringelte sich wie ein riesiger toter Blutegel über den Läufer. Ywha stand da, den Kopf in die zitternden Schultern gezogen. Der Hörer in ihrer herunterhängenden Hand sprach ununterbrochen, mit einer leicht nervösen, insgesamt jedoch angenehmen Stimme.

Als er den Hörer aus ihren verkrampften Fingern zog, gaben ihn diese widerstandslos frei. Er hielt ihn sich ans Ohr. Das Plastik war noch warm und roch schwach nach Deo, einem teuren, wie der verwöhnte Klawdi meinte.

»... muss es nicht sofort dazu kommen. Das verstehst du doch, oder, Ywha? Schließlich wolltest du Nasar doch nicht verletzen? Natürlich geht mich das nichts an. Aber solche Probleme löst man nicht von heute auf morgen. Er schmollt jetzt ...« In der Stimme schwang ein Tadel mit. »Aber ich glaube, wenn er erst mal über alles nachgedacht hat ... Dann wird er auch selbst in der Lage sein, dir zu sagen ... äh ... Ywha? Hörst du mir noch zu?«

Klawdi hielt der Frau den Hörer hin. Ywha wandte sich ab, um stur ihr Gesicht zu verbergen. Ihre Stimme klang jetzt allerdings wieder fest. »Ja«, sagte sie, nachdem sie tief Luft geholt hatte. »Natürlich, Sie haben recht.«

Bevor ihre Hand die Gabel erreichte, fing Klawdi sie ab. Das Gelenk war schmal und hart wie ein Ast.

»Ja, Jul«, ergriff er sorglos das Wort, nachdem er sich den Hörer zurückerobert hatte. »Du siehst, ich habe mein Versprechen gehalten. Darf ich wissen, worauf ihr euch geeinigt habt?«

Eine Pause. Offenbar hatte Professor Mytez nicht mit einem derart abrupten Wechsel der Gesprächspartner gerechnet.

»Also, Klaw, ich wusste ja nicht, dass sie bei dir ... Also kurz und gut, wir haben vereinbart, Nasar Zeit zum Nachdenken zu geben. Und dann, wenn er sich wieder gefangen hat ...«

»Und wann wird das sein?«, fragte Klawdi scheinheilig.

»Also ...« Mytez rückte nicht gleich mit einer Antwort heraus. »In einer Woche ... vielleicht in zwei ...«

»Jul!« Klawdi bemerkte selbst, wie sich seine gelassene Stimme veränderte, wie sich eisenharte Untertöne hineinmischten. »Das Mädchen sitzt bis über beide Ohren in der Tinte. Sie hat kein Dach überm Kopf und ist nicht registriert. Hexen, die sich nach Erlass meines letzten Befehls nicht innerhalb von vierundzwanzig Stunden registrieren lassen ...«, er warf einen flüchtigen Blick auf die Uhr, »... werden in Beugehaft genommen. Jetzt sag mir bitte klipp und klar, ob ihr, du und Nasar, die Verantwortung für Ywha übernehmt! Und zwar von dieser Sekunde an! Oder soll ich eine Streife rufen, die sie aufs Revier bringt?«

Ywha zitterte am ganzen Leib. Ohne sie anzusehen, fasste er nach ihrer Schulter.

»Jul, lass mich kurz mit Nasar sprechen«, bat er in den verzweifelt schweigenden Hörer.

»Er schläft«, antwortete der Professor tonlos. »Der Junge nimmt seit drei Tagen Schlaftabletten. Wenn du glaubst, er leide nicht ... ihm mache das nichts aus ... Schließlich warst du derjenige, der ...«

Mytez kam in Fahrt. Klawdi schloss die Augen. »Das verstehe ich doch, Jul«, sagte er mit einer um Ruhe und Sanftmut bemühten Stimme. »Aber wir leben leider in einer Welt, in der es außer Hexen noch eine Menge anderer hässlicher Sachen gibt. Ich mache niemandem einen Vorwurf. Daher sag mir als deinem Freund einfach ganz ruhig: Nehmt ihr das Mädchen jetzt auf? Bürgt ihr für sie? Oder nicht?«

»Klaw!« Mytez' Stimme klang erschöpft und bittend. »Könntest du ... dir nicht etwas einfallen lassen? Ich bitte dich, Klaw! Als Freund. Lass dir etwas einfallen!«

Schweigend hörte Klaw, wie Professor Julian Mytez am anderen Ende schwer und ungleichmäßig atmete.

Jul ist nicht gut beieinander, dachte er. Das Alter macht sich früh bemerkbar, Sport treibt er nicht, spazieren geht er auch nicht, dabei hat er das Haus auf dem Land. Oder nahm ihn das Ganze wirklich so mit? Verlor er die Nerven?

»In Ordnung, Jul«, sagte Klawdi fast aufgeräumt. »Aber ihr solltet auch zusehen, zu einer Entscheidung zu kommen, ja?«

Vermutlich nickte Mytez am anderen Ende, völlig vergessend, dass er nicht zu sehen war. »Ja, Klaw, natürlich ... Danke. Das ist eine verzwickte Angelegenheit ... Danke ... Also dann ... Lass dir was einfallen ...«

»Hm.« Klawdi konnte nichts dagegen tun: Er nickte ebenfalls. »Mach's gut.«

»Mach's auch gut, mein Freund.«

Er stellte das Telefon an seinen Platz und stupste die Schnur mit dem Fuß unter den Tisch.

»Stecken Sie mich jetzt ins Gefängnis?«, fragte Ywha tonlos.

»Ich weiß es nicht«, gab Klawdi ehrlich zu. »Ich glaube, es würde dir dort nicht gefallen.«

Die Lippen der jungen Frau verzogen sich trotzig. »*So* werde ich nicht leben. Ich weiß gar nicht, warum ich überhaupt zu Ihnen gekommen bin. Und worauf …«

Worauf ich gehofft habe, hatte sie sagen wollen, aber sie wollte den Satz nicht mit weinender Stimme beenden – daher blieb er unvollendet.

»Noch vor einer Woche«, sagte Klawdi, »hätte ich dich guten Gewissens irgendwo untergebracht … bei Freunden, bei Bekannten, bei Freunden von Bekannten, bei Bekannten von Freunden, als Schreibkraft in irgendeiner kleinen Firma, als Putzfrau in einem sauberen Büro … Das wäre gar kein Problem gewesen. In dieser Stadt gibt es mehr als genug Leute, die mir mit Vergnügen einen Gefallen erweisen. Aber jetzt geht das nicht mehr. Jetzt kann ich dich nicht einfach laufen lassen … Du weißt doch, was da los ist, was die Hexen machen, was gegen sie unternommen wird. Oder?«

»Ja«, flüsterte Ywha.

»Ich bin froh, dass du das einsiehst«, sagte Klawdi mit einem zufriedenen Nicken.

Ywha hob den Blick und sah ihn an.

Jetzt lag ein gehetzter Ausdruck in ihren Augen. Ihn sahen die verzweifelten Augen einer gejagten Füchsin an, der keine Fluchtmöglichkeit mehr blieb.

(Djunka. April)

Das Schicksal ereilte ihn auf dem Rückweg.

Er hatte den letzten Bus verpasst, aber glücklicherweise gelang es ihm, ein Auto anzuhalten, das ihn mitnahm. Der redselige Fahrer lebte in der Nähe der Studentenstadt, zu der auch Klawdis Schule gehörte, die der Universität angegliedert war, und erklärte sich damit einverstanden, den müden Jungen umsonst nach Hause zu bringen. »Ich hab dafür ja Verständnis, war doch selbst mal jung … Aber sich mitten in der Nacht hier draußen rumzutreiben, also ich muss schon sagen, das ist schon ein Ding, und gefährlich ist es obendrein …«

»Ich bin schon siebzehn.«

»Ja und? Damit bist und bleibst du ein Junge!«

Klaw nickte zustimmend. Bis zum Wohnheim brauchte der Bus vierzig Minuten. Der gute und weltweise Herr schaffte es in einer Viertelstunde. Nur gut, dass Mytez noch schmollte und er ihm nicht Rede und Antwort stehen musste.

Damit endete sein Glück jedoch auch schon.

Eine Polizeistreife, die die Zufahrt zur Hauptstraße kontrollierte, hielt das Auto an. Der redselige Fahrer ließ sich dadurch in keiner Weise irritieren, sondern fing gleich mit dem Polizisten ein weitschweifiges Gespräch über das Wetter und die Qualität der Straßen in den Vororten an. Der Polizist nickte und studierte im Licht einer Taschenlampe die vorgelegten Papiere. Etwas abseits standen zwei weitere Männer: Klaw erschauderte, als er die kurzen Fellwesten über den Lederjacken erkannte.

»Seien Sie so gut und öffnen Sie den Kofferraum.«

»Suchen Sie wen?«, fragte der Fahrer sorglos.

»Eine Routinekontrolle«, mischte sich einer der Tschugeister ein. Klaw blieb das Herz stehen.

Die Tschugeister hatten sich zu beiden Seiten des Fahrers aufgebaut. Dieser schenkte ihnen nicht die geringste Aufmerksamkeit. Nachdem beide den Inhalt des Kofferraums gleichmütig betrachtet hatten, schauten sie dem Fahrer gleichzeitig ins Gesicht. Der wurde nun doch nervös.

»Entschuldigen Sie die Unannehmlichkeiten«, bat der größere der beiden Tschugeister. »Gute Weiterfahrt.«

Der Kleinere linste zu dem neben ihm stehenden Klaw hinüber. Der hatte den Eindruck, sein Kinn streife flüchtig eine eisige Hand – eine Geste, die ein Erwachsener für ein Kind reserviert oder ein Lehrer für einen Schüler: Er fasst ihn am Kinn und verlangt, ihm in die Augen zu schauen.

»Der Junge hatte Kontakt«, sagte der Kleinere leise zu seinem Kollegen. Über Klaws Rücken rieselte ein eisiger Schauer.

Der Fahrer, der die Wagentür bereits öffnen wollte, horchte auf. Der zweite Tschugeist trat langsam an Klaw heran, um ihm ebenfalls in die Augen zu sehen. Eine behandschuhte Hand legte sich Klaw unangenehm, irgendwie gierig und zugleich scheinheilig auf die Schulter. »Wen hast du heute Abend getroffen?«, fragte er.

»Das ist doch meine Sache«, antwortete Klaw mit brüchiger Stimme. »Ich bin euch ja wohl keine Rechenschaft schuldig, oder?«

»Es ist natürlich deine Sache«, pflichtete ihm der Größere bei. »Aber du hast Kontakt zu einer Njawka gehabt. Ich will dir keine Angst einjagen …«

Und ich bin kein Angsthase, wollte Klaw schon einwerfen, hüllte sich dann aber doch in Schweigen. Er biss die Zähne aufeinander. Sie würden ihn doch nicht foltern?! Konnten sie wissen, wo er Djunka versteckte?

»Ich will dir keine Angst einjagen«, fuhr der Größere fort, »aber Njawken verkehren in der Regel mit Menschen, um diese umzubringen. Gewissermaßen um die Chancengleichheit wiederherzustellen. Hast du diese Frau zum ersten Mal gesehen? Oder nicht?«

»Was für eine Frau?«, fragte Klaw, stur den Unwissenden spielend. Er lebte in einem freien Land, dieser Typ in der dämlichen Weste konnte ihm gar nichts anhaben.

»Die Frau, mit der du vor wenigen Stunden intim geworden bist«, erklärte der Größere gelassen. »Mit der du, um es ganz klar zu sagen, geschlafen hast. Oder hattest du gleich mehrere Frauen am Stück?«

Klaw spürte, wie er errötete. Dabei hatte er immer – und mit gutem Grund! – gedacht, er habe Nerven wie Drahtseile! Und dann sollte alles so einfach sein? Ein paar hingeworfene Worte – und schon stand er nackt inmitten einer Menschenmenge …

»Mein Junge, dein Leben hat heute auf Messers Schneide gestanden. Sei nicht böse auf mich, denn ich will dir nur helfen. Nächstes Mal hast du vielleicht nicht so viel Glück. Gestern haben wir einen fünfzehnjährigen Jungen aus der Badewanne gezogen. Er hatte sich die Pulsadern aufgeschnitten.«

Die Wanne. Das Badezimmer. Was für ein ekelhaftes Wort!

In diesem Augenblick schoss Klaw ein unglaublicher, ein widerwärtiger Gedanke durch den Kopf. Er spiegelte sich in seinem Gesicht mit derart unverfälschter Panik wider, dass die Hand, die auf seiner Schulter lag, spürbar fester zupackte. »Ganz ruhig … Es ist ja vorbei … Dir ist nichts passiert …«

Der eingeschaltete Föhn am Rand des abschüssigen Brettes. Wie war er dorthin gekommen?!

Djunka hatte so geweint …

»Dein Leben hat heute auf Messers Schneide gestanden.«

»Fällt's dir wieder ein?«

Klaw schluckte dicken, bitteren Speichel hinunter. Das konnte nicht sein. Das war bloß ein dummer Zufall. Und die Kerle hier wollen mich ins offene Messer laufen lassen.

Klar, jetzt fällt's mir wieder ein. Ich lebe mit einer Njawka zusammen, wir haben eine Wohnung in …

»Nun komm schon, Junge, mach den Mund auf. Niemand wird je erfahren, dass du uns das gesagt hast. Das behalten wir für uns.«

Und der Fahrer?! Er steht hier neben uns, kriegt den Mund nicht zu, in seinen Augen schimmern Verwunderung und eine gehörige Portion Ekel.

»Vielen Dank …« Klaw nickte ihm unbeholfen zu. »Ich … komme schon alleine nach Hause. Fahren Sie ruhig weiter.«

Ein Schnalzen mit der Zunge. Die Wagentür schlug zu. Klaw wartete, bis das Auto losfuhr. »Ich …« Wie widerwärtig das alles war, wie beschämend. »Ich … war … mit einer Frau zusammen. Ich … von der Straße … ich habe ihr Geld gegeben. Vermutlich ist es eine Nutte gewesen.«

Seine Lippen bewegten sich kaum. In diesem Moment glaubte er selbst, was er da sagte, er glaubte es um der Sache willen – doch blieb ein Gefühl, als durchschwimme er ein Abflussrohr.

»Ich … also, bei uns in der Schule, da gibt es ein Mädchen, Blocha … wir beide haben … also, das war nicht besonders schön. Deshalb wollte ich … dann hat sich das zufällig so ergeben. Die Frau hat mich angesprochen, Ehrenwort … auf der Straße … jetzt fällt's mir wieder ein … das war an der Ecke Prorywna-Straße, bei der Straßenunterführung …«

Vor seinem inneren Auge entstand der Stadtplan. Den Ort, an dem es zu besagtem Treffen gekommen sein sollte, sah er klar vor sich. Je mehr Details er lieferte, desto glaubwürdiger wurde seine Geschichte.

Die Tschugeister hörten ihm schweigend zu, bis zum Ende.

»Die Adresse?«, fragte der Größere leise, sobald Klaw mit hängenden Schultern verstummte.

»*Straße des Ewigen Morgens.* Da gibt's ein Hotel … genauer gesagt, mehrere. Sie hat ein Zimmer für eine Stunde gemietet …«

»Und die eine Stunde hat euch gereicht?«

Der kleinere der beiden Tschugeister konnte sich offenbar keinen Witz verkneifen.

»Wie viel?«, wollte der Größere wissen.

»Hä?«

»Wie viel hat das Zimmer gekostet?«

»Ich weiß es nicht.« Klaw klapperte mit den Augen. »Sie hat das bezahlt …«

Die Chancen standen fünfzig zu fünfzig. Entweder luden sie ihn jetzt ins Auto und suchten das Hotel, in dem er angeblich gewesen war; sofern sie nur eine gewisse Hartnäckigkeit an den Tag legten, würden sie ihn dann recht schnell der Lüge überführen. Oder sie winkten ab, weil die *Straße des Ewigen Morgens* mit zweifelhaften Absteigen nur so gespickt war, die ein Zimmer für ein, zwei Stunden vermieteten, ohne von ihren Gästen Papiere zu verlangen, und wo du, sobald du das Geld hingeblättert hast, nach oben gehen kannst.

Die Tschugeister wechselten einen Blick. Sie trafen eine Entscheidung. Sie konnten sich kaum vorstellen, dass ein Teenager imstande war, *so* zu lügen. Sie kannten Klaw eben nicht.

»War das alles?«

»Das schwöre ich bei allem, was euch heilig ist. Schließt mich ruhig an einen Lügendetektor an …«

Beide Tschugeister deuteten ein Lächeln an.

»Hast du deine Papiere dabei?«

Er zog seinen in Plastik eingeschweißten Schülerausweis aus der Innentasche.

»Aha, Klawdi Starsh, Wyshnaer Schule Nr. 3. Wir werden deinen Lehrern selbstverständlich nichts von deinen fragwürdigen Ausflügen berichten. Aber das nächste Mal … Hast du wirklich nicht gemerkt, dass sie eine Njawka war? Eine Untote?«

Ein Wort wie ein achtlos geschleudertes Messer. Wie ein niedersausendes Beil.

»Nein, sie war ein Mensch«, sagte er mit Flüsterstimme. Als die Tschugeister daraufhin grinsten, glichen sie einander wie Brüder.

»Das ist der verbreitetste Fehler«, sagte der Größere bedächtig. »Die Menschen sehen häufig Menschen in ihnen. Sie haben sogar Angst, sie uns zu übergeben. Als würden wir sie quälen … Dabei sind sie Untote, mein Junge. Sie sind *Njawken*. Leere Hüllen von Menschen, angefüllt mit … äh … dickem Nebel. Wenn wir den Nebel töten, fällt die Hülle in sich zusammen. Das sind keine Menschen. Wie soll ich dir das erklären? Es ist, als ob dein Mörder in der Maske einer schönen Frau zu dir käme. Oder, noch schlimmer, in der Maske deiner Mutter …«

Klaw wollte sich hinsetzen. Gleich hier, auf den feuchten Asphalt.

Klaw wollte schreien: Das ist gelogen! Was soll das heißen?! Mörder?! Wenn hier einer ein Mörder ist, dann ihr!

Aber er sagte kein Wort, sondern verschloss mit einer billigen, stinkenden Zigarette seinen Mund.

5

»Geh rein!«

Ywha blinzelte im Licht, das sie jäh überflutete. Aus irgendeinem Grund hatte sie erwartet, hier Schmutz und ausgebleichte Tapeten vorzufinden. Vermutlich lag das an dem Eindruck, den der dunkle, verdreckte Hauseingang auf sie gemacht hatte. Doch schon der Flur der Wohnung war sauber und ordentlich, sogar geschmackvoll. Das einzige Manko war seine enorme Enge.

Halt, nein, da gab es noch etwas, das negativ auffiel. Ywha zog die Nase kraus, als sie den kaum wahrnehmbaren Geruch einer leeren Wohnung roch.

»Nur zu, geh durch, sonst treten wir uns gegenseitig auf die Füße.«

Die massive Garderobe war leer. Als Ywha die Schlaufe ihrer Jacke über einen geschwungenen Kupferhaken schob, durchlief sie ein Zittern.

»Ist das … Wohnt hier niemand?«

»Manchmal wohne ich hier.« Aus dem Schuhschrank holte der Inquisitor ein Paar Hausschuhe für Frauen. »Manchmal auch niemand … Hier, probier die mal an.«

Die Hausschuhe waren fast neu. Ywha zögerte. Es kam nur selten vor, dass sie fremde Sachen anzog, und jedes Mal fühlte sie sich dabei nicht so recht wohl. Immer meinte sie, die bisherigen Träger hätten einen Teil von sich darin gelassen. Die Wärme ihres Körpers vielleicht oder ihren Schatten.

Der Inquisitor blickte zu ihr hinüber, schien etwas sagen zu wollen, zog sich dann aber schweigend ins Wohnzimmer zurück. Ohne noch länger darüber nachzugrübeln, schlüpfte Ywha schließlich in die Hausschuhe, die ihr nur ein wenig zu groß waren.

Das Zimmer passte zum Flur. Ein ordentlicher, gediegen eingerichteter Raum, der jedoch erstaunlich klein war. Zwei weiche Sessel und ein Bücherschrank füllten ihn fast ganz aus, nur die

Decke und ein schmaler Gang für einen Läufer blieben noch frei. Auf den Büchern lag Staub, dessen Geruch Ywha nicht entging.

»Hier macht niemand sauber«, erklärte der Inquisitor unerschüttert. »Wenn es dir gefällt, bleib hier. Im Bettkasten ist frische Bettwäsche, im Bad gibt es Warmwasser. Du kannst alles benutzen. Leg danach aber alles wieder an seinen Platz zurück.«

»Gehört diese Wohnung ... auch Ihnen?«

»Letztlich ... schon«, gab der Inquisitor mit gerunzelter Stirn zu, als bekümmere ihn ihre Begriffsstutzigkeit. »Ja, in gewisser Weise gehört mir diese Wohnung auch ... Lebensmittel sind in der Tasche da. In der Küche gibt es einen Kühlschrank, Geschirr und Konserven. Wenn du willst, mach dir etwas zu essen. Das Telefon steht im Schlafzimmer, du kannst es ruhig benutzen. Eine Bedingung gibt es allerdings, Ywha. Verlass die Wohnung nicht. Nicht einmal, wenn ein Feuer ausbricht.«

Sie rang sich ein Lächeln ab. »Also, falls es brennen sollte, würde ich es vermutlich schon tun.«

Er lächelte nicht zurück. »Nein«, sagte Klawdi entschieden. »Wenn ich könnte, würde ich dich ohne viel Federlesens einschließen. Aber da dieses Gebäude als Wohnung und nicht als Gefängnis geplant war, ist das einzige Schloss dein gesunder Menschenverstand. Also, Ywha ...«

Seine Augen funkelten entschlossen. Ywha hatte den Eindruck, ein Eisenreifen ziehe sich enger und enger um ihren Kopf zusammen.

»Eins solltest du wissen.« Der Inquisitor wandte sich von ihr ab. »Indem ich meinem Freund Mytez diesen Gefallen erweise, tue ich etwas, das ich eigentlich nicht tun dürfte. Aber wenn dich eine Patrouille aufgreift – und ich hoffe sehr, dass genau das passiert, solltest du dir einfallen lassen, durch die Stadt zu streifen –, kämst du wie alle anderen ins Gefängnis. Damit geht die Welt noch nicht unter – aber genau das wolltest du ja wohl vermeiden, oder?«

»Ich ... ja.« Ywha nickte heftig. »Danke, ich werde nicht ...«

»Hätten wir das also geklärt.« Der Inquisitor war es offenbar leid, sich ihre wirren Dankesbekundungen anzuhören. »Hier kommt niemand her, du bist hier absolut sicher. Verhalte dich also bitte ruhig, Ywha. Bis später.«

»Auf Wiedersehen«, presste sie heraus.

An der Fensterscheibe, die seit Langem nicht geputzt worden war, rannen die letzten Tropfen des Regens herunter. Sie lehnte die heiße Stirn gegen das Glas und beobachtete, wie der Mann in dem langen dunklen Mantel das Haus verließ. Ohne jede Hast durchquerte er den kleinen, tristen Innenhof. Obwohl sein krokodilgrünes, extravagantes Auto wie ein Gast wirkte, der sich zufällig in diese Gegend verirrt hatte, lockte er die kleine Kinderschar nur kurz von ihrer Schaukel weg. Sobald die Kleinen ihre Neugier befriedigt hatten, kehrten sie zu ihrem Vergnügen zurück. Offenbar hatte Klawdi Starsh vor diesem bescheidenen Haus nicht zum ersten Mal seinen nicht ganz so bescheidenen Graf geparkt. *»Ja, in gewisser Weise gehört mir diese Wohnung auch.«*

Die Stille in den leeren Räumen legte sich schwer auf sie. Ywha stand am Fenster, sah dem abfahrenden Auto nach, seufzte, zog die verstaubte Gardine vor, umrundete auf Zehenspitzen den Sessel und spähte durch die schmale Tür ins Schlafzimmer.

Natürlich!

Was war sie doch für eine Idiotin! Eine Vollidiotin geradezu! Wie waren die Hausschuhe einer Frau denn wohl sonst zu erklären?!

Angewidert starrte Ywha auf die eigenen Füße. Anschließend richtete sie den Blick noch einmal auf das riesige Doppelbett, das zwei Drittel des engen Schlafzimmers einnahm.

Ein einsamer, alleinstehender Mann, ohne jede Beziehung. Auf dem Gipfelpunkt seiner Karriere, ganz oben auf der gesellschaftlichen Leiter angelangt, wird er seine – pardon! – Weiber nicht in seine offizielle Wohnung am *Platz des Siegreichen Sturms* mitschleppen. Natürlich verfügt er über ausreichende finanzielle Mittel, um für seine Rendezvous eine kleine Wohnung zu unterhalten, ein Mittelding aus Privatbordell und Hotel.

Ywha seufzte. Sie kehrte ins Wohnzimmer zurück, setzte sich und ließ den Hinterkopf gegen die weiche und staubige Lehne des Sessels fallen. Ihre Gedanken, in denen es bis eben nur für bittere Überlegungen bezüglich der Unmöglichkeit einer Flucht Raum gegeben hatte, nahmen unvermutet eine völlig neue, nicht ganz angemessene Richtung.

Vielleicht sollte sie auch mal in den Schrank schauen? Oder unters Bett? Dort fände sie ja womöglich einen Kamm, den eine der Damen vergessen hatte. Mit zwei langen, verknoteten Haaren zwischen den Zinken. Und auf dem Regal im Bad dürfte mit Sicherheit ein alter, vor Urzeiten verloren gegangener teurer Lippenstift liegen, an dessen perlmutternem Körper sich noch die Spuren eines fremden Mundes erkennen ließen. Ja, vielleicht fand sie sogar Wäsche, halbtransparent und achtlos in den Schrank gestopft.

Voller Verachtung presste sie die Lippen aufeinander. Wie pervers ein solches Leben doch war! Ein Mann, der Zufallsbekanntschaften aufgabelte! Ekelhaft! Allerdings: So zufällig dürften sie wohl nicht sein, diese Bekanntschaften. Schließlich würde der Großinquisitor ja wohl kaum seine Gesundheit oder seinen guten Ruf riskieren. Ob ihm sein Büro die Frauen besorgte?

Ywha verzog das Gesicht, als hätte sie auf etwas Verfaultes gebissen. Warum zerbrach sie sich eigentlich darüber den Kopf? Über all diese Schweinereien, die sie selbst im schlimmsten Fall nicht zu interessieren brauchten? Und im besten Fall existierten sie, diese Schweinereien, nur in ihrer Phantasie.

Womit allerdings auch ihre Phantasie einigermaßen versaut wäre. Aber schließlich handelte es sich bei ihr ja auch um eine junge, versaute Hexe! Wie weit ihre Phantasie wohl gehen würde?

Möglicherweise holte er sich in dieses Bett sogar ausschließlich junge, versaute und frisch geschnappte Hexen?

Kurz fühlte sich Ywha so unbehaglich, als säße sie auf Nägeln. Dann schob sich das undurchdringliche, an eine Panzertür erinnernde Gesicht des Inquisitors wieder vor ihr inneres Auge. *»Indem ich meinem Freund Mytez diesen Gefallen erweise, tue ich etwas, das ich eigentlich nicht tun dürfte.«*

Puh, gestelzter ging es ja wohl kaum! Im Klartext hieß das: Er machte sich überhaupt nichts aus ihr. Ihre Vorzüge – sowohl die der Hexe als auch die der Frau – ließen ihn völlig kalt. Vielleicht stand ihm ja ohnehin nur sehr selten der Sinn nach einer Frau. Womöglich hatte er von solchen wie Ywha aber auch an jedem Finger zehn!

Sie fühlte sich erleichtert – und prompt auch ein wenig beleidigt. Für wie großartig hielten sie sich eigentlich, diese Herren Inquisitoren?!

Plötzlich erschauderte sie. »*Gestern habe ich den ganzen Tag nichts anderes gemacht, als Frauen zu foltern, Ywha. Und die öffentliche Meinung, momentan vertreten durch dich, billigt das offenbar.*«

Alle Müdigkeit der letzten Tage, die Last der durchwachten Nächte, legte sich ihr auf die Schultern und presste sie in den weichen Sessel. Nein, *daran* sollte sie jetzt besser nicht denken. Das stieß sie weg, das musste sie wegstoßen.

Mit aller Kraft erhob sie sich und humpelte ins Bad. Auf dem Regal lag kein Lippenstift. Ywha grinste schief. Wie naiv moderne Kosmetik doch war! Vermutlich versteckte sie sich unterm Schrank und glaubte, da fände sie niemand.

Sie klatschte sich warmes Wasser in die Augen. Eine Weile lang blieb sie stehen, um ihr graues Gesicht in dem ovalen Spiegel zu mustern. Hopfen und Malz waren da verloren. Sie tapste ins Schlafzimmer, wo sie sich angezogen auf die Bettdecke legte.

Kurz vorm Einschlafen meinte sie einen Mann im offenen dunklen Mantel zu sehen, der neben dem Bett stand. Ywha schrie auf und setzte sich hoch, um auf die leere Türfüllung zu starren.

Bist du verrückt geworden?, schalt sie sich. Lässt du dich jetzt etwa im Traum vergewaltigen?!

Der Aschenbecher quoll über. Klawdi sackte gegen die Lehne des harten Drehstuhls zurück und schloss die Augen. Nur eine kurze Pause … Wie spät war es eigentlich?

Die grausame, flexible und zuverlässige Maschinerie der Inquisition war sein Verdienst. Genau wie es auch sein Verdienst war, dass ein unterschriebener Befehl nicht einfach ein Stück Papier blieb, sondern sich umgehend in Kontrollen und Überprüfungen verwandelte, in Verhaftungen, Treibjagden und Patrouillen. Nicht umsonst saß er seit fünf Jahren auf diesem Stuhl. Er konnte nur vermuten, welche Verwünschungen die aberhundert Hexen für ihn parat hatten, in den fernen Provinzen genauso wie in den Nachbarstraßen.

Er lächelte bitter. Die Alarmglocke, die seit dem Besuch bei seinem Freund Mytez in ihm schrillte, klang nun ein wenig leiser, war aber nicht verstummt. Immerhin hatten sie die Epidemie in Rjanka in den Griff bekommen und in Odnyza eine Tragödie verhindert. Dennoch verstand niemand, woher diese enorme Bosheit bei den Hexen, die zwar auch sonst nicht gerade als harmlos gelten konnten, plötzlich rührte. Und woher diese neue Unterart kam, diese ungehemmt aggressiven Hexen mit den noch nie da gewesenen tiefen Brunnen und ihren nicht nachvollziehbaren, ja, sogar wahnsinnigen Motiven. Sollten das etwa die grauen, nicht initiierten kleinen Hexen sein, die in jedem Städtchen registriert waren und einer strengen Kontrolle unterstanden? Was erwarteten sie von ihrem neuen Leben – das ihnen letztlich doch nur den Tod brachte?

Etwas musste sich an ihrem Selbsterhaltungsinstinkt verändert haben. Der oberflächliche Sieg – die Ruhe, die wieder im Land eingekehrt war – konnte sich nur allzu rasch als Gott weiß was herausstellen. Sie konnten tausend Hexen festsetzen – aber wer garantierte ihnen, dass daraufhin nicht dreitausend neue auftauchten? Quasi aus dem Nichts?

Er spielte mit dem Füller. Eine großartige Feder, die mit einer einzigen Unterschrift solche unversehens auftauchenden Wesen einen Kopf kürzer machen konnte. Nur gut, dass die Tinte nicht rot war …

Schmerzhaft verzog er das Gesicht. Selbst jener sture Bengel, der vor vielen Jahren zum ersten Mal die Schwelle der Inquisitionsschule übertreten hatte, hätte kaum angenommen, dass er einmal derart … in der Scheiße säße. Nieder mit dem Abschaum! In der Tat eine treffende Losung!

Unter seinen Lehrern war ein kluger und – wie es ihm schien – recht anständiger Mann gewesen, ein überzeugter Verfechter der »Null Variante«. Offiziell hatte die Inquisition immer wieder erklärt, sie teile diese Idee nicht, hatte ihren Mitarbeitern andererseits jedoch nie verboten, die offenkundigen Vorteile dieser Variante zu diskutieren. Die Null-Variante erklärte klipp und klar: Hexen waren überflüssig. Ohne Wenn und Aber. Jede Einzelne von ihnen …

Verärgert wollte Klawdi schon den Füller von sich schleudern. Stattdessen atmete er jedoch tief durch und legte ihn akkurat auf dem Tisch ab.

An der Telefonanlage flackerte ein grünes Lämpchen auf.

»Ja.«

»Nieder mit dem Abschaum! Helena Torka, Registrierungsnummer 68, verlangt hartnäckig, vorgelassen zu werden, Patr…«

»Ich weiß, wer sie ist, Myta. Ist sie allein?«

»Die anderen … Es waren bereits zweiundsiebzig Menschen da, Patron, seit heute Morgen. Ich habe sie zu den Kollegen geschickt und … kurz und gut, sie wurden schon alle abgefertigt. Von Herrn Hljur und seinen Kollegen. Aber die Torka …«

»Schicken Sie sie rein.«

»Ja, Patron.« Die Sekretärin atmete erleichtert auf.

Unter den vielen Wyshnaer Hexen gab es nur ein knappes Dutzend, das das Privileg genoss, der Kontrolle des Großinquisitors persönlich zu unterstehen. Klawdi selbst hatte diese Bestimmung eingeführt, und im Laufe der letzten fünf Jahre hatte sie ihren innovativen Charakter eingebüßt und war zu einer gewohnten Erscheinung geworden. Die Zeit, die ihn das kostete, bedauerte Klawdi nicht, denn die privilegierten Hexen waren ausnahmslos interessante Gesprächspartnerinnen.

Helena Torka leitete die Wyshnaer Oper etwa so lange, wie auch Klawdi der Inquisition vorstand. Letztlich war es ihr sogar nur dank Starsh gelungen, sich auf ihrem Posten zu halten. *»Unser neuer Großinquisitor ist ein toleranter Mann.«*

Helena Torka war »taub«, also eine nicht initiierte Hexe, ungeachtet zahlreicher Verlockungen, ihres impulsiven Charakters und ihrer fast fünfzig Jahre. In der Regel kannte Helena Torka den Preis der Dinge. Wichtiger als das war jedoch: Helena Torka war ihrem Theater so treu ergeben wie ein Hund.

Lautlos wurde von außen die Tür geöffnet. Die Frau, deren Gesicht von einem Hutschleier verdeckt wurde, erzitterte schmerzgepeinigt. Nie zuvor hatte Klawdi sie hier empfangen. Für die regulären Kontrolltreffen mit dieser Vertreterin der Boheme eignete sich das kleine Zimmer einen Stock tiefer weitaus besser, erinnerte es mit seinem großen Spiegel und dem Sofa doch an eine Theatergarderobe. Sein Büro strahlte dagegen weder Ruhe noch Vertraulichkeit aus, eher im Gegenteil. Keine Hexe genoss den Anblick des Geständniszeichens, das direkt in die Holzverkleidung der Wand geschnitzt war. In dreifacher Ausführung.

»Guten Abend, Helena.« Klawdi erhob sich und versuchte gleichzeitig, den Schlag zu mildern, der auf die Hexe niederging. Die Direktorin der Oper hatte sich nie auch nur einer mittelstarken Abwehr rühmen können.

»Ich grüße Sie, mein Inquisitor.« Kaum merklich neigte die Frau den Kopf. »Wir leben in schweren ... Zeiten ...«

»Zumindest sind sie nicht leicht.« Klawdi wartete, bis die Frau im Besuchersessel Platz genommen hatte, bevor er nach den Zigaretten griff, diese dann jedoch wieder wegsteckte. »Ich bin vermutlich gerade keine besonders gute Gesellschaft. Ist mein Druck auf Sie zu stark?«

»Nein.« Die schmalen Lippen unter dem Schleier lächelten tapfer. »Das halte ich schon aus ... Schließlich habe ich deswegen ... wegen dieses unvergesslichen Eindrucks ... bereits sechs Stunden im Vorzimmer gewartet.«

»Das tut mir leid, Helena«, antwortete Klawdi ungerührt. »Ich hoffe, Sie haben dafür Verständnis.«

Der Kopf mit dem schwarzen Hut nickte bedächtig. Krampfhaft versuchte die Frau, das Geständniszeichen an den Wänden zu ignorieren.

»Kommen wir zur Sache.« Klawdi setzte sich ebenfalls. »Heute ist keiner von den Tagen, an denen Sie sich melden müssten. Was hat Sie, eine viel beschäftigte Frau, also veranlasst, sich diese sechs Stunden stehlen zu lassen?«

»Ich würde Sie nicht behelligen ...«, die dünnen Lippen lächelten erneut, »... wenn ich diese Angelegenheit nicht für außerordentlich bedeutsam hielte.«

»Die Oper?«

»Die Schule. Wie Sie wissen, mein Inquisitor, untersteht die Ballettschule vollständig dem Theater ... Die Ausbildung der Eleven ...«

»Das ist mir klar. Weiter.«

»Gestern ... sind fünf Mädchen verhaftet worden. Heute Morgen zwei weitere.«

»Wie viele sind es insgesamt? Hexen, meine ich.«

»Es sind sehr begabte Kinder.« Wie in Zeitlupe lüftete die Direktorin den Schleier, um ihrem Gesprächspartner das schmale, bleiche Gesicht mit den beiden blauen Venenschnüren an den

Schläfen zu enthüllen. »Alles Mädchen. Zwischen vierzehn und sechzehn.«

»Wie viele?«

»In der Schule zehn.«

»Das sind sehr viele, Helena.«

»Das liegt an der Kunst.« Die Frau reckte das Kinn gebieterisch vor. »Es ist schließlich nicht meine Schuld, dass … begabte Kinder sich so häufig als welche … *von uns* … herausstellen.«

Klawdi sackte gegen die harte Lehne zurück. Im Grunde war das keine Neuigkeit. Unter den Mädchen, die den schönen Künsten zugeneigt waren, gab es einen extrem hohen Anteil junger Hexen. Nicht initiierter selbstverständlich.

»Helena, haben Sie ihnen denn nicht gesagt, dass sie sich registrieren lassen müssen?«

Die Frau hüllte sich in Schweigen.

»Wie viele der zehn sind schon registriert?«

»Zwei.« Die schmalen Lippen bewegten sich kaum.

»Helena? Was erwarten Sie jetzt eigentlich von mir?«

Langsam erhob sich die Frau. Voller Mühe, aber dennoch graziös, ja, sogar stolz. »Klawdi …« Sie trat an den Tisch heran. Es war der Schritt eines Opfers, das freiwillig ins Messer läuft, denn die Verringerung des Abstands brachte ihr neue Schmerzen ein. »Gestatten Sie mir, Sie so zu nennen … Das sind besondere Kinder, Klawdi. Sie …« Helena warf den Kopf in den Nacken. »Im Theater gibt es anderthalb Dutzend Hexen. Sie *alle* sind registriert, darauf achte ich genau … Aber dies hier sind Jugendliche. Ihnen tut das besonders … weh. Einige von ihnen wissen noch nicht einmal selbst … dass sie Geächtete sind. Dass sie Monster sind. Dass ihr einziges Zuhause, in dem man sich nicht von ihnen abwendet, ihre Schule, ihr Theater, ihr Nest ist … Jetzt sind sieben von ihnen verhaftet worden … Das traumatisiert doch alle. Schließlich verstehen sie nicht einmal, warum man das mit ihnen macht. Eine hat man nicht mitgenommen. Sie wartet jetzt auf ihre Verhaftung. Seit vierundzwanzig Stunden hat sie nichts gegessen …« Als sie einen weiteren Schritt nach vorn machte, verzerrte Schmerz ihr Gesicht. »Ich flehe Sie an. Verbrennen Sie mich von mir aus acht Mal. Aber lassen Sie die Kinder frei, es trifft sie keine Schuld, sie leben nur fürs Ballett, ohne sie wird das Theater eingehen …«

»Zurück, Helena.« Klawdi schloss die Augen. »Das ist nicht nötig. Gehen Sie zurück.«

Die Frau wich zurück. Sie setzte sich wieder in den Sessel, fiel nicht hinein, sondern nahm Platz. Unter Beibehaltung ihrer Würde.

»Ich bin kein Henker«, erklärte Klawdi tonlos. »Oder haben Sie diesen Eindruck?«

Die Frau wollte etwas erwidern, unterließ es dann aber.

»Helena … jede unregistrierte Hexe stellt gegenwärtig eine Gefahr für unser Leben dar. Einzelheiten darf ich Ihnen nicht mitteilen, aber … die Zustände, die Sie mir für Ihre Schule schildern, sind illegal. Insofern trifft Sie selbst die Schuld an der Traumatisierung Ihrer Mädchen. Sie hätten sie … Aber das wissen Sie genau.«

»Ich weise meine Schuld gar nicht von mir.« Die geröteten Augen der Frau funkelten. »Ich bin auch bereit, dafür zu zahlen … aber nicht auf ihre Kosten.«

»Auf wessen dann? Auf meine? Auf Kosten völlig unschuldiger Menschen? Wie soll ich denn, bitte schön, für die Einhaltung der Gesetze sorgen, wenn ich diejenigen, die sie missachten, nicht bestrafe?«

Die Frau sagte kein Wort. Klawdi beobachtete, wie aus ihrem Gesicht nach und nach all die Röte wich, die es während ihres engagierten Auftritts überzogen hatte. Zusammen mit ihr wich auch jede Hoffnung.

»Der Ausnahmezustand wird …«, er bedeckte den Füller mit der Handfläche, »… vermutlich noch fünf Tage dauern. Falls sich die Lage in dieser Zeit stabilisiert, dann … Kurz und gut, ein Großteil der nicht initiierten Hexen wird sich so oder so bald wieder in Freiheit befinden. In fünf Tagen haben Sie Ihre Schülerinnen zurück. Und ich will hoffen, dass Ihnen dieser Fehler nicht noch einmal unterläuft. Haben wir uns verstanden?«

»Mein Inquisitor …« Die Frau blickte ihn traurig und streng an. »Ich … bin nicht initiiert. Aber meine Erfahrung … Vielleicht könnte ich Ihnen bestimmte Informationen zukommen lassen, die für Sie von Interesse sind. Im Gegenzug für ... schlichtes Mitleid. Mit unseren Kindern.«

Eine ganze Weile schwieg Klawdi. Die Frau senkte den Kopf wieder.

»Wollen Sie mit mir handeln, Helena? Sie? Mit mir? Eine Frau, die ich so respektiere. Oder habe ich da etwas falsch verstanden?«

»Sie haben alles richtig verstanden.« Die Frau blickte an ihm vorbei. »Der Ausnahmezustand geht ... auf unerklärliche Veränderungen zurück, zu denen es in der Hexengemeinschaft gekommen ist. Eine verstärkte Aktivität. Auf ihre Aggressivität und den Zuwachs an Initiationen. Neue Hexen von enormer Kraft ... lassen eine seltsame, im Grunde sogar unnatürliche Solidarität erkennen. Ist es nicht so?«

Klawdis Gesicht blieb undurchdringlich, doch diese vermeintliche Gleichgültigkeit kostete ihn gewaltige Anstrengungen.

»Ich bin nicht initiiert. Trotzdem bin ich eine Hexe, mein Inquisitor. Und ich bin eine durchaus belesene Hexe. Ich habe eine Vermutung, von der ich glaube, dass sie der Wahrheit ziemlich nahe kommt. Sie können mir natürlich sagen: Kein Bedarf, das weiß ich selbst ... Dann werde ich beschämt gehen. Aber falls ... falls Ihnen meine Überlegungen von Nutzen wären, warum sollten Sie dann nicht davon profitieren? Vor allem, da ... sie aus reinem Herzen kommen und ... nur unserer ... guten Beziehung geschuldet sind. Das schwöre ich.«

»Helena«, wiederholte Klawdi nachdrücklich und kratzte sich den Mundwinkel. »Die letzte Ballettpremiere soll bei den Zuschauern wahre Begeisterungsstürme ausgelöst haben. Stimmt das?«

»*Die Störche*«, flüsterte die Frau. »Die herrlichen *Störche* ... Wie viele Karten brauchen Sie? Für wann?«

»Helena, wenn an meiner Stelle ein anderer Mann säße ... und sei es nur mein Vorgänger ... wissen Sie, was er mit Ihnen täte?«

»Ihm hätte ich nicht gesagt ... was ich Ihnen sage.«

»Soll ich mich jetzt geschmeichelt fühlen?«

Ihre Mundwinkel hoben sich leicht. »Wahrscheinlich schon, mein Inquisitor.«

Einen Moment lang sahen sie sich unverwandt in die Augen.

»Sagen Sie es mir, Helena.«

Die Frau sog die Luft scharf ein, bis das schwere Goldmedaillon im Ausschnitt des schwarzen Seidenkleides zitterte. »Die Mutterhexe. Hexen sind von Natur aus Einzelgängerinnen ... Das gibt ihnen ... besser gesagt, den Menschen, die Möglichkeit einer Koexistenz mit ihnen ... wobei Krieg und bewaffnete Neutralität einander ablösen. Hexen sind eine Wolke aus einzelnen Wespen. Aber sobald die Mutterhexe auftaucht, ändert sich das. Dann wird aus der Wolke eine Familie. Ein einziger starker Organismus mit einer Vielzahl von Stacheln. Ein Schwarm ... dann lässt sich der Krieg nicht mehr vermeiden ... der grausam werden wird. Aber wenn man die Mutterhexe tötet, kommt alles wieder ins Lot.«

Helena Torka holte tief Luft. Klawdi griff nach den Zigaretten, kämpfte einige Sekunden mit der Etikette, um sich, diese doch ignorierend, am Ende schweigend eine anzustecken.

Die Frau lächelte verkrampft, kramte ihrerseits eine glänzende Schachtel aus der Tasche, klickerte mit dem Feuerzeug und zündete sich ebenfalls eine an. Sofort beruhigte sie sich wieder. Ihr Gesicht entspannte sich ein wenig, nahm einen milderen Ausdruck an, und auf ihre Wangen kehrte eine zarte Röte zurück.

»Auch ich liebe ... die alten Handschriften.« Klawdi beobachtete sein Gegenüber durch die sich langsam auflösenden Rauchschwaden. »Diese alten Manuskripte, die schaurigen Geschichten ... Ihrer Ansicht nach handelt es sich bei der *Entdeckung der Wespen* also nicht um eine Fälschung?«

»Da bin ich mir ganz sicher.« Die Frau schloss kurz die Augen. »Ich habe Ihnen alles gesagt, was ich weiß. Was Sie damit anfangen, müssen Sie selbst entscheiden.«

Klawdi erwiderte kein Wort. Er rieb sich das Kinn und tat einen tiefen Zug. »Ihre ... Überlegungen haben nicht den Wert, den Sie mir angedeutet hatten. Ich fürchte, ich werde Sie enttäuschen müssen. Natürlich bin ich keine Hexe ... aber ich weiß wesentlich mehr. Bedauerlicherweise.«

Die Frau hüllte sich in Schweigen. Klawdi glaubte, die Zigarette in ihren Fingern erzittern zu sehen.

»Trotzdem schätze ich Ihre Offenheit.« Er seufzte. Als er ihren Blick auffing, lächelte er schief. »Reichen Sie im Büro eine Liste ein. Mit den Namen Ihrer talentierten Hexen. Wir werden sehen, was wir tun können.«

Als Ywha aufwachte, war sie von kaltem Schweiß bedeckt.

Im Flur brannte das Licht. Als sie sich gestern Abend hingelegt hatte, hatte sie vergessen, es auszuschalten. Nun ja, ehrlich gesagt hatte sie es gar nicht ausmachen wollen. Jetzt lag sie da, eine fremde Decke bis ans Kinn gezogen, eingehüllt in den Geruch des Waschmittels, den die saubere Bettwäsche verströmte. Sie lauschte, wie sich ihr hämmerndes Herz allmählich beruhigte.

Draußen herrschte undurchdringliche Dunkelheit. Das Bett schien ein nicht enden wollendes weißes Feld zu sein, eine Ebene unter fest gefrorenem Schnee. Ywha fühlte sich wie eine zufällige Wanderin, die in einer Schneewehe erfroren war. Und tatsächlich fror sie – allerdings kam diese Kälte von innen.

Sie stand auf. Bibbernd zog sie sich den Pullover über den nackten Körper. Dann trat sie ans Fenster.

Im Nachbarhaus brannte ein einziges Licht. Wer war da in tiefer Nacht noch wach? Ein Dichter? Ein Kranker? Oder eine Babysitterin?

Als sie sich an ihren Traum erinnerte, zuckte sie zusammen. Obwohl er eigentlich nicht schrecklich gewesen war. Von einer Jugendlichen in einem kurzen Kleid und einer ausgelassenen Jacke hatte er gehandelt, die sich über einen Wagen mit heißen Sandwiches beugte und etwas aus einem bunt bemalten Metallkübel holte.

In diesem Augenblick war Ywha zitternd aufgewacht. Sie wollte gar nicht wissen, was genau das Mädchen für sie zubereitet hatte; das durfte ruhig ihr Geheimnis bleiben.

Sie schaltete das Licht an. Es war vier Uhr morgens, die mieseste Zeit des Tages. Schlimmer hätte es sie nicht erwischen können. Ein kleiner Fernseher, nur dazu da, um vom Bett aus etwas ansehen zu können, flackerte gehorsam auf. Die Nachrichten des Tages wurden wiederholt, Clips mit hüllenlosen Schönheiten wechselten sich mit Werbespots ab. Ywha setzte sich auf den

Rand des Bettes und umfasste die nackten Knie. Was, wenn das Mädchen mit den Sandwiches sie selbst hier entdeckte?

Na, wenn schon, dachte sie trotzig. Warum bauschte sie das so auf? Früher oder später würde sie sich halt entscheiden müssen. Zwischen Nasar und …

Der Gedanke verweigerte ihr seine Fortsetzung. Warum kam sie ausgerechnet auf Nasar? Jedes Mal wenn sie an ihn dachte, landete sie in einer Sackgasse der Sehnsucht. Besser, sie vergaß ihn ganz. Glücklicherweise war der Kopf ja rund, so konnte sie immer in die Richtung denken, in die sie ihn drehte.

Mit aller Gewalt vertrieb Ywha das gequälte, gummiartige Grinsen von ihrem Gesicht, das ihre Lippen schmerzen ließ. Sie kroch wieder unter die Decke. Letzten Endes war dieses Bett doch prächtig. Riesig, gerade hart genug und solide wie eine Zitadelle. Ein Tummelplatz für die Phantasie …

Sie biss sich auf die Lippe. Seit gestern verfolgte sie das unangenehme Gefühl, die Dritte im Bett zu sein. Manchmal sah sie sogar fremde Kleidung, die achtlos auf den staubigen Flokati geworfen worden war. Ihre Vorstellung bereicherte ein Berg seidiger Unterwäsche, der für ein ganzes Dutzend üppiger Damen gereicht hätte. Auch der schwarze Hausmantel des Großinquisitors, der an ein mittelalterliches Gewand erinnerte, fehlte nicht. Dazu noch …

Genauer sah sie gar nicht hin, denn nun folgte eine Schwelle, vor der ihre Phantasie schaudernd zurückwich.

Ob sie es wirklich schaffte, sich jene Hexe in dem braunen Kleid als Schülerin an der Tafel vorzustellen, sobald sie, Ywha, panische Angst verspürte?

Und warum versuchte sie nicht, sich den Großinquisitor nackt vorzustellen? Schließlich sind doch unter der Kleidung alle nackt. Und die Falten eines Schrecken gebietenden Gewandes verbergen sowohl das Relief athletischer Muskeln als auch kraftloses, schlaffes Fleisch. Und auch …

Den nervösen Clip im Fernseher löste ein neues Bild ab, die Musik verstummte. Ywha fuhr zusammen.

»Eben! Hexen! Seit einer Woche höre ich nichts anderes mehr, alle reden nur noch von Hexen!«

Das Gesicht des Mannes war gepixelt. Er saß auf einer Parkbank, hinter ihm pickten Tauben im Gras etwas auf, während unmittelbar vor ihm ein rundes schwarzes Mikrofon in der Hand von jemandem aufragte. Die Stimme des Mannes klang affektiert und gleichzeitig herrisch. Der Halter des Mikros stellte ihm leise eine Frage.

»Die Herren Inquisitoren …«, jetzt nahm die Stimme einen sarkastischen Ton an, und Ywha vermutete, dass sich die Lippen hinter dem Sichtschutz boshaft verzogen, »… haben bereits vor vier Jahren unter meiner Federführung ein uneingeschränkt erfolgreiches Experiment durchgeführt. Ich kenne die Frau, ich weiß, wo sie wohnt … Nein, verehrte Journalisten, das werde ich Ihnen noch nicht mitteilen. Aber falls die Oberste Inquisition auch weiterhin jeden Anstand vermissen lässt, werde ich Ihnen eine Kopie des Befehls Nr. 240 – vom Großinquisitor selbst erteilt – präsentieren. Der liegt mir nämlich vor … Ja, meine Herren! Der Inquisition stehen bereits heute Mittel zur Verfügung, die es ihr erlauben, einer Hexe ihre, wenn man so will, Hexenschaft zu nehmen! Sie in gewisser Weise zu reinigen! Nachzubessern! Aber, meine Herren, natürlich würde sich die Inquisition damit ihr eigenes Grab schaufeln. Denn der Apparat der Inquisition braucht doch was zu fressen – genau wie ein durchtriebener Kater, der nicht alle Mäuse im Haus fängt, sondern nur die Hälfte. Sobald es nämlich keine Mäuse mehr gibt, bekommt er von seinem Frauchen keine Sahne mehr! Der ganze Bohei um die Hexen ist doch nichts anderes als ein billiger Vorwand, um mehr Geld zu fordern! Und das geht allein auf unsere Kosten! Auf deine Kosten, mein Junge, und auf meine!«

Der »Junge« war derjenige, der das Mikrofon hielt und gerade eine weitere Frage stellte. Entweder versagte dabei die Technik oder die Fragen des Reporters sollten mit einem ganz bestimmten Hintersinn unverständlich bleiben.

Der Mann auf der Bank antwortete mit einer derart temperamentvollen Geste, dass flüchtig ein spitzes, glatt rasiertes Kinn hinter dem gepixelten Bereich hervorragte. »Meine Herren, Sie alle haben in der Schule das Rechnen gelernt! Ein Programm zur Hexenbehandlung kommt uns wesentlich billiger zu stehen als der Unterhalt für diesen Klüngel ausgemachter Reaktionäre. Da brauchen Sie bloß zwei und zwei zusammenzuzählen!«

Das abgeblendete Gesicht verschwand. Den Bildschirm nahm nun ein junger Mann ein, dessen mützengleich drapiertes, kräftig mit Lack behandeltes blauschwarzes Haar einem Werbespot für das Friseurhandwerk alle Ehre gemacht hätte. Er war Reporter und sprach schnell und kundig, doch Ywha verstand einfach nicht, worum es ging. Eine flüssige, leichte Rede, genauso lackiert wie seine Mähne.

»Sie in gewisser Weise zu reinigen!«

»Denn die Gesellschaft verlangt nach Ordnung, aber *sie* symbolisieren das Chaos. Sie sind der Hagel, der die Saat vernichtet. Und wer wollte schon versuchen, den Hagel zu verstehen? Sie sind wie ein Wespenschwarm. Ihr Honig ist bitter, ihr Stachel tödlich. Wenn du eine nach der anderen tötest, bringst du sie nur in ihrer Gesamtheit auf. Tötest du dagegen die Mutterhexe, stiebt der Schwarm auseinander.«

Von der unübersehbaren Literatur, die in den letzten dreihundert Jahren über die Hexen vorgelegt wurde, hielten neunzig Prozent nicht ansatzweise der Kritik stand und stützten sich bestenfalls auf Legenden. Im schlimmsten Fall konnte man diese Werke nur als schamlose Lügen bezeichnen. Und die schmalen zehn Prozent der Bücher, die Vertrauen verdienten, hatte sich die Inquisition längst angeeignet.

In den Archiven der Inquisition – Räumen mit konstanter Temperatur und Luftfeuchtigkeit – lagen alte Bände, die bei der geringsten Berührung zu Staub zu zerfallen drohten. Fotokopien dieser Bücher standen Klawdi zum täglichen Gebrauch zur Verfügung. Leider wog die künstlerische Bedeutung dieser versponnenen Texte jedoch stärker als ihr Erkenntniswert. Moderne Untersuchungen in Form wortreicher philosophischer Abhandlungen und grausamer Chroniken voller Details, die einem das Blut in den Adern gefrieren ließen, gaben keine neuen Antworten. Zumindest nicht für Klawdi. Früher hatte er selbst einmal in diesem Bereich geforscht, damals, als er noch als Kurator in Egre, der Hauptstadt des Weins, gearbeitet hatte.

Das gelbe Telefon, dem eine Wählscheibe fehlte, schrillte los. Klawdi verzog das Gesicht, als beiße er auf etwas Saures.

»Zu so später Stunde noch auf Frontposten?« Die Stimme

des Herzogs klang entgegen seiner Gewohnheit recht wohlgeneigt.

»Ich lese ein paar Bücher, Eure Hoheit. Um mich zum wiederholten Mal davon zu überzeugen, was für Narren wir doch sind.«

Der Herzog ging jedoch mit keinem Wort darauf ein, sondern ließ dem Inquisitor die Bemerkung als Scherz durchgehen. »Man darf Ihnen wohl gratulieren, Herr Großinquisitor?«, meinte er schließlich. »Offenbar sind selbst die schlimmsten Hexenhasser zufrieden gestellt.«

»Von mir abgesehen, Eure Hoheit. Aber ich war auch nie ein ausgesprochener Hexenhasser.«

»Ihnen dürfte bekannt sein, dass bereits Stimmen laut werden, die die Verletzung der Bürgerrechte beklagen.«

»Den Hexen sind die Bürgerrechte bereits mit der ersten entsprechenden Gesetzessammlung in unserer Geschichte entzogen worden.«

»Sie haben eine bissige Zunge, Klawdi.«

»Das stimmt, Eure Hoheit.«

»Achten Sie darauf, dass die Repressionen gegen die Hexen nicht ... niemanden anders treffen. Ich will, dass im Land endlich wieder Ruhe einkehrt.«

»Das wollen wir alle.«

»Wie ... wie heißt es doch gleich bei Ihnen? *Nieder mit dem Abschaum?*«

»Nieder mit dem Abschaum, Eure Hoheit.«

Ein kurzes Tuten. Klawdi legte den gelben Hörer auf die Gabel.

An beiden Ausgängen des Palasts drängten sich Menschen, hauptsächlich ältere Frauen. Keine Demonstranten, sondern Besucherinnen, die den einfachen Angestellten nicht trauten und deshalb den Großinquisitor persönlich zu sprechen wünschten. Klawdi biss die Zähne zusammen. Warum half er nicht auch diesen unglücklichen Müttern, deren Töchter das Pech gehabt hatten, als Hexen in eine ganz normale Familie geboren zu werden – wo er Helena Torka doch so entgegengekommen war?

Wer wohl Ywhas Eltern sind?, schoss es ihm plötzlich durch den Kopf. Oder besser, wer waren sie? Denn es wäre doch seltsam, wenn ihre Eltern sie so durch die Welt ziehen ließen, den schmalen Grad zwischen Initiation und Gefängnis entlang.

Er verließ den Palast durch eine dritte Tür, die unterirdisch und geheim war. Innerlich leistete er den geduldig wartenden Menschen Abbitte und stieg in seinen Dienstwagen; fünfzehn Minuten später traf er im Halbdunkel seines Hofes auf einen Mann.

Nur selten kamen Bittsteller hierher – es sei denn, sie waren sehr verzweifelt.

Die dunkle Figur trat auf ihn zu und versperrte ihm den Zugang zum Haus. Klawdi dachte an den Bodyguard im Auto und hob den Arm, um einen Schuss zu verhindern. Dem Mann, der dort vor dem Haus gewartet hatte, jagte die abrupte Geste eine Heidenangst ein. »Klawdi …« Er stolperte zurück.

Was denkt er sich eigentlich dabei?, knurrte Starsh innerlich. Versteckt sich hier im dunklen Hauseingang! Gut, nicht in böser Absicht, sondern einzig und allein aus Dummheit.

»Hallo, Nasar. Gehen wir rein.«

Alle Fenster der winzigen Wohnung standen weit offen, im Hof kreischten Kinder und zwitscherten Vögel. Ein Junge auf einem Fahrrad rief wieder und wieder nach seiner Freundin Ljura.

»Was dann folgte? Dann habe ich ihm eine geschlagene Stunde einen Vortrag zum Thema ›Die nicht initiierte Hexe. Familie, Recht und Alltag‹ gehalten. So leid es mir tut, aber Nasar ist in dieser Angelegenheit erstaunlich inkompetent. Ich habe seine Wissenslücken, so gut es mir möglich war, gestopft.«

»Ljura-a!«, rief der Fahrradfahrer weiter stur. »Kommst du raus?«

Ywha beobachtete den Inquisitor, der Kaffee trank und rauchte. Der Luftzug trieb die graublauen Rauchfäden zum Fenster.

»Ljura-a!«

»Und … was hat er gesagt?«

»Er hat gesagt: *Danke.*«

Bedauernd machte sich Ywha klar, dass sich all ihre Gefühle auf ihrem Gesicht widerspiegelten. Selbst die, die sie verbergen wollte.

»Auch ich bin … erstaunlich *inkompetent*. In puncto nicht initiierter Hexen. Früher habe ich zum Beispiel angenommen …

dass eine solche Hexe, wenn sie sich nur versteckt, nicht entdeckt werden kann. Von niemandem.« Sie sah ihr Gegenüber fast herausfordernd an.

»Das Unglück besteht darin«, erklärte Klawdi seufzend, »dass eine Hexe, selbst eine nicht initiierte, nun einmal eine Hexe bleibt. Sogar dann, wenn sie niemandem etwas zuleide tut. Sogar dann, wenn sie überhaupt nichts tut. Denn sie *könnte* etwas anrichten. Das ist der Punkt, an dem sich die Gesetzesväter schon seit Jahrhunderten die Zähne ausbeißen ... und auch diejenigen, die die Gesetze in die Praxis umsetzen. Wenn sich ein Mensch nichts hat zuschulden kommen lassen – wofür wollte man ihn dann bestrafen? Allein für die Möglichkeit, dass er in Zukunft etwas Böses tun *könnte*?«

»Aber ... diese Möglichkeit ... wie hoch ist sie eigentlich?« Ywha spürte, wie ihre Kehle immer stärker austrocknete.

»Zweiundsechzig Prozent«, teilte ihr der Inquisitor mit gelangweilter Stimme mit. »Achtunddreißig Prozent werden nie initiiert. Die erliegen der Versuchung nie. Sie leben ein langes, glückliches Leben und haben viele Kinder. Normalerweise sind Hexen nämlich sehr fruchtbar. Und um ihre Gesundheit kann man sie nur beneiden. Häusliche Pflichten vernachlässigen sie völlig, dafür erzielen sie unglaubliche Erfolge in allen Künsten. Sie sind intelligent und ausgesprochen eigen ... All das habe ich Nasar gesagt, das kannst du mir glauben. Ich habe sogar übertrieben.«

»Aber wie kriegt man raus ...«, Ywha hob den Blick, »... wie kriegt man raus ... in welche Kategorie eine Hexe fällt ... ob sie zu den Zweiundsechzig oder zu den ... Achtunddreißig Prozent gehört?«

»Ljura-a!« Der Junge ließ nicht locker. »Lju-ura! Du sollst rauskommen!«

Der Inquisitor erhob sich, doch da es in der winzigen Küche keine Fluchtmöglichkeit gab, setzte er sich wieder, wenn auch auf das breite Fensterbrett. Die noch nicht ausgetrunkene Tasse Kaffee stellte er neben sich. »Das hat mich Nasar auch gefragt. Fast mit denselben Worten: Im Grunde habe ich ihm das alles schon damals erzählt ... äh ... als du weggelaufen bist. Aber offensichtlich war er da zu erschüttert, als dass er etwas davon behalten hätte.«

»Ljura-a!«

Der Inquisitor lehnte sich zum Fenster hinaus. »Wenn du nicht gleich rauskommst, kriegst du Ärger, Ljura!«, drohte er mit der Stimme eines Bühnenschurken.

Der fliehende Fahrradfahrer schepperte über die Steine. Offenbar bekam es der junge Herr Verehrer mit der Angst zu tun.

»Das«, meinte der Inquisitor grinsend, »würde ich auch gern wissen, Ywha. Damit ich die Unschuldigen nicht ins Gefängnis stecke und den bösen Hexen nicht die Freiheit schenke. Aber es ist praktisch unmöglich, das zu bestimmen. Es hängt von verschiedenen Umständen ab, von den persönlichen Anlagen, die sich meist nicht vorher erkennen lassen. Ein ruhiges Familienleben mit einem geliebten Mann fördert das Gute in einer Hexe und verhindert meist, dass sie gegen das Gesetz verstößt. Es stellt jedoch keine Garantie dar. Verstehst du das?«

»Und das haben Sie auch Nasar gesagt«, flüsterte Ywha.

»Ist dir schon mal aufgefallen, dass ich versuche, ehrlich zu sein?«, fragte der Inquisitor. »Ihm ... und auch dir gegenüber?«

»Vielen Dank.«

»Keine Ursache, Ywha ... Was siehst du mich so an?«

»Sie ...«, Ywha senkte den Blick, »... haben mein Leben zerstört.«

»Nun übertreib mal nicht.«

»Es wäre nur gerecht, wenn Sie mir jetzt auch ... helfen würden.«

»Ich helfe dir, so gut ich kann. Worauf willst du hinaus?«

»Ich will keine Hexe sein.« Ywha verflocht unterm Tisch die Finger, bis es schmerzte.

Eine Pause. Vom Hof stieg fröhliches Getschilpe herauf. Vor dem Nebenhaus unterhielt sich jemand laut. Vermutlich war Ljura doch noch aufgetaucht.

»Wir werden nicht gefragt, was wir sein wollen, Ywha. Ich bin als kleiner Klawdi auf die Welt gekommen, du als die kleine Ywha ...«

»Nein. Ich habe gehö... ich weiß, dass man einer Hexe ... ihre Hexenschaft entziehen kann. Damit sie wie alle anderen ist.«

Der Inquisitor verzog das Gesicht. Angewidert blickte er in

seine Tasse, als fürchte er, dort eine Kakerlake zu entdecken. »Ich kann mir sogar vorstellen, *von wem* du das gehört hast. Ich wollte sagen, *woher* du das weißt. Es ist ganz bemerkenswert, wen man heutzutage alles in ein Mikrofon sprechen lässt.«

»Wollen Sie mir etwa weismachen, diese Experimente ... hätte es nie gegeben? Man hätte dergleichen niemals versucht? Sich nie damit beschäftigt? Können Sie mir das sagen und mir dabei in die Augen sehen?«

»Lass uns dieses Gespräch beenden«, verlangte der Inquisitor, der die Tasse nun verärgert aufs Fensterbrett knallte. »Du solltest nicht alles glauben, was die Leute im Fernsehen von sich geben.«

An Ywhas immer noch verschränkten Fingern traten die Knöchel weiß hervor. »Und wo bleibt Ihre berühmte ... Ehrlichkeit jetzt?«

Ihre Blicke trafen sich. Ywha spürte, wie jäh Übelkeit in ihr aufstieg.

Irgendwann war sich Ywha sicher, der Inquisitor fahre sie direkt ins Gefängnis. Zu dem üblichen Unwohlsein, das seine Anwesenheit in ihr auslöste, gesellte sich nun auch noch das schmerzliche Gefühl hinzu, zum Tode verdammt zu sein, ein Gefühl, das Ywha, die im Fond Platz genommen hatte, natürlich während der ganzen, nicht sehr langen, aber auch nicht gerade kurzen Fahrt zu schaffen machte.

An einer Seite der Windschutzscheibe klebte eine Karte mit einer lustigen, beschwänzten Hexe, die auf einem Besen ritt. Das Bild schien Ywha ein weiteres Beispiel für einen seltsamen, verdrehten Sinn für Humor zu sein. Eine verrostete Feder in ihrem Innern presste sich immer enger zusammen, bis sie aufs Äußerste gespannt war.

Der Inquisitor fuhr betont langsam, aufmerksam und korrekt, fast wie ein Fahrschüler, der zum zweiten Mal hinterm Steuer sitzt. Schon bald ließen sie das Zentrum, in dem Ywha sich eher schlecht als recht auskannte, hinter sich und erreichten die Vorortbezirke, die alle gleich, staubig und fremd wirkten. Als sie an einem Schild vorbeikamen, das das Ende des Stadtgebiets anzeigte, bog der Inquisitor nach rechts ab. Das teure, leistungsstarke Auto zuckelte herrschaftlich über einen löchrigen Feldweg.

Hinter einem jungen Tannenwäldchen versteckte sich ein gelbes Haus, ein niedriges, einstöckiges Gebäude, das gleichermaßen an ein Gefängnis und an eine Cowboyranch erinnerte. Ywha umklammerte mit den Armen ihre Schultern.

»Es schmeckt mir zwar nicht, aber ich werde dir jetzt etwas zeigen«, teilte ihr der Inquisitor mit, ohne sich umzudrehen. »Genau das, was in deinem Fall nötig ist.«

Ywha starrte auf seinen Hinterkopf. Ein akkurater, penibler Haarschnitt. Nichts wollte sie jetzt lieber, als mit einem schweren Hammer auf diesen Hinterkopf einschlagen.

Dieser arrogante Lenker von Schicksalen. »*Zweiundsechzig Prozent ... achtunddreißig Prozent ... genau das, was in deinem Fall nötig ist.*« Woher nahm er nur das Recht, sich ihr gegenüber so zu verhalten, als sei sie ein Versuchskaninchen? Nein, eine Mikrobe. Als sei sie ein Krankheitserreger – und er der gute Onkel Doktor.

Die Wut packte sie plötzlich und grundlos. Die pralle Blase, jene Behausung all ihrer Verluste, Erniedrigungen und Ängste, platzte einfach.

Sie knirschte mit den Zähnen. Vor ihren Augen hing ein roter Schleier. Konnte in einem einzigen Menschen wirklich so viel Hass stecken? Wollte sie das alles tatsächlich stumm und widerstandslos ertragen, die Zähne immer aufeinandergepresst?

Auf einmal stürzte sie sich auf die Haare des Mannes, der am Steuer saß.

Und sie hätte sich in ihnen verkrallt – wenn er nicht im letzten Augenblick noch seitlich ausgewichen wäre, ihre Hand abgefangen und sie an sich gerissen hätte. Das Auto schlingerte. Die Hand des Inquisitors packte ihr Genick und presste ihr Gesicht an seine harte Schulter.

»Du Henker!«

Sie riss sich los. Das Auto geriet erneut ins Schlingern. Ywha sah sich schon nach vorn sausen, gegen das Steuer prallen und mit den Füßen die Windschutzscheibe einschlagen.

»Henker! Dreckskerl! Schwein! Arschloch! Lass mich ...«

Der raue Bezug des Sitzes verschloss ihr den Mund. Ihre

Hände, die ihn kratzen und an den Haaren ziehen wollten, erschlafften im Schmerz. Es fühlte sich an, als drehe ihr jemand den Kopf von den Schultern – so wie man eine Flasche entkorkte.

»Henker!«

Das Auto fuhr jetzt langsamer und blieb schließlich ganz stehen. Ywha wollte heraushechten. Die Strähnen ihres roten Haars verhakten sich jedoch so an einem Knopf von Klawdis Kragen, dass sie zurückgerissen wurde und sich beinah selbst skalpierte. Tränen schossen ihr in die Augen.

»Ihr alle«, zischte sie ungeachtet der Schmerzen, »ihr alle seid … Ich hasse euch. Wie Wanzen könnte ich euch zertreten … ihr Henker …«

Für kurze Zeit sah sie nichts mehr. Vielleicht lag das am Tränenschleier, vielleicht wurde ihr auch einfach schwarz vor Augen. Die Tür, gegen die sie geknallt war, als sie aus dem Auto springen wollte, gab plötzlich nach. Ywha fiel an den Straßenrand.

Der Nebel vor ihren Augen lichtete sich. Aus einem einzigen Grund: damit sie den Stein bemerkte, der in der Nähe lag. Schmerzverkrümmt hob sie ihn auf und schleuderte ihn gegen den teuren Wagen. Im Seitenfenster bildeten sich Hunderte von Rissen, es büßte seine gläserne Klarheit ein. Schlagartig erfasste Ywha hämische Freude. Da sie keinen weiteren Stein fand, klaubte sie eine Handvoll Kiesel auf.

»Habe ich … dir … etwas getan? Bin ich dir in die Quere gekommen? Bin ich eine Verbrecherin? Eine Diebin? Nie habe ich jemandem … Und du willst mir vorschreiben, wie ich zu leben habe? Willst du es Nasar auch … Bin ich vielleicht irgendjemandem was schuldig?!«

Auf dem schmalen Weg fuhr kein einziges Auto, nur über die weiter entfernte Chaussee rumpelte ein grauer Laster. In der Ferne tollte ein herrenloser Hund übers Feld. Der Inquisitor stand da, lehnte sich gegen die Motorhaube und musterte die auf dem Boden hockende Ywha von oben bis unten.

»Ich habe keine Angst vor dir!« Unerschrocken blickte sie ihm in die zu Schlitzen verengten Augen. »Ich habe vor *niemandem* Angst. Hast du verstanden, du Arsch?«

Der Inquisitor schwieg.

Mühevoll rappelte sie sich hoch. Vor ihm wollte sie nicht auf den Knien liegen.

»Du … feiger Hund! Von nichts hast du … Wir hätten einen Sohn bekommen! Nasar und ich! Jetzt ist alles aus, aus und vorbei … Und? Freust du dich? Dass wir nicht … dass wir nie … niemals einen … dass ich jetzt … niemals! Ja, du freust dich! Weil du … Hast du überhaupt jemals jemanden geliebt? Nein, dazu bist du gar nicht imstande, denn dir hat man ja die Seele abgesäbelt, die ist überhaupt nicht mehr vorhanden …«

Plötzlich sah sie klar und deutlich einen Morgen vor sich, Sonnenflecken lagen auf dem Boden, gedämpft klirrte Geschirr, eine Kaffeemaschine brummte, es roch nach Milch. Sie bleckte die Zähne und jagte das Bild fort. Hass zog ihr die Kiefer zusammen, als beiße sie auf eine unreife, harte Stachelbeere.

»Ich habe nie etwas verlangt! Jedenfalls nichts Besonderes! Ich wollte nur in Ruhe gelassen werden … wollte, dass man mich einfach mein Leben leben lässt … Millionen Menschen dürfen ein friedliches Leben führen! Aber irgendein Arsch hat beschlossen, dass ich anders bin, irgendein Wurm … Oder bin ich etwa schon als Monster auf die Welt gekommen? Na?!«

Sie glaubte, die Tränen in ihren Augen würden gleich anfangen zu kochen, derart heiß brannten sie.

»Aber nein! Du musstest mich ja verhaften … unterdrücken, quälen … dich durchsetzen … du gemeine Spinne … du mieser Henker … du Stinker … und Verräter!«

Wie sie auf den letzten Vorwurf kam, wusste sie selbst nicht; das Wort war ihr einfach entschlüpft, aufs Geratewohl. Nun glaubte sie jedoch zu sehen, wie das Gesicht des Inquisitors zitterte. Einen kurzen Moment nur. Von diesem Sieg inspiriert, verzog sie die Lippen zu einem Hohnlächeln. »Das hörst du nicht gern, oder? Die Wahrheit schmeckt bitter, nicht wahr? Die ist nicht süß wie Honig?«

Sie meinte, in einem dunklen, engen Labyrinth gegen etwas gestoßen zu sein – mit dem sie ihn tatsächlich verletzen konnte. Vielleicht sogar töten.

»Du Henker und Verräter. Dafür wirst du noch büßen! Dafür … dass du sie verraten hast!«

Sie hatte keine Ahnung, wovon sie da redete. Aber fraglos befand sie sich auf der Zielgeraden: Der Inquisitor erbleichte. Nie hätte Ywha vermutet, dass er so leichenblass werden konnte.

»Genau! O ja, man wird sich an dich erinnern, denn du bist ein verrückter Sadist, denn dir ist nur noch eine Freude im Leben geblieben, nämlich zu foltern … Sogar die Frauen …« Sie verschluckte sich, fuhr aber dennoch fort. »Diese Frauen, die du in dein Sexodrom schleppst … die quälst du doch auch, nicht wahr? Als ob sie Ratten wären! Anders kommst du nämlich nicht auf deine Kosten!«

Sie musste tatsächlich seine empfindliche Stelle getroffen haben. Jetzt wollte sie ihn ganz *erledigen*. Der Wunsch war so stark, dass sich plötzlich Worte auf ihre Zunge legten, die sie normalerweise nie im Leben gebraucht hätte.

»Du hast nichts, womit du lieben könntest! Denn man liebt nicht mit dem, was in der Hose steckt … sondern mit der Seele. Aber deine Seele, die ist nackt. Kastriert! Deshalb quälst du diese Frauen … Weil du dich daran erinnerst, wie du es genossen hast, als *sie* gestorben ist! Du weißt noch, wie süß das damals war, wie …«

Nicht einmal die Augenbraue zog er hoch. Nur seine Pupillen erweiterten sich – und sogleich traf sie sein Schlag. Ihr wurde schwarz vor Augen, ihr Geschrei erstarb, und aus ihrer Nase rann Blut auf den Pullover. Auch auf den Lippen spürte sie die warme Flüssigkeit, auf den Händen …

Sie hatte Angst vor Blut. Allein bei seinem Anblick fiel sie in Ohnmacht – was diesmal allerdings ihre Rettung bedeutete. Schon in der nächsten Minute kam sie wieder zu sich, mit dem Gesicht im Gras liegend. Ihr Kopf fühlte sich an wie ein Fußball, auf den ein Dutzend in Töpfen steckender Füße eingetreten hatte. In ihren Ohren dröhnten die Schreie von der Tribüne wider, der Zorn, der Beifall …

Sie fing an zu weinen. Nicht aus Mitleid mit sich selbst, sondern einfach weil sie den Schmerz nicht zu ertragen vermochte – der sowohl ihrem Körper wie auch ihrer Seele zusetzte.

Dann drang durch den Lärm des imaginierten Stadions das Brummen eines Motorrads. Es verstummte jedoch, um einer besorgten Stimme zu weichen. »Brauchen Sie Hilfe, mein Herr?«

Eine ruhige Stimme antwortete. Eine vollkommen gefühllose

Stimme, die jedes Wort klar artikulierte. Trotzdem gelang es Ywha nicht zu verstehen, wovon sie sprachen.

»Sie sollte auf dem Rücken liegen ... nicht mit dem Gesicht nach unten ... das macht es nur noch schlimmer ...«

Abermals eine gelassene Antwort, allerdings mit einem kaum wahrnehmbaren verärgerten Unterton. Oder kam ihr das nur so vor?

»Gut, mein Herr ... Hauptsache, es geht ihr wieder besser ...«

Das Geräusch des Motors entfernte sich. Das Gras unter ihrem Gesicht war warm und rot. Oder bildete sie sich auch das nur ein?

Ich bin eine Hexe. Hexen *müssen* böse sein.

Klawdi sah dem Motorrad nach, bis die grüne, vom Wind zu einer Blase geblähte Jacke hinter einer Kurve verschwand.

Dann wartete er, bis der Regen aufhörte. Idiotischerweise zitterten seine Hände. Gleich würde ihm die Zigarette entgleiten ...

Er hegte eine zu hohe Meinung von sich. Hielt sich für einen Mann mit Nerven wie Drahtseilen und einer hundertprozentig zuverlässigen Abwehr. Doch es brauchte bloß das erstbeste Mädchen mit dem Finger auf ihn zu zeigen, und schon stand Klawdi Starsh am Straßenrand, neben seinem leicht lädierten Auto, zitterte und rauchte ...

Nur dass es sich hier nicht um das »erstbeste Mädchen« handelte. Und ihren Beschuldigungen nichts Zufälliges anhaftete. Leichthin und ohne sich selbst darüber im Klaren zu sein, hatte sie in seiner Seele die schmerzlichste und schwerste Last ausgemacht – um sie in eine Waffe zu verwandeln. Von unglaublicher Stärke!

Nein, sie hatte nicht gewusst, was sie getan hatte. Sie hatte ihn bloß verletzen wollen, was ihr auch vorzüglich gelungen war.

Ihm waren schon reife Hexen untergekommen, initiierte und erfahrene, die in voller Kampfmontur das Gleiche versucht hatten. Damals hatte er nur gelacht und ihre Waffe gegen sie selbst gewandt. Aber jetzt ...

Er konnte sich nun nicht länger beherrschen und spuckte aus. Seine Spucke schlug einem gemeinen Löwenzahn die Hälfte seiner weißen Federn ab; verdrossen spuckte er noch einmal, diesmal jedoch daneben, sodass der Löwenzahn mit einer Halbglatze davonkam.

Sicher, sie hatte seinen Schlag mit einer seltenen Tapferkeit eingesteckt. Hemmungslos hatte er auf sie eingedroschen, jede Kontrolle hatte er über sich verloren. Es war sehr lange her, seit er das letzte Mal jemandem mit einer derartigen Gewalt eins übergezogen hatte.

Plötzlich wollte er ins Auto steigen, zu dem gelben Haus fahren und die Wache rufen. Stattdessen ging er jedoch zu Ywha, die am Boden lag, und setzte sich neben sie.

Sie hatte wirklich eine gute Abwehr. Und eine unverwüstliche Konstitution. Das Blut zählte nicht. Das war bloß Nasenbluten und ließ ohnehin schon nach, trocknete an den roten Haaren ein.

Mit einem Mal erinnerte er sich, wie er in seiner Kindheit Stunde um Stunde vor einem Stahlgitter im Zoo gestanden hatte, vor dem Käfig für die Füchse. Der einzige Fuchs, der je in Unfreiheit geboren worden war, ein schmutziges, vergessenes Tier, das man mit allem Möglichen bewarf und neckte. Dieser Fuchs wartete auf ihn, versteckt hinter seinem Bretterhäuschen, und kroch, sobald Klawdi auftauchte, auf dem Bauch durch den ganzen Käfig zu ihm hin; jedes Mal griff die durch das Gitter gezwängte Hand einige Zentimeter vor der spitzen, leidenden Schnauze in die Luft. Wohin war dieses Füchslein verschwunden? Was hatte Klawdi von den kummervollen Zoobesuchen abgebracht?

Schluss jetzt mit der Gefühlsduselei. Er, der Großinquisitor, hätte eben beinahe eine junge, unregistrierte Hexe zu Tode geprügelt.

Das Wasser aus dem Kanister war überraschend kalt. Es brachte die Zähne zum Bersten, und das tat gut.

Ywha fing einen prasselnden, großzügigen Strahl mit der Hand auf. Die Spritzer nässten ihren Pullover, doch das war ihr egal, der Pullover war so oder so hinüber. Das ganze Blut … Was war das nur für ein erbärmlicher Sommer, wo sie einen Pullover brauchte? Letztes Jahr hatte um diese Zeit die Sonne geknallt …

Die einfachen, banalen Gedanken stellten eine Abwehrreaktion dar. Ywha widersetzte sich dem nicht, sie dachte an das Gras und an den Löwenzahn. An das Wetter, den Regen, der bald einsetzen würde, an die dämliche Stickerei in der einen Ecke ihres Taschentuchs, das sie vor zwei Monaten in einem Kurzwarenladen gekauft hatte.

»Was tut dir weh?«

Alles. Aber irgendwie komisch, stumpf. Und sobald sie den Kopf drehte, wurde ihr schwarz vor Augen.

»Warum kümmern Sie sich eigentlich um mich? Stecken Sie mich doch ins Gefängnis, dann sind Sie mich los!«

»Leg dich auf den Rücken. Mit dem Taschentuch auf dem Gesicht.«

Sie suchte sich eine Stelle, an der kein Löwenzahn wuchs. Sie wollte die weißen Sporen nicht in Aufruhr versetzen. Waren sie erst einmal ab, bekam man sie nicht wieder dran.

»Hat es sehr wehgetan?«

Unerträglich, dachte sie. »Halb so wild«, sagte sie aber, das Schwindelgefühl ignorierend. »Ein bisschen.«

Er hob ihren Kopf an und bettete ihr Hinterhaupt auf etwas Hartes und Warmes. Auf seine Knie – worauf sie im ersten Moment eine Art leichter Stromschlag durchzuckte.

»Verkrampf dich nicht. Das muss sein. Leben deine Eltern eigentlich noch?«

»Weshalb …«

»Nur so. Aus Neugier.«

»Meine Mutter. Aber ich habe ihr vor einem halben Jahr zum letzten Mal geschrieben.«

»Magst du sie nicht?«

»Doch. Deshalb habe ich … gedacht … ich wollte ihr schreiben … sobald ich mir mein Leben aufgebaut habe … darüber würde sie sich freuen …«

»Und wenn sie krank ist? Deine Hilfe braucht? Wenn du ihr nicht geschrieben hast, woher willst du dann wissen, ob es ihr gut geht?«

Ywha antwortete nicht. Mühevoll schlug sie die Augen auf. Der Himmel war leer, ohne Wolken, ohne Vögel.

»Mein Bruder hat es mir gesagt … und auf ihn ist Verlass. Mein älterer Bruder. Im Gegensatz zu meinem jüngeren … Der verspricht dir etwas – und hat es schon im nächsten Augenblick vergessen. Es ist ganz bestimmt für alle Beteiligten am besten, wenn ich … nicht gerade jetzt auftauche. Haben Hexen nie eine Familie?«

»Einige haben eine. Aber die meisten nicht.«

»Zweiundsechzig Prozent?«

Ein Auto fuhr vorbei. Es verlangsamte ein wenig, hielt jedoch nicht an.

»Nasar wird … Er wird mich nie heiraten. Er kann keine Hexe heiraten. Das ist doch normal. Sie hätten es auch nicht gekonnt.«

»Ich …« Der Anflug von einem Lächeln umspielte die Lippen des Inquisitors. »Ich hätte es gekonnt. Vermutlich.«

Verwundert stemmte sich Ywha sogar ein wenig hoch. Die Schwäche verlangte allerdings Tribut, und so sank sie, von Schwindel erfasst, zurück.

»Sag mal, Ywha, weißt du noch, was du mir gesagt hast?«

»Es tut mir leid«, presste sie heraus.

»Die Entschuldigung ist abgelehnt. Erinnerst du dich noch? Könntest du das wiederholen?«

Sie hüllte sich in Schweigen. »Nein. Ich … habe es vergessen«, sagte sie dann.

»Und erinnerst du dich, *woher* diese Worte kamen?«

»Nein.«

Das Blut, das schon versiegt war, schoss wieder aus ihrer Nase. Ywha presste das feuchte Taschentuch auf ihr Gesicht.

(Djunka. April)

Am nächsten Morgen entschuldigte sich Klaw bei Juljok Mytez. Von dem Friedensangebot begeistert, zirpte Julian den ganzen Tag wie eine Heuschrecke und erwies Klaw unzählige kleine Gefälligkeiten.

Klaw fuhr nicht in die Stadt. Er ging zum Unterricht, kam in sein Zimmer zurück, legte sich auf die Bettdecke und kniff die Augen fest zusammen.

Gestern war er wie durch ein Wunder dem Tod entkommen. Einem dummen und schrecklichen Tod, der obendrein wohl ziemlich qualvoll gewesen wäre. Seine Phantasie geizte nicht mit Einzelheiten, sodass er einen Widerhall jenes Schmerzes auf der Haut spürte, den ihm das gestrige Zusammenspiel von Ereignissen hätte bescheren sollen – ohne Frage ein reichlich dummes und seltsames Zusammenspiel.

»*Njawken verkehren in der Regel mit Menschen, um diese umzubringen. Gewissermaßen um die Chancengleichheit wiederherzustellen.*«

Chancengleichheit herstellen. Djunkas ewig nasse Haare … Ob sie sich daran erinnerte, wie sie gestorben war? Nämlich im Wasser. Was hatte sie damals gefühlt? Hatte sie Schmerz empfunden? Waren ihre Lungen geplatzt? Hatten immer neue Krämpfe ihren Körper gepeitscht? Wollte sie schreien – und hatte dann ihre Stimme versagt?

Er wäre ebenfalls im Wasser gestorben. Einen anderen Tod, aber …

Ein schönes Paar. Djunka im Badeanzug, mit den durchscheinenden Tropfen, die ihr über die Schultern rannen … und er, nackt, während Schaumflocken an ihm heruntersickerten. Ein Paar, wie füreinander geschaffen.

Er presste die Zähne aufeinander. Die Tschugeister hatten gelogen. Jeder Henker sucht für sich eine Rechtfertigung. Der Bestrafte ist ein zutiefst widerliches Subjekt gewesen … Njawken sind keine Menschen …

Djunka sollte also auch kein Mensch sein?!

Von Reue gequält, fing er an zu weinen.

Die Reue gab ihm Kraft. Bereits im Morgengrauen des nächsten Tages küsste er Djunka auf die rasch warm werdenden Lippen. Er empfand ihr gegenüber eine solche Schuld, dass er nicht einmal die sonst übliche Hürde vor der ersten Berührung nehmen musste. Djunka lebte, sie sah ihn verängstigt und verliebt an, und Klaw versprach, ihr heute jeden Wunsch zu erfüllen, versicherte, ihr eine Freude machen zu wollen.

Djunka klapperte mit den Augen. In Klaws Hals bildete sich ein Kloß. Wie lange er diese – ihre – Angewohnheit schon kannte! Ein Zeichen der Verwirrung, der Verwunderung und Irritation. Klapp, klapp, bis der Staub von den Wimpern flog. Welcher Idiot konnte danach noch glauben, sie sei kein Mensch, sondern nur eine leere Hülle?!

Hass auf die Tschugeister presste Klaw die Kiefer zusammen.

»Ich möchte …«, setzte Djunka unsicher an. »Ich möchte … an die frische Luft. In den Wald … jetzt ist Frühling …«

Klaw biss sich auf die Lippe. In der Stadt und im Umland wimmelte es von Gefahren und Feinden. Andererseits: die arme Djunka! Wie sehr sie sich, eingesperrt in die vier Wände, verzehrte! Wie sehr sie unter dem Mief und der Einsamkeit litt!

»In Ordnung«, flüsterte er. »Wir machen einen Ausflug …«

Die zwei Stunden Fahrt erschöpften ihn genauso wie ein Tag voller Prüfungen. Drei verschiedene Autos hatten sie mitgenommen. Und ihr Weg, auf keiner Karte eingezeichnet, hätte umständlicher nicht sein können. Dafür begegnete ihnen unterwegs aber auch nicht eine einzige Zufahrtskontrolle oder Polizeistreife.

Einmal machten sie bereits aus der Ferne eine Tschugeister-Patrouille aus. Als Klaw erstarrte und sich in den Sitz drückte, spürte er, wie in seiner Hand Djunkas feuchte Finger eiskalt wurden und sich verkrampften. Die Ampel, die ihr gelbes Auge unverwandt auf die ruhige Straße richtete, kostete sie einige endlose Sekunden; schließlich erbarmte sie sich und sprang auf Grün. Der gesetzestreue Fahrer des Wagens gab Gas und bog in die eine Richtung ab, während die Patrouille die andere wählte.

Hinter der Stadtgrenze herrschte Frühling.

Auf halbem Weg zwischen zwei Campingplätzen stiegen sie aus dem Auto und schlugen sich sofort in den Wald. Djunka schritt aus, den Kopf weit zurückgebeugt und mit dem Saum ihres Mantels über die ersten grünen Gräser streifend. Das karierte Baseballcap auf ihrem Kopf zeigte mit dem Schirm in den Himmel. Klaw hielt sich etwas hinter ihr und unterdrückte den Wunsch zu rauchen.

Zwei oder drei Mal kamen ihnen Spaziergänger entgegen, Paare wie sie, die gleichermaßen freundlich und erschrocken wirkten. Djunka lächelte und winkte ihnen zu. Klaw spielte in der Tasche mit der Zigarettenschachtel und spürte, wie sich der kalte Klumpen, der sich seit der Begegnung mit den Tschugeistern in seiner Brust zusammengeballt hatte, allmählich auflöste. Niemand würde ihm Djunka nehmen können. Keine Kraft, keine Lüge. Nie würde er das zulassen.

Später saßen sie vor einem winzigen Lagerfeuer, in das sie

immer wieder knorrige Tannenzweige warfen. Durch die vibrierende Luft hindurch sahen sie einander an. Klaw glaubte, Djunkas Gesicht würde tanzen. Die dunklen Strähnen in der Stirn, die feuchten Augen, die Lippen …

Diese Lippen stellten sich als salzig heraus. Und überhaupt nicht kalt. Die Zunge war rau wie bei einem Kätzchen. Außerdem roch die Haut überhaupt nicht nach Wasser, sondern nach dem Frühlingsrauch der verbrannten Tannenzweige.

Er atmete schnell und hielt die schon aufsteigenden Tränen noch zurück. Weinte er? Er erinnerte sich nicht, wann er das zuletzt getan hatte. Wahrscheinlich an Djunkas Grab. Wie weit das zurücklag. Erst jetzt, in diesem Augenblick, glaubte er tatsächlich, dass sie zurückgekehrt war. Erst jetzt glaubte er es, uneingeschränkt und vorbehaltlos. Umarmen sollte er sie jetzt …

Die Dämmerung senkte sich rasch herab. Der Frühling war eben doch nicht der Sommer.

»Hör mal, Djun, ist das ein Zug?«

Das Rattern der Räder ließ sich deutlich vernehmen. In der Nähe mussten mehrere Tonnen Metall durch den Wald schnaufen, der sich mehr und mehr in Dunkelheit hüllte.

»Lass uns hingehen«, bat Djunka leise. Das waren ihre ersten Worte in den letzten glücklichen Stunden. Vermutlich fror sie und ängstigte sich und wollte nach Hause.

Der Wurm des gesunden Menschenverstands schrammte Klaw mit einer scharfkantigen Schuppe: Sie fror nicht. Ein normales Mädchen hätte gefroren, aber nicht Djunka …

Hau ab, befahl er dem Wurm. Er zog seine Jacke aus, um sie Djunka über die Schultern zu legen, die ihm daraufhin einen dankbaren Blick zuwarf. Sofort wurde ihm warm, aber eng ums Herz. Gefroren hat sie, in dem dünnen Mantel! Kalt ist ihr gewesen, der Armen!

Eine Zeit lang liefen sie auf gut Glück. Die Dämmerung verdichtete sich, es wurde feucht, von der Erde stieg feiner Nebel auf. Dann ratterten die Räder wieder, schon näher und etwas weiter links. Klaw beschleunigte den Schritt. Djunka stolperte.

»Bist du müde? Wenn ja, nehme ich dich huckepack … Wie einen Rucksack … Was ist?«

»Nein.«

»Wie du meinst.«

Zehn Minuten später machten sie in der Ferne im Nebel schwimmende Lichter aus.

Das war kein Bahnhof, noch nicht mal ein Haltepunkt, sondern eher ein Ausweichgleis. Vier, nein, sechs nebelfeuchte Schienenstränge, eine riesige Weiche, ein halb in der Dämmerung verschwindendes Gebäude, ein Schuppen vielleicht oder eine Werkstatt. Etwas abseits stand das Wärterhäuschen. Ein heiserer Hund kläffte ein paar Mal.

In seiner Kindheit hatte Klaw Angst vor Zügen gehabt. Seine allzu lebhafte Phantasie konnte den Anblick der vieltonnigen, über die Schienen ratternden Kolosse nicht gelassen hinnehmen, sondern schob stets Arme und Beine unter die Räder, manchmal auch einen Kopf.

»Hier hält keine Bahn«, sagte er bedauernd. »Wir müssen weiter, Djunotschka, ich will mich erkundigen, wie wir von hier wegkommen.«

»Lass uns doch hier bleiben«, flüsterte Djunka.

»Was?« Klaw hatte nicht verstanden, was sie gesagt hatte.

»Bis morgen früh.« Das trübe weiße Licht der Laternen spiegelte sich in Djunkas funkelnden Augen wider. »Bis zum Morgengrauen.«

»Hmm.« Er zuckte unsicher mit den Achseln. »Vermutlich bleibt uns sowieso keine andere Wahl ... Wird es dir denn nachts nicht zu kalt werden?«

»Nein«, antwortete Djunka, und in ihrer Stimme lag eine Gewissheit, die Klaw bestürzte.

Im Wärterhäuschen war niemand. Der Hund knurrte traurig an seiner Kette, an der Tür prangte eine schief angeklebte Nachricht: »Jarusch, komme um neune, bring se alle in de Garage.« Nachdem Klaw etwa eine Minute lang geklopft hatte, kam er achselzuckend zu dem Schluss, dass, wenn es also in der Nähe eine Garage gebe, in die irgendwelche Besucher zu bringen seien, sich auch ein Auto auftreiben lassen müsse.

»Djunka!«

In weiter Ferne erklang ein noch diffuses, aber rasch näherkommendes Brummen. Ein Zug.

Klaw sah sich um. Als hätten sich Dunkelheit und Nebel miteinander abgesprochen, verdichteten sich beide gleichzeitig. Er vermochte den niedrigen Bahnsteig nicht mehr zu erkennen, an dem Djunka auf ihn warten sollte. Die weißen Laternen brannten nicht, sondern schimmerten lediglich, selbstzufrieden und ganz und gar nutzlos. Die reinsten Glotzaugen, dachte Klaw. Ihm wurde mulmig zumute.

Das diffuse Brummen verwandelte sich in das rhythmische Rattern von Rädern, in das schwere Gerassel der zappeligen Kupplungen. Klaw spürte, wie die Schienen unter seinen Füßen vibrierten – und fragte sich, welches Gleis der Zug wohl nehmen würde.

Das Rattern der Räder verwandelte sich in Donnern. Der Nebel roch nach Eisen und Kohle. Als Klaw mit der Brust gegen kalten Stein stieß, begriff er, dass es der Bahnsteig sein musste. Offenbar war der gar nicht so niedrig.

Drei gleißende Augen schlugen mit einem missbilligenden Licht zu, durchdrangen den Nebelschleier, diesen matschigen Brei. Der empörte Pfiff zerriss Klaw beinahe das Trommelfell. Mit einem Satz sprang er auf den Bahnsteig und hechtete vom Rand weg.

Der Zug brauste vorbei, ohne Anstalten zu machen, die Geschwindigkeit wegen einer so banalen Sache wie einem Ausweichgleis zu drosseln. Wahrscheinlich handelte es sich hier um einen sehr wichtigen Zug. Vermutlich informierte man den Maschinisten über Funk, der Weg sei offen und frei, der Wärter sei zu irgendwelchen Besuchern in die Garage gegangen, während man das verliebte Pärchen, das nachts im Nebel über die Gleise schlenderte, ohnehin außer Acht lassen konnte.

»Djunka!« Klaw erzitterte. Seine Stimme ging im Gedröhn unter.

Es handelte sich um einen Personenzug, für den Fernverkehr. Über Klaws Kopf zogen die schwach beleuchteten Fenster dahin, fahle Lichtflecke huschten über den bebenden Bahnsteig, den verrosteten Zaun, über das Gras und die Büsche. Und da – in einiger Entfernung – stand auch, das Gesicht den Nebelflecken entgegengereckt, eine einsame weibliche Figur.

»Djunka …«

Das Donnern riss ab. Unwillkürlich hatte sich Klaw die

Ohren zugehalten. Das Rattern der Räder verebbte erstaunlich schnell, als tauche es in Watte ab.

»Puh!«

Djunka stand unten an den Gleisen. Er sah nur die fiebrig glänzenden Augen.

»Gehen wir, Klaw ... Komm runter, lass uns gehen ...«

Als er vom Bahnsteig runtersprang, verstauchte er sich fast den Fuß. Er wollte nach Djunkas Hand greifen, fasste jedoch ins Leere.

»Gehen wir ...«

In der Ferne jaulte eine Diesellok. Klaw spürte – oder bildete er sich das nur ein? –, wie die in der Dunkelheit nicht auszumachenden Gleise bebten und zitterten.

»Gehen wir, Klaw ...«

Von ihren Augen, so schien es ihm, ging ein weitaus stärkeres Licht aus als von den Laternen, die im Nebel ertrunken waren. Wie hypnotisiert hielt er auf dieses Licht zu.

»Gehen wir ...« In Djunkas Stimme schwang ohne Frage Ungeduld mit.

Gehorsam folgte er ihr, über die unerwartet hohen Bahnschwellen hüpfend und kletternd. Er versuchte, die Schienen zu meiden, die rutschig wie vereiste Rippen waren. Das ferne Geräusch des Zuges kam nicht näher, entfernte sich jedoch auch nicht. Ein trübes Licht, das vor ihm aufschimmerte, veränderte mit zartem Knirschen seine Position, folglich stellten sich gerade die automatischen Weichen um.

Klaw sah Djunka nicht mehr, spürte jedoch ihre Anwesenheit: etwas weiter vorn.

Plötzlich drehte sie sich um. Ihre Augen hoben sich deutlich von der Dunkelheit ab. »Klaw ... ich ... dich ...«

»Ich dich auch«, erwiderte er rasch. »Ich liebe dich, Djun... Was ist das?!«

Drei weiße Augen, vom Nebel leicht getrübt, tauchten aus dem Nichts auf. Genauso wie aus dem Nichts ein Donnern losbrach. Dem fast sofort ein Pfiff folgte, der Klaws Inneres in einen einzigen zitternden Klumpen verwandelte.

Zu viel Zeit verschwendete er an die Frage, ob er sich nach links oder rechts werfen sollte. Die Diesellok ragte mit einer turmhohen, dunkelroten Schnauze über ihm auf, die zwei phosphoreszierende orangefarbene Streifen zierten, ein breiter und ein schmaler. Klaw meinte in der Mitte der Eisenfratze das runde Logo der Herstellerfabrik zu erkennen. Wie ein Eisenbart reckte sich das Gitter vor. Gleich würde der Körper eines Menschen fallen und unter dieses Gitter geraten, unter diesen donnernden, sämtliche Knochen zermahlenden Bauch …

Der allgegenwärtige Nebel. Kein einziger Stern leuchtete.

Er lag auf dem Bauch, mit beiden Händen in den vertrockneten Sträuchern des Vorjahrs verhakt. Zehn Zentimeter neben ihm donnerte Eisen über Eisen. Und zwar so, dass die Erde synchron mit dem auf ihr liegenden Menschen bibberte.

Es war ihm gelungen, seinem Schicksal ein Schnippchen zu schlagen – falls es denn überhaupt das Schicksal gewesen war, das ihm da in Gestalt eines schweren, hinterrücks aufgetauchten Güterzugs begegnet war.

Zu der älteren Frau im Arztkittel gehörte ein Durchschnittsgesicht, das niemand im Gedächtnis behielt. Lange ließ sie den Blick zwischen der zerbrochenen Scheibe des Autos und Ywhas geschwollenem Gesicht hin- und herschweifen. »Brauchen Sie Hilfe? Hatten Sie einen Unfall?«

»Vielen Dank, Frau Sat. Dem Mädchen geht es bereits besser. Sorgen Sie bitte dafür, dass der Posten am Eingang die Papiere *aller* überprüft, die aufs Gelände fahren.«

»Aber, Patron, er hat Sie doch erkannt …«

»Setzen Sie ihm bitte auseinander, dass er von allen Papiere zu verlangen hat. Von absolut allen. Ich gehe jetzt nach unten, das Mädchen kommt mit. Wir brauchen einen Begleiter, mit Schlüsseln.«

»Ich könnte selbst …«

»Wenn es keine Umstände macht.«

Es dauerte etwa drei Minuten, bis die Frau dem Safe ein klirrendes Schlüsselbund und einem hohen Schrank zwei weiße Kittel entnommen hatte. Der gestärkte Stoff roch scharf nach Desinfektionsmittel. Mit aufeinandergepressten Zähnen krempelte Ywha die zu langen Ärmel um.

Im Gang nahm der Geruch noch zu. Von klein auf hasste

Ywha den typischen Krankenhausgeruch. Genau wie das Streulicht der weißen Neonröhren, die Blumenkübel mit den unnatürlich grünen Pflanzen und das funkelnde, auf Hochglanz polierte Linoleum.

»Ist das ein Krankenhaus?«

»Ja. Ich werde dir nachher auch noch genauer erklären, was für eins.«

Eine weitere Schmerzwelle ergoss sich in ihren Kopf. Ywha hielt es nicht mehr aus und presste die Hand gegen die Schläfe. Am Ende des Ganges lag eine Treppe, die nach unten führte. Zwei junge Männer in Kitteln, die an ihren kräftigen Schultern spannten, wirkten gleichermaßen bedrohlich und locker. Beim Anblick der Frau mit den Schlüsseln warfen sich beide in Positur, beim Anblick des Inquisitors nahmen sie sogar eine stramme Haltung an.

»Die Stufen hier sind steil, halt dich an mir fest.«

Gehorsam hakte sich Ywha bei ihm unter. Im ersten Augenblick glich die Berührung abermals einem leichten Schlag oder schwachen Elektroschock. Das war im Grunde gar nicht so unangenehm, sogar ein wenig beruhigend.

Die Frau sperrte erst eine Tür auf, dann noch zwei weitere. Hier gab es einfach zu viele Schlösser. Verdächtig viele. Allzu grell blitzte eine vernickelte Klinke auf. Und selbst die Pflanzen in ihren Kübeln rochen nach Desinfektionsmittel.

Der nächste Gang stellte sich als kurz und fensterlos heraus und mündete in eine Wand. Rechts und links gingen Türen ab, die Ywha gar nicht erst zählte. Jede von ihnen verfügte über ein kleines verschlossenes Guckloch. Das Ganze erinnerte verdammt an ein Gefängnis. Ywha erschauderte.

An einer der Türen hob die Frau die Sichtschutzblende. Nachdem sie hineingespäht hatte, blickte sie den Inquisitor fragend an.

»Öffnen Sie bitte«, sagte dieser.

Lautlos ging die Tür auf – als ob es sich nicht um eine schwere Panzertür handelte, sondern um eine schlichte Schlafzimmertür. Die Angeln mussten gut geölt sein.

»Komm her, Ywha.«

»Ich will nicht.«

»Sieh dir das an, das ist notwendig.«

Er fasste sie bei den Schultern und schob sie vor die Tür. Der Geruch nach Desinfektionsmitteln war hier noch stärker, darüber lag jedoch noch ein anderer, ein widerlicher Beigeruch. Abgestanden war die Luft, wie im Zimmer eines Schwerkranken.

Der Raum wirkte so groß wie ein Ballsaal – und ebenso leer, sah man einmal von den fünf, nein, sechs Betten ab, die sich an der Wand reihten. Unter grauen Decken zeichneten sich gekrümmte Körper ab. Auf weißen Kissen ruhten rasierte Köpfe. Ein Bett war leer, darin gab es nur eine gestreifte Matratze.

»Gehen wir rein.«

Unbewusst krallte sich Ywha in den Arm ihres Begleiters. »Wer … sind die?«

»Sieh sie dir an.«

Fünf Frauen lagen in gleicher Stellung da, die Knie vor den Bauch gezogen. Alle fünf hatten große, offene, stumpfe und wahnsinnige Augen. Keine von ihnen reagierte in irgendeiner Form auf die Besucher. Auf den halb geöffneten Lippen schimmerte Speichel.

»Hab keine Angst, Ywha.«

»Darf ich wieder gehen?«

»Ja. Gehen wir.«

Die Frau erwartete sie im Gang.

»Das und das brauchen wir nicht«, erklärte der Inquisitor, in Richtung der entsprechenden Türen nickend. »Dahinter erwartet uns der gleiche Anblick. Aber die Tür öffnen Sie bitte, Frau Sat. Ich möchte dir jemanden vorstellen, Ywha.«

Das Zimmer war wesentlich kleiner. In einer Art Zahnarztstuhl saß eine kahl rasierte Frau mit offenen Augen und entrücktem, irgendwie verschwommenem Gesichtsausdruck. Im ersten Moment glaubte Ywha, die Frau behalte die Eintretenden fest im Blick; tatsächlich nahm sie jedoch überhaupt nichts wahr. Die himmelblauen Augen wirkten wie geschliffenes Glas. An den schmalen Schultern hing ein formloses, dunkles Kleid. Auf dem rasierten Schädel saß eine schwarze Mütze.

»Guten Tag, Tyma«, sagte der Inquisitor. In seiner Stimme schien echte Zärtlichkeit zu liegen. »Das ist Ywha.«

Die Insassin antwortete nicht. Kraftlos lagen ihre Hände auf den Armlehnen. Schöne Hände hatte sie, mit schlanken Fingern und kurz geschnittenen Nägeln.

»Das ist Tyma Leus«, erklärte der Inquisitor sachlich. »Sie ist Neurochirurgin. Die einzige mir bekannte Hexe, die es geschafft hat, zu studieren und wissenschaftliche Erfolge zu erzielen.«

»Sie ist eine Hexe?!«

»Ja. Eine ehemalige. Ihr Geliebter hat ihr eine Bedingung gestellt … Er wollte keine Hexe heiraten, und sie hat geschworen, seine Bedingung zu akzeptieren. Man versucht in der Tat nicht erst seit gestern, den Hexen ihre Hexenschaft zu nehmen. Und auch nicht erst seit vier Jahren, als wir Tyma … ins Programm genommen haben. Auch nicht seit vierhundert Jahren …«

Wieder richtete Ywha den Blick auf die Frau auf dem Stuhl. Ihre Brust hob sich kaum merklich im Rhythmus ihres Atems. Andere Reaktionen zeigte sie nicht. Selbst als der Inquisitor die Hand auf der Armlehne mit der seinen bedeckte, änderte sich nichts. Nicht einmal mit den Wimpern zuckte sie. Als sei sie eine Pflanze.

»Die Hexenschaft … Es ist ein ganzer Komplex von Eigenschaften, den wir so nennen. Er ist mit den Charaktereigenschaften derart verflochten, dass wir, indem wir die Hexe in einer Frau töten, die gesamte Persönlichkeit töten müssen. Insgesamt haben an dem Programm fünfzehn Frauen teilgenommen. Tyma war die Erste. Sie alle kamen selbstverständlich freiwillig und voller Hoffnung zu uns. Sie alle hatten ihre Gründe, insbesondere Tyma, denn sie hatte jemanden, den sie liebte.«

Ywha holte tief Luft.

»Tyma war ein kluger Kopf«, sagte der Inquisitor mit unfrohem Lächeln. »Sie hatte einen eisernen Willen. Und sie war eine Schönheit … selbst jetzt ist das noch zu sehen. Am Abend vor der Operation hat sie noch ihre Witze gemacht, mich als *unschlüssig* verspottet …« Er verstummte. Kurz sah er der sitzenden Frau in die starren Augen, dann wandte er den Blick ab. »Von den fünfzehn Patientinnen haben neun überlebt. Alle befinden sich in diesem … Zustand. Für immer. Verstehst du jetzt?« Ywha schwieg. »Darum hast du mich heute Morgen gebeten. Hast du dir das vorgestellt, als du mir vorgeworfen hast, ich würde lügen? Verstehst du mich jetzt?«

Es war sehr still geworden, selbst Frau Sat im Gang draußen klimperte nicht mehr mit den Schlüsseln.

»Ja«, brachte Ywha heiser hervor.

Der Inquisitor ließ seine Hand kurz auf der leblosen Hand der Frau liegen. »Auf Wiedersehen, Tyma. Ich hoffe, es geht dir … gut.«

Auf dem Rückweg sagte niemand ein Wort. Ywhas Kopf schmerzte mit neuer Wucht; das Quietschen der Schlösser hallte in ihrem Nacken nach und zwang sie, sich zu krümmen, brachte sie zum Zittern. Der Inquisitor verabschiedete sich von Frau Sat, der puterrote Posten am Eingang machte Anstalten, seine Papiere zu kontrollieren. Der Inquisitor erlaubte sich, ihn darauf hinzuweisen, jetzt sei dergleichen nicht nötig; die Kontrolle habe *vorher* zu erfolgen, nicht nachher.

Durch das zersprungene Fenster pfiff kalter Wind. Ywha zuckte auf dem Rücksitz mit den Beinen, krümmte sich und weinte.

Das Café am Stadtrand war zu klein, als dass es einen eigenen Namen hätte haben müssen. Verwundert starrte der Kellner das seltsame Paar an: ein Mann in mittleren Jahren, kultiviert, mit einem Gesicht, das ihm vage bekannt vorkam, in Begleitung einer jungen, rothaarigen Frau, deren Nase offenbar gebrochen war, deren Augen gerötet waren und auf deren Pullover dunkelbraune Blutflecken zu sehen waren. Kurz überlegte der Kellner, ob er die Polizei holen sollte, nahm dann jedoch Abstand von der Idee.

»Ich werde dir einen Wein bestellen. Das hilft gegen den Stress.«

»Und Sie?«

»Ich muss noch fahren. Willst du etwas essen?«

»Nein.«

»Kommt gar nicht … gut, wie du willst. Sonst wirfst du mir wieder meine pathologische Liebe zum Zwang vor.«

Verbissen musterte Ywha die Tischdecke.

Der Inquisitor schwieg. Er stieß einen kurzen Seufzer aus, der so gar nicht zu ihm passte, weshalb Ywha alarmiert aufhorchte.

»Tut dein Kopf noch weh?«

»Kaum noch.«

»Gut. Sag mal, Ywha, wie oft ist dir das schon passiert, dass du so … seltsame Sachen von dir gibst? Bei einem Wutanfall oder wenn du Angst hast oder vor Schmerzen? Hast du das schon mal erlebt, dass die Worte … quasi aus dem Nichts auftauchten? Und dein Gegenüber äußerst verblüfft reagiert hat?«

Ywha war klar, worauf die Frage abzielte. Mit gerunzelter Stirn und abgewandtem Blick versuchte sie sich zu erinnern, was genau sie dem Inquisitor gesagt hatte, bevor er ihr beinah das Hirn zertrümmert hatte. Das gelang aber nicht. Sie erinnerte sich nur noch, dass sie Worte über die Lippen gebracht hatte – aber Worte ohne jede Bedeutung, ja, mehr noch, die seltsamen Sätze schienen ihr lediglich wie verquirlte Spaghetti, ein farbloser und amorpher Brei ohne jeden Sinn.

»Erinnere dich.«

Sie öffnete den Mund, um zu sagen: Ich erinnere mich nicht – doch in diesem Moment fiel ihr etwas ein.

»Das hast du schon einmal erlebt, nicht wahr?«

Ja. Die Aula der Kunstschule, die gerammelt voll war. Die Direktorin mit roten Flecken auf den Wangen, die den Mädchen den »Herrn Inquisitor unseres Kreises« vorstellte. Die Übelkeit, die Schwäche und die Bosheit. Die vielen leeren Plätze, die sofort um sie herum entstanden waren, der aufmerksame Blick, das vielsagende Schweigen.

Die Fortsetzung folgte im Zimmer der Direktorin. Eine amtliche Benachrichtigung, angewiderte, verängstigte Blicke, Gerede der Art, dass »wir die Schule nie wieder von dieser Schande reinwaschen« werden. Und noch etwas sehr Scharfes, ein Wort wie eine Knute mit einer Bleikugel. Etwas über Hexen und Huren, über nichtsnutzige kleine Nutten ohne Familie. Etwas unsagbar Gemeines, vor allem angesichts der Tatsache, dass Ywha damals erst fünfzehn Jahre alt war und noch nie einen Jungen geküsst hatte. Und dann dieses verstehende Grinsen des Herrn Inquisitors.

Damals hatte Ywha ebenfalls den Mund geöffnet und losgeredet. Die Direktorin hatte sie damit zu Boden geschleudert; der Anblick hatte Panik ausgelöst und Ywha die Möglichkeit gegeben, dem Inquisitor vor der Nase zu entschlüpfen.

Irgendwas von einer Leber hatte sie von sich gegeben. Die bald von Löchern zerfressen sein würde. Und wohl auch noch einen medizinischen Fachausdruck …

»Was war das für eine Schule?«

»Für angewandte Künste … Industriedesign … diese Richtung. Ich erinnere mich nicht mehr, was die Leber damit zu tun hatte, von der …«

»Wer ist in Ohnmacht gefallen? Die Direktorin?«

»Sie …«

»Das war in Rydna? Die Schule für angewandte Künste?«

»Ja.«

»Gib mir zwei Minuten. Ich muss jemanden anrufen.«

Die junge Kellnerin, die gerade auf einem kleinen Wagen ihre Bestellung brachte, schaute dem Inquisitor nach. Dann richtete sie den Blick auf Ywha, abschätzend, ohne ihre Neugier zu verbergen. Ywha sah woanders hin.

Der Inquisitor kehrte nicht nach zwei, sondern erst nach zwanzig Minuten zurück. »Die Direktorin deiner Schule ist im Alter von zweiundvierzig Jahren an Leberzirrhose gestorben. Der Inquisitor, mit dem du es zu tun hattest, war Itrus Sowka, der es letztlich doch nicht zum Kurator gebracht hat. Er ist vor zwei Jahren wegen Unfähigkeit entlassen worden … Offenbar hat er nicht nur deine Verhaftung verpatzt. Ich habe ihn nicht gekannt.«

Ywha starrte auf das Tischtuch.

»Weinst du?«

»Sie … war todkrank? Und ich …«

»Vermutlich hat sie zu dem Zeitpunkt nur geahnt … dass etwas nicht stimmte. Die Ärzte haben noch gezweifelt und mit der Wahrheit hinterm Berg gehalten. Vorahnungen haben sie gequält, aber als willensstarke Frau hat sie die hässlichen Gedanken erfolgreich verdrängt. Zumindest, solange es ging.«

»Und ich habe ihr …«

»Dich trifft keine Schuld.«

»Aber ich bin eine Hexe!«

»Ja, sicher. Vielleicht bist du sogar eine potenzielle Bannerhexe. Eine nicht initiierte. Du hast eine seltsame Gabe, du erfasst die Geheimnisse anderer Leute. Unbewusst. In Stresssituationen. Nun komm schon, iss was.«

Gehorsam blickte Ywha auf den Teller. Lustlos spießte sie mit der Gabel ein bereits abgekühltes Stück Huhn auf, erinnerte sich daran, dass sie eigentlich gar nichts hatte bestellen wollen, seufzte mehrmals und legte das Besteck weg. »Und heute bin ich … auf Ihr Geheimnis gestoßen? Was hat das für mich für Konsequenzen?«

»Gar keine.«

»Ich wollte, ich könnte das glauben.«

»Ywha, hast du … Industriedesign studieren wollen? Oder hast du einfach einen Ausbildungsplatz gebraucht?«

Sie stellte das hohe Weißweinglas, das sie in der Hand hielt, auf dem Tisch ab. »Am Anfang wollte ich gern … Designerin werden. Aber dann …«

»… hast du es dir anders überlegt?«

Ywha hüllte sich in Schweigen und wandte den Blick ab. »Sagen Sie mir ganz ehrlich … hat Nasar mit mir Schluss gemacht?«

»Nein.«

»Ich habe immer geglaubt … wenn ein Mensch … also wenn er jemanden liebt … ist er auch in der Lage … zu verzeihen.« Sie holte Luft. »Zum Beispiel einer Hexe, dass sie eine Hexe ist.«

»Wenn du das wirklich glaubst, hättest du es Nasar sagen sollen.« Der Inquisitor suchte auf dem Tisch nach einem Aschenbecher.

Ywha brachte kein Wort heraus. »Sie machen mir das Leben nicht gerade leicht. So oft sagen Sie Sachen, die ich nicht hören will.«

(Djunka. April)

Seit knapp drei Monaten hatte er das Grab nicht besucht. Und seit seinem letzten Besuch hatte sich dort viel verändert. Die hölzernen Blumentöpfe mit den welken Winterpflanzen waren verschwunden, ein matter schwarzer Stein war aufgestellt worden, mit einem Flachrelief in der rauen Vorderseite. In der Nacht hatte es geregnet, also war Dokijas Gesicht feucht und wirkte seltsam lebendig. Klaw glaubte sogar, auf ihren Schultern würden ein paar Strähnen wippen, aber natürlich war dem nicht so. Der Steinmetz hatte nach einem alten Foto von Djunka gearbeitet, auf dem die Haare, ein wenig lockig und ganz trocken, zu einer prachtvollen festtäglichen Frisur hochgesteckt waren.

Klaw empfand eine Art Reue. Seit dem Tag der Beerdigung hatte er niemanden aus ihrer Familie aufgesucht. Saß der Schmerz, den ihm die Worte ihrer Schwester zugefügt hatten, so tief?

»Reiß dich zusammen, Klawdi. Du führst dich auf, als wärst du der Einzige, der Dokija geliebt hat.«

Das stimmte. Er wollte seinen Kummer nicht teilen. Djunka sollte nur ihm gehören.

Jetzt stand er vor dem gepflegten Grab, betrachtete die steinerne und dennoch unangenehm lebendige Djunka und versuchte mit aller Gewalt, eine aufdringliche, unbarmherzige Frage wegzuscheuchen.

Was, wenn unter dem Stein …

Lag sie dort? Oder war das Grab leer?

Und wenn sie dort lag?!

Der Tag war erstaunlich kalt, seltsam kalt für den Frühling. Fröstelnd schlang sich Klaw die Arme um die Schultern und sprang herum, um die Feuchtigkeit loszuwerden, die aus der Erde in die Schuhe kroch.

Diese Diesellok würde er bis an sein Lebensende nicht vergessen. Selbst über die Schienen einer Straßenbahn würde er nie wieder gehen. In allen parallel nebeneinander gezeichneten Linien würde er fortan Gleise sehen – die ihn jedes Mal erzittern lassen würden.

Wo war Djunka? Hier, unter dem schwarzen Stein? Oder dort, in der fest verschlossenen, stickigen kleinen Wohnung? In die er, ob er wollte oder nicht, zurückkehren musste.

Drei Tage lang lastete nun schon dicker, undurchdringlicher Nebel über dem Boden, der alle Geräusche schluckte.

Ein unglücklicher Zufall war unangenehm. Zwei unglückliche Zufälle waren …

Warum sollte es eigentlich nicht zwei solcher Zufälle hintereinander geben? Wie viele Menschen sterben jährlich unter den Rädern eines Güterzugs oder einer Eisenbahn? Vor allem im Nebel. Oder betrunken.

Klaw kratzte sich den Kopf. Gestern, nachdem er ins Wohnheim zurückgekommen war, hatte er wortlos eine ganze Flasche Kognak getrunken, die ursprünglich für ein Fest gedacht gewesen war. Juljok Mytez, der ihn mit der leeren Flasche erwischt hatte, konnte es nicht fassen. Es tat ihm um den edlen Tropfen leid, aber auch um …

Zu allem Überfluss hatte der Alkohol nicht einmal Wirkung gezeigt. Selbst angetrunken hatte sich Klawdi nicht gefühlt. Gut, seine Beine waren butterweich gewesen, aber sein Kopf war doch beschämend klar geblieben. Unablässig war ihm darin ein einziger Gedanke herumgegangen.

Doch den würde Klaw niemals laut aussprechen. Mehr noch: Der Gedanke an sich schien ihm schon ein Verbrechen zu sein.

Und wenn er sich bei ihrem Ausflug einen angetrunken hatte? Und sich jetzt bloß nicht mehr daran erinnerte? Vielleicht hatten sie, Djunka und er, sich wärmen wollen, als sie am Lagerfeuer gesessen hatten, von innen sozusagen?

Nein. Heute war es kalt, aber als sie den Ausflug unternommen hatten, war es warm gewesen, frühlingshaft und angenehm. Und sein Kopf war auch *klar* gewesen.

Die steinerne Djunka blickte ihn tadelnd an. Als wolle sie sagen: Das denkst du von mir? *Von mir?*

»Hast du …«, flüsterte Klaw fast tonlos.

Auf dem schwarzen Stein ließ sich furchtlos eine kugelrunde, fröhliche Meise nieder.

6

Kurz bevor Klawdi den *Platz des Siegreichen Sturms* erreichte, blinkte das rote Licht in seinem Auto auf. Der Notruf. Klaw hatte es allen untersagt, ihn während einer Fahrt zu benachrichtigen, falls die Sache warten konnte. Manchmal träumte er nachts von diesem roten Lämpchen, wie es sein perfides, stechendes Alarmsignal aussandte.

»Nieder mit dem Abschaum«, erklang die vor Aufregung schrille Stimme des Kollegen aus der Zentrale. »Ein Signal. Von der Gräfin. Ein rotes Signal.«

»Stellen Sie durch«, verlangte Klaw sachlich. »Woher kommt der Anruf?«

»Aus der Oper.«

»Schickt eine bewaffnete Einheit hin. Ich bin in zehn Minuten da.«

Er legte den Hörer nicht auf, sondern warf ihn auf den Beifahrersitz. Mit geschlossenen Augen rief er sich die Karte des Stadtzentrums ins Gedächtnis. Er riss das Steuer herum. Auf dem Rücksitz stöhnte Ywha leise.

Die Gräfin war Helena Torka. Eine Informantin konnte sie per definitionem nicht sein. Klawdi hatte denn auch nie einen Tipp von ihr erwartet. Den Decknamen hatte er ihr bloß so gegeben, der Ordnung halber. Ein rotes Signal von ihr bedeutete, dass sie einen Panikanfall erlitten hatte.

Die junge Frau auf dem Rücksitz sagte kein Wort. Klugerweise enthielt sie sich obendrein jeder Frage.

»Wir fahren in die Oper«, brummte Klawdi.

Die Räder holperten über Kopfsteinpflaster. Kurz darauf folgte wieder Asphalt. Klawdi überholte geschickt erst eine nilpferdgroße Limousine, anschließend einen Laster, dann …

»Ich habe immer gedacht, Sie seien ein schlechter Autofahrer«, flüsterte Ywha.

Klawdi verringerte die Geschwindigkeit, damit die Ampel vor

ihm von Rot auf Grün umspringen konnte. Anschließend gab er Gas und huschte zweimal bei Gelb rüber. Schon sahen sie das massive, elfenbeinfarbene Opernhaus im pseudoklassizistischen Stil, dessen Fassade ein kupfernes Stadtwappen schmückte, in voller Größe vor sich. Vorm Haupteingang ballte sich eine Menschentraube. Bis zum Beginn der Abendvorstellung war es noch eine Stunde.

Klawdi widerstand der Versuchung, den Graf unmittelbar vor dem Theater auf dem Gehsteig zu parken, denn das Auftauchen eines vierrädrigen Gefährts hätte hier wie ein Blitz aus heiterem Himmel gewirkt; es wäre jedoch unklug, vorzeitig für Schlagzeilen zu sorgen – denen sie am Ende sowieso nicht entkommen dürften.

Klawdi hielt am Straßenrand, direkt unter einem Halteverbotsschild, und stellte den Motor ab. Sein Auto war bereits bemerkt worden. Allerdings wäre der grüne Graf wohl auch dann gesehen worden, wenn er auf den Parkplatz vor dem Bühneneingang gefahren wäre. Immerhin hatte er den Vorteil der Überraschung auf seiner Seite.

Er biss die Zähne aufeinander. Wie viele Hexen es in diesem Haus gab! Initiierte. *Aktive.* Er wollte einfach nicht glauben, dass so viele Hexen in Freiheit waren, noch dazu an ein und demselben Ort.

»Ich habe Angst«, gestand Ywha hinter ihm.

Sie spürt es ebenfalls, schoss es ihm durch den Kopf, auch wenn sie ihre Gefühle noch nicht zu deuten vermag.

»Warte hier im Auto«, sagte er sachlich. »Oder nein. Komm mit mir mit. Aber bleib an meiner Seite ...«

Synchron hielten rechts, links und etwas abseits, auf dem Parkplatz vorm Bühneneingang, drei völlig unauffällige Autos. Klawdi nickte kaum merklich. So sah eine Sondereinheit aus: entweder wie ein Autobus voller Touristen oder wie ein Lieferwagen, der Pralinen fürs Büfett brachte.

Ob er mit seinem Erscheinen vor Ort der alten internen Diskussion, ob ein Großinquisitor persönlich an Einsätzen teilnehmen solle, neue Nahrung gab?

Aber was blieb ihm anderes übrig – wenn dieser Einsatz durch ein rotes Signal von Helena Torka ausgelöst wurde?

Zum Opernensemble gehörte ein halbes Dutzend tauber, also nicht initiierter Hexen. In der Ballettschule waren es zehn. Keine von ihnen war aktiv, zumindest laut Bericht nicht. Woher kamen all die Hexen jetzt also?

Es war wie immer. Die Theaterbesucher warteten bereits eine Stunde vor Vorstellungsbeginn darauf, dass die hohen Türen geöffnet wurden. Alles war wie immer – nur dass sich die Türen nicht öffneten. Im Grunde war selbst das keine Sensation, so etwas kam vor, das nahmen die Besucher hin. Sogar wenn sich eine halbe Stunde vor Beginn nichts tat, murrten sie noch nicht.

»Gehen wir.«

Sie nahmen den Bühneneingang.

»Ihre Papiere, meine Herrschaften?!«, verlangte eine Alte mit faltigem, herrischem Gesicht am Drehkreuz.

»Die Inquisition der Stadt Wyshna.« Klawdi schlug die Manschette zurück und zeigte die funkelnde Dienstmarke. »Rühren Sie sich nicht von der Stelle.«

Ein Opernhaus ist ein besonderer Ort. Die Alte wusste nur allzu gut, was es mit dem Wort »Inquisition« auf sich hatte, weshalb sie sich sogleich auch schweigend in den Schatten zurückzog.

Ywha rannte neben Klawdi her, der nach jemandem Ausschau hielt, dem er sie überantworten konnte. Der Chef der Sondereinheit war bereits vor Ort, in seinen Augen stand eine unausgesprochene Frage. Ihn interessierte, wer diesen Einsatz leitete.

»Sie«, sagte Klawdi. »Sie können auch über mich verfügen. Das Mädchen ... bleibt bei mir. Ich muss sie im Auge behalten.«

Der Leiter nickte. »Dann würde ich Sie bitten, sich der Torka anzunehmen ... Patron.«

»Gehen wir.« Klawdi zog Ywha in einen Seitengang. Jetzt kam ihm zupass, dass er sich in weiser Voraussicht mit der Architektur hinter den Kulissen der Wyshnaer Oper vertraut gemacht hatte.

Ywha entriss ihm ihre Hand nicht. Sie ertrug seinen eisernen Griff – und zitterte. Nervös. Das hier war kein Ort für sie. Er hatte sie nicht ohne Aufsicht lassen wollen, aber es wäre auf jeden Fall vernünftiger gewesen, als sie hier mit herzuschleppen, wo es – das witterte er – Unmengen von starken und aktiven

Hexen gab. Bislang ging von ihnen jedoch noch keine akute Gefahr aus.

Sie kamen an einer Schar Frauen in Uniform vorbei, an einem dicken Mann, der in einer nicht minder dicken Tasche kramte, an zwei sehr großen Männern in Trikots, die nebeneinander auf dem Fensterbrett saßen. Und an einer Tafel mit Inseraten, einer Treppe, die zum Büfett führte und schließlich an einer Halle mit Teppichen und Ficusbäumen. Eine halb offen stehende Tür, die zum Saal mit den Spiegelwänden wies, in dem Ballettschuhe aufs Parkett klatschten, ignorierte er. Ebenso wie das Dutzend Türen, hinter denen man sich mit gedämpfter Stimme unterhielt, wo man umherlief, lachte und sich beschimpfte. Es folgte ein weiterer Saal, dann blieb Klawdi endlich vor einer polierten Tür mit einer gestrengen Tafel stehen. Er klopfte an, betrat den Raum jedoch sofort, ohne eine Antwort abzuwarten. Ywha stolperte über die Schwelle. Aus unerfindlichen Gründen war sie sich sicher gewesen, dass die Tür verschlossen war.

»Frau Torka!«

Das Vorzimmer war leer. Auf dem Schreibtisch der Sekretärin stand eine Tasse mit Tee, lag eine zerknitterte Quittung mit einem Firmenlogo in der rechten oberen Ecke; zwei Türen gingen von dem Zimmer ab, eine nach rechts, eine nach links. Das Telefon war ausgestöpselt. Ywha roch etwas. Auch Klawdi entging der Geruch von Herztropfen nicht. Ein flüchtiger, bereits verwehter Geruch.

Die Tür rechts. Leer. Hier war die Torka nicht, was Klawdi aber nicht weiter erstaunte; seltsam schien bloß, dass sie die Tür nicht abgeschlossen hatte.

Die Tür links.

Ein Damenjackett, über die Lehne eines Schreibtischstuhls geworfen. Durchwühlte Schubfächer des Schreibtischs. Spuren einer brutalen Durchsuchung oder einer sorgfältigen Verwüstung. Ob Helena die Liste mit den Namen der verhafteten Hexen aufgesetzt hatte? Und wenn ja, wo bewahrte sie sie auf?

Das Kabel des Telefons war akkurat abgeschnitten. Daneben lag ein Schlüsselbund mit einem Anhänger in Form einer Hühnerkralle. Er wog schwer in der Hand.

Klawdi überlegte kaum. »Komm her, Ywha.«

Die junge Frau betrat das Büro. Klawdi schubste sie in Richtung Tisch. »Bleib hier. Ich hole dich nachher wieder ab.«

Ihre Augen weiteten sich entsetzt. »N-nein … ich …«

»Es dauert nicht lange.«

Er drehte den Schlüssel zweimal im Schloss um. Entgegen seiner Befürchtung fing die Frau weder zu weinen noch zu brüllen an. Kein Wort, kein Seufzer kam über ihre Lippen. Mit einem Mal fühlte er sich unwohl. Als sähe man ihn mit tadelndem Blick an und er wäre nicht imstande, sich wegzudrehen.

»Ich bin gleich wieder da«, teilte er der verschlossenen Tür mit.

Der gewohnte Ablauf im Theater war bereits gestört, durcheinander geraten, überstürzt zu Ende gebracht worden und hatte sich jetzt Gott weiß wohin verzogen. Die Türen zu den Garderoben standen sperrangelweit offen, in allen Ecken ließ sich eine sachliche und betont gelassene Lautsprecherstimme vernehmen: »An alle Angehörigen des Theaters ergeht die Bitte, in den Garderoben zu bleiben. Bleiben Sie bitte in Ihren Garderoben. Die Vorbereitungen für die Vorstellung sind eingestellt. An alle Angehörigen des Theaters ergeht die Bitte, in den Garderoben zu bleiben. Kommen Sie nicht in die Gänge hinaus, bleiben Sie in Ihren Garderoben.«

Der Sprecher war mit der Befehlstechnik offenbar gut vertraut. Zumindest vorläufig gehorchte man ihm. In den Gängen herrschte gähnende Leere, Klawdi lief sie, begleitet von verängstigen Blicken, hinunter. Aus einer Tür blickte eine ältere Dame, die mit beiden Armen purpurrote Mäntel umklammerte, wie sie Schurken trugen. »Junger Mann …«

Als sich Klawdi der Frau zuwandte, prallte diese zurück. Der Inquisitor wusste, dass er, wenn er sich auf einen Kampf vorbereitete, extrem widerwärtig aussah. Dafür brauchte er nicht einmal einen purpurroten Mantel!

Den Chef der Sondereinheit fand er in einem mit Ankündigungen gespickten Büro. Zwei in einer Ecke kauernde Frauen und ein Mann im Frack beäugten scheu das Funkgerät in den Händen des ungebetenen Gastes.

»Wir haben sie abgefangen, Patron. Die Mädchen. Neun insgesamt. Aus der Abschlussklasse.«

»Sind sie aktiv?«

»Nein, Patron. Sie sind durch die Bank taub. Genau wie im Dossier vermerkt. Die Vorstellung ist abgesetzt. Die Zuschauer werden nicht eingelassen. Wir durchkämmen gerade sämtliche Etagen.«

»Die Torka ist nicht in ihrem Büro. Sind Sie sicher, dass sie sich noch im Theater befindet?«

»Alle haben sie kommen sehen. Aber niemand hat gesehen, dass sie das Theater verlassen hätte. Ihr Auto steht auch noch auf dem Parkplatz.«

»Wie viele sind es Ihrem Gefühl nach, Kosta?«

Der Chef der Sondereinheit verengte die Augen zu Schlitzen. Einige der Fähigkeiten eines Inquisitors im Außendienst – und die Witterung gehörte dazu! – überstiegen sogar die des Großinquisitors: Kosta verhörte die Hexen nicht, er fing sie ein.

»Viele, Patron. Hier in diesem Gebäude halten sich viele auf … fünf oder sechs. Und bisher haben wir keine Einzige von ihnen gefunden.«

»Ist das Gebäude umstellt?«

Der Leiter verdrehte die Augen, im Grunde eine Unbotmäßigkeit, dafür jedoch eine Geste, die jeden Zweifel an der Professionalität seiner Einheit ausräumte.

»Gut, Kosta. Machen Sie sich an die Arbeit. Ich werde die Torka suchen.«

Er witterte die Hexe schon, als er die marmorne Zuschauertreppe in den dritten Rang hochstieg. Er witterte sie klar und deutlich. Offenbar eine Kampfhexe. Wie nah sie sich doch hatte unbemerkt an ihn heranschleichen können!

Er biss die Zähne aufeinander, um der Gegnerin einen mentalen Befehl zu senden. Die Reaktion erfolgte in Form eines kurzen Aufschreis. Klawdi folgte dem Geräusch, riss den Vorhang zurück, stürmte zur nächsten Treppe, die für den Notfall gedacht war. Unten klackerten sich rasch entfernende Absätze.

»Stehen geblieben!«

Die Türen, die zum zweiten Rang führten. Zum ersten. Zur Parkettloge. Ein rotes Kleid, das zwei Treppenabsätze weiter unten aufschimmerte.

Ein verzweifelter Schrei im Saal. Auf der Bühne. Fast unmittelbar darauf roch es nach Rauch.

Die verfolgte Hexe blieb stehen. Klawdi witterte das, witterte, wie sie stehen blieb, dort unten, ein Stockwerk tiefer, als wolle sie sehen, wie der Großinquisitor auf das Feuer reagierte. Für wen hielten die sich eigentlich!

»Feuer!«

Er hatte die Tür zur Loge fast erreicht. Der riesige, prachtvolle Saal verschwamm im Halbdunkel. Der Vorhang war hochgezogen, sodass er sich an der üppigen, leicht pompösen Kulisse für die Ballettpremiere ergötzen konnte. Ein Palast aus Brokat, ein Kerker aus Samt, ein Sonnenunter- oder -aufgang aus rosafarbenem Tüll.

Und schwarzer Rauch. Obwohl die Dekoration mit einem Brandschutzmittel behandelt worden war, brannte sie wie Zunder.

»Feuer!«

Die Sirenen heulten los. Ein Mann mit einem schaumspuckenden Handfeuerlöscher sprang auf die Bühne. Ihm folgte ein zweiter, schließlich ein dritter …

Der Rauch stieg auf. Die Gipsgesichter an der Decke büßten ihre Blässe ein, in die zuvor ausdruckslosen Augen trat eine fast menschliche Müdigkeit. Oder kam das Klawdi nur so vor?

Die Hexe. Sie war jetzt ganz in der Nähe. Sie würde den Schmerz, den sein Schlag ausgelöst hatte, überwinden und …

Erstaunt blickte Klawdi sich um. Etwas Neues hatte sich ins Bild geschoben.

Auf seine Brust war der Lauf eines großen schwarzen Revolvers gerichtet.

»Inquisitor! Henker!«

Die junge Närrin hatte sich vorgenommen, ihm vor seinem Tod noch tüchtig die Meinung zu geigen. Hätte sie gleich geschossen, hätte sie eine Chance gehabt.

»Du hast einen Fehler gemacht, Mädchen.«

Sein mentaler Schlag schleuderte sie gegen die Wand. Nahezu lautlos fiel der Revolver auf den weichen Läufer. Er trat an sie heran, blickte ihr in die vor Schmerz ganz schwarz gewordenen

Augen und maß ihren Brunnen aus. Achtzig. Außerdem war die Initiation erst kürzlich erfolgt.

Er packte sie beim Arm, der ungewöhnlich dünn, fast schon dürr war. Der feinknochige Arm einer Ballerina. Er fühlte ihren Puls.

»Wer hat dich initiiert? Wo? Warum hast du das getan? Du hättest einfach nur deine *Störche* tanzen sollen. Also, warum denn?«

»Ich bin eine Hexe«, krächzte sie ihm ins Gesicht.

»Du bist ein Mensch.«

»Ich bin eine Hexe! Eine Hexe! Sie werden schon noch sehen …«

Sie verdrehte die Augen und rettete sich in die Bewusstlosigkeit.

»Wo?!«

Der Kopf auf dem dünnen Hals fiel nach hinten. Weiße Augäpfel starrten Klawdi an. Die Brokatkulisse loderte grell. Im Orchestergraben wuselten Menschen herum. Verbranntes Plastik verströmte einen beißenden Geruch.

Er warf sich das Mädchen über die Schulter und schleppte es in den Gang. Ein Ballettmädchen wiegt nicht so viel – aber selbst in ohnmächtigem Zustand beeinträchtigte es seine Witterung. Die Nähe einer Hexe ließ ihn die anderen nicht mehr wahrnehmen.

Feuersirenen heulten. Überall zog es. Menschen rannten zu den Notausgängen. Hier hatte jemand Tränen in den Augen, dort zeigte ein anderer fröhliche Neugier.

»Patron?!«

»Haben Sie das Gebäude durchkämmt?«

»Das Feuer breitet sich zu schnell aus, Patron.«

»Haben Sie die Hexen geschnappt?«

Die Adern an Kostas Schläfen traten hervor. Er wusste, dass die Operation fehlgeschlagen war, aber er verstand nicht, warum.

»Bringen Sie das Mädchen hier ins Auto! … Scheiße!« Die Schlüssel in seiner Tasche! Mit dem Anhänger in Form einer Hühnerkralle. »Ywha! Scheiße, Scheiße, Scheiße!« Er stieß einen Fluch aus, der den Chef der Sondereinheit zurückprallen ließ.

Kaum hatte Ywha den Brandgeruch wahrgenommen, war sie aufs Fensterbrett geklettert.

Das Büro der Direktorin ging zum Platz vor dem Haupteingang hinaus, wo sich Schaulustige zusammendrängten. Viele, weitaus mehr als Theaterbesucher, und mit jeder Sekunde wurden es noch mehr, denn kein Bühnenspektakel konnte sich mit dem Szenario messen, das sich zu diesem Zeitpunkt in der Wyshnaer Oper abspielte.

Das Fenster war fest verschlossen, die Scheibe aus Panzerglas. Vor wem hatte Helena Torka Angst? Vor Dieben? Oder etwa vor Scharfschützen?!

Ywha schlug mit einem massiven Briefbeschwerer zu. Anschließend wuchtete sie einen Stuhl hoch und schleuderte ihn ins Fenster. Der Geruch nach Rauch kroch unter der Tür durch und waberte aus den Ritzen der Klimaanlage. Ywha hätte nicht mal ihr feines Näschen haben müssen, um zu begreifen, dass es sich um den erstickenden Geruch eines Feuers handelte.

Auf den Platz fuhren, die Menge auseinandertreibend, nacheinander drei Feuerwehrwagen. Ihnen folgten zwei weitere. Das Theater brannte rasch nieder.

Ywha stürzte zur Tür. Sie rüttelte an der Klinke. Die Türflügel waren solide, offenbar bestanden sie aus Mahagoni. Mit einem anständigen Schloss versehen. Helena Torka musste unter Verfolgungswahn leiden, anders ließ sich all das nicht erklären.

Ywha spähte durchs Schlüsselloch. Tränen schossen ihr ins Auge. Das Vorzimmer war voller Rauch.

Erst da packte sie die Angst.

Die letzten Tage über war Angst auch schon ihre ständige Begleiterin gewesen. Aber nicht eine *solche* Angst. Eine Angst wie diese zwang dem menschlichen Körper nämlich jede Reaktion ab, selbst die unwürdigste und erniedrigendste. Ywha krümmte sich in einem Schmerz, der unterhalb ihres Bauchs brannte.

Das war er also, der Scheiterhaufen. Ein riesiger, Effekt heischender Scheiterhaufen in Gestalt eines brennenden Theaters. Zweihundert Jahre lang hatte auf dem Platz das solide Gebäude gestanden. Jetzt sollte Schluss damit sein. Und Ywha würde in ihrem neunzehnten Lebensjahr ihr Ende finden.

Aber derart idiotisch! Um sie herum wimmelte es von Menschen – und sie war hier eingesperrt! Wie eine Ratte! Bei lebendigem Leibe würde sie …

Sie warf sich gegen die Tür. Wieder und wieder. »*Vollenden wir das Ritual, wie es unsere ungeborene Mutter befiehlt.*«

Halluzinierte sie?

Ywha betrachtete ihre Handflächen. Die linke blutete, was jedoch nur von einem eingerissenen Nagel herrührte. Was sollte das? »*Vollenden wir das Ritual, wie es unsere …*«

»*Das Pack herrscht nicht ewig. Nehmt die Kerzen …*«

Ein riesiger dunkler Saal. Eine Wendeltreppe, ein heißes Feuer, offenbar gab es keine Mauern … nur eine endlose Ebene mit roten Bergen am Horizont … Unmengen roter Berge, die zwar greller waren als der dunkelgraue Himmel, aber ebenfalls im Rauch versanken … die Berge waren aufgemalt …

»Hilfe! Nasar! Nasar, rette mich, ich …«

»*Das Pack flieht. Besser ein Brandherd als ein Scheiterhaufen. Schwestern, reichen wir uns die Hände …*«

Ein Gelächter, das dir die Ohren verstopfte.

»Nasar! Rettet mich doch … Irgendjemand …«

Die Flügeltür krachte, flog auf. Rauchwolken wogten in den Raum. Und wie eine Erscheinung, wie ein immaterielles Gespenst Nasars kam …

Sofort schoss der Schmerz in sie hinein. So fühlte sich die Nähe eines wütenden Inquisitors an.

»Ywha?« Kräftige Hände packten sie unter den Achseln. Ihr wurde schwindlig. »Folge mir! Schnell!«

»Sie sind hinter der Bühne.« Sie erkannte ihre eigene Stimme nicht.

»Was?!«

»Hinter der Bühne … da ist … ein großer Übungsraum … der zweite … sie initiieren … jetzt gerade …«

Klawdi stieß einen Fluch aus. Und noch einen, einen stärkeren und schlimmeren. Hustend versuchte Ywha, den Rauch aus den Lungen zu treiben.

Ein Mann mit einem flachen gelben Gesicht trat zu ihm, auch er ein Inquisitor und ebenfalls böse, außerdem Menschen mit Atemschutzmasken …

»Wo sind sie? Wo sind sie jetzt, Ywha?«

»Ich weiß es nicht.«

»Wir finden sie auch ohne ihre Hilfe, Patron«, meinte der Gelbgesichtige.

»Ist Ihnen noch nicht aufgefallen, dass die Oper brennt?!«

»Die Operation leite ich … Patron! Nehmen Sie das Mädchen und verschwinden Sie!«

Eine sekundenkurze Pause. Zwei Inquisitoren sahen einander an, schließlich gab der Ranghöhere nach. »Ywha … lass uns gehen. Fall mir bloß nicht in Ohnmacht, du bist keine Elevin, dann könnte ich dich tragen …«

Gänge voller Rauch. Husten zerriss ihr die Brust. Als sie über einen zusammengeschobenen Teppich stolperte, nahm der Inquisitor sie auf die Arme und trug sie. Treppen, immer neue Treppen, die nach unten führten; sie brachten all diese Treppen hinter sich, erreichten eine Tür.

Wie angewurzelt stand der Inquisitor da. Ywha spürte, wie sich ihr seine Hände in die Rippen bohrten.

»Stell dich hinter mich, Ywha. Zwischen meine Schulterblätter.«

Die Tür flog weit auf.

Die Tür flog weit auf.

Nicht fünf, nicht sechs, nein, acht Hexen, zwei davon in der Tat ganz frisch. Das Initiationsritual war gerade beendet, die Hexen noch erschüttert. Fanatisch. Ungeschickt, aber durchaus kampffähig.

»Sei gegrüßt, Inquisitor. Wir wollen hier durch.«

Sie machten nicht einmal Anstalten, über ihn herzufallen. Die Selbstgewissheit, die sie an den Tag legten, ließ sie in dem Glauben, sich mit dem Angriff ruhig Zeit lassen zu können. Eine Schildhexe, vier Kampfhexen, drei Arbeitshexen …

»Guten Tag, Mädchen. Ihr seid verhaftet.«

Ein viel zu langer Satz. Das bedeutete einen unverzeihlichen Fehler. Denn während er sprach, war er verwundbar. Nie durfte man sich in ein Gespräch verwickeln lassen!

»Deine Zeit ist vorbei, Inquisitor. Wenn du das einsiehst, bleibst du am Leben. Ansonsten solltest du wissen, dass auch Inquisitoren brennen können.«

Bemerkenswerterweise führte nicht die Schildhexe, sondern die stärkste Kampfhexe das Wort. Eine ungewöhnliche Rollenverteilung.

»Aus dem Weg, Inquisitor!«

Er stieß einen Fluch aus, einen so gemeinen und bösen wie nie zuvor in seinem Leben.

Ywha prallte zurück.

Fünf der vor dem Inquisitor stehenden Frauen marschierten gleichzeitig vorwärts, und Ywha sah – aber nicht mit den Augen! –, wie sich fünf weiße Nadeln gleichzeitig in Klawdi Starshs Kopf bohrten. Ywha krümmte sich. Auch sie spürte den Schmerz, schien von einem strammen Strick, gewunden aus Hass, Sehnsucht und Scham, gepeitscht zu werden. Die Hexen rückten schon wieder vor. Starsh fiel zu Boden.

Ywhas Bewusstein spaltete sich.

Sie sah, wie die Hexen über den Inquisitor herfielen, zu einem dunklen, schweren Etwas verschmolzen, ihn quetschten und würgten – und gleichzeitig rührten sich diese fünf angreifenden Hexen nicht vom Fleck, blieben stehen und schickten nur ihren Willen vor. Ywha wich nach hinten zurück, kroch weg. Die Wucht der angreifenden Hexen streifte am Rand auch sie. Das waren doch ihre Gefährtinnen, möglicherweise sogar ihre Schwestern.

Die Kräfte waren zu ungleich. Nun würde Ywhas Schwanken ein Ende finden. Gemeinschaftlich würden die Hexen den Inquisitor erledigen und sie mit sich nehmen.

Aus der dunklen Wolke, die sich über dem am Boden liegenden Inquisitor geballt hatte, schoss eine gekrümmte Hand heraus. Blindlings fuchtelte sie in der Luft – blind jedoch nur auf den ersten Blick. Der Druck, den die Hexen ausübten, verdoppelte sich, die Hand geriet ins Stocken, vollendete dann jedoch ihr Tun, indem sie erneut durch die Luft fuchtelte. Ywha sah – wieder nicht mit den Augen! –, wie die Konturen eines komplizierten Zeichens aufloderten. Kaum erblickte sie es, schleuderte es sie nach hinten, als hätte sie einen Kinnhaken verpasst bekommen.

Auch die Hexen prallten zurück. Die schwarze Wolke löste sich auf.

»Ach, Ywha, deine Sorgen möchte ich haben.«

Klawdi Starsh erhob sich.

»Gestern habe ich den ganzen Tag nichts anderes getan, als Frauen zu foltern, Ywha.«

Immer höher und höher erhob er sich, überwand die sich neu formierende Kraft der Hexen und erhob sich wie ein Toter aus dem Grab.

»Warum malt man auf ein Päckchen Schinken ein lachendes Schwein?«

Starsh drückte den Rücken durch.

Ywha sah – und auch diesmal nicht mit den Augen! –, wie seine Ellbogen eine Art Gummiring seitlich wegdrückten. Eine neue Fünferserie aus Nadeln bohrte sich in den rauchenden Verteidigungsgürtel – nur um dann zurückzufliegen: als Fächer aus grellgelb flammenden Funken.

Eine der schrecklichen Frauen plumpste schweigend zu Boden. Eine hieb auf ihr Gesicht ein, als wolle sie sich die Augen auskratzen. Die drei anderen erstarrten und rissen die Arme in einer Verteidigungsgeste hoch. Schließlich zog eine der drei, die sich bisher nicht in den Kampf gestürzt hatte …

»Pass auf, Starsh!«, rief es plötzlich.

Der Inquisitor schaffte es gerade noch, sich zu ducken. Der Schuss war beleidigend leise. Eine Frau, die über die am Boden liegende Ywha sprang, stand plötzlich zwischen den Fronten. Schwarze, grau gesträhnte Haare fielen ihr wirr über die Schultern.

»Verräterin«, fauchte eine der Hexen.

»Die Verräterinnen seid doch ihr!« Die Frau mit dem wirren Haar hob die Arme. »Alle, die meinem Theater schaden … verfluche ich. Lebt auf ewig – mit diesem Fluch der Helena Torka!«

Diejenige mit der Pistole feuerte drei Schuss ab. Die Torka ging nicht zu Boden.

»Rina, du bist wie eine Tochter für mich. Sanija, du warst immer eine talentlose Tänzerin, daran wird auch die Initiation nichts ändern. Dona, dich habe ich aus dem Kinderheim rausgeholt. Klyza …«

Zwei weitere Schüsse krachten; damit war das Magazin leer.

Aufschluchzend schleuderte die Schützin ihre Pistole gegen die Torka, die selbst jetzt nicht zu Boden ging.

»Ihr hab euern Weg gewählt, meine lieben Kinderchen. Jetzt lebt mit dem Fluch eurer Mutter.«

»Unsere Mutter ist noch gar nicht geboren!«, schrie die jüngste der Hexen mit zarter Stimme. Sie konnte höchstens vierzehn Jahre alt sein.

Ein Schlag folgte. Als hätte ihr jemand einen Knüppel über den Kopf gezogen, sackte Ywha nach Luft schnappend zu Boden. Das Mädchen, das von der noch ungeborenen Mutter gesprochen hatte, fiel lautlos hin. Diejenige, die die Torka des Verrats bezichtigt hatte, zischte wie eine verletzte Schlange. Starsh stand da, an die Wand gedrückt, und überzog mit seinem Willen ausnahmslos alle anwesenden Hexen, die jungen wie die alten, die aktiven wie die tauben. Sogar Helena Torka geriet ins Straucheln.

»Keine rührt sich vom Fleck! Hier spricht die Inquisition!«

Wurde auch höchste Zeit, dachte Ywha, die spürte, wie ihr Bewusstsein wegwaberte.

Ein Schrei zerriss den Raum, dem Kopfschmerz folgte. Die Pistolenschützin wurde an den Haaren fortgezogen. Ein Dutzend grobschlächtiger Kerle stürmte herein. Und dann auch ein zweiter Inquisitor, der mit dem gelben Gesicht. Die Hexen ... Ein zarter Gesang erklang in Ywhas Ohren, ähnlich dem Surren einer Mücke.

Helena Torka hielt sich noch immer auf den Beinen. Ihr dunkles Kleid färbte sich plötzlich schwarz, auf der Brust wirkte es sogar wie lackiert.

»... einer alten Frau ... Pflicht ... Nie hätte ich gedacht, dass mein Scheiterhaufen einmal ...«

»Helena.«

»Klawdi, bitte, ich würde so gern ... es ist mein letzter Wille ... wenn Sie so wollen ...«

Dann verlor Ywha das Bewusstsein. Endgültig.

»Jede Kreatur hat ihre Bestimmung. Sinnlos ist nur der Mensch. Auf der Suche nach einem inneren Gleichgewicht erdenkt sich der Mensch einen Sinn, der ihn von der Hexe unterscheidet. Die

Hexe ihrerseits ist die Verkörperung der Sinnlosigkeit, sie ist frei bis zum Absurden, spontan und ungestüm, ihr Tun ist nicht vorhersagbar. […] Eine Hexe kennt weder Liebe noch Zuneigung, weshalb man sie nicht für sich *einnehmen*, sondern sie nur töten kann. […] Eine Menschheit ohne Hexen gliche freilich einem Kind, das alle kindlichen Launen vermissen lässt und nur der Rationalität und dem Zynismus das Wort redet. Eine Menschheit, die den Hexen ihren freien Willen ließe, gliche hingegen einem geistig zurückgebliebenen Kind, das sich keine Sekunde zu konzentrieren vermag und einzig seinen Albereien nachgeht.

Sie werden fragen, ob die Hexen nach der Weltmacht verlangen? Da kann ich Ihnen nur ins Gesicht lachen: Hexen wissen nicht einmal, was Macht ist. Die Macht nämlich unterdrückt nicht nur die Untertanen, sondern auch die Herrscher. Hexen, die aufgrund einer Laune der Natur in den Körpern von Menschen leben, werden bereits durch das Vorhandensein von Menschen unterdrückt. Hexen werden gequält und eingeschränkt allein durch die Tatsache, dass sie inmitten von Menschen zu leben haben. Unsere Welt ist nicht für sie gemacht. Eine Hexe, die den alten Bräuchen anhängt, versucht demzufolge, ihre Umwelt zu schädigen. Eine leere Welt für eine einzelne Hexe, das wäre die Bedingung, unter der sie angemessen leben könnte.

[…] Die Erde wäre eine Ödnis, begraben unter Ruinen, wenn sich alle Hexen dasselbe Ziel steckten. Da jedoch glücklicherweise jede Gemeinschaft Zwang bedeutet …

[…] Sie werden mich fragen, ob der namenlose Verfasser der viel zitierten *Entdeckung der Wespen* recht hat? Trifft es zu, dass eine Schar vereinzelter Hexen zu einer eisernen Armee wird, sobald die *Mutterhexe* geboren wird?

Vernachlässigen wir an dieser Stelle ruhig die Geschichte. Nehmen wir stattdessen den Deckel vom Bienenstock und fragen uns, wozu die Bienenkönigin existiert und wie häufig sie vorkommt. Und fragen wir uns auch: Ist eine Art noch lebensfähig, wenn die Mutter nur alle fünfhundert Jahre einmal geboren wird?«

Lautlos öffnete sich die Tür. Ywha hob den Kopf. Die abrupte Bewegung ließ sie wieder schwindeln, alles verschwamm ihr vor den Augen. Aus dem Büro trat der gelbgesichtige Inquisitor, derjenige, der den Einsatz in dem brennenden Theater geleitet hatte. Der Inquisitor war nicht böse. Seine anderen Gefühle versuchte Ywha gar nicht erst einzuordnen. Er war nicht böse, das reichte ihr.

Wie sehr das Herz dieser Schrecken gebietenden Inquisition doch einem gewöhnlichen Polizeirevier glich. Diszipliniert und ordentlich ausgestattet, letztlich aber doch bloß ein Revier. Und sie hatte sich bisher immer gefürchtet, das Gebäude zu betreten. Jetzt saß sie auf einem Sofa und hielt ein dickes Buch auf den Knien.

Eine Zeit lang war es still im Vorzimmer. Irgendwann kam der Arzt aus dem Büro. Der Referent, dessen Gesicht das hellblaue Licht eines eingeschalteten Computerbildschirms verschattete, sah ihn fragend an. Der Arzt nickte.

»Kann ich vielleicht …«, Ywha rutschte auf dem Stuhl hin und her, »… reingehen?«

»Man hat Sie nicht aufgerufen«, erklärte der Referent kalt. Dann dachte er kurz nach. »Sie sollten da nicht hineingehen«, fügte er sanfter hinzu. »Dort gibt es Geständniszeichen, das gefällt Hexen nicht sonderlich gut.«

»Männer denken höchst selten darüber nach, was Hexen gefällt«, konterte Ywha unerschrocken, »weshalb es ausgesprochen angenehm, wenn auch höchst selten ist, ihre Sorge zu genießen.« Sie holte Luft und genoss den Anblick des entgeisterten Referenten.

»Männer denken überhaupt selten«, sagte eine männliche Stimme aus der Gegensprechanlage. »Sei so gut, Ywha, und gedulde dich noch eine Viertelstunde.«

Jetzt war es an ihr, bestürzt dreinzuschauen. Sie hatte nicht daran gedacht, dass jedes Wort, das im Vorzimmer geäußert wurde, im Büro zu hören war. Der Referent, nunmehr gerächt, bedachte sie mit einem amüsierten Blick. Seufzend wandte sich Ywha wieder dem aufgeschlagenen Buch zu.

»Es ließe sich völlig zu Recht einwenden: Hexen haben keine Nachkommen. Selbstverständlich können Hexen Kinder in die Welt setzen, zumeist Mädchen. Doch entfällt auf geschlechtsreife Hexen der gleiche Anteil junger Hexen wie auf alle sonstigen Frauen. […] Warum blieb der Hexenbestand dann in all den

Jahrhunderten nahezu konstant? Oder, um es präziser zu formulieren: Warum folgt auf einen sprunghaften Anstieg ihrer Zahl ein Tief, bei dem es nur wenig Hexen gibt und die Initiation zu einem Relikt mutiert? Warum folgen auf stürmische und schwere Zeiten, auf Kriege und Katastrophen Phasen der Stagnation, in denen sogar die Kunst und das Handwerk in sanften Schlummer fallen? Das zu verstehen kommt der Schwierigkeit gleich, einem Erstklässler zu erklären, warum selbst dem strengsten Winter immer ein Tauwetter folgt.«

»Aus allen Büchern, die dir zur Verfügung stehen, hast du dir ausgerechnet das langweiligste ausgesucht. Liebst du etwa die langen, schönen Sätze so sehr?«

Der Inquisitor kam quer durch das Vorzimmer. Er bewegte sich irgendwie anders als sonst. Schon im nächsten Moment war Ywha klar, warum. Er passte auf seinen linken Arm auf, war vorsichtig. Selbst das helle, legere Jackett konnte nicht über seinen achtsamen Gang hinwegtäuschen.

Außerdem hatte er heute Morgen doch noch eine Jacke getragen. Eine elegante Sommerjacke, an die sich Ywha gut erinnerte, schließlich hatte sie das Gesicht in diese Jacke vergraben.

Also waren seinen Sachen verhunzt. Vermutlich hatte die Jacke ein Loch. Ein Blutfleck war mit Sicherheit zurückgeblieben – und den bekam man nicht so leicht raus.

»Myran«, wandte sich der Inquisitor an den Referenten. »Rufen Sie in der Werkstatt an. Falls mein Wagen repariert ist, sollen sie ihn zu mir nach Hause bringen. Wir nehmen den Hinterausgang, Ywha. Wozu Aufsehen erregen?«

Sie traten durch eine völlig versteckt gelegene Seitentür des Inquisitionspalasts hinaus. Vorm Haupteingang standen Menschen. Ywha fuhr zusammen; sie meinte, in der Luft liege Brandgeruch. Nein, sie hatte sich getäuscht.

Sie selbst war es, die immer noch nach Rauch roch. Und wie sie aussah! Aber vor allem dieser Geruch!

Es ging auf elf zu. Gelbe Scheinwerfer beleuchteten effektvoll den spitzen Giebel des Palasts. Ywha schwindelte. Sowohl die Nacht als auch der beleuchtete Giebel hörten kurz auf zu existieren, und es gab nur noch Kreise, bunte Kreise, und ein fernes Gebrabbel, das Klackern von Ballettschuhen auf dem Parkett.

Irgendwann wurde ihr klar, dass sie wie angewurzelt dastand, verkrallt in den linken Arm des Inquisitors. Und dieser Arm war aufs Äußerste angespannt.

»Oh!« Sie löste die Finger, trat zur Seite und wusste nicht, wie sie sich entschuldigen sollte. »Ich bin aber auch eine Idiotin. Tut mir leid.«

Lautlos fuhr der Dienstwagen vor. Die Tür öffnete sich.

»Verzeihen Sie mir … es tut mir wirklich leid. Ich weiß auch nicht … Hat es wehgetan?«

»Ja«, erklärte der Inquisitor nach kurzem Schweigen. »Aber es kommt immer darauf an, womit du es vergleichst. Steig ein!«

Der Fahrer schielte erstaunt zu ihr hinüber. Oder kam ihr das nur so vor?!

Die nächtliche Stadt. Ein Lichterkarussell. Sie blinzelte und erlitt einen neuerlichen Schwindelanfall. Was war bloß mit ihr los? Und wo war das Buch? Hatte sie es etwa auf dem Sofa im Vorzimmer liegen lassen? Wie dumm!

»Wir wissen, dass jede Frau eine Hexe zur Welt bringen kann. Immer noch hält sich die Legende, die entsprechende Empfängnis sei nur während eines Hexensabbats möglich respektive der Hexensabbat sei allein dafür gedacht, in einen noch leeren Leib den Samen einer zukünftigen Hexe zu pflanzen.«

Ywha seufzte mehrmals.

»Ist dir nicht gut?«, fragte der Inquisitor, ohne ihr den Kopf zuzuwenden.

Auch sie sah ihn nicht an, als sie nickte.

»Nach allen Regeln der Kunst müsstest du eigentlich ein paar Stunden bewusstlos sein … Zumindest sind deine Freundinnen, die aus dem Opernhaus eine ausgebrannte Ruine gemacht haben, bisher noch nicht wieder zu sich gekommen.«

Ywha schluckte. Daran wollte sie lieber nicht zurückdenken.

Im Hof des Hauses am *Platz des Siegreichen Sturms* führte die Dame ihren Hund spazieren. In der Wohnung im ersten Stock beendete die fröhliche Haushälterin gerade ihre Arbeit. Der Blick, den sie für Ywha übrig hatte, ließ keine Zweifel aufkommen.

Als Ywha sie bemerkte, stellte sie sich auf die Zehenspitzen, um den Inquisitor bittend anzusehen. »Klären Sie sie auf …

Sonst macht sich die arme Frau noch Sorgen, weil sie glaubt, Sie hätten eine heruntergekommene und hässliche Freundin. Sie hat ja keine Ahnung, weshalb sie mich hergebracht haben.«

Eine Weile sah ihr der Inquisitor abwägend in die Augen. Dann verzogen sich seine Lippen zu einem Lächeln. »Wäre dir das peinlich? Wenn sie glaubt, du seist meine Freundin?«

»In Ihrer Position sollten Sie lieber eine gepflegtere Freundin haben«, erwiderte Ywha. »Oder nicht?«

(Djunka. April)

Der alte Lum sprach mit einer Frau. Aus der Ferne glaubte Klaw, es handle sich um Djunkas Mutter. Erst nach einem gewaltigen Schweißausbruch erkannte er seinen Fehler. Djunkas Mutter war jünger und kantiger, diese Frau wirkte hingegen so müde und aufgeschwemmt wie eine niedergebrannte Kerze. Der Lum redete in einem fort. Die Frau antwortete zögernd, nickte kaum mit dem schweren Kopf und schien die hängenden Schultern leicht durchzudrücken. Vielleicht täuschte sich Klaw jedoch auch.

Dann gab die Frau dem Alten kraftlos die Hand, hievte sich mühevoll von der Bank hoch und ging davon, wobei die Reisetasche in ihrer herabhängenden Hand fast den Boden berührte. Der Lum schaute ihr noch ein Weilchen nach, bevor er sich umdrehte. Neben ihm stand reglos ein verschlossener, nervös schweigender Junge.

Drei Minuten lang beobachteten beide ein großes Eichhörnchen, das den dunklen Stamm einer Eiche in Spiralen erklomm.

»Ich brauche Trost«, sagte der Junge tonlos.

»Ich bin hier, um zu trösten«, erwiderte der Lum achselzuckend. »Aber dir werde ich wohl kaum helfen können … Klawdi.«

»Versuchen Sie es doch wenigstens«, bat der Junge leise. »Wohin sollte ich denn sonst gehen?«

Der Lum schwieg und ließ sich gegen die Lehne der Bank sinken. »Ich habe dich gewarnt«, sagte er schließlich, wobei er dem weghuschenden Eichhörnchen nachsah. »Aber du wolltest nicht auf mich hören.«

»Stimmt«, gab Klaw zu. »Ich konnte nicht auf Sie hören … Wenn das alles noch einmal geschähe …« Er erschauderte.

»… wenn das alles noch einmal geschähe, würde ich wieder nicht auf Sie hören.«

»Schade«, bemerkte der Alte beiläufig. »Du bist stärker als viele andere … und du bist gleichzeitig unverzeihlich schwach.«

»Worin besteht eigentlich meine Schuld?«, ereiferte sich Klaw. »Darin, dass ich sie geliebt habe? Sie immer noch liebe?«

Der Lum hob den Blick. Als Klaw diesen auffing, fröstelte ihn – und er erkannte seinen Fehler. Wenn der Alte auch nur entfernt etwas mit dem Tschugeister-Dienst zu tun hatte …

Sein Gegenüber verstand nur allzu gut. Die nächsten Minuten maßen sich der Alte und der Junge mit Blicken.

»Ich bin nur ein Lum«, brachte der Alte zögernd heraus. »Ich tu, was ich kann … Mehr nicht. Unterstell mir also nichts … Ich bin nur ein Lum.«

»Sie haben gesagt …«, Klaw holte Luft, »… ich würde etwas Verbotenes tun. Ich würde sie wecken und festhalten, und ich wäre … stark genug, um … und …«

Die Frage traute sich nicht über seine Lippen.

»Genaues weiß ich nicht«, erklärte der Alte, den Blick nach vorn gerichtet, dorthin, wo unzählige kleine Vögel durch die grünenden Zweige schossen. »Vielleicht hast *du* sie erst hergeholt … Vielleicht auch nicht. Das weiß niemand.«

»Weshalb kommen sie zu uns?«, fragte Klaw mit Flüsterstimme. »Kommen … sie wegen uns? Sind … sind das wirklich *sie*?«

Nachdem er seine vagen, ihn beschämenden Ängste in Worte gekleidet hatte, fühlte er sich erleichtert. Immerhin hatte er das geschafft. Die entscheidende Frage war gestellt.

»Ich kann dir nicht mehr sagen, als ich weiß«, erklärte der Alte bedauernd. »Ich kann dir nicht mal alles sagen, was ich weiß. Das wäre … zu persönlich …«

»Wollen sie unseren Tod?«, fragte Klaw rasch. »Kann das wirklich sein? Die Tschugeister sagen …«

Er verstummte. Dieses Wort hätte er sich verkneifen sollen, an die wollte er gar nicht denken.

»Schon möglich«, erwiderte der Alte, der den Blick nur mit Mühe von dem Spiel der Vögel losriss. »Das ist … zu individuell … Aber ich will nicht, dass du hier weiter herkommst. Das klingt vermutlich brutal, aber du hast es selbst so gewollt. Komm nicht mehr auf den Friedhof. Oder ich rufe … sie. Selbst wenn ich auch nicht gerade viel für sie übrig habe.«

»Aber nur Sie können mir … helfen … mir sagen …« Klaw redete nur, um nicht zu schweigen. Er hatte bereits verstanden, wie sinnlos seine Worte waren.

»Pass auf dich auf«, mahnte der Lum. »Das ist alles, was ich dir sagen kann.«

Damit stand er auf, schlagartig gealtert, und ging fort und bot seinen gekrümmten Rücken den Meisen als Landefläche an.

Klawdi wusste, dass kaum Hoffnung auf Schmerzlinderung bestand. Seit seiner Zeit als Inquisitor im Außendienst schlugen Schlaftabletten oder Schmerzmittel bei ihm nicht mehr an. Schmerzen musste er mit Willenskraft überwinden – nur konnte er sich momentan auf Teufel komm raus nicht konzentrieren.

Der Schmerz rührte nicht von der verletzten Hand her. Nein, er saß irgendwo tief in seinem Innern, ein niedergehaltener, immer wieder zusammengestauchter Schmerz. Klaw durfte nicht an ihn denken.

Die Augen der jungen Frau funkelten im Halbdunkel der Diele; die Haare, die über die Schultern fielen, erinnerten an Kupferdraht. Sie verfügte über eine ausgezeichnete Abwehr. Bislang hatte er noch nie eine Hexe getroffen, die derartige Ereignisse so gelassen hinnahm. Gut, vor dem Inquisitionspalast wäre sie beinahe in Ohnmacht gefallen. Weshalb sie seinen verletzten Arm ja auch so gequetscht hatte. Nebenbei bemerkt: War der eigentlich wirklich verletzt?

Was für ein Verfall der Moral! Eine Hexe, die mit einer Schusswaffe auf einen Inquisitor losgeht. Noch vor zehn Jahren wäre ihnen das barbarisch vorgekommen; aber jetzt schreckten sie vor nichts zurück. Wo die eigenen Kräfte nicht reichten, griffen sie zur Pistole.

Vermutlich trug Ywha keine gute Wäsche. Folglich mussten die Formen, die sich unter dem blutdurchtränkten Pullover abzeichneten, ihre eigenen sein.

Nachdem sie seinen Blick auffing, schaute sie zu Boden. Ihm war ebenfalls unbehaglich zumute. Nicht weil er sie gemustert hatte – er hatte schon gepflegte Frauen gesehen und schlampige, Frauen in Brokatkleidern und in Lumpen und auch so, wie Mutter Natur sie geschaffen hatte.

»Herr Klawdi!«, rief die Haushälterin aus der Küche. »Ich verarbeite den Quark, der wird Ihnen sonst schlecht. Ich mache Ihnen daraus Küchlein. Reicht Ihnen eine Portion? Oder wollen Sie mehr?«

»Zwei«, antworte Klawdi, ohne sich umzudrehen.

Ywha seufzte mehrmals.

Julian ist doch ein Idiot, dachte Klawdi mit überraschender Härte. Ein echter Idiot! Sein Junge wird nie ein Mann werden. Aber natürlich hat das auch seine Vorteile – so ein gehorsamer Sohn.

Welche Zukunft Nasar und Ywha wohl bevorgestanden hätte? Vermutlich eine rosige. Das Mädchen war klug genug – damit sowohl der Vater wie auch der Sohn einem ruhigen und angenehmen Leben mit ihr hätten entgegensehen dürfen. Woher kam diese überbordende Liebe? Nasar schien sie nicht zu lieben, sondern lediglich von ihrer exotischen Erscheinung fasziniert zu sein. Ywha dagegen war ihm ein Rätsel. Sie mochte den Dummkopf offenbar wirklich gern, sogar so sehr, dass sie bereit war, seinetwegen einiges zu ertragen.

Hätte sich Nasar doch nur einmal vor Augen gehalten, was genau seine ehemalige Freundin zu erleiden hatte! Vielleicht wäre er dann ja nebenbei sogar erwachsen geworden!

»In Ihrer Position sollten Sie lieber eine gepflegtere Freundin haben. Oder nicht?«

»In meiner Position ...« Beinahe hätte er gegrinst. »... sollte ich nur die Freundinnen haben, die ich haben möchte. Darin liegt der Vorteil, wenn man weit oben auf der Karriereleiter steht.«

»Wenn das so ist!« Das Mädchen reckte das Kinn vor. »Dann weiß ich, warum ich in Ihrem Riesenbett nicht schlafen konnte. Da treiben sich noch die Gespenster Ihrer abgelegten Schönheiten rum!«

Nach dem Essen bemerkte sie, dass die Courage, die ihr Kraft gegeben hatte, verschwunden war.

Dort, am Straßenrand, hatte weißer Löwenzahn gestanden.

Die Frau, die unbedingt in dem brennenden Gebäude hatte bleiben wollen, hieß Helena Torka. »Wenn sich eine Hexe nicht der Initiation unterzieht, hebt sie sich kaum von anderen ab, wohingegen eine initiierte Hexe kaum noch als Mensch betrachtet werden kann. Niemand wird sie je verstehen. So wie ein Fisch, der in der Tiefe lebt, die Gesetze des Feuers nicht begreifen kann.«

»Hast du mich verstanden, Ywha?«

Sie presste die Lippen aufeinander. Diese Helena Torka tat ihr unendlich leid. Und noch jemand. Das Mitleid ließ sich kaum ertragen.

»Du schaffst das, Ywha. Mich bedrückt das auch.«

»Hat sie ... sich umgebracht?«

Eine Pause.

»Sie hatte einfach nichts mehr, wofür es sich zu leben lohnte. Ihr Theater, ihre Schülerinnen ...«

»Warum?!«

»Es sind Hexen, Ywha. Niemand versteht, warum glückliche und zufriedene Mädchen, die ihr Leben vollständig der Kunst widmen ... warum geliebte und liebende Mädchen mit einem Mal gegen alles rebellieren, was ihnen bislang heilig gewesen ist. Sie ermorden ihre Lehrerin, brennen die Oper nieder ... Das Haus ist vollständig ausgebrannt, Ywha. Während es wieder aufgebaut wird ...«

»Aber die Torka war doch auch ...«

»... eine Hexe. Ja. Ich kann dir nicht erklären, warum die Torka ihr ganzes Leben ... warum die Torka es vorgezogen hat zu sterben, statt zu einer *aktiven* Hexe zu werden. Natürlich würde ich das gern verstehen ... aber ich kann es nicht, Ywha.«

»›So wie ein Fisch, der in der Tiefe lebt, die Gesetze des Feuers nicht begreifen kann.‹«

»Ja. Bist du gut in der Schule gewesen? Bei deinem Gedächtnis?«

»Nein ... Ich habe kaum die siebte Klasse geschafft. Mir ist schlecht.«

»Ich weiß. Das geht aber vorbei.«

»Bringen Sie mich nicht ... dahin. Allein habe ich Angst.«

»Fürchtest du dich vor den Heerscharen von Gespenstern? Meinen Freundinnen?«

Ywha rang sich ein Lächeln ab.

Ob er verstehen würde, was genau ihr Angst einflößte? Dass es nicht nur um die diffusen Ängste einer nervlich angeschlagenen jungen Frau ging? Sondern dass sie sich vor sich selbst fürchtete? Vor derjenigen, die sich heute in den unergründlichen, absolut unmenschlichen Augen der angreifenden Hexen gespiegelt hatte … »*Niemand wird sie je verstehen.*«

Der Fernseher erlosch. Ywha saß beinahe liegend im Sessel, den Kopf gegen die weiche, hohe Lehne gebettet. Sie glaubte, in einem Autobus zu sitzen. Sie fuhren durch einen morgendlichen Wald, wobei die Stämme halb im Nebel verschwanden. Hinter jedem Baum lugte, sich im Nebel auflösend, eine weibliche Figur hervor …

Ywha ächzte.

Jetzt sah sie vor sich eine hohe Steinmauer – und einen bodenlosen Abgrund. Am gezackten Rand dieses Abgrunds schlurften Menschen entlang, schlichen, ohne einander wahrzunehmen. Irgendwann brachen sie aus, stürmten vom Abgrund weg oder stürzten sich in die Tiefe, weil sie den tristen Weg nicht länger ertrugen.

Doch niemand erreichte den Boden. Und von dort unten, aus der Tiefe, blickten sie die wissenden, durch nichts zu überraschenden und zugleich unendlich bösen Augen des Mädchens mit den heißen Sandwiches an.

Die tote Helena Torka lag da, ihre Hände baumelten über den steinernen Rand.

Zitternd schlug Ywha die Augen auf. Im Zimmer war es dunkel. Der Fernseher blinkte mit der roten Stand-by-Lampe, die Bäume, von den Straßenlaternen beleuchtet, warfen Schatten auf die Gardinen.

»*Bild dir nicht ein, dass du eine Wahl hast, du Idiotin. Es wird nur schlimmer, wenn man dich unschuldig verbrennt.*«

Wer hatte das gesagt?!

Ein anständiger Mensch hätte noch heute den Hut genommen.

Er jedoch saß da, starrte in die Tasse mit dem kalt gewordenen Tee und quälte mit seiner gesunden Hand eine ohnehin zerquetschte Zigarette. Er versuchte die letzten Worte Helena

Torkas zu vergessen: »*Danke, Klawdi, Sie sind ein guter Mensch.*«

Und wenn er nicht gut gewesen wäre? Wenn er nämlich nicht so verdammt gut gewesen wäre, dann wäre Helena noch am Leben! Und das Theater wäre eventuell auch nicht niedergebrannt. Hätte sich einer seiner Untergebenen einen solchen Patzer erlaubt, hätte Klawdi ihn mit größtem Vergnügen an die Wand geklatscht. Umgekehrt würden seine Untergebenen jetzt schweigend abwarten. Morgen früh würde der Herzog anrufen und ihm mit Trauerstimme zum Ende der Opernsaison gratulieren, während er, Klawdi, ihm kühl mitteilen konnte, er werde sämtliche Befugnisse niederlegen und den Dienst quittieren.

Kurzfristig hob sich seine Laune. Er stellte sich das Schweigen im Telefonhörer vor … und den Gesichtsausdruck des Herzogs. Wie eisig die Antwort ausfallen würde. Das Okay. Denn natürlich würde der Herzog seinem Ersuchen zustimmen.

»*Danke, Klawdi, Sie sind ein guter Mensch.*«

Er presste die Handteller vors Gesicht. Helena, Helena … »*Sie sind ein guter Mensch.*«

Aus. Jetzt war Schluss mit seiner Güte. Er konnte noch so sehr über das Ende seiner Dienstzeit phantasieren, über das Meer und das warme Odnyza. Wenn jemand davon begeistert sein würde, dann Fedora. »*Bleib bei uns, ja, Klaw? Was brauchst du denn sonst noch?*«

Er konnte noch so sehr phantasieren. Eine mit dem Füller hingekrakelte Unterschrift – und schon bist du frei, die Verantwortung lastet nicht mehr auf dir, dein Dasein als machtgeiler Emporkömmling, den man in allen Fernsehkanälen mit Schimpf und Schande bedeckt, endet. Dann bist du unversehens ein ganz anständiger Mann, und nicht alles, was du getan hast, war schlecht.

Jetzt war Schluss mit seiner Güte! Und auch mit seinen Träumen. Selbst wenn die öffentliche Meinung beschloss, er höchstpersönlich hätte das Opernhaus niedergebrannt, so würde er sein Amt behalten – bis man ihm den Stuhl vor die Tür setzte.

Und auch Letzteres würde er nicht ohne Weiteres zulassen.

Diese Hexen! Diese Luder! Und gleich fünf auf einmal. Natürlich aus der Boheme. Ein Kollektiv. Dieser Kopfschmerz! Dieser entsetzliche Kopfschmerz.

Nein, vermutlich kam das von der Seele. Falls das, was Klawdi gerade peinigte, überhaupt einen Namen trug.

(Djunka. Mai)

In dem kleinen Zimmer wurde es allmählich dunkel. Über die weiße Decke krochen Lichtstreifen, ein trüb gespiegelter Abglanz des nächtlichen Lebens in dieser belebten Straße mit all den funkelnden Lichtern. Weit, weit unten lärmten zahllose Autos, was hier oben jedoch nur als tiefes, ununterbrochenes Gebrumm ankam.

»Klaw?«

In ihrer Stimme lag eindeutig Unruhe. Klaw umfasste seine Schultern noch fester und versuchte, tiefer in den knarzenden, durchgesessenen Sessel zu sinken.

»Warum sagst du denn nichts, Klaw?«

»Djunka«, brachte er mühevoll heraus. »Du ... also ...«

Es hätte nicht viel gefehlt, und er hätte sie ohne Umschweife gefragt: Wer bist du überhaupt? Bist du ein Gespenst, das in der Hülle meiner Freundin umherwandelt? Oder bist du das Mädchen, das ich seit zwölf Jahren kenne?

»Djunka!« Er beleckte die Lippen. »Erinnerst du dich noch, wie wir zu den *Blinden Tänzern* gegangen sind? Ohne Eintrittskarten und ...«

Er stockte. Die Erinnerung war unerwartet lebendig, sie rührte ihn. Prompt wusste er nicht mehr, ob er Djunka dieser Prüfung unterziehen oder vor dem kalten Heute in das süße Gestern fliehen wollte.

»Ich erinnere mich.« Er spürte, wie Djunka lächelte. »Stanko Solen hat uns ein Fenster aufgemacht und wir sind ... durch den Bühneneingang ... zu viert ...«

Klaw schloss die Augen. Es war ein Sommerabend gewesen, ein stickiger, brütender Abend. Einer von jenen, an denen man am liebsten in Unterwäsche zum Tanzen gehen würde. Das würde die Mädchen schockieren, und man würde den weichen Abendwind auf der Haut spüren; sobald die Mücken auftauchen, heißt es natürlich: die Beine in die Hand nehmen.

Dann war da aber auch die Diesellok, mit der turmhohen dunkelroten Visage und den beiden phosphoreszierenden orangefarbenen Streifen. Und mit dem Gitter, das wie ein Eisenbart vorragte. Klaw schauderte.

»Hat wirklich Solen das Fenster geöffnet?«, fragte er tonlos. »Wirklich er?«

»Aber sicher.« Djunka schien erstaunt. »Er hat doch im *Westclub* sauber gemacht ... die hätten ihn rauswerfen können ... wenn rausgekommen wäre, dass er uns reingelassen hat ...«

Klaw schwieg. Vier Teenager, die ein nervöses Lachen unterdrückten und sich bei einer Skandalvorstellung einschmuggelten. Ein fünfter, der ihnen das Fenster öffnete. Zu viele wussten da Bescheid!

»Djunka!« Er sprach schnell, um weder ihr noch sich selbst Zeit zum Überlegen zu geben. »Was haben wir unter dem Fliederbusch neben dem Spielplatz vergraben? Nur wir beide? In der ersten Klasse?«

»Eine Vogelpfeife«, meinte Djunka verwundert, jedoch ohne zu zögern. »Eine Meise aus Ton, mit einem Loch im Schwanz. Wie dumm wir damals waren ...«

Klaw ballte die Hände zu Fäusten. Was hatte er denn hören wollen? Welche Fragen, welche Erinnerungen konnten ihm denn beweisen, dass Djunka nicht Djunka war? Nach allem, was er ... nach allem ... War er denn blind? Schaffte er es ohne dieses dämliche Verhör nicht, zu erkennen, dass er seine Djunka vor sich hatte?

»Stimmt«, flüsterte er. »Wir waren damals dumm ... Djun ... Und woran ... erinnerst du dich am besten?«

Djunka schwieg lange, und Klaw dachte schon, er habe seine Frage nicht klar formuliert, habe sie vielleicht zu nebulös gehalten.

»Meine stärkste Erinnerung ist«, antwortete Djunka schließlich mit leicht zitternder Stimme, »wie wir auf den Berg gestiegen sind. Damals, du weißt schon. An dieses Gefühl, wenn du nach und nach das riechen kannst, worauf es ankommt. An den Wind und ...«

Ein eisiger Schauder rieselte über Klaws Haut. Auch er sah den Tag klar vor sich. Die Rücken der Berge, einer grün, einer blau, einer grau. Er empfand den Schwindel, spürte den Wind.

Djunkas Hand hatte in der seinen gelegen, so klar und natürlich wie der Geruch des über den Stamm rinnenden Harzes.

»*Wenn du nach und nach das riechen kannst, worauf es ankommt.*«

Niemand außer Djunka hätte das so formuliert.

Niemand außer der echten Djunka.

»Djun, lass uns …«, er seufzte mehrmals, »… ein wenig auf den Balkon gehen. Wie … damals …«

»Lass uns aufs Dach klettern«, bat sie flüsternd. »Ja, Klaw … Bitte!«

In der Küche brannte Licht. Ywha tastete sich durch den dunklen Flur. Der Inquisitor saß in sich zusammengefallen am Tisch. Ywha machte den breiten Rücken mit der Kette hervortretender Wirbel aus, die halbrunde Narbe an der rechten Achselhöhle und den weißen Verband oberhalb des Ellbogens am linken Arm. Der Großinquisitor der Stadt Wyshna saß lediglich in Hosen da.

»Was ist, Ywha?«

Er hatte sich nicht umgedreht, sie hatte sich lautlos bewegt. Ob sie sich im Teekessel gespiegelt hatte? Oder hatte er sie gewittert? Wie ein Hund?

»Ich hab dir eine Decke aufs Sofa gelegt … Geh schlafen. Es ist drei Uhr nachts …«

Sie schluchzte auf. Er drehte sich um. An seiner rechten Brust prangte eine weitere Narbe, die der ersten genau gegenüberlag. Sie war etwas größer und ebenfalls halbrund.

»Allein halte ich es nicht aus«, flüsterte sie, wobei sie verzweifelt darauf bedacht war, dass sich ihre zitternde Stimme nicht überschlug. »Ich brauche jemanden … egal wen … in meiner Nähe. Vielleicht sollte ich rausgehen … Da sind Menschen … Ich kann einfach nicht allein bleiben, das ist eine Macke von mir, in meinem Kopf … da ist was ausgerastet … aber das geht wieder vorbei … falls ich nicht vorher völlig durchdrehe.«

»Das wirst du nicht.« Er legte sich den Bademantel über, den er vorher über die Stuhllehne geworfen hatte. »Lass mich nur was anziehen. Die erotische Vorstellung endet für heute.«

Im ersten Moment wirkte die Berührung erneut wie ein leichter Stromschlag.

»Wenn dir völlig egal ist, wer bei dir ist … Wenn dir das wirklich einerlei ist … dann kann auch ich diese Masse bilden. Ich kann sowieso nicht schlafen.«

Sie hatte heiße, trockene und kräftige Hände. Damals, in der Kunstschule, musste sie vor allem beim Töpfern Geschick bewiesen haben. Und bei der Bemalung der fertigen Kannen mit roter Farbe.

»Und dann hat sie gesagt, ich hätte sowieso keine andere Wahl. Ich würde sowieso verbrannt …«

»Die Jagd auf die nicht initiierten Hexen geht los. Auf die tauben. Sie hat gelogen, um dich mit dieser Lüge zu kaufen.«

»Dann hat sie gesagt … sie werde mir erzählen, wie die Registrierung abläuft. Ich würde nackt ausgezogen, erst der Körper, dann … die Seele. Der Inquisitor …«

»Jetzt atme erst mal tief durch.«

»Der würde mit seinen ungewaschenen Händen in mir rumwühlen … in meiner Seele … eine Papierfabrik und väterliche Aufsicht … durch die Inquisition … würden auf mich warten … Aufsicht, das halte ich nicht aus! Seit ich klein war, quält mich der Albtraum, ich sei im Gefängnis!«

Sie lag eingerollt auf dem Sofa, während er neben ihr saß, die Hand auf ihren roten Hinterkopf gelegt. Ob dies das Füchslein aus seiner Kindheit war? Ob es vielleicht eine kleine Füchsin sein mochte? Die jetzt wiedergeboren war – in der Hülle einer rothaarigen jungen Frau? Mit dem Nachnamen Lys, *Fuchs*. Ywha Lys.

»Niemand wird dir zu nahe treten.«

»Wirklich nicht?«

Sollte er jetzt seine kindliche Hilflosigkeit wettmachen? Wie oft hatte er in Gedanken den Käfig aufgebrochen, den Roten in den Wald gebracht, ihn freigelassen? Aber das hier war kein Füchslein. Sondern ein Mensch. Und wirklich kein schlechter.

Er beugte sich über sie, um sie zu umarmen. Behutsam drückte er sie an sich, konzentrierte sich und versuchte, sie mit seiner Ruhe einzuhüllen. Die Spannung in ihr zu lösen.

»Aber man wird mich doch nicht … mit Gewalt initiieren?«

»Nein. Niemals.«

»Wovor habe ich dann eigentlich Angst?«, fragte sie mit einem nervösen und gleichzeitig erleichterten Lachen.

»Alles wird gut werden.«

»Und Nasar …« Der Name war ihr offenbar gegen ihren Willen entschlüpft. Plötzlich hörte sie auf zu zittern. Reglos schaute sie Klaw so tief in die Augen, wie sie konnte. »Nasar … wird mich … doch nicht verlassen?«

Kurz spielte er mit dem Gedanken, sie anzulügen. Doch da legte sie ihm rasch und entschlossen die Hand vor den Mund. »Sie brauchen nicht zu antworten.« Verlegen zog sie die Hand weg und blickte nach unten.

»Erzähl mir doch mal«, sagte er, um sie von den quälenden Gedanken abzulenken, »woher du eigentlich kommst. Wo hast du früher gelebt?«

Lange brachte sie kein Wort heraus. Klawdi rückte leicht von ihr ab, ließ die Hand jedoch auf ihrem Kopf ruhen.

»Aus einem Dorf. Tischka. Im Kreis Rydna.«

Es waren drei Jungen und vier Mädchen. Ein fünftes kniete da, weil sein dicker roter Zopf fest in der verschrammten Hand eines der Jungen lag.

»Das ist ein Muttermal.«

»Idiotin! Das ist ein Hexenzeichen! In einem Muttermal muss ein Haar wachsen, aber hier ist keins!«

»Lass mich mal sehen! Mach schon!«

»Ihr Schakale«, presste das Mädchen weinend hervor. »Ihr dreckigen Schweine! Fettwänste! Hundescheißer!«

Der Junge, der sie bei den Haaren gepackt hielt, bleckte die Zähne und riss an ihrem Zopf. Das Mädchen atmete scharf ein, gab aber keinen Ton von sich.

Das Kleid war auf dem Rücken vom Hals bis zur Taille aufgeknöpft. Ohne viel Federlesens hatten ihre Peiniger das kurze Unterhemd hochgeschoben.

»Wenn man Feuer an das Hexenzeichen hält, tut es nicht weh«, erklärte der kleinste Junge, ein pausbäckiger Brillenträger.

»Verkackte Schweinehunde!«

»Halt die Schnauze, Hexe! Ist das das Zeichen?«

»Das ist ein blauer Fleck. Das hier ist das Zeichen, neben dem Schulterblatt.«

»Na dann mal los.«

Ein Streichholz knisterte. Wimmernd trat das Mädchen nach seinen Peinigern.

Ywha zitterte.

»Diese Tiere«, kommentierte der Inquisitor.

Ywha versuchte, ihren Atem wieder unter Kontrolle zu bringen. Sie hatte vergessen, all das vergessen, sie hatte längst verlernt, diese Geschichte zu erzählen, sich daran zu erinnern – und jetzt stand das Bild so deutlich vor ihr. Sie sah die zerbrochene Kiste auf dem Hinterhof der Schule. Mit dem Nagel, der daraus hervorragte. Das von ihren Füßen zertrampelte Gras. Die kalte, harte Erde unter ihrer Wange.

»Es sind Tiere, etwas anderes …«

»Stimmt das denn?«, fragte Ywha kläglich. »Ist das das Zeichen?«

»Vielleicht, vielleicht auch nicht. Viele Mädchen kommen mit einem Kennzeichen am Körper auf die Welt. Manche behalten es ihr ganzes Leben, dann ist es ein Muttermal. Wenn es jedoch während der Pubertät verschwindet … und es ist doch verschwunden, oder?«

»Ja.«

»Dann ist es ein Zeichen. Ein sekundäres Merkmal der Hexenschaft. So was kommt vor.«

Ywha hüllte sich in Schweigen. Die Hand, die auf ihrem Kopf lag, tat ihr überraschend wohl. Sie hatte Angst, sich zu bewegen und damit die Hand zu vertreiben.

»Es ist nämlich so, ich …« Sie verstummte. Bisher war es ihr gelungen, sich nicht direkt an den Inquisitor zu wenden. Jetzt wusste sie nicht, wie sie ihn ansprechen sollte. »Also … Sie müssen wissen, ich habe Angst … Angst vor mir selbst. Vor dem, was in mir sitzt. Verstehen Sie das?«

Die kräftige Hand rutschte von ihrem Hinterkopf. Und legte sich ihr auf die Stirn.

»Niemand sitzt in dir, Ywha. Dein *potenzielles* Schicksal, das ist auch ein Teil von dir, das bist du selbst … Wenn du keine aktive Hexe werden willst, passiert das aber auch nicht. Glaub mir.«

»Stimmt das wirklich?«

Ihr Gegenüber nickte.

»Ich verstehe … die Hexen«, sagte sie, nachdem sie laut durchgeatmet hatte. »Ich verstehe, woher dieser … warum alle sie hassen. Die Hexen … uns. Ich verstehe jetzt auch, wozu das …«

»Solange ich bei dir bin, wird dir niemand etwas tun.«

»D… danke.«

Ihre tiefe und heiße Dankbarkeit währte eine Minute, dann fühlte sich Ywha unwohl. Sie rückte von dem Inquisitor ab. »Ich … Habe ich etwas Dummes gesagt?«

»Nein. Ich verstehe dich. Was ist weiter passiert?«

Die Klassenlehrerin hatte ein schmales, nervöses Gesicht und einen starken, weißen Hals, der aus einem runden Blusenausschnitt herausragte.

»Du musst das einsehen, Ywha Lys. Niemand von uns will diese Herren in der Schule haben. Von der Inquisitionsabteilung für Minderjährige. Warum sollen wir die Angelegenheit auf die Spitze treiben? Man hat dir doch schon zweimal eine Vorladung geschickt, oder?«

»Ich bin keine Hexe. Sie lügen durch die Bank.«

»Gerade deshalb musst du zu ihnen gehen. Außerdem möchte ich mir vom Direktor nichts sagen lassen müssen. Der ist doch auch nicht auf Kritik von Seiten der Schulbehörde erpicht.«

»Ich bin keine Hexe! Was wollt ihr bloß alle von mir!«

»Werd nicht frech!«

»Ich geh da nicht hin. Ich habe mir nichts zuschulden kommen lassen!«

»Es klagt dich ja auch niemand an. Aber nimm doch mal jemanden mit einer ansteckenden Krankheit … der wird auch bei der Gesundheitsfürsorge registriert. Es macht dir wirklich niemand einen Vorwurf.«

»Ich bin nicht ansteckend!«

Eine Fliege brummte durch den leeren Klassenraum. In Spiralen, Schlaufen und Kreisen. Sie knallte gegen das Fenster, nahm dann ihre Bahnen wieder auf. An der Tafel hing ein Schema des menschlichen Körpers, und die Fliege fing nun an, völlig orientierungslos über die eingezeichneten Gedärme des Menschen zu kriechen.

»Und dann?«

»An dem Abend bin ich abgehauen. Zu meiner Tante. Nach Rydna.«

In dem halbdunklen Café war die Luft graublau vom Tabakqualm. Ein Mädchen weinte, in die Ecke gekauert, in der zitternden Hand eine Mappe, die nicht zugebunden war, deren Schnüre vielmehr lose herabhingen. An die mit grauem Leinen bespannte Tafel kam aufgrund der vielen durchgedrückten Rücken niemand heran. Es roch nach Schweiß und Parfüm, vor allem aber nach Rauch.

»Hast du's geschafft?«, fragte der junge Mann mit dem braun gebrannten Gesicht, den hohen Backenknochen und dem Dreitagebart. »Hey, Rothaarige … haben sie dich genommen?«

Das rothaarige Mädchen fuhr zusammen. Seit einiger Zeit erschrak sie ständig, wenn sie jemand ansprach. »Ich bin … ich bin nicht zur Tafel durchgekommen.«

»Bist du so schwach?«, wunderte sich der Mann. »Wenn du willst, seh ich mal für dich nach.«

Die Rothaarige nickte.

»Wie war dein Familienname? Lys?«

Am Eingang keifte jemand. Oben stand, ganz in der Nähe der Wendeltreppe, ein ordentlicher junger Mann in einem blendend weißen Hemd. Er fand ein großes Vergnügen daran, zwei Stufen über den anderen zu stehen und mit weisem und müdem Blick auf sie, diejenigen, die gerade erst die Schule hinter sich hatten, herabzusehen.

»Hey, Lys! Stell den Schampus kalt und schwing das Tanzbein!«

Die junge Frau blickte verblüfft drein. Offenbar konnte sie es nicht glauben.

Irgendwo weiter oben, in einer selbst für den ordentlichen Jüngling unerreichbaren Höhe, öffnete sich eine Glastür. Ein fülliger Mann mit einer flachen Ledertasche winkte mit einem weißen Blatt Papier wie mit einem Taschentuch. Eilfertig nahm der Ordentliche das Papier aus den weichen Händen entgegen und las es mit gerunzelter Stirn durch. »Achtung, eine wichtige Durchsage!«, verkündete er. »Die Studenten des ersten Semesters wenden sich wegen des Wohnheims an … Die wehrpflichtigen Studenten melden sich in Zimmer fünf … Alle immatrikulierten Hexen …«, hier senkte der Student unwillkürlich die Stimme, während sich ein seltsamer Ausdruck in sein Gesicht schlich, »… haben persönlich beim Direktor zu erscheinen und das Dokument ihrer Registrierung bei der Kreisinquisition vorzulegen.«

»Die nehmen Hexen«, keifte die verweinte junge Frau mit der offenen Mappe. »Die nehmen Hexen … Ist denn das die Möglichkeit?«

Man sah sie mit mitleidsvollem Argwohn an.

Denn bei Lichte betrachtet nahm man Hexen doch *nirgendwo* an.

»Bleib bei der Wahrheit. Hexen sind zwar verschiedene Bürgerrechte entzogen, nicht aber das Recht auf einen Beruf.«

Ywha brachte es gerade noch fertig, keine Grimasse zu schneiden. Es war schon erstaunlich, wie wenig diese bedeutenden Herren über das Leben wussten, das sich zu Füßen ihrer hohen Stühle abspielte.

Einem Sprichwort zufolge wurde man alt, sobald man in seinen Erinnerungen lebte. Sie, Ywha, hatte sich damit heute den Titel einer ehrwürdigen Greisin verdient; diese Erinnerungen waren wie alte Kleider, die, mit Naphthalin behandelt, in einer verschlossenen Truhe ruhten. Und es war dumm, sie ans Tageslicht zu zerren.

Noch dümmer war es allerdings, daran ein Vergnügen zu finden.

Kein Spiel hatte Ywha mehr gehasst als das, bei dem man ehrlich antworten musste. Da hatte sie die ganze Zeit über geschwiegen – und wurde deshalb scheel angesehen.

Später hatte sie gelernt zu lügen. Absolut offen zu lügen, wenn man ihr offene Fragen stellte. Und alle hatten sie geliebt. Ihr geglaubt.

»Ich hatte keine Ahnung, dass es ein solches Spiel gibt.«

»Doch. Vor allem gegen Abend. Wenn die Mädchen zu fünft in den Schlafsälen liegen und vor dem Einschlafen noch etwas schwatzen. Oder wenn alle ein wenig getrunken haben.«

Der Inquisitor legte den Kopf schräg. Er saß ihr halb zugewandt da, und im Licht der Wandlampe sah Ywha nur seine eine Gesichtshälfte. Mit dem herabgezogenen Mundwinkel.

Warum erzählte sie ihm das eigentlich alles? Und warum interessierte es ihn?

Aus professioneller Neugier? Wie viele solcher Beichten er sich wohl an jedem Arbeitstag anhörte?

Plötzlich fiel ihr das große Bett in der anderen Wohnung wieder ein, ein Schlachtfeld, überzogen mit dem Schnee der weißen Bettwäsche.

»Und wie sieht Ihr Leben aus?«

Die Frage war ihr ganz von selbst entschlüpft. Noch bevor sie zu Ende gesprochen hatte, wurde Ywha voller Entsetzen klar, dass sie die Worte nicht mehr zurücknehmen konnte. Worte sind keine Spaghetti, die man sich in den Mund stopfen kann.

Die Pause dehnte sich. Ywha schluckte ihre Spucke hinunter.

»Was meinst du? Wie wird mein Leben schon aussehen?«

»Wollen Sie denn immer so weitermachen?« Ywha seufzte verzweifelt. »Ich habe gehört, ein Inquisitor darf nicht heiraten.«

Sie stellte sich auf jede Reaktion ein. Gelächter, Desinteresse, eine bissige Bemerkung, arrogante Abkehr. Der Inquisitor drehte langsam den Kopf.

»Das geht mich ja nichts an«, murmelte Ywha. »Entschuldigen Sie bitte.«

Er lächelte. Ihre Angst schien ihn zu amüsieren. »Schon gut, deine Frage ist ganz normal.«

(Djunka. Mai.)

Die Luke, die zum Dachboden führte, war nie abgeschlossen.

In tiefem Schweigen liefen sie an dem Betonkasten vorbei, in dem sich etwas drehte und die Motoren der beiden schwachen Fahrstühle brummten. Sie liefen an der niedrigen Tür vorbei, deren Klinke ein großes Vorhängeschloss sicherte. Sie kletterten die akkurat gestrichene Eisenleiter hoch und kamen hinaus in den feuchten Frühlingsabend. Vierundzwanzig Stockwerke brachten sie den Sternen nicht näher, von denen es ohnehin nur zwei oder drei gab. Über den dunklen Himmel zogen, ständig die Form wechselnd, graue Wolken dahin.

Früher hatte es hier einmal ein Café gegeben. Jetzt war von ihm nur noch das Eisenskelett eines Sonnenschirms übrig, den man hier seinem Schicksal überlassen hatte und der langsam vor sich hin rostete. Das alte Geländer rostete ebenfalls, weshalb sich Klaw auch nicht dagegenlehnte.

Hier brauchte man kein Licht. Die Fassade des Hauses gegenüber war vollständig in bunte, flackernde Reklamelichter getaucht. Djunkas Gesicht, in dem jede Wimper klar erkennbar war, leuchtete mal apfelsinengelb, mal fliederfarben oder grasgrün. Klaw wusste, dass er selbst nicht besser aussah.

»Wie im Zirkus.« Djunkas Mundwinkel umspielte ein Lächeln.

Klaw fröstelte. Er hatte keine Höhenangst, aber der Wind stellte sich als überraschend kalt heraus.

»Klaw … ich … liebe … dich.«

Aus unerfindlichen Gründen fuhr er zusammen. Er legte ihr die kalten Hände auf die Schultern. »Djunotschka …«

»Klaw …«

»Djun.« Er befeuchtete sich die Lippen. »Und was wäre … wenn ich sterben würde? Was würdest du dann tun? Wenn ich plötzlich …«

Der Ausdruck in ihren Augen änderte sich. Er glaubte, Angst darin zu erkennen.

»Tut mir leid«, sagte er hastig. »Ich …«

»Du brauchst keine Angst zu haben, Klaw«, flüsterte sie, während eine neue Explosion der Reklamelichter ihr Gesicht kupferrot schimmern ließ. Verbrannt sah das aus, wie bei einem Indianer. »Du … wirst … nicht sterben. Hab keine Angst …«

Die Neonlichter flackerten. Dunkelblaues Licht überflutete jetzt das Dach. Djunkas Gesicht mit den bittenden, halb geschlossenen Lippen wurde matt wie …

… wie das Flachrelief auf dem dunklen Grabstein. Klaw wich zurück, aber ihre Hände legten sich um seinen Hals, wollten ihn halten. »Klaw … verlass … mich … nicht!«

Die Hände lösten sich. Djunka trat zurück, und in einem weiteren lautlosen Ausbruch der bunten Lichter sah Klaw, wie feucht ihre Wimpern waren.

Mitleid schnitt ihm ins Herz.

»Ich verlasse dich doch nicht ... niemals ... wie kommst du denn darauf.«

Djunka wich weiter zurück. Fast gleichzeitig sickerten zwei große Tränen aus ihren Augen. Sie schüttelte leicht den Kopf, als wolle sie sagen: Nein.

»Glaubst du mir nicht?!«

Immer noch wich Djunka zurück.

Was bin ich nur für ein Schwein, dachte Klaw wütend. All die Ängste und das Zögern! Das entgeht ihr doch nicht. Wie sie sich da vorkommen muss?! Immer wartet sie auf mich, ständig hat sie Angst, dass ich nie wieder komme, Schluss mache, weil ich mich vor ihr fürchte.

»Djunotschka, ich schwöre dir, bei allem, was ich habe, ich schwöre es dir bei meinem Leben ...«

Er glaubte, sie würde ihm entwischen – wie ein Traum. Dass seine ausgestreckten Hände sie nie berühren und ins Leere greifen mochten.

Erleichtert seufzte er, als er endlich die zitternden, hängenden Schultern umfasste. Er zog sie an sich, kam ihr entgegen, konnte es nicht abwarten, sie in die Arme zu schließen. »Niemals ...«, versicherte er.

Sie lehnte sich leicht zurück. Rutschte ein wenig zur Seite. Kaum merklich.

Unmittelbar unter den Sohlen seiner Schuhe erstreckte sich die nächtliche Straße, da funkelten die Bürgersteige, blinkten Lichter und hupte es. Ein Heer von Autos kroch über sie, vor Schaufenstern standen menschliche Figuren, winzig wie Ameisen im Sand.

Die Luft verdichtete sich und weigerte sich, in seinen krampfhaft aufgesperrten Mund zu strömen.

Zwischen ihm und der Leere gab es nichts. Keinen Vermittler. Auge und in Auge stand er ihr gegenüber.

Die Straße verschwamm vor seinen Augen zu einem einzigen, bunten Band. Das Dach neigte sich zögernd, als beuge es sich gegen seinen Willen. Als wollte es diesen Menschen viel lieber wegschleudern, so wie man eine Brezel, die am Backblech klebt, durch einen kurzen Schlag von diesem löst – damit sie gegessen werden kann.

Er bemerkte ein Netz von Leitungen, das ihm zuvor nicht aufgefallen war, samt einer akkuraten Reihe von Nichtleitern aus Porzellan, gespannte schwarze Linien, die sich zu einem Notenheft fügten.

Bonbonpapier sah er, das direkt neben dem Mülleimer in den Asphalt getreten war. Aus dieser Höhe konnte man kein Papier erkennen, selbst die Gesichter der Menschen und die bunten Karossen sah man von hier oben nicht scharf und deutlich. Doch Klaw erspähte es.

Das Dach neigte sich weiter. In der Luft konnte er sich nirgendwo abstützen. Die Leere saugte ihn an, bildete einen glitschigen Trichter. Der Fall war unvermeidlich.

Er stolperte vor. Tat noch einen halben Schritt. Unter seinen Füßen gab es nichts mehr. Jeder Halt fehlte – und in der Luft konnte er sich nirgendwo abstützen. Die Erde zog ihn an.

Hypnotisiert, gehorsam, unfähig, sich der Leere zu widersetzen, balancierte Klaw am Rand des Dachs entlang. Die Fassaden schlossen sich zu einem Brunnen zusammen, an dessen Boden die Straße lag. Ein Lichtermeer …

In diesem Augenblick schrie der Wächter in seinem Innern lautlos auf, er, der so unfassbar war, der unauslöschlich in seinem Gedächtnis hauste und ihm in der letzten Woche bereits zweimal das Leben gerettet hatte. Das Alarmzentrum, das den paralysierten Willen weckte. Ein brodelnder und unverfälschter Instinkt des Selbsterhalts.

Nein!

Der Rand des Daches, der zu *jener* Grenze geworden war, bebte unter ihm. Klaw schwankte.

Die Mauer des gegenüberliegenden, mit Werbetafeln gespickten Hauses verdrängte die Straße aus seinem Blick.

Er riss sich vom Rand weg, entkam dem Loch in dem verrosteten Zaun.

Und landete im Himmel. Drei trübe Sterne schoben sich durch die Wolken. Irgendwann glaubte er, er liege unten, auf dem Asphalt, und schaue mit gläsernen Augen in den Himmel, während um ihn herum, sein Blut verschmierend, Fußgänger wimmerten und wuselten.

Dabei lag er auf dem Dach. Es war den Sternen ganze vierundzwanzig Stockwerke näher. Und über ihn beugte sich nur ein einziges Gesicht, das im Licht der Neonreklame todgrün aussah.

In den feuchten Augen lag ein unverständlicher, aber klarer und Furcht erregender Ausdruck.

Warum um alles in der Welt grübelte er eigentlich darüber nach, wie sie ihn sah? Als einen alten, rational handelnden Junggesellen, der sein kaltes Beamten-Ich sorgsam von seinem Lustmolch-Ich fern hielt, diesem Tier, das in Bergen steriler Laken wütete? Natürlich fand sie ein solches Leben unnormal. Fedora dagegen – um nur ein Beispiel zu nennen – hatte daran absolut nichts auszusetzen: Er war frei, reich, ehrgeizig, da hatte er doch auch das Recht …

Mit einem Seufzer vertrieb er den drängenden Wunsch nach einer Zigarette. Es erstaunte ihn, dass die Füchsin Ywha das beschauliche Familienleben so aufrichtig schätzte. Eine solche Sicht ist für Hexen absolut untypisch. In der Regel.

Verflucht sei Juljok! Und verflucht sei Nasar!

Klawdi ließ ihre Hand los und stand auf. Er verzog das Gesicht, denn er hatte einen unangenehmen Geschmack im Mund, entstanden durch allzu große Anspannung. Ein Andenken an die fünf Elevinnen, diese Luder; nicht einmal das Verhör hatte er übernehmen wollen; sollte sich Hljur ruhig damit herumschlagen. Dabei fürchtete er sich nicht vor ihnen – obwohl Angst eine Rolle spielte. Er fürchtete nämlich, sich nicht beherrschen zu können und – wenn auch nur minimal – Rache uben zu wollen. Für diesen Horror, als der Schmerz aus seinen Ohren kroch und diese fünf Furien auf ihn losgingen, ihn zerquetschten, drohten, ihn in Stücke zu reißen.

Dabei hatte er von Anfang an gewusst, dass nicht Edelmut die drei Arbeitshexen antrieb. Im Grunde war es seltsam, dass nur eine von ihnen eine Pistole besaß. Womit wohl die beiden anderen ausgerüstet waren?

Die Torka. Vermutlich hatte sie ihm das Leben gerettet.

»Fünf gegen einen, Ywha! Auf so viele hatte ich es wahrlich nicht angelegt.«

»Wie bitte?« Die junge Frau horchte auf.

»Nichts.« Er trat ans Fenster und zog die Gardinen zurück, um das erste Morgenlicht hereinzulassen. »Hexen schließen sich sehr selten zusammen, Ywha. Jede Hexe steht für sich allein. Aber wenn sie plötzlich Allianzen eingehen, kann das zum Beispiel zur Epidemie von Rjanka führen. Und es ist die Aufgabe eines klugen Inquisitors zu verstehen, wann und weshalb es diesen Miststücken, verzeih, Ywha, diesen Hexen in den Sinn kommt, gemeinsam zuzuschlagen.«

Ywha stieß einen unterdrückten Seufzer aus.

»Sie hassen die Unfreiheit so sehr, dass sie niemanden außer sich selbst gelten lassen können. [...] Genau wie zwei große Vögel sich nicht am Himmel treffen können, ohne einander mit ihren Flügeln ins Gehege zu kommen. Genau wie zwei Windhosen über dem Meer fürchten, sich einander zu nähern [...], so können auch Hexen nicht in einer Gemeinschaft leben, können sich nicht verbinden. Hexen sind dem Chaos verpflichtet, wohingegen jede gemeinschaftliche Existenzform eine wenn auch nur geringfügige Einschränkung der Freiheit verlangt. [...] Aus der Geschichte sind jedoch Phasen bekannt, in denen die Hexen, dabei höchst eigenen Gesetzmäßigkeiten folgend, entgegen ihrer eigenen Natur handeln und Allianzen eingehen. In schlechten Zeiten. In schweren Zeiten, in denen es gilt, ihnen so tapfer wie möglich entgegenzutreten; mehr aber noch gilt, nicht in jenen Chor von Narren einzustimmen, der in fortgesetzter Häresie von der Ankunft der Mutterhexe singt!«

7

»Ihr habt also als Netz gearbeitet? Nicht einen starken Schlag geplant, sondern viele kleine Schubser, Fäden gesponnen und Knoten geknüpft, Brunnen vergiftet und Zöpfe in Schaffell geflochten? Ja?«

Ywha war schlecht. Mit ihrem ganzen Körper spürte sie den Druck, den der Mann in dem hohen Stuhl ausübte – obwohl dieser eigentlich auf eine Frau gerichtet war, die in der Mitte des Verhörraums stand. Doch Ywha, die sich in einer tiefen Nische in einer Seitenwand verbarg, bekam ihn ebenfalls ab, davor bewahrte sie selbst der Gobelin mit einem eingewebten Zeichen nicht. Das Zeichen reizte sie, quälte sie wie Sand in den Augen, letztlich aber spürte die befragte Hexe allein seinetwegen Ywhas Anwesenheit nicht. Es war ein sogenanntes Tarnzeichen.

»Ich würde gern wissen, Orpyna, warum du, die du niemals Freundschaft schließt, dich in dieser Weise auf die Hexen eingelassen hast. Wegen dieser dämlichen Schafe? Was sind das nur für komische Interessen?«

Die Vernommene, eine Blondine von fünfunddreißig Jahren, ließ die Schultern immer tiefer hängen. Der Inquisitor hatte sie vollständig unter Kontrolle, und zwar einzig durch seinen Blick. Doch obwohl sie schwächer und schwächer wurde, senkte sie den Kopf nicht und wandte auch die vor Hass lodernden Augen nicht von ihrem Gegenüber ab.

»Hat man dir dafür etwas versprochen? Geld? Irgendeine andere Bezahlung?«

»Ich habe niemandem etwas Böses getan«, sagte die Frau tonlos. »Keinem Menschen.«

»Soll ich vielleicht annehmen, du hättest etwas Gutes vollbracht? Du bist vor zwei Jahren initiiert worden. In diesen beiden Jahren hast du dir nichts zuschulden kommen lassen. Den Hexentrank können wir hier getrost außer Acht lassen. Warum hast du dir jetzt das Vieh vorgenommen? Warum ausgerechnet zu diesem Zeitpunkt? Fünfhundert tote Schafe innerhalb einer Woche, von zwei vollständig ruinierten Höfen ganz abgesehen …«

Der Inquisitor erhob sich. Einen kurzen Augenblick schob sich sein von der Kapuze verhüllter Kopf zwischen Ywha und die Fackel. Die verhörte Hexe prallte zurück.

»Ich habe bereits alles gesagt. Dem ist nichts hinzuzufügen.«

Der schwarze Stoff verhüllte das Gesicht des Inquisitors bis zum Kinn. Hinter den schmalen Sehschlitzen herrschte undurchdringliche, mit Händen greifbare Dunkelheit. Nun stand er unmittelbar vor der Hexe. Ohne Frage kostete es sie gewaltige Anstrengungen, nicht zurückzuweichen.

»Gut, Orpyna. Warst du auf Hexensabbaten?«

Die Hexe zögerte, nickte am Ende jedoch gequält.

»Hast du mal unter Bluthochdruck gelitten?«

Wieder eine Pause. Und wieder schüttelte die Hexe am Ende gequält den Kopf.

»Hast du oft Kopfschmerzen? Fällst du ohne Grund in Ohnmacht?«

»N-nein.«

»Denk an etwas Gutes.«

Ywha erstarrte in ihrem Versteck. Mit einer geschmeidigen, katzenartigen Bewegung legte Klawdi der geradezu betäubten Hexe die Hände auf die Schultern. Kaum merklich zuckte die Frau zusammen, ihre Lippen öffneten sich ein wenig und entblößten scharfe, feucht schimmernde Zähne. Die Augen … Im Halbdunkel konnte Ywha sie nicht richtig erkennen. Die Hexe stand da, aufrecht und die Hände vor die Brust gepresst; sie schien durch den in sein Gewand gehüllten Mann hindurchzusehen.

»Ywha.«

Sie erschauderte.

»Komm her.«

Sie zwang sich, nach dem Rand des Gobelins zu fassen, ganz vorsichtig, um ja das Zeichen nicht zu berühren. Kaum traf ihr Blick auf die dunkle Kapuze, da schaute sie schon weg.

»Ein Inquisitor muss schrecklich aussehen. Stell dir vor, du wärst beim Fasching. Wollen wir uns an die Arbeit machen? Du hast doch keine Angst, oder?«

»Nein«, versicherte Ywha, wobei ihre Stimme jedoch wenig überzeugend klang.

»Ich zwinge dich nicht«, erklärte der Inquisitor sanft. »Aber es wäre sehr schön ... wenn wir gemeinsam einen Durchbruch erzielen könnten. Das verstehst du doch, nicht wahr?«

»Was soll ich tun?«

»Ich werde alles *tun*. Ich brauche ihre Gründe, ihre wahren Motive. Von sich aus sagt sie nichts, die Folter widert mich an und bringt uns meist kaum weiter; ihre Seele kann ich nicht knacken, die hat sie gut verriegelt. Deshalb werde ich sie spiegeln – und zwar in dir. Denn erstens bist du auch eine Hexe, und zweitens bist du ausgesprochen empathisch. Mit den technischen Details werde ich dich nicht belästigen. Stell dir einfach vor, du seist ein Spiegel. Ist das so weit klar?«

Ywha grinste. Ein Bild aus ihrem Physiklehrbuch fiel ihr ein, ein Schnitt durch ein Periskop. »Wir spielen Periskop, oder?«

Endlich streifte er die Kapuze ab.

Sein Gesicht war angespannt. Müde und böse.

... Es war kalt.

Als Erstes nahm sie die schneidende Kälte wahr. Die Feuchte. Dunkle, auseinanderdriftende Linien umsponnen sie. Kein Geräusch entstand, keine Berührung kam zustande, als Grashalme wegknickten, hohe Stängel, die sich in den Himmel bohrten. Sie rannte über eine Wiese, in ihrer Hand, fest in ein Bündel eingeschnürt, lag etwas Lebendiges, das mit den Flügeln schlug. Ein Vogel.

Sie wollte sich das nicht weiter ansehen. Voller Wucht schlug die Angst über ihr zusammen: wie ein Schwimmer, der sich vom Boden abstößt, nach oben schnellt, zur Sonne.

Die Sonne. Nicht warm, aber blendend grell, schmerzte sie in den Augen. Ein kahler Hügel, ohne jedes Gras. Von ihren Händen tropfte eine ölige Flüssigkeit.

Nein, das war nicht die Sonne, sondern der Mond, rund und dick wie ein Fass. Im Schatten schief stehender Bäume krümmte sich ein Haus. Nach wie vor fehlte jeder Laut, ihren Platz nahmen Gerüche ein. Es roch stark nach Dung, schwächer nach verfaultem Holz. Und kaum noch wahrnehmbar nach Metall – denn sie hielt ein spitzes Messer in Händen. So mühelos drang die Schneide ins Holz, als handle es sich um lockere Erde. Liebevoll fuhren ihre Hände über den Griff. Seltsame, ungewohnte Bewegungen …

Der Messergriff wurde feucht. Und warm.

Ein tropfendes Geräusch.

Weiße schwere Tropfen fielen in einen Blecheimer. Es war ein Melkeimer. Immer schneller arbeiteten ihre Hände. Was tat sie da? Ein rhythmisches Ziehen und Pressen. Sie melkte den Griff des Messers … Melkte … Von ihren Fingern tropfte Milch, pladderte in den Eimer und schwappte manchmal über ihre Ärmel.

Obwohl ihr die Finger lahm wurden, vermochte sie nicht aufzuhören. Berauscht war sie, verlangte nach mehr, immer mehr …

Die Milch versiegte. Zischte nicht mehr in Strömen, tröpfelte kaum noch, füllte den Eimer nur mit Mühe …

Wieder spürte sie die Wärme. Die satte Zufriedenheit. Eine warme Flüssigkeit netzte ihre Hände, keine weiße, sondern eine schwarze.

Schwarze Tropfen fielen in den vollen Melkeimer.

Rote Tropfen. Ihre Händen wurden klebrig.

Angst keimte auf.

Sie hörte den eigenen Schrei nicht.

Ihre stumme Angst roch. Sie roch nach Eisen.

Wieder behielt er sie über Nacht bei sich. Letztlich war es ihm gleich, was man von ihm dachte. Vor allem angesichts des letzten Gesprächs mit Seiner Durchlaucht, dem Herzog.

Der Herzog wusste viel, zum Glück jedoch nicht alles. Seit geraumer Zeit schon befleißigte sich Klaw einer doppelten Buchführung. Das war zwar heikel und infam, doch wenn der Herzog – schlimmer noch die Allgemeinheit – die wahren Zahlen wüsste …

Nachdem er die Berichte aus den Provinzen für die letzten drei Tage gelesen hatte, presste Klaw die Lippen zusammen und befahl Hljur, die Angaben zu überprüfen.

Es stimmte alles. Hexensabbate waren gefeiert worden, von denen sie vorab nicht einmal etwas geahnt hatten, Initiationen im großen Maßstab hatten nicht verhindert werden können. Schwerer noch wog allerdings die hohe Zahl von Todesfällen, auf die sie sich keinen Reim machen konnten.

Irgendwann rief Fedora an. Ein Ferngespräch aus Odnyza.

Klawdi presste die Zähne aufeinander. Einen schönen Beichtvater hatte sie sich da ausgesucht, einen fürwahr vortrefflichen Beschützer! Ausgerechnet diese starke und unerschrockene Frau. Ein Monolog, gespickt mit »wenn einer was weiß, dann du«, »wenn einer das wieder ins Lot bringt, dann du«, »wenn einer unseren Schutz garantiert, dann …« und als Zugabe: »Kann ich zu dir kommen?«

Klawdi kratzte sich das Kinn.

Morgen früh würde in Wyshna der Rat der Kuratoren zusammentreten. Wer wohl den Brandgeruch bereits gewittert hatte? Genauer: Wer ihn wohl bisher noch nicht gewittert hatte? Wer wohl gegen den Großinquisitor auftreten und ihn bezichtigen würde, ein Protektionist zu sein, ein tödliches, verantwortungsloses und geschmackloses Spiel zu spielen?

Wobei: Im Grunde war selbst das ihm egal. Er wusste ohnehin, wer das sein würde. Der frisch eingesetzte Kurator von Rjanka war ihm treu ergeben, aber Mawyn, der Kurator von Odnyza, fürchtete ihn; mit dem Kurator von Egre verband ihn wiederum eine alte Freundschaft. Den Kurator von Bernst hatte er wiederholt abgekanzelt, und auch den Kurator von Korda hatte er erst vor Kurzem öffentlich für sein – wie Klaw meinte – ganz und gar eindeutiges, wiederholtes Versagen gedemütigt. Der Kurator von Altyza war ein junger intelligenter Mann, der sich stets auf die Seite des Stärkeren stellte – bis er selbst als solcher anerkannt wurde. Sein stärkster Gegner im Rat war der Kurator von Rydna, der den Luxus und die Stadt Wyshna nur allzu sehr liebte. Und der Hexen viel zu sehr hasste. Aufrichtig hasste. »Nieder mit dem Abschaum!« Für ihn war das längst nicht nur eine leere Floskel.

Es roch brandig – denn in Wyshna war die Oper niedergebrannt.

Klawdi hohnlachte. Diesmal hatte sich der Herzog nicht mit einem Anruf begnügt. Einbestellt hatte er ihn, den Großinquisitor, um ihm wie einem kleinen Jungen den Kopf zu waschen. Das

Resultat war ein beispielloser Streit. Dabei hatte sich der Herzog als erstaunlich informiert gezeigt. Wer von seinen, Klawdis, engsten Mitarbeitern wohl hin und wieder Geld in einem Umschlag mit dem Staatswappen zugesteckt bekam?

»Kann ich reinkommen?«

Ywha stand in der Küchentür. Ihr Gesichtsausdruck bestürzte ihn. Unter ihren Augen lagen nachtblaue Schatten. Die Lippen zeigten eine schwer zu beschreibende Farbe, verschmolzen fast mit dem Fahlgelb der Haut. In den Fuchsaugen stand eine unsagbare Müdigkeit geschrieben. Klawdi verspürte einen einzelnen, jedoch schmerzlichen Biss des sogenannten Gewissens.

»Natürlich. Hast du schon gegessen?«

»Ja.«

»Tut dir etwas weh?«

»Nein.«

Er zog sie neben sich auf das Sofa. »Es tut mir leid. Aber ich habe keine andere Wahl. Ich selbst kann das nicht tun. Ich bin schließlich keine Hexe …«

»Schade«, sagte sie mit angedeutetem Lächeln.

Er legte ihr den Arm um die Schultern.

Jedes Mal, wenn er Fedora berührte, löste das eine quälende Anspannung in ihm aus, eine Flut fleischlicher Wünsche; jetzt, da er unter Ywhas dünnem Pullover ihre Rippen spürte, blieb all das aus. Er empfand für sie wie für ein Füchslein. Wie für eine Schwester oder, eher noch, wie für eine Tochter.

Über den flimmernden Bildschirm des Fernsehers rannten lautlos knallbunte, bewusst irreal gestaltete Menschen.

»Ywha … Ich möchte, dass du das verstehst. Ich will mir keinen Orden verdienen. Wie du dir unschwer vorstellen kannst, ist mir so ein Ding völlig egal. Auf uns rollt da irgendeine Sauerei zu, und ich weiß nicht, womit sie, diese Sauerei, sich begnügt. Ob bloß das übliche Postenkarussell, das es auf allen Ebenen der Inquisition gibt, eine neue Runde drehen muss oder …«

Er verstummte.

Da drüben lag es, das schmale Buch. Auf dem obersten Regal, halbleinen. Ereignisse, die sich vor vierhundert Jahren abgespielt hatten und vom Moos der Geschichte überwachsen schienen.

»*Und ihr Reich lag in Trümmern …*«

Woher stammte dieses Zitat?

Verfaultes Wasser hatte vor vierhundert Jahren die Stadt Wyshna überflutet. Einige Tausend Menschen waren gestorben, zu dieser Zeit praktisch die ganze Bevölkerung. Eine Epidemie war ausgebrochen, es hatte vergiftete Brunnen gegeben, menschliche Körper, eingenäht in den Leib einer Kuh …

Damals zählten die Menschen in dieser Stadt nur einige Tausend.

Ywha stöhnte auf. Er zerquetschte ihr fast die Schultern.

Großinquisitor war damals Atryk Ol gewesen. An einem Winterabend hatte ihn eine Horde von wahnsinnigen Hexen auf dem Hauptplatz Wyshnas in einem hoch aufgeschichteten Feuer verbrannt. Im Namen der Großen Mutter.

»Du musst mir helfen, Ywha. Zu zweit kriegen wir es aus ihnen heraus. Ich muss einfach wissen, was da los ist.«

»Wenn das … so einfach ist … mit Ihrem Periskop … Warum haben Sie es nicht schon früher …?«

»Das ist weiß Gott nicht so einfach.« Er lächelte schief. »Außerdem hatte ich früher …« Widerwillig gab er sie frei. »… keinen Menschen … keine Hexe, der ich vertrauen durfte.«

(Djunka. Mai)

Anfangs war er gerannt, und die Menschen waren ausgewichen und hatten ihm empört nachgebrüllt. Dann versiegte seine Kraft, und er wechselte in Schritttempo, schließlich gewann er die Kontrolle über sich zurück.

Vor ihm tauchte die lustige Markise einer Nachtbar auf. Er wollte sich ein großes Glas voll mit einem bitteren und starken Schnaps bestellen, der ihm schlagartig den Verstand raubte, uberlegte es sich jedoch im letzten Moment anders und wählte Orangensaft. Es brachte nichts, hysterisch zu werden.

Der Saft, ebenso süß wie sauer, wollte nicht runter. Klaw musste mehrmals husten, bevor er endlich das Glas ausgetrunken hatte. Das schummrige Licht des Etablissements wirkte unerträglich grell, die Figuren der Menschen, die vorbeigingen, verschwammen vor seinen Augen. Klaw kam sich wie ein kaputter Apparat vor oder wie eine Filmkamera, die versuchte, die Schärfe zu regulieren.

Dabei könnte er jetzt im Sarg liegen.

Als er grinste, wich die junge Kellnerin, die dieses Hohnlächeln auffing, zurück. Sie musste ihn für einen Verrückten halten. Vermutlich würde sie die Polizei rufen.

Dabei könnte er jetzt im Sarg liegen. Was wohl die Gerichtsmediziner sagen würden? Selbstmord? Wahrscheinlich.

Er atmete tief durch und wartete auf den nächsten Schwindelanfall. Der Lichterfluss unter ihm ... war unendlich weit entfernt gewesen. Der Flug hätte wohl eine halbe Minute gedauert. Währenddessen hätte er in die erhellten Fenster geblickt ...

Wie zum Teufel konnte der Zaun auf dem Dach durchgebrochen sein?!

Ein Zufall. Ein willkürliches Zusammentreffen. Jeder, der auf ein Dach steigt, sollte an die Erdanziehungskraft und die Zerbrechlichkeit der eigenen Knochen denken. Er war ja selbst schuld ...

Aber dreimal hintereinander?!

»Sie sind Njawken. Leere Hüllen von Menschen ... Das sind keine Menschen ... Es ist, als ob dein Mörder in der Maske einer schönen Frau zu dir käme. Oder, noch schlimmer, in der Maske deiner Mutter«

Er betrachtete seine Finger, deren Knöchel durch den todbringenden Griff um das schmale Glas weiß hervortraten. Viel fehlte nicht – und hier würde eine Handvoll blutiger Scherben liegen. Warum tat er das?

Kaum hatte er die Macht über die eigene Hand zurückerlangt, stellte er das Glas behutsam auf der hellen Tischplatte aus Marmorimitat ab.

Er hatte Angst. Hatte Angst, empfand Schwermut. Und nicht ein Funken von dem Gefühl war in ihm zurückgeblieben, das er in den letzten Monaten für Glück gehalten hatte. Für ein Ersatzglück. Eine Art stellvertretendes Glück.

Er brauchte ja nicht wieder in diese Wohnung zu gehen. Er konnte sie vergessen. Djunka – oder diejenige, die er für Djunka zu halten gelernt hatte – hatte kein Essen nötig. Sie hatte überhaupt nichts nötig ...

Abgesehen von ihm, Klaw. Seine Anwesenheit war für sie lebensnotwendig. Mehr als einmal hatte sie das erwähnt, und auch er selbst hatte es gesehen, wenn er nach einer langen Zwangspause wieder bei ihr erschienen war und ihr Gesicht bleich und hohlwangig aussah, wenn ihr Körper leblos und abgemagert schien.

Er presste die Zähne aufeinander. Was war das? Ein Tauziehen? Er zog sie zu sich, ins Leben, während sie …

»*Njawken verkehren in der Regel mit Menschen, um diese umzubringen. Gewissermaßen um die Chancengleichheit wiederherzustellen.*«

»Wollen Sie noch etwas bestellen, junger Mann?«

»Ja. Noch einen Saft. Und … zweihundert Gramm Kognak.«

Die Frau wunderte sich nicht im Geringsten. Klaw wirkte offenbar wie ein Mann, der es gewohnt war, Kognak aus Teegläsern zu trinken.

Was, wenn er sie aufgab? Wenn er Djunka der Einsamkeit überließ? In der abgeschlossenen Wohnung?

Plötzlich meinte er in dem alten Mann, der am Tisch gegenüber saß, den Tröster vom Friedhof wiederzuerkennen. Das müde Allerweltsgesicht. Der eindringliche Blick unter den zusammengezogenen Augenbrauen. »*Ich bin nur ein Lum. Ich tu, was ich kann.*«

Klaw blinkerte. Nein, dieser Alte war ganz anders. Ein pausbäckiger, ihm unbekannter Mann.

Er kippte seinen Kognak wie Medizin herunter – und erstickte beinah daran. Zum Glück klopfte ihm jemand kräftig auf den Rücken. »Du solltest ein anständiges Getränk nicht so herunterstürzen, mein Junge!«

Klaw war noch immer nüchtern. Er drehte den Kopf …

… und erschrak nicht. Wie einem alten Bekannten nickte er dem Tschugeist zu.

Von ihm ging ein Geruch nach feuchtem Fell aus. Klaw schüttelte den schweren Kopf, wischte sich die Tränen aus den Augen. Wenn der Tschugeist in seiner Fellweste in den Regen kam, würde er vermutlich wie ein Wolf riechen. Aber es regnete gerade nicht, und außerdem handelte es sich um Kunstpelz.

Sie alle waren offenbar gerade erst reingekommen. Sie hatten einen Ecktisch mit Beschlag belegt, weswegen Klaw, der einsam seinen Kognak schluckte, sie nicht bemerkt hatte. Jetzt beobachteten ihn drei vom Tisch aus, während einer vor Klaw stand …

Sie waren sich schon über den Weg gelaufen. Genau ihm war er schon einmal begegnet. Nur zerfloss jetzt sein Gesicht, außerdem schaffte Klaw es nicht, die auseinanderstiebenden Gedanken zu bündeln und sich zu erinnern, wo genau und auch worüber dieser lange, schlaksige Kerl da mit ihm, Klaw, geredet hatte.

»Ist dir nicht gut? Brauchst du Hilfe?«

Nach Klaws Ansicht hatte sich sein Kopf in den Erdball verwandelt, so schwer war er ihm, so unaufhaltsam drehte er sich.

Und es ließ sich kaum noch ertragen, ihn, diesen Kopf, zu schütteln, um den guten Tschugeist mit einer schlichten Geste, einem klaren Nein, fortzujagen.

Als Klaw unter den Kuratoren Fedora erblickte, war ihm klar, dass ihm ein unerträglich anstrengender Tag bevorstand.

»Patron … Bedauerlicherweise ist Kurator Mawyn schwer erkrankt. Es war sein Wunsch, dass ich ihn hier in Wyshna vertrete. Hier ist die Urkunde, in der er mir die notwendigen Vollmachten erteilt hat.«

»Danke, nicht nötig. Meine Herrschaften, nehmen wir unsere Plätze ein und beginnen wir mit der Diskussion.«

Der finstere Kurator aus Rydna zog einen Mundwinkel leicht nach oben. Ganz leicht nur.

Er, der den Luxus so liebte und die Hexen so hasste, hieß War Tanas und war etwas über fünfzig. Vor fünf Jahren hatte er die besten Aussichten auf den Stuhl des Großinquisitors gehabt. Selbst jetzt hatte er die Hoffnung darauf noch nicht aufgegeben. Wie Klawdi wusste, verfolgte Tanas die erste halbe Stunde jeder Diskussion schweigend.

»Meine Herrschaften, bevor ich mir Ihre Ansichten anhöre, möchte ich einige Worte dazu sagen, wie sich mir die Sachlage darstellt.«

Er sprach siebzehn Minuten. Fedora, die auf Mawyns Platz saß, blickte stur durch ihn hindurch. Nur mit Mühe konnte er den Wunsch unterdrücken, sich einen schmerzenden Punkt an der Schläfe zu reiben – an jener Stelle, wo ihr Blick ihn traf.

»Mir ist daran gelegen, dass wir heute möglichst offen zueinander sind. Und die größtmögliche Verantwortung für unser Tun übernehmen. Denn für die Lage, in der wir alle uns gegenwärtig befinden, dürfte es kaum Analogien geben ... zumindest nicht in den letzten vierhundert Jahren.«

Sie alle verstanden nur zu gut, worauf er abzielte. Von dem Kurator aus dem Kreis Bernst vielleicht einmal abgesehen. Der saß da, entrückt und seinen eigenen Gedanken nachhängend.

»Und jetzt würde ich gern Ihre Ansichten hören ... bezüglich der ungewöhnlichen Aktivität der Hexen. Und bezüglich ihrer seltsamen Tendenz zur Gruppenbildung. Sowie – warum lange darum herumreden – im Hinblick auf die Schlinge, die um unseren Hals liegt und sich allmählich zusammenzieht ...«

Der Kurator aus Rydna zog wieder einen Mundwinkel nach oben. Fedora seufzte.

Ums Wort bat der Kurator aus Altyza, ein junger Mann mit braunem Haar und einem schweren, behäbigen Körper sowie einer wieselflinken, höchst dehnbaren Moral. Schwermütig sann Klawdi darüber nach, dass der Stuhl des Großinquisitors irgendwann unter dem gewichtigen Hintern von Foma aus Altyza ächzen würde. Vermutlich. Der Fettwanst besaß einen hellen Verstand und war ein meisterlicher Taktiker. Heute bildete er eine Allianz mit dem Kurator aus Rydna, indem er als Erster sein Beil auf Klawdi abfeuerte, zugunsten von Tanas.

Klawdi vertrieb den aufdringlichen Gedanken an eine Zigarette.

Foma fasste sich kurz, redete jedoch sehr emotionsgeladen.

Ja, die Situation in Altyza lasse zu wünschen übrig, woran freilich nicht die vermeintlich gesteigerte Aktivität der Hexen die Schuld trüge, sondern der letzte Befehl aus Wyshna. Altyza sei ein Kreis der Landwirtschaft, in dem es traditionell zahlreiche sesshafte und friedliche Hexen gebe. Die drakonischen Maßnahmen, die der Großinquisitor einklage, hätten die gleiche Wirkung wie ein Päckchen Hefe, das man in die Toilette werfe. Der Abschaum würde aus allen Ritzen kriechen. Die Hexen, die jahrzehntelang zurückgezogen und unregistriert in ihren Hütten gelebt hatten – wobei sie selbstredend stillschweigend kontrolliert worden seien –, würden jetzt Gott weiß wohin verschwinden, denn falls die Inquisition von Altyza den Befehl befolgte, könnte und müsste sie sämtliche Gefängnisse des Kreises mit unregistrierten Hexen füllen. Dies wiederum würde den Haushalt aufs Äußerste belasten. Die Hexen müssten zudem in überfüllte Zellen gepfercht und unter Bedingungen gehalten werden, die jeder Beschreibung spotteten. Dies würde nur ihre Aggressivität steigern, zu Panik führen und Destabilität oder Tragödien nach sich ziehen – wie die jenes dreizehnjährigen Mädchens, das von ihrer Mathematiklehrerin initiiert worden sei und mit Zahnpasta das Zeichen der Pumpe auf die Wange ihres schlafenden Bruders gemalt habe …

Foma legte eine Pause ein. Der peinliche Zwischenfall, der ihn unter anderen Umständen den Kopf gekostet hätte, diente heute dazu, die Wahrheit seiner Worte zu illustrieren. Eine Untermalung in grellen, ja, schreienden Farben.

Foma senkte den schweren, unter einem Übermaß an Kinnmasse leidenden Kopf. Im Grunde war er fertig. Die Lage im Kreis konnte mit einiger Mühe stabilisiert werden – und zwar nur deshalb, weil er die Sünde auf sich genommen habe, von einer buchstabengetreuen Umsetzung des letzten Befehls aus Wyshna abzusehen. Jetzt würde er vermutlich wegen Amtsanmaßung und Insubordination zur Verantwortung gezogen werden. Ein anderer an seiner Stelle hätte es sicher vorgezogen, den Kreis in strenger Befehlserfüllung in den Abgrund zu treiben. Das sei alles, was er, Foma, zu sagen habe, jetzt sei er bereit, auf Fragen zu antworten.

Klawdi, der während der ganzen Ansprache mit unbeweglichem, freundlichem Gesicht dagesessen hatte, zauberte jetzt eines seiner charmantesten Lächeln auf die Lippen. »Meine Herrschaften, ich schlage vor, erst alle anzuhören. Dann werden wir zu den Fragen zurückkommen, sozusagen in ihrer Gesamtheit.«

Foma zuckte die gut gepolsterten Schultern und nahm vorsichtig Platz. Er führte überhaupt jede Bewegung voller Vorsicht aus. Risikofreudig, kühn oder überraschend konnte er nur in Worten und Taten sein.

Nacheinander sprachen der Kurator von Korda und der neue Kurator aus Rjanka. Der Erste holte weit aus, blieb vage und erschöpfte sich in Anspielungen auf die kurzsichtige und allzu dominante Führung in Wyshna, ließ jedoch auch eine Reihe nebulöser Anschuldigungen gegen die Hexen vom Stapel, die in der Tat ausgesprochen aggressiv aufträten. Der Zweite, der frischgebackene Kurator Juryz, beschränkte sich auf eine Aufzählung der Maßnahmen, die er bereits ergriffen hatte. Sie liefen im Wesentlichen darauf hinaus, alles, was sein Vorgänger angeordnet hatte, rückgängig zu machen. Klawdi zerquetschte unterm Tisch ein Päckchen Zigaretten. Juryz war ohne Zweifel talentiert. Warum hielt er sich mit solchen Kleinigkeiten auf? In zwanzig Minuten würde Klaw eine Pause ausrufen. Zum Rauchen.

Die Ansprache Antors, des Kurators aus Egre, stellte einen schlecht verhüllten Angriff gegen die Position Fomas aus Altyza dar. Treffsicher pickte Antor aus der emotionalen Rede den Punkt heraus, der dem Kurator das Genick brechen musste: Die große Zahl unregistrierter, in der Landwirtschaft tätiger Hexen, die angeblich keine Aggression erkennen ließen und, heimlich von der Inquisition überwacht, in ihren Hütten lebten. Die Enthüllung einer solchen Tatsache hätte in früheren Zeiten nicht nur zur Amtsenthebung, sondern gleich zum Ausschluss aus der Inquisition aufgrund professioneller Unzulänglichkeit geführt. Antor sprach leise, seine Stimme klang metallen. Klawdi senkte die Lider ein wenig und beobachtete einen Sonnenstrahl, der über den weißen, polierten Tisch kroch. Formal hatte Antor recht. Faktisch war jedoch Foma im Recht. Die Methoden, die für Großstädte geeignet waren, versagten häufig bei den vereinzelt liegenden Gehöften und kleinen Ortschaften.

Er schielte auf die Liste, die in der offen stehenden Schublade des Tisches lag. Die letzten Zahlen aus den Kreisen, die er sich im Übrigen nicht direkt von den Kuratoren besorgt hatte, sondern heimlich, durch Spione. Der ruhigste Kreis war ausgerechnet Altyza. Noch gestern hatte Egre am besten dagestanden. Am schlimmsten hatte es …

Er fasste sich an die Schläfe. Fedora sah zu ihm herüber, doch er erwiderte ihren Blick nicht.

Am schlimmsten hatte es Odnyza getroffen. Und die Lage spitzte sich weiter zu. Der Statthalter von Odnyza hatte Kurator Mawyn sogar schon eine offizielle Anfrage geschickt, ob …

Antor, der Kurator aus Egre, endete. Er blieb kurz stehen, um alle Anwesenden nacheinander zu betrachten. Dann setzte er sich, genauer: er plumpste auf den Stuhl. Er zeichnete sich durch ein gewisses Ungeschick aus, in seinen Bewegungen und in der Kleidung, jedoch nie in seinen Taten. Zumindest auf Antor durfte Klawdi zählen.

Foma, den Antors Rede gekränkt und verletzt hatte, verzog seinen großen weichen Mund zu einem giftigen Lächeln. Er verlangte Revanche und bekam nach Klawdis Dafürhalten weiche Knie. Zu viel hatte er auf eine Karte gesetzt – und konnte nun in der Tat erst recht rausfliegen.

Alle sahen Tanas an, den Kurator aus Rydna. Die erste halbe Stunde war längst vorbei, jetzt kam der Zeitpunkt für sein gewichtiges Wort.

Tanas hüllte sich jedoch weiter in Schweigen. Beide Winkel seiner dünnen Lippen wiesen nach unten. Der eine stärker, der andere schwächer. Alle warteten. Tanas schwieg.

Was tun wir hier eigentlich, dachte Klawdi angeekelt. Einen akrobatischen Tanz führen wir auf, unter Einbeziehung eines hohen Stuhls. Dem einen helfe ich auf den Sitz, den anderen schubse ich runter. Du klettere ruhig auf den Sitz, während ich mich neben die rechte Armlehne stelle, und unser Freund hier soll sich neben die linke stellen. Dann stoße ich dich mit seiner Hilfe runter und schiebe ihn auch weg, woraufhin sich ein neues Gesicht neben die Armlehne stellt …

Er wollte schon den Mund öffnen, um die Pause zu verkünden, als er sah, dass sich der Kurator aus Bernst langsam und – wie immer in sich selbst versunken – entrückt und bleich von seinem Stuhl erhob.

Die Hexen nannten ihn, Wikol, eine eiserne Schlange. Ein eisernes Wesen, das mit seinen Gelenken klirrte und am Ende selbst das wendigste Huhn schnappte. Erbarmungslos konnte er einen erwürgen, in null Komma nichts.

Klawdi mochte Wikol nicht. Gerade weil er so entrückt wirkte. Ein unbeteiligter Inquisitor – das ging einfach über Klawdis Horizont.

»Herrschaften!« Mit dieser gefühllosen Stimme sprach Wikol auch mit seinen Hexen. »Nach dem Erhalt des Befehls des Großinquisitors bezüglich der außergewöhnlichen, die Hexen aller Kategorien betreffenden Maßnahmen und insbesondere nach einem entsprechenden Versuch, diese auch zu realisieren, bin ich nicht minder verärgert als Kollege Foma.«

Wikol verstummte. Vermutlich konnte eine einzige dieser Pausen selbst die hartnäckigste Hexe im Schweiß schwimmen lassen.

»Herrschaften! Ich sehe mich gezwungen einzugestehen, dass die durch den Großinquisitor vorgeschlagenen Maßnahmen längst nicht ausreichen. Wir stehen vor einem Abgrund, Herrschaften, vor dem wir nur zu gern die Augen verschließen wollen.«

Die eintretende Stille durchbrach ein langer, ein ungebührlich langer Seufzer.

Niemand wandte sofort den Kopf. Alle zählten innerlich bis fünf, manche sogar bis sieben, erst dann gestatteten sie sich, Fedora Ptach anzusehen, die zweite Kuratorin von Odnyza, die – wie alle wussten – ehemalige Geliebte von Klawdi Starsh.

Der Einzige, der sich nicht rührte, war Klawdi. Starr hielt er den Blick auf den obersten Knopf am Jackett von Kurator Wikol gerichtet.

Wikol wartete eine Minute. Seine Stimme klang völlig unverändert, als er, die schweigende Runde betrachtend, klar und deutlich fortfuhr: »Das veränderte Verhalten der Hexen lässt sich weder mit dem schlechten Wetter noch den schlechten Zeiten oder irgendeinem Fehler erklären. Ich hoffe, der Großinquisitor ist weitsichtiger als wir alle und hat sich seine eigenen Gedanken zu diesem Problem gemacht.«

Erst da schaute Klawdi zu Fedora hinüber. Sie sah besser aus. In den zwei Wochen, in denen sie sich nicht gesehen hatten, hatte sie fraglos zugenommen. Angeblich sollen Frauen ja häufig zu viel essen, wenn sie Kummer haben.

Die paar Pfunde mehr standen Fedora. Sie glätteten eine gewisse Härte in ihrem Gesicht, rundeten die Schultern, vergrößerten offenbar sogar die Brust.

Woran dachte er jetzt schon wieder?! Ob das seine fabelhaften »eigenen Gedanken« waren, die er seinen Kollegen auch gleich mitteilen sollte?!

In Fedoras schönen Augen lag – wenn auch nicht an der Oberfläche, sondern tief innen – eine weniger schöne Panik.

»Du verstehst das doch, nicht wahr? Das, was hier vor sich geht? Du kannst dem doch Einhalt gebieten, oder?«

»Vielleicht trage ich hiermit zu Ihrer Erheiterung bei«, ergriff Klawdi nun mit unaufgeregter Stimme das Wort, »aber offenbar steht uns nicht mehr und nicht weniger als die Ankunft der Mutterhexe ins Haus.«

... In der Scheune roch es nach Heu und Erde. Und nach feuchtem Brennholz.

Das Scheunendach war so verbeult wie ein alter Kessel, Löcher und Ritzen klafften darin. In die Löcher schoss mit scharfen Strahlen Licht. Mondlicht.

Nein, das war kein Dach. Das war der Himmel. Und die nadelgleichen Strahlen, das waren die Sterne.

Ywha rannte, den Kopf zurückgeworfen, den Weg nicht einmal witternd. Dennoch stieß sie nirgendwo an, als führten ihre Beine das Kommando.

Den Strahlen am schwarzen Himmel, diesen Nadeln, gesellte sich eine weitere hinzu, die sie in der Hand hielt.

Ein Reigen leuchtender Flecken – bis es düster wurde.

Die Menschen, diese silbrigen Schatten, waren an den Himmel gepinnt, mit einem Nagel mitten durchs Herz. Ohne den Silbernagel in ihrer Brust zu berühren, schwebten sie dort. Ywha musste blinzeln, vertrieb die Tränen. Nein, das sind doch keine Menschen, das sind nur Sterne! Noch einmal blinzelte sie. Das sind ... Schatten, aufgespießt auf weiße Nadeln. Weiß-hellblaue Schatten, weiß-rosafarbene Schatten, grünliche ...

Was für ein malerischer Anblick!

Ywha lachte auf. Die lange Nähnadel zitterte in ihrer Hand.

Ein schöner Mann mit weichem, weißem Haar löste in Ywha, obgleich sie ihn nicht kannte, einen irrsinnigen Hass aus. Sie nahm ihn genau wahr, diesen Geruch von Hass. Den Geruch von Eisen.

Inmitten all der anderen Sterne prangte ein scharfzackiger.

Sie streckte sich aus. Und sie beobachtete, wie die spitzen Nadeln und der scharfzackige Stern eins wurden.

Ywha stach zu. Die Nadel bohrte sich bis zur Hälfte in den Himmel, dann rutschte sie wieder heraus. Verrostet.

Der Stern trübte sich ein.

Ein Windhauch ging. Der Geruch nach geschmolzenem Paraffin breitete sich aus. Kerzen, Kampferalkohol, ein bleiches, unbekanntes Gesicht. Lachend warf Ywha die verrostete Nadel in einen Brunnen.

Das weiße Auge des Mondes lugte aus einer fernen, tief in der Erde gelegenen Schale heraus. Ein Mond, der am Boden des Brunnens lag, eine verrostete Nadel, die das unzufriedene Auge des Mondes pikte.

Ywha fühlte sich schwerelos. So schwerelos wie nie zuvor. Die Erde lag weiter unter ihr. Mit dem Mund fing Ywha den Wind ein, der, selbst als er ihr bereits in die Lungen drang, Wind blieb. Kalt und wild.

Eine Kristallerde. Ywha sah, wie das tief in der Erde liegende Muttermal bläulich aufschimmerte. Wie eine Truhe, von Wurzeln umflochten, wie es trüb ergelbte, menschlichen Knochen ähnlich, die vergessen am Grund einer Schlucht weißten.

Jedes Geräusch fehlte, nur Gerüche gab es. Die unendlich vielfältigen Gerüche des Windes.

Ywha lachte.

Endlich kam sie wieder zu sich. Die Hexe, die vor ihr stand, blickte weiterhin stumpfsinnig durch sie hindurch, in eine Weite, die es nicht gab. In dem kleinen Kellerraum war es heiß. Es ließ sich nur schwer atmen, die rituelle Fackel blakte.

Sie brauchte einige Minuten, um ihre Benommenheit abzuschütteln. Anstelle des süßen Windes umgab sie die abgestandene Luft des Verhörraums. Hunderte von Nadeln bohrten sich ihr in die Hände, die Wangen und die Stirn.

Unsicher schüttelte sie den Kopf. Blinzelnd betastete sie ihr Gesicht. Auf ihre Schultern legten sich feste, schwere Hände.

»Das war großartig. Hast du Schmerzen?«

»Nein …«

Es war … wie damals in der Schulzeit. Im städtischen Schwimmbad. Als sie über die glitschige Trittleiter aus dem transparenten, vom Chlor blauen Wasser stieg und die Erdanziehungskraft sich ihr mit der alten, inzwischen vergessenen Last auf die Schultern legte.

Ja, genauso fühlte es sich jetzt an.

Sie wartete in ihrer Nische, wo extra für sie ein kleiner Dreifuß bereitgestellt worden war. Sie wartete, bis die ausgelaugte, benebelte Hexe hinausgeführt worden war. Sie würde sich selbstverständlich an nichts erinnern.

Ywha spürte eine flüchtige Antipathie. Und Neid. Eine genadelte Hand ist widerlich. Ein Flug über Gräser dagegen, über Baumwipfel hinweg ...

»Ywha ...«

Sie schaltete sich ins Jetzt zurück. Panisch riss sie sich von ihren Gedanken los. Alles Hexenhafte sollte getrost bei der Hexe bleiben. Ihre Sünden und blutrünstigen Freuden waren ihr, Ywha, durch und durch fremd, daran würde sich nie etwas ändern. Sie diente nur als Spiegel. Ein Spiegel beschlägt schließlich auch nicht, wenn er Nebel spiegelt. Ein Spiegel zerspringt nicht, wenn er einen Blitz spiegelt.

»Ywha ...«

Klawdi wirkte verdrossen. Und besorgt. Als sie versuchte, sich ein Lächeln abzuringen, misslang das. »Was ist?«, fragte sie deshalb, ohne zu lächeln. »Ist der Versuch gescheitert? Kreisten unsere Träume ... um nichts? Gab es nichts Neues?«

Gierig stürzte Klawdi Mineralwasser aus einem schmalen Glas hinunter. Ywha spürte, wie trocken ihr Mund war. Die reinste Wüste.

Er fing ihren Blick auf. Entschuldigend zuckte er die Achseln, beförderte von irgendwoher ein weiteres Glas zutage und goss ihr ebenfalls ein.

»Ywha ... Ich glaube, wir verstehen uns vermutlich besser, wenn ich dir etwas erkläre. Nämlich, was wir eigentlich suchen.«

Aus unerfindlichen Gründen fürchtete sie sich genau davor. Sie trat an den hohen Stuhl heran und setzte sich auf die Armlehne.

»All diese Hexen sind ... unterschiedlich. Aber wir suchen das Gemeinsame in ihnen, Ywha. Wir brauchen ... das verbindende Motiv. Ich würde es das ... Grundmotiv nennen.«

Ywha sagte kein Wort.

»Falls du das jetzt noch nicht verstehst, wirst du es sicher später ... Sie bringen jetzt eine andere Hexe, und du solltest versuchen, in ihren Motiven eben dasjenige zu entdecken … das sie letztlich antreibt. Das den Wunsch auslöst, sich selbst zu opfern. Den Wunsch, anderen zu folgen. Und was immer sonst noch. Ich habe keine Ahnung, Ywha! Aber eine solche Triebkraft muss es geben. Es ist das Gefühl … wenn du so willst … das Gefühl einer treu ergebenen Tochter.«

»Ich bin müde«, flüsterte Ywha.

»Was?«

»Ich … kann nicht mehr. Heute jedenfalls nicht. Es geht einfach nicht mehr. Ich bin müde.«

Sie beobachtete, wie Verwunderung und Ärger auf seinem Gesicht der gewohnten Verdrossenheit wichen. Seufzend legte er ihr eine Hand auf die Schulter. »Tut mir leid. Natürlich musst du dich ausruhen. Morgen geht's weiter.«

Die Geheimtür öffnete sich. Der junge Mann, der darin stand, einer derjenigen, die Ywha durch das Palastinnere begleiteten, trat auffordernd in den dunklen Gang zurück.

Auf einmal fühlte sie sich traurig. Einsam und allein. »Vielleicht könnte ich …«

Er dachte bereits an etwas anderes. Ihre Frage riss ihn aus Überlegungen von staatstragender Relevanz, weshalb seine Augenbraue leicht verärgert in die Höhe schnellte. »Was?«

»Könnte ich vielleicht ein bisschen spazieren gehen?«, fragte sie ohne jede Hoffnung. »Ohne Aufpasser?«

Einen Moment lang sah er ihr in die Augen. Dann trat er an die Wand, und Ywha hörte zu ihrer Überraschung das Geräusch eines Lichtschalters. Sofort wirkte die Fackel überflüssig und fehl am Platze. Ywha hatte bisher nicht gewusst, dass sich dieser Raum derart grell beleuchten ließ.

Klawdi drehte sich um und baute sich vor Ywha auf, die, da sie den eindringlichen Blick nicht aushielt, wegsah.

»Ich vertraue dir«, sagte er langsam. »Du kannst so lange spazierengehen, wie du willst … Na los …«

Erst im Gang, in der Begleitung des Wärters, der nach frisch gegerbtem Leder roch, erreichte sie sein Ruf: »Ywha!«

Erschaudernd blieb sie stehen.

»Ich begleite dich ein Stückchen. Du hast doch nichts dagegen?«

Die Sonne ging unter.

Durch die Straßen strich heißer Wind; Staub, Pappelflaum und Bonbonpapier strömten in kleinen Windhosen. In den Kellern der Inquisition ist es das ganz Jahr über gleichbleibend feucht und kalt, dachte Ywha. Aber dort drüben an der Kreuzung gab eine Schar sportlicher Mädchen, die erfolglos versuchte zu trampen, mit ihrer bronzenen Sonnenbräune an, mit dieser Art Bräune, wie man sie sich in langen und tristen Stunden am Strand erliegen muss.

Trotzdem blieb selbst ein verregneter Sommer ein Sommer!

Sie atmete tief ein. Der Wind spielte mit den leichten, kurzen Röcken dieser ausgelassen wirkenden Frauen – und fuhr stumpf in den undurchdringlichen Stoff von Ywhas Jeans. Beschämt zog er daraufhin ab.

Der Wind. Die Erde tief unten.

In den heißen Wind mischte sich eine einzelne eisige Brise. Eine Brise *jenes* Nachtwinds. Ywha erschauderte – und die Brise verschwand.

»Möchtest du ein Eis?«

Ywha schüttelte den Kopf. Sie hatte den Eindruck, Klawdi würde still vor sich hin unablässig mehrstellige Zahlen dividieren. Während er sich mit ihr unterhielt, dachte er über sie nach – und noch über etwas anderes. Und dann auch noch über etwas Drittes.

»Was willst du denn überhaupt machen? Willst du runter zum Strand? Oder shoppen?«

Ywha stöhnte traurig.

Es gehörte sich nicht, einen viel beschäftigten Mann von der Arbeit abzuhalten. Klawdis Gesicht glich einer Sanduhr, und die Zeit, die er für die junge Hexe abzweigte, war bereits fast durchgerieselt.

Hier, außerhalb des Kellers, interessierte sie ihn nicht. Gleich würde er ihr die Frage stellen, deretwegen er seine wichtigen inquisitorischen Aufgaben unterbrochen hatte. Er würde sie stellen, eine Antwort erhalten und weggehen. Allein könnte Ywha dann Ordnung in ihre Gedanken und Gefühle bringen, durch die Stadt schlendern wie ein freier Mensch … Und so viel Eis essen, wie sie mochte. Denn wie es ein glücklicher Zufall wollte: Sie hatte die Tasche voller Kleingeld.

»Was bedrückt dich, Ywha?«

Ein gute Frage.

Ein Teenager skatete an ihnen vorbei. Er sprang auf die Fahrbahn, machte vor einem empört hupenden Auto eine Kehrtwende, flog wieder auf den Gehsteig und verschwand johlend um die nächste Ecke.

»Fällt dir sehr schwer, was du machst? Wozu ich dich zwinge? Indem ich dich, wie ich es gewohnt bin, unter Druck setze?«

Sie lächelte säuerlich.

Da packte er sie bei den Schultern und riss sie an sich. Sie bekam es mit der Angst zu tun. Am Hals spürte sie seine kräftige Hand. Wenn er wollte, bräuchte er ihr bloß die Schlagader abzudrücken …

An der Stelle, an der sie gerade eben noch gestanden hatte, sauste ein weiterer Skater vorbei. Ywha spürte den Luftzug, der über sie hinwegzischte, und erspähte eine feuerrotes Baseballcap mit in den Nacken geschobenem Schirm. Der Junge war höchstens dreizehn. Jetzt schoss er in eine eiserne Mülltonne, stolperte und schrubbte mit den leidgeprüften Knieschonern über den Asphalt.

Als Klawdi Ywha wieder losließ, versuchte sie, seinen Blick zu meiden.

»Sag mir, wenn dich etwas beunruhigt, Ywha. Das ist wichtig.«

Sein Gesicht fungierte nun nicht mehr als Sanduhr. Kam es ihr nur so vor oder spiegelte sich in ihm eine echte, unverfälschte Sorge wider? Interessierte ihn wirklich, was in ihrem Innern vorging? Oder bedeutetet dieses »Das ist wichtig« nur dies: wichtig für die Inquisition?

»Mögen Sie Hunde, Klawdi?«

»Ja«, antwortete er prompt und ohne sich zu wundern.

»Und Katzen?«

»Auch. Wieso?«

»Und Meerschweinchen?«

»Die nicht. Und Hamster auch nicht. Fischen und Papageien stehe ich völlig gleichgültig gegenüber. Was noch?«

»Sehen Sie in mir eine Katze – oder doch nur einen Hamster? Oder ein Versuchskaninchen?«

Tief in ihrer Seele hoffte sie, sie würde ihn damit aus der Reserve locken. Er würde sich wenigstens kurz empören.

Eine vergebliche Hoffnung.

»Du bist ein Mensch. Habe ich dich verletzt? Habe ich dich wie eine Katze behandelt?«

Toll, nun durfte *sie* sich auch noch rechtfertigen. Weil sie den guten Herrn Inquisitor grundlos beleidigt hatte …

»Ich bin traurig.« Nervös kaute sie auf der Lippe herum. »Ich sehe mich in dem Ganzen gar nicht. Nirgends. Es kommt mir vor, als trete ich vor einen Spiegel und in dem spiegelt sich das Zimmer … und meine Sachen … nur *ich* nicht. Die Hexe, die gegen die Hexen vorgeht. Die Braut ohne Bräutigam. Als ob ich ein Werkzeug von Ihnen wäre … noch dazu ein billiges und aus zweiter Hand.«

»Du bist meine Mitarbeiterin«, sagte Klawdi sanft. »Meine Verbündete. Wenn du so willst, meine Freundin.«

»Das geht nicht. Seinen Mitarbeitern sagt man die Wahrheit. Und mit Freunden … ist es ohnehin schwierig. Ich hatte nie Freunde. Und Sie auch nicht.«

»Woher weißt du das?«

Da riss sich Ywha wieder zusammen.

Es dämmerte bereits. Irgendwo in einem Gartencafé erschallte durchdringend ein Banjo. Über den hellgrauen, vom Wind blank gefegten Gehsteig klackerten rote Lackschuhe mit unglaublichen Pfennigabsätzen. Die Besitzerin dieser High Heels sah Ywha nicht – so tief hatte diese, sich ihrer Schuld bewusst, den Kopf gesenkt.

»Was soll das, Ywha? Erlaubt sich da die Hexe in dir einen Spaß? Gräbst du Geheimnisse aus, ziehst du sie ans Licht?«

»Das ist doch kein Geheimnis.« Ywha hob den Kopf. »Jeder, der sich nur kurz mit Ihnen unterhält … begreift sofort, dass Sie keine Freunde haben.«

»Ist das so schlimm?«

»Ich weiß es nicht. Vielleicht. Ändern lässt es sich jedenfalls nicht.«

»Weißt du was, Ywha?« Klawdi deutete ein Grinsen an. »Wenn du keine Hexe wärst, würde ich dich für ein Genie halten. Bei deiner Intuition … Du bist also der Ansicht, ich sei weder zu treuer Freundschaft noch zu *hehrer* Liebe fähig?«

… Der Wind im Gesicht, das Gefühl zu fliegen, geknicktes Gras, der Wald, über dessen Wipfel grüne Wellen wogten …

Ihr bleicher Körper überzog sich mit einer Gänsehaut. Vom Scheitel bis zur Sohle. Was sollte das? Fand sie jetzt etwa Gefallen daran, eine Hexe zu sein?!

Sie drehte sich weg und lehnte sich über einen gusseisernen Zaun, der eine Blumenrabatte säumte. »Zu *hehrer* Liebe … sind Sie imstande. Das weiß ich.«

»Wie solltest du das auch nicht wissen? Schließlich hast du ja dieses prachtvolle Bett gesehen, diesen Weidegrund der *hehren* Liebe …«

»Sie brauchen sich gar nicht über mich lustig zu machen!«

Die Scham trieb ihr jäh die Tränen in die Augen. Sie wusste nicht einmal, wer für diese ganze Situation verantwortlich war. Sie, Ywha? Klawdi? Oder jene Hexe, in dessen Seele sie heute ohne jedes Recht eingedrungen war?

»Hören Sie auf, sich über mich lustig zu machen! Denn die Liebe … die steht über alldem. Ja, Ihr Bett ist widerlich! Ja, Nasar hat mich sitzen lassen! Aber die Liebe … die Liebe schert sich einen Dreck darum. Sie fragt nicht nach uns … es ist ihr gleich, was wir von ihr denken. Es ist ihr gleich, dass ausgerechnet wir sie nicht abbekommen haben … Sie ist einfach da. Vielleicht hilft mir das sogar ein bisschen …«

»Du hast dich nie mit Philosophie beschäftigt, Ywha. Sonst würdest du sagen, die Liebe sei eine objektive Realität, die unabhängig von unserer subjektiven Wahrnehmung existiert.«

»Lachen Sie ruhig! Von mir aus sogar laut!«

»Ich mache mich nicht über dich lustig. Das ist ein Grundmotiv.«

»Was?«

»Das Grundmotiv. Für dich ist es das, was du die Liebe nennst. Für die heutigen Hexen ist es offenbar die Mutterhexe.«

»Und für Sie sind es vermutlich Ihre Zigaretten. Okay, mir reicht's, ich gehe.«

Sie war aufgebracht genug, um nicht lange zu fackeln oder sich umzudrehen.

Die Sonne sank immer tiefer, verkroch sich hinter den Dächern. Schatten wanderte durch die Straßen, die Reklameschilder der zahllosen Straßencafés erwachten, öffneten sich wie die Augen eines Nachttiers.

Das Banjo in dem Restaurant um die Ecke war verstummt. Jetzt sang dort ein breitschultriger Mann mit erstaunlich blauen Augen zur Gitarre. Er trug ein extravagantes Jackett und zerschlissene Jeans. Ohne auf jemanden zu achten und mit gedankenleerem Kopf setzte sich Ywha an den nächstbesten Tisch.

»Was wünschen Sie?«

Zu spät fiel ihr ein, dass ihr Geld nur noch für ein Eis reichte.

»Ein Eis.«

»Sonst noch etwas?«

Der Mann mit den blauen Augen sang gut. Ein Lied über den Frühling und den Regen.

»Mehr nicht. Nur ein Eis.«

»Und zwei Cocktails sowie zwei Salate. Du hast doch bestimmt Hunger, Ywha, oder? Wie immer?«

Sie fuhr zusammen.

Priw trug Freizeitkleidung. Ein Hemd mit Blumenmuster und helle Hosen. Um seinen Hals baumelte eine Silberkette. Vermutlich steckte die Plakette, die silberne Dienstmarke der Tschugeister, unter seinem Hemd.

»Danke, aber ich will nichts«, antwortete sie automatisch.

Priw lächelte.

Ein unschönes Lächeln. Plötzlich verkrampfte sich Ywhas Bauch.

»Aber ich will. Sehr. Schon seit Langem.« Er kippte einen der aparten Bistrostühle so, dass er auf einem Bein stand, wirbelte ihn herum, setzte sich rittlings darauf und legte das Kinn auf die Lehne. »Wir beide trinken jetzt etwas. Dann tanzen wir. Ich habe genug von dem Reigentanz. Ich möchte gern mein Mädchen einladen …«

Der Sänger intonierte ein Lied über den Dschungel und die Sterne. Die Kellnerin brachte zwei hohe Gläser mit einer Flüssigkeit, die in sattem Orange funkelte. Und zwei komplizierte Gebilde aus mariniertem Gemüse.

Ywha beobachtete, wie die Limonenscheibe an der hohen

Glaswand mit ihrer feuchten Seite die bunten Lichter einfing, die im Takt des schnulzigen Liedes flackerten. Ihr eigenes Gesicht kam ihr versteinert vor, tot wie eine Maske. Sie schien kreidebleich. Und offenbar nahm Priw das mit Genugtuung zur Kenntnis.

»Priw … das war nicht … richtig von mir. Tut mir leid. Ich wollte dich nicht … beleidigen.«

»Ach nee?!«

»Ehrlich! Ich wusste nicht mehr, was ich tat!«

»Ich habe dich gesucht.« Sein Lächeln kehrte zurück. »An höchst zweifelhaften Orten. Ist es da nicht ein Wink des Schicksals, dass ich dich ausgerechnet in meinem Lieblingscafé treffe? Auf dein Wohl, Ywha.«

Seine Lippen wanderten ohne jede Anstrengung bis zu den Ohren. Ein alberner Tschugeist, eigentlich ein Ding der Unmöglichkeit – und dennoch saß er ihr gegenüber.

Ywha drehte sich um. Hoffnungsvoll blickte sie zu den Passanten hinüber, doch es wollte kein bekanntes Gesicht auftauchen. Klawdi war auch schon lange weg, hinabgestiegen in seinen feuchten Keller, wo er zur Abwechslung mal wieder den Abschaum ausrottete.

Priw ließ das Gemüse krachen. Er warf die Oliven in die Luft und fing sie mit dem Mund auf. Zufrieden grinsend fuhr er sich mit der schmalen Zungenspitze über die Oberlippe. Dann zerbiss er knackend weitere Bestandteile der Salatkomposition, und indem er sowohl die Gabel als auch jegliche Tischmanieren vergaß, verwandelte er die Nahrungsaufnahme in eine Showeinlage. Die Leute an den Nachbartischen kicherten.

»Es tut mir wirklich leid«, wiederholte Ywha hilflos.

Priw schob sich in jeden Mundwinkel ein Stück von einer Frühlingszwiebel, was ihn wie einen Vampir mit grünen Eckzähnen aussehen ließ. Eine Grimasse schneidend, mimte er ein Monster. Am Tisch rechts brach man in lautes Gelächter aus. Am Tisch links schnaubte man und wandte sich ab.

»Priw«, sagte Ywha entmutigt. »Was ist für dich ein Grundmotiv? Gibt es dir was, eine Njawka zu töten?«

Sollten ihn die Worte beleidigt haben, so ließ er sich das nicht anmerken. Ungerührt saugte er seine Eckzähne ein, kaute, rutschte vom Stuhl – und zwar wortwörtlich, so wie ein müder Reiter vom Pferd rutschte. Dann wandte er sich dem Sänger zu.

Vermutlich kannten hier wirklich alle diesen Priw. Oder sein Äußeres war in diesem Augenblick besonders beredt. Jedenfalls ließ der Sänger seine eben erst angestimmte Ballade auströpfeln; in der eintretenden Stille brauchte der Tschugeist seine Stimme nicht zu erheben. »Wir bitten um einen heißen Tanz.«

»Priw!« Ywhas Hände wurden eiskalt. »Ich habe keine Lust zu tanzen.«

»Sei kein Feigling.« Mit einem schiefen Grinsen packte er sie beim Arm. »Ich werde dich schon nicht zu Tode tanzen.«

Der Sänger griff in die Saiten. Die Lichter um die Bühne antworteten mit einem Feuerwerk rhythmischer Reflexe. Wenn Ywha sich widersetzte, dann nur schwach. Priw zog sie zu der kleinen Tanzfläche, die wie eine richtige Bühne in grelles Licht getaucht wahr.

Ein scharfer Wind peitschte Ywha ins Gesicht.

Das war er, der Tanz der Tschugeister.

Sie wirbelte im Kreis, wirbelte, obwohl sie ausbrechen wollte. Jedes Mal packte die Hand ihres Partners sie kurz vor dem Ausscheren. Priws buntes Hemd loderte im Licht der Scheinwerfer, die orangefarbenen Palmen funkelten, die blauen Papageien leuchteten. Das Hemd verzauberte sie, kettete sie an den Rhythmus. Irgendwann akzeptierte Ywha verzweifelt die Regeln des Spiels, das ihr aufgezwungen worden war.

Der Boden unter ihren Füßen glühte und rauchte. Selbstvergessen und wütend tanzte Ywha, rebellierte nicht länger gegen ihren Partner, ordnete sich ihm jedoch auch nicht eine Sekunde lang unter. Im Grunde konnte sie nur so ihre Ansichten über das Leben und ihren Platz darin zum Ausdruck bringen. Genau wie die Erinnerungen an den Flug über die schiefen Kiefern. Oder den Geruch des brennenden Theaters, die Nadel, die sich durch das Sternenherz bohrte.

Eine Schar riesiger Schmetterlinge schien durch die Luft zu flattern und mit ihren Flügeln ihr Gesicht zu streifen. Von diesen Flügeln rieselte Staub, fiel ihr in die Augen, und es blieb ihr keine Zeit, ihn auszureiben, also brannte es und stach und ihr kamen die Tränen. Alles um sie herum schien sich zu verknäulen, zu verhaken, glich dem Werk einer wahnsinnigen Spitzenklöpplerin. Der Rhythmus. Dieser Rhythmus, der alles erschlug, erfasste, ihr Partner, der sich wie irre drehte.

Unter ihr der Holzboden. Über ihr die Decke mit den gipsernen Eiszapfen zur Zierde. Die flackernden Lichter.

Priw tanzte wie toll. Seine Füße berührten die glatten Bretter der Tanzfläche gar nicht mehr. Er schien weder Knochen noch Sehnen zu haben, so streckte und bog er sich in jede Richtung. Ein Schatten aus Gummi, dachte Ywha. Ein sehr klarer, präziser Schatten, der seine Bewegungen bis ins letzte i-Tüpfelchen hinein kalkulierte. Als er sie in eine nur ihm bekannte Figur eines nur ihm bekannten Tanzes einband, nahm sie flüchtig den Geruch von Veilchen wahr.

Den Geruch eines fremden Willens. Ein Spinnennetz, das sich in der Luft spannte.

In diesem Moment hakte es bei ihr aus. Nun tanzte auch sie mit einer verdreifachten Wildheit. Das unsichtbare Spinnennetz knisterte elektrisiert und zerriss. Ihre Jeans knisterten ebenfalls. Die Leute im Café schrien verängstigt auf.

Jäh verstummte die Musik. Das wirkte, als habe man einer tanzenden Marionette mit einem einzigen Schnitt der Schere sämtliche Fäden gekappt. Ywha fiel – und erst kurz vor dem Boden fing sie jemand ab.

Die Menschen, die an den Tischen saßen, applaudierten und lachten. Und sie riefen etwas. Auf dem Fußweg vor dem Restaurant hatte sich eine Menge gebildet, die teilweise schon auf den Fahrdamm drängte. Ein Auto hupte empört, da es nicht vorbeikam.

Ihre Füße schmerzten entsetzlich. Ywha blickte auf ihre Turnschuhe: die waren durchgetanzt. Am rechten klaffte die Spitze auf, der linke hatte keine Sohle mehr.

Ywha wollte losweinen, was ihr jedoch nicht gelang. Priw zog sie fort, wobei er sie so an sich presste, dass sie die Dienstmarke unter seinem tropischen Hemd spürte.

Sein Hemd war klatschnass. Er selbst hielt sich auch kaum noch auf den Beinen.

Wie hieß es doch? Versuch nicht, einen Falschspieler auszutricksen, einen Steuerinspektor mit Argumenten zu überzeugen oder einen Tschugeist niederzutanzen.

Auf der Bühne drängten sich Menschen, und der krebsrote Sänger starrte verblüfft auf seine Gitarre. Eine gerissene Saite hatte sich zu einer Spirale aufgerollt.

Priw atmete keuchend. »Du Hexe!«, brachte er zwischen den Zähnen hervor. »Du Hexe, du!«

»Lass mich los!« Sie versuchte, sich seinem Griff zu entreißen. Schwer ließ sie sich auf den nächstbesten Stuhl fallen.

»Du Hexe. Du bist wirklich eine Hexe!«

»Was ist? Hast du nicht bekommen, was du wolltest?« Sie brachte ein böses Hohnlachen zustande. »Hast du genug getanzt? Reicht's dir?«

»Hexe!« Priw wandte sich der gaffenden Menge zu. »Meine Herrschaften, rufen Sie bitte die Inquisition.«

Er warf Ywha einen triumphierenden Blick zu, vielleicht in der Hoffnung, in ihren Augen Entsetzen und Panik zu entdecken. Verächtlich verzog Ywha die Lippen. In diesem Augenblick legte sich ihr eine schwere Hand auf die Schulter. »Die Inquisition steht zu Ihren Diensten.«

Die Stimme klang wie das Rascheln einer Schlangenhaut in einer ausgetrockneten Regenrinne. Zum ersten Mal schlich sich so etwas wie Verzweiflung in Priws Gesicht.

»Die Inquisition der Stadt Wyshna.« Die Dienstmarke am Revers blitzte kurz auf und verlosch wieder. »Ich danke Ihnen für Ihre Aufmerksamkeit, junger Mann. Die Hexe ist verhaftet.«

Am ganzen Körper spürte Ywha die Blicke. Angewiderte und verängstigte, hier und da aber auch mitleidige: Die arme Hexe, so jung und schon in den unerbittlichen Händen der Inquisition.

In Priws Augen veränderte sich etwas. Im nächsten Moment begriff Ywha, dass er Klawdi Starsh erkannte hatte.

»Und du, Hexe, sitz hier nicht rum«, meinte der Großinquisitor der Stadt Wyshna seelenruhig. »Du bist verhaftet, steh auf, wir gehen.«

Völlig verkrampft hakte sich Ywha am hingehaltenen Arm unter, wie eine Ertrinkende, die nach einem Strick schnappte, den man ihr hingeworfen hat.

Priw bleckte die Zähne. Die Clownsmaske fiel von seinem

Gesicht, die ewig lächelnden Lippen pressten sich aufeinander. »Einen schönen Beschützer hast du dir da geangelt! Mit dem Fußvolk gibst du dich wohl kaum ab, was, Ywha?!« Er japste. »Dann hab ich hier wohl nichts mehr verloren!« Er beugte sich vor, starrte Starsh mitten ins Gesicht. »Mein Inquisitor! Ich würde Ihnen empfehlen, nicht nur die Hexenwerte dieses prachtvollen Mädchens festzustellen, sondern auch, ob sie nicht zufällig geschlechtskrank ist. Irgendwo habe ich gelesen, dass Hauptüberträger entsprechender Krankheiten nicht professionelle Nutten seien, sondern Mädchen mit solch unschuldigen Augen … Wenn ich mich jetzt entschuldigen darf? Leben Sie wohl.« Höflich neigte er den Kopf.

Ywha registrierte, wie die Muskeln des Arms, an dem sie sich festhielt, so hart wurden wie ein Jackettärmel im Frost.

Ihre Füße waren von den Zehen bis zur Ferse wund. Von den alten Turnschuhen war nichts mehr übrig geblieben. Klawdi hatte ein Privattaxi angehalten und Ywha zum *Platz des Siegreichen Sturms* gebracht. Sie schien Fieber zu haben; zumindest zitterte sie entsprechend.

»Dieses … Schwein. Soll ihm doch … die Zunge … abfallen.«

»Lass das. Das hat er nur gesagt, damit du weinst.«

»Er war wütend. Wenn ich … damals nicht vor ihm weggerannt wäre, dann wäre ich genau das, was er von mir … behauptet hat.«

»Warum hast du dich überhaupt mit ihm eingelassen?«

»Wo sollte ich denn hingehen?!«

Dieses Gespräch führten sie nun schon zum dritten Mal, und Klawdi spürte einen unangemessenen Ärger. Das brachte ihm jedoch nichts. Zugegeben, das, was der Junge über Ywha gesagt hatte, hatte ihn über Gebühr aufgebracht. Ein echter Gentleman hätte diesem Schwatzkopf bestimmt auf der Stelle einen Kinnhaken verpasst …

Klawdi verzog das Gesicht. Das gäbe ein Bild für die Götter! Der Großinquisitor, der sich wegen einer junge Hexe mit einem Tschugeist prügelt. Allerdings hätte er dann auch noch Seine Durchlaucht, den Herzog, zur Vorstellung einladen sollen!

Ohne diese Wut im Bauch hätte er sicher Mitleid und Verständnis für Ywha empfunden. Aber die Wut verlangte ihm einiges ab: Er musste sich zusammenreißen, verschließen, durfte sich äußerlich nichts anmerken lassen. Ywha verstand seine Distanz als Verachtung. Als ob der Zynismus dieses Priw die Beziehung von Klawdi zu seinem Schützling hätte verändern können!

Andererseits war die Geschichte mit Priw in der Tat so einfach nicht. Klaw musste sich gewaltig anstrengen, um zu vergessen, dass Priw ein Tschugeist war; nachdem ihm das endlich gelungen war, setzte er sich selbst an seine Stelle. Unwillkürlich presste er die Lippen aufeinander. Oh, oh …

»Du musst dich ausruhen«, sagte er zu Ywha. »Morgen steht uns ein wichtiger Tag bevor. Man hat drei Hexen aus Odnyza gebracht, die sich zusammengerottet haben. Erinnerst du dich noch, was ich dir über das Grundmotiv gesagt habe? Darüber, worauf es uns ankommt?«

Schweigend starrte Ywha zum dunklen Fenster hinaus. Er wartete ihre Antwort nicht ab, ging in sein Arbeitszimmer und rief Hljur an. Er gab einige Befehle, hörte sich den Bericht seines Stellvertreters an und knirschte mit den Zähnen. Tapfer widerstand er der Versuchung, sich Ywha zu schnappen und auf der Stelle mit ihr in den Palast zu fahren, um sofort mit der Arbeit zu beginnen. Als er ins Zimmer zurückkam, stand sie da wie zuvor.

»Weißt du, was das Zeichen der Pumpe ist?«

Ohne sich umzudrehen, schüttelte Ywha den Kopf.

»Es ist ein Zeichen, das man auf der Kleidung, manchmal auch auf der Haut ausführt. Wenn man es auf die Haut malt, stirbt das Opfer innerhalb von vierundzwanzig Stunden an vollständigem Kraftverlust, Austrocknung und Salzverlust. Es auf die Kleidung aufzubringen ist einfacher und auch praktischer. Dann saugt das Zeichen den Menschen, der sie trägt, in kleinen Portionen aus. Seine Kraft geht auf die Hexe über, die das Zeichen ausgeführt hat.«

Langsam drehte Ywha den Kopf um.

»In Egre hat man ein Atelier entdeckt, eine exklusive Schneiderwerkstatt«, fuhr Klawdi bedächtig fort. »Die Frauen haben das Zeichen unter dem Futter der Jacketts eingearbeitet. Sie haben sich reiche junge Männer ausgesucht, die es zu etwas gebracht hatten. Nachdem sie jahrelang Kleidung mit diesem Zeichen getragen hatten, sind sie jetzt völlig ausgezehrt. Die genaue Zahl ihrer Kunden lässt sich nicht mehr ermitteln. Aber die Schneiderinnen waren zu gierig. Sie haben nämlich angefangen, alle Kleidungsstücke mit dem Zeichen zu versehen. Elf Todesfälle in einer Woche … Daraufhin wurde die Schneiderei entdeckt. Du kannst dir nicht vorstellen, wie fett die dortigen Hexen geworden sind. Es waren zwei, um genau zu sein.«

Ywha schluckte. Ihr dünner Hals ruckte.

»Im Dorf Koschtscha … Das ist nur zweihundert Kilometer von Wyshna entfernt: unser Umland, wenn du so willst. Dort wurde ein Initiationssaal entdeckt. In einer Tiefgarage. Zwanzig aktive Hexen wurden verhaftet. Zwanzig, Ywha! So viele haben wir früher in einem halben Jahr festgenommen! Im gesamten Kreis! Ist dir überhaupt klar, was das heißt?«

»Ja.« Der gesenkte Rotschopf nickte zögernd. »Ich soll schneller als Spiegel arbeiten. Ich soll dieses Grundmotiv ausfindig machen. Also werde ich es suchen, was habe ich denn sonst für eine Chance?«

Klawdi wollte schon sagen, sie könne auch ablehnen, wenn es ihre Kräfte übersteige, brachte jedoch kein Wort über die Lippen. Schließlich war es nötig, die Mutterhexe zu finden. Sie musste gefunden werden, egal mit welchen Mitteln.

»Ywha, versteh doch! Ich will, dass du mir als meine Gefährtin nicht nur blind gehorchst. Deshalb werde ich dir jetzt etwas erzählen: Vor vierhundert Jahren hatte der Großinquisitor der Stadt Wyshna, Herr Atryk Ol, die Angewohnheit, wertvolles Papier mit seinen Notizen über die Geschehnisse des Tages zu beschreiben. Seinen letzten Eintrag machte er früh am Morgen – und am Abend desselben Tages brannte er im Namen der Mutterhexe. Ich werde dir ein Buch geben, Ywha. Seine Aufzeichnungen sind nämlich entziffert und für den internen Gebrauch in einer Auflage von fünfhundert Exemplaren gedruckt worden.«

Wieder nickte der Rotschopf, allerdings ohne jede Begeisterung.

»Ywha«, seufzte Klawdi. »Ich lasse jetzt einen Wagen kommen, und du fährst … zu dir. Du nimmst ein Bad und gehst schlafen.«

Sie hob den Kopf.

Ihre geröteten Augen hatten sich zu zwei bösen Schlitzen verengt. Die zusammengepressten Lippen erinnerten an einen feinen Faden. Sie atmete tief ein, als wolle sie etwas sagen, schwieg dann aber. Neuerlich presste sie die Lippen aufeinander und wandte sich ab.

»Ich verstehe dich nicht«, sagte Klawdi leise.

Ywha zuckte nur die Achseln, um ihm damit zu signalisieren, er dürfe keine Erklärungen von ihr erwarten.

»Ich verstehe dich nicht«, wiederholte Klawdi, diesmal in erstauntem Ton. »Was habe ich dir denn jetzt schon wieder getan? Habe ich deinen kostbaren Willen eingeschränkt? Dich unterdrückt? Dich zu irgendwas gezwungen?«

»Sie sollten sich die Hände waschen, nachdem Sie mit mir zu tun hatten«, presste sie hervor. »Und die Wohnung … desinfizieren lassen. Damit so ein dreckiges Wesen wie ich … keine Spuren hinterlässt.«

Eine Weile lang schwieg Klawdi wie vor den Kopf geschlagen.

Dann ging ihm ein Licht auf. Sie knabberte noch immer an der Beleidigung, die ihr der zynische Tschugeist an den Kopf geworfen hatte. Und an der Demütigung, dass Klawdi sie gehört hatte – ohne darauf zu reagieren, ohne sich im Geringsten darüber zu wundern.

»Ywha, du kleiner Dummkopf! Warum hörst du auf den? Er ist doch nur ein Tschugeist!«

Normalerweise weigerte sich seine Zunge, dieses Wort überhaupt auszusprechen, weshalb er auch jetzt kurz stockte – was sich jedoch höchst vielsagend ausnahm.

»Er …« Ywha rieb sich die feuchten Augen. »Weshalb hat er das getan? Dieser Scheißkerl! Seine Rache hatte er schließlich schon! Aber nein: Er musste mir auch noch in den Rücken spucken! Mit Gift! Tschugeister sind doch alle gleich! Sie quälen jeden. Was die mit den Njawken machen! Ich habe das mal gesehen. Ihren Reigen! Den Ring! Mit penibler Sorgfalt bringen sie die Njawken um! Gut, die Njawken sind keine Menschen, aber *die* sind noch schlimmer. Warum erlaubt man ihnen das? Denn alles, was sie tun, ist legal! Geht es denn wirklich nicht anders?! Die Njawken schreien … Aber dann kommt ein Plastiksack, mit Reißverschluss, es riecht nach Veilchen ... oder wie Veilchen, jedenfalls widerlich ...«

Klawdi kniff sich in die Nase, reflexhaft, automatisch, denn er wollte den Geruch nicht riechen, der nur in seiner Erinnerung existierte.

Ywha verstummte. Ihre feuchten Wimpern flogen geschwind auf und ab, als wären es Flügel. Klapp, klapp ...

Er drehte sich um und ging in die Küche. Dem Kühlschrank entnahm er eine Flasche Bier, öffnete sie und trank direkt aus der Flasche einen tiefen Zug. Den Geschmack nahm er nicht wahr – er wollte einzig und allein *diesen* Geruch vergessen. Und den Gedanken an den Sack vertreiben, aus Plastik und in schmutzigem Grün. Mit einem Reißverschluss ...

»Habe ich was Falsches gesagt?«

Ywha stand in der Küchentür. Mit trockenen Augen. Aufmerksam und angespannt. Bemerkenswert! Denn Klawdi war felsenfest davon überzeugt gewesen, in seinem Gesicht hätte nicht ein Muskel gezuckt. Offenbar hatte er sich getäuscht. Er hatte sich verraten. Wodurch nur?

»Nein, Ywha, es ist alles in Ordnung. Ich kann nur ... Veilchen nicht ertragen.«

Sie biss sich auf die Lippe. »Verzeihen Sie.«

»Was?«

Sie blickte ernsthaft drein. Traurig und sogar ein wenig mitleidig. »Ich dachte, ich hätte Sie an etwas Schreckliches erinnert. Es wird nicht wieder vorkommen. Verzeihen Sie.«

(Djunka. Mai)

Nachdem er zwei Stunden durch die nächtlichen Straßen gestreift war, befand er sich in einem Zustand krankhafter Verwirrung. Der Rausch war relativ schnell vergangen und an seine Stelle ein widerlicher, gemeiner Schmerz getreten. Sobald er auf das letzte halbe Jahr seines Lebens zurückschaute, schaffte er es nur mit Mühe, den Kopf nicht gegen die nächste Mauer zu knallen.

Mehr als einmal hatten ihn wie wild Autos angehupt, und die Fahrer, denen er vor den Wagen gelaufen war, hatten geflucht und ihm mit Fäusten gedroht. Mehr als einmal hatte Klawdi an das glückselige Nichtsein gedacht, das so einfach unter den Rädern dieser dummen Raser zu finden war. Zuletzt hatte er den Gedanken an Selbstmord als so erstaunlich angenehm empfunden, dass er sich eine heftige Ohrfeige verpassen musste. Was für eine hysterische Geste!

Nachdem der Schmerz des Schlages vergangen war, realisierte Klawdi, dass sich der Wunsch, Hand an sich selbst zu legen, quasi zu einer Krankheit ausgewachsen hatte. Er war zu einer Idee geworden, die ihn nicht mehr losließ. Eine Art Abschiedsgeschenk jenes Abgrunds, in den er sich dann doch nicht gestürzt hatte.

Aber immer noch stürzen konnte. Klaw ballte die Fäuste, bis sich die Fingernägel in die Handteller bohrten.

Djunka.

Du bist doch Djunka, nicht wahr?

Lange blieb er im Hauseingang stehen, und die wenigen Liebhaber nächtlicher Spaziergänge, die das Haus betraten oder verließen, schauten besorgt zu dem seltsamen, reglosen Jungen hinüber.

Später rief er den Fahrstuhl, und irgendwo zwischen dem zehnten und dem vierzehnten Stock fielen ihm die Leere unter dem dünnen Fahrstuhlboden und die beiden massiven Zugstränge ein, die – wie er vorhin gesehen hatte – oben aus dem Schachtboden herausragten.

Er schloss die Tür auf.

Djunka – oder diejenige, die er wie üblich für Djunka hielt – schlief nicht. Vermutlich schlief sie überhaupt nie.

»Klaw?«

Der Ausdruck in ihren Augen fiel ihm wieder ein. Wie sie geguckt hatte, dort oben, auf dem Dach, als sie sich über ihn beugte – über ihn, der *jene* Grenze immer noch nicht überschritten hatte. Irritiert und verständnislos hatte sie dreingeschaut. Und enttäuscht?

»Ja, ich bin's«, antworte er tonlos, obwohl Djunka ihn natürlich mit niemandem verwechseln konnte. »Hallo.«

Djunka blinzelte. Wir haben uns lange nicht gesehen, dachte Klaw müde.

»Klaw, du …«

»Antworte mir, Dokija. Sieh mir in die Augen und antworte mir. Willst du mich ... zu dir ziehen?«

Schweigen. Er meinte, auf dem Grund ihrer Augen kurz Panik aufflackern zu sehen.

»Willst du meinen Tod? Aber warum? Glaubst du, dann wäre alles besser? Warum bist du nicht auf die Idee gekommen, mich zu fragen, ob ich ... mir diesen Lauf der Dinge auch wünsche?«

Schweigen. Djunkas Gesicht wurde nicht weiß, sondern grau, mit einem Stich ins Bläuliche. Das Licht der Scheinwerfer, das sich an der weißen Decke brach, riss mal die scharf hervortretenden Wangenknochen aus dem Halbdunkel, mal den dunklen Streifen der aufeinandergepressten Lippen oder die Augen, die so tief lagen, dass die Höhlen wie runde schwarze Feuer wirkten.

Sie lebte nicht.

Angst peitschte auf ihn ein, verschlug ihm vorübergehend die Sprache, erstickte und lähmte ihn. Klaw biss die Zähne zusammen. Er hatte es auch früher schon gewusst – aber es zu wissen bedeutete eben nicht, auch daran zu glauben.

»Du bist nicht Djunka«, presste er hervor. »Warum hast du mich getäuscht?«

Lautlos flogen ihre feuchten, mit winzigen Eiszapfen behangenen Wimpern auf und ab.

Wenn sie nicht Djunka war, woher kannte sie dann diese Geste?!

»Du bist nicht Djunka«, wiederholte er. »Mach mir nichts vor! Djunka hätte mich nicht ... umgebracht.«

Die dunklen Lippen zitterten kaum merklich. Worte kamen jedoch nach wie vor nicht über sie.

»Ich bin selbst schuld«, urteilte er. »Aber ich wollte ... Jetzt habe ich keine andere Wahl. Denn ich will leben ...«

»Klaw ...« Der Ton ihrer Stimme ließ ihn schaudern. »Verzeih mir, ich habe dir nie ... Aber überlass mich nicht ... *denen.* Ich liebe dich, Klaw. Das schwöre ich. Liefer mich denen nicht aus. Ich habe Angst ...«

»Gibst du zu, dass du nicht Djunka bist? Gibst du es endlich zu?!«

Eine neuerliche Lichterexplosion erhellte zwei funkelnde Schlitze in ihrem Gesicht.

»Ich soll … nicht *ich* sein? Wenn du es sagst …«

Er wollte schon sagen: Geh dahin, wo du herkommst, ließ es aber. Seine Kehle war zugeschnürt.

»Bleib ruhig hier. Du bist frei … zu tun, was du willst. Aber ich habe Angst vor dir … Djunka. Ich gehe jetzt.«

»Verlass … mich nicht.«

»Ich will leben!«

»Klaw … verlass … mich nicht … lass uns zusammenbleiben. Bitte …«

Sie kam auf ihn zu, streckte die Arme aus. Klaw wich zurück, als sei er geschlagen worden, und stürzte davon, die Tür hinter sich zuknallend.

Er hörte ein ersticktes Stöhnen. Einen ganz und gar unmenschlichen Laut. So schrie nur ein Vampir, dem seine Beute entwischt war.

Gleich darauf vernahm er kindliches Jammern.

Er hatte vergessen, wo der Fahrstuhl war.

Er riss eine Tür auf, stolperte ins Treppenhaus und stürzte nach unten, von einem panischen, Ekel erregenden Entsetzen gepackt. Mehrere Stufen auf einmal nehmend, war es ein Wunder, dass er nicht stürzte und sich die zitternden Beine brach. Seine Schuhe krachten auf den Betonstufen, und er glaubte, jemand jage ihm durch das Halbdunkel des nächtlichen Treppenhauses nach. Lautlos und schrecklich.

Dann hörte die endlose Treppe auf. In der von Lichtern erhellten Straße war keine Menschenseele. Klaw überquerte die Straße, hastete zum anderen Gehsteig und fiel, da ihm seine Beine den Dienst versagten, auf alle viere.

Ein Bonbonpapier, in den Asphalt getreten. Vermutlich das, das er im letzten Moment vor dem Schritt in den Abgrund erspäht hatte. Ein Zufall?!

Niemand beobachtete ihn. Um diese Zeit konnten ihn höchstens eine Alte, die an Schlaflosigkeit litt, oder Verliebte, die die Nacht mit Liebkosungen verbrachten, entdecken. Und was würden sie schon sehen? Einen jungen Junkie, der durch die verlassene Straße taumelte.

In seiner Nähe gab es drei Telefonzellen. Eine Phalanx, erstarrt in der Erwartung eines Jetons.

Klawdi durchwühlte seine Taschen. Er hatte aber keine Jetons. Allerdings gehörte *die* Nummer zu den wenigen, die man umsonst anrufen konnte.

Der Schlüssel. Der Schlüssel von der Mietwohnung. Der Schlüssel von der Tür, hinter der schmerzlich stöhnend … Nein, besser, er dachte nicht mehr daran. Der Schlüssel brannte sich in seinen Finger. Bloß weg damit!

Das metallene Bund klimperte in dem eisernen Mülleimer. Klaw empfand keinerlei Erleichterung.

Unerschütterlich hallte der Kosmos in der Telefonzelle wider. Klaw blickte zu dem einzigen Stern hoch, der nicht von Wolken und den hohen Dächern verdeckt war. Wenn das Weltall eine Stimme hätte, wäre es die einer leeren Telefonzelle, und diese Stimme sagte: Wähle!

Vier Zahlen. Jeder Bürger kannte sie: Eins, eins, eins, eins!

Der Hörer sprang auf die Gabel zurück. Nein!

Ein entsetzlicher Laut zwängte sich durch die geschlossene Tür zu ihm – und erklang gleich noch einmal, als Echo in seinem Gedächtnis. Am liebsten hätte er sich die Ohren zugehalten.

»Präg dir die Nummer gut ein, Bürger! Wir sorgen dafür, dass du in Ruhe leben kannst. Wähle vier Mal die Eins. Mit fester Hand.«

Er lachte. Mit fester Hand! Wie leicht man sich doch den größten Mist einprägt, ganz wie damals diese Kinderverse.

Etwas unterhalb der Tasten hatte eine feste Hand eine Nummer eingeritzt. Und ein schweinisches Graffito dazu.

Der Hörer legte sich an sein Ohr wie eine Pistole an die Schläfe – ohne seinen Einfluss …

Der Zeigefinger tippte vier Mal auf die Eins.

Ein kurzes Läuten. »Zentrale des Tschugeister-Dienstes«, meldete sich eine höfliche Frauenstimme. »Was kann ich für Sie tun?«

Er schwieg.

»Zentrale des Tschugeister-Dienstes. Was kann ich für Sie tun?«

Klaw zog die Gabel nach unten. Mit einer solchen Kraft, dass er sie beinah aus der Verankerung gerissen hätte.

»Mach das Telefon nicht kaputt.«

Wie kalt es war. Wie kalt es plötzlich war.

Klaw erstarrte, den Blick unverwandt auf das Graffito gerichtet. In der Telefonzelle wurde es dunkel. Denn ein Schatten fiel in sie hinein.

»Klawdi Starsh, Wyshnaer Schule Nr. 3. Der nächtliche Vernichter von Münztelefonen.«

Klaw drehte sich um.

Ihm fiel wieder ein, wo sie sich schon begegnet waren. An der Zufahrt zur Hauptstraße, als die Polizeistreife sie kontrolliert hatte und Klaw etwas von einer Prostituierten zusammengelogen hatte, woraufhin der Fahrer, der Djunka und ihn mitgenommen hatte, sie erstaunt und mit einer tüchtigen Portion Ekel angeblickt hatte. Es waren zwar zwei Tschugeister gewesen, gesprochen hatte aber hauptsächlich der größere von beiden.

»Ein komischer Zufall, nicht wahr, Klaw? Du hast noch nicht mal die Nummer zu Ende gewählt, und schon sind wir da. In voller Montur.« Auf seinem Handteller, der in einem schwarzen Handschuh steckte, lag ein Schlüssel. Genau der, den Klaw vor drei Minuten in den Müll geworfen hatte. »Ja, Klawdi Starsh. Einmal hast du mich getäuscht. An der Nase herumgeführt. Das ist vor dir noch niemandem gelungen. Du wirst es noch weit bringen. Klawdi Starsh …« Die durchscheinenden Augen des Tschugeistes kamen näher. »Du wirst es noch weit bringen, denn du bist, obwohl du mich getäuscht hast, immer noch am Leben. Meinen Glückwunsch.«

Klaw schloss die Augen.

Die Straße, die tief unter ihm dahinströmte. Die dunkelrote Schnauze einer Diesellok. Ein Föhn, der in einen Berg aus Schaum abtauchte.

Von außen betrachtet, sah das alles schrecklich aus. Trotzdem fürchtete er sich jetzt am allermeisten davor, Freude zu empfinden.

In wenigen Minuten würde etwas zerstört werden, das sein Leben in eine einzige Qual verwandelt hatte.

Eins wusste er: Wenn er jetzt auch nur einen Schatten von Erleichterung empfand, würde er sich das nie verzeihen. Dann würde er sich selbst nicht mehr in die Augen sehen können und das Recht verlieren, sich einen Mann zu nennen: Klaw zu heißen.

Und er fühlte auch keine Erleichterung.

Überhaupt hatte er die Fähigkeit eingebüßt, etwas zu empfinden. Er stand bloß da und stierte. Auf das Fenster im vierzehnten Stock. Hörte die bedächtigen Schritte im Treppenhaus, das Wummern des Lastfahrstuhls.

Dann kamen sie wieder heraus.

Und *sie* kam mit ihnen. Ohne dass die Tschugeister sie zerrten.

8

… Im Mondlicht wirkte die Kuh porzellanen. Genau wie Ywha selbst, ein weißer nackter Körper, vollkommen und fremd. Sie lief neben der schweigenden Kuh einher, murmelte Worte, die ihre Seele wie ihren Körper trunken machten, die Kuh wie auch die in einem Unterschlupf erstarrten Menschen, das heißt: verzauberte, reglose, gierige Männer.

Gedankenverloren schritt sie weiter. Die weit aufgerissenen, großen Augen dieser Männer gingen sie nichts an.

Auch das Auge des Mondes stand offen. Das weiße Euter berührte das hohe Gras. Sie berauschte sich an Kraft. Weder gebrauchte sie diese Kraft noch gab sie ihre Existenz preis; sie trug sie einfach in sich, wie einen randvollen Melkeimer. Und ihre Kraft glich der Milch, roch nach Gräsern und Blumen.

(Such das Grundmotiv. Das Grundmotiv. Das Grundmotiv.)

Das Auge des Mondes zwinkerte. Über die weiße Pupille kroch eine wurmlange dunkle Wolke. Die Kuh wackelte verschreckt mit den Ohren. Nach wie vor war kein Laut zu hören, aber in den überwältigenden Geruch des nächtlichen Feldes schlängelte sich ein beißender Rauchfaden.

Von Krämpfen geschüttelt, seufzte sie.

Die Welt war leer, ihr Glück eine Illusion. Die Welt war leer, die Kuh Nippes aus Porzellan, die Kraft ein Windhauch, der kaum über das Gras strich …

(Such!)

Sie war eine Tochter, die sich verirrt hatte. Sie würde die Mutter nicht finden, zu groß war das Feld, zu hoch stand der grüne Roggen.

Ywha fing an zu weinen.

»Damit will ich keineswegs behaupten, jede junge Frau stelle gegenwärtig eine Gefahrenquelle dar. Mehrheitlich sind Frauen für die Gesellschaft sogar von größtem Nutzen. Aber, meine

Damen und Herren, wir dürfen die Augen auch nicht vor den Fakten verschließen. Ist Ihnen bekannt, dass sich allein im letzten Monat die Gesamtzahl der Hexen verdoppelt hat? Natürlich ist das geschehen! Und es ist nicht ausgeschlossen, dass sie sich binnen der nächsten Woche verdreifacht. All die bescheidenen und ehrlichen Frauen, deren sich unsere ruhmreiche Inquisition so väterlich angenommen hat, indem sie sie registriert und ihnen damit die Freiheit geschenkt hat – all diese sind heute aktive Hexen. Es sind diejenigen, die morgen das Wasser in unseren Brunnen vergiften. Sie schicken uns Pest und Hunger an den Hals. Ja, meine Damen und Herren, wir haben unterdessen alle vergessen, was das bedeutet. Doch vielleicht haben die Hexen bereits in einem Jahr ihre eigene Inquisition! Und dann werden wir, die wir nicht zum Hexenzirkel gehören und folglich in einem Jahr in der Minderheit sein werden, registriert und ins Gefängnis gesteckt. Dann werden die Hexen die Welt regieren. Können Sie sich überhaupt vorstellen, was das heißt?«

Ywha kannte den Sprecher. Letztes Mal hatte sie ihn ebenfalls im Fernsehen gesehen; damals hatte er auf einer Parkbank gesessen, mit dem Rücken zu Tauben, die über den Rasen stolzierten; das dem Zuschauer zugekehrte Gesicht war gepixelt gewesen. *»Ja, meine Herren! Der Inquisition stehen bereits heute Mittel zur Verfügung, die es ihr erlauben, einer Hexe ihre, wenn man so will, Hexenschaft zu nehmen! Sie in gewisser Weise zu reinigen! Nachzubessern!«*

Diesmal trat er offen auf, mit einem unmanipulierten Gesicht. Spöttische Augen, in denen nicht der Schatten eines Zweifels lag, ein heller Bartstreifen unter der kleinen Nase und ein glatt rasiertes Kinn.

»Machen Sie sich nichts vor! Schnuppern Sie nicht an einer Rose, wenn um Sie herum stinkende Scheiße quillt! Schlüpfen Sie endlich in den Mantel des Bürgers zweiter Klasse! Freunden Sie sich mit Ihrer Nachbarin, der Hexe, an, vielleicht legt sie ein gutes Wort für Sie ein! Das schmeckt Ihnen nicht?! Dann rufen Sie dem Herzog in Erinnerung, dass Sie ein Bürger sind! Dass Sie Steuern zahlen! Dass die hilflose Einrichtung, die sich Inquisition nennt, Sie entweder bedingungslos zu verteidigen hat oder ihre Tätigkeit einstel...«

»Wer ist das?«, fragte Ywha, während sie den Ton leiser stellte.

Der Referent, der im Vorzimmer das Kommando führte wie ein Kapitän auf der Schiffsbrücke, riss sich kurz von seiner Beschäftigung los. »Ein Politiker.«

Ywha stellte keine weiteren Fragen. Das Wort »Politiker« klang im Mund des Referenten wie ein dreckiges Schimpfwort. Der Großinquisitor selbst schien Politikern kaum gewogener zu sein.

Sie senkte den Blick. Ein Mann, der vor vierhundert Jahren gelebt hatte, der Großinquisitor Atryk Ol: Er hatte nicht angenommen, dass sein detailreiches, nur für den Hausgebrauch verfasstes Tagebuch dereinst entziffert, behutsam an die Sprache seiner Nachfahren angepasst und zur Verwendung innerhalb der Inquisition herausgegeben werden würde. Im Kerzenlicht mit der Gänsefeder übers Papier kratzend – und Ywha war überzeugt davon, dass eine Feder, noch dazu eine Gänsefeder, kratzen musste –, hatte Atryk Ol minutiös alle Eindrücke des zurückliegenden Tages auf Papier festgehalten, ohne an zukünftige Leser zu denken oder sein eigenes schlimmes Los zu ahnen. Das Buch, das Ywha von der letzten Seite zu lesen angefangen hatte, machte einen befremdlichen Eindruck auf sie, da es sie gleichzeitig fesselte und mit Traurigkeit erfüllte.

Der letzte Eintrag datierte vom Todestag des Autors und wirkte zusammenhanglos, zerrissen und unvollendet.

»Gestern peinigte mich starker Schmerz in der rechten Bauchhälfte, weshalb ich meinen Eintrag nicht vollendete und erst heute Morgen das Ausgelassene nachtrage: Meine Herrinnen – die Hexen – scheinen von ihrer eigenen Hände Tat selbst erschrocken, denn am gestrigen Tag stieg das Wasser keinen Fingerbreit. Das versichern zumindest die Menschen, das versichert das noch in der Stadt verbliebene Geschmeiß, vermutlich nimmt sogar der Herr Herzog selbst es an. Und ich werde mich nicht anschicken, sie von ihrem Glauben abzubringen, dieweil eine jede Hoffnung wärmt und sättigt, wo Holz und Nahrung fehlen. So mögen sie sich mit der Hoffnung trösten [...]. Ich allein zweifle hingegen keinen Augenblick daran, dass meine Herrinnen nicht über die eigenen Gräuel erschrocken sind. Wenn das

Wasser heute nicht steigt, dann wird morgen nur umso größeres Unheil dräuen.

Mithin habe ich, dem allein es an Hoffnung gebricht, entzöge eine solche Hoffnung mir doch jedwede Kraft, meinen Herrinnen einen würdigen Empfang zu bereiten. Nun, da die Mutterhexe so nahe ist, dass ich, ihren Geist witternd, keinen Schlaf finde […]. Und noch heute wird sich um ihren Hals die eiserne Zange schließen, die mein Wille geschmiedet.

Klagend kommen die Menschen zu mir und fragen mich: Warum eilt die große Kraft, welche die Welt erschaffen hat, uns nicht zu Hilfe? Ich antworte ihnen: Warum seid ihr selbst so hilflos? Warum sind einzig meine Herrinnen – die Hexen – frei und stark, mag die Kehrseite ihrer Freiheit auch das Böse sein?

Ich habe eine Welt geschaut, in der meine Herrinnen mit Stumpf und Stiel ausgerottet sind. Öd, grau und unfruchtbar war sie. Eine Welt indes, in der meine Herrinnen sich ungehemmt vermehren, ist noch hundertfach schrecklicher. In ihr gibt es kein Morgen, kein Stein wird auf dem anderen bleiben, sondern in den nie versiegenden Strom aus Wasser und Landmasse gespült, und kein Palast wird noch stehen, sobald ihm jeder feste Grund entzogen, der da ist unsere Pflicht und Schuldigkeit. Sie werden gleich einer Kette unseren Willen knechten, uns damit freilich auch erst die Kraft zum Leben verleihen.

Ein rotlatziger Vogel, auch Schneeammer genannt, bittet unterm Fenster um Brot. Ich befehle der Magd, ihn zu füttern, in diesen kargen Tagen bemächtigt sich selbst ihrer der Geiz.«

An dieser Stelle endeten die Aufzeichnungen. Allem Anschein nach hatte der Großinquisitor Atryk Ol in seinem Leben keine weitere Zeile geschrieben, von einer Unterschrift unter einen letzten Befehl vielleicht abgesehen. Ein kurzer Kommentar teilte mit, dass »infolge eines direkten Kontakts mit der vermeintlichen Mutterhexe, der wohl zum Tod Letzterer führte, der Inquisitor Atryk Ol völlig entkräftet und teilweise erblindet war, worauf die in der Stadt versammelten unzähligen Hexen schrankenlose Macht über ihn erlangten. Der Stich eines unbekannten Künstlers, offenbar ein Augenzeuge der Ereignisse, hält den Augenblick von Atryk Ols Tod fest. Die Hexen hatten ihn geteert, in Stroh gewälzt und angezündet.«

Ywha blinzelte. Sie hob den Blick und schaute zum Fernseher.

Im Gesicht des Kommentators spiegelte sich gezügeltes Mitleid, als habe er das Zimmer eines schwer kranken und ihm völlig unbekannten Menschen betreten. Dann erschien eine Frau in mittleren Jahren, die Kamera erfasste sie fast von hinten, die Zuschauer bekamen nur den Nacken, ein Ohr und den Rand der Wange zu sehen. Ywha griff zur Fernbedienung.

»... und daraufhin bin ich zu ihr gegangen, weil es mir unmöglich geworden war weiterzuleben.«

»Hat er Sie betrogen?«

»Ja, und ... unseren Sohn hat er in ... irgendeine Bande eingeschleust oder in eine Clique. Da bin ich zu ihr gegangen und habe gesagt: Hilf mir, Mütterchen, ich kann nicht mehr ...«

»Und hat sie Ihnen geholfen?«

»Ja. Ich habe sie mit Wodka bezahlt, mit Geld ... und ihr Brennholz gebracht. Seit dem Tag ist er wie ausgewechselt, sitzt ständig zu Hause ... lässt unseren Sohn zufrieden ...«

»Ist Ihnen klar, dass es einen Straftatbestand darstellt, eine Hexe zu beauftragen?«

»Was heißt hier *beauftragen*? Ich habe nichts unterschrieben, kein Papier. Nichts! Außerdem kann ja wohl niemand etwas dagegen haben, wenn mein Mann, dieser Säufer und Hurenbock, wieder anständ...«

»Und was würden Sie dazu sagen, wenn zu derselben Hexe morgen die Geliebte Ihres Mannes ginge? Wenn die Hexe ihr ebenfalls helfen würde? Indem sie alles wieder rückgängig machte?«

Die Frau brachte kein Wort heraus. Schnaufte und schwieg. Das Ohr, das der Kamera zugekehrt war, färbte sich allmählich knallrot.

Die nächste Einstellung. Eine junge, quirlige Frau. Ihre Augen verbarg ein schwarzer Balken.

»Weshalb hast du das getan?«

»Die hat mir meinen Freund ausgespannt.«

»Den, den du heiraten wolltest?«

»Genau! Aber jetzt hab ich's mir überlegt! Diese Fo...«

Die aufmerksame Zensur überblendete den unflätigen Ausdruck mit einem langen kräftigen Piepton.

»Weißt du, was jetzt passieren kann?«

»Mir egal! Das kriegt die Hexe ab, nicht ich.«

»Hast du sie bezahlt?«

»Pah! Wie käme ich dazu?! Wenn ich sie bezahlt hätte, wäre es ein Auftrag. Aber so …«

»Die Frau hat beide Beine verloren, tut sie dir denn gar nicht leid?«

»Das hätte sie sich halt eher überlegen müssen, bevor … sie einer anderen den Freund ausspannt! Diese Fo…!«

Ein erneuter Bildwechsel. Der Kommentator schaute so eindringlich, dass Ywha der Ausdruck Stierauge in den Sinn kam.

»Die Menschheit lebt nicht erst seit gestern in einer Gemeinschaft mit Hexen. Und auch nicht erst seit einem Jahrhundert. Man braucht sich ja nur einmal umzusehen. Wer hätte denn noch nie die Dienste einer Hexe in Anspruch genommen? Insofern müssen wir alle uns fragen, warum wir jetzt jammern, sobald wir im Heft unseres kranken Sohnes das Zeichen der Kette entdecken, auf einer Postkarte, die ihm eine Klassenkameradin geschenkt hat?«

Ywha stellte den Ton wieder leiser.

»Was ist das Zeichen der Kette?«

»Könntest du mich vielleicht in Ruhe arbeiten lassen?«

Der Referent zog die Brauen zusammen, in seinen Augen lag jedoch keine Verärgerung. Der junge, ehrgeizige Mann, der es aber wohl trotz allem nie zum Inquisitor bringen würde, mochte sie im Grunde, das wusste Ywha.

Als sie lächelte, bemerkte sie selbst, wie freundlich und charmant sich ihre Mundwinkel verzogen. »Tut mir leid … Myran.«

Schnaufend gab der Referent vor, von den Dingen auf seinem Computerbildschirm aufs Äußerste gefesselt zu sein, bis er sich ihr schließlich doch mit einem resignierten Seufzer zuwandte. »Das Zeichen der Kette steht für eine einmalige Manipulation. Es wird von allen Hexen verwendet, die mindestens einen dreißiger Brunnen haben. Dir ist klar, was es mit dem Wert eines Brunnens auf sich hat?«

»In etwa«, bestätigte Ywha.

»Gut. Das Zeichen der Kette ruft eine Art Drogenabhängigkeit hervor, von dem Menschen verursacht, der dieses Zeichen einsetzt. Es funktioniert wie eine konzentrierte Variante des Liebestranks, indem es eine Art Sklaven-Herr-Beziehung herstellt. Der Mensch an der Kette ist sozusagen auf Turkey, sobald er sich nicht in Gesellschaft seines Herrn befindet. Manchmal stirbt er auch. Manchmal gesundet er unter großen Qualen, wobei in der Regel das Trauma sein ganzes Leben nachwirkt. Habe ich mich verständlich ausgedrückt?«

»Wie eine Enzyklopädie«, erwiderte Ywha ernst.

Als das Telefon klingelte, nahm der Referent den Hörer ab, um ihn gewohnheitsgemäß mit der Schulter ans Ohr zu pressen. »Vorzimmer Wyshna-Eins.«

Ywha beobachtete, wie seine Brauen vibrierten. Seine Stimme änderte sich jedoch um keinen Deut.

»Ja, Eure Durchlaucht, die Direktverbindung ist in der Tat abgeschaltet … Ja, Eure Durchlaucht, einen Augenblick, bitte.«

Er drückte einen Knopf. Jetzt sprach der Referent mit anderer Stimme, nicht trocken-höflich wie mit Ywha und, wie sich gezeigt hatte, auch mit dem Herzog, sondern verhalten und gehorsam, so wie er ausschließlich mit Klawdi sprach. »Es tut mir leid, Patron … Seine Durchlaucht ist am Apparat, Patron … Ja, Patron …«

Eine halbe Stunde später öffnete sich die Tür von Klawdis Büro. Den Referenten ignorierend, nickte der wolkenfinstere Inquisitor Ywha nur kurz zu: »Gehen wir. Wir haben Arbeit.«

… Ein Flug wie ein Rausch, ein Fluss wie eine blaue Ader. Der Geruch der Wolken. Flocken tanzten um ihre Füße, durch Risse hindurch schimmerte die Erde. Über ihr glühte ein heißer Mond, prangte ein klar erkennbarer Ring in der leeren, funkelnden Ebene. Immer höher stieg sie auf …

Eisiger Wind nahm ihr den Atem. Der Mond kam und kam nicht näher. Ywha lachte. In ihrem Rücken flatterten ihre Haare, verflochten sich mit dem Wind und den Wolken. Sie streckte den Arm aus.

Der Mond war kalt, der Ring brannte.

Der Ring lag auf ihrem Handteller, quecksilbern, diamanten, gleichermaßen eisig wie glühend. Den Blick auf den wolkenverhangenen Mond gerichtet, streifte sie sich den Ring über den Finger.

Eine fettige, grünliche Brühe kochte auf, brodelte über den Rand des Topfes. Auf ihrem Handteller zitterte ein warmer Körper, eine betäubte Maus. Bedächtig spreizten sich ihre Finger, das kleine graue Wesen flog in den Kessel, die Brühe schäumte glücklich, den Körper erfasste ein Krampf, dem beim Höhepunkt des Liebesakts ähnlich. Ywha öffnete eine kleine Puderdose, spuckte kräftig auf den puderbestäubten Spiegel. Der Speichel brachte das Glas zum Bersten; Ywha klaubte einen Splitter in Gestalt eines schiefen Sterns heraus und warf ihn der Maus hinterher – in die Brühe. *Schrumpfe, schrumpfe, dörre aus, vergiss deinen Namen, vergiss deine Kraft, schrumpfe, schrumpfe, dörre aus ...*

Sich gemächlich im beißenden Rauch drehend, flog der silberne Mondring dahin.

Die Oberfläche der Brühe glättete sich.

Am Boden der kristallklaren Flüssigkeit lag ein weißes Mäuseskelett.

»Warum haben Sie mir nie etwas über das Zeichen der Kette erzählt?«, wollte sie im Auto von dem finster dreinblickenden Klawdi wissen.

»Bitte was?« Er verzog die Lippen.

»Ach, nichts«, antwortete Ywha, die nachdenklich zum Fenster hinaussah.

Sie hätte sich also nur das Zeichen der Kette beschaffen müssen. Dafür hätte sie sogar die Initiation auf sich genommen! Doch selbst ohne diesen Schritt hätte sie an das Zeichen herankommen können. In kleinen Dörfern gab es immer hilfsbereite alte Hexen, an die sich Leidgeprüfte jeder Art wenden konnten.

»Was für eine interessante Frage«, sagte Klawdi, und in seiner Stimme klang unverhohlen Verachtung mit.

Das nahm ihm Ywha krumm. Dabei kränkten sie weniger seine Worte als vielmehr sein Ton. Als ob er ihr einen kalten, nassen Lappen übers Gesicht gezogen hatte. Als ob er sie ausgepeitscht hätte.

Worüber seine Durchlaucht, der Herzog, und der Großinquisitor der Stadt Wyshna heute wohl gesprochen hatten?

»Mich interessieren halt alle möglichen Dinge«, entgegnete Ywha kalt. »Ohne – ich betone: ohne – das geringste Recht, in der Seele eines Menschen herumzustochern, das ist selbstverständlich nichts anderes als ein netter Scherz. Aber zu versuchen, einen geliebten Menschen mit allen zur Verfügung stehenden Mitteln zurückzubekommen, das ist derart widerwärtig, dass Sie die Nase über mich rümpfen.«

»Das ist schon seltsam«, murmelte Klawdi gleichmütig. »Ich habe deine intellektuellen Fähigkeiten für weitaus höher gehalten.«

Beleidigt schmollte Ywha lange vor sich hin.

In der kleinen Wohnung, die Ywha inzwischen insgeheim als die ihre bezeichnete, duschte sie noch, dann schlief sie vor dem Fernseher ein. Allein in dem ackergroßen Bett einzuschlafen war allzu traurig und bitter. Der Fernseher gab seine Dummheiten von sich, dies jedoch mit fast menschlicher Stimme. Sie döste, bis das Läuten des Telefons sie aus dem Sessel schrillte.

»Das Zeichen der Kette«, erklärte Klawdi, ohne sie zu begrüßen, »ist ein sicheres Mittel, jedes gute Gefühl ... abzutöten. Wenn ein Mensch nicht ohne einen anderen leben kann und der Grund dafür seine Abhängigkeit von diesem anderen ist, purer Zwang also – was dieser andere Mensch übrigens ganz genau weiß –, so ist das eine ausgesuchte Form der Folter, Ywha. Als ob du zwei Menschen, die sich lieben, Handschellen anlegst, die sie nie wieder abnehmen können. Fetischisten sollen es gerade deshalb schon versucht haben.«

Schweigend presste Ywha den Hörer an die Wange.

»Du wirst lachen, aber ich habe schon Hexen gesehen, die einzig und allein *deshalb* die Initiation auf sich genommen haben.«

Ywha befeuchtete sich die Lippen.

»Aber sie haben sich geirrt, Ywha. Nach der Initiation ... Also, um es kurz zu machen, eine aktive Hexe hat überhaupt nicht mehr das Bedürfnis, jemanden zu lieben. Die Liebe macht sie, hm, zu abhängig. Nein, das trifft es auch nicht. Die Liebe ist ein

Gefühl, das einen Menschen abhängig macht. Und Hexen ertragen das nicht, das darfst du nie vergessen.«

Ywha sagte keinen Ton. Die Uhr auf dem Bücherregal, auf Bronze getrimmt, tatsächlich aber aus Plastik, tickte laut in der Stille. Der rote Sekundenzeiger kroch über das Zifferblatt.

»Ertragen Sie … die Abhängigkeit auch nicht? Lieben Sie deshalb niemanden?«

Jetzt war es an Klawdi zu schweigen. Recht lange sogar. Ywha wartete ab. Der rote Zeiger vollendete Kreis um Kreis.

»Weshalb ich eigentlich angerufen habe … Du bist nicht mehr so recht bei der Sache, machst deine Arbeit nur noch halbherzig. Deshalb habe ich etwas, das dich stimulieren soll. Morgen Abend kommt Nasar nach Wyshna … um mit dir zu reden. Hörst du mich?«

Ihr Herz tat einen Sprung – und dann setzte es aus.

Das Klingeln des Telefons riss Klawdi um halb drei nachts aus dem Schlaf.

Zehn Minuten später sprang er in den geöffneten Wagenschlag des Dienstwagens, und der klobige Wagen der Stadtreinigung, der langsam am Rand des Fußwegs dahinkroch und die Straßen sauber spritzte, suchte verängstigt vor dem schwarzen Monster mit den abgedunkelten Scheiben Deckung.

Während der ganzen Fahrt sagte er kein Wort. Vorgestern Abend hatte Klawdi einen Befehl unterschrieben, der die Teilnahme des Großinquisitors an allen operativen Einsätzen sanktionierte, die durch den Ausnahmezustand notwendig wurden. Jetzt, da das schwarze Auto lautlos durch die leeren, gespenstisch beleuchteten Gassen glitt, hatte er den Geruch des brennenden Opernhauses in der Nase. Der verletzte Arm brachte sich durch ärgerliche Unbequemlichkeit ebenfalls in Erinnerung.

Vorm Eingang zum Nachtclub *Trolle* blinkten zwei Polizeiwagen mit ihren Blaulichtern. Klawdi schloss die Augen. Er witterte keine einzige Hexe. Ganz schlecht!

Anstelle des üblichen Türstehers hatte ein mürrischer Polizist vor dem Eingang Posten bezogen. Klawdi hielt es nicht für nötig, ihm seine Dienstmarke zu zeigen. Das tat Kosta, der hinter ihm ging.

»Bewahren Sie die Ruhe, hier ist die Inquisition.«

Ein ansprechender Raum, rechts ein Billardtisch, links irgendeine verrückte Konstruktion, vermutlich die Bar. Es wimmelte von Polizisten. Entlang der Wände standen halb nackte Menschen, genauer halb nackte Herren, die Besucher des Clubs. Mit ihren Damen, die sich Gott weiß wie zu bedecken versuchten. Hier war auf einen Tisch achtlos ein schwarzes Abendkleid geworfen worden, dort ein Glas umgestoßen; eine Pfütze aus teurem Kognak hatte sich gebildet, der Alkohol sickerte in den noch wertvolleren Teppich. Auf dem Boden lag irgendein Nichts aus Spitze …

Stopp. Was war das, da in der Ecke, verborgen von einem Laken? Nein, verborgen von mehreren Laken! Hatte es also auch hier Opfer gegeben …

Klawdi biss sich auf die Lippe. Er witterte keine Hexe! Aber er verspürte eine unklare Nervosität. Als hielte er Falschgeld in der Hand – wo die Augen ja auch behaupten, es gebe nicht den geringsten Anlass zur Beunruhigung.

Er wandte sich Kosta zu. Dieser zuckte betreten mit den Schultern.

»Was ist hier passiert, Chef?«

Der große beleibte Mann mit dem ausdruckslosen Gesicht war nicht der Inhaber. Er war einfach der Geschäftsführer – ein Posten, den er vermutlich in nächster Zeit los sein würde.

Eine der Damen weinte lauthals und bat darum, nach Hause gehen zu dürfen. Mit versteckter Schadenfreude untersagten es ihr die Polizisten. Jemand wollte ein verloren gegangenes Brillantcollier suchen, ein anderer fluchte wie ein LKW-Fahrer, aber die meisten standen schweigend an den mit Seide bespannten Wänden. Männer in Smokings, aber mit nackten Beinen, und auch Frauen. Klawdi fing den Blick einer Blondine auf, deren Bekleidung aus einem Tischtuch bestand, das sie vom Tisch gerissen und zum Lendenschurz umfunktioniert hatte. In der Spalte zwischen den großen, gebräunten Brüsten verlor sich ein an einer goldenen Kette baumelndes Goldamulett. Die Dame musste an einem Spezialstrand gelegen haben. Wo sonst bekam man eine derart nahtlose Bräune, der jede bleiche Kontur des Badeanzugs fehlte?

Klawdi spürte, wie sich sein Körper anspannte, der plötzlich eigene Wege zu beschreiten schien; die Blondine zog einen Mundwinkel zufrieden nach oben.

Glücklicherweise geriet er in Wut. Und die erwies sich als stärker als jedes fleischliche Verlangen. Der Geschäftsführer fuhr zusammen, als er Klawdis Blick auffing.

»Die Sache ist die«, erklärte der rosawangige Hauptmann der Polizei, der sich ihnen lautlos genähert hatte, »dass hier eine Stripteasetänzerin gearbeitet hat. Sie hat vor einem Monat angefangen ... ohne Papiere vorzulegen. Man hat überhaupt auf sämtliche Papiere verzichtet, nur weil sie verdammt schöne Titten hatte!«

Der rosawangige Hauptmann legte eine empörte Pause ein. Klawdi, der seinen Arbeitsrhythmus nun gefunden hatte, empfand sie lediglich als langes, sinnloses Schweigen.

»Ohne Papiere, nur wegen der Titten«, wiederholte er kalt. »Und weiter?«

Der Hauptmann brauchte einige Zeit, um zu schmunzeln. Klawdi wartete geduldig. »Als die Lady heute auf die Bühne gekommen ist ... haben sie ... das kann niemand vernünftig erklären! Die Tellerwäscherin der Bar hat es immerhin noch geschafft, die Polizei zu rufen. Stellen Sie sich das vor, die Tellerwäscherin! Sobald wir hier waren, haben wir uns mit Ihnen in Verbindung gesetzt, weil es sich hier um eine Angelegenheit Ihrer Behörde handelt. Da drüben also ...«

Der Hauptmann nickte einem jungen Polizisten zu, der neben den Körpern Wache stand, die mit Laken bedeckt waren. Der Mann zog den Stoff weg, wobei er versuchte, woanders hinzusehen.

Fünf Menschen, mit den furchtbaren Gesichtern der Erwürgten, jeweils mit Spuren einer Schnur am Hals, absolut nackt. Vier Männer und eine fülligere Frau. Klawdi wandte sich ab.

»An den Deckenlampen haben sie sich aufgehängt«, informierte ihn der Hauptmann, nachdem er eine – diesmal ergrimmte – Pause eingelegt hatte. »Ein paar mit Gürteln, ein paar mit Schnüren ... Hingen da wie Birnen, während die anderen ... Niemand von denen kann sagen, was genau passiert ist, deshalb haben wir Sie ja auch ... Und alle haben sie sich ausgezogen ...«

»Wieso das?« Klawdi warf den Kopf in den Nacken.

Der Hauptmann nickte dem beleibten Herrn zu, durch dessen Brusthaar eine kunstvolle Tätowierung schimmerte. Er trat vor, ungeachtet eines protestierenden Ausrufs vonseiten des für Ordnung sorgenden Polizisten. »Meine Herren Inquisitoren … Ich möchte nicht, dass mein Name an die Presse durchsickert … Ich bin ein in dieser Stadt recht bekannter Mann … Insofern bin ich auch bereit, für die Ergreifung dieser Hexe eine beachtliche Summe auszusetzen. Es ist eine große, füllige Schwarzhaarige, die auf der linken Schulter ein Muttermal hat.«

»Was ist hier geschehen?«, unterbrach ihn Kosta sanft.

»Wir haben alle miterlebt, was wir taten.« Der bekannte Mann senkte den Blick. »Es war … schrecklich. Wie in Trance, wie unter Hypnose …«

»Sie legten alle einen Striptease hin«, erklärte der Hauptmann mit nervösem Lachen. »Alle, Männer und Frauen, tanzten nackt, während dieses Luder sie beobachtete … Dann haben sie angefangen, sich aufzuhängen. Am Ende hätten sich mit Sicherheit alle aufgehängt.«

»Ihren Augen waren …« Der Mann schlug die Hand vors Gesicht. »… wie aus Fluidum … falls das so heißt.«

»Und dann? Wie ist sie entkommen?«

Nun mischte sich der Geschäftsführer ein. Obwohl sich der Schatten der baldigen Entlassung bereits auf sein Gesicht gelegt hatte, gelang es ihm dennoch, die Kontrolle über sich zu wahren. »Sobald die Polizeisirenen erklangen … ist sie verschwunden. Durch den Hintereingang.«

»Warum haben Sie sie denn nicht aufgehalten?!«, empörte sich der stadtbekannte Mann. Der Schatten im Gesicht des Geschäftsführers trat deutlicher hervor.

»Wollen Sie sie verhören?«, fragte der Hauptmann mit einem freundlichen Nicken in Richtung der halb nackten Gäste, die der Hysterie nah waren.

Klawdi schüttelte den Kopf.

Die Anwesenheit einer Hexe – ließ sich irgendwie nicht ausmachen. Seine inneren Alarmglocken schrillten, vage und immer stärker, verkündeten die Gefahr.

Kosta, der Leiter der Einsatzgruppe, hatte eine noch bessere

Witterung. Seine Männer standen in einer engen Gruppe zusammen; Klawdi entging nicht, wie sie instinktiv Paare bildeten, sich Rücken an Rücken aufstellten. Also spürten auch sie die Gefahr.

»Bringen Sie … die Opfer weg«, wies Klawdi den Hauptmann an. »Evakuieren Sie das Personal und rufen Sie Ihre Leute ab. Im Gebäude bleibt nur die Inquisition zurück.«

Obwohl der Hauptmann wie ein begossener Pudel dreinsah, widersprach er nicht.

»Oft stellen mir die Menschen eine Frage, die auch mich selbst beschäftigt: Geht die Meisterschaft des Inquisitors nicht mit der Kunst der Zauberei einher? Wir alle wissen, dass die Hexen ihre Kraft aus ihrer Hexenschaft schöpfen, und es erstaunt nicht, wenn meine Herrinnen ohne jedes Gift eine Quelle zu vergiften vermögen, ohne jede Lanzette Blut abzulassen vermögen … Welcher Art ist nun die Kraft, die meine Herrinnen, die seit Jahrhunderten ohne jede Zügel durchs Leben gehen, an die Leine nimmt?

Von Inquisitoren heißt es, sie seien Zauberer. Man beliebt zu sagen, jenes Zeichen auf einem Stein, mit dem meine Brüder, die Inquisitoren, meine Herrinnen – die Hexen – martern, sei nichts anderes als ein Zauberzeichen. Man beliebt auch zu sagen, die Inquisitoren unterwürfen die Hexen durch Zauberkunst. Auch mich fragt man danach, allerdings antworte ich nie.

Diejenigen, die sich Zauberer nennen und in Höhlen leben, zwingen Fledermäuse zu Gehorsam. Sie sind, wie mich dünkt, seltsam und ohne Fromm. Wieder und wieder beteuern sie, einzig Wissen zusammenzutragen – doch was ist ihr Wissen anderes als der Staub, der sich auf jahrhundertelanger Unkenntnis gebildet hat? Ihre Sprüche zeigen gleichermaßen Wirkung bei Fledermäusen wie bei Eichhörnchen, ja, gar bei Menschen und Hexen. Die Zauberer pflegen keinen Unterschied zu machen. Ihr Können ist schöner und eitler Wahn, mehr nicht. Was liegt denn Gescheites darin, eine Fledermaus abzurichten, Wein zu servieren? Der Anblick einer so gequälten Kreatur ruft einzig Bitternis hervor. Noch nie vermochte jedoch einer derjenigen, die sich selbst Zauberer nennen, einen Alten zu verjüngen, einer Hafendirne die längst vergessene Jungfernschaft zurückzugeben.

Indes, ich schweife ab. Das Wasser in der Flasche, die ich mir, die Füße zu wärmen, unterlegte, ist erkaltet. Ich sollte die Magd anweisen, mir eine neue Flasche zu bringen. In diesem Winter feien uns selbst die dicksten Fensterläden nicht gegen die Kälte. Meine Gelenke schmerzen, die Schikanen des Arztes verhalfen mir nur bedingt und nicht auf lange Zeit zu Linderung.

Vorgeblich leiden Zauberer nicht unter Gelenkschmerzen. Dem Vernehmen nach erkranken sie niemals, sondern legen sich, gesund wie die Vögel im Frühling, ins Grab. Gesund zu sterben aber ist eine Schmach. Krank zu leben ist freilich eine noch weitaus größere Schmach. Doch was rede ich da: als hätte ich, der Großinquisitor von Wyshna und vorgeblich selbst ein Zauberer, mich mit Heilumschlägen zu plagen!

Die Magd erschrickt, sobald ich über mich spotte.

Also – ist doch nicht jeder Inquisitor ein Zauberer? Also – ist das Können eines Inquisitors keine magische Gabe? Welches sind dann aber jene unsichtbaren Fangseile, mit denen wir meine Herrinnen – die Hexen – bezwingen? Und warum richten wir mit ihnen bei anderen nichts aus?

Dem Vernehmen nach vermag sich ein Inquisitor, der sich eine Hexe gefügig machen kann, auch alle anderen gefügig zu machen. Gewiss – freilich nur in der Weise, wie ein jeder Mensch, der über die innere Kraft gebietet, sich andere gefügig machen kann. Kein Geheimnis umweht das Geschick eines Inquisitors, sich einen Freund zu Willen zu machen, eine geliebte Frau oder eine Handvoll Bürger. Dies gelingt ihm ohne Zuhilfenahme seiner Kraft, einzig mit seinem Willen. Hingegen bedarf es für die Verfertigung eines Geständniszeichens auf einem Stein mehr als des bloßen Willens vonseiten des Inquisitors.

Manchmal frage ich mich, in nächtlicher Trauer den Blick ins Feuer gerichtet, ob nicht auch die Hexen Zeichen verfertigen? Andere freilich, wiewohl welche, die ihrer Natur nach mit unseren vergleichbar sind. Sollte gar die Kraft des Inquisitors, welche uns gegeben ist, zum Kampfe gegen die Hexen, damit die Welt die jetzige bleibe, am Ende nur eine Widerspiegelung der Hexenkraft selbst sein?«

Ywha schlug das Buch zu.

Damit die Welt die jetzige bleibe. Es dämmerte bereits. Und jetzt konnte sie von dem Treffen mit Nasar mit Fug und Recht behaupten: Es findet heute statt.

Naiverweise hatte er angenommen, alles über Hexen zu wissen.

Er folgte Kosta, dem Inquisitor im Außendienst, einem hervorragenden Einsatzleiter. Vielleicht trübte gerade das seine eigene Aufmerksamkeit ein wenig. Vielleicht aber auch nicht; vielleicht lag es einfach daran, dass alles, was nun geschah, sein hervorragendes Reaktionsvermögen um einiges überstieg.

Kosta blieb stehen. Er hob den Arm, als wolle er sich verteidigen, und brach langsam, wie in Zeitlupe, seitlich zusammen.

In diesem Augenblick spürte es Klawdi ebenfalls.

Die Hexe war hier. Sie war nicht verschwunden, war nicht durch den Hintereingang entschlüpft.

Die in Rauch gehüllte Silhouette hätten sie nie wittern können. Sogar als sie zuschlug und Kosta niederstreckte, war Klawdi noch auf seine Augen angewiesen, denn seine Witterung schwieg, halb tot und verbrüht.

Nieder mit dem Abschaum.

Die Frau lachte. Sie wiegte einen grauen, paillettenbesetzten Schal, als sei es ein kleines Kind. Dann lachte sie wieder, und dieses Gelächter dürfte ihn vermutlich weitere graue Haare kosten. Da war er, der alte Albtraum, der allnächtlich wiederkehrte und in dem er eine Hexe traf, deren Kräfte die seinen überstiegen.

Allerdings war hier noch etwas anderes im Spiel. Was war das für eine seltsame, provozierende, unnatürliche Geste? Sie wiegte ein Halstuch …

Unsere Mutter, unsere ungeborene Mutter.

Sie lachte ein weiteres Mal auf.

Ihr Abgang erinnerte nicht an Flucht. Sie schien nicht einmal auf die Idee zu kommen, Klawdi könne sie verfolgen. Der Schal, der seine Rolle als Kind in diesem grausamen Spiel ausgespielt hatte, fiel zu Boden, neben den reglosen Kosta.

»Stehen geblieben!«

Obwohl er keinen Ton hervorgebracht hatte, hatte sie seinen

Befehl laut und deutlich gehört. Sie drehte sich halb zu ihm zurück und bleckte lachend die Zähne.

Da schlug er zu.

Mit diesem Schlag hätte er ein halbes Dutzend Hexen zu Boden strecken können – doch die Hexe vor ihm lächelte bloß noch breiter. In der nächsten Sekunde bemerkte er allerdings den Riss in ihrem Verteidigungsvorhang. Jetzt konnte er sie wittern.

Aber nicht klassifizieren.

Eine Schildhexe? Eine Bannerhexe? Eine Kampfhexe?

»Stehen geblieben, du Miststück!«

Er machte ein schräges Loch aus. Einen Brunnen ohne Boden.

Es dämmerte bereits.

Auf ihrer Flucht berührte sie mit ihren weißen Füßen kaum den Asphalt. Klawdi stürmte zum Auto, wo der verzweifelte, bleiche Fahrer erfolglos versuchte, den bislang tadellosen Motor anzulassen. Klawdi stieß ihn vom Steuer weg, ließ sich auf den Fahrersitz fallen, biss die Zähne aufeinander, spannte die Muskeln an und setzte alles daran, das dumpfe Eisen dem Willen der Hexe zu entreißen. Zwei von Kostas Leuten saßen auf dem Rücksitz, einander ähnlich wie Zwillinge, und führten mit einer synchronen Bewegung in der Luft das Zeichen des Hundes aus. Sie waren zwar eine schwache Hilfe, aber besser als gar nichts.

Mitten auf der Fahrbahn rannte die Hexe die leere morgendliche Straße hinunter; ihre Füße zeigten nach wie vor das kindliche Schneeweiß. Er würde sie erschlagen. Falls er sie nicht schnappen konnte, würde er sie einfach erschlagen, sie überfahren …

Das Auto dachte nicht daran, ihm zu gehorchen. Ungeachtet seiner Anstrengungen, ungeachtet des Zeichens des Hundes und des speziellen Zeichens, das regelgerecht am Fahrzeugboden ausgeführt war. Klawdi hantierte wild mit dem Lenkrad, wich Laternen und der kleinen Betonmauer aus, die Fahrbahn und Fußweg trennte, während die Hexe leicht und spielerisch weiterrannte und sich der Abstand zwischen ihnen in keiner Weise verringerte.

»Und dann tritt sie in Erscheinung, diese monsterhafte Ausgeburt jener Kräfte, die dem Menschen feindlich gesonnen sind.

Und sobald sie naht, verwandelt sich der Schwarm stechender Mücken in eine tödliche Armee erbarmungsloser Wespen …«

Konnte das sein?!

Hatte er tatsächlich keine andere Wahl, als die tänzelnd davonrasende Figur einer professionellen Stripperin zu erschlagen und ihren stolz erhobenen, dreckigen Kopf auf dem Asphalt zu zerschmettern, um damit den Albtraum der letzten Wochen zu beenden?

Das Auflodern seines Willens ließ das Auto endlich losschießen – und zwar so, dass die Konturen der Straße verschwammen und die beiden Männer auf dem Rücksitz gegen die Lehne gepresst wurden. Die Inquisition bevorzugte nun mal starke Motoren. Der Abstand zwischen Klawdi und der Hexe schmolz in wenigen Sekunden auf die Hälfte zusammen. Die Stripperin drehte sich um. In ihren Augen lag schallendes Gelächter. Wenn Klawdis Hände nicht mit dem Lenkrad verwachsen gewesen wären, hätte er sich die Ohren zugehalten.

Da wurde es im Wagen dunkel. Risse überzogen die Windschutzscheibe, ließen sie trüb und undurchsichtig werden. Instinktiv stieg Klawdi auf die Bremse. Die trainierten Männer im Fond brachten es fertig, ihm nicht ins Genick zu knallen, während er, ebenfalls – wenn auch vor ewigen Zeiten – trainiert, gegen das Steuer prallte und so der gewesenen Windschutzscheibe half, in lauter Scherben nach draußen zu rieseln.

Verdammt, er musste endlich sein Hirn gebrauchen!

Dem Schmerz konnte er sich später noch in aller Ausführlichkeit widmen.

»Patron?«

Immerhin erkannte er die Straße jetzt wieder klar und deutlich. Den roten Halbkreis der aufgehenden Sonne über den Dächern, die barfüßige Frau, die auf eine Kreuzung zurannte. Die in Sonnenlicht getauchten Schienen der Straßenbahn warfen rosafarbene Lichtreflexe auf den Asphalt. Das ferne Bahnhofsgebäude erhob sich als dunkelblaue Silhouette am Ende der breiten Straße, ruhig und schön.

Verlor er sie?!

Die Wut half ihm, seine Kräfte zu bündeln. Sein Wille stürzte hinter ihr her, schlängelte sich aus dem Auto, hängte der Hexe ein schweres, nicht zu stemmendes Gewicht an die nackten Füße. Oder versagte er doch?

Nein! Schon stolperte sie, drosselte ihr Tempo. Sie versuchte, sich ihm zu entwinden, was ihr vermutlich auch gelingen mochte; allerdings würde sie dafür einige Sekunden brauchen.

Wieder ließ sich die Straße links und rechts vom Auto nicht mehr erkennen. Wind peitschte ihm ins Gesicht, der nun auch noch das letzte Stück Glas der Windschutzscheibe eindrückte. Die Sonne ging vollends auf, verängstigt bremste der von der Arbeit zurückkehrende Wagen der Stadtreinigung, dessen Wassertank nun leer war. Die Hexe hinkte und befreite sich mit jedem Schritt von der unsichtbaren Last, die Klawdi gesandt hatte. Dennoch wurde der Abstand zwischen ihnen kleiner und kleiner. Schon machte Klawdi einen Riss im Saum des dünnen, hellen Kleides aus, schon erkannte er das Verteidigungsornament auf dem Ledergürtel, sah den langen Kratzer auf dem entblößten Schenkel und das rosafarbene Ohr, das durch einen Wust aus dunkel glänzenden Haaren stak.

Konzentriert stellte er sich auf das Duell ein. Vielleicht das wichtigste, vielleicht das entscheidende in seinem Leben. Vielleicht auch das letzte, so wie einst beim Inquisitor Atryk Ol.

Die Hexe blieb mitten auf der Kreuzung stehen. Unter einem Geflecht schwarzer Leitungen. Sie blieb stehen und drehte sich um; Klawdi fing ihren Blick auf.

Auch sie kannte das Schicksal Atryk Ols. Aber auch das Schicksal der Hexen, die ihn getötet hatten. Jetzt verharrte sie reglos, beobachtete, wie ein schwarzes Auto mit zertrümmerter Windschutzscheibe direkt auf sie zuschoss.

Nein, das stimmte nicht: Sie schaute seitlich an ihm vorbei.

Blickte zu einer schmalen, kopfsteingepflasterten Straße hinüber, aus der eine blaue Straßenbahn auf die Kreuzung zuzuckelte. Die erste Bahn des heutigen Tages, Linie 2, noch verschlafen und leer, näherte sich dem Bahnhof. In den quadratischen Fenstern spiegelte sich die tief stehende Sonne.

Gerade eben noch hatte die Hexe auf der Kreuzung gestanden – jetzt hing sie schon auf dem Trittbrett und umklammerte mit beiden Händen die vordere Fahrertür. Und bereits im nächsten Augenblick öffnete sich die blaue Falttür und ließ die Hexe ein.

Brüllend schickte ihr Klawdi einen Schlag hinterher, der jedoch, da er auch noch das Auto lenken musste, zu schwach ausfiel. Die beiden auf dem Rücksitz griffen nach ihren Pistolen. Spinnen die?!, dachte Klaw. Damit machen sie alles nur noch schlimmer!

Die Straßenbahn vibrierte. Zitterte, als leide sie Schmerzen – und fuhr weiter, überquerte die Kreuzung, somit alle Verkehrsregeln und die eigene Fahrstrecke ignorierend. Als sie leichthin über ein Gleis hüpfte, bemerkte Klawdi die an den Rädern aufstiebenden Funken. Die Straßenbahn brach aus, bog in die breite *Straße der Industrie,* gewann Fahrt und sauste den Hang hinunter.

Er riss das Lenkrad herum, trat das Gaspedal voll durch. Der Wind biss ihm in die Augen.

Die unvorstellbar lange *Straße der Industrie* fiel über die gesamte Strecke leicht ab. Die Straßenbahn fuhr inzwischen schnell wie ein Eilzug, ächzte, polterte von einer Seite auf die andere und zog einen Schweif braunen Staubs hinter sich her. Die geröteten Augen zusammengekniffen, erkannte Klaw durch die Scheibe die zur Salzsäule erstarrte Gestalt des Straßenbahnführers. Und auch die der stolz dastehenden Frau, die sich wie ein Denkmal neben ihm erhob. Klawdi wollte schießen, wusste jedoch, dass jede in eine Hexe gefeuerte Kugel mit an Sicherheit grenzender Wahrscheinlichkeit einen Augenzeugen in der Nähe getötet hätte – oder den Schützen selbst.

Die *Straße der Industrie* endete. Als sei einem unter den Füßen ein Teppichläufer weggezogen worden. Ohne das Tempo zu drosseln, flog die Straßenbahn um die Ecke.

Wie konnte Eisen nur ein solches Geräusch machen? Kein Quietschen, sondern ein Pfeifen, als ob tausend wahnsinnige Verkehrspolizisten in ihre Pfeifen pusteten, um die Hexe zur Vernunft zu bringen.

Wie ein Pferd, das sich aufbäumte, riss die Straßenbahn sämtliche Räder auf der linken Seite von den Schienen. Noch in der Luft drehten sie sich wie verrückt.

Mit aller Kraft trat Klawdi aufs Gas, raste weiter, als wolle er den auf die Seite stürzenden Koloss stützen. Bedauerlicherweise hatte er nur Macht über Hexen. Über öffentliche Verkehrsmittel fehlte sie ihm.

So krachte die Straßenbahn um. Die Erde bebte, ein Schaufenster in der Nähe zersprang, die Straßenbahn überschlug sich, streckte die Räder gen Himmel und zerquetschte die am Straßenrand geparkten Autos; daraufhin überschlug sie sich ein zweites Mal, wobei es für kurze Zeit so aussah, als würde sie gegen die Fassade des Hauses mit dem zersplitterten Schaufenster knallen, am Ende reichte die Fallkraft dafür jedoch nicht aus. Die Straßenbahn konnte kaum noch als solche bezeichnet werden. Eine verkrüppelte Leiche war sie nun, die zurückpolterte, hinein in die völlig unschuldigen Autos, diese in einen Brei aus Glas und Metall verwandelnd, während die Erde erneut bebte.

Klawdi sah sich selbst, wie er dasaß, sich verzweifelt am Armaturenbrett abstützte, das Bremspedal immer noch bis zum Anschlag durchtrat, obwohl das Auto bereits hielt, im Fond Leere klaffte und beide Türen offen standen.

Die Sonne war aufgegangen, das Rot dem Gold gewichen.

Der Straßenbahnführer starb im Krankenhaus.

Zwei Fahrgäste, die die erste Straßenbahn hatten nehmen wollen, sollten überleben, weitere Personen waren am Ort der Katastrophe glücklicherweise nicht zugegen gewesen.

Von der Hexe fehlte jede Spur.

Das Lampenschirmschiff leuchtete. Auf den Wänden der Studentenbude lagen bizarre Schatten. Ywha wollte dem alten, vertrauten Zimmer zulächeln, schaffte es aber nicht.

Ein Gefühl unermesslicher Schuld quälte sie. Mit keinem Wort oder Blick hatte Nasar ihr einen Vorwurf gemacht. Dennoch spürte Ywha, wie mit jeder Sekunde seiner Anwesenheit die Last ihrer Schuld zunahm. Die Begegnung genießen – dazu war sie nicht mehr imstande.

Sie schämte sich, ihm in die Augen zu sehen. Dabei wollte sie ihn mit Blicken verschlingen, gierig jede Nuance, noch den kleinsten Abdruck der getrennt von ihr verbrachten Tage in sich aufnehmen.

Am Ende brachte sie doch noch ein Lächeln zustande. Sie setzte sich aufs Sofa, diesen Zeugen unzähliger leidenschaftlicher Nächte. »Kann ich einen … Tee bekommen?«

Nasar nickte ernsthaft und verschwand in der Küche. Wie

sehr Ywha diese Begegnung herbeigesehnt hatte! Und jetzt verbarg sie ihr Gesicht in den Händen …

Eine halbe Stunde vor dem Wiedersehen war sie halb tot vor Nervosität gewesen. Am meisten hatte sie sich davor gefürchtet, Ekel in seinem Blick oder seinen Gesten zu entdecken, weshalb sie mit einem gekünstelten Lachen ohne Umschweife erklärt hatte: »Du brauchst keine Angst zu haben. Nicht initiierte Hexen unterscheiden sich durch nichts von anderen Menschen. Nicht mal physiologisch. Wenn du willst, frag Starsh danach.«

Diese Worte bewiesen einmal mehr, wie sehr sich Ywhas klarer Verstand in der Zeit, da sie diese Begegnung herbeigesehnt hatte, getrübt haben musste, andernfalls wäre sie kaum auf solche Dummheiten gekommen. Nasar blickte finster drein, sagte jedoch kein Wort.

Jetzt saß sie auf dem Sofa, bedeckte das Gesicht mit den Händen, während durch die kalten Finger das transparente Zauberlicht des Schirmschiffs fiel. Nasar hantierte in der kleinen Küche. Das Klappern des Geschirrs kam Ywha wie eine spöttische Antwort auf ihren Traum vor: auf ihre kleine und warme, gemütliche Idealwelt, in der ein Lampenschirm leuchtete und der geliebte Mann ihr in der Küche Tee kochte.

In der Luft hing ein Hauch des Falschen.

Als ob jemand, der sein ganzes Leben lang die magische Erinnerung an die in der Kindheit verlassene Stadt hütet, irgendwann beschließt, in die staubigen, schweißigen und wuseligen Straßen zurückzukehren, dann aber vor der Tür seines Geburtshauses von einem Fuß auf den anderen tritt und verzweifelt den Griff des Koffers, der mit einem Mal sehr schwer scheint, umklammert. Ein unwiederbringlicher Verlust, das ist nicht nur der Tod. Genauer: Es gibt noch andere Formen des Todes, darunter einen Tod, bei dem sich äußerlich nichts ändert und selbst der Tote nicht auf Anhieb bemerkt, dass sich für ihn etwas geändert hat.

Nasar kam mit zwei dampfenden Tassen zurück. Er stellte das Tablett auf dem Tisch ab, setzte sich auf einen runden Drehhocker in der Ecke und stützte die spitzen Ellbogen auf die nicht minder spitzen Knie.

Ihre Phantasie klammerte sich noch immer an die Bruchstücke ihres Traumes. In jener Welt, die sie sich wieder und wieder ausgemalt hatte, hatte Nasar neben ihr gesessen und nach ihrer Hand gegriffen. Da sie ihrem Traum nachhelfen wollte, wäre sie am liebsten aufgestanden, zu Nasar gegangen und hätte ihm die Hände auf die Schultern gelegt. Im letzten Augenblick schreckte sie jedoch zurück, sackte erschöpft in sich zusammen und konnte gerade noch einen schweren Seufzer unterdrücken.

Sie nahm seinen Duft wahr. Sein Pulloverkragen verströmte den Geruch eines herben, ihr unbekannten Eau de Colognes, und diese fremde, sie überspülende Woge verdrängte das gewohnte Aroma seiner Haut und seines Haars. Ywha seufzte tief, ihre Nasenflügel blähten sich und versuchten, den durch das ganze Zimmer wabernden Duft einzufangen. Als Nasar das bemerkte, schien er zu erschaudern. Oder kam ihr das nur so vor? Oder zeigte ihr Misstrauen inzwischen krankhafte Züge?

In ihrer ausgedachten Welt hatte Nasar ununterbrochen geredet. Gelacht, ihre Hand gestreichelt und sie tausend Mal für das um Verzeihung gebeten, was sie, Ywha, sich hatte zuschulden kommen lassen.

Seit sie sich getroffen hatten, waren einunddreißig Minuten vergangen. Erbarmungslos zirkelte die alte Uhr an der Wand die Zeit ab. Voller Panik begriff Ywha, dass nichts von alldem passieren würde, so als säße sie geradezu in einem leeren, vernagelten Kasten.

Plötzlich wollte sie, dass irgendetwas geschah – und sei es etwas Schlechtes.

»Wie geht es Professor Mytez?«, fragte sie deshalb und rang sich ein Lächeln ab. »Was macht mein Schwiegervater?«

Nasar sah auf. Zum ersten Mal seit zweiunddreißig Minuten blickte er Ywha in die Augen. Kurz hielt sie den Atem an.

Denn in Nasars Blick lag weder der Vorwurf, mit dem sie gerechnet, noch der Ekel, den sie befürchtet hatte. Es war ein Blick wie eh und je, nur unsagbar müde, gequält und traurig.

»Ich kann ohne dich nicht leben, Ywha ...«

Den Tee tranken sie dann doch nicht. Mehr noch, eine der Tassen fiel vom Tisch und hinterließ auf dem Läufer eine dunkle Pfütze, die nicht trocknen wollte. Das Schirmschiff segelte ungerührt unter dem weißen Himmel der Decke dahin, während im Zimmer ein heftiger, teilweise schon hysterischer Sturm tobte.

Der widerborstige Reißverschluss an Ywhas alten Jeans hatte den Gefühlsausbruch nicht überstanden, denn Ywha hatte ihn kurzerhand zerrissen. So brennen Brücken nieder. Ein Stück nach dem nächsten riss Ywha sich vom Leib. Alles um sie herum drehte sich, als wenn sie betrunken wäre; über den Boden hüpfte ein einzelner Knopf von Nasars Tennisshorts. Jeans und Pullover fielen auf den Teppich, die gestreiften Socken rollten sich ein wie zwei erschrockene Igel. Nasars Hosen boten eine phänomenale Pirouette, auf ihnen landete eine Spange aus Ywhas rotem Haar. Das Schiff schwamm dahin und beleuchtete das Zimmer mit seinem intimen, rätselhaften Licht.

»Ohne dich ... kann ich ... nicht ...«

Im nächsten Moment lagen sie auf dem Sofa. Danach schaukelten sie durch das ganze Zimmer, umarmten sich, lachten Tränen und wälzten ihre zu Boden geworfene Kleidung platt. Am Bein des runden Hockers erlebten sie den Höhepunkt ihres Liebesspiels, anschließend landeten sie, ohne sich voneinander zu lösen, wieder auf dem Sofa, unter der Decke, aneinandergeklammert wie zwei Milben, die durch den Liebesentzug beinahe zu Tode gekommen wären.

»Nasaruschka ... ich ...«

Er roch jetzt nach heißem, frischem Schweiß. Ywha inhalierte seinen Duft wie eine dumme Katze Baldriantropfen. Die Bettdecke zitterte wie das sturmgepeitschte Meer. Das Schiff drehte sich gemächlich einmal um die eigene Achse, den spitzen Bugspriet vorgereckt. Um das Schiff herum tanzte ein schwarzer Schmetterling, der im Vergleich zu dem kleinen Segel unnatürlich groß wirkte. Unter dem Gewicht des schweren, lodernden Körpers begriff Ywha sofort, dass ihre gesamte bisherige Existenz nur ein Vorspiel für diesen Augenblick echten Lebens gewesen war. Und von ganzem Herzen wünschte sie, es möge ewig andauern.

Am Morgen regnete es.

Ywha lag auf dem Rücken, die Decke bis zur Nasenspitze hochgezogen. Sanft prasselte der Regen gegen die Metallverblendung überm Fenster. Nasar schnaufte genüsslich und hatte die Hand katzenartig vors Gesicht gelegt. Sonst aber gab es in dieser Welt keinen Laut, kein Geräusch.

Ywha lag wach.

Durch die fest geschlossenen Gardinen drang das Dämmerlicht nicht herein. Obwohl es im Zimmer dunkel war, wusste Ywha, dass der verregnete Himmel bereits graute. Vielleicht würde der Wind die Wolken ja bald auseinandertreiben. Und vielleicht käme auch die Sonne noch heraus.

Sie schloss die Augen. Ein unbekannter, unangenehmer Schmerz saß ihr in der Brust. Nie in ihrem Leben hatte sie irgendwas am Herzen gehabt. Aber natürlich gab es für alles ein erstes Mal.

Sie wollte den Arm heben und sich die Rippen auf der linken Seite reiben, fürchtete jedoch, Nasar zu wecken.

In ihrer Kindheit hatte sie sich gefragt, wie sich wohl die Matrjoschkas fühlten, so ineinandergesteckt, die kleinere immer in der größeren, bis zur allerwinzigsten am Ende. Was mochte eine dieser Puppen fühlen, wenn sie sich aus dem Leib ihrer Vorgängerin schälte und sich gewissermaßen von außen betrachtete?

Jetzt entschlüpfte Ywha sich selbst wie eine Matrjoschka. Von außen sah sie eine rothaarige Frau, die mit einem schlafenden Mann im Arm dalag. Ein schmerzliches Vorgefühl ließ sie den Atem anhalten.

Es war bereits Morgen. Die rothaarige Frau hatte kaum ein Auge zugetan – doch während eines kurzen Traums hatte sie die Baumkronen eines Waldes gesehen, der sich weit unter ihr erstreckte, die verrauchten Gänge eines brennenden Theaters und die Schatten der tanzenden Tschugeister. Gestern Abend hatte sie zum ersten Mal in ihrem Leben gewünscht, die Zeit anzuhalten. Die Zeit hatte ihr jedoch nicht gehorcht – und recht hatte sie damit getan.

Der Mann … Nein, er hatte sich nicht verändert. Er war in der Zeit ihrer erzwungenen Trennung keineswegs gealtert. Ywha beobachtete, wie das selige Glück nach und nach von seinem schlafenden Gesicht kroch. An der Nasenwurzel entstand eine Falte, die Mundwinkel zogen sich traurig nach unten. Nasar träumte von der Wahl, die er am heutigen Morgen treffen musste. Ein unangenehmer, Besorgnis erregender Traum.

Entsetzt registrierte Ywha, dass sich das Vorgefühl in ihrer Brust gerade in *Wissen* verwandelte.

Sie wollte die Augen schließen, die unvermeidliche Einsicht wegblinzeln – aber wenn sie ihrem Schicksal nicht in die Augen sah, würde es sie unter Garantie einholen und ihr in den Rücken treten. Vielleicht auch etwas tiefer. Ywha holte Luft und ließ das Wissen um den Verlust in sich einsickern.

Es stellte sich als kurz und völlig schmerzfrei heraus. Nicht mehr als ein Wort: Schluss.

Schluss, jetzt war alles aus. Irgendwie war ihr sogar leichter zumute. Sie konnte selbst nicht erklären, warum. Die entsprechenden Worte standen ihr nicht zur Verfügung. Sie fühlte es einfach. Genau wie wohl eine Füchsin um den Moment weiß, da ihr Junges keinen Schutz mehr braucht, auf die raue, schmale Zunge und den warmen, weich bepelzten Bauch verzichten kann.

Schluss.

Sie schlüpfte unter der Decke hervor und zog sich im Halbdunkel an.

Der zerrissene Reißverschluss an den Jeans forderte ihr ein paar lautlose Tränen ab. Was für ein falscher Unterton in der pathetischen Szene ihrer Trennung! Schließlich gehörte es sich für eine junge Frau nicht, mit offenen Hosen auf die Straße zu gehen.

Sie wusste, wo Nasar Nadel und Faden aufbewahrte; sie hatte das Nähzeug selbst an diese Stelle gelegt. Nasar schlief, die Falte an seiner Nasenwurzel grub sich immer tiefer ein, während sich seine ehemalige Freundin hastig die Hosen nähte, die sie gerade am Körper trug. Stich für Stich, ein Zischen unterdrückend, wenn sie sich die Nadel in den Körper rammte.

Nachher würde er aufwachen – und erleichtert sein. Vielleicht würde er sich das nicht einmal selbst eingestehen. Er würde sich traurig, verletzt, möglicherweise sogar verraten fühlen. Aber das entscheidende Gefühl würde das der Freiheit sein. Professor Mytez würde dies vermutlich ebenfalls zu schätzen wissen, der gute alte Professor Mytez.

Ywha biss den Faden ab. Die Hosen waren zu, Nasar schlief, unter der dunklen Zimmerdecke schwamm das dunkle Schiff, das zusammen mit dem Licht auch einen Großteil seines Zaubers eingebüßt hatte. Schluss.

In der Tür schoss ihr der Gedanke durch den Kopf, ihm etwas zu schreiben, ein paar Worte, wie es in allen Melodramen üblich war.

Aber sie hatte keinen Bleistiftstummel, keine Zigarettenschachtel, nicht einmal Bonbonpapier.

Deshalb ging sie schweigend hinaus, die Tür fest hinter sich schließend.

9

»Meine Brüder, die Inquisitoren, verlangen von mir, etwas über die Natur der Mutterhexe zu erfahren. Selbst die Magd zeigt sich überaus neugierig und fragt mich danach. Sobald ich ihnen allen antworte, Einzelheiten ließen sich nicht bei mir, sondern nur bei der Mutterhexe selbst in Erfahrung bringen, machen flugs Gerüchte die Runde, der alte Ol habe den Verstand verloren.

Was gelten meine Überlegungen denn schon? All meine Gedanken, Schlussfolgerungen und Ansichten? Bisweilen dünkt mich, es komme längst nicht nur eine Mutterhexe in die Welt, sondern ihrer unzählige würden zur gleichen Stunde geboren, auf dass in einem Duell auf Leben und Tod die stärkste unter ihnen ermittelt werde.

Es ist ein langer und warmer Herbst. Ich habe das Zimmermädchen angewiesen, in meinem Arbeitszimmer Blätter statt eines Teppichs auszulegen. Der Duft belebt mich, das Rascheln beruhigt mich. Freilich lässt mich der Staub husten, mithin vermag ich nach einem langen Arbeitstag nicht einzuschlafen, weshalb ich heute Morgen befahl, die Blätter wieder einzusammeln und hinauszutragen.

Auf drei großen Plätzen sind gestern neue Scheiterhaufen errichtet worden.

Die Natur meiner Herrinnen entzieht sich unserer Ratio. Gewiss, wir können uns an die Stelle des niedersten Käfers versetzen, der an Blattwerk nagt, um den Hunger zu stillen. Uns dergleichen vorzustellen sind wir imstande, da der Hunger uns nicht fremd ist. In unseren sündigen Träumen können wir uns gar an die Stelle des Hirschs setzen, welcher die Hirschkuh deckt, dieweil auch uns die Fleischeslust nicht fremd ist. Kein Einziger von uns vermag indes je zu verstehen, was die Mutterhexe antreibt. Sie bringt Junge hervor, die sie hernach zumeist tötet. Vergießt ein ehrgeiziger Herrscher das Blut seiner und fremder Untertanen, so verstehen wir selbst das, ist der Stolz doch auch uns nicht fremd. Erlaubt ein unersättlicher Arzt der Krankheit, um sich zu greifen, auf dass er den verzweifelten Kranken das Dreifache abverlangen kann, so vermerken wir eine Geldgier, die stärker als das Gewissen ist. Meine Herrinnen, die Hexen, sind weder ehrgeizig noch unersättlich. Sie trachten nicht nach Geld noch nach Macht, sie kennen keinen Hunger noch Fleischeslust. Sie wissen nicht, was gut ist und was wir schlecht nennen. Sie sind unschuldig. Sie richten uns einzig durch ihr Dasein zugrunde.«

»Frau, äh, Lys, der Herr Großinquisitor lässt Ihnen ausrichten, Ihre Dienste würden heute nicht benötigt. Man wird Sie jetzt nach Hause bringen.«

»Ich kann doch allein gehen«, antwortete sie sofort.

»So sind die Anordnungen des Herrn Inquisitors«, erklärte der Referent – nicht Myran, sondern ein anderer – traurig. »Er ist ungeheuer beschäftigt, ich kann an dem Befehl leider nichts ändern. Man wird Sie abholen.«

»Will mich der Herr Großinquisitor denn gar nicht sehen? Nicht einmal kurz?«

»Ich habe Ihnen genau wiedergegeben, was Herr Starsh angeordnet hat«, erklärte der Referent mit ausgebreiteten Armen. »Dem ist nichts hinzuzufügen. Nicht das Geringste.«

Sie kannte ihren Begleiter bereits, einen schmächtigen, älteren Mann, der sein ganzes Leben lang nur Hilfstätigkeiten ausgeübt, sich darüber jedoch nie beklagt hatte. Da Ywha wusste, wie lustig dieser ewige Assistent sonst gewesen war, irritierte sie seine plötzliche Einsilbigkeit umso mehr. Nachdem er Ywha begrüßt hatte, hatte er kaum noch ein Wort herausgebracht.

»Was ist los? Gibt es Schwierigkeiten?«

Ihr Begleiter antwortete nicht. Vielleicht hatte er die Frage auch nicht gehört, die sie ihm mehr oder weniger beiläufig gestellt hatte. Sie hielt kaum mit ihm Schritt, während er durch die verschlungenen Gänge und Treppenhäuser trabte, denn aus irgendeinem Grund verzichtete der ewige Assistent auf Fahrstühle. Kurz vorm Haupteingang – so weit kannte sich Ywha im Palastinnern inzwischen aus – blieb ihr Begleiter stehen. »Ich möchte Sie bitten, im Auto zu warten. Oder nein, folgen Sie mir. Wir müssen kurz noch etwas erledigen.«

Ywha folgte ihm gehorsam, hätte sie doch sonst rasch jede Orientierung verloren. Prachtvolle Gänge und Säle mit reglosen Wachtposten wechselten sich mit dunklen Fluren ab, wie man sie aus tristen staatlichen Einrichtungen kannte. Ywha hatte nicht die geringste Ahnung, in welchen Teil des Palasts sie besagte kurze Erledigung führte. Schließlich blieb ihr Begleiter stehen und öffnete vor Ywha eine Glastür, die mit weißer Krankenhausfarbe überstrichen war.

Hier gab es Publikum, Frauen, die auf einer langen Bank an der Wand saßen. Und einen Wachtposten, der an der gegenüberliegenden Wand in einem Sessel neben der schweren, gepanzerten Tür döste.

Ywhas Mund trocknete aus. Warum auch immer.

»Warten Sie hier!« Ihr Begleiter nickte in Richtung eines freien Stuhls und eilte zur Tür, wobei er irgendwelche Papiere aus irgendwelchen Aktenmappen kramte. Der aufwachende Posten erhaschte seinen Blick, und Ywha bemerkte, wie der ewige Assistent zu ihr hinüberschaute, als wollte er sagen: Passen Sie auf sie auf.

Sie setzte sich auf die Stuhlkante.

Mit ihr warteten – und sie warteten, das ließ sich ihrer linkischen, verkrampften Haltung klar entnehmen – vier Frauen. Sie alle starrten Ywha jetzt an. Nicht offen, sondern verschämt. Die vier, das waren: eine Alte, eine Frau in mittleren Jahren und zwei junge Frauen zusammen, eine dürre und eine pummelige. Obwohl sie sich weder in Kleidung, vom Gesicht oder Auftreten ähnelten, nahm Ywha klar eine gewisse Gemeinsamkeit wahr, die jene vier Frauen stärker miteinander verband als die Bank, auf der sie momentan saßen.

Kurz darauf ging ihr ein Licht auf. Genauer, sie glaubte dahintergekommen zu sein: Die Wartenden mussten Hexen sein. Nicht initiierte, wie sie selbst. Der Umgang mit Klawdi Starsh hatte ihr, von einigen anderen Vorteilen abgesehen, auch ein vages Verständnis von der Klassifizierung ihresgleichen vermittelt.

Die Tür öffnete sich einen Spaltweit. Ywha, aus ihren Überlegungen gerissen, rechnete mit ihrem Begleiter, doch stattdessen trat eine schwarzhaarige, bleiche Frau mit verweinten Augen heraus. Sie drehte sich um und ging an dem Wachtposten vorbei zum Ausgang. Die auf der Bank wartenden Frauen blickten ihr nach.

»Die Nächste«, sagte eine mechanische Stimme. Erst da bemerkte Ywha den Lautsprecher über der gepanzerten Tür.

Die pummelige junge Frau erhob sich unbeholfen, zog den Kopf ein und schlurfte mit hängenden Schultern zur Tür, durch die die verweinte Frau herausgekommen war. Sobald sich die Tür hinter ihr geschlossen hatte, richteten sich erneut drei Augenpaare auf Ywha.

Nun verstand sie auch, was sie verband. Alle drei zeigten dieselben trüben Gesichter, denselben gehetzten Blick.

»Soll ich dir erzählen, wie die Registrierung aussieht?«

»Hexe, vergiss nie, dass dich die Gesellschaft nicht zurückweist. Erhebe dich über den Abschaum und lass dich registrieren, damit du eine gleichberechtigte und gesetzestreue Bürgerin wirst.«

Das waren sie also, die gleichberechtigten und gesetzestreuen Bürgerinnen. Hier saßen sie also – nebeneinander. Wie oft sie wohl herkamen, um sich zu melden? Einmal im Monat? Einmal in der Woche? Oder – in besonderen Fällen – täglich?

Verbitterte, verschüchterte und in die Ecke gestellte Figuren. So sahen Zirkusbären aus, die ihrer Kette nie entkamen. Das Fell der Waldherrscher verklumpte, die Augen eiterten, wenn sie sich unter Getrommel auf den Hinterbeinen drehten.

Ywha senkte den Kopf, wollte diesen immer bohrenderen Blicken entkommen. Mit einem Mal erdrückte sie das alles.

Nasar. Klawdi. Sah sie etwa gerade in die trüben Pupillen ihrer baldigen Zukunft?

»Da wird man dir gern helfen, dein Schicksal zu wählen. Eine Papierfabrik am Stadtrand und die väterliche Aufsicht der Inquisition dürften deinen Erwartungen vom Leben doch voll und ganz entsprechen, oder etwa nicht?«

Mit Nasar war alles aus. Da gab es keine Hoffnung mehr. Selbst der Großinquisitor hatte sie zu den Akten gelegt. Blieb ihr überhaupt eine Wahl?

Wir sind wie du, sagten wortlos die Gesichter der Frauen, die auf der Bank saßen. Wir haben uns auch geschworen, lieber zu sterben, als in Gefangenschaft … Aber uns blieb kein anderer Ausweg. Und so leben wir … Früher einmal waren wir wie du, mit funkelnden Augen, stur und böse. Und du wirst genau wie wir werden. Gehorsam. Das hat sogar gewisse Vorteile, du wirst es bald bemerken.

Ywha sog die Luft durch die zusammengepressten Lippen ein. Die gepanzerte Tür flog sperrangelweit auf, und ihr Begleiter, inzwischen noch mürrischer, schoss an ihr vorbei: »Gehen wir.«

Kaum schloss Ywha die weiße Glastür hinter sich, fühlte sie sich besser.

Um sieben Uhr abends heulte die Sirene los, die die Sondereinheit der Inquisition zu einem Notfall rief. Um 19.30 Uhr evakuierte man in kleinen Gruppen Kinder und Eltern aus dem abgesperrten Gebäude des Stadtzirkus. Eine exzellente Wahl der Objekte, dachte Klawdi, der mit dem Fingernagel an einem Pflaster auf der Stirn herumpolkte. Erst der Nachtclub, jetzt der Zirkus …

Die Wolken, die so lange über den Provinzen gehangen hatten, hatten Wyshna erreicht.

Gestern Abend hatte der Herzog einen Bericht für den Staatsrat verlangt, was Klawdi glücklicherweise hatte abschmettern können. Die Regierung versuchte ständig, die Inquisition unterzubuttern, manchmal aus Gier, manchmal aus Angst. Alle Großinquisitoren aller Zeiten hatten sich Vereinnahmungsversuchen mehr oder weniger erfolgreich widersetzt. Klawdi bildete da keine Ausnahme.

Die Morgenzeitungen hatten Bilder des Straßenbahnunglücks gebracht. Die Abendzeitungen kannten nur ein Thema: den Überfall der Hexen. Der langjährige Einsatzleiter Kosta, inzwischen wieder bei Bewusstsein, lag im städtischen Krankenhaus, die Ärzte hielten sich, was seinen Zustand betraf, bedeckt. Offenbar war eine Gehirnblutung diagnostiziert worden.

Klawdi machte sich jedoch nichts vor. Alles, was bislang in Wyshna passiert war, stellte im Unterschied zur Epidemie in Rjanka und dem versuchten Terroranschlag im Stadion von

Odnyza nur eine psychologische Attacke dar. Eine effektvolle Einschüchterung zwar, ein Hochschrauben der Emotionen. Von Angst nährten sich Hexen. Es war ihr Mutterboden.

Eine effektvolle Einschüchterung. Doch das erste Blut war bereits geflossen.

Völlig offen zog man die Leichen – einen Löwen und drei Tiger – durch den Regen, die aufgelöste Polizisten erschossen hatten. Heulende Krankenwagen transportierten einen blutüberströmten Zuschauer nach dem anderen aus dem Zirkus ab. Unter der Androhung, Gummiknüppel einzusetzen, wurden alle Frauen, die sich an diesem Abend im Zirkus befanden, von den Männern getrennt und, von Plastikschilden abgeschirmt, durch einen schmalen Ausgang geleitet, einzeln, unter den gestrengen Blicken zweier eifriger Inquisitoren. Kinder weinten, an den Röcken ihrer Mütter hängend. Luftballons platzten, jemand verfluchte die Hexen, ein anderer schimpfte auf die Inquisition. Äußerlich unbeteiligt stand Klawdi dabei, presste nur hin und wieder die Hand gegen das zuckende Lid. Wiederum witterte er keine Hexe. Genau wie im Nachtclub. Da er fürchtete, einen Fehler zu machen, wartete er untätig ab.

Die Menge umflutete ihn, ohne ihn zu berühren. Nur ein etwa achtjähriges Mädchen mit einer in den Nacken gerutschten weißen Schleife rempelte ihn an und starrte ihn mit angstgeweiteten Augen an. Irgendwo in der erschrockenen Masse irrte ihre ebenso panische Mutter herum. Oder sie war bereits in den Ring aus Plastikschilden geraten und steckte jetzt in ihm fest. Alle rannten, alle hatten Kinder, alle …

»Keine Angst«, sagte Klawdi. Das Mädchen reagierte jedoch nicht auf seine Worte – sie verstand sie gar nicht –, sondern auf das fremde, strenge und schreckliche Gesicht, das sie aufjammern ließ und weitertrieb.

Einzelheiten über die Vorstellung erfuhr Klawdi erst später. Indem er sich die Videoaufzeichnungen der Zeugenaussagen anschaute, Berichte und Erklärungen las, machte er sich ein besseres Bild von den Ereignissen, als wenn er selbst dabei gewesen wäre und im Saal gesessen hätte, inmitten der herausgeputzten, mit Bonbonpapier knisternden minderjährigen Menge. Irgendwann sah er, in Wolken von Tabakqualm schwimmend, alles völlig real vor sich. Er fühlte sich wie ein Kind, das die Vorstellung besuchte, wie dieses kleine Mädchen mit der weißen Schleife zum Beispiel …

… Also, erst kam ein großer Vorraum, wo man Luftballons und Lutscher kaufen konnte. Da roch es nach Parfüm und Puder und ganz doll nach Tieren, aber es hat nicht gestunken, nur in der Nase gekitzelt. Die Stühle waren aus Holz und zum Hochklappen. Die Kinder haben alle gezappelt. Dreimal hat es geläutet, wie im Theater. Sobald das grelle Licht ausging, kribbelte es dem Mädchen mit der weißen Haarschleife in der Brust. Es war schon lange nicht mehr im Zirkus gewesen. Ganz lange nicht.

In die Vorstellung am Abend kamen meistens keine Schulklassen mit der Lehrerin, sondern Familien, angeführt von der Mama oder Oma. Als Zweites sollten dressierte Raubtiere auftreten. Zuerst führten Zauberer ihre Kunststücke vor. Das waren zwar Zwillingsbrüder, aber die sahen sich gar nicht ähnlich. Die hatten bloß genau dieselben schwarzen Overalls an und rote Baseballcaps auf, mit dem Schirm nach hinten. Jedes Kind aus dem Saal, das ihnen half, erhielt auch ein Cap, zur Erinnerung. Allerdings bloß aus Karton. Ganz viele wollten mitmachen, aber nicht alle durften, weil die Mama oder Oma es nicht erlaubten. Die hatten nämlich Angst, als sie sahen, wie die Kinder da in große schwarze Kästen krabbelten. Die Zauberer stießen dann Degen in die Kästen oder zersägten sie mit Kreissägen oder zündeten sie an. Den Kindern gefiel natürlich gerade das, und deshalb dauerte die erste Nummer auch elf Minuten länger.

Alle wollten in die Manege, weil dich da alle sehen und die Scheinwerfer so weiße Kreise machen. Die großen und mutigen Kinder sind auch wirklich alle dahin gelaufen. Aber manche hatten auch Angst. Denen wurden die Beine ganz kalt, und der Po tat ihnen auch weh, nachdem sie die ganze Zeit nur dagesessen hatten. Die Mamas fanden das nicht gut und guckten böse. Alle Kinder hielten den Atem an, als die runde Kreissäge den Kasten zersägte, wo drei Jungen drin waren. Und alle freuten sich, als die Jungen wieder gesund und munter heraushüpften. Allerdings nur zwei. Ob der dritte aus einem anderen Kasten kam? Oder ob er gleich zurück in den Saal zu seiner Mama gerannt war?

Das Orchester spielte ganz laut, und jemand trommelte wild auf den weißen Trommeln. Es war ein richtiges Orchester, und am allerwichtigsten waren die riesigen gelben Becken. Die Musiker trugen alle glitzernde Fracks. Damit das Mädchen sie angucken konnte, musste es sich aufrichten und den Hals ganz lang machen. Deshalb sah es auch nichts von dem, was in der Manege passierte.

Am Rand der Manege stand eine Frau mit einem ganz hässlichen blauen Kleid, die etwas sagte und die Lippen seltsam verzog.

Irgendwann sprang der Direktor in die Manege, ein langer Mann mit Schnauzbart und weißem Puder im Gesicht. Am Anfang der Vorstellung hatte er alles noch ganz normal erklärt. Aber jetzt hatte er Angst, das sah man. Richtig dolle Angst, und auch das Mädchen mit der weißen Schleife erschrak, und ihr Nachbar, ein kleiner Junge in kurzen Samthosen: Der fing sogar an zu weinen. Der Direktor rief etwas Lustiges. Das Mädchen verstand jedoch sofort, dass er eigentlich nicht zu Späßen aufgelegt war.

Die Frau in dem hässlichen Kleid kletterte so ungeschickt über die Absperrung, dass ihr Kleid hochrutschte. Sie guckte in die Kästen der Zauberer, packte die beiden Künstler bei den Schultern, und schließlich verstand das Mädchen auch, was sie sagte: »Wo ist mein Kind? Wo ist Pawlik? Hört mit diesem Unfug auf! Mein Kind ist nierenkrank! Es darf nicht … Gebt mir sofort mein Kind zurück!«

Am Eingang zur Manege drängten sich inzwischen mehrere Frauen und ein verzweifelter großer Junge, der ältere Bruder von einem kleinen Kind. Alle rannten zum Direktor, der jedoch nicht mit ihnen redete, sondern hinter einem Samtvorhang verschwand.

Dann ging das Licht aus.

Jemand lachte, jemand klatschte, jemand pfiff. Der erschrockene Sitznachbar des Mädchens schrie los, seine Mama nahm ihn auf den Arm und schimpfte ganz laut, weil die Vorstellung so blöd war. Der Papa eines anderen Kindes, der gleich hinter dem Mädchen saß, lachte seinen kleinen Sohn aus und sagte, er soll keine Angst haben, und das nächste Mal würde man den Feigling gar nicht in den Zirkus reinlassen.

Plötzlich schrie in der Manege jemand. Dann schrien auch die Leute im Publikum, alle ganz verschieden. Auch das Mädchen wollte schreien, aber ihre Mama hielt sie fest umschlungen.

Das Licht ging an. Dann wieder aus. Dann wieder an, wobei es flackerte, wie wenn im Fernsehen ein Raumschiffunglück gezeigt wird.

In der Manege stand ein Käfig. Seine Tür war auf. Ein gestreifter kleiner Tiger stand auf einem der beiden Zauberkünstler. Seine Schnauze war rot. Neben ihm rannte die Frau herum, die die ganze Zeit nach Pawlik rief.

Dann kamen noch zwei Tiger. Und ein bildschöner Löwe. Das Mädchen hatte überhaupt keine Angst, doch kaum hatte sie ihre Mama angesehen, spürte sie, wie der Sitz unter ihr feucht wurde.

Als Nächstes sprang ein Mann mit einem Schlauch in die Mange, wie um Blumen zu gießen. Stattdessen bespritzte er aber den Tiger, der auf dem Zauberer stand. Der andere Tiger sprang den Mann an. In dem Moment hob der Direktor den Arm, und es knallte, erst einmal, dann noch einmal. Das Mädchen sah, wie der Direktor mit einer Pistole schoss, aber niemanden traf.

Schließlich rannten alle schnell zum Ausgang; jemand wurde eingequetscht.

Der Dompteur im roten Frack und Sporthosen lief in die Manege. Auch er fing an zu schießen.

In der Manege entstand eine Pfütze von dem Wasser aus dem zerschossenen Schlauch.

Als alle Leute losrannten, wurde das Mädchen von seiner Mutter getrennt.

Während das Mädchen in wilder Panik zwischen den fremden Leuten, die wie Blinde herumirrten, nach seiner Mama suchte, rempelte es einen Mann an, der sich gar nicht bewegte und ein ganz böses Gesicht machte. »Mama!«, schrie es.

Genau in dem Augenblick, als das Mädchen, sich an Tränen verschluckend, in der Menge verschwand, schien der Schleier in seinem Gedächtnis zu zerreißen. Er *witterte* sie.

Jeden, der ihm in die Quere kam, anrempelnd, raste er zum Bühnenausgang, und zwar auf schnellstem Weg, quer durch die Manege, in der es entsetzlich stank, Wasser aus dem Schlauch spritzte und die Reste der Kisten von den Zauberern rumlagen. So musste ein Hund losschießen, der eine Spur aufgenommen hatte, die schon fast kalt war und die er zu verlieren drohte.

Der Krankenwagen fuhr weg. Klawdi schrie einem Polizisten zu, er solle ihn aufhalten, doch der war so konfus, dass er den Befehl nicht verstand. Daraufhin zog Klawdi seine sonst völlig überflüssige Dienstpistole aus dem Schulterhalfter und schoss auf die Wagenräder. »Die Inquisition!«

Er hielt dem Polizisten die funkelnde Dienstmarke unter die Nase, schubste einen Gaffer aus dem Weg und jagte dem Krankenwagen nach, der die Fahrt angeschlagen fortsetzte. Noch bevor er die Türen aufgerissen hatte, nahm er die gierige Kampfbereitschaft einer Hexe wahr.

Neben dem Fahrer saß ein junger Mann mit breitkrempigem Hut und einer geblümten Seidenkrawatte. Klawdi riss die aneinandergelegten Arme in Richtung seiner zu Schlitzen verengten Augen hoch. Der Fahrer hickste dumm, der Verwundete auf der Trage stöhnte.

Der Beifahrer fasste sich an die Kehle. Sich windend, versuchte er dem Zugriff der Inquisition zu entkommen. Die bleichen Wangen nahmen eine grünliche Farbe an. Er verfügte über eine gewaltige Angriffslust, bei nur schwacher Verteidigung.

Der Mann zirpte schwach und ging ins Hohlkreuz. Sein Jackett klaffte an der Brust auseinander, das Seidenhemd spannte und zeichnete deutlich die Konturen von zwei kleinen festen Brüsten nach. Klawdi schlug noch einmal zu. Und noch einmal, wobei dieser letzte Schlag von purer Grausamkeit geprägt war. Die Hexe tauchte in die Bewusstlosigkeit ab.

Der Fahrer staunte mit offenem Mund – und plötzlich sah sich Klawdi in seinen Augen, wie er, eine Bestie, grundlos auf einen Menschen einschlug. Noch dazu eine Frau – denn der Mann mit dem breitkrempigen Hut war eine Frau, was jedoch als verzeihliche Sünde gelten durfte, die es nicht rechtfertigte, auf einen Krankenwagen zu schießen, sich gewaltsam Zugang zu verschaffen, eine Frau zu quälen und bewusstlos zu schlagen!

»Die Inquisition der Stadt Wyshna«, erklärte Klawdi angeekelt.

Von allen Seiten eilte man herbei.

»Verfolgt dieses Geschehen jemand, so wird er sich befremdet zeigen, verängstigt. Ein jeder Inquisitor bezwingt jedwede meiner Herrinnen, ohne sie auch nur zu berühren, allein durch einen lautlosen Befehl. Zeichen werden in Stein gemeißelt, in Eisen geprägt. Diese Zeichen dienen uns dazu, meine Herrinnen zu bändigen. Ein solches Zeichen ist ein Schild, bisweilen auch eine Spitze. Im offenen Kampf taugen sie indes nichts. Manchmal hinterlässt einer meiner Brüder, von Verzweiflung aufgerieben, ein Zeichen direkt in der Luft, wiewohl dies ein Akt ist, der seine Kräfte zumeist übersteigt, von Hoffnungslosigkeit zeugt und nur selten zum Sieg führt. Ein Zeichen, in die Luft gemalt, verlangt uns viel ab, doch es gibt uns wenig zurück.

Heute musste ich, nachdem ich die Treppe hochgestiegen war, erstmals innehalten, um zu verschnaufen. Die Jahre … Die Köchin hat für den Winter fünf Fässlein Milchlinge eingesalzen, des Weiteren fünf Fässlein mit allerlei Gemüse sowie ein Dutzend Räucherschinken aufgehängt.

Ich sträube mich gegen das Herbstende. Schreckliche Vorgefühle suchen mich heim …

Ich hätte die drei Hexen vor dem Scheiterhaufen retten sollen, und jene, die den Brunnen vergiftet hat, hätte in ihrer Gemeinde vor Gericht gestellt werden müssen.

Die Jahre beugen meine Schultern. Was werde ich meinem himmlischen Richter sagen, wenn ich vor seinen Thron trete? Dass ich mein Lebtag damit zugebracht habe, meine Herrinnen zu töten? Weil sie gleichfalls töten?

Warum habe ich mir diese Last aufgebürdet? Eine Vision quält mich: Ich stehe auf einem Scheiterhaufen, den ich selbst errichtet habe …

Die Schuld meiner Herrinnen – der Hexen – wiegt schwerer als die meine […]. Das werde ich meinem himmlischen Richter sagen, möge er sie wägen …«

Das Klingeln des Telefons erschien ihr unerträglich laut. Den ganzen Tag hatte niemand angerufen, den ganzen Abend hatte sie in Stille zugebracht, mit dem Tagebuch eines Mannes, der vor vierhundert Jahren gestorben war. Noch bevor sie den Hörer abnahm, wurde ihre Hand feucht.

Nasar? War er beleidigt? Verurteilte er sie? Wollte er sie sehen?

Der Hörer war schwer und kühl. Vermutlich würde Ywha bis ans Ende ihrer Tage Telefone hassen. Weil sich Anrufe nicht ankündigten und so verräterisch neutral daherklingelten.

»Ich brauch dich. Sofort.«

Klawdi.

So komisch das klingen mochte: Sie war erleichtert.

Sie wurde *gebraucht*.

Die Hexe trug weite Hosen und ein Seidenhemd unter einem streng geschnittenen Herrenjackett. Da ihr, bedingt durch Starshs Anwesenheit, Blut aus der Nase tropfte, hielt sie sich die ganze Zeit ein kariertes Taschentuch vors Gesicht, das inzwischen kaum noch zu gebrauchen war. Aus ihrem Versteck heraus verfolgte Ywha das gesamte Verhör, und mehr als einmal lief es ihr vor Ekel kalt über den Rücken. Nie zuvor hatte sie Klawdi *so* erlebt. Jetzt war er ein Inquisitor, und zwar bis ins Mark hinein. Als sei die schwarze Kapuze mit den Sehschlitzen seinem Gesicht angewachsen. Er war schrecklich anzuschauen. Doch was das Schlimmste war: Selbst Ywha, die doch an seine Nähe gewöhnt war, spürte nun seinen Druck und musste ständig Brechreiz und Kopfschmerz bezwingen.

»Darüber denk nach. Und auch darüber, was dir bevorsteht.«

»Ich spucke auf euch! Mir jagt ihr keine Angst ein!«

»Natürlich, ich sehe, wie du spuckst, Kampfhexe! Dein Schutz ist nicht stärker als eine Eierschale! Zwing mich also nicht, ein Omelett zuzubereiten.«

»Was wollen Sie denn?« Trotz ihrer Bösartigkeit kostete das Verhör die Hexe alle Kraft. Ywha presste die Finger zusammen und hoffte, es möge schnell vorbei sein.

»Namen.«

»Die kenne ich nicht.«

»Namen! Den Namen deiner ungeborenen Mutter! Oder ist sie inzwischen schon geboren?«

Die Hexe torkelte.

»Steh auf, Kampfhexe! Hat deine Mutter dich gerufen? Ruft sie dich vielleicht auch in diesem Augenblick?«

»Nein …«

»Hör mir zu, Julija! Sieh mich an! Denk jetzt verdammt noch mal an etwas Gutes! Ywha!«

Der Schrei ließ Ywha zusammenfahren. Sie wartete eine neue Kopfschmerzattacke ab und schob mit zwei Fingern den Vorhang zur Seite, der mit dem Zeichen versehen war. Als sie aus ihrer Nische heraustrat, befand sich die Hexe schon in Trance, während Klawdis Hände auf ihren Schultern lagen.

»Höre den Ruf, Ywha. Wir brauchen das Grundmotiv, das, was sie freut. Das, was sie wärmt, was sie liebt, verflucht noch mal!«

»Quälen Sie sie nicht!«, bat Ywha leise.

»Wie bitte?!«

»Sie behandeln Sie wie ein Tier.«

»Ach ja?! Und die fünf Kinder, die im Zirkus umgekommen sind? Und die neun Menschen, die im Hospital gestorben sind? Und die vier Jungen, die spurlos verschwunden sind, die unzähligen Schwerverletzten, die auf alle Krankenhäuser der Stadt verteilt sind? Was ist mit denen?«

Verblüfft registrierte Ywha, dass Klawdi nicht nur seine übliche Gelassenheit eingebüßt hatte – er tobte förmlich.

»Denkst du auch an die? Ist dir klar, dass wir jetzt *alle* Hexen einsperren müssen? Und die aktiven müssen wir … ich weiß nicht, was … vielleicht erschießen! Auch dich müssten wir ins Gefängnis stecken, denn die Mutterhexe könnte genauso gut in dir stecken! Scheiße! Scheiße! Scheiße! Finde sie, Ywha! Finde die Mutterhexe!«

»Regen Sie sich nicht auf«, sagte Ywha zu ihrer eigenen Überraschung. Sie bemerkte, wie die Augen in den Sehschlitzen auffunkelten.

»Was?!«

»Beruhigen Sie sich. Hysterie hilft uns nicht weiter. Das stimmt doch, oder? Und Sie bereiten mir entsetzliche Kopfschmerzen. Und ihr …« Sie zeigte auf die Hexe. »… auch. Reißen Sie sich zusammen, Großinquisitor.«

Sie wusste nicht, ob die Wärter in den Nischen sie gehört hatten. Zumindest drang von dort kein Laut herüber. Eine ganze Weile lang durchbrach nur der abgehackte Atem der in Trance liegenden Hexe die Stille im Verhörraum.

»Danke«, sagte Klawdi tonlos. »Vielen Dank für den guten Rat. Ich werde ihn beherzigen, davon darfst du ausgehen. Und jetzt an die Arbeit!«

Er nahm der Hexe das zerknitterte karierte Taschentuch aus der Hand und tupfte ihr sanft und ohne jeden Ekel die blutigen Lippen ab.

Das Verhör endete gegen Morgen. Ywha fühlte sich, als habe sie in der Kanalisation gebadet.

Die junge Hexe war von Leidenschaften zerfressen. Die Motive der Menschen hielt sie für einen warmen Brei, ähnlich jener Brühe, die sich nach einem Regen am Grund aufgegebener Baugruben sammelt.

... In – warum auch immer – schwarz-weißen Bildern sah Ywha riesige Menschenmengen vor sich. Ein Geflecht aus Gerüchen und Geräuschen, ein zerrissenes Netz aus Stimmen. Sich in innerer Anspannung krümmend, legte Ywha unsichtbare Hände auf die Menge. Sofort spürte sie, wie die in Panik erstarrten Figuren ihre Haut reizten. Sie schloss die Finger ein wenig, um sie dann wieder zu spreizen. Kaum vermochte sie den Wunsch, die Faust zu ballen, zu unterdrücken. Aus diesem Balanceakt an der Grenze der Ekstase zog sie ein unfassbares Vergnügen.

Dann endete alles. Jetzt war sie ein Kind, genauer gesagt, gleichzeitig mehrere Kinder. Ein Mädchen im weißen Ballkleid, das mitten in einem leeren Saal stand; ein nackter Junge, ein Baby, in der undurchdringlichen Dunkelheit eines riesigen Zimmers und ein bis auf die Knochen durchgefrorener Teenager in klatschnasser Kleidung. Und anscheinend, o ja, anscheinend noch jemand ... Das Mädchen ging, die Füße in den engen Schuhen vorsichtig setzend, und lauschte auf die Stille, wartete angespannt auf einen Ruf. Der Junge krabbelte stur über den kalten und glatten Fußboden, da er vor sich etwas Warmes spürte. Und der Jugendliche stapfte knietief durchs Wasser, voller Hoffnung, am Horizont endlich Licht zu sehen.

Ywha weinte sehnsüchtig. Das Warten zog sich quälend und überlang dahin.

Irgendwann brach sich Begeisterung in ihrem Innern Bahn,

explosionsartig, wie eine Leuchtpatrone. Und Funken rieselten vor ihren Augen herab.

Das Mädchen im Ballsaal zitterte in Vorfreude. Gleich würde sie eine vertraute Stimme hören und, sich an ihrem Lachen verschluckend, dieser entgegenstürzen. Der kleine Junge schrie freudig auf, er würde gleich auf eine warme Brust voll wohlschmeckender Milch treffen. Der verzweifelte Teenager blinzelte; gleich würde er in der Ferne eine Fackel erblicken, die gelbe Lichter auf die ölige Oberfläche des Flusses warf.

Ywha riss sich frei, versuchte aus der Welt der verhörten Hexe herauszukriechen, doch die Vorfreude auf ein absolutes Glück, das in diesem Augenblick das Mädchen, den Jungen und den Teenager erfasste, raubte ihr jeden Willen. Absolutes Glück gibt es nicht, jedenfalls nicht außerhalb dieser Welt. Weshalb sollte sie also fortrennen, wenn sie doch bleiben konnte? Wenigstens einen Moment noch. Um abzuwarten.

So entspannte sie sich und war bereit, sich der Welt jener Hexe zu überlassen. Aber jemand, der die ganze Zeit außerhalb dieser Welt ausgeharrt hatte, riss sie abrupt in ihre eigene windgepeitschte Welt zurück.

»Ich habe versucht, mein Handwerk aufzugeben. Stets wusste ich, wie undankbar, grausam und schmutzig es ist. Indes, ich bin dafür geboren wie kein Zweiter. Letztlich muss jemand die Latrinen säubern, andernfalls ertrinkt die Welt in Unrat.

Seit einigen Tagen verfolgt mich der Geruch von Rauch, der Geruch eines Holzfeuers.

Ich brachte den Kauf eines Landguts zum Abschluss. Das wird mir Sorgen und Kosten eintragen, doch liegen dort eine Wiese und ein See, und, so Gott will, werde ich Karpfen züchten und Lilien pflanzen. Möglicherweise verlangt es mich schlicht nach Ruhe, ich möchte von Bienen umgeben sein, die über dem Blütenstand summen.

[...] Denn ich, und nur ich, habe mein Tun vor dem göttlichen Thron zu verantworten. Die Flüche meiner Herrinnen, der Hexen, setzen mir zu wie Grind, und mein Leid wird mir bald als Verdienst anerkannt, bald zur Last gelegt.«

Der Inquisitionspalast schien ausgestorben. Nur die Dämmerung gab es, die durch die hohen vergitterten Fenster sickerte, um fünf Uhr morgens. Der Fahrstuhl schlummerte in seinem Eisenkäfig, auf dem Geländer dieses ewig verrauchten Treppenhauses lag, sobald man einen Absatz erreichte, eine kleine weiße Schneewehe kalter Zigarettenasche.

Vermutlich kam Ywha sein Wunsch, zwischen zwei Etagen, im Halbdunkel der langen Wendeltreppe, innezuhalten, seltsam vor. Sie ließ sich ihre Verwunderung jedoch nicht anmerken. Und er wollte schlicht und ergreifend sein Büro nicht sehen. Weder das Vorzimmer noch den Referenten, weder seine Angestellten noch das Schild an der Tür.

»Geben Sie mir eine Zigarette«, flüsterte Ywha. Automatisch hielt er ihr die Schachtel hin, zog die Hand dann jedoch abrupt zurück. »Du rauchst doch gar nicht!«

»Jetzt schon«, sagte sie mit einem angedeuteten Grinsen. »Oder tut es Ihnen um Ihre Zigarette leid?«

»Ja.« Er steckte die Schachtel in die Tasche.

Ywha verzog das Gesicht. Die Grimasse verunstaltete sie. Es sah aus, als habe ein brutaler Fotograf vor die roten Haare ein fremdes, ziemlich unangenehmes Gesicht geklebt.

»Haben Sie Angst, das Rauchen schade meiner Gesundheit? Und ich wäre nicht mehr kräftig genug, um auf den Scheiterhaufen zu klettern?«

Er wartete auf eine Welle der Wut – die aber ausblieb. Nur Müdigkeit verspürte er. »Hör auf damit, Ywha«, bat er mit ungewöhnlich leiser Stimme. »Bring mich nicht auf die Palme. Wir sind doch … Kollegen.«

»Ach ja.« Der unangenehme Ausdruck wollte nicht aus ihrem Gesicht verschwinden. Sie sah nach unten, in den dunklen quadratischen Brunnen mit dem Fahrstuhlschacht in der Mitte.

Mit einem Mal fiel ihm alles wieder ein. Er wunderte sich über seine eigene Verbohrtheit – und darüber, wie sehr sich die Umstände geändert hatten. Das, was noch vorgestern wichtig erschienen war, war seinem Gedächtnis heute einfach entfallen.

»Tut mir leid, ich habe vergessen, dich zu fragen, was jetzt aus Nasar und dir wird.«

Die Antwort hätte er sich im Grunde auch selbst geben können. Finster fegte er die Asche vom Geländer und beobachtete, wie die grauen Partikel nach unten segelten.

Nun glänzte das Treppengeländer aschefrei. Es vergingen etwa fünf Minuten, bevor Ywha den Kopf hob. »Wie viele haben Sie schon auf den Scheiterhaufen geschickt, Klawdi?«

»Es gibt keine Scheiterhaufen mehr«, presste Klawdi heraus. »In den letzten hundert Jahren wird die Strafe ... auf andere Weise vollzogen. Scheiterhaufen, das ist doch nur so dahingesagt.«

»Und wie wird die Strafe vollzogen?«

»Warum interessiert dich das? Auf sehr humane Art! Verflucht, Ywha, was willst du von mir?«

»›Ich habe versucht, mein Handwerk aufzugeben. Stets wusste ich, wie undankbar, grausam und schmutzig es ist. Indes, ich bin dafür geboren wie kein Zweiter. Letztlich muss jemand die Latrinen säubern, andernfalls ertrinkt die Welt in Unrat.‹«

An ihm vorbeiblickend zitierte sie den Passus in monotoner und leidenschaftsloser Weise. Nur einmal zitterte ihre Stimme, bei dem Wort »ertrinkt«.

»Du brauchst mir nicht um den Bart zu gehen. Von Atryk Ol trennen mich Welten.«

»Warum das?«, fragte sie ehrlich erstaunt. »Weil er von seinen Herrinnen verbrannt wurde?«

»Nein, nicht deshalb. Der Preis für sein Leben war das Leben der Mutterhexe. Verbrennen können sie mich auch, dabei ist gar nichts weiter ...«

Endlich verkroch sich der ekelhafte Ausdruck aus ihrem Gesicht. Zum ersten Mal seit geraumer Zeit blickte sie ihm direkt in die Augen. »Sie sollten das nicht sagen.«

Er zuckte die Achseln – wenn du meinst.

Unten, dort, wo die Treppe endete, quietschte laut eine Tür. Eine magere Frau mit Eimer und Wischlappen erschien. Als sie sich wie gewohnt an die Arbeit machte, zuckte sie plötzlich zusammen und richtete den Blick auf die beiden, die hoch oben auf einem Treppenabsatz standen. Ist das der Großinquisitor?, staunte sie. Sie wollte ihren Augen nicht trauen.

»Am liebsten würde ich den Kopf in den Sand stecken«, gestand Klawdi leise. »Aber ich muss der Mutterhexe gegenübertreten … genau wie Atryk Ol. Im Unterschied zu ihm bin ich mir jedoch überhaupt nicht sicher, ob ich kurzen Prozess mit ihr machen kann.«

Die Putzfrau arbeitete sich, Stufe um Stufe sorgfältig wischend, nach oben vor.

»Atryk Ol war sich auch nicht sicher«, erwiderte Ywha kaum hörbar.

Plötzlich empfand Klawdi Dankbarkeit. Vielleicht für diese Worte. Vielleicht erkannte er auch erst jetzt, im Nachhinein, welches Opfer sie ihm gebracht hatte; die Arbeit der vergangenen Nacht war gefährlich und schmerzvoll gewesen, und am Vorabend hatte seine Kollegin offenbar eine schwere persönliche Krise durchlebt.

»Willst du mir etwas … von Nasar erzählen, Ywha?«

Sie senkte den Kopf. Die herabfallenden roten Haare verbargen ihr Gesicht.

»Ich möchte mich waschen«, erklärte sie statt einer Antwort. »Von mir abwaschen, was …«

Er verstand sie, noch bevor sie zu Ende gesprochen hatte. Und er bemerkte, er selbst wolle das ebenfalls. Sich diese Nacht abwaschen. Sich die Ereignisse des letzten Monats von der Pelle schrubben. Das brennende Theater vergessen, das Straßenbahnunglück und das Blutbad im Zirkus – und sei es auch nur für ein paar Stunden. Nicht mehr an Fedoras Hundeaugen denken, die eisige Stimme des Herzogs und den Schatten der Mutterhexe, der langsam auf Wyshna und die Welt zukroch. Vielleicht war es Atryk Ol ähnlich ergangen, als er das Landgut gekauft hatte und sich wünschte, Lilien zu pflanzen.

»›… möchte ich umgeben von Bienen sein, die über dem Blütenstand summen‹«, sagte er laut. Dann nahm er Ywhas Arm und trat mit ihr zum Fahrstuhl.

Die Fahrt dauerte eine halbe Stunde. Die ganze Zeit über schliefen sie auf dem Rücksitz. Klawdi war sofort und tief eingeschlafen, während Ywha vor sich hin döste, ab und zu mit dem Gesicht gegen die Scheibe sackte und dann nur schwer die Lider aufbekam. Gemüsegärten, Häuser, Landstraßen …

Der Taxifahrer bremste an einer Gabelung, überlegte kurz

und bog dann nach rechts ab. Schlagartig endete die Straße, die nunmehr zwei überwachsene Spuren, gefurcht durch ungemähtes Gras, ersetzten. Der Fahrer hielt vor einem dunklen Tor, das sich ungeachtet seiner bereits abblätternden Farbe inmitten eines verfallenen Zauns stolz erhob. An ihm prangte ein recht neues Schild: Flussstr. 217.

Klawdi, dessen Augen einfach nicht offen bleiben wollten, sperrte das Tor wie in Zeitlupe mit einem Schlüssel auf, der an einem klirrenden Bund hing. Ywha wartete. Das Ganze wirkte wie ein altes und ebendeshalb gewichtiges und bedeutendes Ritual – gemächlich ein Tor aufzuschließen, das doch in freier Flur dastand. Am Fuße einer der verfaulten Holzsäulen wuchs ein rotköpfiger, vom Gras halb verdeckter Pilz.

Quietschend taten sich die Flügel auf. Der eine hing bereits nur noch an einer, der letzten intakten Angel, was Klawdi jedoch nicht daran hinderte, Ywha galant den Vortritt zu lassen.

Im Haus roch es muffig. Eine erschrockene Maus huschte vom Tisch. Zu dem Krachen des herunterfallenden Krugs gesellte sich ein melodischer Klingelton. Ywha fuhr zusammen. Klawdi holte sein Handy aus der Tasche.

»Hljur … Nein, ich will das jetzt nicht hören. Ich weiß … Ich brauche zwanzig Stunden … Nein. Geh davon aus, dass ich in dieser Zeit tot bin.«

Das auf kleinen Sandbänken wachsende Schilf ertränkend, versteckte sich der Fluss hinter niedrigen krummen Weiden. Am Ufer gab es einen kleinen Steg, der schon völlig morsch war, ganz so wie das Tor und das Haus selbst. Klawdi hämmerte mit einem Stein den gefährlich hervorstehenden Kopf eines verrosteten Nagels ein.

»Es ist kalt«, sagte Ywha mit nervösem Lachen. »Und das Wasser ist auch kalt.«

»Das Wasser ist warm«, widersprach Klawdi ernst.

Am gegenüberliegenden, nicht mit Schilf bewachsenen, dafür aber schlammigen und morastigen Ufer spazierten weiße Gänse.

»Ich habe keinen Badeanzug.«

»Und ich habe noch nie eine nackte Hexe gesehen!«

»Machen Sie sich nicht lustig!«

»Gut, ich drehe mich um. Vor den Gänsen schämst du dich aber nicht?«

Ywha warf ihre Kleidung auf den Steg. Ängstlich zu Klawdi hinüberschielend, der demonstrativ in die Ferne sah, tastete sie sich bis zum Rand vor und wäre sicher nicht gesprungen, wenn nicht der verfaulte Steg, durch ihre Zweifel beleidigt, durchgebrochen wäre. Aufkreischend landete Ywha im Fluss.

Das Wasser war sauber. Glasklar. Es hüllte einen sauberen Körper ein. Sauber bis hin zum Muttermal und den Haaren …

Ywha erkundete den Grund mit den Füßen. Obwohl sie zusammenzuckte, als die Algen sie berührten, stellte sie sich hin und strich sich die Haare aus dem Gesicht. Die Gänse formierten sich und rückten langsam übers Wasser vor.

»Pass auf, die schwimmen auf dich zu!«, warnte Klawdi sie nervös.

»Ja, und?«

»Ich habe Angst vor ihnen.« Sie hörte echte Nervosität aus der Stimme des Großinquisitors heraus.

»Vor Gänsen?«

»Die kommen immer näher, die Mistviecher!«

Ywha tauchte unter. Sie öffnete die Augen. Die Welt wirkte irreal und verschwommen. Es ekelte sie nicht mehr, wenn die Algen sie berührten; um Ywhas Schenkel kreiste eine Schar kleiner Fische, die ab und zu silbern auffunkelten.

Dann schoss sie in gestreckter Haltung nach oben und wischte sich das Wasser aus dem Gesicht. Der Inquisitor – ein Anblick, wie er im Buche steht: der Großinquisitor in gestreifter Badehose – saß am Rand des Stegs. Die helle Haut stellte mit ihrem Weiß eine Beleidigung für alle dar, für den Sommer, die Sonne, die unzähligen Badeorte, die die Oberste Inquisition angeblich überall unterhielt. Die kleinen Büroangestellten sind vermutlich schon alle schön braun, dachte Ywha mit überraschender Empörung.

»Angeblich haben tapfere Männer alle eine behaarte Brust und behaarte Beine.«

»Und? Was schlussfolgerst du daraus? Bin ich nicht tapfer oder rasiere ich mir die Beine?«

»Ich schlussfolgere, dass es sich um ein Gerücht handelt.«

»Ist das ein Kompliment?«, fragte der Inquisitor verunsichert.

Seine rechte Brusthälfte zierte eine weiße, halbrunde Narbe. Ywha wusste, dass er eine ebensolche, wenn auch kleinere Narbe auf dem Rücken trug. Sie wollte ihn schon fragen, woher er sie hatte, biss sich jedoch im letzten Augenblick auf die Zunge. Ein wenig Taktlosigkeit schadet nichts – aber sie durfte es nicht übertreiben.

Am Himmel flog ein Flugzeug, eine graue Nadel, die einen schleifenartigen weißen Faden hinter sich herzog. Die Gänseschar kreuzte lautlos den Himmel, der sich im Fluss spiegelte, und auch den weißen Kondensstreifen. Wenigstens hier gibt es Gerechtigkeit, dachte Ywha und schloss die Augen. Es gibt im Leben Momente, da sind sich Gänse und ein Flugzeug ebenbürtig.

»Ich wäre gern eine Gans«, flüsterte Ywha. »Mit roten Füßen. Dann könnte ich den ganzen Sommer über schwimmen. Und Gras fressen. Danach könnte man mich getrost abschlachten. Welchen Sinn hätte es schon, auf den Winter zu warten?«

»Du wärst eine fuchsrote Gans«, amüsierte sich Klawdi. »Schließlich bist du als Füchsin zur Welt gekommen.«

Nach einem Manöver hielt die Gänseschar entschlossen auf den Steg zu.

»Die haben es auf mich abgesehen«, brachte Klawdi mit brechender Stimme hervor. »Seit meiner Kindheit haben Gänse was gegen mich. Ganz zu schweigen von jener goldigen Gans, die sich Seine Durchlaucht, der Herzog nennt, die ist immer vorneweg.«

»Die scheren sich doch gar nicht um Sie«, erklärte Ywha gelassen – eine optimistische Prognose, die leider keine Bestätigung fand.

Die Gänse landeten in geschlossener Formation am Ufer. Klawdi fuchtelte mit einem Weidenzweig, was der Gänserich, ein formidabler Kerl, der jedoch schon auf den ersten Blick dümmer als die anderen Tiere wirkte, als Aufforderung zum Kampf auffasste. Dem gekrächzten Befehl ihres Leittiers Folge leistend, stellten sich die Gänse Flügel an Flügel auf und beugten synchron die langen weißen Hälse zum Boden.

»Mach doch was, Ywha!«, verlangte Klawdi hilflos. »Jag sie weg!«

»Das geht nicht, ich bin nackt.«

»Ich kneif die Augen fest zu! Komm raus, wirf einen Stein, irgendwas, aber jag diese Mistviecher weg! Sie … Verflucht!«

Die Gänse schlossen einen Ring um Klawdi. Jede Schlange hätte sie um ihr Zischen beneidet. Der Großinquisitor hüpfte auf seinen nackten Füßen, fuchtelte ununterbrochen mit dem Zweig, hatte aber aus unerfindlichen Gründen Angst zuzuschlagen.

»Verdammt noch mal, Ywha! Das ist nicht komisch! Ich habe nicht mal Hosen an!«

Ywha versuchte, eine undurchdringliche Miene aufzusetzen. Doch die Lippen gehorchten ihr nicht, sie grinste bis über beide Ohren und wäre beinahe an ihrem eigenen Lachen erstickt. »Kommen Sie! Was sollten die denn schon von Ihnen wollen?!«

»Das ist nicht komisch! Ich habe Angst vor diesen Viechern!«

»Wir müssen ihren Hirten finden. Vielleicht sagt der ja ›Pfui!‹ zu ihnen.«

»Hör endlich auf zu lachen! Komm raus und schmeiß irgendwas nach ihnen, vielleicht einen Schuh …«

»Mit so einem edlen Schuh auf dumme Vögel losgehen!«

»Ywha, ich flehe dich an! Von Mensch zu Mensch!«

»Aber ich bin nackt.«

»Das ist doch scheißegal! Hier, guck, ich halt mir die Augen zu!«

Ihr Lachen unterdrückend, stakste Ywha ans Ufer, schnappte sich einen Stock und fuchtelte mit der Gleichmütigkeit eines Mädchens vom Lande. »Ksss, ksss, ksss!«

Die Gänse, die die Eröffnung einer zweiten Front voller Empörung zur Kenntnis nahmen, schnatterten erbost. Eine Zeit lang war Ywha voll und ganz damit beschäftigt, die Tiere auseinanderzutreiben, doch als sie nach einer Weile nach oben sah, fing sie Klawdis Blick auf.

»Sie haben mir Ihr Wort gegeben!« Sie wich zurück und bedeckte sich mit den Händen.

»Aber ich muss doch wissen, ob eines von diesen Mistviechern vorhat, mich zu beißen.«

Sie ließ sich, fontänenartig Wasser aufspritzend, rückwärts in den Fluss fallen. Die versprengten Gänse stürzten sich prompt erneut in den Kampf. Mit einem kurzen Aufschrei floh Klawdi zu Ywha ins Wasser. Die Gänse blieben noch ein Weilchen zeternd am Ufer stehen, bevor sie der Stimme der Vernunft oder dem Ruf ihres Leittiers folgten, sich umdrehten und geschlossen abzogen.

Da Ywha eine schlechte Schwimmerin war, versuchte sie ständig, eine Position zu wahren, in der ihre Füße den Grund berührten. Klawdi machte erst gar keine Anstalten zu schwimmen, sondern stand lediglich bis zur Taille im Wasser und tupfte mit der Hand versonnen nach den hüpfenden Sonnenreflexen.

»Könnten mich die Hexen dann nicht wenigstens in eine Füchsin verwandeln – wenn das mit der Gans schon unmöglich ist?«, fragte Ywha mit Flüsterstimme. »So richtig, meine ich, für immer.«

»Ywha«, gab er zurück, nachdem er sich mit feuchten Händen übers Gesicht gestrichen hatte, »können Hexen die Zeit zurückdrehen? Uns … nein, du brauchst das nicht, du warst ja damals noch nicht mal geboren … mich, Klawdi Starsh, dreißig Jahre zurückversetzen? Na gut, achtundzwanzig?«

»War Ihr Leben denn damals schöner?«

Voller Ernst blickte er ihr in die Augen. So ernst, dass ihre Beine watteweich wurden.

»Damals gab es … Ja, Ywha. Ich weiß nicht, ob es damals besser war. Es *gab* damals einfach Leben.«

»Und jetzt *nicht*?«, fragte sie, obwohl sie ihre Worte gleich darauf bereute.

Er antwortete nicht. Er setzte sich so hin, dass er bis zum Scheitel im Wasser versank. Als er wieder auftauchte, strich er sich die in der Stirn klebenden Haare aus dem Gesicht. »Geh ans Ufer, Ywha. Dir wird sonst noch kalt.«

»Damit Sie mich wieder begaffen können?!«

»Dummerchen«, lachte Klawdi, während er aus dem Wasser stampfte. »Ist dir eigentlich klar, was ich in meinem Leben schon alles gesehen habe? Als ob ich nichts Besseres zu tun hätte, als mir deinen Popo anzugucken.«

»Wenn es Sie sowieso nicht interessiert, dann schauen Sie halt nicht hin«, blaffte Ywha, nun plötzlich beleidigt.

Mit diesen Worten hielt sie aufs Ufer zu, geschäftig und entschlossen, so wie ein Redner die Bühne betritt. Sich am Steg hochhangelnd und ohne Klawdi eines Blickes zu würdigen, schnappte sie sich ihre Sachen. Stur geradeaus blickend, zog sie sich an, wobei sie sich bemühte, auf gar keinen Fall gehetzt zu wirken. Akkurat zog sie den neuen Reißverschluss in der alten Jeans hoch, zupfte ihr Hemd zurecht – und erst danach sah sie Starsh an.

Selbstverständlich hatte dieser nicht im Entferntesten daran gedacht, woanders hinzusehen. Die ganze Zeit über hatte er sie stillschweigend beobachtet! Was für eine Unverfrorenheit!

Da sie jedoch keine Kraft fand, um zu explodieren, lächelte sie bloß. Ein mitleidiges Lächeln. »Und? Das war doch nichts Besonderes, oder? Das haben Sie doch schon oft genug gesehen, oder? Und …« Demonstrativ linste sie auf seine Badehose. »… Eindruck hat es wohl auch keinen gemacht?«

Als er schwieg, bedauerte sie ihre Worte. Wie damals, in der Kunstschule, wo die frechen Mädchen sie für eine Heilige oder einen Feigling hielten und sie, um ihnen das Gegenteil zu beweisen, ein Pornoheft mit in den Unterricht geschleppt hatte. Als Herr Chost, ihr Geschichtslehrer, sie dann mit dem Ding erwischt hatte, war sie sich sicher gewesen, die Haut ihrer Wangen würde gleich platzen, so unbarmherzig schoss das Blut in sie hinein. Aus irgendeinem Grund hatten sich all ihre Versuche, kokett zu sein, stets gegen sie verkehrt. Ihr ganzes Leben lang.

Es roch nach Wasser und Weiden. Über viele Jahre hatte er diesen Geruch gemieden.

Über dem Wasser kreisten Libellen. Zu lange hatte er dieses warme, grünliche Wasser mit den glänzenden, inselgleichen Seerosen gehasst. Das Haus am Flussufer, das sein Vater früher einmal sorgsam in Schuss gehalten hatte, verrottete jetzt. Während Klawdi auf dem morschen Steg saß, konnte er sich nicht genug über die seltsamen Beweggründe wundern, die ihn veranlasst hatten, Ywha an diesen Ort zu bringen.

Hier gab es keinen Sand, keine Kinder, keine Alten, keine braun gebrannten jungen Männer mit ihren Freundinnen. Aber der Geruch war absolut der gleiche. Der ihm für immer in die Nase gestiegene Geruch von Wasser und Weiden. Wenn er sich seiner Phantasie überließ, sah er die junge Frau im schlangenfarbenen Badeanzug vor sich, die lachend mit beiden Händen auf die sonnengefleckte Wasseroberfläche einschlug. Eine lang zurückliegende Erinnerung, die kaum noch schmerzte, die inzwischen kaum mehr als ein schönes Bild war …

Nur mit Mühe öffnete er die Augen wieder.

Ywha fror, und das T-Shirt, das sie über den feuchten Körper gestreift hatte, klebte an ihrer Brust. Sie brauchte nur kurz, um sich über den ärgerlichen Umstand klar zu werden, dann drehte sie sich um und zerrte den nassen Saum herunter. Klawdi bekam unterdessen ihre wirren roten Haare zur Ansicht geboten.

Der Geruch. Der Geruch nach Weiden und Tannennadeln. Diese helle Welt, die mit ihren leuchtenden Farben an eine Halluzination erinnerte. Das Bergmassiv, dieses erstarrte, blau befellte Tier.

Wie sehr es ihn damals erstaunt hatte, dass die Berge unterschiedliche Farben hatten. Dass sie fließend die Farbe wechselten und die Schatten der Schäfchenwolken einfingen.

Eine weiße Herde war den Hang hinuntergetrottet wie ein Fluss aus Milch. Rücken an Rücken, lauter lockige Schafsrücken und dann das Gebimmel von Glöckchen, jedes Tier hatte eins …

Djunka.

Auf den waldbewachsenen Hängen hatten die Schatten der Wolken gelegen.

Ein Schafsfluss.

Djunkas Lippen.

Wortlos hatten die Berge seine, Klawdis, Wahrheit bestätigt.

Sie hatten ihren Kuss als Teil der großen Welt anerkannt, sie den Spechten und Flüssen, den weißen Rücken der Schafe, den weißen Bäuchen der Wolken, den Seen, diesen Silbermünzen in grünen Feldern, und auch den Holzbalken gleichgestellt, die in den Boden gerammt und mit der Zeit nachgedunkelt waren.

Klawdi presste die Finger zusammen, bis es schmerzte.

Er bedauerte, nicht ein einziges Foto von Djunka aufgehoben zu haben. Nicht ein einziges von den Hunderten, den kleinen und großen, matten und hochglänzenden, farbigen und schwarzweißen, lustigen, traurigen, unscharfen und aussagelosen und offiziellen – wie das vom Schülerausweis. Alle waren weg. Ausnahmslos. Zehn Jahre nach ihrem Tod hatte er versucht, wenigstens eins aufzutreiben. Vergeblich. Djunka war verschwunden, ohne eine Spur zu hinterlassen. Selbst das Relief auf dem Grabstein hatte im Laufe der Jahre jede Ähnlichkeit mit dem Original eingebüßt, war stumpf geworden und von weißen Kalkstreifen überzogen. Das Gesicht konnte jeder x-beliebigen jungen Frau gehören – nur nicht jener Djunka, an die sich Klawdi Starsh erinnerte.

Aber wer sagte denn, dass seine Erinnerung zutraf?

Es hatte eine Zeit gegeben, da wollte er sich überhaupt nicht an sie erinnern. Ein paar Jahre hatte er ganz aus seinem Leben gestrichen, den Studienort gewechselt und Wyshna für eine Weile verlassen. Die Zeit mit Djunka hatte es nicht mehr gegeben, der Bildschirm seiner Erinnerung hatte in unerschütterlichem Grau geflackert. Sein Wunsch war derart dringend, sein Wille so unbezwingbar gewesen, dass er es fertiggebracht hatte, sich in eine Art Amnesie hineinzusteigern. Später, als er die Erinnerung an Djunkas Gesicht wieder zugelassen hatte, hatte er darunter gelitten, die ihm liebsten Details nicht mehr rekonstruieren zu können.

Bedauerlicherweise war auch nicht das allerkleinste Foto in den Spalt zwischen Wand und Sofa gerutscht. Bedauerlicherweise hatte ihre gesamte Verwandtschaft Wyshna verlassen; Klawdi hatte ihre Spur nie wieder aufnehmen können.

Vielleicht war all das kein Zufall gewesen. Er hatte sich zwei schwerer Verbrechen schuldig gemacht, indem er erst eine Njawka in die Welt der Lebenden gerufen und sie dann ihren Henkern ausgeliefert hatte. Vielleicht war ihm zur Strafe jede Erinnerung geraubt worden. Vielleicht hatte er deshalb um Verzeihung bitten und büßen müssen.

Er erschauderte. Ywha blickte ihn offen an, und tief in ihren stets wachsamen Augen stand eine diffuse Unruhe. Sie witterte seinen Stimmungswechsel und konnte nicht verstehen, in welchen Brunnen seine Seele da plötzlich gefallen war.

Ein Stimmungswechsel, der in Wahrheit ein Schicksalswechsel war.

Weit entfernt, hinter den Wänden dieser trägen sonnigen Stille, im unsagbar fernen Inquisitionspalast, tobte der von seinen Vollmachten erdrückte Hljur. Kuratoren schossen durch große und kleine Straßen, schickten verzweifelte Depeschen nach Wyshna, fielen der Hysterie zum Opfer und fluchten auf den Großinquisitor, der unterdessen auf einem durchgefaulten Steg saß und auf eine junge Frau mit Gänsehaut schaute.

»Ist dir immer noch kalt, Ywha?«

»Klawdi.« Sie lächelte beinah. »Ich habe eine Bitte an Sie. Wenn … falls es ganz schlimm wird … und das könnte ja passieren … dann sagen Sie doch bitte einfach ›Gänse‹ zu mir. Erinnern Sie mich an … Vielleicht hilft mir das.«

»Jetzt reicht's aber«, blaffte Starsh gekränkt. »Schließlich könntest du das genauso gut zu mir sagen. Damit ich auch was zum Lachen habe.«

Die Maus, die erneut vom Tisch gejagt werden musste, huschte empört in eine Ecke, verschwand unter alten Büchern und allerlei Krimskrams. Der elektrische Kessel kochte erstaunlich schnell, aber vielleicht klammerte sich Ywhas Zeitgefühl auch nur einfach ans Jetzt, wollte sich ausdehnen, andauern – und auf gar keinen Fall ins Dann hinübergleiten.

Sie versuchte sich vorzustellen, wie Klawdi Starsh wohl vor achtundzwanzig Jahren gewesen war – und scheiterte. Selbst in dem kleinen Jungen entdeckte sie ausschließlich den erwachsenen Mann.

So wie *jetzt* hatte sie ihn allerdings noch nie gesehen.

Da stand eine mächtige Eiche, unter deren Wurzeln mit Sicherheit eine Eisentruhe begraben war, die einen Ast nach dem nächsten austrocknen ließ. Ob sich in ihr Gold befand, Steine oder doch eher verweste Knochen, das wusste wohl nur die Eiche selbst.

Heute war Ywha zum ersten Mal einem Geheimnis auf die Spur gekommen, von dessen Existenz sie bislang nur etwas geahnt hatte. Um Klawdi Starshs Hals hing ein schwerer Stein.

Es geht um eine Frau, dachte Ywha fröstelnd, und das war keine Vermutung, sondern eine unumstößliche Gewissheit. Die Vergangenheit des zynischen Besitzers dieses Riesenbetts beherrschte das Gespenst einer Frau, die jene seltsamen Worte, damals habe es im Unterschied zu heute Leben gegeben, mit Sinn erfüllten.

»Für mich gibt es jetzt auch keins mehr«, entschlüpfte es ihr gegen ihren Willen.

Das durfte er nicht verstehen. Er musste jetzt erstaunt die Brauen hochziehen und »Wie bitte?« fragen.

Und schon krochen seine Augenbrauen nach oben, hielten jedoch auf halbem Weg an, um sich über der Nasenwurzel zusammenzuziehen. Entsetzt begriff Ywha, dass ihre Worte – willkürlich hingeworfen wie ein Ball, der nicht zum Spiel gedacht war, den man gar nicht fangen sollte und der mit Sicherheit aufschlagen würde – eben doch wie ein Ball aufgefangen wurden. Und dass sie jetzt damit rechnen musste, abgeworfen zu werden.

»Das geht vorbei, Ywha. Du darfst dir das nicht so zu Herzen nehmen. Wünsche Nasar Glück. Das ist keine Tragödie. Das ist einfach nur Freiheit.« Der unsichtbare Ball kam in ihr Feld zurückgeflogen. Wie ein Zapfen hing er in der Luft und wartete ihre Entscheidung ab.

»Wählen Sie denn seit achtundzwanzig Jahren immer und immer wieder diese Art der Freiheit für sich?«

Entschlossen machte der Ball kehrt – in Richtung Gegner. Klawdi schwieg. Der Dampf, der aus seiner Tasse aufstieg, löste sich mehr und mehr auf, wurde immer dünner.

Damals, im Zimmer des Wohnheims, hatten die quietschenden Betten von zehn Mädchen Seite an Seite gestanden. Jeden Abend hatten sie in dem großen und ungemütlichen Saal über die Männer und ihre Liebe gesprochen.

Die überwiegende Mehrheit der Vertreter des männlichen Geschlechts wurde zu unverbesserlichen Schürzenjägern erklärt. Doch der Glaube, es gebe unter all diesen Männern auch solche, die in der Lage seien, sich ihre Liebe bis zum Grab zu bewahren, war ihnen allen heilig gewesen. Wie die Schwäne – das hatte eine temperamentvolle, fünfzehneinhalbjährige Blondine mit großer Nase unablässig mit Schaum vorm Mund wiederholt. Wenn ein Schwan stirbt, verendet auch der andere.

Ywha war sich nie sicher gewesen, ob diese Gespräche sie wirklich interessierten. In jenen Jahren hatte das Problem der Treue seitens der Männer keinerlei Relevanz für sie besessen. Noch bis vor wenigen Jahren hatte sie, so unverständlich das heute auch anmutete, lieber dicke Reisebeschreibungen gelesen als Liebesromane.

Und jetzt saß Klawdi Starsh vor ihr, auf den ersten Blick weiß Gott kein Held aus einem Melodrama …

Über seinem ganzen Leben lag unverrückbar der Schatten jener Frau. Über seinem flughafengroßen Bett, über seinen Verliesen, in denen er die Hexen verhörte, über der verfallenen Hütte dieser Datscha. Selbst über seinem Grab würde noch der Schatten jener Frau liegen. Das Mädchen mit der großen Nase, das Ywha etwas von der Treue der Schwäne gepredigt hatte, hatte sich all das allerdings etwas anders vorgestellt. Vom Leben hatte sie wenig verstanden, diese blonde Bettnachbarin Ywhas im Wohnheim.

»Woran denkst du, Ywha?«

»An nichts Besonderes.«

»Komm, wir wollen ein Feuer machen.«

»Für wen?«

Die Worte rutschten einfach aus ihr heraus. Als sie sich auf die Lippen schlug, fing sie bereits seinen tadelnden Blick auf.

Feuer bedeutet nicht immer eine Strafe.

Feuer bedeutet auch den würzigen Geruch des Rauchs, Wärme und Schutz, sanfte Lichtreflexe in samtener Dunkelheit, gen Himmel aufstiebende Funken und herrliche Bilder, die einem vor Augen tanzen, wenn man nur lange und entspannt genug in die Flammen blickt.

»Darf ich Sie was fragen, Klawdi?«

»Sicher.«

»Was … ist mit ihr passiert? Mit dieser Frau?«

Eine Pause.

Das gefasste Gesicht, vom Feuer beleuchtet. Aus unerfindlichen Gründen war Ywha fest davon überzeugt, schon lange habe niemand mehr Klawdi Starsh diese Frage gestellt. Vielleicht sogar noch nie.

Oder doch? Hatten nicht unzählige Frauen, wenn sie sich, erschöpft von den Liebkosungen und Berührungen seiner Hände, in diesem Riesenbett rekelten, unversehens jenen Schatten gespürt? Den Schatten jener einzigen Frau aus grauer Vorzeit. Ob sie Verzweiflung und Eifersucht empfunden hatten? Ob vielleicht auch eine von ihnen gefragt hatte: Was ist mit ihr geschehen?

Obwohl Klawdi schwieg, wusste Ywha bereits, dass eine Antwort folgen würde.

Das Lagerfeuer formte in seinem Innern phantastische Paläste – um sie gleich darauf selbst zu zerstören, sie in eine Funkenwolke zu verwandeln, in Chaos und Asche.

»Sie ist gestorben, Ywha. Ertrunken.«

»Vor achtundzwanzig Jahren?«

»Sie kann ... könnte deine Mutter sein. Aber so seid ihr Altersgenossinnen. Du bist sogar etwas älter.« Sein einer Mundwinkel zitterte kaum merklich.

»Und all die Jahre ...«

»Das spielt keine Rolle.«

»Doch, das tut es. Ich glaube, Sie geben sich die Schuld an ihrem Tod. Aber sie ist doch nicht durch Ihre Schuld gestorben, oder?«

Auflodernd fiel ein weiteres Feuergebilde in sich zusammen.

Akkurat legte Klawdi weitere Zweige nach. Das Lagerfeuer sackte kurz in sich zusammen, züngelte dann aber erneut hoch. Der Lichtkreis wurde größer; in die seltsam wattige Stille quakte zart ein einzelner Frosch hinein.

»Wir haben vergessen, wie es ist ... wenn alles still ist. In Wyshna gibt es diese Stille nicht, stimmt's, Ywha?«

Sie seufzte mehrmals. Auf allen vieren krabbelte sie auf die andere Seite des Feuers, wobei sie die Decke hinter sich herzog.

Klawdi erhob keinen Einspruch.

Sie setzte sich neben ihn, so dicht, dass sie den Kopf auf seine Schultern legen konnte, falls sie es wollte. Sie konnte es, tat es aber nicht. Seufzend zog er sie an sich.

Eine Minute verging. Eine weitere. Der ewige Tanz der Flammen. Stille.

»Das Feuer ... hat sich nicht verändert. Das stimmt doch, oder, Klawdi? Das muss man sich mal vor Augen halten: Jahrhunderte, Jahrtausende, alles verändert sich, nur das Feuer nicht. Schon die Alten haben da hineingeschaut, vor tausend Jahren, mit ernstem Blick, genau wie wir jetzt. Da wird einem ganz schön schwindlig, oder?«

»Ja.«

»Klawdi ... ist es Ihnen schon mal passiert, dass Sie etwas sagen wollten und nicht konnten? Weil es die Worte ... dafür einfach nicht gibt. Und für manche Dinge existieren tatsächlich keine Worte, oder?«

»Stimmt.«

»Ich will nicht schlafen. Ich möchte bis zum Morgengrauen ... hier sitzen. Weil ...«

»Ja, Ywha, ja, wir bleiben hier sitzen. Vor allem ... da uns ohnehin nicht mehr viel Zeit bis dahin bleibt.«

Sie bettete den Kopf bequemer – und schloss selig die Augen.

Um sieben Uhr morgens stand der Dienstwagen bereits vor dem morschen Tor. Er hupte nicht, lenkte die Aufmerksamkeit nicht auf sich, sondern wartete schweigend. Ywha sank der Mut.

»Wir haben noch zwanzig Minuten«, erklärte Klawdi unerschütterlich. »Wir können noch unseren Tee trinken.«

Die Maus huschte geschäftig in eine Ecke. Wie gestern.

Klawdis Hände lagen an der Tischkante, links und rechts von der Tasse. Bleiche Hände, mit einer noch nicht verheilten Schnittwunde und hervortretendem Adergeäst.

Er schwieg – so lange, bis das Auto, das vorm Eingang stand, taktvoll hupte.

»Klawdi ...«

»Ja?«

»Es ist immer so«, flüsterte Ywha. »Wenn man jemanden verliert, glaubt man immer, man selbst sei schuld daran. Bei uns im Dorf, in Tyschka, wo ich geboren bin, da gab es auf dem Friedhof einen richtig guten Lum ...«

Sie verstummte. Das Auto hupte noch einmal.

»Ein komisches Gespräch«, bemerkte Klawdi mit blassem Lächeln. »Als ob wir in der offenen Tür stünden und gehen sollten, schließlich hatten wir doch genug Zeit. Jetzt hingegen ist unsere Zeit abgelaufen. Die Tür steht ja schon offen. Doch wir zögern den Abschied hinaus, denn etwas Wichtiges ist ungesagt geblieben. Nur dass eben die Tür schon offen steht und man darauf wartet, dass wir ...«

Er erhob sich. Er kippte den nicht getrunkenen Tee zum Fenster hinaus und nahm sein elegantes, faltenloses Jackett vom Haken. »Gehen wir.«

»Es war ein guter Lum«, flüsterte Ywha. »Und er hat sich seinen Trost kaum etwas kosten lassen. Jedenfalls hat er gesagt, unsere Schuld existiere nur in unserer Einbildung und wir sollten uns nicht mit ihr belasten.«

»Gehen wir, Ywha.«

Die Gänse lauerten vor der Tür auf den Großinquisitor. Mit einem Stock fuchtelnd ging Ywha voran. Die weißen Vögel schlugen mit den Flügeln und brachten das Gras zum Zittern – wie Hubschrauberrotoren. Klawdi stapfte an ihnen vorbei, gar nicht mehr daran denkend, dass er sich eigentlich vor ihnen fürchtete. In gewisser Weise war Ywha sogar enttäuscht. Vom Wagen trennten sie noch zwanzig Schritte … achtzehn, siebzehn …

»Ich habe das noch nie erlebt«, flüsterte Ywha. »Ich habe noch nie einen Menschen getroffen, der sich an Ereignisse erinnert, die dreißig Jahre zurückliegen … sich in dieser Weise erinnert. Ich habe die Märchen über die ewige Liebe nie geglaubt.«

»Du bist sentimental, Ywha.«

»Nein.«

»Doch. Das ist kein Märchen. Und es ist nicht lustig. Und vermutlich handelt es sich auch nicht um Liebe.«

»Sie können ruhig lachen, aber ich …«

Sie verstummte.

Eine sperrangelweit offen stehende, vernickelte Tür.

»Nieder mit dem Abschaum, Patron.«

Der Geruch von Wasser und Gras wich dem des aufgeheizten Autos. Der Fahrer drehte sich beflissen um. Klawdis Hand griff nach dem Telefon, überlegte es sich unterwegs jedoch anders. Vielleicht wollte der Großinquisitor die Rückkehr zu seinen Pflichten ja noch um ein paar Minuten hinauszögern. Nahezu beiläufig legte sich seine Hand auf die seiner Gefährtin. »Was wolltest du sagen, Ywha? Warum könnte ich über dich lachen?«

Sie schwieg und biss die Zähne zusammen. Ihre Hand wurde immer feuchter. Und heißer und geradezu nass. Hauptsache, Klawdi bemerkte das nicht.

Jetzt würde sie nichts mehr sagen.

Sie würde nicht zugeben, was sein Vertrauen ihr bedeutete. Dass alle Geheimnisse der Inquisition nichts waren im Vergleich zu dem seltsamen Geheimnis seines Lebens. Und wie sehr sie dieses Geheimnis respektierte.

10

Der junge Mann kam nicht aus Wyshna. Von dem Wohnheim aus, in dem er seit drei Tagen das harte Bett für Abiturienten bezogen hatte, bis zur Universität, wo ihm eine strenge Kommission die obligatorische Aufnahmeprüfung abnahm, brauchte er bei gemächlichem Tempo zwanzig Minuten zu Fuß. Da er in seiner Tasche jedoch eine Münze ertastete, ging er die Treppe zur Metro hinunter. Weder hatte er Geld zum Verprassen, noch musste er sich sonderlich beeilen – er konnte sich dieses Vergnügen einfach nicht verkneifen. Das unterirdische Königreich hatte in seinen Dorfalltag noch keinen Einzug gehalten, weshalb es ihn lockte und verführte: eine Attraktion darstellte.

Während er die breite, feuchte Treppe nahm, wusste er noch nicht, dass er durch die Prüfungen fallen würde. Und, was noch unglaublicher schien, dass er nie wieder in seinem Leben den Mut finden würde, eine Metro zu besteigen. Dass er in eine entlegene Kleinstadt ziehen würde, in der es selbst in Jahrzehnten niemandem in den Sinn käme, unter der Erde Schienen zu verlegen. Dort würde er geruhsam als Buchhalter arbeiten und schließlich glücklich und zufrieden leben – sah man einmal von jenen Nächten ab, in denen ihn Albträume heimsuchten und er im fernen Gebrumm der Eisenbahn das Rattern unterirdischer Räder zu erkennen glaubte.

Der junge Mann wusste noch nicht, dass die heutige Fahrt mit der Metro sein Schicksal ändern würde. Sorglos kaufte er sich ein quadratisches Ticket, das er in den Spalt des Entwerters führte.

Auf dem Bahnhof wimmelte es von Menschen. Nach zehn Sekunden fuhr die graue Metro ein, die geschäftige Menge strömte durch die offenen Türen; der junge Mann hielt gar nicht erst nach einem Sitzplatz Ausschau – es waren ohnehin sämtliche Plätze besetzt –, sondern drückte sich sofort gegen die geschlossene Glastür, die zur Fahrerkabine führte. Er hatte Glück.

In die beige Farbe, mit der die Scheibe getüncht war, hatten irgendwelche Rowdys einen Spalt eingeritzt, durch den er gleich sehen würde, wie die Schienen im Licht kräftiger Scheinwerfer auf sie zusausten.

Eine sanfte Stimme aus dem Lautsprecher kündigte die nächste Station an. Der Zug fuhr los, dem jungen Mann stockte der Atem. Kurz schoss ihm ein wahrhaft rebellischer Gedanke durch den Kopf: Was, wenn er nicht Wirtschaft studierte, sondern sich zum Metrofahrer ausbilden ließ?

Nachdem sie knapp die Hälfte der Strecke bis zur nächsten Station hinter sich gebracht hatten, steigerte der Zug das Tempo auf eine Weise, die aus Sicht des jungen Mannes unglaublich war. Vor den Fenstern sangen zart die schwarzen Leitungen. Zumindest kam es dem Mann so vor, dass sie es waren, die da sangen. Mit zarten Kinderstimmen.

Dann knallte er mir nichts, dir nichts gegen die Glastür, noch dazu in einer Weise, die ihm die Tränen in die Augen trieb und seine Nase mit heißem Blut füllte. Der Zug bremste so scharf, wie ein Zug, der etwas auf sich hielt, nie bremsen würde.

Jemand fiel hin. Gegen den jungen Mann stolperte ein kräftiger Polizist, der von der Nachtschicht nach Hause kam, und auf diesen eine schlanke Frau in Jeans. Eine Tasche kippte um, Äpfel kullerten über den Boden, Lippenstifte und Tablettenschachteln. Von alldem sah der junge Mann nichts, denn der ganze Waggon schien genau auf ihn gestürzt zu sein, ihn nun gegen die Glastür zu quetschen und platt zu drücken.

Die Kinder fingen an zu weinen, eins lauter als das andere. Der Polizist fluchte, was das Zeug hielt. Alle Männer im Waggon stießen – wenn auch in verschiedenen Abstufungen – nicht gerade stubenreine Ausdrücke aus.

»Diese Scheißmetro!«

»Idioten! Glauben die etwa, die liefern Brennholz aus?!«

»Aber was will man von diesen Schwachsinnigen schon andres erwarten?«

»Du bist mir auf den Fuß gelatscht, du Idiot! Der bricht mir die Zehen, und ich soll einfach zugucken? Dem werd ich gleich noch was ganz andres brechen!«

»Ganz ruhig, mein Kleiner, gleich geht's weiter. Dann steigen wir aus und nehmen den Bus. Du brauchst keine Angst zu haben.«

In diesem Augenblick hörte der junge Mann, der noch immer an der Glastür klebte, das Gespräch in der Fahrerkabine. Der Fahrer sprach mit tiefer, gepresster Stimme, mit metallener Wut antworteten ihm seine zahlreichen Gegenüber per Funk.

»Was ist los mit dir, Siebenundzwanzig?«

Eine unverständliche Antwort.

»Und per Hand geht's auch nicht? Du kriegst die Tür trotzdem nicht auf?«

»Neunundzwanzig ...«

Ein verzweifelter Fluch.

»Siebenundzwanzig, hör mir genau zu!«

»Zum Teufel! Verfluchte Scheiße! Auf den Schienen ist ...«

»Siebenundzwanzig?!«

Aufgeregte Stimmen, die alle zugleich sprachen. Keuchender Atem. Wieder ein Fluch.

»Ganz ruhig, Siebenundzwanzig. Ganz ruhig. Hörst du mich?«

»O Gott! Rette mich, o Herr, erbarme dich meiner! Nein! Nicht!«

Der junge Mann hörte die Gesprächsfetzen – als Einziger von allen Fahrgästen. Er, ein Junge aus der Provinz, der zum fünften Mal in seinem Leben mit der Metro fuhr, er stand da, das Ohr an die Glastür gepresst, und seine Lippen krochen im Alleingang zu den Ohren. An ein Lächeln erinnerte das nicht.

Allmählich bekamen die Leute keine Luft mehr. Der Zug stand immer noch, und kein Lüftchen ging. Jemand versuchte ein Fenster zu öffnen, jemand anders fächelte sich mit der Hand Luft zu, jemand redete verängstigt auf ein Kind ein. Irgendwann zog der Polizist den jungen Mann von der Glastür weg und hämmerte mit aller Gewalt gegen den Eisenrahmen. »Was ist los? Pennst du? Oder kriegst du den Mund nicht auf, um den Leuten zu sagen, was los ist?«

Ein Knistern drang aus den Lautsprechern, fast eine Reaktion auf diesen Wutausbruch. Es meldete sich eine gepresste Stimme, die nicht das Geringste mit dem ruhigen Tenor der Ansage verband, und murmelte der aufgelösten Menge zu: »Bürger Passagiere, die Leitung der Metro bittet um Ihr Verständnis für diese

Misslichkeiten, die aufgetreten sind … und gleich behoben sein werden. Gedulden Sie sich bitte noch. Gedul …«

Genau in diesem Moment hörten sowohl der junge Mann, der gegen die Wand gedrängt wurde, als auch der Polizist, der hilflos seinen Knüppel hielt, die schlanke, am Boden hockende Frau, eine weitere Frau, die vergeblich versuchte, ihre aus der Tasche gerollten Sachen einzusammeln, eine Frau mit einem weinenden Kind auf dem Schoß und noch mehrere Dutzend andere Männer und Frauen, die in dieser Falle gefangen waren, ein erst leises, dann zunehmend sardonisches Gelächter.

So kann man nur mit geschlossenen Lippen lachen. Das war kein offenes Lachen, sondern ein triumphierendes, spöttisches, genussvolles Geräusch, von dem alle im Zug – angefangen von einem Welpen, den ein pummeliger, sommersprossiger Junge unter seinem T-Shirt transportierte, bis hin zum Fahrer, der die stolze Bezeichnung Siebenundzwanzig trug –, all diese Menschen und Tiere, den jungen Mann eingeschlossen, in eine Panik gerieten, die an Wahnsinn grenzte.

Selbst der Tunnel hatte solche Geräusche noch nicht gehört. Einen derart verzweifelten Schrei. Das Klirren splitternden Glases. Die stärksten, mit dem virulentesten Selbsterhaltungsinstinkt ausgestatteten Männer schafften es, ein paar Fenster einzuschlagen, Frauen und Kinder zur Seite zu drängen und dem geschlossenen Waggon zu entkommen – nur, um prompt unter die Räder zu geraten, da sich der Zug gerade wieder in Bewegung setzte.

Das Gelächter erstarb nicht. Es hallte aus allen Lautsprechern, um auf dem Bahnhof die auf den Rolltreppen stehenden Menschen zu bannen, ja, um sogar die Rolltreppen anzuhalten. Frauen in Uniform und Polizisten mit Funkgeräten wuselten herum, ohne zu wissen, wen sie eigentlich zu Hilfe rufen sollten. Die Menge, die in den einzelnen Stationen auf ihre Metro wartete, bildete eine Herde, die versuchte, sich so weit entfernt von der Bahnsteigkante wie nur möglich in Sicherheit zu bringen, denn alle Züge, die sich zu diesem Zeitpunkt in den Tunnels befanden, führten einen irrsinnigen, haltlosen Reigen auf.

Der sich in die Ecke kauernde junge Mann – denn nur in der dunklen Ecke konnte er sich vor den Dutzenden von schweren

Füßen retten – sah, wie die Bahnhöfe vorbeirauschten. Eine weiße Explosion, ein Tonwechsel im Lied der Leitungen und wieder ein Schrei, erneut ein Krachen, schließlich völlige Dunkelheit, denn das Licht in den Waggons war seit Langem schon erloschen. Menschen, die sich aneinanderklammerten. Der scharfe, beißende Geruch von Exkrementen. Und das Gelächter, das sogar dann in die Ohren drang, wenn man sie mit den Händen zuhielt. Ein Gelächter, das einem Demut abzwang. Das Gefühl, zum Tode verdammt zu sein. Dem Ende ins Auge zu blicken.

Der »Vorfall in der Metro« dauerte zweiundzwanzig Minuten. Dann schnaubte die durch die Lautsprecher übertragene Frauenstimme verächtlich und verstummte. Verebbte.

Als Einheiten der Zivilverteidigung in die Tunnel eindrangen, als die Feuer gelöscht und die Züge mit den zertrümmerten Scheinwerfern zu den Stationen abgeschleppt werden konnten und als die Tragen mit den Verletzten nach oben gebracht wurden, da strömte mit der Menge, die sich kaum noch auf den Beinen zu halten vermochte, auch ein Abiturient, ein Liebhaber der Metro, hinaus ins Freie, wo sich ein blauer Himmel über den heutigen, diesen verfluchten Tag spannte. Er stolperte durch die Straßen, ohne zu bemerken, dass seine Hosen nass waren. Seine Aussage, auf Video aufgezeichnet, bekam der Großinquisitor vierzig Minuten später zu sehen. Zusammen mit unzähligen anderen, die sich alle als gleichermaßen wirr und hilflos herausstellten.

Morgen würde der junge Mann wieder nach Hause fahren.

Binnen einer Woche würde er kahl wie eine Billardkugel sein. Aufgrund von Stress.

Doch wenn man darüber nachdachte: Wozu brauchte ein Buchhalter eigentlich Haare?

Schon seit dem frühen Morgen fühlte sich der alte Mann schlecht. Der Feiertag geriet in Gefahr. Immerhin war sein fünfjähriger Enkel, der bereits lautstarken Protest einlegen wollte, nach einem ernsten Gespräch mit seiner Mutter jetzt ruhig. Für den Jungen, dessen Kopf gerade mal über den Tisch ragte, bot sich damit zum ersten Mal in seinem Leben die Gelegenheit, zwei Umstände – »Ich will die Ballons sehen« und »Großvater ist krank« – bewusst gegeneinander abzuwägen, eine Wahl zu treffen, sich in sein Schicksal zu fügen und das Geplärr einzustellen. Das rührte den Alten, der sich daraufhin überwand, sich eine Tablette, die schon von Weitem nach Medikament roch, unter die Zunge schob und anschließend mit seinem Enkel einem nie zuvor erlebten Spektakel beiwohnte: dem traditionellen Ballonrennen.

Noch am Vorabend hatten sie darüber spekuliert, ob das Rennen aufgrund der jüngsten Ereignisse in Wyshna abgesagt werden würde. Der Alte war sich ganz sicher gewesen, dass das nicht passieren würde. Zu viel Geld war in diesen Festtag geflossen, zu viel Geld stand hinter jedem einzelnen Werbeplakat, zu viele hoch geschätzte Länder hatten ihre Vertreter entsandt, zu gewichtig war die Tradition, als dass man einen solchen Tag einfach absetzte.

Die Eintrittskarten hatten sie schon im Voraus besorgt, keine sehr teuren, aber durchaus passable. Von ihren Holztribünen aus hatten sie eine gute Sicht auf den Großteil des Feldes – was erst recht für den Enkel galt, der bei seinem Großvater auf den Knien stand. Waren die Ballons erst einmal in den Himmel aufgestiegen, konnte ohnehin jeder das Schauspiel verfolgen, auch diejenigen, die keine Karte gekauft hatten, sich hinterm Zaun drängten, also hinter – ein Tribut an die Sicherheit – der Kette aus Polizisten mit ihren Schilden und Knüppeln. Der Junge auf den großväterlichen Knien reckte den Hals und konnte sich nicht entscheiden, wohin er zuerst schauen sollte. Zur Parade der Mannschaften, die dem Vertreter der Gesellschaft der Luftschiffer Bericht erstatteten, oder zu den Onkeln in den schönen Uniformen, mit Helmen, Pfeifen, Funkgeräten und Pistolen.

Der Alte seufzte tief. Hier an der frischen Luft, wo ein leichter Wind ging, fühlte er sich wesentlich besser. Sein Herz machte ihm kaum noch zu schaffen. Gut hatte er daran getan, der Krankheit nicht nachzugeben. Und wie sich der Junge freute!

Das Startsignal wurde gegeben.

Die Leinen, die bislang die bunten, vielgestaltigen Gebilde am Boden gehalten hatten, rissen mit unverhohlener Erleichterung. Auf den Tribünen wurden die persönlichen Favoriten mit lautem Gejohle begrüßt; die eigene stürmische Begeisterung stieg damit ebenfalls in den wolkenlosen blauen Himmel dieses Tages auf. Der exotische Anblick löste Begeisterung aus, die Orchestermusik und das schöne Wetter mündeten in eine allgemeine, überschäumende Heiterkeit. Der Junge hüpfte juchzend auf den Knien seines Großvaters und blickte den bunten Ballons verzaubert nach, die höher und höher aufstiegen. Der Alte selbst, der mehrere Tage lang eine tiefe Depression durchlitten hatte, fühlte sich frischer als der Wind.

»Erster! Der *Habicht* ist Erster! Er ist höher als alle anderen, schau doch mal, Großvater!«

»Liebe Zuschauer, es beginnt die erste Etappe des Rennens. Mit stockendem Herzen sehen wir, wie …«

»Und da, Großvater, der hat einen roten Schwanz! Und da ist ein Hubschrauber, guck doch, Opa, ein Hubschrauber! Und da …«

Der Himmel verwandelte sich in ein Blütenmeer.

Die Ballons stiegen immer höher, ab und zu fiel ein Schatten auf die Tribüne, dann sahen der Großvater und sein Enkel die Sonne, die durch die dünnen, kunterbunt eingefärbten Stoffe fiel. Die aufwendigen Reklamebänder schlingerten und drehten sich, die Menge hielt angesichts der Erfindungsgabe der Konstrukteure den Atem an. Die Ballons glitten weiter, verschmolzen mal mit dem Himmelsblau, hoben sich dann wieder grell leuchtend gegen den Hintergrund ab, veränderten die meisten ihre Farbe doch in Abhängigkeit von der Temperatur, vom Wind und von weiß Gott was sonst noch für Faktoren. Das Orchester schmetterte, jemand ließ eine Rakete steigen – und wurde prompt wegen dieses Gesetzesverstoßes abgeführt. Der Kommentator schrie etwas, worauf der Alte, vom Anblick der Ballons gefesselt, jedoch nicht achtete. Das tut gut, dachte er. Endlich mal was anderes. Und wie begeistert erst der Kleine sein muss!

In diesem Augenblick schrumpelte der größte und höchste Ballon, der *Habicht,* der offenbar von einer riesigen Schuhfirma ins Rennen geschickt worden war, so zusammen, dass er an eine faule Birne erinnerte, und verlor jäh an Höhe.

Verängstigt schrien die Zuschauer auf. Der Ballon kam so tief, dass sich einige Schaulustige vor dem bemalten Korb in Sicherheit bringen mussten. Glücklicherweise geschah das weit hinter der Absperrung, dort, wo es keine Tribünen gab und sich nur wenig Menschen befanden. Kurz bevor der Ballon die Erde berührte, blies er sich jedoch wieder auf, und die Zuschauer johlten schon vor Begeisterung, zeigten seine Konturen doch jetzt ein Clownsgesicht mit einer runden Nase, abstehenden Ohren und einem lachenden, offenen Mund.

»Das ist mal was!«, rief der Alte fröhlich. »Früher gab's so was nicht! Schau doch nur, da!«

Der Kommentator, der eigentlich wie ein Wasserfall hätte sprudeln müssen, geriet ins Stocken, dafür schmetterte das Orchester umso energischer los. Der *Habicht*, dessen Form seiner Bezeichnung überhaupt nicht mehr entsprach, stieg immer höher, blähte sich weiter, schwoll in kürzester Zeit auf die doppelte Größe an. Die Menschen auf der Tribüne sperrten die Münder auf, denn der *Habicht* schien den halben Himmel einzunehmen; die anderen Ballons wirkten neben ihm so winzig wie Perlen.

»Schau doch nur!«, wiederholte der Alte. »So was habe ich noch nie …«

Erstaunt verstummten sämtliche Tribünen.

Zu seltsam führten sich die Ballons auf. Einer sank in einer wirbelnden Spirale. Ein anderer erzitterte, bis sein Korb schaukelte; die Besatzung klammerte sich krampfhaft an den schwankenden Wänden fest. Ein dritter zog sich zusammen und wurde ganz flach, ein vierter nahm eine Zapfenform an, ein fünfter drehte sich wie ein Kreisel, schneller und schneller, ungewöhnlich schnell, und die Reklamebänder flogen abgespreizt um ihn herum wie die Sitze eines Kettenkarussells.

Der *Habicht* wuchs weiter. Der Kommentator schwieg. Der Alte riss den Blick vom Himmel.

Auf dem grünen Feld stand der Vertreter der Gesellschaft der Luftschiffer, sein Gesicht war tellerweiß, in Panik verzerrt.

Nervös zuckte der Alte zusammen. Er wandte sich seinem Enkel zu, weshalb ihm auch alles weitere entging.

Dabei wäre der Anblick lohnend gewesen.

Kurz bevor der *Habicht* explodierte, knisterte er noch wie Papier, sofort danach platzte er, um über den gesamten Himmel brennende schwarze und rote Klümpchen zu verteilen.

Die Tribünen verharrten einige Sekunden in Stille.

In vollständiger Stille, in der ganz überflüssigerweise das Orchester schmetterte. Dann verstummten nach und nach die Blechinstrumente. Als hätte er auf diese Pause gewartet, ging ein weiterer Ballon in Feuer auf, einer aus dem Ausland, ein grüner mit Silberzier; Feuerbällchen rieselten auf die Köpfe der erstarrten Menschen.

Dann legte der Wind los.

Er fing das Klagelied auf, das gleichzeitig allen Kehlen entströmte, verwandelte es in eine Windhose und schleuderte es in die Höhe – zusammen mit den noch verbliebenen Ballons, die sich inzwischen nicht mehr kontrollieren ließen. Wie Spielzeug für den Tannenbaum funkelten sie, und genauso zerbrechlich waren sie. Auf dem Rasen, der sich noch an die vorhin abgenommene Parade erinnerte, schlug der ausgebrannte Korb mit der Besatzung des *Habichts* schwer auf, wirbelte dabei Erdbrocken los und riss Grasballen mit Stumpf und Stiel aus. Erst da, erst in diesem Moment schnellten die Menschen von den Sitzbänken hoch.

Die Kette der Polizisten, die dieses Geschehen genauso erschütterte wie alle übrigen Zuschauer, die Kette dieser mit Waffen behangenen Polizisten also, hielt ganze fünfzehn Sekunden stand. Dann brachen die Menschen, einander erbarmungslos schubsend, durch.

Der Alte glaubte beinahe, er allein würde nach oben schauen. Er allein würde sehen, wie die Ballons von einem Wirbelwind erfasst wurden. Schon eine halbe Minute später schienen sie weit weggetrieben, schienen sie über der Stadt, über den Wohnvierteln zu hängen, wo sie im gleichmäßigen Takt einer nach dem anderen explodierten, sich in lodernde Klumpen verwandelten und herabfielen.

Klar sah der Alte den Hof ihres Wohnhauses vor sich. Den jüngsten Enkel in dem blauen Kinderwagen und seine Tochter, die wie gewöhnlich Windeln auf dem flachen Dach aufhängte. Aus heiterem Himmel würden Feuer und Tod über sie hereinbrechen …

Dann wurde ihm schwarz vor Augen.

Ein starker Herzschmerz und die anschließend eintretende

Ohnmacht raubten ihm die Möglichkeit, das Geschehen weiter zu verfolgen.

Der Großinquisitor von Wyshna, der später die Liste der Toten durchging, überlas den Namen von Herrn Fedul, dem seinerzeit berühmten Direktor der Wyshnaer Schule Nr. 3. Was der Großinquisitor wohl empfunden hätte, wenn er den Namen in dieser traurigen Aufstellung entdeckt hätte? Doch das tat er nicht – dazu war sie zu lang.

»Ein Übermaß an Gewürzen verdirbt ein Gericht, gleichsam wie ein Übermaß an Frohsinn bisweilen einen Jüngling verdirbt. Und meine Köchin weiß doch, wie zuwider mir der Geruch von Kümmel ist.

Meine Herrinnen hegten nie die Absicht, einen Mord zu begehen, einzig darum ging es ihnen stets, Verwirrung zu stiften. Freilich inszenierten sie dafür eine Farce, die einem nun das Blut in den Adern gefrieren lässt. Spielen sie mit den Menschen, wie es die Katze mit der Maus tut? Oder schöpfen sie lediglich Kraft aus der Angst des aufgelösten Volks? Denn meine Herrinnen werden stärker mit jedem Tag, derweil die Menschen aus der Stadt fliehen, sich im Wald und in Höhlen verkriechen, ganz wie die Tiere.

Indes, wer will behaupten, das Weltengebäude, wie wir es kennen, bliebe unverändert immerdar?

Wenn ich so weitermache, bezichtigt man mich noch der Aufwiegelung.

Meine Herrinnen – die Hexen – wollen das Weltengebäude nicht umgestalten. Wie der Wolf, der in einem Gehege mit den Hühnern lebt, auch nicht die Welt verändern will, in der er lebt, sondern ihr einzig das lebensnotwendige Futter entnimmt.

Ein schmerzlicher Schatten lastet auf meiner Seele. Ich weiß nicht, was das Morgen bringt …«

Am Abend begann der Sturm auf die Bahnhöfe.

Angeblich hatte eine Wahrsagerin, die seit einem halben Jahrhundert ihren feuchten Keller am Stadtrand Wyshnas nicht verlassen hatte, mit Gewissheit prophezeit, es werde ein Jahrhundert der Hexen heraufziehen – was für den Durchschnittsbürger dem Ende der Welt gleichkam. Angeblich wussten hohe Staatsbeamte seit Langem davon und hatten Vorbereitungen getroffen, ins Exil zu gehen. Angeblich zählte zu den Geliebten des Großinquisitors auch die Mutterhexe selbst.

Den beschwichtigenden Versicherungen der Fernsehkommentatoren schenkte niemand mehr Glauben. Vielleicht, weil selbst in ihren professionell gütigen Augen tief unten die Panik lag? Alle Nachrichten, selbst aus den entferntesten Ländern, ähnelten in frappanter Weise den Ereignissen in der Wyshnaer Metro.

Eine Fahrkarte dritter Klasse kostete ein Vermögen. Auf den Bahnsteigen weinten die Kinder, die aus der Stadt evakuiert werden sollten; fast durch die Bank verspürten sie in diesen Tagen eine unbestimmte Angst, und viele von ihnen, darunter auch brave Schulkinder, wachten nachts schreiend auf und hatten eingenässt. In den Straßen stauten sich Autos und Busse. Das sommerliche Wyshna leerte sich im Handumdrehen.

Schwarzer Rauch wogte durch die Straßen. Die verfluchten Ballons, die an dem traditionellen Rennen teilgenommen hatten, waren am Stadtrand abgestürzt und hatten ganze Bezirke niedergebrannt. Die Feuerwehr Wyshnas war Tag und Nacht im Einsatz. Die Brände ließen sich nicht löschen, die Flammen loderten, kaum eingedämmt, immer wieder auf. Aus der Einsatzzentrale schwirrten in alle Richtungen weiße Krankenwagen aus.

Nachdem auf einer Sitzung des Staatsrats Demonstrationen und Versammlungen verboten worden waren, jagte man die Menschen, die vor dem Inquisitionspalast ihre Sicherheit einklagten, mit Wasserwerfern auseinander.

Die Natur, die das menschliche Tohuwabohu anfangs gleichmütig verfolgt hatte, entschied sich irgendwann, einen eigenen Beitrag zu den Ereignissen zu leisten. Mitten im Sommer, der sich zwar auch zuvor schon kühl und verregnet gezeigt hatte, brach plötzlich eisige Herbstkälte aus. Die ahnungslosen Juliblumen verwelkten über Nacht unter Raureif.

Der Herzog bestätigte den Beschluss des Staatsrats über die Ausrufung des Ausnahmezustands. Klawdi Starsh unterschrieb einen Befehl zur ausnahmslosen Verhaftung aller Wishnaer Hexen.

Einheiten der Verkehrspolizei stellten unter Anleitung der Inquisition an sämtlichen Kreuzungen Steine mit dem Zeichen des Hundes auf. Aus der zentralen Steinmetzerei der Stadt wurden sämtliche Grabsteine abtransportiert, damit sich in den Kellern des Palasts fünf qualifizierte Inquisitoren schichtweise darüber hermachten. Das Zeichen sollte die Kraft der Hexen brechen. Die Stadt, gespickt mit diesen Steinen, erinnerte schon sehr bald an einen riesigen Friedhof. Klawdi gab sich bezüglich des Nutzens dieser Maßnahmen keiner Illusion hin. Dies mochte den Hexen vielleicht gewisse Unannehmlichkeiten bereiten – mehr jedoch auch nicht.

Die verhafteten Hexen wurden in geschlossenen Lastern abtransportiert. Das galt allerdings nur für die nicht initiierten. Die aktiven wurden in der Regel innerhalb von vierundzwanzig Stunden hingerichtet. Die Wachtposten verlangten für das Risiko eine Prämie, denn in zwei hintereinander erfolgten Fällen von Flucht waren drei Männer getötet und vier weitere verstümmelt worden. Die Henker verlangten Verstärkung, Panzerwesten und ebenfalls Prämien. »Es kommt euch billiger, jetzt etwas zu geben, als unseren Familien später Renten zu zahlen.«

Der Finanzminister quittierte alle Geldforderungen mit dem Stinkefinger. Klawdi musste die Zähne aufs Bösartigste blecken und den Herzog als Zeugen herbeizitieren. Die Finanzierung erfolgte, aber Klawdi empfand weder Freude noch Genugtuung. *»Nun, da die Mutterhexe so nahe ist, dass ich, ihren Geist witternd, keinen Schlaf finde. […] Und noch heute wird sich um ihren Hals die eiserne Zange schließen, die mein Wille geschmiedet.«*

»Da ist ein Herr, der seit gestern versucht, Sie telefonisch zu erreichen, Patron. In einer Privatangelegenheit. Soll ich durchstellen?«

»Wie heißt er?«

»Julian Mytez.«

»Das hättest du mir gleich sagen sollen. Stell durch.«

Es knisterte in der Leitung.

»Juljok, was ist los?«

»Klawdi! Zum Teufel, Klaw, ich hab schon fast nicht mehr damit gerechnet, dich noch zu erwischen.«

»Wir leben in schwierigen Zeiten, Juljok. Ich habe nur wenig Zeit. Was gibt's denn?«

»Klaw, ich ... Kannst du mir sagen, was hier vor sich geht? Offenbar haben alle den Verstand verloren, niemand glaubt noch, was in den Nachrichten gebracht wird, die Hexen ... Klaw, wenn du nicht offen darüber reden darfst, dann könntest du mir vielleicht etwas andeuten ... Sollen wir die Stadt verlassen? Ins Ausland gehen? Aber es heißt, im Ausland sehe es genauso aus!«

Klawdi schloss die Augen. Gegen das Fenster pladderte der herbstlich kalte Regen. Anscheinend mengte sich sogar Schnee in ihn.

»Nein, ihr müsst nicht fliehen. Bleib ruhig, wo du bist. Komm nicht nach Wyshna. Meide Orte mit vielen Menschen und lass auch Nasar nicht aus dem Haus. Das wird vorbeigehen, keine Sorge.«

»Meinst du das ernst, Klaw? *Glaubst* du daran?«

»Tut mir leid, Juljok, aber ich habe wirklich keine Zeit. Wir sehen uns bestimmt bald, stell schon mal einen Wein bereit. Bis dann.«

»Ja, Klawdi ... Ja, entschuldige ... Bis dann.«

Der Hörer lag auf der Gabel.

Auf Klawdis Seele lag ein Stein.

Warum hatte sich Julian nicht nach Ywha erkundigt?

Aber was hätte er denn für eine Antwort erhalten? *Ich habe mich ihrer persönlich angenommen – genauso wie es bei allen anderen Wyshnaer Hexen geschah ...*

Alles ging mit einem Überfall auf eine Einheit los, die eine Ladung nicht initiierter Hexen aus der Stadt schaffte. Bei den Angreifern handelte es sich ausnahmslos um Mitglieder des Hockeyclubs *Wyshna,* zehn kräftige Kerle, mit Hockeyschlägern und ein paar Damenpistolen bewaffnet, die Kleinholz aus dem Laster machten und innerhalb von achteinhalb Minuten die Hexen befreiten, die danach ihrerseits wie vom Erdboden verschluckt schienen. Die überlebenden Soldaten schworen später, sie hätten ein Gelächter »wie in der Metro« gehört; außerdem hätten die stämmigen, kahl rasierten Sportler die Schatten von schlanken Frauen mit langen Haaren geworfen. Klawdi verzog schmerzlich das Gesicht, fuhr lange mit der Hand über eine riesige Karte der Vororte, hörte sich die Vorträge der Bezirksinquisitoren an und schickte immer wieder eine Einsatzgruppe an einen entlegenen, ganz und gar unauffälligen Ort der Stadt, in dem plötzlich Panik ausgebrochen war.

Zwei- oder dreimal fanden die Einsatzkommandos an besagten Orten ein verlassenes, noch warmes Nest. Sie hoben einen Initiationssaal aus, auf dem trocken gelegten Boden eines Schulschwimmbeckens. Dreimal konnten sie einen erfolgreichen Zugriff verzeichnen, und zwei erfahrene sowie vier frischgebackene Hexen fielen den Einsatzkommandos zum Opfer.

Von den alten Hexen – von denjenigen, an die Klawdi gewöhnt war, seien sie nun hinterlistig oder geradeheraus, feige oder mutig, von den Hexen der Friedenszeiten – unterschieden sich die festgenommenen »Herrinnen« dadurch, dass sich diese dem eigenen Schicksal gegenüber absolut desinteressiert zeigten. Ihr Selbsterhaltungsinstinkt war ihnen abhanden gekommen. Weder Versprechungen noch die Folter beeindruckten sie, die Frage, wann ihr Urteil vollstreckt würde, kümmerte sie nicht im Geringsten; selbst die neu bekehrten Hexen, die die Initiation erst vor ein paar Tagen durchlaufen hatten, hatten sich in ihrer Seele nichts Menschliches mehr bewahrt. Bei den Worten »ungeborene Mutter« funkelten in ihren Augen für kurze Zeit verräterische gelbe Feuer auf. Das war die einzige Reaktion, die bewies, dass die Gefangenen nicht gehörlos waren.

Klawdi versuchte nicht, mit Ywhas Hilfe hinter ihre Motive zu blicken. Sich selbst redete er ein, die Periskop-Methode habe die in sie gesetzten Hoffnungen nicht gerechtfertigt. Letztlich dürfte jedoch auch die Antipathie eine gewisse Rolle gespielt haben, die er diesen gemeinen Seelen gegenüber hegte; vermutlich wollte er nicht, dass Ywha in diese eindrang. Wer wusste denn, wie sich dergleichen auf die junge Frau auswirken konnte?

Das nächste entscheidende Ereignis war, dass zwei junge, vielversprechende Inquisitoren durch ein spitzfindiges Manöver die »Straßenbahnerin« für Klawdi fingen, jene ehemalige Stripperin aus dem Nachtclub *Trolle*, hinter der der Inquisitor selbst in dem Auto mit der zersplitterten Windschutzscheibe hergejagt war und die er aus gutem Grund verdächtigt hatte, die …

Auf diesen Gedanken hatte ihn erst der silbrige Schal gebracht, den sie gewiegt hatte. Die Mutter, eine Wiege … Die Mutterhexe! Die ungeborene Mutter. Oder war sie inzwischen bereits geboren?

Mit einem schiefen Lächeln begrüßte sie ihren Feind, den sie schon einmal ausgetrickst hatte. Sie war eine Schildhexe von nie da gewesener Stärke. Mit einem fünfundachtziger Brunnen. Mit einer eisernen Abwehr und der professionellen, artistischen Schamlosigkeit einer Nachtclubtänzerin.

»Deine Mutter hat sich von dir losgesagt, Any.«

Nein, damit brachte er sie nicht aus dem Konzept. Keine Sekunde. Als Antwort schenkte sie ihm nur ein weiteres Lächeln, dieses Mal ein verächtliches.

»Warum hätte sie sonst zugelassen, dass du mir in die Hände fällst? Du wirst noch heute sterben, Any. Dein Scheiterhaufen ist bereits aufgeschichtet.«

Weder Angst noch Verzagtheit.

»Wo ist deine Mutter, Any? Wo ist denn deine großartige Mutter? Zeig mir den Weg zu ihr. Sie wird doch nichts dagegen haben.«

»Willst du das so sehr?«

In der Stimme der Hexe schwang ein Oberton mit, der die Wächter in ihren dunklen Ecken lautlos verkrampfen ließ. Die Stimme drang ihnen durch die Haut, schwächte sie, schüttelte sie und spottete über sie.

»Du wirst sterben, Großinquisitor.«

»Wir alle werden sterben.«

»Alle werden sterben, aber du zuerst. Im Feuer. Unsere noch ungeborene Mutter wartet auf dich. Sie wird warten …«

»Wartet sie oder sammelt sie noch ihre Töchter?«

»Das verstehst du doch nicht. Denn du gibst dich mit dem zufrieden, was du mit eigenen Augen siehst. Du tust mir leid.«

Zur Bestätigung ihrer letzten Worte lächelte sie tatsächlich mitleidig. Schweigend. Und sie würde – das stand für Klawdi unwiderruflich fest – bis zu ihrem Tod kein Wort mehr hervorbringen.

Fünf Minuten nachdem Klawdi den Bericht über den Tod der Stripperin auf den Tisch bekam, geschah noch etwas Seltsames.

Sein Referent stürmte mit unangemessener Hast ins Büro. Allein aufgrund des fiebrigen Glanzes in seinen Augen wusste Klawdi, dass es um etwas Außergewöhnliches gehen musste.

»Patron ... da ist ... zu Ihnen ... Seine Durchlaucht, der Herzog ...«

Angeekelt linste Klawdi zu dem überquellenden Ascher, ließ den Blick durch das Zimmer schweifen, in dem Rauchschwaden hingen, als spännen sich graublaue Stoffbahnen quer hindurch. Kein Herzog von Wyshna hatte je diesen Raum betreten, kein Großinquisitor war bisher zu dieser Ehre gekommen – falls man das denn für eine Ehre hielt.

Er erhob sich, um seinem Gast entgegenzutreten, wobei er sich bemühte, die Balance zwischen der eigenen Würde und dem nötigen Respekt zu wahren. Aus seinen, Klawdis, Adern hätte man nicht ein einziges Glas jenes adligen Blutes abzapfen können, das so reichlich durch den Herzog floss. Seine Durchlaucht war groß, hielt sich etwas krumm, hatte leicht hängende Wangen und tiefe Augenhöhlen. Am Grund dieser Höhlen, die Klawdi an eine in die Erde gehauene Fallgrube erinnerten, saßen giftige, strenge Raubtieraugen.

»Sie rauchen zu viel, Herr Großinquisitor.«

Was für ein verheißungsvoller Auftakt des Gesprächs!, dachte Klawdi finster. Klingt ja fast inoffiziell. Oder wie ein deprimierter Vater, der die Misserfolge seines Sohnes in der Mathematik satthat. Ist nicht für morgen eine außerordentliche Sitzung des Kuratorenrats anberaumt? Dergleichen hat es früher schon mal gegeben, auch da sind heimlich Einladungen verschickt worden, ohne dass der Großinquisitor davon erfuhr, der dann, eines schönen Tages vor die unnachgiebigen Kollegen zitiert, feststellen musste, dass der hohe Stuhl auf wundersame Weise unter seinem Hintern weggezogen worden war.

Nachdenklich sah sich der Herzog im Büro um. Als sein Blick auf die drei Geständniszeichen stieß, atmete er tief aus. Er hustete, vermutlich wegen des Tabakqualms. Seufzend stellte Klawdi die Klimaanlage ein.

Wer kam als sein Nachfolger in Frage? Der Kurator aus Rydna, den man vor fünf Jahren übergangen hatte, um Starsh seinen Karrieresprung zu gönnen?

Weshalb zerbrach er sich darüber den Kopf? Und wieso hing er so an dieser bedrückenden Macht, wenn das Ende der Welt ohnehin vor der Tür stand? Denn man musste die Dinge beim Namen nennen. Und falls er übertrieb, dann nur geringfügig. Warum fürchtete er so um seinen Stuhl, wenn das Ende der Welt nahte? Wieso war er bereit, ihn mit Händen und Füßen zu verteidigen?

»Wollen Sie mir nicht auch eine Zigarette anbieten, Herr Großinquisitor?«

Der Herzog rauchte aber nicht. Das wusste jedes Kind. Der Herzog war sogar schon einmal in der TV-Sendung *Deine Gesundheit* aufgetreten, wenn auch vor zehn Jahren, als sich der schlanke Körper Seiner Durchlaucht noch in Badehose am Rand eines Schwimmbeckens hatte sehen lassen können.

Klawdi dachte an Ywha. Warum waren sie plötzlich alle so scharf auf Zigaretten?

Dem Herzog konnte er die Zigarette nicht so einfach abschlagen wie ihr. Er erhob sich und hielt ihm die Schachtel hin. Allein an der Art, wie der Herzog danach griff, wie er nach dem Feuerzeug fasste, wusste Klawdi, dass Seine Durchlaucht vor langer Zeit gequalmt hatte wie ein Schlot. Die Hände erinnerten sich noch an alle Gesten. So viel zum Thema *Deine Gesundheit*.

»Ich habe mir Ihren Bericht angesehen, Herr Großinquisitor.«

Klawdi zuckte die Achseln, als wolle er sagen: Wir tun, was wir können.

»Ehrlich gesagt, die Lage in der Hauptstadt ist ... hm ...«

Ein guter Anfang für ein Gespräch, dachte Klawdi müde. Schlaffe, vielfach wiedergekäute Worte, hinter denen jedoch etwas Gewichtiges steckt, das, was den Herzog eigentlich in dieses Büro mit den Geständniszeichen getrieben hat.

»Ich habe Grund zu der Annahme, die Lage werde sich bald noch weiter verschlechtern«, sagte Klawdi, während er seine Asche abstreifte. »Kein vernünftig denkender Inquisitor dürfte heute eine optimistische Prognose wagen. Selbst wenn er das nicht so offen zugeben würde wie ich, Eure Durchlaucht.«

Der Herzog nahm einen so tiefen Zug, dass der Rauch im Grunde bis in seine unnatürlich kleinen, fast weiblichen Füße sickern musste. Und jetzt wollen wir doch mal hören, weshalb du hier bist, dachte Klawdi mit einem Anflug von Schadenfreude. Jetzt habe ich dir eine Tonlage für unser Gespräch vorgegeben, mit der du, meine goldige Gans, vermutlich nicht gerechnet hast. Denn ich werde mich nicht auf deine Spielchen einlassen, ich bin dir zwar ergeben, aber ich bin nicht dein Eigentum. Jetzt versuch doch mal, mir an den Wagen zu fahren!

Der Herzog hüllte sich in Schweigen. Die lange Zigarette in seinen Fingern schrumpfte langsam dahin. Die tief liegenden Augen blickten zu Boden. Mit einer gewissen Nervosität gestand sich Klawdi ein, dass ihm immer noch unklar war, aus welchem Ärmel der Herzog den Trumpf ziehen würde, den er gegen ihn auszuspielen gedachte. Falls er überhaupt einen Trumpf dabeihatte – und nicht eine Handgranate.

»In meinem Bericht«, bemerkte Klawdi zögernd, »sind einige Überlegungen ausgelassen, die ich dem Papier nicht anvertrauen wollte. Ich bin gern bereit, sie Ihnen jetzt darzulegen. Aber zunächst müsste ich wohl wissen, was mir die Ehre Ihres Besuchs verschafft.«

Das Schweigen des Herzogs wurde unerträglich. Das war keine Pause mehr, keine erzieherische Maßnahme, der er die Beamten aller Ränge unterzog – das war ein Urteil. Was könnte er nach zehn Minuten eines solchen Schweigens noch sagen?

Klawdi seufzte. Er zog die nächste Zigarette aus der Schachtel, besann sich dann aber anders und legte sie beiseite. Er stützte das Kinn auf die ineinander verschränkten Finger. Gut, er konnte warten.

»Vor einer halben Stunde wurde meine Rede an die Nation aufgezeichnet«, setzte der Herzog stockend an. Etwas in seiner Stimme ließ Klawdi zusammenfahren. »Eine trostvolle Ansprache, mit huldvollem Lächeln und in sanftem Ton. Ich kann von Glück sagen, dass ich dergleichen von klein auf gelernt habe. Ich habe so getan, als ob nichts im Schwange sei. Mir ist das höchst überzeugend gelungen, da werden mir viele glauben.« Er musste sich überwinden, um den Blick vom Boden zu lösen. Seine hängenden Schultern sackten noch weiter ab. »Klawdi … uns verbindet keine Freundschaft. Das, was ich jetzt sage ... ist nicht für die Presse bestimmt. Das ist nur für Ihre Ohren. Ich fühle mich wie der Kapitän auf einem Schiff, das, begleitet von Orchestermusik, sinkt, während ich sowohl der Mannschaft als auch den Passagieren versichere, alles laufe nach Plan und wir hätten die Situation voll im Griff.« Er seufzte. »Bereits ... dreimal hat man mich angerufen. Die Staatsoberhäupter unserer Nachbarländer, was kein Wunder ist. Sie stehen vor denselben Problemen wie wir.«

Jetzt war es an Klawdi zu schweigen.

Das Geheimnis, das seine Durchlaucht ins Büro des Großinquisitors getragen hatte, schaute sich um und entdeckte allenthalben nur Furcht – was insofern bemerkenswert war, als der Träger dieses Geheimnisses eigentlich nicht als Feigling galt.

»Ich habe Unterlagen, Klawdi«, fuhr der Herzog bedrückt fort, »einen ganzen Stapel Anschuldigungen gegen Sie. Meldungen verschiedener Kuratoren, in denen Sie als Querkopf bezeichnet werden, der die Situation mit den Hexen außer Kontrolle geraten lässt. Unter ihren Geliebten soll es eine Abenteurerin geben, eine Hexe, die unzweifelhaft Einfluss auf Sie hat. Schauen Sie mich nicht so an, ich habe nicht die geringste Absicht, Sie in irgendeiner Form unter Druck zu setzen. Ein Teil meiner Quellen beteuert, diese Hexe nehme eine besondere Stellung unter all Ihren Frauen ein ... Sie würden sie maßlos lieben und beschützen, während Sie gegen ihre Artgenossinnen drakonische Maßnahmen ergriffen. Lassen Sie mich ausreden. Einige meiner Quellen vertreten ferner die Ansicht, Sie würden ein doppeltes Spiel spielen, Klawdi, und hätten die Mutterhexe längst identifiziert. Diese soll in Ihrer Wohnung wohnen. Sie behalten sie, die noch nicht initiiert ist, in der Hinterhand, wie einen Trumpf im Ärmel. Geben Sie zu, Klawdi, dass ich Ihnen gegenüber offen bin, denn falls dem so wäre ...«

Der Herzog schwieg bedeutsam. Klawdi hielt seinem Blick nicht stand.

So sah die Sache also aus. Es fiel ihm immer schwerer, die Maske des Desinteresses beizubehalten. Er wollte naiv mit den Augen klappern, wie eine Eule in einem Schaufenster für Spielwaren. Was für einen frischen Blick die Quellen des Herzogs doch auf die Welt hatten!

Zögernd versuchte er, die Person Klawdi Starsh, der Ywha Lys am Arm führte, mit anderen Augen zu sehen. In der Tat ein seltsames Bild, ein Widerspruch … Wer es darauf anlegte, konnte das für Liebe halten, ja, sogar für einen Trumpf im Ärmel.

»Mit anderen Worten«, bemerkte er bedächtig, »Sie bezichtigen mich des Verrats? Nicht mehr und nicht weniger?«

Etwas in seiner Stimme zitterte. Etwas Aufrichtiges schwang in ihr mit, dem sich selbst der Herzog nicht zu entziehen vermochte; nervös blinkerte er mit den tief liegenden Augen.

»Ich bitte Sie, Klawdi, natürlich nicht. Ich hätte Ihnen all das auch nicht sagen müssen. Aber ich habe Sie davon in Kenntnis gesetzt, um Ihnen einmal mehr zu zeigen, wie sehr ich Ihnen als Leiter einer unserer wichtigsten Behörden vertraue.«

»Die Inquisition ist keine Ihrer Behörden.« Klawdi sah an die Decke. »Die Inquisition war in allen Zeiten etwas Eigenständiges, bildete ein selbstständiges Imperium. Geben Sie ruhig zu, Eure Durchlaucht, dass Sie zutiefst betrübt waren, als ausgerechnet ich diesen Posten bekam.«

Der Herzog stierte auf die Zigarette, die in seinen Fingern heruntergebrannt war. Er stierte auf den vor ihm stehenden Aschenbecher und seufzte hilflos, als wisse er nicht, wie er die beiden Gegenstände miteinander in Verbindung bringen sollte.

»Verehrter Herr Starsh, ob ich betrübt oder erfreut gewesen bin, dürfte doch wohl *jetzt* kaum von Bedeutung sein, meinen Sie nicht auch?«

»Sind Sie sich dessen sicher?«, hakte Klawdi nach.

»Sie denken da an gewisse Kungeleien«, presste der Herzog hervor. »Ja, es gab eine Zeit, da war mir daran gelegen, Ihnen … gewissermaßen … den Stuhl vor die Tür zu setzen. Aber nicht jetzt, da … kurz und gut, nicht jetzt.«

Es folgte eine lange Pause. Die beiden, die sich an unterschiedlichen Seiten des langen Tisches gegenübersaßen, starrten einander unverwandt an.

Als Erster senkte Klawdi den Blick.

»Gut. Wenn Sie offen zu mir waren, so will ich es umgekehrt auch sein, Eure Durchlaucht. Diese Frau, der Ihre Quellen so viel Aufmerksamkeit zuteil werden lassen, ist eine Hexe mit außergewöhnlicher Empathie. Ich brauche sie bei der Arbeit. Sie war die Verlobte vom Sohn eines Freundes von mir, weshalb ich mich verpflichtet fühlte ... ihr ein wenig zu helfen. Das ist alles. Was die Mutterhexe angeht, da wird Ihnen, Eure Durchlaucht, jeder Fachmann bestätigen, dass vor dem Vollzug des Initiationsrituals das zukünftige Wesen einer Hexe nicht zu bestimmen ist, mehr noch: Selbst in den ersten Stunden und Tagen nach der Initiation befindet sich dieses Wesen in einem Schwebezustand. Eine Arbeitshexe kann da beispielsweise noch ganz einfach zur Kampfhexe heranwachsen. Ywha kann trotz ihrer enormen Empathie eine durch und durch gewöhnliche Hexe werden, schwach, mit einem Brunnen von geringem Wert. Deshalb versuche ich, ihre Initiation um jeden Fall zu verhindern. Davon abgesehen haben weder Gefühle noch die Liebe – sofern diese nicht der Phantasie Ihrer Quellen entspränge, sondern tatsächlich existierte –, geschweige denn die leidenschaftliche Liebe eines älteren Mannes zu einer langbeinigen jungen Frau jemals auch nur den geringsten Einfluss auf mein Verhalten gehabt und werden es auch in Zukunft nicht haben. Dessen kann ich Sie ruhigen Gewissens versichern. Genügt das, oder haben Sie noch Fragen?«

»Ich danke Ihnen«, erwiderte der Herzog stockend. Nach einer Pause wiederholte er: »Ich danke Ihnen. Ihre Geliebten sind Ihre persönliche Angelegenheit, Klawdi. Ihre Arbeitsmethoden ebenfalls. Für Ihre Offenheit ... bin ich Ihnen zu Dank verpflichtet. Können Sie mir jetzt in knappen Worten umreißen, was hier eigentlich vor sich geht?«

Klawdi seufzte.

Gegen die Lehne seines Stuhls geschmiegt, den Nacken bequem auf das Lederkissen gebettet, berichtete er; während er fünfzehn Minuten am Stück redete, kehrte in die Augen des Herzogs etwas vom typischen Glanz und der Entschlossenheit zurück. Klawdi hatte dagegen den Eindruck, zwei Stahlschrauben bohrten sich ihm in den Schädel. Schließlich verstummte er und holte tief Luft.

»Ich danke Ihnen für diese Lektion in alternativer Geschichte«, murmelte der Herzog tonlos. »Fünf aufeinander folgende Jahre ohne Ernte, dafür Pest und Hunger – stimmt, dergleichen wird normalerweise den Hexen zugeschrieben. Aber stehen Ihrer Ansicht nach hinter jenem Aufstand, zu dem es vor vierhundert Jahren gekommen ist, hinter Hochverrat und den blutigen Auseinandersetzungen unter den Erben des Herzogsthrons, *auch* die Hexen?«

»Alle Sünden der Menschen werden den Hexen zugeschrieben«, erklärte Klawdi mit geschlossenen Augen. »Für mich sind die Hexen jedoch wie Verwandte, Eure Durchlaucht. Nein, verziehen Sie nicht vorschnell das Gesicht. Vermutlich hasst sie kein Mensch so sehr wie ich. Aber sie sind mir nicht fremd. Das ist mein Beruf. Deshalb neige ich eher dazu, die Hexen zu verteidigen und stattdessen die überheblichen Lehnsfürsten anzuklagen, denn Letztere gehen über Leichen, um ihre Gier zu befriedigen, während Hexen … bloß ihrer Natur folgen.«

Klawdi atmete durch. Der Herzog behielt ihn fest im Blick. Auf dem Grund der tiefen Augen stand Staunen geschrieben.

»Die Hexen folgen ihrer Natur wie niemand sonst. Es sind vierhundert Jahre vergangen. Jetzt ist eine neue Mutterhexe gekommen.«

Klawdi hatte den Eindruck, die letzten Worte wollten sich nicht verziehen, wie es menschlichen Lauten geziemt, sondern blieben aus unerfindlichen Gründen an der Decke hängen. Zusammen mit den Schwaden von Tabakqualm. Genauso musste in einem Gerichtssaal ein überraschend hartes Urteil an der Decke hängen.

Der Herzog schien das ebenfalls zu spüren. Er schwieg. Eine seiner hängenden Wangen zuckte nervös. »Zum Teufel mit diesen Humanisten! Die haben uns das alles eingebrockt! Mit ihrer dämlichen Menschenliebe … besser gesagt mit ihrer dämlichen Hexenliebe!«

»In der Geschichte der Menschheit«, erklärte Klawdi und sah den Herzog dabei eindringlich an, »gab es immer Zeiten und Staaten, die die Null-Variante gepredigt haben, Eure Durchlaucht. Eine Welt ohne Hexen.«

Der Herzog antwortete nicht.

»Sie wissen genau, was das heißt, Eure Durchlaucht. Es würde keineswegs weniger Hexen geben. Dafür würden aber die Null-Länder zu einer Art Kriegsfabrik mutieren. Alles wäre gleichgeschaltet, ein eisernes Regime würde herrschen – und die ständige Angst vor diesem Regime. In der Folge würde noch mehr

Blut fließen, es käme zu einer Revolte … Das wissen Sie besser als ich.«

»Und?« Der Herzog senkte die Lider.

»Es hilft nichts, sich vorzuwerfen … zu humanistisch zu sein. Wir haben den einzig möglichen Weg eingeschlagen. Jetzt müssen wir eine Möglichkeit finden, die Mutterhexe auszuschalten.«

»Ist sie in unserem Land?«, hakte der Herzog sofort nach. »Wissen wir das mit Sicherheit?«

»Traditionellerweise stattet sie uns ihren Besuch ab«, meinte Klawdi lachend. »Zum Gedenken an Atryk Ol …«

Wieder lastete das Schweigen auf ihnen. Ein langes, endlos langes Schweigen.

»Starsh, ist Ihnen bekannt, wie Ihr … Vorgänger seinen Triumph erzielt hat?«

Klawdi zögerte. Ja zu sagen hieße zu lügen. Nein zu sagen hieße, die eigene Hilflosigkeit einzugestehen.

»Vermutlich ist er mit einer silbernen Klinge auf sie losgegangen?«, presste der Herzog hervor. »Mit einer solchen, wie sie da bei Ihnen an der Wand hängt?«

Unwillkürlich hob Klawdi den Kopf. Richtig, rechts von der Tür hing an einem Nagel der silberne Ritualdolch, mit dem die Hexe aus Odnyza den Faden der eigenen Bosheiten gekappt hatte. Im Stadion, während des Konzerts, bei dem sie beinahe ein unfassbares Blutbad angerichtet hätte. *»Oder auf den Tribünen werden sich die Toten stapeln.«*

»Das glaube ich nicht«, antwortete Klawdi leise. »Es dürfte ihm wohl eher gelungen sein, ihre Nervenzentren aufzuspüren. Und einen zielgenauen Schlag zu landen. Mit Hilfe des archaischen Verstärkerfluchs beispielsweise.«

»Zielgenau«, meinte der Herzog nachdenklich.

»Wie bitte?«

»Ein zielgenauer Schlag. Dieser Verstärkerfluch ist ja schön und gut. Aber seit jener Zeit sind vierhundert Jahre vergangen.«

Eine Unruhe durchzog Klawdi. Die Angst, die in der Seele des Herzogs nistete, hatte nicht abgenommen, ließ sich jetzt jedoch klarer definieren. Und der Herzog schämte sich ihrer nicht. Er blickte an Klawdi vorbei, starrte auf das Geständniszeichen.

»Ich bin nicht panisch, Starsh. Sie sollten meine Worte nicht für das Gejammer eines Kerls nehmen, der in Panik gerät. Wie Sie wissen, bin ich auch der Oberbefehlshaber … Einer modernen Armee stehen wirksamere Mittel zur Verfügung als ein Ritualdolch. Deshalb händige ich Ihnen … Er sieht wie ein Telefonhörer aus. Den Zugang erhalten Sie über Ihren Fingerabdruck in Kombination mit dem Code. Danach müssen Sie nur noch die Koordinaten eingeben. Und die Zeit. Finden Sie Ihre Mutterhexe, und zwar so schnell wie möglich, bevor unsere verzweifelten Nachbarn anfangen, uns mit Bomben zu überziehen. Sehen Sie zu, sich selbst möglichst fern der Schusslinie zu halten. Es wäre schön, wenn es an einem unbewohnten Fleckchen geschähe … das versteht sich von selbst.«

»Ich verstehe gar nichts«, bekannte Klawdi zögernd.

»Sie verstehen sehr wohl«, widersprach der Herzog mit gequältem Lächeln. »Womöglich kommt das für Sie einer Beleidigung gleich, aber die Inquisition ist in unserer Welt eben nicht die stärkste Kraft, Klaw. Gegenwärtig haben wir nichts Besseres an der Hand als Raketen mit netten kleinen Sprengköpfen. Geben Sie die Koordinaten durch. Dann wird es zu der von Ihnen festgesetzten Zeit eine zielgenaue Atomexplosion geben. Im äußersten Notfall natürlich nur, das versteht sich, wie gesagt, von selbst. Versuchen Sie es vorher ruhig mit Ihren Dolchen und Verstärkerflüchen.«

Klawdi sagte kein Wort.

»Vielleicht kommt es Ihnen merkwürdig vor«, vermutete der Herzog mit zuckender Wange, »dass ich Ihnen *derart* vertraue?«

Aus irgendeinem Grund fiel Klawdi Helena Torka ein. Das brennende Theater, und dann ihre Worte: *»Klawdi, Sie sind ein guter Mensch.«*

»Eure Durchlaucht können versichert sein, dass ich Ihr Vertrauen rechtfertigen werde«, sagte er tonlos. »Genau wie wir wohl auf derart drastische Maßnahmen werden verzichten können. Ich nehme … Ihr Angebot an, jedoch nicht, um davon auch Gebrauch zu machen.«

Nach einer kurzen Irritation nickte der Herzog unsicher.

Offenbar löste sich der dunkle Klumpen der Angst, die ihn zu diesem Gespräch veranlasst hatte, erst jetzt auf.

»Liefern Sie mich am Ende also doch aus?«

»Ywha, du kommst weder ins Gefängnis noch unter Arrest. Nicht eine einzige Wyshnaer Hexe genießt momentan das Recht der Freiheit! Versteh mich doch!«

Obwohl sie kein Wort sagte, sprach ihr Blick Bände.

Klawdi hätte viel dafür gegeben, hätte er ihnen beiden diese Szene ersparen können, doch er durfte das Ganze nicht weiter hinauszögern. Wenn er wollte, dass man seine Befehle ernst nahm, musste er selbst mit gutem – wenn auch vielleicht nicht gerade mit mustergültigem – Beispiel vorangehen. Darüber hinaus hatte der Besuch des Herzogs einmal mehr die Gültigkeit einer alten Regel unter Beweis gestellt: Wenn du nicht willst, dass dir die Dienerschaft in den eigenen vier Wänden nachspioniert, tritt dir die Schuhe vor der Tür ab.

Ywha konnte nicht länger in seiner inoffiziellen Wohnung leben, aber er wollte sie auch nicht ins Gefängnis stecken, weshalb er der Ordnung halber einen Aufenthaltsraum der Wärter im Zellentrakt beschlagnahmt hatte. Die Wärter hatten das zwar nicht gerade mit Freude aufgenommen, doch der Raum strahlte sogar eine gewisse Behaglichkeit aus, zudem gab es darin alles, was zum Leben nötig war, darunter auch den staatlichen Schutz, an den Klawdi vorbehaltlos glaubte.

Als er Ywha als prophylaktisch Festgenommene in den Akten vermerkte, verspürte Klawdi keinerlei Erleichterung – immerhin hatte er sein professionelles Gewissen doch von einer gewissen Ungereimtheit befreit –, sondern nur blinde Wut und brennende Scham. Und ein Schuldgefühl, denn bereits als er die Verfügung unterschrieben hatte, war ihm klar gewesen, wie sich das Gespräch mit Ywha gestalten würde. Schon damals hatte er vor seinem inneren Auge Ywhas Gesicht gesehen, auf dem ein tödlich beleidigter Ausdruck lag, während die tränenlosen Augen wütend funkelten und die roten Locken wie Flammen züngelten.

»Ywha«, sagte er so sanft wie möglich, »wenn diese verrückten Zeiten vorbei sind – und das werden sie irgendwann sein –, mieten wir dir eine Wohnung. Mit Blick zum Fluss. Du wirst das Leben führen, das dir gefällt. Und nur du allein wirst einen Schlüssel haben. Wenn du möchtest, können wir über der Tür sogar ein Schild anbringen, auf dem steht: Hier wohnt eine absolut freie Hexe. Aber jetzt geht das noch nicht. Wir müssen den Schein wahren, damit niemand einen Grund hat nachzufragen, warum ausgerechnet diese Hexe noch in Freiheit ist.«

»Da haben Sie also meinetwegen Schwierigkeiten«, sagte sie und lachte kurz. »Gerüchte, Intrigen, Unzufriedenheit. Und ich habe geglaubt, wenn einer immun gegen derartiges Gerede ist, dann Sie.«

Er unterdrückte die überraschend in ihm aufsteigende Wut. Lachend versuchte er, ihre Kritik abzutun. »Soll ich dir beim Packen helfen?«

»Das dauert sowieso nicht lange«, erklärte sie, seinem Blick ausweichend. »Das geht schon mein ganzes Leben so. Socken und Schlüpfer in die Tasche, die Jeans und die Jacke an, ein Paar Turnschuhe, dann eine Fahrkarte für den Zug – und schon bin ich weg. Diesmal sorgen Sie halt fürs Ticket.«

»Es wäre schön, wenn du nicht allzu wütend auf einen Menschen wärest, der deinetwegen ... Gut, ich sag ja schon gar nichts mehr.«

»Warum denn nicht?« Sie riss den Kopf hoch, worauf das rote Feuer ihrer funkelnden Haare greller aufloderte. »Schießen Sie ruhig los! Das gibt einen schönen Monolog für eine Daily Soap. ›Was habe ich nicht alles für sie getan?! Und womit gibt sie es mir zurück? Mit furchtbarer Undankbarkeit!‹«

Seufzend wandte er sich zur Tür, als wolle er gehen. Sie erreichte ihn, als er bereits in der Füllung stand, und umarmte ihn spontan – und zwar so fest und überraschend, dass er erstarrte.

»Klawdi ... ich fürchte mich. Lassen Sie mich bitte nicht allein. Sie sind der einzige Mensch, dem ... ich halbwegs vertrauen kann ... Nehmen Sie mich heute Abend mit zu sich. Wie man ein Kind mit nach Hause nimmt, damit es morgen lustiger ist, wenn es ins Heim kommt. Nur einmal. Aus Mitleid. Ja, Klawdi?«

Er bedeckte ihre Hände, die auf seinen Schultern ruhten, mit den seinen.

Wie kamen die Spione Seiner Durchlaucht darauf, der Großinquisitor sei in »wahnsinniger Liebe« zu seinem Schützling entbrannt? Stand dahinter das typische Denkschema? Wenn sich ein Mann, in fortgeschrittenen Jahren und mit einiger Macht ausgestattet, um eine schöne junge Frau kümmert, dann kann das nur eins bedeuten …

Das Füchslein aus seiner Kindheit fiel ihm wieder ein. Der unglückliche Gefangene hinter dem Metallgitter, das freiheitsliebende Wesen, das im Gefängnis und für das Gefängnis geboren worden war.

»Bist du sehr wütend auf mich, Ywha?«

»Weshalb sollte ich? Weshalb? Klawdi, ich verstehe das doch alles … Verzeihen Sie mir. Und nehmen Sie mich mit! Nur heute Abend … Ich werde auf dem Sofa schlafen und Sie nicht stören. Wenn Sie wollen, werde ich sogar …«

Er wandte sich von ihr ab.

Sie wurde rot. Sie stand da, quälte sich mit ihrem Purpur, die Ohren bronzerot, die Augen wieder mit Tränen gefüllt. »Nein! So habe ich das doch gar nicht gemeint! Klaw, sehen Sie mich nicht so an. Verzeihen Sie mir doch! Bitte. Aber ich habe das schon so oft erlebt! Männer, die … die *dafür* ganz leicht zu kaufen sind. Jetzt denken Sie bestimmt von mir, ich wäre … Aber von Ihnen habe ich *so* etwas nie angenommen, das schwöre ich! Ich Idiotin! Warum kann ich nie meine Zunge im Zaum halten?!«

»Weine nicht. Ich denke nichts Schlimmes.«

»Wirklich nicht?«

»Ich verstehe ein bisschen was … von Hexen. Weine nicht.«

Es war der längste Abend in Ywhas Leben.

Während der ersten Hälfte war sie völlig allein, in der großen Wohnung am *Platz des Siegreichen Sturms,* vor dem dunklen Schirm des Fernsehers. Der kalte Sonnenuntergang schickte ein unschönes rotes Licht in Klawdis Wohnung, zum Glück nicht für lange Zeit, denn dann ging die Sonne unter, und Ywha blieb erst im Dämmerlicht, dann in der Dunkelheit zurück.

Irgendwann zwang sie sich aufzustehen, tastete nach der Lampe auf dem Couchtisch, schaltete das Licht an und sah sich im Zimmer um, das nun in einem anderen, nämlich in einem warmen, gelb-orangefarbenen Licht lag. Diese vorteilhafte Veränderung vermochte Ywha jedoch nicht zu täuschen. Sie kehrte zu ihrem Sessel zurück, nahm Platz und starrte weiter auf den dunklen Bildschirm.

Wie oft schon hatte sich ihr Leben verändert? Und jedes Mal von Grund auf und aus heiterem Himmel. Noch hatte Ywha nicht ganz begriffen, was ihr morgen bevorstand, doch ihre Intuition, geschärft durch die Jahre der Odyssee, ließ ihr nicht die geringste Hoffnung.

Sie saß da und überließ sich ganz der Umarmung des weichen Sessels, sie versuchte gar nicht erst, den Strom ihrer langsam dahinplätschernden Gedanken einzudämmen. Einmal noch wollte sie sich gehen lassen. Es war die letzte Gelegenheit.

Sie dachte ans Gefängnis. Denn was auch immer Klawdi sich einreden mochte – und er redete sich etwas ein, daran ließ sich ihrer Ansicht nach nicht rütteln –, ein Gitter, das einmal hinter einer gefangenen Hexe zugefallen war, würde kein Interesse zeigen, sich je wieder zu öffnen. Schon gar nicht im Jahrhundert der Hexen. Schon gar nicht, wenn diese Hexe Ywha Lys hieß.

Vielleicht litt Ywha ja allmählich unter Verfolgungswahn. Oder sogar Größenwahn. Oder unter beidem. Sie saß vor einem schwarzen Fernseher, und in ihrem Innern verfestigte sich die Gewissheit, jedes Gefängnis, jedes Verlies und jede Folterkammer dieser Welt halte sich bereit, alle anderen zu zerfetzen, der Konkurrenz die Eisenstangen einzuschlagen und die Dornen abzubrechen, nur um diesen Fuchs, dieses freie Tier, das nicht anders leben konnte als in Freiheit, hinter die eigenen Gitter zu bringen.

Im letzten Monat war sie um viele Jahre gealtert. Nicht weil Nasar mit ihr Schluss gemacht hatte oder sie mit ihm – sondern weil sie sich von ihrem Traum verabschiedet hatte, in dem es einen Morgen gab, Sonnenstrahlen auf dem Boden und einen geliebten Menschen, der mit Geschirr klapperte. Vielleicht taugte dieser Traum nicht für sie, vielleicht taugte sie auch nicht für diesen Traum. Vielleicht war es aber auch ganz anders, vielleicht war der Traum einfach zu etwas vollkommen Unerreichbarem geworden – und hatte damit seinen Sinn verloren.

Die Welt, die Ywha umgab, hatte sich mit ihr verändert. Früher war sie einfach nur eine Füchsin gewesen, die durch das reife Herbstfeld lief, das sich Blicken wie Schüssen gleichermaßen offen darbot. Es hatte erbarmungslose, berechnende Jäger gegeben, aber auch einen weiten Himmel und einen jungen Tannenwald, in dem sie sich verstecken konnte. Jetzt stand sie weitaus mehr Jägern gegenüber, und das Feld hatte sich in ein gläsernes Schachbrett verwandelt; die Füchsin aber, die sich völlig verausgabt hatte, sah nun Abgründe unter sich und grauenvolle Schluchten, die sich ihr beschränkter Verstand früher nie hätte ausmalen können.

Ywha seufzte. Gestern hatte sie etwas geträumt.

Dieser Traum hatte aus quälenden Sequenzen und Bildern bestanden, die von den verhörten Hexen stammten. Ein Flug über Bäume, brodelnde Brühe, ein Stern, aufgespießt von einer rostigen Nadel, sich auflösende Gesichter, eine unendlich lange Beerdigung, bei der der Tote im Sarg vermoderte, während die Prozession weiter und weiter einherschritt … Im Schlaf hatte Ywha gestöhnt und um Gnade gebeten. Diese war ihr gewährt worden.

Sie hatte geträumt, sie sei schwanger, was ihr jedoch keine morgendliche Übelkeit bereitete; einfach nur Freude hatte sie empfunden. Ihr dicker Bauch kam ihr ganz leicht vor, das ungeborene Kind schien mit ihr zu reden, und süße, fast unerträgliche Liebe schnürte ihr die Kehle ab. Sie hatte von einer Wiege geträumt, vom Geruch des Kindes ausgefüllt, dem betörenden Duft nach Milch. Sie hatte von einer Badewanne geträumt, in deren Wasser eine Blume schwamm. Und von einem Stoffballen, der sich endlos abrollte, ein schneeweißer, heller und zarter Stoff.

Irgendwann hatten sich alle Träume übereinandergelegt.

Sie hatte auf einem Hügel gestanden. Nein, sie war geflogen, denn ihre nackten Füße hatten das Gras nicht berührt. Das Gefühl hatte ihr den Atem genommen und war vermutlich eher physiologischer Natur gewesen. Von überall her, von oben und von unten, hatte sie Lichtreflexe aufgefangen, zunächst nur schwache, dann immer grellere, immer stärkere – als sei sie eine von tausend Spiegeln umgebene Fackel. Als sei sie eine Mutter, zu der, durch das Gras stolpernd, ihre vergessenen und verlassenen, ihre fern von ihr aufgewachsenen Kinder angerannt kamen.

Auf einem klatschnassen Kopfkissen war sie aufgewacht. Mit salzverklebten Wimpern. Das war gestern gewesen …

In der Küche tickte betäubend die Uhr. Plötzlich fiel Ywha

etwas ein. Sie stand auf, ging barfuß in den Flur und blieb neben der Eingangstür stehen. Sie hielt sich ihre Uhr mit dem abgeschabten Lederarmband unter die Nase, ein altes Stück, das schon oft repariert worden war.

Ein Geschenk ihrer Mutter, erinnerte sie sich. Vielleicht das einzige. Alles, was Ywha aus der Kindheit geblieben war.

Die Uhr zeigte halb elf. Klawdi war immer noch nicht da. Draußen schwieg die dunkle Stadt. Nur ab und zu durchriss das Geräusch eines Panzers die Stille, der Strahl eines Suchscheinwerfers die Dunkelheit.

Während Ywha auf die Uhr schaute, blieb diese stehen. Der Sekundenzeiger erzitterte ein letztes Mal, dann erstarrte er. Ywha drehte sich zur Lampe um, zog die Uhr auf und klopfte gegen das Glas.

Still steht die Uhr, stumm,
Schon stirbt mein Name, verlischt.
Golden schimmert eine Blume in der Welt aus Stahl,
Tönern schlägt die Stunde, und stumm steht die Uhr.

Wieder stieß sie mehrere Seufzer aus. Irgendwo dort, in der Stadt, im Dunkeln verborgen, in dem schrecklichen Inquisitionspalast, der seine Zähne fletschte, tötete der unergründliche Klawdi Starsh mit aller Konzentration ihre Gefährtinnen, die Hexen.

Kurz wurde ihr unsagbar bang bei dem Gedanken, er könne die ganze Nacht nicht nach Hause kommen. Sie würde weiterhin im Halbdunkel sitzen und warten und grübeln, während er einfach nicht kam.

Nein, er wusste ja, dass sie hier war. Er würde zurückkommen. Bestimmt.

Was bedeutete sie ihm eigentlich? Was zählten ihre Wünsche und Ängste?

Sie war ein Instrument. Ein Spiegel für das Periskop. Die ehemalige Freundin eines leichtsinnigen Jungen, der der Sohn eines alten Freundes war. Dem hatte er den Gefallen nicht verweigern können, dem hatte er helfen müssen …

Sie schüttelte den Kopf, wollte sich diesen Gedanken nicht

anvertrauen. Oder an das glauben, wofür sie erst jetzt ein Bild fand.

Dieser Mann war ein aufgegebenes Schloss, majestätisch, aber voller Gespenster. Es ragte so hoch auf, dass seine Spitze in den Wolken verschwand, reichte so tief in die Erde, dass das Geheimfach im Kellerboden nie entdeckt werden würde.

Ywha lächelte schief. Da machten sich wohl ihre Talente für die angewandten Künste bemerkbar, in dieser Neigung, jedem x-beliebigen Bild Schönheit zu verleihen.

Dieser Mann stand ihr unendlich fern. Sie war eine zufällige Passantin in seinem Leben. Sie rief Mitleid hervor, aber kein Mitgefühl, Neugier, aber kein Interesse. Dieser Mann …

Sie erhob sich und schaltete das Deckenlicht ein. Während sie so dastand, freute sie sich darüber, mit der Dunkelheit auch ein gewisses kratzendes Gefühl vertrieben zu haben, eine Sehnsucht, die sie zum Weinen bringen wollte. Sie lächelte dem kleinen Wandspiegel zu: ihrem Bild. Sie wusste bereits, dass sie die Schwelle dieses Hauses nie wieder überschreiten würde, weshalb sie an der Wand entlangstrich, mit der Hand über die Tapete, die Gobelins, die Bücherregale und das Fensterbrett fuhr, als wolle sie Abschied nehmen.

Die Tür zum Arbeitszimmer. Diesen Raum hatte sie noch nie betreten. Nicht weil die Tür ständig abgeschlossen gewesen wäre, sondern einfach aus Angst. Als fürchte sie, auf dem Schreibtisch des Inquisitors einen abgetrennten menschlichen Kopf zu sehen.

Vielleicht stand da aber auch nur ein Sofa mit zerschlissenen Kissen und ein Schreibtisch, auf dessen matter Platte ein einziger Kerzenhalter thronte.

Sie wollte nicht schnüffeln. Die schmale Eisenklinke schien sich ihr einfach von selbst in die Hand zu legen. Sie drückte sie hinunter; die Tür öffnete sich leicht. Ywha atmete den Geruch von Papier ein, denn auf dem Schreibtisch türmten sich Mappen aus Karton, Wachstuch und Plastik.

Sie überwand ihre Schüchternheit und griff nach der Mappe, die obenauf lag. Sie löste die Bänder, mit der diese verschnürt war, und huschte über bedeutungslose Zeilen: Adressen, Telefonnummern, nichtssagende, ihr unbekannte Namen. Allerlei

Formulare, ein Motorradbrief, der vor zehn Jahren ausgestellt worden war.

War das sein Archiv? Dazu war es aber zu bunt, ganz offenbar brauchte Klawdi die Sachen gar nicht, hatte sie nur zufällig zusammengetragen.

Ywha seufzte.

Ganz zuunterst, von den übrigen Papieren erbarmungslos erdrückt, lag eine grüne Wachstuchmappe mit Druckknöpfen. Ywha streckte die Hand danach aus, auch wenn sie selbst nicht wusste, weshalb.

Sie riss daran. Die Dokumentenpyramide schwankte, fiel jedoch nicht in sich zusammen.

Die Mappe war bis auf einen schmalen Stapel weißer Blätter und ein dickes Heft mit einem schwarzen Einband leer. Ywha zog die Nase kraus, als sie einen kaum wahrnehmbaren, uralten und schwer zu bestimmenden Geruch auffing. Ein Parfüm?

Kulturtheorie. Mitschrift von Dokija Sterch, Schülerin.

»In der Geschichte gibt es viele Beispiele … wenn eine Organisation – oder Struktur im administrativen Sinne – selbst die schönste Lehre entstellt …«

Seite um Seite blätterte Ywha um.

»Der kulturwissenschaftliche Aspekt … In Interdependenz zur Religion … Der Hauptgedanke des alten Märchens von der Wanze und der Fliege liegt in …«

Ein zweimal zusammengefaltetes Blatt segelte aus dem Heft. Hastig hob Ywha es auf und steckte es zurück. Dabei schlug das Blatt auf. Diese Handschrift unterschied sich auf den ersten Blick von jener Dokija Sterchs.

»Nicht im Kellercafé, sondern in dem neuen Imbiss, um halb zwei, ich zeichne dir auf, wie du hinkommst …«

Eine einfache Skizze.

»Djunotschka, jede Minute, in der du dich verspätest, ist ein Nagel in meinen … du weißt es ja selbst. Lass die Doppelstunde ausfallen, bitte. Für immer dein – ich.«

Ywha befeuchtete sich die Lippen. Ein Zittern überkam sie, als sei sie unerlaubt irgendwo eingedrungen. Doch statt das Heft zurückzulegen, schlug sie es ein paar Seiten weiter hinten auf. Dort fand sie noch einen Zettel, genauer, ein aus einem

Collegeblock herausgerissenes Stück Papier, mit ausgefranstem Rand.

»Djunotschka, stell dich nicht so an, das ist doch nicht meine Schuld. Ich liebe dich, Djun, sei mir nicht mehr böse. Klaw.«

Ywha schloss das Heft. Sie schaffte es kaum, die verrosteten Knöpfe zuzudrücken. Geschwind, ja, nahezu fiebrig legte sie die Mappe an Ort und Stelle zurück, ganz unten auf den unter Papieren begrabenen Schreibtisch. Gerade als sie die Tür an der Eisenklinke hinter sich zuzog, hörte sie, wie sich ein Schlüssel im Schloss drehte.

Klawdi war im Sessel eingeschlafen. Als Ywha mit einem Tablett heißen Tees hereinkam, blieb sie unentschlossen stehen.

Klawdis Arme ruhten auf den Lehnen. Auf seinem Gesicht lag der Ausdruck einer so schrankenlosen, so bleiernen Müdigkeit, dass Ywha sich auf die Lippe biss. Sie stellte das Tablett auf dem kleinen Tisch ab und setzte sich vor dem Sessel auf den Fußboden.

Eigentlich hatte sie ihm sagen wollen … Aber vermutlich war es sogar besser so. Sie würde ihm jetzt alles sagen – und es war viel besser, wenn er es nicht hörte.

»Klawdi … Klaw …«

Irgendwo weit entfernt schliefen in ihrem Gehege die weißen Gänse. Mit den warmen Flügeln aneinandergeschmiegt schliefen sie und sahen im Traum, wie sie den Großinquisitor der Stadt Wyshna heldenhaft jagten und bissen.

»Klawdi.«

Sie fasste nach seiner Hand. Diese war schwer und schlaff, sie konnte sie lange und völlig ungestraft drücken.

»Klaw … Verzeihen Sie mir bitte. Ich wollte so gern … Aber es geht nicht. Das … es geht einfach nicht. Nie sind meine Wünsche erfüllbar. Verzeihen Sie mir, Klaw.«

Sie erhob sich. Bedauernd sah sie zu dem erkaltenden Tee hinüber, lautlos schlüpfte sie in den Flur hinaus und zog unter der Garderobe ihre alte, vor langer Zeit schon gepackte Tasche hervor.

Ich haben Ihnen nie Schwierigkeiten bereiten wollen, wandte sie sich in Gedanken an ihn. Aber ich kann nicht in Unfreiheit leben. Ich bin freiwillig gekommen – und genauso gehe ich wieder.

Da sie wusste, dass Klawdi sofort auf das Geräusch der zufallenden Tür reagieren würde, hatte sie vorab das Schloss blockiert.

Ich habe Ihnen nie Unannehmlichkeiten bereiten wollen. Aber ich würde Ihnen schon bald zur Last fallen. Ich bin eine Fremde für Sie, eine Zufallsbekanntschaft. Ich müsste jetzt gelassen bleiben, doch gerade das – gelassen sein – kann ich nicht.

Draußen regnete es. Wie in jener Nacht, als Ywha hier vor der Tür gesessen hatte.

Klawdi! Was soll ich bloß tun?

Die Stadt schwieg.

11

Spät nachts durchbrach ihr Planwagen die Absperrung. Die Panik, das weiße Licht der Scheinwerfer und das Rattern der Maschinengewehre ließen sie rasch hinter sich. Von einer unsichtbaren Kraft beschirmt, raste der Wagen über die tischdeckenglatte Straße; die Plane hatte fünf runde Einschusslöcher davongetragen, mehr nicht. Allerdings hatte es einen Augenblick lang so ausgesehen, als seien alle tot, erschossen und tot …

Die Frauen hockten am Boden des Lasters, Rücken und Schultern aneinandergepresst. Sie hatten Angst.

Mehrmals traf der Wagen unterwegs auf Patrouillen. Die unbekannte Kraft schützte den Planwagen und seine Passagiere jedoch nach wie vor, weshalb das Auto seinen Weg fortsetzen und in einen holprigen, aufgerissenen Pfad einbiegen konnte, wo die Frauen im Wagen einander und ihr Gepäck festhalten mussten.

Irgendwann endete die schmerzliche Fahrt. Zweige kratzten über die Plane; ein Eisentor quietschte, erst einmal, dann noch einmal, als es wieder geschlossen wurde. Die Frauen wechselten Blicke – konnten sich in der Dunkelheit aber nicht erkennen.

»Ihr dürft jetzt aussteigen!«

Von draußen lockte nichts außer Regen und Finsternis. Und eine einzelne Taschenlampe, die jemand in Händen hielt.

»Das hier ist die Endstation, Schwestern! Der Weg eurer Qualen ist zu unserer Freude nun zu Ende.«

Die Frauen kletterten schweigend aus dem Wagen, nach den Eisenstufen tastend, von denen aus sie in den Dreck sprangen. Diejenige, die sie begrüßt hatte, hielt die Tür zu einem niedrigen Raum auf, der zur Hälfte eingekellert war. »Stärkt euch und wartet ab. Geduld, Schwestern. Habt keine Angst, ihr seid bereits am Ziel.«

Ein Eisenofen funkelte rot; drei von den vier gerade erst eingetroffenen Frauen kannten ein solches Stück nur von Bildern.

Auf dem Tisch in der Ecke standen eine riesige Terrine, aus der ein Löffel herauslugte, und ein Turm aus Blechtellern. Eine nackte Glühbirne unter der Decke zwang die an die Dunkelheit gewöhnten Augen zum Blinzeln. In diesem äußerst schlichten und insofern offenen Licht nahmen die Frauen aus dem Laster endlich Gestalt an.

Vermutlich wären sie sich in dem Leben, wie sie es bisher geführt hatten, nie begegnet. Eine Dame in mittleren Jahren, bei Weitem nicht arm, mit dauergewelltem und vor einem Monat gefärbtem Haar, die eine schlammbespritzte Lederjacke trug und einen bauchigen karierten Koffer in der feingliedrigen Hand hielt. Eine Schülerin im ausgeleierten Jogginganzug, mit vor Müdigkeit roten, bösen Augen und einem grünen Wanderrucksack voller rotzfrecher Stickers. Eine spitzgesichtige Frau in einem altmodischen Kleid, mit rauen, dunklen, fast männlichen Händen. Und noch eine, jung, todmüde, rothaarig.

Eine Zeit lang standen alle vier hilflos mitten in dem kleinen Raum, beäugten mal den Ofen, mal die verschlossene Tür, mal das durchgesessene Sofa an der gegenüberliegenden Wand. Irgendwann ging die Dame mit dem Koffer zum Sofa, wählte einen Platz möglichst nahe am Ofen, setzte sich vorsichtig und streckte die Beine in den schmutzigen Designerschuhen aus.

Die Schülerin schluchzte. Sie stellte ihren Rucksack an der Wand ab, ließ sich auf ihn nieder und zog die Knie zum Kinn, was sie wie ein trauriges, zartes Vögelchen aussehen ließ.

Ywha hätte sich am liebsten hingelegt. Doch der Boden war kalt und ungemütlich, und auf dem Sofa gab es nicht genügend Platz. So kauerte sie sich am äußersten Sofarand hin, damit noch Platz für die alte Frau blieb. Die machte jedoch keine Anstalten, sich hinzusetzen, sondern trat an den Tisch heran, füllte sich mit gemessenen Gesten dampfende Brühe in einen Blechteller, roch daran, nickte zufrieden, zog einen Aluminiumlöffel aus ihrem Bündel und fing an, die Suppe mit Kennermiene zu löffeln.

Ywha fröstelte.

Sie hatten sie in der Dämmerung aufgelesen, nachdem bereits zwei Panikattacken hinter ihr lagen. Die Stadt war voll von

Inquisitoren gewesen. Mit jeder Zelle hatte Ywha ihre Nähe gespürt, mit jedem Zentimeter ihrer geplagten, dünnen Haut. Menschen waren geflohen, zu Fuß und im Auto, die Kinder auf den Schultern, mit Koffern und Rucksäcken; sie hatten ohnehin schon volle Autos angehalten und sich in Busse gezwängt. Im Zentrum Wyshnas, das seit vielen Jahren keine Laster mehr gesehen hatte, hatten sich die LKWs wie in einem Fabrikviertel gestaut. Auf offenen Lastern hatten in Zeitungen eingewickelte Tisch- und Stuhlbeine flehentlich gen Himmel aufgeragt. Und überall hatte die Inquisition Stellung bezogen.

Nicht einmal in die Nähe des Bahnhofs war Ywha gekommen; dasselbe galt für den Busbahnhof. Sehr schnell hatte sie begriffen, dass ein Inquisitor, wenn sie ihn witterte, sie im nächsten Moment ebenfalls witterte. Bisher hatte die Menge sie gerettet; Ywha hatte sich einfach unter die zahllosen fiebrigen, verängstigten und bedrückten Menschen gemischt. In Straßen, in denen auf einen Inquisitor tausend Flüchtlinge kamen, war sie vor Entdeckung sicher. Schon bald hatte sie eine Patrouille von Weitem auszumachen vermocht, worauf sie jedes Mal in die entgegengesetzte Richtung davongestürzt war. Lange hatte sie Glück gehabt. Dann hatte sich allerdings der Abend herabgesenkt, und mit ihm war die Sperrstunde gekommen. Immer mehr Patrouillen waren unterwegs gewesen, immer weniger Verstecke waren ihr geblieben. Tordurchgänge hatten sich als zu unsicher herausgestellt, Haustüren waren mit Zahlenschlössern verschanzt, als wollten sie nach gemeinsamer Absprache Obdachlose daran hindern, es sich auf den warmen Dachböden gemütlich zu machen. Abgesehen davon: Was hätte ihr so ein Dachboden schon genützt? Ein guter Inquisitor witterte eine Hexe aus einer Entfernung von zahlreichen Metern und durch Ziegelmauern hindurch. Um einer Verhaftung zu entgehen, musste sie in Bewegung bleiben, durfte nicht stehen bleiben.

Und sie war in Bewegung geblieben.

Vermutlich war es einfach ihr Schicksal, an diesem Abend in die Falle zu gehen. Ein Auto der Inquisition, das wie aus dem Nichts aufgetaucht war, hatte scharf gebremst, sich quer gestellt, ihr damit den Fluchtweg in die leere Straße versperrt und sie gegen die Wand gedrängt; Ywha hatte einen strikten Befehl gespürt: Bleib stehen. Paralysiert durch diesen Befehl, ausgeschaltet und hilflos, hatte sie im letzten Moment den Geschmack von Eisen in ihrem Mund gehabt.

Vielleicht rührte der von ihrem Blut her. Vielleicht schmeckte so auch ihre Angst. Jedenfalls war es ihr vorgekommen, als zerbeiße sie mit weißen Fuchszähnen das verrostete, unsagbar schwere Schloss ihrer Käfigtür – die gerade eben zugefallen war.

Da hatte sie sich losgerissen. Die ersten Meter hatte sie auf allen vieren kriechen müssen, weil ihre Beine, noch durch den Befehl gefesselt, ihr den Dienst verweigert hatten. Der Schmerz in den aufgeschürften Händen hatte sie jedoch rasch der Erstarrung entrissen, sie angepeitscht. Ein unbändiger Wunsch nach Freiheit hatte sie aufschreien lassen; Ywha hatte den fremden Willen, der sie gefangen hielt, durchbrochen und mit mahlenden Kiefern einzig den Befehlen ihres blutigen fuchsroten Fells gehorcht.

Eine halbe Stunde später, als sich die Dunkelheit weiter verdichtet hatte und Ywha völlig ausgelaugt war, hatte sie in einem alten Hof im trockenen Becken eines Brunnens Schutz gesucht. Jäh war die seltsame Stille dieser Nacht mit ihrem feinen Herbstregen vom Quietschen eines Wagens zerrissen worden. Eines Wagens voll von heißen Sandwiches. Das Mädchen mit der ausgelassenen Jacke, das sich überhaupt nicht verändert hatte, war kurz vor ihr stehen geblieben und hatte klimpernde gelbe Münzen aus ihrer Tasche gekramt, um sie konzentriert in die kleine Kinderhand zu zählen …

Ywha erschauderte.

Die Alte, die Suppe aus dem Blechnapf löffelte, war endlich fertig. Penibel wischte sie den Boden mit einem Brotstuck aus, leckte den Löffel sorgsam ab und steckte ihn in ihr Bündel zurück. Als sie ihre Gefährtinnen abschätzend musterte, wandte sich Ywha ab.

Sie hatte Angst gehabt. Dort, am Brunnen, hatte sie vor allem Angst empfunden, hatte gefürchtet, sie werde zurückgewiesen. Noch mehr Angst hatte sie allerdings davor, aufgenommen zu werden. Und reine Panik hatte in ihr der Gedanke hervorgerufen, sie könne für ihren Verrat bestraft werden.

Die Hexen hatten sie akzeptiert. Niemand hatte ihr die Zusammenarbeit mit der Inquisition vorgeworfen. Mit keinem Wort hatte man ihr zu verstehen gegeben, dass man Bescheid wusste. Dafür war ihnen Ywha schon dankbar.

Jemand schluchzte. Ywha hob den Kopf. Das Mädchen mit dem Jogginganzug, das an der Wand saß, weinte lautlos und wischte die Tränen mit den Fäusten weg.

»Was hast du?«, fragte die Alte heiser.

»Ich will … zu meiner Mama …«, jammerte das Mädchen, das Gesicht zwischen den Knien verborgen.

»Beruhige dich«, ließ sich die Frau in der Lederjacke vernehmen. »Reiß dich noch ein bisschen zusammen, schon bald wirst du nicht mehr zu ihr wollen.«

Das Mädchen schniefte ein letztes Mal – und erstarrte, um die Frau mit großen, feuchten Augen anzugucken.

»Stimmt«, bestätigte die Alte müde. »Wär aber schön zu wissen, was man dann will.«

Lautlos öffnete sich die Eingangstür. Alle drehten sich zugleich um. Das Mädchen presste die Hände vor den Mund.

Eine Frau in mittleren Jahren trat ein. Glattes, schwarzes Haar fiel ihr locker über die Schultern. Sie trug ein bodenlanges, weites Kleid, das nicht gegürtet war.

»Kommt mit, Schwestern! Ich frage euch zum letzten Mal: Möchte eine von euch nicht mitkommen?«

Ywhas Magen zog sich zusammen. Die Frau sah sie zwar nicht an, doch Ywha hatte den Eindruck, die Frage habe einen doppelten Boden, einen gewissen Hintersinn. Einige Minuten verstrichen in Schweigen; während der gesamten Zeit schlitterten Ywhas Gedanken über die Oberfläche sinnloser Erinnerungen, obwohl sie versuchte, sich an das Wesentliche zu klammern. Vergeblich. Sie stand an einer Schwelle, an einem Abgrund, und sie würde nie wieder die Zeit finden, sich an etwas Schönes zu erinnern, weshalb sie sich wenigstens jetzt ein letztes Mal überhaupt an etwas erinnern sollte.

Der Tee, der in der Tasse erkaltete. Die weißen Gänse. Ein Lagerfeuer mitten im Schnee, ein orangefarbener Schal, ein zerknickter Kirschzweig, Teer, ein kaum wahrnehmbarer Geruch.

Schluss.

Die Frau neigte den schweren Kopf. »Gehen wir, Schwestern. Vergesst euern Kummer. Eure ungeborene Mutter wartet auf euch.«

Wenn bloß nie jemand erfuhr, was ihn dieser Gleichmut kostete!

Er fing die Blicke auf. Mit dem Nacken, dem Rücken. Alle, die sich hier versammelt hatten, wussten, dass der Großinquisitor höchstpersönlich eine Hexe hatte laufen lassen. Dass er gegen das ungeschriebene Gesetz verstoßen hatte, indem er seinen Erzfeind an der eigenen Brust genährt und sich anschließend mit der Bereitwilligkeit eines alten Dorftrottels um den Finger hatte wickeln lassen. Alle wussten das, schwiegen jedoch und wichen seinem Blick aus. Sie warteten auf einen Schritt. Von ihm.

Schweigend nahm er auf seinem Stuhl Platz. Er bedachte sie mit einem strengen, bohrenden, hasserfüllten Blick.

Die Mundwinkel von War Tanas, Kurator aus Rydna und sein ewiger Widersacher, umspielte ein galliges Lächeln.

Der nervöse Mawyn, Kurator aus Odnyza, angepasst und wetterwendisch, wusste nicht, wohin er blicken sollte. Insgeheim kalkulierte er den Schaden und fragte sich, ob es nicht an der Zeit wäre, ins Lager der Opposition überzuwechseln.

Foma aus Altyza. Ein Mann mit immensen Ausmaßen, der zwei Stühle auf einmal brauchte. Ein schlaffer Körper, in Verbindung mit einem beweglichen und schwertscharfen Verstand. Der zum Sprung ansetzte und weder Angst noch Gnade kannte.

Der bleiche Kurator aus Korda, der jede Orientierung verloren hatte und mit kraftlos herabhängenden Armen dem Überfall der Hexen zusah. Neben ihm saß Juryz, Kurator aus dem Kreis Rjanka und vor anderthalb Monaten von Starsh persönlich ernannt. Ein trauriger Mann, dem Untergang preisgegeben.

Antor, Kurator aus Egre. In seinen Augen lag offener Tadel: Ach Starsh, da habe ich dir immer ehrlich und treu gedient. Warum musstest du mich auf diese Weise verraten?

Der Kurator aus dem Kreis Bernst, die »eiserne Schlange«, äußerlich entrückt, mit gleichgültigen, unergründlichen Augen. Starshs moralische Bedenken waren ihm fremd. Wenn es nach ihm ginge, durften alle Hexen unterdrückt, eingesperrt, vernichtet und mit Stumpf und Stiel ausgerottet werden.

Da saßen sie also alle, einträchtig versammelt, um über ihn das Urteil zu fällen. Hier im Palast der Inquisition, im sterbenden Wyshna. Sterbend, denn aus der städtischen Kanalisation quoll bereits der Unrat nach oben und überflutete die unteren Stockwerke der Häuser. Ohne ersichtlichen Grund gingen Bauwerke in Flammen auf und stürzten ein, explodierten Autos; über das Zeichen des Hundes, das an allen Kreuzungen aufgestellt worden war, hatten die furchtlosen Hände von Verrätern den »Hexenkreis« gemalt. Die Bewohner, die nicht imstande gewesen waren, die Stadt zu verlassen, oder dies zuvor nicht geschafft hatten, strömten nun scharenweise zum Stadtrand; unter ihren Füßen riss der Asphalt auf und entblößte schamlos die Kabel und Leitungen, die Abflussrohre und die Metrotunnel. Die Gardeeinheiten, die vor einer Woche nach Wyshna verlegt worden waren, schlugen ihre Lager mitten auf den einst belebten Plätzen auf und trauten sich nicht näher an die Gebäude heran, da sie fürchteten, unter Trümmern begraben zu werden.

Wer aus den Kreisen kam, wer eine lange und qualvolle Reise durch das verheerte Land hinter sich gebracht hatte, wusste noch weit absonderlichere Dinge zu berichten. So sollte beispielsweise in Odniyza ein gespenstisches, schleimiges Monster aus dem Meer gestiegen sein. In den Weinhängen von Egre würden an den Rebstöcken runde Menschenaugen reifen, während sich auf den Feldern von Rjanka alle einst in der Erde vergrabenen Knochen erhöben und in Altyza die Kühe ausnahmslos tote menschliche Kinder kalbten. Zahllose solcher Geschichten machten die Runde. Nahm es da noch Wunder, dass sich überall auf den Straßen Wahnsinnige herumtrieben, allerorten Njawken auftauchten, aber niemand mehr glücklich darüber war, von den Tschugeistern einmal abgesehen, die auch weiterhin ruhig und konzentriert, als sei nichts geschehen, ihre Arbeit erledigten.

»Zu Beginn unserer Versammlung möchte ich etwas mitteilen, damit ich es nachher nicht vergesse«, erklärte Klawdi mit schiefem Lächeln. »Mein Stellvertreter hat eine Vereinbarung mit der Leitung des Tschugeister-Dienstes getroffen. Ausnahmsweise sollen ihre Leute ihre Tätigkeit auf Hexen ausdehnen. Wann immer und wo immer das möglich ist. Sicher sollte ihre Hilfe nicht überschätzt werden. In unserer Lage jedoch, meine

Damen und Herren, sollten wir auch die unbedeutendste Unterstützung nicht ausschlagen. Jetzt bin ich bereit, Sie anzuhören. Jeden Einzelnen von Ihnen, ohne Ausnahme. Nur würde ich Sie bitten, sich kurz zu fassen.«

Unmittelbar an der Tür saß Fedora, den Kopf in die Hand gestützt und hohlwangig. Alles und jeder war ihr gleichgültig. Sie quälte nur eine einzige Frage: Wie konnte Klawdi Starsh, der Großinquisitor von Wyshna, wie nur konnte er, der Mann ihrer Träume, mit dieser jungen Hexe ins Bett steigen?!

Während sich Klawdi den ganzen Schwall der gegen ihn erhobenen Beschuldigungen anhörte, sah er sich jeder Möglichkeit beraubt, Fedora zu erklären, dass er *nicht* mit der Hexe geschlafen hatte. Er konnte ihr nicht einmal sagen, dass er seit sehr langer Zeit mit keiner Frau mehr geschlafen hatte, eine Enthaltsamkeit, die zwar für die Gesundheit mit Sicherheit schädlich war, dafür aber für die Seele angeblich höchst vorteilhaft sein sollte. Denn er, Klawdi, liebte schon seit langer Zeit niemanden mehr. Sein ganzes Leben lang, sozusagen. Es war eine andauernde, lange und hoffnungslose Enthaltsamkeit.

Fedora vernahm seine Gedanken jedoch nicht. Verhärmt starrte sie auf den Tisch. Schließlich beruhigte sich Klawdi und hakte sie innerlich ab. War es letztlich nicht einerlei, was sie von ihm dachte? Sollte sie ruhig annehmen, er sei mit einer Jüngeren ins Bett gegangen. Das würde es ihr leichter machen. Dann konnte sie das alles besser für sich verarbeiten.

Augenscheinlich bereiteten die versammelten Kuratoren seine Absetzung vor. Die Rollen für dieses Szenario waren schon vorab verteilt worden. Sicher, sie fürchteten einen Krieg gegen die Hexen, drohten diesen doch die Menschen zu verlieren; das hinderte sie jedoch nicht daran, die Stühle neu zu besetzen. Zur Zeit erhob der fette Foma aus Altyza Anspruch auf den Posten des Großinquisitors – besser als alle anderen glaubte er zu wissen, was zu tun war, sobald er erst einmal die noch von seinem Vorgänger gewärmten Zügel der Regierung in Händen hielte.

Klawdi drehte den Kopf ein wenig und schaute zum Fenster hinaus. Auf den Rauch, der durch die Stadt waberte. Wenn sie sie vor der Initiation gefangen nehmen, sinnierte er, besteht noch Hoffnung, sie in den Gefängnissen zu finden. Wenn sie das Ritual jedoch schon durchlaufen hat …

Klawdi erschauderte. Unter großer Anstrengung setzte er sich wieder die Maske des Gleichmuts auf. Alle aktiven Hexen wurden inzwischen schon bei der Verhaftung getötet. Ohne Prozess. Die ersten Körper hatten bereits gebrannt. Und er, Klawdi, saß hier und hörte sich diesen Schwall schlecht bemäntelter Beleidigungen an, während an der rothaarigen Ywha womöglich schon ihre Strafe vollstreckt wurde …

Wie immer, sagte das schwarze Flachrelief auf Djunkas Grabstein, dieses Abbild einer Frau, das sonst wen darstellen konnte: Djunka, Ywha, ja, selbst seine lang verstorbene Mutter. Wie auch immer, egal, denn du nimmst die Menschen an deiner Seite nicht wahr. Du wackelst mit den Ohren, während das Ziel deines Lebens hundserbärmlich um dich herumwuselt und versucht, in dein Blickfeld zu geraten. Immer hast du zu viel zu tun. Mal die Prüfungen in der Schule, mal die neuerliche Ankunft der Mutterhexe … Und wenn es zu spät ist, heulst und jammerst du! Als ob das etwas ändern würde! Immer wirst du dann erst etwas bemerken, wenn es nicht mehr da ist.

Er ließ die krampfhaft geballte Faust auf den Tisch niederkrachen. Der Redner, Foma aus Altyza, schien von der ungehaltenen Geste peinlich berührt. Dieser Dummkopf hielt das für eine Reaktion des Großinquisitors auf eine weitere Anschuldigung! Lächelnd bat Klawdi um Entschuldigung. Ach, mein guter Foma, wenn doch wirklich alles so einfach wäre! Aber wenn du wüsstest, worum es hier wirklich geht …

Was war er nur für ein Narr. Da hatte er einen Schatz gefunden, ihn lange mit sich herumgetragen, zwischen Münzen und Glasperlen versteckt – und am Ende verloren. Aus einem Loch in seiner Tasche war er ihm gefallen, und egal, wie sehr er ihn jetzt suchte, egal, ob er sich in den Hintern biss, er fand ihn nicht wieder.

Wer von den hier Anwesenden wohl von seiner letzten Anordnung wusste? Alle Einsatzkommandos, alle Fahnder und Patrouillen hatten den Befehl erhalten, die festgenommenen rothaarigen Hexen dem Großinquisitor persönlich zu übergeben. Begründung: Die Mutterhexe musste rothaarig sein.

Wie er sich über diesen Schachzug gefreut hatte. Niemand hatte auch nur Verdacht geschöpft. Jetzt schien ihm das Ganze allerdings naiv und sinnlos. Wer würde schon mitten in einem grausamen Krieg eine aktive Hexe in den Inquisitionspalast bringen? Die tötete man besser auf der Stelle. Vor allem, falls es sich um die Mutterhexe handelte. Warum sollte man die noch irgendwo hinschleppen? Die musste man ausschalten, sobald man sie schnappte.

Heute Morgen hatte man eine Hexe gebracht, deren Hände mit Holzblöcken gefesselt waren. Ihre Haare waren gefärbt, rosa und purpurrot. Obwohl ihr Brunnen vergessenswert war, stach sie durch eine kolossale Bösartigkeit hervor. Als dann die Strafe an ihr vollstreckt worden war, hatte sie den Tod aller prophezeit, das Ende der Welt und die Alleinherrschaft der Mutterhexe.

Erst jetzt bemerkte Klawdi die Stille, die im Raum hing. Und zwar schon seit ein paar Minuten. Außerdem ruhten alle Blicke auf ihm. Triumphierende Blicke. Verwirrte. Mitleidige. Fragende Blicke. Anklagende. Nur Wikol aus Bernst sah ihn gelangweilt an.

Was erwarteten sie von ihm? Ach ja, sicher, seinen Rücktritt. Ihrem Szenario zufolge musste er sich jetzt erheben und mit tonloser Stimme die Floskel herunterleiern, mit der er seinen Abschied erklärte. Er musste sein Unvermögen, die Aufgaben des Großinquisitors zukünftig zu erfüllen, eingestehen und als Gründe … Ach was, die Gründe spielten keine Rolle. Da konnte er ruhig das allgemeine Chaos und eine entflohene rothaarige Hexe anführen.

Er erhob sich.

Zum ersten Mal sah ihm auch Fedora in die Augen. Traurig und tadelnd. Wie konntest du nur? Nein, noch viel pathetischer, mit einem provozierenden Unterton: Was hast du dir eigentlich dabei gedacht?!

»Meine Herrschaften! Ich habe mir Ihre Berichte aufmerksam angehört.«

Ein Flüstern ging durch den Raum. Wenn er die Rücktrittsforderungen als »Berichte« bezeichnete, musste er entweder sturzbetrunken sein – oder ein Ass im Ärmel haben.

»Sämtliche mit der Ankunft der Mutterhexe verbundenen Ereignisse haben letztlich genau diesen Verlauf zu nehmen.

Noch kürzlich verständigte ich mich eben darüber mit Seiner Durchlaucht, dem Herzog.«

Die Kuratoren flüsterten abermals miteinander, wechselten hinter dem Rücken eines Dritten Blicke. Was redete Starsh da? Als ob nicht alle wüssten, dass ihn der Herzog nicht ausstehen konnte!

»Seine Durchlaucht hat den von mir vorgestellten Handlungsplan uneingeschränkt gebilligt. Weshalb auch dieses erstaunliche Stück Papier unterzeichnet wurde.«

Mit der Geste eines Zauberers zog er ein Blatt hervor. Eine Kopie. Das Original lag längst sicher im Safe. Womöglich ließe es sich einer der temperamentvollen Herren Kuratoren sonst noch einfallen, ihm eine bühnenreife Szene zu machen und dabei das kostbare Papier zu zerreißen.

»Mit Ihrer Erlaubnis werde ich es jetzt vorlesen. ›Wir, der Herzog der Stadt, Stefanij VII., billigen den Generalplan, wie er Uns vom Herrn Großinquisitor der Stadt Wyshna – Klawdi aus dem Hause Starsh – vorgelegt worden ist, ohne jeden Vorbehalt. Mit eigenhändiger Unterschrift bekräftigen Wir ferner einen Vertrag zur Neubesetzung bestimmter Stellen innerhalb der Inquisition, genauer zur Entbindung des Großinquisitors von seinen Pflichten, *sobald* dieser die von den Hexen ausgehende Aggression erfolgreich unterbunden hat.‹ Es folgen die Unterschriften. Stefanij VII., Klawdi Starsh. Und das Staatssiegel.«

Er verstummte. Und er sah nicht auf, sondern gab seinen Zuhörern die Gelegenheit, die Kontrolle über sich zurückzugewinnen. Er verzichtete auf das Recht der Sieger, sich an ihrer Erschütterung zu weiden. An ihrer Verwirrung, ihrer hilflosen Empörung, ihrer Schwäche und Angst.

Zu allen Zeiten hatte die Regierung versucht, sich die Inquisition untertan zu machen. Und die Großinquisitoren hatten sich diesem Wunsch zu allen Zeiten widersetzt. Klawdi Starsh hatte nun eins draufgesetzt und die Regierung zu seinem Handlanger gemacht.

Damit hatte er sich allerdings auch selbst die Pistole auf die Brust gesetzt. Entweder er gewann – oder er wurde vor Gericht gestellt. Entweder er besiegte die Mutterhexe oder …

Er blickte auf.

Foma aus Altyza leuchtete violett. Sein Gesicht hatte eine derart ungesunde Farbe angenommen, dass Klawdi sich fragte, ob ihn der Schlag getroffen hatte. Menschen mit seiner Konstitution sind ungemein anfällig.

»Das hast du ja schön eingefädelt«, erklärte Wikol, die eiserne Vogelscheuche aus Bernst, volltönend und absolut leidenschaftslos. »Das war's dann, meine Herren, wir haben etwas auf den Deckel bekommen, sollten uns jetzt die Krokodilstränen abwischen und an unsere Arbeit gehen. Also dann, fangen wir die Mutterhexe, verflucht noch mal!«

Foma hüllte sich in Schweigen. Lautlos stülpte er die Lippen vor.

»Damit kommen Sie nicht durch, Starsh«, warnte ihn War Tanas, der Kurator aus Rydna. »Sie haben die Inquisition verraten, nur um Ihren eigenen Hintern zu retten!«

Klawdi riss den Kopf hoch.

Nicht, weil ihm die Worte zusetzten, sondern weil er die in ihm aufgestaute Wut, die Unruhe und den Schmerz am liebsten herausspeien wollte. Und zwar nicht auf den Kopf seines Referenten – das brächte nichts und wäre nur gemein –, sondern mit etwas mehr Nutzen, schön und treffsicher.

»Mein Hintern lässt Ihrem schwieligen Gesäß einen Gruß ausrichten. Die Inquisition ist mir momentan scheißegal, das nur zu Ihrer Information. Soll sie doch verrecken, die Inquisition – dann aber bitte schön zusammen mit der Mutterhexe. Habe ich also die Inquisition verraten. Auch gut! Verzichten Sie von mir aus darauf, bei meiner Beerdigung zu erscheinen. Doch bevor ich ins Gras beiße, möchte ich noch die Mutterhexe töten, und Ihre Postenschiebereien werden mich nicht daran hindern, selbst wenn Sie sich auf den Kopf stellen. Ihr Ehrgeiz interessiert mich einen Dreck. Seien Sie also so gut und machen Sie sich an die Arbeit, das heißt: Schaufeln Sie die Scheiße weg, und zwar zügig, andernfalls werden Sie noch in ihr ertrinken! Gehen Sie jetzt auf Ihre Posten. Wer sich meinen Befehlen auch nur ansatzweise widersetzt, wird binnen vierundzwanzig Stunden suspendiert und dem Wyshnaer Gericht übergeben. Das war's.«

Niemand sagte ein Wort. Alle sahen ihn an, selbst Fedora. Auf dem Grund ihrer Augen entdeckte er Begeisterung. Warum lieben Frauen bloß gerade die Männer so sehr, die sich mies verhalten? Warum lieben sie sie in einem Maße, dass sie bereit sind, selbst das flüchtige Abenteuer mit der jungen Konkurrentin zu verzeihen?

Angeekelt wandte sich Klawdi ab.

Sie befanden sich in einer Turnhalle. Offenbar in der einer Schule. Einer leeren. Vor den Fenstern gab es Gitter, die Ywha im ersten Augenblick einen ungeheuren Schrecken einjagten, dabei sollten sie nur das Glas vor Bällen schützen. Auch die dicken Stangen an der Wand waren nichts anderes als eine Sprossenwand. Allerdings gab es nicht nur die üblichen Markierungen für das Volleyball- und Basketballfeld, sondern auch noch ein kompliziertes Geflecht aus dünnen schwarzen Linien. Nein, nicht aus schwarzen, sondern aus rostroten und glänzenden – als sei das Feld des zukünftigen Spiels mit Blut markiert.

»Kommt herein, Schwestern! Verhaltet euch so, wie es euch eure Natur vorgibt. Folgt eurem wahren Wesen. Und wenn die Zeit kommt zu sterben, so sterbt. Und wenn die Zeit kommt zu leben, so lebt. Schreitet Fuß für Fuß den Faden entlang, kommt nicht vom Weg ab, denn dies ist euer Weg, geht ihn bis zum Ende!«

Ywha vermochte die schweigenden Hexen, die am anderen Ende des Saals standen, nicht klar zu erkennen. Selbst als sie sich anstrengte nicht. Sie fröstelte schon nicht mehr, sondern schlotterte, als habe sie hohes Fieber. Das Mädchen im Jogginganzug weinte, schluckte die Tränen aber hinunter und schrie immer lauter und lauter.

Ich muss mich an etwas erinnern, dachte Ywha panisch. Ich muss an etwas Schönes denken, mich an mein Leben erinnern! Ich! Zum letzten Mal bin ich ich! Bald wird es mich nicht mehr geben. Nie mehr! Klawdi! Klawdi, bitte, erinner dich an mich. Erinner dich an mich wie an dieses Mädchen aus deiner Jugend. Wie ich es beneide, wie ich …

»Beschreitet euern Weg! Möge euch ein gleichmäßiger beschieden sein!«

Nacheinander fielen vier lange Schnüre auf den Boden. Vier willenlose Schlangen, die zu vier Zeichnungen erstarrten, alle grundverschieden voneinander. Vor dem Mädchen erstreckte sich eine fast gerade Linie, die nur am Anfang einige Schlaufen aufwies. Die Alte stand vor einem Labyrinth aus Knoten, während sich die Dame mit der Dauerwelle mit Ringen konfrontiert sah, die fast eine Spirale bildeten. Vor Ywha jedoch …

Vor Ywha lag ein wirres Knäuel. So verworren und straff, dass selbst die Hexe – Ywha fing aus den Augenwinkeln heraus ihren Blick auf – unwillkürlich zusammenzuckte, um anschließend beredte Blicke mit ihren Gefährtinnen zu wechseln, die schweigend am anderen Ende des Saals warteten.

»Folgt dem Faden. Hört auf eure Natur. Weicht nicht vom Weg ab. Geht.«

Ich komme da sowieso nicht durch, stellte Ywha mit einer fast freudigen Erregung fest. Das ist doch kein Weg, der mir vorgezeichnet ist, sondern eine Falle, die sie schon vor langer Zeit aufgestellt haben.

Unbekümmert tat sie einen Schritt nach vorn, setzte den Turnschuh auf den Anfang der Schnur. Und genau in dieser Sekunde wurde ihr klar, dass sie zum Ende des Weges gelangen würde.

Dass sie durchkommen würde.

Ein Feuer loderte auf.

Die Turnhalle existierte nicht mehr.

Das Mädchen lief über Eisenbahnschwellen, über ein schmales Gleis. Zwei quecksilbrig funkelnde Schienen wiesen ihr den Weg.

Sie ging weiter, stolperte und erstarrte, während sich das Gleis verhedderte, an den Weichen verzweigte und in Kurven ertrank. Die Weichenhebel hinter ihr blinzelten zufrieden mit ihren trüben Scheinwerferaugen und klackten, als werde eine Tür zugeschlagen. Als markierten sie die durchlaufene Etappe.

Sie ging weiter, den Blick unverwandt nach vorn gerichtet, wo sich die Schienen im Nebel verloren. Scharfer Wind schlug ihr wie ein Rammbock ins Gesicht. Der Nebel. Der Wind …

Offenbar hatte sie den Zug verpasst. Jetzt musste sie rennen. Sie musste …

Sie wusste, dass sie den Weg beenden würde.

Die Alte lief auf einem Haar entlang. Ein graues endloses Haar war das, und unter ihr lag namenlose Dunkelheit. Die Alte schwankte, fing mit den Händen ihr weggleitendes Bewusstsein ein und ging weiter, sich selbst vor Augen, jung und stark, genau wie sie an jenem Tag gewesen war, als sie auf dem Heuboden der Landstreicher mit den weißen Zähnen überwältigt hatte, dem sie dann die verrostete Spitze einer Eisensense in die Leber gerammt hatte. Jetzt schritt sie auf dem grauen Haar aus und wusste, dass sie den Weg ganz bis zum Ende gehen würde.

Die Frau schlitterte über Eis. Über brüchiges Frühlingseis. Von unten, durch die transparente Kruste hindurch, schauten sie ihre ungeborenen Kinder an. Zwei Jungen und ein Mädchen. Die Frau wusste, dass sie auf gar keinen Fall auf ihre Gesichter treten durfte. Eher noch würde sie ihren Fuß in ein Eisloch setzen. Allerdings rückten diese näher und näher, die Frau irrte über das Eis und machte, ihren Spuren folgend, kehrt, dabei ein ums andere Mal auf Spuren stoßend, die von winzigen nackten Füßen stammten.

Die Frau biss die Zähne aufeinander und machte wieder kehrt. Sie musste den Weg zu Ende gehen. Ihr blieb keine andere Wahl.

Ywha ging den eingeringelten Körper einer gelb gestreiften Schlange entlang. Die Schlangenmuskeln federten unter ihren Füßen. Lautlos weinte sie, während sie sich wieder und wieder zu einem Schritt durchringen musste, denn am Ende ihres Weges erwartete sie der flache Kopf mit der zuckenden, gespaltenen Zunge. Die starren Augen blickten sie unerbittlich und zugleich verständnisvoll an. Genau so hatte Klawdi sie manchmal angesehen.

»Warum hast du deiner Mutter nicht geschrieben?«

»Was hätte sie von meinen Briefen? Sie alle haben mich vergessen und verlassen, mit denen bin ich fertig!«

»Warum hast du deiner Mutter nicht geschrieben?«

»Sobald ich das hier hinter mir habe, schreibe ich, ich schreibe ihr, dass ich komme …«

»Warum hast du deiner Mutter nicht geschrieben?«

Ywha kniete sich hin, um über die straffen Schlingen des Schlangenkörpers zu krabbeln, und bohrte sich mit zusammengekniffenen Augen durch die engsten Ringe. Eine glänzende, glitschige, glatte Schuppe leistete ihr dabei Hilfe.

Ich komme durch, ich … muss mir mein Gedächtnis bewahren. Bis jetzt erinnere ich mich noch an alles. Wer ich bin, wo ich gelebt, wen ich geliebt habe. Ich muss mir mein Gedächtnis bewahren …

»*Warum hast du deiner Mutter nicht geschrieben?*«

In ihrer Demütigung stöhnte Ywha auf. Mit jedem Schritt fühlte sie sich niederträchtiger, tiefer gesunken, ein Wesen, das niemand mehr brauchte. Ein Stück Dreck.

Ich werde Sie nie wiedersehen, Klawdi.

»*Warum hast du deiner Mutter nicht …*«

… nie wiedersehen, Klawdi. Niemals. Behalten Sie mich bitte nicht in Erinnerung, vergessen Sie mich!

»*Warum hast du …*«

Schließlich gaben ihre Knie nach. Sie fiel hin, krallte sich an dem Schlangenkörper fest, in ohnmächtiger Erwartung. Einer Angst einflößenden Erwartung – wobei sie nicht wusste, worauf.

Plötzlich hob sich der flache Kopf der Schlange schaukelnd in die Luft. »Jetzt werde ich dich beißen«, triumphierte die Schlange.

»Bitte nicht.«

»Jetzt werde ich dich beißen. Es kommt die Zeit zu sterben – also stirb ohne Furcht.«

Ywha schrie auf. Zumindest glaubte sie das. Dabei brachte sie keinen Ton zustande. Der Schlangenkopf näherte sich, öffnete das Maul und entblößte zwei apart gebogene Zähne.

»*Warum hast du deiner Mutter nicht geschrieben?*«

»Bitte, beiß mich nicht.«

»Es geht nicht anders, glaube mir.«

Die Kiefer schlossen sich.

Genau in diesem Augenblick schoss auf das Mädchen, das über die Bahnschwellen ging, lautlos aus dem Nebel eine schwarze Dampflok zu.

Genau in dieser Sekunde riss das graue Haar unter den Füßen der Alten.

Genau in dieser Minute brach das Eis unter den Füßen der müden Frau, bleckte der Eisschlund seine Zähne.

Genau da spürte Ywha die todbringenden Nadeln, die in ihren Körper eindrangen. Doch sie vermochte nicht zu schreien, sondern starb schweigend.

Ihr Tod lag als schwarze Ebene mit dunkelroten Bergen am Horizont vor ihr. Über den Gipfeln brannte der Himmel, ebenfalls rot, wie glühende Kohle.

Danach kam Dunkelheit.

Dann war sie eine glückliche Sekunde lang ein Spatz im Tauwetter, ein grauer Vogel, auf dessen Flügel zwei Mal ein schwerer warmer Tropfen schmelzenden Frühlingswassers fiel.

»*Und wenn die Zeit kommt zu leben, so lebt.*«

Und Ywha lebte.

Schließlich erinnere ich mich doch noch an alles, oder?

Die Sohlen ihrer Turnschuhe glitten lustvoll über den straffen Schlangenkörper.

Schließlich ist das doch noch immer mein altes Ich, oder? Ich erinnere mich doch an alles?!

In diesem Augenblick sah sie das Ende des Weges.

»Das Pack herrscht nicht ewig. Nehmt die Kerzen, vollenden wir das Ritual, wie es uns unsere ungeborene Mutter befiehlt.«

Und Ywha drängte es aus ganzer Seele danach.

Genauso wie die Alte, das Mädchen und die Frau in der Lederjacke. Das Mädchen vollendete das Ritual als Erste, ihr folgte die Frau und kurz darauf die Alte. Ywha hatte es eilig, sie drängte, es fehlten nur noch ein paar Schritte …

Ich bin ich geblieben. Dabei ist das Ritual fast vollzogen. Ich hätte nicht solche Angst zu haben brauchen, denn ich bin ja *ich* geblieben.

Schmerz schoss in sie hinein, ein Schlag warf sie fast um, der Schlangenkörper zuckte wie in einem in Zeitlupe ablaufenden Krampf.

»Stehen geblieben! Hier ist die Inquisition!«

»Vorwärts, Schwester! Vorwärts, beende das …«

»Halt!«

Die roten Berge stürzten ein.

Ywha stürmte vorwärts – und verlor das Bewusstsein.

Am Morgen rief er die Dienst habenden Inquisitoren zusammen.

In der Nacht waren insgesamt zweiunddreißig Hexen verhört worden, davon neun unter der Folter. Fünf Kollegen Klawdis hatten von früh morgens bis spät nachts in den unterirdischen Verhörräumen gehockt. Sie mieden seinen Blick. Nach wie vor verfügten sie nur über beschämend wenig Informationen. Keine der vernommenen Hexen hatte auch nur angedeutet, wo sich die Mutterhexe aufhalten könnte. Klawdi tigerte durchs Zimmer, unter seinen Füßen raschelten wie Herbstlaub detaillierte Karten von Dörfern und Ortschaften, Gebieten und Kreisen.

»Noch ein paar Tage – und wir haben verloren.«

Seine Kollegen schwiegen.

Sie hatten ihre Familien schon seit Langem aus Wyshna herausgebracht, noch in Erste-Klasse-Waggons, weit weg, in die Berge, an menschenleere Orte. Ihre Ehefrauen genossen jetzt Hotelkomfort, machten sich Sorgen um sie und hörten die Nachrichten aus Wyshna im Radio. Doch heute Morgen gab es keine Nachrichten. Aus den Lautsprechern drang nur ein monotones, unerschütterliches Knistern.

Die Fenster waren fest verschlossen. Die Klimaanlage brachte auch keine Linderung. Im gesamten Palast der Inquisition, selbst in den Kellern, stand dicker Rauch. Die Hälfte der Städte brannte langsam ab.

Das Telefon funktionierte nicht mehr. Die Verbindung zu den Provinzen musste über Funk gehalten werden, bei der Übertragung gab es jedoch immer mehr Schwierigkeiten.

Die Gehsteige und das Kopfsteinpflaster der herrlichen Stadt Wyshna ertranken in Müll und Exkrementen. Der Inhalt der Kanalisation drückte die gusseisernen Gullideckel hoch und verwandelte die Straßen in stinkende Flüsse.

Mit einem Schlag fielen sämtliche Blätter von den Bäumen.

Der Herzog hatte die Stadt gestern verlassen. Der Hubschrauber, der bereits seit zwei Wochen auf dem Dach seiner Residenz gestanden hatte, hatte sich nun in die Luft erhoben und war davongeflogen.

Chaos und Panik herrschten und hinterließen eine leere Welt. Eine Welt, in der die Hexen erstarkten.

Die versteckte Kamera, die in den Ruinen des Opernhauses installiert worden war, fing kurz eine graue weibliche Figur ein.

Die ein Gespenst von Helena Torka zu sein schien.

»Klawdi, Sie sind ein guter Mensch.«

»Wenn wir in den nächsten Tagen keinen Durchbruch erzielen ...« Er knirschte mit den Zähnen.

Diese Worte konnte er sich im Grunde sparen, das wusste er.

Noch vor Kurzem – oder war es unglaublich lange her? –, also vor anderthalb Monaten hatte er die Hexen gefoltert, die in Odnyza geschnappt worden waren. Er hatte sie gefoltert und damit etwas über das Schicksal in Erfahrung gebracht, das den Menschen im Stadion drohte. Er hatte sich die Hände bis hoch zu den Ellbogen schmutzig gemacht, obwohl er wusste, dass er diesen Dreck niemals wieder würde abwaschen können. Mit Blut und Scheiße hatte er sich besudelt – aber würde er die Katastrophe abwenden können?!

Wenn er doch nur eine Lösung wüsste. Ohne zu zögern würde er kopfüber in Scheiße springen, bis über beide Ohren in sie eintauchen, wenn er dem Ganzen nur Einhalt gebieten könnte.

Noch gestern, unter den Blicken der Kuratoren, hatte er sich so selbstsicher und stark gefühlt wie nie zuvor.

Heute musste er voller Entsetzen feststellen, dass er sich geirrt hatte. Er hatte seine Kräfte überschätzt. Die Mutterhexe hatte es nicht auf ein Duell angelegt. Sie spielte mit ihm wie die Katze mit der Maus.

»Ich allein zweifle hingegen keinen Augenblick daran, dass meine Herrinnen nicht über die eigenen Gräuel erschrocken sind.«

»Mithin habe ich, dem allein es an Hoffnung gebricht, entzöge eine solche Hoffnung mir doch jedwede Kraft, meinen Herrinnen einen würdigen Empfang zu bereiten. Nun, da die Mutterhexe so nahe ist, dass ich, ihren Geist witternd, keinen Schlaf finde. [...] Und noch heute wird sich um ihren Hals die eiserne Zange schließen, die mein Wille geschmiedet.«

Nein, Klawdi witterte sie nicht. Sein Wille blieb tatenlos. Seine fünf Kollegen, die die Nacht in den Kellern zugebracht hatten, wagten es nicht, ihm in die Augen zu sehen.

Weit unten, nur knapp über ihrem Kopf, hing tief eine böse rote Sonne. Eine sengende, glühende, an eine Stahlspirale erinnernde Sonne. Ywha unterdrückte ein Stöhnen. Sie versuchte, sich zu bewegen – doch ihre Arme waren wie tot. Ihre Beine versagten ihr den Dienst. Die Angst fachte ihre Kräfte an, ließ sie immerhin die Lider aufschlagen.

Die gelbe Schlange war fort. Es war dunkel. Und nur knapp über ihrem Kopf brannte ein roter Fleck.

Sie erschauderte. Sie erinnerte sich an alles. Fieberhaft versuchte sie, sich zu konzentrieren, um sich die entscheidende, die wesentliche Frage zu stellen: Bin ich noch ich? Hat niemand anders von mir Besitz ergriffen, sich in meinem Bewusstsein eingenistet, in meiner Erinnerung? Bin ich noch immer die alte Ywha?

Sie lag auf der Seite, in einer merkwürdig gekrümmten Haltung. Der Boden zitterte, irgendwo lief gleichmäßig ein Motor. Sie befand sich in einem Auto. Der brennende rote Punkt über ihr war das Zeichen der Inquisition, das man an das Eisendach des Lasters gemalt hatte. Dämmerlicht und Leere umgaben sie. Ein graues Licht drang durch die Ritzen. Ihre Hände und Füße steckten in schweren Holzblöcken – Fesseln, wie sie im Buche stehen, die sich in den letzten tausend Jahren vermutlich nicht verändert hatten, war doch nichts auf der Welt so dauerhaft wie die Fesseln der Inquisition.

Doch egal. Das Einzige, was jetzt zählte, war die Frage: Bin ich *ich* – oder nicht?

Ihre Mutter. Gras. Ein weißes Band über der Stuhllehne. Die Gänse, Seerosenblätter, eine Sporttasche, die nach Deo stank, Zigarettengeruch …

Panik flutete über Ywha hinweg. Sie glaubte, sie würde sich an etwas Bestimmtes nicht erinnern. Oder konnte sich nicht erkennen, konnte in ihrem Gedächtnis das Gesicht ihrer Mutter nicht finden …

»Komm sofort wieder zurück! Ständig willst du fort! Dabei musst du noch Schularbeiten machen! Zu deinen Freunden kannst du nachher noch …«

Falten in den Mundwinkeln. Eine Locke in der Stirn, ein gestreiftes Handtuch in den Händen. Eine Frau, dürr wie eine Bohnenstange, auf der ausgetretenen Schwelle.

»Warum hast du deiner Mutter nicht geschrieben?«

Ywha schluchzte.

Was bist du nur für eine Idiotin, sagte eine Ruhe in ihr, von der sie nicht wusste, wo sie herkam. Genau diese Frage beweist doch, dass es dich noch gibt. Dass du das bist und niemand sonst, du, genauso wie es dich gestern gab und vorgestern und bei deiner Geburt. Dass da niemand sonst in dir steckt.

Ywha holte tief Luft. Zu ihrer eigenen Überraschung fing sie an zu lachen. In dem dunklen Kasten des schaukelnden Lasters, gefesselt mit den schweren Holzblöcken, mit dem brennenden Zeichen über sich, lachte Ywha und leckte sich die Glückstränen ab. Offenbar war das Ritual bei ihr nicht vollendet worden. Sie war diejenige geblieben, die sie immer gewesen war. Wahrscheinlich war sie auch aus diesem Grund nicht an Ort und Stelle getötet, sondern in diese dämlichen Fesseln gesteckt worden; und jetzt brachte man sie …

Das Lachen erstarb von selbst. Sie senkte die Lider und versuchte, die geröteten Augen gegen das brennende, ätzende Zeichen zu schützen. Sie hatte keine Kraft mehr, an etwas zu denken. Sollten die Dinge ruhig ihren Lauf nehmen. Sie, Ywha, würde ohnehin nichts daran ändern können.

Sie hatte die Lider gesenkt – und vor ihren Augen war der gelbe Schlangenkörper entstanden. Ein Schritt, ein weiterer, und noch einer …

Sie erzitterte. Angespannt wollte sie sich aufsetzen, sich das Gesicht abwischen, doch die Hände, die aus den Holzblöcken herausragten, gehörten praktisch nicht zu ihr. Gehorchten ihr nicht, entzogen sich ihr, waren tot, nicht mehr als zwei mit Sand gefüllte Handschuhe.

Kraftlos sackte ihr Kopf nach hinten. Sie bettete den Nacken auf den vibrierenden Boden und verzog das Gesicht, als bei einem tiefen Schlagloch ihr Kopf so hart aufschlug, als sei er eine Holzkugel. Schlafen wollte sie. An nichts denken. Abschalten.

Tatsächlich schlummerte sie ein.

Und ihr gefesselter Körper führte sich seltsam auf.

Sie blähte sich auf, schwoll zu einer Wolke an, kannte kein Maß, quoll weiter und weiter auf, bis sie den ganzen Laster mit sich selbst ausfüllte, durch die Ritzen nach draußen sickerte, zum Himmel aufstieg und auf der Straße zerfloss. Ywha stöhnte leise und sehnte sich einen neuen Traum herbei. Einen nicht ganz so schrecklichen, der ihr ihre Mutter und Gras zeigte, den Sommer …

Dann verlor sich die Angst.

Ywhas Körper waberte durch die Welt. Nein, er saugte die Welt in sich auf. Ywha spürte, wie die fahlen Lichter am Horizont erloschen – als rupfe jemand eine weißköpfige Nadel nach der anderen heraus. Wie der Himmel erzitterte, wie die Erde erkaltete, wie etwas sie kitzelte. Aber was? Ein Bach? Und sie spürte, wie die Stadt sie juckte. Ungeheuer juckte. Als ob … etwas … jemand … sie vermochte es nicht richtig wahrzunehmen, der Juckreiz ließ sie lediglich das Gesicht verziehen.

In ihre Hände kehrte das Leben zurück. Jeder Fingernagel, jedes Härchen lebte und sah die Welt mit eigenen Augen an. Ein Dutzend bunter Bilder, Straßen, die Brandstätten und die Hoffnung, das Geschrei und die Hoffnung …

Der gelbe Körper der riesigen Schlange. Ein Schritt. Noch einer.

Sehnsucht und Zärtlichkeit breiteten sich in Ywha aus. Fast wie damals, als ihre Mutter ihr nachgeschaut hatte, von der Schwelle aus. Der Schlangenkörper ringelte sich um die Erinnerung an die Mutter, wand sich um sie, doch das war nicht schrecklich, das war eher …

Der Laster bremste ab und blieb stehen; kurz darauf schrie Ywha los.

Sehnsucht und Zärtlichkeit. All das benahm ihr die Luft zum Atmen. Es ging zu tief, es war zu schmerzhaft. Jetzt aber wusste sie die Wahrheit über die Welt, und die war so schön und ganz und gar unerträglich, ganz so als erblicke ein Blinder im hohen Alter zum ersten Mal den Himmel.

»Was schreist du so?«

Die Vision endete. Einige Sekunden lag Ywha mit geschlossenen Augen da und versuchte, die Bilder zu vergessen. Es war zu schön, das durfte man nicht in sich tragen, für eine rothaarige Frau war das zu viel.

Die Vision erbarmte sich ihrer und verlor an Leuchtkraft. Sie hinterließ einen diffusen Schatten.

»Patron, Sie haben darum gebeten ... Eine Hexe, wie Sie sie beschrieben haben. Sie ist aus einem Dorf hierhergebracht worden. Eine rothaarige. Sie haben darum gebeten, informiert zu werden.«

Klawdi zwang sich, den schweren Kopf zu heben. »Bringen Sie sie in den Verhörraum, zu Hljur, der hat jetzt Dienst ... Nein, warten Sie. Erst sehe ich sie mir an.«

Hinter ihm lagen zwei schlaflose Nächte. Oder waren es schon mehr? Wann hatte er eigentlich das letzte Mal wenigstens fünf Stunden am Stück geschlafen? Wann war das gewesen? In welchem Leben?

Er stemmte sich vom Stuhl hoch. Aus der Schreibtischschublade holte er einen Filzstift, trat an die holzgetäfelte Wand, konzentrierte sich und führte das Zeichen des Spiegels mühevoll aus. Es glückte ihm nicht sonderlich gut, würde jedoch während der nächsten zwanzig Minuten funktionieren. Er atmete tief ein und schuf zwischen sich und dem Spiegel mental das Zeichen der Linse. Gut. Er atmete noch einmal ein, dann wieder aus. Anfangs schmerzte es ein wenig, doch er schickte seinen Willen sowohl in die eine wie auch in die andere Richtung, er spiegelte sich, kroch durch die Linse – was etwa genauso angenehm war, wie die Finger in den Fleischwolf zu stecken. Trotzdem fiel es ihm nun schon leichter. Er erhielt neue Kraft, in Form der eigenen, vielfach potenzierten Möglichkeiten. Jetzt war er stark und frisch, nun konnte er es mit der Mutterhexe aufnehmen.

Er grinste schief.

Schließlich zerstörte er das Zeichen der Linse und verwischte das des Spiegels, das daraufhin wie ein krummes, leicht schweinisches Bild aussah, das Graffito eines dämlichen Teenagers. Er würde den Referenten bitten, es abzuwaschen.

Längst hatte er jede Hoffnung verloren, Ywha wiederzusehen. Dennoch machte er sich auf, ging die Treppe hinunter; der Fahrstuhl funktionierte schon lange nicht mehr. Kein einziger Fahrstuhl in dem riesigen Gebäude funktionierte noch. Genau wie das Licht. Die Fackeln in den Kellergewölben hatten ihre dekorative Funktion eingebüßt und waren zu einer bitteren Notwendigkeit geworden. Selbst in seinem Büro brannte jetzt nachts eine Fackel.

Das federleichte Seidengewand. Einem Impuls folgend, schleuderte Klawdi es fort. Wozu noch diese zeremonielle Kleidung? Dann besann er sich jedoch eines Besseren und zog es an. Wenn schon der Großinquisitor die Tradition vernachlässigte, was sollte man dann erst vom einfachen Security-Personal erwarten?

Betont sicher und fest ausschreitend, lief er an dem Wachtposten des Gefängnistrakts vorbei. Fragend sah er den Dienst habenden Inquisitor an. Der erhob sich, ein bleicher Mann, den Klawdi kaum kannte. »Zelle 107. Soll ich Sie begleiten?«, erkundigte er sich.

Klawdi nickte. Die 107 war eine finstere Zelle, die nutzte man nicht in Bagatellfällen.

Bereits auf der eisernen Wendeltreppe, die in den Keller hinunterführte, witterte er die Hexe.

Diesen Abschaum von einer Hexe. Diesen ekelhaften Abschaum! Sie war nicht nur eine starke Hexe, sie war stark und auch raffiniert. Entweder eine Banner- oder eine Schildhexe. Wo kamen die überhaupt alle her? Woher stammte diese Pest, diese Mutanten und Monster, diese Mischtypen mit den sagenhaften Brunnen? Diese unmenschliche Bosheit?

»Man hat sie in Podralzy festgenommen«, erklärte dieser Inquisitor bedrückt, der ihm kaum bekannt war. »Sie war bewusstlos. Man hätte gleich kurzen Prozess mit ihr machen sollen. Tut mir leid, Patron. Gut, Sie haben befohlen, alle Rothaarigen vorgeführt zu bekommen. Wollen Sie sie sehen?«

Klawdi nickte erneut.

Der Schlüssel klimperte. Zelle 107, mit verschärften Haftbedingungen. Vier Zeichen des Spiegels, fest verankerte Holzblöcke für die Fesselung, das Zeichen der Presse in der Decke …

Er schubste den anderen Inquisitor mit der Schulter zur Seite und bückte sich zu dem in die Panzertür eingelassenen vergitterten Fensterchen hinunter.

Die Hexe wusste bereits seit einiger Zeit, dass er in der Nähe war. Sie sah ihn an, wandte den Blick nicht ab, drehte den Kopf so weit herum, wie es die schrecklichen Fesseln zuließen.

Klawdi spürte, wie sein Herz stehen blieb. Nicht mehr hämmerte, nicht sprang, nicht erstarrte, sondern einfach stehen blieb. Eine Sekunde verging, eine weitere, doch es erfolgte kein Schlag.

Die Hexe blinzelte. Sie senkte die Wimpern, sah ihn dann jedoch noch einmal an. Ihre Augen waren feucht. Gerade lösten sich wieder zwei glasklare kleine Bälle, rannen über die Wangen, eilten nach unten, zwei Ströme, fein und entschlossen, erreichten den lächelnden Mund, fielen vom Kinn.

»Weshalb weinst du?«

»Ich habe gedacht … ich würde Sie nie wiedersehen.«

Sie war nicht müde. Sie spürte nur die Notwendigkeit zurückzukehren – und mit einem gewissen Bedauern nickte sie ihrer großen Welt zu, die normalerweise in dem kleinen, durch Fesseln gequälten Körper saß.

Anfangs hatten sie die Holzblöcke sehr gestört. Die gefesselten Hände demonstrierten den gebändigten Willen, und das schreckliche, in die Decke eingelassene Zeichen nahm sie in die Zwinge – wie eine riesige Presse. Der Kummer und der Schmerz der Gefangenen hatte sich von den Wänden widergespiegelt und war mit zehnfacher Wucht zu ihr zurückgekehrt. So hatte sie die ersten Stunden in der Zelle verbracht. Dann war es ihr gelungen, in die große Welt zu entschlüpfen und – nachdem sie ein ganzes Meer widersprüchlicher Motive in sich registriert hatte – zwischen Himmel und Erde zu schweben. Erschüttert machte sie sich noch einmal ihre bisherige Blindheit klar.

Der menschliche Körper verfügt nicht über das nötige Organ, um dieses Gefühl zu erfassen. Das Gehirn eines Menschen ist nicht dafür geschaffen, dergleichen zu verstehen. Vermutlich wäre ihr schwindlig geworden, und sie hätte angefangen zu weinen, doch hatte sie inzwischen weder einen Kopf noch Augen. Es gab nur ein Flechtwerk von Wegen, Knoten aus Angst und Glauben, zerfließende Hoffnungstropfen, Mitleidsbrocken und eine Vielzahl vager Kräfte, deren Namen sie nicht kannte, über die sie jedoch, wie sie sich bewusst wurde, gebot.

Eine flüchtige Vision. Sehnsucht und Zärtlichkeit. Und das *Wissen*, das sie vergessen wollte.

Später kehrte sie in ihren Körper zurück.

Dieser diente nicht länger als Welt. Sie schlug die geschwollenen Lider ein wenig auf, erblickte die Zelle mit den Zeichen des Spiegels an allen vier Wänden, die eigenen bleichen Hände, die aus den Fesseln herauslugten, und die roten Haare, die ihr störend vor die Augen fielen.

Das bin ich, dachte sie bitter. Ich hätte keine Angst haben müssen. Ich habe mich nicht verändert, es ist die Welt, die sich bis zur Unkenntlichkeit verändert hat. Aber ich bin nach wie vor die Alte.

Wieder schloss sie die Augen. Sie hörte den Palast über sich, der leer und feindlich war. Nur in den Verliesen glomm noch Leben, zum Tode verdammtes, in Fesseln gebanntes Leben. Ywha befeuchtete ihre ausgetrockneten Lippen. Irgendwann käme sie an die Reihe. Irgendwann.

Die Presse über ihr quälte sie zwar nicht länger, irritierte und ärgerte sie jedoch. Tief ein- und wieder ausatmend, trieb sie den riesigen unsichtbaren Kolben der Presse zurück in die Decke. Die Steine zitterten. Im Mauerwerk über ihr entstanden Risse. Das Zeichen der Inquisition zerfiel und büßte auf einen Schlag seine Konturen und seine Gewalt über sie ein. Ywha schüttelte ihren schweren Kopf und versuchte die Steinpartikel aus den Haaren rieseln zu lassen. Vor ihren Augen loderten feuerrote Locken.

Ein Spiegel …

Sie lächelte matt. Die Zeichen des Spiegels, die sie umgaben, trübten sich kurz, verschwammen – und schon im nächsten Augenblick hatte sich die grauenvolle Zelle Nr. 107 in einen Ballettsaal verwandelt. Ywha sah gleichzeitig unzählige Spiegelbilder von sich, große und kleine, die sich in der Tiefe des Spiegelgangs verloren.

Sie saß auf dem Fußboden, in schwere, mit Aussparungen versehene Holzklötze gezwängt. Da ihr der Anblick der Fesseln nicht gefiel, hörte sie nach kurzer Anstrengung einfach auf, sie wahrzunehmen. Sie spähte in sich hinein, so aufmerksam und eindringlich wie nie zuvor in ihrem Leben. Sie *sah* sich selbst.

Das bin ich. Das bin nach wie vor ich. Ich. Ich. Ich.

Irgendwann begriff sie jedoch, dass sie mit fremden Augen sah. Mit gleichgültigen. Misstrauischen. Mitleidigen. Mit den Augen des Polizisten am Bahnhof, denen des Tschugeists Priw, ihrer Klassenkameraden und ihres Bruders, der Besitzerin des

Antiquariats, und auch mit den Augen von jemand ganz anderem, der scharf darauf war, sie auszuziehen, sowie mit den Augen von Menschen, denen alles egal war.

Sie erinnerte sich noch, wie sie sich als Teenager das erste Mal nackt vor einen Spiegel gestellt und die einsetzenden Veränderungen erstaunt betrachtet hatte. Sämtliche Bilder, die sie sah, waren aufschlussreich und manchmal hart; doch mit welchen Augen sie auch schauen mochte – sie erkannte sich. Vielleicht nicht auf Anhieb, aber zweifelsfrei.

Lange und sehr traurig betrachtete sie ihr Gesicht mit den Augen Nasars. Als sie sich mit den Augen ihrer Mutter ansah, senkte sie sofort den Blick und wischte sich die Tränen von den Wangen. Um sich wieder aufzuheitern, beäugte sie sich mit den Augen des kleinen Hundes vom *Platz des Siegreichen Sturms*.

Nur mit den Augen Klawdis wagte sie es nicht, sich zu betrachten.

Die Spiegel trübten sich. Ywha saß da, legte das Kinn auf das glatte Holz der Fesseln und dachte an nichts. Sie wollte bloß existieren – und nicht einschlafen, denn im Schlaf würde mit Sicherheit der gestreifte Schlangenrücken wieder auftauchen. Und dieser Schlange wollte Ywha jetzt nicht begegnen.

Sie wollte Klawdi sehen. Sie wusste genau, dass er früher oder später noch einmal zu ihr kommen würde, weshalb sie geduldig und ruhig wartete. Eigentlich hätte er ihr längst einen weiteren Besuch abstatten müssen, bald würde er das auch tun, bestimmt – und sei es dienstlich.

Dieser Gedanke jagte ihr unerwartet entsetzliche Angst ein. Er würde dienstlich zu ihr kommen, in Begleitung des Henkers. Wenn Ywha bisher nur eine Zufallsbekanntschaft für ihn gewesen war, so war sie jetzt eine Feindin und eine Verräterin obendrein. Woher nahm sie überhaupt die Gewissheit, dass er ihr Gefühle entgegenbrachte, die das Protokoll nicht vorsah?

Der Gedanke quälte sie stärker als die Fesseln und die Presse. Ywha fürchtete den Henker nicht – dafür flammte ihre Angst vor Klawdi jetzt mit einer Kraft auf, die fraglos an ihre erste Begegnung erinnerte, an die in ihr aufsteigende Übelkeit und die Visitenkarte, die in ihrer Hand ein rotes Brandmal hinterlassen hatte.

Seine Seele war ein leeres Schloss voller Monster. Darin hauste das Gespenst einer einzigen, eifersüchtigen Frau, die keine Konkurrenz duldete. Obwohl Ywha über eine große und seltsame Welt herrschte, hatte sie doch keine Macht über Klawdi; und sie würde auch nie welche über ihn haben, was keinesfalls nur daran lag, dass er Großinquisitor war …

Vor ihren Augen flimmerte der gestreifte Schlangenrücken. Nein, ermahnte sie sich, nicht jetzt. *Danach* verändert sich die Welt jedes Mal und die Initiation scheint anzudauern, der Weg über den Rücken der gelben Schlange nie zu enden. Nicht jetzt, sagte sie sich verängstigt, denn ich will nicht, dass Klawdi mich *so* sieht.

In diesem Augenblick rührte sich etwas im Gefängnistrakt.

Der am Eingang wachende Inquisitor wurde nervös. Er erhielt einen Befehl, beruhigte sich und kam die Wendeltreppe herunter. Ywha begriff, dass er nicht allein war, aber ihre Witterung vermochte seinen Begleiter noch nicht zu identifizieren. Genau wie beim letzten Mal.

Inzwischen waren die beiden so nahe, dass Ywha ihre Stimmen hören konnte.

»Seien Sie so freundlich und schließen Sie die Tür auf.«

Ein heißer Kloß schnürte Ywhas Hals ab.

Der wachhabende Inquisitor zögerte. Nein, er zögerte nicht einfach – er bebte. »Patron, die Sicherheit …«, traute er sich sogar vorzubringen.

»Das ist ein Befehl.«

Panik bemächtigte sich des anderen.

Ein Zahlenschloss klackte. Dann noch eins. Die Zellentüren gaben keinen Ton von sich, hier war nichts auf Effekt angelegt, hier war alles einzig und allein der Zuverlässigkeit geschuldet. Ywha wusste, dass sie selbst bei ihrer gegenwärtigen Macht Schwierigkeiten haben würde, diese Tür von innen zu öffnen.

Im Türspalt erschien eine Fackel. Blinzelnd begriff sie zu ihrer Überraschung, dass sie bislang in tiefster Dunkelheit dagesessen hatte.

»Gehen Sie nicht hinein, Patron. Die Macht des Zeichens … ah!«

Es folgte eine lange Pause. Ywha blinzelte wie kurzsichtig und versuchte festzustellen, wohin Klawdi sah. In die Richtung, in die der zitternde Finger des anderen Inquisitors zeigte? Nämlich nach oben, auf das zerstörte Zeichen der Presse?

Hatte er Angst?

Er sagte kein Wort.

»Treten Sie zur Seite!«

Der wachhabende Inquisitor gehorchte überraschend eifrig. Vermutlich war er innerlich bereits gebrochen. Seit dreißig Jahren arbeitete er jetzt im Gefängnistrakt, da glaubte er, alles über Hexen zu wissen.

Die Fackel brannte ruhig und gleichmäßig. Hier gab es keinen Zug, hier stand die Luft. In der halb geöffneten Tür verharrte reglos ein Mann. In diesem Moment begriff Ywha, warum sie Klawdi bereits zum zweiten Mal auf eine geringe Entfernung nicht hatte wittern können. Er schien irgendwie gepanzert. Eine wandelnde Festung. Insofern erstaunte es sie auch nicht, dass die meisten Hexen in seiner Nähe kurz davor waren, in Ohnmacht zu fallen. Bemerkenswert war viel eher, dass sie, Ywha, sich so schnell an ihn gewöhnt hatte, dass sie es gelernt hatte, seine Nähe auszuhalten.

Seine Nähe. Seinen Dunstkreis. Zum ersten Mal bekam sie einen Eindruck von seiner Macht als Inquisitor. Er unterschied sich von den anderen, glich einem Abgrund, einer schwarzen Grube, und selbst jetzt, da eine große Welt in ihr lebte, konnte sie den Boden dieses Abgrunds nicht erkennen.

»Die Hexen sind so … schrecklich, Klawdi«, brach es gegen ihren Willen aus ihr heraus.

»Du hättest dich mal selbst sehen sollen«, meinte er, indem er sich ein Lächeln abrang.

Sie blickte zu Boden.

Dieses Gespräch mutete durch und durch unwirklich an. Das gleichmäßige Feuer der Fackel, der reglose Mann in der Tür.

Wenn sie sich bemühte, würde sie eventuell ansatzweise etwas von seinen Motiven verstehen. Sie streckte sich bereits nach ihm aus, fasste nach seinem Panzer – ließ jedoch sogleich von ihrem Vorhaben wieder ab und zog die unsichtbaren, fleischlosen Hände zurück. Obwohl ihm ihr Versuch nicht entgangen war, ließ er sich nichts anmerken. Nach wie vor schwieg er und hielt die Fackel in der Hand.

»Klawdi! Ich habe solche Angst gehabt, dass Sie nicht kommen.«

»Wusstest du denn nicht, dass ich komme?«

»Glauben Sie nicht, Klawdi, dass in die Seele … von Hexen bei der Initiation ein anderes Wesen einquartiert wird. Dass sie sich verändern … aufhören, sie selbst zu sein … Das stimmt nicht!«

Die Fackel in seiner Hand zuckte.

»Ywha …«

»Ja?«

»Ist dir klar, *wer* du bist?«

»Nein, das kann nicht sein«, widersprach sie sofort. »Das ist unmöglich! Das wäre zu viel!«

Als er nach oben sah, folgte sie seinem Blick. Das Zeichen der Presse war fast vollständig unter einem Ornament aus Rissen verschwunden.

»Es hat mich irritiert«, bekannte sie schuldbewusst. »Aber … das heißt doch nichts. Es hat mich irritiert, da habe ich es zerstört. Was soll daran so bemerkenswert sein? Frisch initiierte Hexen sind nun mal stark. Aber ich bin ganz bestimmt bloß eine Hexe, eine ganz gewöhnliche Hexe, ich …«

Bereits während sie diese Tirade ausstieß, verlor sie den Glauben an die eigenen Worte, und ihre Stimme wurde leiser und leiser, bis sie am Ende ganz erstarb.

Klawdi brachte keinen Ton hervor.

»Klaw …«, presste Ywha fast lautlos hervor. »Ich muss Ihnen so viel sagen.«

»Nur zu.«

»Die Welt … die ist nicht so, wie Sie sie sehen. Wie wir … alle … sie sehen. Sie ist anders. Aber das kann ich nicht erklären.«

»Wenn du es nicht kannst«, antwortete der Mann in der Tür leicht verbittert, »warum versuchst du es dann erst?«

»Wollten Sie das denn nicht?«

»Was?«

»Die Hexen verstehen?«

Schweigen. Ywha witterte den Gefängniswärter, der ganz in der Nähe Angst verströmte.

»Jetzt will ich es eben nicht mehr.«

Als er den Kopf abwandte, glaubte Ywha schon, er würde sich einfach umdrehen und weggehen. Und die Tür hinter sich zuknallen. Schon setzte er zu einer Bewegung an …

»Klaw!«

Ihr Ausbruch war so stark, dass sie sogar seine Abwehr berührte. Instinktiv rückten die gepanzerten Platten zusammen. Ywha prallte zurück.

Langsam wandte ihr Klawdi den Kopf wieder zu.

Nein, Ywha brauchte seine Abwehr nicht zu durchbohren. Ein Blick von ihm genügte ihr, um zu verstehen, wie sehr es ihn schmerzte, sie in Fesseln zu sehen. Fast konnte Ywha den gespiegelten Schmerz spüren. Ihren eigenen Schmerz, gebrochen im Großinquisitor der Stadt Wyshna.

»Klawdi, ich kann das nicht erklären …«

»Schweig.«

»Gehen Sie nicht weg!«

»Ich bin ja hier.«

»Klawdi … kommen Sie her. Bitte.«

Er zögerte. Nach einer Weile schloss er akkurat die Tür hinter sich, betrat die Zelle und steckte die Fackel in einen Halter. Im Halbdunkel wirkten seine Augen seltsam konzentriert. Als stellte er im Kopf eine komplizierte Rechnung an.

»Ywha, du … du bist ein Monster. Noch nie habe ich eine Hexe wie dich gesehen … Verzeih mir.«

Er hob den Arm, als wolle er auf die Uhr schauen. Mit einer typischen Geste befreite er das Handgelenk vom Ärmelaufschlag.

Ywha schrie auf.

Sie glaubte, die Wände der Zelle würden sie zerquetschen, von allen vier Seiten in die Zange nehmen. Schmerz ließ sie aufkeuchen. Plötzlich fiel ihr ein, wie Klawdi Starsh in dem brennenden Theater seinen Willen gleich einem Dutzend unterschiedlicher Hexen aufgezwungen hatte.

Schließlich legte sich der Schmerz.

Jetzt saß sie in einem engen Käfig. Einem Käfig, der nicht stofflich war und den sein Wille geformt hatte. Das musste selbst ihn eine ungeheure Anstrengung gekostet haben, denn auf dem

Gesicht des Großinquisitors leuchteten im Licht der Fackel deutlich Schweißperlen.

»Verzeih mir. Ich muss meinen Vorteil nutzen, solange ich noch stärker bin als du.«

Er machte einen Schritt nach vorn. Ywha kniff die Augen zusammen. Mit geschlossenen Augen spürte sie, wie seine Hand ihre Hände berührte, die in den Holzblöcken taub geworden waren.

»Ywha.«

Sie wollte ihm das Schuldgefühl nehmen, das so deutlich in diesem kaum hörbaren Wort mitschwang. Sie wollte ihm versichern, dass sie die ekelhaften Fesseln kaum noch störten. Dass sie nur noch ein paar Schritte auf dem gelben Schlangenrücken zu machen bräuchte, und dann würde sie auch diesen Käfig sprengen. Offen und ehrlich wollte sie ihm all das eingestehen. Im letzten Augenblick, gerade noch rechtzeitig, biss sie sich jedoch auf die Zunge.

»Schon gut, Klawdi. Nur lassen Sie mich nicht allein.«

Er gewöhnte sich an das Fackellicht. Obwohl er in vielen Jahren gelernt hatte, bei dieser flackernden und archaischen Beleuchtung zu arbeiten, schmerzte ihn das Licht jetzt, beunruhigte ihn, zwang ihn, die Augen zu schließen.

Vielleicht wäre alles einfacher, wenn er mit ihr reden würde. Doch Minute um Minute verging, und Ywha schwieg. Er ebenfalls. Er sah in die müden Fuchsaugen und verstand entsetzt, dass es mit jeder Sekunde schwerer wurde, sein Vorhaben in die Tat umzusetzen.

Wenn nicht sogar gänzlich unmöglich.

Das Schulterhalfter seiner Dienstpistole, das er hauptsächlich dann trug, wenn er bei seiner aktuellen Freundin Eindruck schinden wollte, hatte er gegen eine Scheide ausgetauscht. Darin steckte, die kalte Fläche gegen die warmen Rippen ihres Trägers gepresst, ein geschwungener Silberdolch. Ein Ritualdolch, den Klawdi vor gar nicht so langer Zeit einer Hexe aus dem Herzen gezogen hatte.

»Du wirst sterben, Großinquisitor.«

»Wir alle werden sterben.«

»Alle werden sterben, aber du zuerst … Unsere noch ungeborene Mutter wartet auf dich. Sie wird warten … Das verstehst du doch nicht. Denn du gibst dich mit dem zufrieden, was du mit eigenen Augen siehst.«

Das vordringliche Gefühl, das ihn diesen ganzen langen Tag – vom frühen Morgen bis zum späten Abend – gefangen hielt, war weder Angst noch Erstaunen oder kämpferische Entschlossenheit – sondern Kränkung. Eine fast kindliche Kränkung, was sie besonders unangenehm machte. Klawdi Starsh schmollte bitterlich mit dem Schicksal.

Mit einem solchen – das heißt: beleidigten – Gesichtsausdruck sprach die ältere Frau, seine Nachbarin, mit ihrem nicht weniger betagten kleinen Hund, während dieser ärgerlich kläffte: »Helza, wie konntest du nur?!«

Wie konntest du nur?!, hatte Klawdi am Morgen noch gedacht, während er durch sein mit Karten zugepflastertes Büro gelaufen war. Und er hatte nicht zu sagen gewusst, wem er eigentlich grollte, der hoffnungslos verlorenen Ywha oder dem eigenen ruchlosen Schicksal, das ihm mit einem Hohnlächeln die Mutterhexe in die Hände gespielt hatte, wenn auch noch taub und sich ihrer selbst ganz unbewusst.

Um vier Uhr nachmittags waren alle Hilfskräfte sowie ein Teil des Stammpersonals aus dem Inquisitionspalast evakuiert worden. Sein Referent Myran hatte sich lange gequält und zwischen demonstrativem Edelmut, ehrlicher Zuneigung für Klawdi und dem gesunden Menschenverstand geschwankt. Letzterer hatte am Ende gesiegt. Schuldbewusst hatte Myran mit den Augen geklappert und Klawdi das Büro in tadellosem Zustand übergeben.

Etwa eine Stunde hatte Starsh in Gesellschaft eines hervorragenden Armeefunkgeräts zugebracht. Im Inquisitionspalast herrschte gähnende Leere, dafür hatte sich der Äther, der lange geschwiegen hatte, wieder belebt. Sämtliche Statthalter und Bürgermeister hatten sich ans Volk gewandt und sich in ihren Ansprachen jeweils zum Alleinherrscher aufgeschwungen. Völlig gelassen hatten sich die Posten der Tschugeister untereinander verständigt, in regelmäßigen Abständen hatte das Militär Rufzeichen gesandt, in der ganzen Welt hatten Amateurfunker ihren

Unfug getrieben und kleine private Radiostationen lahm gelegt. Aus den aufgeregten Meldungen Letzterer hatte Klawdi erfahren, dass halb Odnyza überschwemmt und in Rydna ein gigantischer Tunnel eingestürzt war, den man vor hundert Jahren unter den Bergen angelegt hatte, während sich in Altyza ein sogenannter Kreuzzug der Inquisition unter Leitung des ehemaligen Kurators und gegenwärtigen Großinquisitors Foma gebildet hatte.

Jetzt, in der Zelle, fiel ihm wieder ein, mit welch hintergründigem Grinsen er diese Neuigkeit quittiert hatte. Allein wegen dieser Nachricht lohnte es sich schon, das Ganze hier zu überleben, damit er Foma gegenübertreten und von ihm mit schrecklicher Stimme Rede und Antwort verlangen konnte.

Irgendwann hatte er das Funkgerät abgeschaltet, sein Jackett aufgeknöpft und aus der Innentasche ein flaches, unscheinbares Kästchen mit einem schmalen grauen Display herausgeholt. Zwei schwarze Knöpfe zur Eingabe der Koordinaten. Ein großer roter Knopf zur Übertragung des Befehls an die Zentrale.

Ob die Hexen wohl von der Existenz von Raketensilos wussten? Er, Klawdi, war in der sicheren Überzeugung aufgewachsen, diese wären das letzte Bollwerk der Zivilisation, das standhielt, selbst wenn alles andere im Weltenmeer versank. Oder bei einem Meteoritenaufprall ausbrannte.

Klawdi hatte das Kästchen genau betrachtet. In einer Ecke des Displays hatte ein Quadrat pulsiert, was bedeutete, dass der Kontakt zur Zentrale hergestellt und diese bereit war, Befehle zu empfangen. Und zwar *jeden* Befehl, wie der Herzog erklärt hatte, denn die Kriegsmaschinerie wiege per definitionem nicht ab.

Klawdi war erschaudert. Es würde ihm nicht behagen, dieses Ding mit sich herumzuschleppen, doch das Gewicht des Kästchens in seiner Innentasche würde, wenn schon nicht seine Gewissheit, so doch wenigstens seine Entschlossenheit festigen. Wie ein kleiner Junge fühlte er sich, der irgendeinen Unsinn ausheckt und sich denkt: Wenn mich jemand erwischt, schieß ich mich einfach tot – dann kann mich keiner mehr bestrafen.

Seufzend hatte er den silbernen Dolch von der Wand genommen und ihn neben das dunkle Kästchen auf den Tisch gelegt.

Mit beiden Händen auf den Tisch gestützt, war er lange sitzen geblieben, um vor sich hin zu starren.

Das Gesicht des Herzogs war ihm eingefallen, das dieser gemacht hatte, als er ihm den Atomkoffer übergeben hatte. Achselzuckend hatte sich Klawdi daraufhin das runde Gesicht Fomas aus Altyza vorgestellt, genau in dem Augenblick, da der Kurator die Nachricht von der Verhaftung und Bestrafung einer »mutierten, destruktiven Hexe, der sogenannten Mutterhexe«, erhalten würde.

Wie konntest du nur?!, hatte Klawdi dem Schicksal tadelnd vorgehalten.

Wenn dieser Albtraum bloß endete! Wenn sich das Meer in Odnyza zurückziehen, die Weinstöcke in Egre wieder erblühen würden. Das Opernhaus neu aufgebaut würde. Wenn dieser Albtraum doch bloß endete. Wenn er bloß die Augen zu öffnen bräuchte – und nichts davon wäre geschehen, der grauenvolle Traum hätte sich verflüchtigt und in Wyshna das Leben wieder Einzug gehalten. Wyshna – und erst da hatte er verstanden, wie sehr er diese Stadt liebte, diese verfluchte und vermüllte Stadt, die so sehr an einen geschändeten Friedhof erinnerte. Das Wichtigste verstand er eben immer zu spät.

Warum hatte er sie nicht erkannt?!

Durch alle Stockwerke hindurch hatte er *sie* jetzt wittern können. Durch den Beton hindurch. Er hatte sie wittern können, sie, die tief unten im Keller saß. Und ihn hatte gefröstelt.

Sollte wirklich alles so einfach sein?! Sollte da unten, in dem steinernen Verlies, wirklich die taube Mutterhexe sitzen?

Noch immer glaubte er es nicht. Er hatte die Klinge vom Tisch genommen und war langsam in den Keller hinuntergestiegen.

Nun saß er also hier, in einer Ecke der Zelle Nr. 107, mit dem Rücken gegen die kalte Wand gelehnt, und betrachtete diejenige, in der die Mutterhexe und eine junge Frau namens Djunka miteinander verschmolzen.

»Es fällt mir sehr schwer, das alles zu erzählen.«

Ywhas Lippen zitterten, sie nickte bedächtig.

Er bedeckte die Augen mit der Hand, denn das nervöse Licht der Fackel irritierte ihn. Er senkte die Lider und fing langsam, beinahe müde zu erzählen an. »Sie hieß Djunka. Djunka, Dokija. Sie hatte überhaupt keine Ähnlichkeit mit dir … Und sie ist zweimal gestorben. Das zweite Mal meinetwegen und vor meinen Augen.«

Seine Stimme zitterte nicht, obwohl er sich nicht gerade um eine feste Stimme bemühte. Die Maske des Gleichmuts war seinem Gesicht über lange Jahre so fest angewachsen, dass sie längst nicht mehr von Fäden gehalten werden musste. Er sprach so leidenschaftslos wie ein Automat, und erst gegen Ende der Erzählung zwang ihn ein jäher und stechender Schmerz in der Brust innezuhalten. Nicht für lange Zeit, für eine Minute nur.

Je länger er berichtete, desto größer wurden Ywhas Augen, bis sie irgendwann ihr ganzes Gesicht einzunehmen schienen. In ihren schwarzen Pupillen spiegelte sich die Fackel wider.

»Nun ja, Ywha, ich bin ein komischer romantischer Held. Treu … mein Leben lang bin ich einer einzigen Frau treu geblieben … selbst in den Armen einer neuen Geliebten.« Er lachte. »Mein ganzes Leben lang habe ich mir diese Blindheit vorgeworfen … Da gab es einmal eine lebendige, eine ganz lebensfrohe Frau … ich hätte nur die Hand nach ihr ausstrecken müssen. Aber ich habe sie nicht gesehen. Ich war zu beschäftigt! Mit mir und mit Gott weiß was. Mir war nicht klar, wie sehr ich später … Und jetzt bin ich wieder blind gewesen. Ich habe auf etwas gestarrt, aber nichts gesehen. Verzeih mir. Du hast zu gut von mir gedacht. Dabei bin ich nur ein alter Esel.«

Er zog den Dolch heraus. Eine silberne, geschwungene Klinge, ein unverzüglicher und garantierter Tod, eine hervorragende Alternative für jede Hexe. Ein ruhmreicher Abgang.

Ywha blinzelte. Sie wusste längst, was er beabsichtigte, aber erst jetzt zeigte sich auf dem Grund ihrer Augen die Angst.

»Ich möchte … dich berühren. Deine Hand halten … viele Tage und Nächte … Damit du keine Angst hast. Auf gar keinen Fall möchte ich dich verlieren …«

Die silberne Klinge blieb kalt. Niemals nimmt sie auch nur einen Hauch der Wärme eines Menschen an. Niemals.

»Wenn du doch nur ahntest, wie sehr ich das will, Ywha. Immerzu möchte ich deine Finger halten, sie nie wieder loslassen.«

Er stand einen halben Meter von ihr entfernt. Auf den Knien. Ihrer beider Augen lagen auf einer Höhe. Die Hand mit dem Dolch hielt er hinterm Rücken. Sein Körper wusste ganz genau, wie er den Stich ausführen musste. Sein Körper konnte auf seine Hilfe getrost verzichten, und er durfte jetzt nichts hinauszögern, sondern musste dem Großinquisitor das Kommando übergeben, das Tötungsverbot ignorieren, das ohnehin schon so oft verletzt worden war.

Er streckte die linke, die freie Hand aus.

Der alte Zoo, das Füchslein, das Gitter, die unendlichen Zentimeter, die die Kinderhand von dem verfilzten roten Fell trennten.

Das ist etwas anderes! Das ist etwas ganz anderes!

Er streckte die Hand durch die Stäbe des Käfigs, den sein Wille geschmiedet hatte, berührte die Hand, die taub in dem Holzblock hing, berührte diese willenlose, zarte und bleiche Hand.

Die Hand kam ihm entgegen, streckte sich ihm mit aller Mühe entgegen, ohne auf die Haut des Gelenks zu achten, das von den Fesseln umspannt wurde.

Eine Berührung.

Wasser und weiße Gänse. Eine nackte junge Frau am grünen Ufer. Die Sonne in den roten Haaren. Ein unsichtbarer Stromschlag, ohnmächtige Schlaffheit, Hitze und Zittern.

Alle Umarmungen der Welt. Küsse und schlaflose Nächte, dieser ganze Wust zerwühlter Laken.

All das bedeutete nichts.

Eine Fackel, die in den beiden schwarzen Pupillen zitterte.

»Klaw …«

»Ich bin ja hier.«

»Klaw … ich …«

Und dann sah er, wie sich ihr Gesicht schlagartig veränderte. Und wie in die schlaffe Hand überraschend Kraft schoss.

»Ich wollte das nicht! Ich … dich …«

Der Dolch fiel aus seiner Hand, fiel immer tiefer, hing in der Luft, nur wenige Zentimeter über dem Boden. Genau in diesem Moment schaffte er es, sich an ihrem Blick festzuhaken und den Brunnen auszumessen.

Da war kein Brunnen.

Das hatte nicht die geringste Ähnlichkeit mit einem Brunnen. Das war ein schwarzes Loch. Ein Riss im Raum.

In der nächsten Sekunde verlor er das Bewusstsein. Und darin lag ein außerordentliches Glück. Denn er musste nicht mitansehen, wie Ywha ihren langen Weg auf dem Rücken der grinsenden gelben Schlange vollendete.

12

… Ein Festtag.

Ein überwältigender Festtag. Nadelgleiche Lichter, die, sich vereinigend, zu ihr flossen, Tausende von Augen, die ihr gehörten, eine Nacht voller Augen, ein Himmel voller Augen, ihre Freiheit, angespannt und gierig wie eine Sehne.

Bewegungen. Schritte, unter denen die Erde erzitterte; etwas Rotes, Dunkelrotes, Feuerrotes, Blutrotes, und Schritte, wieder Schritte, die näher kamen – und sie alle gehörten ihr!

Weißer Stoff zerriss. Zärtlichkeit. Kinderhände, die sich ihr durch die schwarzen Fetzen der Nacht entgegenstreckten. Eine Zärtlichkeit ohne Schmerzen, denn sie sind für immer *ihre*; es zitterte die Erde, unter einem langsamen Tanz, unter einem traurigen Tanz auf einer Trommel, in die sich der Himmel verwandelt hatte, unter einem triumphierenden Marsch, denn sie alle kamen her, flogen und krochen, sammelten sich und erreichten endlich ihr Ziel, wurden zu ihr selbst, während sie näher und näher kamen …

Sie alle wurden *sie*.

Ywha kam in einer großen und dunklen Straße wieder zu sich, vermutlich einer Chaussee. Sie brauchte kein Licht, denn ihre Haare bildeten eine flammende Aureole, sie war vollkommen frei und allein auf der Welt, sie sog die Welt in sich ein, setzte sich selbst an die Stelle der Welt. Die Nacht, überraschend warm, stand reglos im Zenit und erzitterte am Horizont, raschelte mit Hunderten von Flügeln, flog, fiel, flog …

Ywha brach in schallendes Gelächter aus.

Ihre Kinder eilten auf ihren Ruf zu ihr hin. Sie durchbrachen die Absperrungen, fegten die Verbotszeichen fort und rissen den Beton auf. Selbst nach dem Tod würden ihre Kinder noch zu ihr eilen.

Sie rieb sich die Handgelenke, an denen die Holzblöcke blutige Armreifen hinterlassen hatten. Fragmente ihrer Erinnerung bewahrten noch den Palast, der sich in den Himmel bohrte, die Ketten, die ihr den Willen raubten, und den Mann in dem schweren Panzer des Inquisitors.

Klawdi.

Dieser Name störte für einen kurzen Augenblick die Harmonie, die Nacht büßte ihre Konturen ein, und in ihren Haaren, die sich aufgestellt hatten, knisterte trocken eine blaue elektrische Entladung.

Klawdi ...

Die Welt um sie herum dröhnte wie ein Orchester. Die Welt sang und verströmte Gerüche. Nicht sie hatte sich verändert, sondern die Welt.

Wieder lachte sie laut auf. Der Rhythmus einer majestätischen Prozession, der die Nacht durchdrang und der Ywha durchdrang, ein über alles triumphierender Rhythmus nahm das Zepter wieder in die Hand.

Sie legte sich auf die Straße, streckte sich aus und presste das Ohr gegen die Erde.

Und hörte die Schritte.

Ihre Kinder kamen. Es würde nicht mehr lange dauern.

Eigentlich hätte das Telefon schon längst klingeln müssen. Sicher, das Netz war vor einigen Tagen zusammengebrochen, trotzdem hatte das klingelnde Telefon nichts Mystisches an sich, denn seine Schnur mündete nicht in die Steckdose; es gab überhaupt keine Schnur, sondern lediglich eine komische Antenne mit einer Kugel am Ende.

Das war aber nicht weiter verwunderlich. Schon gar nicht angesichts der verblüffenden Tatsache, dass Klawdi Starsh immer noch lebte. Lebte und handlungsfähig war, selbst nachdem er *ihr* von Angesicht zu Angesicht gegenübergestanden hatte.

Die Keller des Palasts existierten nicht mehr. Sie waren eingestürzt – weshalb sich der Fußboden in seinem Büro verdächtig neigte. Alle in den Kellern gefangen gehaltenen Hexen waren geflohen, die Erde hatte gebebt, er selbst war im letzten Moment noch entkommen. Dabei hätte ihn das Wesen in diesem Augenblick problemlos zerquetschen können, zertreten wie eine Assel.

Er holte tief Luft und rieb sich fest über die Nasenwurzel.

Das Telefon klingelte.

Klawdi ließ den Blick über die Bürowände gleiten, die mit Schutz- und Hilfszeichen bemalt waren. Er schaute zur Tür ins Vorzimmer hinüber, hinter der der Inquisitor Hljur schlief, der dem Wyshnaer Palast nach wie vor die Treue hielt. Er trat vom Fenster weg. Draußen erhoben sich schwarze Rauchsäulen, die bis zum Himmel reichten. Er nahm das Telefon vom Tisch und hielt es ans Ohr.

»Wyshna? Wyshna?!«

»Wyshna«, bestätigte Klawdi mechanisch.

»Einen Moment …«

Eine Pause.

»Wyshna?«, fragte eine andere, eine kräftigere Stimme.

»Ja«, erwiderte Klawdi mit einem Anflug von Ärger.

»Starsh?!«

Erst da erkannte er die Stimme, die ihm ins Ohr schrie. Dabei hatte Foma aus Altyza nie die Angewohnheit gehabt zu jaulen. Manches Mal mochte er pathetisch geworden sein, die Stimme erhoben haben – natürlich nur, sofern die Gesetze der Rhetorik dieses verlangten.

»Oh! Guten Tag, Usurpator!«

»Starsh, wir reden hier über Satellit! Wir hatten Schwierigkeiten, überhaupt … eine Verbindung … Wie gut, dass Sie noch leben …«

»Für wen ist das gut?«, hakte Klawdi gallig nach. Doch die Ironie entging Foma.

»Starsh, der Herzog ist gestern gestorben … sein Auto … explodiert …«

»Das tut mir leid«, antwortete Klawdi mit einiger Verzögerung. »Das tut mir sehr leid, Foma. Wer ist sein Nachfolger?«

»Es gibt keinen Nachfolger. Es gibt überhaupt nichts mehr. Wir wollen Sie da rausholen. Noch haben wir Treibstoff für die Hubschrauber …«

»Die Armee? Wer befiehlt die Armee?«

»Das weiß ich nicht! Ich habe überhaupt keine Ahnung!«

Klawdi zog das flache schwarze Kästchen aus der Innentasche seines Jacketts. Seine Hand zitterte. Er besah es sich genau. In einer Ecke des Displays pulsierte unverändert das graue Quadrat.

Noch war die Zentrale einsatzbereit – und damit auch die Raketen.

»Starsh! Starsh! Der Große Exodus der Hexen … alles kommt in Bewegung, die Mutterhexe … wir haben … sie geortet … aus der Luft … an der Grenze zum Kreis Rydna, eine Datschensiedlung … Sie dürfen nicht länger in Wyshna bleiben, wir schicken Ihnen einen Hubschrauber …«

»Tun Sie das«, sagte Klawdi sachlich. »Hljur und die Jungs aus seiner Abteilung sind noch hier. Schicken Sie Ihren Hubschrauber …«

»Halten Sie durch, Starsh!«

Die letzten Worte glichen eher einem panischen Gejammer, als dass sie einen Versuch darstellten, ihn aufzumuntern.

Klawdi legte den Apparat auf das aufgeschlagene Buch. Auf das Tagebuch von Atryk Ol. *»Nun, da die Mutterhexe so nahe ist, dass ich, ihren Geist witternd, keinen Schlaf finde.«*

Erst jetzt verstand Klawdi, was genau der Alte meinte. Ihren Geist. Einen schweren Geist. Fast ein Geruch. Als junger Mann war er einmal in einer kleinen Stadt gewesen, die in der Nähe eines riesigen Schlachthofs lag. Sein ganzes Leben lang war der Ort von der Windrichtung abhängig. Die Bewohner hatten sich mehr oder weniger daran gewöhnt, Klawdi jedoch fröstelte, denn sobald der Wind von *dort* kam …

Die Mutterhexe ließ sich leicht an ihrem *Geist* erkennen. Genauso wie ein Mensch mit guter Nase ohne Probleme einen Schlachthof fand.

»Glauben Sie nicht, Klawdi, dass in die Seele … von Hexen bei der Initiation ein anderes Wesen einquartiert wird. Dass sie sich verändern … aufhören, sie selbst zu sein … Das stimmt nicht!«

Er grinste. Ein unschönes Grinsen. Ein schiefes. Bist du das, Ywha?! Gehört dir dieser schwere Geist, der an einen Schlachthof erinnert?!

»Die Welt … die ist nicht so, wie Sie sie sehen. Wie wir … alle … sie sehen. Sie ist ganz anders. Aber das kann ich nicht erklären.«

Anders. Leer, voller Rauch, Tod und Schrecken. Was hatte Atryk Ol geschrieben? Die Menschen flohen in die Wälder, versteckten sich in Höhlen, verwilderten …

»Die Welt … die ist nicht so, wie Sie sie sehen.«

Und wie ist sie, verflucht noch mal?!

»Klagend kommen die Menschen zu mir und fragen mich: Warum eilt die große Kraft, welche die Welt erschaffen hat, uns nicht zu Hilfe? Ich antworte ihnen: Warum seid ihr selbst so hilflos? Warum sind einzig meine Herrinnen, die Hexen, frei und stark, mag auch die Kehrseite ihrer Freiheit das Böse sein?«

Klawdi schlug mit der Faust auf den Tisch, nicht sehr heftig, aber immerhin so, dass die weiß hervortretende Haut von den Fingerknochen platzte.

Ja, warum sind wir selbst so hilflos?!

»Wollten Sie das denn nicht?«

»Was?«

»Die Hexen verstehen?«

»Jetzt will ich es eben nicht mehr.«

Bist du das, Klawdi Starsh? Bist du das – der schon in der Schule als »Eisenhaken« bekannt war?

Ywha, du hast mich nicht mehr fragen können, warum ich der Inquisition beigetreten bin. Und ich habe dir nicht mehr erklären können, dass es die Einrichtung war, zu der ich auf gar keinen Fall gehen wollte. In dieser Zeit meines Lebens hatte ich mir jedoch selbst die Strafe auferlegt, nur das zu tun, was mich anwiderte und schmerzte.

Nichts geschieht einfach so, sinnierte er. Alles hat einen verborgenen Sinn. Und jetzt offenbart sich, warum ich der Inquisition angehöre …

Mit den blutigen Fingerspitzen berührte er sanft den rechteckigen Gegenstand in seiner Innentasche.

Schließlich ging er ins Vorzimmer hinüber. An dem schlafenden Hljur vorbeihuschend, kam er durch einen unterirdischen Gang zum kleineren der beiden Parkplätze der Inquisition. Erleichtert aufseufzend ließ er sich auf den Sitz des gewaschenen und frisch überholten Graf fallen, der so grün war wie das Frühlingsgras.

Klawdi Starsh raste nie.

Zumindest war er bis heute noch nie gerast.

Und dann ging, sich dem tauben Rhythmus dieser Nacht unterordnend, der Mond auf.

Ywha passte sich dem Rhythmus ebenfalls an. Es war das einzige Gesetz, dem sie sich jetzt noch fügte. Ihr Körper, ausgebreitet über die ganze Welt, verlangte nunmehr danach, sich wieder zusammenzusetzen. Sie konzentrierte sich wie ein Tier vorm Sprung. Ihre Arme, ihre Augen eilten aus allen Himmelsrichtungen herbei, wenn auch nicht vollständig – obwohl die Welt doch gar nicht so groß war. Schon zuvor hatten sich die Teile, die *ihr* zugehörten, von Vorgefühlen beschlichen, zusammengefunden und gruppiert. Jetzt galt es nur noch, diesem kolossalen, amorphen Körper Leben einzuhauchen, eine Seele in ihn hineinzulegen. Im Rhythmus bebend, ging Ywha weiter, ließ sich vom Rhythmus vorantreiben, während ihre Gräser hinter ihr raschelten, ihr Mond einen Windzug wahrnahm, ihre Kinder – die Sterne – durch schwarze, zerrissene Wolken auf sie schauten.

Es spielte keine Rolle, wo sie sich trafen. Das Sakrament würde um Mitternacht vollzogen werden, genau dort, wo das Wesen mit den hochflackernden roten Haaren um Mitternacht sein würde. Unter dessen Füßen in diesem Augenblick sämtliche Straßenpflaster wie im Krampf zuckten. Es spielte keine Rolle, denn sie, die herbeieilten, damit sich ihr Schicksal erfülle, würden intuitiv das Zentrum der Bewegung wittern, den Punkt ihres, Ywhas, Weges, der gleichsam ein in die Erde eingelegtes Tor markierte, zu dem alle unsichtbaren Fäden führten, alle Adern und Schlingen, die sich nicht um ihre Kehle, sondern um ihre Seele legten. Welche Angst sie hatten, zu spät zu kommen! Wie sie liefen, sich die Füße blutig schürften, die Motoren antrieben, durch die Luft jagten, ihr mit allen Kräften, mit allem, was ihnen zu Gebote stand, entgegenstrebten!

Noch war die Zeit nicht reif. Allzu schwach zitterte noch die Nacht, allzu zögernd noch nahm sie, die Nacht, sie, Ywha, in sich auf. Allzu hoch wehten noch die gelben Banner des Mondes, dieses erschrockenen Mondes, der sich jedoch mit dem Unvermeidlichen abgefunden hatte. Allzu fern, allzu taub dröhnten noch die Trommeln.

Ywha erschauderte.

Vor ihr, auf dem Weg, der Linie, von der sie jetzt nie mehr abweichen würde, stand ein Leben, das hier nicht hergehörte. Ein blindes, böses Leben. Das zu schwach war, um sie aus dem Rhythmus zu bringen.

»Stehen geblieben! Das ist Sperrgebiet! Rühren Sie sich nicht von der Stelle!«

Ywha brach in schallendes Gelächter aus.

Ihr Gelächter berührte die Baumkronen, die über der Straße hingen und deren schwarz-weiße Blätter nun herabsegelten. Ihr Gelächter schüttelte ein schweres Armeefahrzeug, das die Straße versperrte, zog es langsam von der Stelle, entblößte auf dem Fahrdamm schwarze Streifen, setzte den Geruch verbrannten Gummis frei, drehte den Wagen um, kippte ihn und warf ihn weg.

Die Explosion erfolgte dann von selbst. Schreiende dunkle Figuren spritzten in alle Richtungen. Ywha ging weiter und beobachtete, wie sich die Flamme in ein Trauerband aus dickem Rauch einwickelte, wie sie sich von Wipfel zu Wipfel goss, lebte, neu aufzüngelte und sich gen Himmel erhob.

Sie schritt aus, die Erde mit den Sohlen kaum berührend. Das Feuer legte sich ihr zu Füßen, pulsierte an den Straßenrändern und stand reglos im Zenit. Sie durchquerte ein fuchsrotes Lagerfeuer, und die Flamme, die vom Anbeginn der Zeiten ihre Kinder verschlang, wagte es nicht, an ihren aufgestellten Feuerhaaren zu lecken.

Sie ging weiter. Schwarzer Rauch wob sich in die Nacht hinein und wurde zu einem Teil der Prozession.

Es gab keine Zeit mehr. Es gab nur noch feine Membranen von Sekunden, die sie, strikt dem Rhythmus folgend, zerriss. Eine Minute später – vielleicht auch eine Stunde – bemerkte sie vor sich eine weitere Absperrung. Ihre Nasenflügel blähten sich.

»Bleib stehen, Hexe!«

Sie glitt aus der großen Welt heraus und herrschte innerhalb des eigenen kleinen Körpers, dieses Pseudokörpers, denn ihr eigentlicher Körper lag über das Antlitz der Erde verteilt und hatte sich noch nicht wieder zusammengesetzt.

»Bleib stehen, Hexe! Du kommst hier nicht durch!«

Die Nacht bevölkerten mit einem Mal ungebetene, falsche Sterne, gelb-grüne Sterne, die flackernden Blinklichter des Tschugeister-Dienstes. In den majestätischen Rhythmus der Prozession flocht sich ein anderer, ungleichmäßiger, der alles erstickende Rhythmus eines fremden Tanzes. Eines tödlichen Tanzes.

»Stehen bleiben!«

Sie zügelte ihre Schritte nicht. Und sie lachte auch nicht mehr, als ihr aus der Dunkelheit eine Reihe von Menschen in Kunstpelzen entgegentrat, mit einer Silberkette um den Hals und einer silbernen Dienstmarke auf der Brust, mit einem irren Rhythmus in den Augen.

Unsichtbare Fäden spannten sich um ihre Opfer. Wie pulsierende Schläuche, die ihnen das Leben nahmen. Wie schwarze Rüssel, die ihnen die Seele heraussaugten.

Die weißen Augen von Taschenlampen blitzten auf. Eine mit einem Gelbfilter. Da musste Ywha blinzeln.

»Du? Du?!«

Ywha verzog die Lippen. So hätte auch der Himmel in ihrem Rücken seine Zähne blecken können, lautlos, einsam, mit einem fahlen Blitz.

Die Kette schwankte und fiel auseinander. Den Tschugeistern genügte ein einziger Blick in ihr Gesicht.

»Himmel steh uns bei!«

»Zurück! Komm zurück, Priw!«

Er war der Einzige, der sich nicht rührte. Versteinert stand er da, aufgespießt von ihrem starren Blick.

»Weg da, Priw! Geh ihr aus dem Weg!«

Lauter und lauter rief die Trommel. Der Himmel toste, über die Schalldecke gespannt. Diejenige, die jetzt die Straße hinunterschritt, nahm bloß ihr Recht wahr. Ihr unteilbares und gutes Recht.

Ohne langsamer zu werden, stieg sie über den Mann hinweg, der am Boden lag.

Eine Sekunde später – eine dünne Membran später, durchrissen von ihrem Körper – vergaß sie ihn, um sich nie wieder an ihn zu erinnern. Und nie stellte sie sich die Frage, ob er überlebt hatte.

Schwieriger als alles andere war es, aus der Stadt herauszukommen. In völliger Dunkelheit schlug er sich durch den Ort, umrundete Hindernisse und fuhr an Ruinen vorbei, während ihn der allgegenwärtige Rauch husten ließ. Der Geist, der sich nur mit dem Geruch des Schlachthofs vergleichen ließ, entfernte sich ein ums andere Mal, nur um sich sogleich wieder zu nähern. Der Graf hatte die gerade, fast freie Autobahn bereits erreicht, als Klawdi Starsh, der niemals raste, reinen Gewissens das Gaspedal durchtrat.

Rechts vor ihm loderte ein Gehöft. Die Flamme eines gigantischen Lagerfeuers griff nach dem Himmel, die Funken legten sich auf die Windschutzscheibe, wurden vom Wind gegen das Glas gepresst und glommen ein letztes Mal auf, bevor sie sich in schwarze Rußklumpen verwandelten. Das Feuermonster stand da, die Hände in die Hüften gestemmt, den Bart vom Wind zerzaust, und folgte mit dem Blick dem einzigen Punkt, der sich auf der langen Straße bewegte, dem Graf nämlich, der dem Ungewissen entgegenfuhr. Klawdi bleckte die Zähne.

Die Welt existierte nicht länger. Nichts von dem, was er normalerweise als seine Umwelt bezeichnete, gab es hier noch. Alles, was ihm einst so vertraut, was so unerschütterlich gewesen war, war aus den Fugen geraten; über der Menschheit hing ein Strudel, eine schwarze Windhose, die sich wie in Zeitlupe drehte, und, erfasst von ihrer gewaltigen Anziehungskraft, flogen Gesetze und Verpflichtungen, Normen und Bräuche, lebende Kühe, Gebäudeteile, entwurzelte Bäume und aus den Gräbern gerissene Särge durch die Luft.

Weiter und weiter trat Klawdi das Gaspedal durch. Sobald er im Fernlicht ein Hindernis entdeckte – ein umgekipptes Auto, von Flüchtlingen zurückgelassenen Hausrat oder einen auf die Straße geschmierten Körper –, biss er knirschend die Zähne zusammen und verschmolz mit seinem Wagen, diesem gehorsamen und treuen Gefährt, das sich widerspruchslos auf jedes Manöver einließ …

Als er irgendwann begriff, dass er mehr und mehr von der Richtung abkam, bog er zur Seite. Eine brennende Tanksäule beleuchtete seinen Weg, ein in Flammen stehendes Dorf, ein in der Ferne niederbrennendes Waldstück. Durch die Feuerherde lavierend, kam er rasch auf eine andere Straße, einen Feldweg, wendete und trat noch einmal das Pedal durch.

Das Auto schlotterte. Das Auto stöhnte. Schon seit geraumer Zeit beunruhigte ihn ein stechender Blick. Er begriff nicht auf Anhieb, dass ihn da, ohne einmal zu blinzeln, der tief hängende, gelbe Mond anstierte.

Die Straße riss immer weiter auf, was ihn zwang, das Tempo zu drosseln, damit er sich nicht vor der Zeit das Genick brach. Aus den Trümmern eines Holzverschlags flatterte ein weißes Huhn auf und stürzte, offenbar um den Verstand gebracht, gegen die Windschutzscheibe, schlug mit den Flügeln, hackte mit dem Schnabel auf diese ein, ohne sich um die aufstiebenden Federn zu scheren, und glotzte den Mann, der hinterm Steuer erstarrt war, voller Hass an.

An einem Brunnen saß mit gesenktem Kopf ein Toter. Er stierte mit gallertartigem, reglosem Blick vor sich hin. Klawdi wandte den Kopf ab.

Eine halbe Stunde später brachte der aufgerissene Weg den Graf zu einer weiteren Autobahn. Klawdi glaubte sogar, sich an ihre Nummer zu erinnern. Der Geist der Mutterhexe war hier so klar und deutlich, dass Klawdi es sich gestattete anzuhalten.

Auf dem Beifahrersitz lagen kreuz und quer allerlei Karten. Zielsicher wählte er die einzige Militärkarte aus, die in nüchterne Planquadrate unterteilt war. Er breitete sie aus, schaltete das Licht ein und fand in dem Geflecht von Straßen auf Anhieb jene winzige Kreuzung, auf der sein verstaubter Graf gerade in aller Einsamkeit parkte.

Über die Schulter schaute ihm der tief hängende Mond in die Karte. Es hätte nicht viel gefehlt, und Klawdi hätte sie mit der Hand vor dem Himmelskörper abgeschirmt.

Der Inquisitor konzentrierte sich. Der Geist der Hexe, der satte Geruch des Todes drang durch die Scheibe und das Metall, doch die strategische Karte vermochte selbst dem stärksten Druck zu widerstehen. Schließlich war sie ebenfalls schrecklich, denn die Namen menschlicher Siedlungen fanden sich in solider Nachbarschaft von gleichgültigen Zeichen, die nicht bloß schlicht den Tod symbolisierten, sondern eine unausweichliche, unverzügliche, vollständige und durch nichts verdiente Zerstörung.

Mit stumpfem Blick auf die Karte schauend, gedachte der Großinquisitor Wyshnas schweigend Seiner Durchlaucht, des verstorbenen Herzogs.

Danach zog er aus der Innentasche seines Jacketts das kleine rechteckige Kästchen mit dem schmalen Display.

Wie sehr konnte er sich geirrt haben? Einen halben Kilometer? Einen ganzen? Fünf?

Würde Wyshna leiden?

Wer hielt sich noch dort auf, im Umkreis jenes Punktes, der mit einem hellgrauen Kreis markiert war, jenes Dorfes, unter dem in akkurater Kursivschrift »Podralzy« stand?

In einer Ecke des Displays blinkte ein Zeichen. Die Zentrale war einsatzbereit. Irgendwo tief unter der Erde, wohin der Blick dieses grausamen Mondes nicht reichte, saß ein übermüdeter Offizier mit Kopfhörern und wartete. Wartete ohne Ende.

Vielleicht wusste er noch nicht einmal, dass sein Oberbefehlshaber tot war? Doch selbst wenn er bereits davon Kenntnis erhalten hatte, spielte das keine Rolle, denn die Kriegsmaschinerie durfte nicht von einem einzigen Menschenleben abhängen.

Die Erde bebte. Oder bildete er sich das nur ein? Nein, jetzt bebte sie noch einmal, und der Geist der Mutterhexe gewann weiter an Kraft. Kurz nahm es Klawdi den Atem. Neben diesem Wesen waren alle Inquisitoren der Welt hilflos – selbst wenn sie sich zusammenschlössen oder es ihm gelänge, sich zum Anführer von allen aufzuschwingen und den Willen seiner Kollegen an den seinen zu koppeln.

Da brach er in ein Gelächter aus. In ein heiseres und tiefes, aber aufrichtiges Gelächter. Fast ohne Bitternis.

Podralzy. Woher nahm er die Gewissheit, dass sie sich in Podralzy befand? Eine überflüssige Frage, sein Geruchssinn hatte immer ausgereicht, einen Schlachthof zu orten. Auf einem anderen Blatt stand allerdings, dass er sich nie darum gerissen hatte, einen Schlachthof aufzusuchen; jetzt blieb ihm allerdings keine andere Wahl …

Podralzy. Der Ort, an dem sie initiiert worden war. Diese Hündinnen, die sie initiiert und in ihre Welt gezerrt hatten, die nun nicht mehr so war wie einst, während sie selbst, glaubte er denn ihren Worten, das Ganze heil überstanden hatte. Also trug die Welt die Schuld an allem! Diese Biester, diese Ungeheuer, warum hatten sie …?

Ohne nachzudenken, schätzte er völlig automatisch die Entfernung zwischen Podralzy und der grauen Kreuzung, auf der sein Graf parkte, ab. Fünf Kilometer. Was hatte der verstorbene Herzog noch gleich gesagt? »*Sehen Sie zu, sich möglichst fern der Schusslinie zu halten.*«

Im Grunde blieb ihm noch Zeit, mehr noch, er durfte sich Zeit nehmen, eine halbe Stunde vielleicht. Das Auto brachte es gut und gern auf zweihundert Stundenkilometer, die Straße war vorzüglich, da würde er ein gutes Stück von hier wegkommen, um sich in irgendeine Höhle zu verkriechen.

Auf einmal wünschte er sich nichts sehnlicher als zu schlafen.

Er stellte sich vor, wie er, nachdem er in einer Höhle die ferne Explosion und das Erdbeben abgewartet hatte, aus seinem Versteck kröche. Wie er sich die Asche abklopfte …

»Es ist kalt«, flüsterte er.

Die Szene lief erneut ab, in Zeitlupe und Vergrößerung: Eine Wagentür ließ sich erkennen, die geöffnet wurde; knirschende Erdklumpen, vom Wind herangetragen; ein Dämmerhimmel, eine Welt, frei von Hexen, frei von der Mutterhexe …

Wie hatte Atryk Ol das schaffen können? Immerhin hatten ihm keine Atomraketen zur Verfügung gestanden! Wie hatte er es geschafft? Wie nur?!

Klaw, sagte Djunka voller Mitleid. Klaw, du bist krank, etwas mit dem Herzen, glaube ich, Klaw.

Bald werde ich fünfundvierzig, antwortete er finster. Was wunderst du dich da, Djun. Außerdem hatte ich schon früher solche Probleme.

»*Womöglich kommt das für Sie einer Beleidigung gleich, aber die Inquisition ist in unserer Welt eben nicht die stärkste Kraft, Klaw.*« Das waren die Worte des Herzogs gewesen.

Stimmt, das beleidigte ihn. Er hatte sich immer für den stärksten Inquisitor von allen gehalten. Und so war es ja auch gewesen.

Manch einer war ihm in der Kunst des Intrigenschmiedens überlegen, manch einer zeigte größere Talente als Verwalter … Aber an Stärke konnte es niemand mit ihm aufnehmen, das hatten sowohl Foma aus Altyza wie auch Tanas aus Rydna verstanden, ja, sogar der Herzog hatte das verstanden. Klawdi Starsh hatte davon geträumt, an den Ruhm Atryk Ols heranzureichen – doch stattdessen würde er nur auf einen Knopf drücken, ganz wie ein feiger und herzloser Politiker, und den Schlag mit fremden Händen ausführen. Noch dazu einen solchen Schlag! Einen schmutzigen, gemeinen und ehrlosen Schlag!

Und all das nur, weil er seine Chance nicht genutzt hatte. Weil er die rothaarige Frau nicht mit dem Silberdolch erstochen hatte. Weil er sie nicht in dem Verlies eingemauert, sondern ihr erlaubt hatte, ihren Weg zu gehen, weil er ihre Initiation zugelassen hatte. Und alles, was er jetzt tat, stellte lediglich eine Korrektur dieses Fehlers dar …

Fest entschlossen legte er den Daumen auf den Sensor. Eine endlose Sekunde lang geschah nichts, seine Nackenhaare wollten sich bereits sträuben, als endlich das schnöde Wort »Code« im rechteckigen Display aufblinkte.

Der Mond verstand nicht, was hier vor sich ging. Der Mond glotzte nach wie vor finster und böse. Später aber würde der Mond einen Schreck kriegen – *danach*.

Er gab den Code ein. Nachdem er freigeschaltet worden war, studierte er aufmerksam die Karte und gab die Koordinaten des Dorfes Podralzy ein.

Anschließend warf er einen Blick aufs Zifferblatt und setzte die Zeit fest, wobei er klugerweise bis zur Explosion einen Spielraum von einer Stunde ließ. Sechzig Minuten.

Am Ende starrte er lange und mit leerem Blick auf die rot blinkende Schrift, die ihm mitteilte, sein Befehl werde ausgeführt, sobald er die Identifikation über den Sensor wiederholt und den roten Knopf gedrückt habe.

Diesen roten Knopf drückte er jedoch nicht; stattdessen verstaute er das Kästchen behutsam in der Innentasche seines Jacketts, ließ den Motor an und fuhr leise und sehr langsam weiter – in die Richtung, aus der ihn der Atem der Mutterhexe anwehte. Auf das Dorf Podralzy zu.

Kurz vor Mitternacht erreichte die Prozession ihren feierlichen Höhepunkt. Der Himmel, diese riesige Pauke, dröhnte, jeder dieser triumphalen Trommelschläge federte schwungvoll von dem glänzenden dunkelroten Gewebe zurück. Auf ihrem Weg hatte Ywha eine Niederung entdeckt, ein rundes Tal mit sanften, grasbewachsenen Hängen, einem harten Asphaltboden und einem gigantischen Gebäude in der Mitte. Das Haus hatte ein dunkles Glasdach, in der Nähe brannte ein Feuer aus Autos, die wie Holzscheite aufgeschichtet waren. In dem schrecklichen gelben Feuer tanzten, drehten sich im Kreis, wirbelten wie von einem Strudel erfasst: wilde Pferde, ohne Geschirr.

Der Rhythmus verlangsamte sich, Ywha hielt an.

Ein dumpfes Gewieher. Ungestümes Hufgetrampel, jedoch fern und kaum hörbar. Auffliegende Erdbrocken, der Widerschein eines Feuers. Ywha schloss die Augen. Die Pferde vollführten einen feierlichen Tanz, formierten sich zum Paradezug. Wehende Mähnen, feuchte Rücken, vorquellende Augen …

Ywha trat nach vorn, erlaubte dem Strudel, auch sie fortzutragen. Kaum erfasste er sie, schleuderte er sie auch schon in einer Spirale hoch, riss sie ins Zentrum, ganz in die Mitte, zur Achse der Windhose, die ein Feuerband drehte. Anmutig flatterte es dort oben, ganz auf der Spitze, inmitten der Sterne, und das Feuer amüsierte sich mit einem Haufen Schrott und drei PKWs, die, gerade weil sie es hatten vermeiden wollen, von der Straße abgekommen waren.

Die Pferde drehten sich inzwischen immer langsamer, einige schleppten sich nur noch mit Mühe weiter und ließen den Kopf so hängen, dass ihre hellen Mähnen fast den Boden berührten. Ihr neuer Körper, das spürte Ywha in nahezu schmerzlicher Weise, hatte sich bereits eingefunden.

»Mutter! Wiedergeborene Mutter!«

Ein Meer der Zärtlichkeit. Ein Meer heißer Augen. Ein Meer von Berührungen, mal zarten, kaum wahrnehmbaren, mal schmerzhaft festen, dabei jedoch süßen, heißen und aufrichtigen. Ein Festtag, voll des inneren Sinns.

Ywha erschauderte.

Die Windhose, die sie in den Trichter gezogen hatte, unterwarf sich ihr jetzt, verschmolz mit ihr, saugte sie in sich ein, erhob sich über ihren Kopf. Und Ywha sah, den Kopf im Nacken, durch die hohle Röhre hindurch, die sich drehte, die Sterne.

Sie verströmte Liebe wie ein sommerlicher Fluss des Morgens Dampf verströmt. Wie ein erregter Menschenkörper. Wie der Mond sein Licht. Ganz von selbst, natürlich und einfach, ohne ihr Zutun.

Sie vermochte ihre Gesichter nicht zu unterscheiden. Doch ausnahmslos gehörten sie alle zu ihr, ihre Kinder, die Anteile ihres Wesens, die Zellen ihres neuen Körpers, ihre Finger, Haare und Augen. Staunend nahm sie wahr, wie das Leben in sie einströmte. Dieses Gefühl war so heftig, dass es ihre Kräfte überstieg. Für einen Augenblick gestattete sie es sich daher, in die Hülle jener rothaarigen jungen Frau zurückzugleiten, in deren Augen sich die Scheibe des Mondes spiegelte.

Sie lief an Glastüren vorbei, die splitternd zerfielen, sobald sie sich näherte, spürte auf ihrem Gesicht den Luftzug einer gigantischen Klimaanlage, lachte und zuckte die Achseln.

Die Dunkelheit zerplatzte. Ein Gebäude erstrahlte, leuchtete bis hinauf in die Glaskuppel, bis in den letzten Winkel, das Haus ertrank in fidelem elektrischen Licht, in diesem selbstgewissen Licht des ewigen Tages, das nichts von einem gelben Mond wusste, von Kerzen oder lodernden Fackeln. Rolltreppen erwachten und surrten los, krochen nach oben und nach unten, Flügel von Ventilatoren schossen steil in die Luft, allenthalben leuchteten kleine bläuliche Bildschirme auf; in dem Schirm, der ihr am nächsten stand, erblickte Ywha ihr kleines Ich mit dem reglosen, bleichen Gesicht, den brennenden Augen und einer Feuerkugel aus Haaren, in denen genau in diesem Moment ein Miniaturblitz aufzuckte.

Ywha brach in schallendes Gelächter aus. Die Bilder stapelten sich übereinander. Die rothaarige Frau stellte sich als gänzlich überflüssige Besitzerin dieses menschenleeren Supermarkts heraus. Während ihr wahres Ich, dessen Körper gerade in einem von wahnsinnigen Pferden umrahmten Strudel mitten in der Steppe entstand, sich als ganz und gar überflüssige Herrin dieser großen Welt entpuppte.

Die allerdings, wie sie nun wusste, gar nicht sonderlich groß war.

Sie schritt zwischen den Regalen und Ständern aus, zwischen dem bunten Einerlei aus Konsumgütern und Lautsprechern, Schaufensterpuppen, Leder, Chrom und Nickel, Porzellan, Spiegeln, knalligen Schachteln und Pflanzen. Auf dem Doppelbett, das nach Leinen und Lack roch, lagen aufgeschlagen – die Seiten gierig ineinander verschlungen – schamlose Pornozeitschriften sowie ein hervorragend editierter Anatomieatlas. Am Boden eines aufblasbaren Planschbeckens war, die Köpfe liegend aneinandergeschmiegt, ein Paar dunkelroter Schwertfische zu sehen; Ywha ging weiter, und zusammen mit ihr bewegte sich das Zentrum des kolossalen Strudels, der Windhose, die am äußeren Trichterrand Pferde kreisen ließ. Über ihr ragte eine dunkle Säule auf, die die Zungen ihrer Feuerlocken nach oben zog. Ab und zu schnappte sich die Windhose, was sie gerade zu fassen bekam, riss etwas aus den glitzernden Regalen, wirbelte das Spielzeug in einer Spirale nach oben, drückte die Glaskuppel ein, brach von den panisch dahinrasenden Rolltreppen kleine gläserne Splitter und vom Mond Lichtreflexe ab. Diejenigen, die ihre Kinder waren, fügten sich ebenfalls der Windhose, es zog sie zwangsläufig zu ihr, saugte sie an, drängte sie zum Zentrum, zu der schwarzen Säule des Strudels, dessen Teil sie, Ywha, jetzt war. Ihre Kinder bewegten sich gleich den Pferden am Trichterrand, im Kreis, in einer Spirale, und verzaubert näherten sie sich sekündlich weiter dem innersten Sinn, dem Wertvollsten auf dieser Welt, dem Einzigen, das Wert besaß, ihrer Mutter …

Die Windhose spielte mit einer Unzahl kleiner Spiegel. Die Windhose ließ Lichtreflexe auf den Supermarkt regnen, indem sie Puderdosen aufklappte, die sich widerstandslos öffneten, ganz so, wie Muscheln unter dem Druck eines Messers ihre Perle entblößen. Und es rieselten Klümpchen weißen Puders herab, die als feiner Staub durch die Luft trieben. Und es funkelten die Spiegel …

Das Grundmotiv, schoss es Ywha durch den Kopf, während sie sich daran ergötzte, wie all diese nutzlosen, aber außerordentlich hübschen Dinge durch die Luft flogen. Das Grundmotiv, das, was zum Einzigen wird …

Das Wort beschwor eine Art Erinnerung herauf. Das Licht einer Fackel und die Hände eines Menschen, eines Mannes, mit einem feinen Geflecht von Adern und einem verknäulten Netz von Schicksalen in den feingliedrigen Händen …

Die Windhose verdichtete sich und presste die Erinnerungen aus ihrem Kopf – presste sie heraus und warf sie zu einem der schwarzen, strahlenden Löcher in der Glaskuppel hinaus.

Sie bestieg ein rundes Podium, auf dem einsam ein gigantischer Stuhl mit einer hohen geschnitzten Lehne thronte. Gemessen und majestätisch schritt sie aus, gleichsam als fürchte sie, die Krone fallen zu lassen – bei der es sich um die schwarze rotierende Säule handelte.

»Wiedergeborene Mutter!«

Sie riss die Arme hoch.

Das Licht verlosch. Der Mond blickte durch die zerbrochene Glaskuppel, und in der Ferne, vielleicht am anderen Ende der Welt, schlug eine Glocke.

»Wiedergeborene Mutter!«

»Zu mir, meine Kinder, kommt zu mir.«

In Wahrheit sprach sie kein Wort. Die Windhose über ihr blähte sich, verwandelte sich von einer Säule erst in einen Kegel, dann in eine Kugel. Von der unbändigen Rotation erfasst, flog alles in die Luft, was seit Jahren an die eigene feste Verwurzelung glaubte.

Alle Gegenstände, die sich bisher für wertvoll gehalten hatten, all die Objekte aus Metall und Stoff, Glas und Plastik, all die Leitungen und Schnüre verflochten sich nun, verführt von einem höhnischen Reigen. Inmitten dieser Bruchstücke schwebten lachend und Purzelbäume schlagend ihre Kinder, und es kam ihr vor, als rühre sie eigenhändig diese Brühe um. Die Windhose gewann an Größe, wuchs immer schneller an, riss den Putz von den Wänden, bohrte sich in Ziegel, katapultierte Fragmente des Mauerwerks in die Höhe und zerdrückte schließlich den Rest der Glaskuppel, um das Gemenge dem Mond ins Gesicht zu blasen, woraufhin sich dieser für einen Augenblick verfinsterte, indem er sich mit einer schwarzen Schicht aus Rauch und Asche überzog.

Von dem Stuhl, gegen dessen eine Armlehne sich die reglos stehende Ywha schmiegte, war dagegen nicht einmal das welke rosafarbene Blütenblatt geglitten, das seit Unzeiten auf seinem

Sitz lag. Kein Staubkorn hatte der Stuhl eingebüßt, Ywhas Kleidung hatte nicht geflattert. Ihre Nase nahm den frischen Geruch der Nacht auf. Durch die nackten Rippen des Mauerwerks erblickte sie die Pferde, die der Strudel packte, über die Erde trug und wieder freigab. Und als sie aufkamen, wieder Boden unter den Füßen spürten, setzten sie völlig automatisch die Bewegung fort, als fürchteten sie, andernfalls den Rhythmus zu verlieren.

Über ihr flogen jetzt keine Relikte der alten Welt mehr. Ihre lachenden Kinder mit den in der Windhose flatternden Haaren und Gewändern streckten ihr die Arme entgegen und kamen mit jeder Sekunde näher, über einen langen süßen Weg, im Kreis und in einer Spirale.

Irgendwann setzte sie sich, warf den Kopf in den Nacken, richtete sich gerade auf, ohne mit dem durchgedrückten Rücken die geschnitzte Lehne zu berühren. Sie schloss die Augen und stellte sich in aller Klarheit das Schicksal vor, das der Welt bevorstand.

Die schönste aller Welten. Das Königreich der ewigen Bewegung, der Kegel eines kolossalen Wirbels, die Herrschaft der Windhose …

Und der Sterne.

Sie lachte glücklich, und ihr Gelächter wurde von Hunderten von Stimmen aufgegriffen.

Der Druck derjenigen, die vor ihm einherging, nahm ihm den Atem und lähmte seine Kräfte. Bis zur Explosion blieben noch vierzig Minuten, der Befehl an die Zentrale harrte noch immer der Bestätigung, das schmale Display des dunklen Kästchens blinkte nach wie vor fordernd rot auf. Der Graf schaukelte langsam die Straße hinunter, im gemütlichen Tempo eines Fahrradfahrers. Der Großinquisitor Wyshnas biss die Zähne zusammen und ging seine bis dato nicht verbrauchten Kräfte nach und nach durch.

Das ist nicht dein Ernst, oder, Klaw?, fragte Djunka erschrocken. Du bist zu schwach, nicht eine Minute wirst du standhalten!

Ich werde nicht standhalten, stimmte er ihr finster zu.

Das ist doch nicht dein Ernst, Klaw! Atryk Ol ist schließlich nicht berühmt, weil er verbrannt wurde, sondern weil er die Mutterhexe aufgehalten hat. Und um sie aufzuhalten, musst du keineswegs einen erniedrigenden und schrecklichen Tod sterben.

Ja, sagte er sich selbst, während er mit aller Kraft die Hand aufs Steuer schlug. Ja, ja, ja!

Der Graf heulte mit widerwärtiger, fisteliger Stimme auf. Wieder und wieder. Das Hupen breitete sich im gesamten Kreis aus, und wenn hier noch ein lebender Mensch war, dann zuckte er jetzt vermutlich zusammen, felsenfest davon überzeugt, das Ende der Welt sei gekommen.

Was ist mit dir, Klaw?, fragte Djunka traurig.

Tut mir leid, Djunka, ich weiß es nicht.

Weshalb tust du das, Klaw?

Weshalb habe ich Tag und Nacht am Grab gesessen, das Gesicht in den welkenden Kränzen vergraben? Weshalb habe ich all das …

Klaw, willst du wirklich … Du, der du nie an Selbstmord gedacht hast, du, dessen stärkster Wille stets der Lebenswille war, du willst einen sinnlosen Tod sterben, Klaw? Du weißt doch genau, dass du beim letzten Akt dieser Tragödie nicht dabei sein musst!

Ich kann dir das nicht erklären, Djun. Jemand verlangt von mir, dass ich dabei bin.

Und das sagst du, der *foltern* kann?

Das Auto, das über den Beton kroch, bog plötzlich ab.

Es gibt viel, was ich kann, Djun.

Das rote Licht des Notrufs loderte am Armaturenbrett auf.

Klawdi erschauderte. Er bildete sich das nicht ein. Das Licht blinkte und blinkte, bat um seine Antwort, forderte sie …

»Nieder mit dem Abschaum«, sagte er hohnlachend ins Telefon. »Was gibt es?«

Ein kurzes Schweigen.

»Klawdi …«

Er erkannte die Stimme nicht. Zu viele Störungen gab es, zu entstellt klang sie, zu fern und unwahrscheinlich.

»Klawuschka, ich bin's, Fedora … Wir wissen … der Herzog … hat dir … Klawuschka, gib den Befehl. Schnell. Beeil dich.«

»Wo bist du?«

»In Altyza. Die Hexendichte pro Kopf der Bevölkerung nimmt rasant ab, sie ballen sich zusammen, in der Nähe von Wyshna, die kritische Masse …«

»Sind die Kinder bei dir?«

»Ja. Wo bist du, Klaw? Gib den Befehl, aber lass genügend Zeit, damit dich der Hubschrauber abholen kann. Sag mir nur, wo du bist …«

Ein Hubschrauber.

Er senkte kurz die Lider. Es war ihm nie gelungen, das Gefühl genau zu bestimmen, das diese Frau ihm entgegenbrachte. Ob es das war, was alle Welt Liebe nannte?

»Die Koordinaten, Klaw! Gib mir die Koordinaten durch!«

Er schielte auf die Karte. Genau ließ es sich nicht bestimmen, doch das Dorf Podralzy schien nicht weit entfernt zu sein.

»Beeil dich, Klaw! Sonst ist es zu spät!«

»Schweig!«

Warum war ihm, einem erwachsenen, ernsten Mann, nur eine derart lebhafte Phantasie gegeben? Jetzt sah er den Hubschrauber vor sich, der hinter einem Hügel aufstieg, sah die Flügel, die sich in der Luft drehten, sah die Leiter, die heruntergelassen wurde, spürte den Windzug …

In der Ferne zog Wind auf. Immer stärker und stärker. Er fiel über den Graf her, als wolle er ihn von der Straße drängen. Nach einer Weile gab er ihn wieder frei und legte sich.

»Ich kann deinen Vorschlag nicht annehmen, Fedora. Trotzdem vielen Dank.«

»Klawdi! Wo bist du, Klawdi? Klaw!«

Er öffnete das Handschuhfach und zog das Kabel aus dem Anschluss. Das rote Lämpchen erlosch, die Leitung war tot. Klawdi warf den Apparat auf den Beifahrersitz.

Eine spitzbübische junge Frau, eine Hexe auf dem Besen, schaute ihn von der Postkarte an, die an der Seite der Windschutzscheibe steckte. In ihrem Blick lag ein belustigtes Mitgefühl. Bis zur Explosion blieben noch zwanzig Minuten, als ein jäh aufkommender Wind das Auto quer über die Straße schleuderte und mit einem Schlag sämtliche Seitenfenster eindrückte.

Klawdi schaffte es gerade noch, sich zu ducken. Er krümmte

sich am Boden des Wagens zusammen, wobei er mit seinem Körper das Kästchen schützte. Der Druck der Mutterhexe nahm zu, trat immer deutlicher zutage. Die Sterne über ihm verloschen, alles verlosch, selbst der ferne Widerschein des Feuers. Das Auto stellte sich wie ein Zirkuspudel auf die Hinterräder, ragte auf, um dann auf alle viere zu krachen, dabei rieselten Glassplitter. Die spitzbübische Frau von der Karte verschwand, hörte auf zu existieren.

Der Wind legte sich.

Gewittergeruch schwängerte die Nacht. Frisch und intensiv, sogar angenehm – wäre da nicht der Geist der Mutterhexe gewesen, der mit jedem Augenblick erstarkte und alles mit seiner triumphierenden Anwesenheit vergiftete. Zwei Schritte vom Auto entfernt lag, die Gebüsche am Straßenrand erbarmungslos platt walzend, ein riesiger Konzertflügel.

Vorsichtig trat Klawdi auf die Kupplung.

Im Auto steckte noch Leben. Folgsam setzte es sich in Bewegung, umrundete die quadratischen Gehäuse der Fernseher mit den zersprungenen Bildröhren, die hölzernen Vitrinen mit den eingeschlagenen Scheiben und allerlei weiteres, phantastisches Zeug. Die Reifen verloren Luft, das Auto verwandelte sich in ein bockiges Tier, das den Wunsch seines Herrn jedoch uneingeschränkt teilte und sich weiter und weiter vorpirschte.

Bis zur Explosion blieben noch sieben Minuten. Der Befehl musste unverzüglich bestätigt werden. Klawdi wusste nur zu gut, dass die Raketen drei Minuten brauchten, um ihr Ziel anzufliegen.

Noch sieben Minuten Leben. Eine unendlich lange Zeit. Er würde es noch schaffen, eine Zigarette zu rauchen. Er würde es noch schaffen, im Gras zu sitzen, die Sterne anzuschauen und sich an Ywha zu erinnern – so, wie sie war, als sie nackt am Ufer des Sees stand, überzogen von einer Gänsehaut, schmal, fast durchscheinend, eine Frau, die man sich anzufassen fürchtete, die man nur anschauen konnte – indem man sich die Hände vor die Augen hielt und durch die nicht ganz zusammengepressten Finger sah.

Du wirst sie umbringen, sagte Djunka traurig. Mich hast du ja auch umgebracht, nicht wahr?

»Hör auf!«, schrie er laut, wobei er vergaß, dass er mit sich selbst sprach. »Was redest du da! Niemals hätte ich …«

Er würde nie erfahren, ob es seine Djunka war, die er in jener schrecklichen Nacht getötet hatte, oder nur ein Monster, ein Gespenst, das ihre Züge angenommen hatte.

Oder er würde es erfahren. In sieben … nein, in sechs Minuten. Und die Rakete brauchte Zeit, um ihr Ziel zu erreichen.

»Du bist viel früher gestorben«, sagte er Djunka, wobei sich seine Lippen kaum bewegten. »Du bist an jenem Tag gestorben, als wir beide baden waren. Im Schilf …«

Auch Ywha ist schon längst gestorben, versicherte ihm Djunka gern. Nämlich als sie initiiert wurde.

»Ich habe sie nach der Initiation gesehen«, sagte Klawdi, der unverwandt vor sich hin starrte. »Da war sie noch wie zuvor. Sie war eine Hexe, aber sie war auch noch Ywha.«

Als ihr im Keller miteinander geredet habt, war ihre Initiation noch nicht abgeschlossen, präzisierte Djunka unbarmherzig. Du erinnerst dich doch noch, was sie am Ende dieses Gesprächs getan hat?

»Aber umgebracht hat sie mich nicht!«

Ja, und?, wunderte sich Djunka.

»Als Mutterhexe wäre sie *verpflichtet* gewesen, mich umzubringen!«

Das habe ich nicht gewusst, meinte Djunka verlegen, und Klawdi konnte förmlich sehen, wie sie mit den eisverklebten Augen klapperte. Das habe ich nicht gewusst. Meinst du, sie hatte Mitleid mit dir? Oder hat sie dich einfach bloß beiseite gefegt, wie langweiligen, harmlosen Müll?

»Mir bleiben in meinem Leben noch vier Minuten«, sagte er tonlos. »Und du sagst mir … so etwas.«

Ihr bleiben in ihrem Leben ebenfalls nur noch vier Minuten, sagte Djunka bitter. Willst du ihr nicht verzeihen? Bevor ihr beide sterbt?

Klawdi holte das Kästchen aus der Innentasche, das blinkend eine Bestätigung des Befehls verlangte. Er verzog das Gesicht, als leide er Schmerzen. Insgeheim hoffte er, wie er sich nun selbst eingestand, die Verbindung zur Zentrale und zu den Raketen zu verlieren. Sollte der rote Knopf versagen, so hätte er vermutlich

Erleichterung empfunden und den nutzlosen Kasten einfach zum Fenster hinausgeworfen. Dann hätte er nichts mehr entscheiden müssen.

Vielleicht solltest du es noch hinauszögern, schlug Djunka sachlich vor. Gib ihr und damit auch dir noch eine halbe Stunde. Wenn du bis zum Zeitpunkt X den Befehl nicht bestätigst, wird er automatisch gelöscht. Gib einfach noch mal alles neu ein.

»Wozu soll das gut sein?«

Damit ihr euch noch treffen könnt.

»Wozu?!«

Deshalb bist du ja wohl hergekommen, bemerkte sie. Wenn es dir nur darum ginge, dich umzubringen, gäbe es doch auch noch andere Möglichkeiten.

Klawdi sagte kein Wort. Der Wind peitschte ihm ins Gesicht, Tränen traten ihm in die Augen.

Andernfalls zögere es nicht hinaus, riet Djunka leise. Es ist so schmerzlich, auf den Tod zu warten. Bestätige den Befehl, schließlich warst du bereits als junger Mann tapfer. Bestätige den Befehl!

Mit zitternden Fingern angelte er sich eine Zigarette aus der Schachtel. Beim dritten Versuch bekam er sie endlich an. Der Wind trug den Tabakqualm davon, und der Mond, der schon nicht mehr gelb prangte, sondern elektrisch weiß glühte, goss sein Licht auf die Straße, auf das Tal, in den riesigen Trichter vor ihm, die im Kreis rasenden Pferde, die Trümmer eines gigantischen Supermarkts, den Berg ausgebrannter Autos.

Wie sie gewesen war: Mitleid erregend, durchgeweicht, auf den Treppenstufen hockend, wo sie die Nacht vor verschlossener Tür zugebracht hatte.

Wie sie gewesen war: lachend, bis zur Taille im Wasser stehend, in ihrem Gekicher vergessend, dass ihre nackte Brust aus dem Wasser herausragte und glasklare Tropfen ruhig darüber rannen.

Wie sie gewesen war: auf dem Steinfußboden im Verlies, gefesselt mit Holzblöcken, rote Locken vorm Gesicht, mit Tränenspuren, mit Tropfen, die vom Kinn fielen.

»Ich habe gedacht ... ich würde Sie nie wiedersehen.«

Er hatte nie daran gedacht, ihr das Du anzubieten.

Du wolltest leben, aber du hast den Tod nie gefürchtet, sagte Djunka leise.

»Ich fürchte ihn auch jetzt nicht«, antwortete er tonlos. »ich habe noch nicht einmal … darüber nachgedacht.«

Dennoch wirst du sterben. Sie haben dich bereits gewittert, erklärte Djunka, und in ihrer Stimme klang Panik an.

»Ich habe keine Angst. Ich muss nachdenken.«

Du hast Angst, sie umzubringen! Aber *mich* hast du …

»Schweig!«

Sie hatten ihn tatsächlich gewittert. Er spürte, wie aus dem Trichter, von dort, wo sich die Säule der monströsen Windhose erhob, gleichzeitig Hunderte von Händen nach ihm griffen.

Was hatte Atryk Ol gefühlt?

Die Zeit! Bestätige den Zeitpunkt, schrie Djunka. Töte sie, sonst töten sie diese Welt, für die du verantwortlich bist, du bist ihr Hüter, du bist Klawdi Starsh, auf deinen Schultern ruht jetzt die Verantwortung für die Menschheit, schlag zu!

»Es ist eine arme Menschheit, Djunka. Sie hat sich einen unwürdigen Hüter gewählt.«

Ich weiß, warum du zögerst, brauste Djunka auf. Aber du hast bereits mich ermordet! Du hast doch Erfahrung, bring nun auch sie um!

»Ich will das nicht mehr! Glaubst du, das ist mein Handwerk, diejenigen, die ich liebe, umzubringen? Oder ein Sport? Wo du mit jedem Training gewiefter wirst? Ich will das nicht, es reicht mir, ich will, dass sie *lebt*!«

Du bringst sie nicht zurück, schrie Djunka voller Schmerz.

»Das … wollen wir doch mal sehen.«

Ein letztes Mal spähte er auf das schmale Display, das rot blinkte und eine Bestätigung des Befehls verlangte. Dann holte er kräftig aus und schleuderte das Kästchen durch die glaslose Windschutzscheibe – den Hexen ins Gesicht, die sich in Kreisen über dem sanften Hang erhoben.

Ihr neuer Körper gewann mit jedem Augenblick an Kraft und Gestalt. Weiter oben schienen die Arme der Windhose eine Handvoll Sterne zu packen, zumindest schwebten in dem schmalen Kegel des Trichters jetzt weiße und gelbe Funken, wie bei einem

Jahrmarktskarussell. Sie rieselten den Pferden, diesen Karussellpferden, in die Mähne und glänzten mit den strahlenden Augen ihrer Kinder um die Wette.

Dann störte etwas den Rhythmus. Zwar nur geringfügig. Nur für einen Augenblick – als nämlich der Strudel lachend nach dem grünen Auto griff, das am Rand des Trichters erstarrt war. Er trug es in einem Kreis nach oben, in einer Spirale, erlaubte sich seinen Spaß mit dem Fahrzeug, während er überlegte, an welcher Stelle er das rauchige, benzingetränkte Feuer entzünden sollte.

Dann traf er seine Entscheidung.

Das Feuer, nach der Explosion rund wie eine Seerose, züngelte rasch und unter Einbüßung der ursprünglichen, der klaren Form hoch. Eine Zeitlang ergötzte *sie* sich am Tanz der Flammen, der mit dem Gesamtrhythmus wunderbar harmonierte. Vielleicht hörte sie auch deshalb nicht gleich den verängstigten Aufschrei ihrer Töchter.

Neben dem brennenden Auto lag ein Mann auf der Erde, der über Macht gebot. Seine Macht erinnerte an einen weißen Blitz, seine Macht roch scharf nach verbranntem Fleisch, irritierte und provozierte. *Sie* sah, wie ihre Kinder, die in den Kreis seiner Macht gerieten, vergeblich versuchten, ihm Widerstand zu leisten.

Sie schloss die Augen. Ein Gefühl, als bohre sich eine stumpfe Nadel in eine geballte Faust. Ein Gefühl, das stärker und stärker wurde.

Sie lachte schallend. Der weiße Kreis der Macht, die der aufdringliche Neuankömmling ausgoss, loderte heller auf – und erstarb fast im Anschluss. *Sie* hatte einfach die Nadel herausgezogen. Hatte die fremde Macht abgeschüttelt. Ohne Schwierigkeiten. Ihre Kinder, ihre Finger, ihre gehorsamen Muskeln spannten sich kaum merklich an, und ihre Kraft zeigte sich in kleinen, dunkelroten Blitzen, ihre Kraft zerfetzte den weißen Kreis, ebenso wie den weißen Panzer, mit dem sich der Mann zu schützen versuchte, ja, ihn selbst hätte die Kraft beinahe auch in Stücke gerissen, war sie doch willens, alles zu zerhacken und zu zerlegen, alles zu einem Baustein des Chaos zu machen, alles als Staubkorn in die spiralförmige Rotation einzuspeisen.

Doch noch immer leistete dieser Mann Widerstand. Er schlug mit einer schmerzlichen weißen Explosion auf ihre Finger ein – und verschwand. Um erneut zuzuschlagen.

Sie wurde böse. Ihre Finger schlossen sich zusammen, als wollten sie seinen Willen zerstoßen wie einen Knochen unter einem Mahlstein. Sein Schmerz funkelte grün, bildete eine leuchtende Wolke. Wieder entspannte sie die Finger und warf den leblosen Körper fort, damit ihre Kinder, ihre Finger, nach Belieben mit ihm verfahren und Vergeltung üben konnten.

Daraufhin kehrte sie in ihr kleines Selbst zurück. Sie öffnete die Augen.

Ihre Kinder freuten sich, und ihre Freude band eine weiche, kühle Schleife um Ywha.

Eine Prozession. Eine feierliche Prozession im Kreis, in einer Spirale. Ihre Kinder trugen seinen Körper auf ausgestreckten Armen, seinen gehorsamen, leblosen, schweren und steifen Körper. Sie folgten ihm, ein endloser Zug, eine lange Eskorte, eine so lange Eskorte, dass diejenigen, die den Körper trugen, den Klagefrauen am Ende des Prozessionszuges beinahe in die Hacken traten. Die Klagefrauen lachten lauthals, und der Strudel blähte ihre Kleidung auf zu einer Spirale …

Sie trugen ihn auf ausgestreckten Armen. Sein Kinn ragte gen Himmel, er sah nach vorn, und sein seltsam verdrehtes Gesicht verkam zu einem lächerlichen Portrait.

»Ywha …«

Nein, seine Lippen hatten sich nicht bewegt. Seine Lippen blieben krampfhaft aufeinandergepresst. Dennoch hatte sie es deutlich gehört, klar, eindeutig und ohne Zweifel.

»Ywha.«

Die Prozession endete dort, wo sie auch begonnen hatte – an dem brennenden Auto. Genauer: an dem ausgebrannten. Der Wirbel hatte sein Bestes getan, die Flamme hatte alles verschlungen, was brennen konnte, und nur ein schwarzes Gerippe zurückgelassen, ein verkohltes Skelett.

Ihre Kinder frohlockten. Lange genug hatten sie nach einem Sinn gesucht. Es war ihr gutes Recht, die Verkörperung all ihrer Leiden abzuurteilen. Sie richteten dabei nicht über den Menschen, der sowohl seine Macht als auch seine Kraft verloren hatte, sondern bestraften das Monster, das sie über Jahrhunderte hinweg gefressen hatte; es war ihr gutes Recht, die Inquisition zu verurteilen.

Bedächtig zogen *ihre* Finger das Drahtseil um seine Handgelenke zusammen. Ihre Kinder lachten, während sie den Großinquisitor an sein verbranntes Auto fesselten. Sollten sie einander ruhig ähnlich werden, der Maschinenmensch und das Maschinenauto.

»Reisig! Bringt Reisig!«

Es waren viele, Hunderte von Händen. Wenn jede ein Hölzchen warf, würde sich ein riesiges Feuer erheben.

Sie saß auf ihrem Stuhl, mit durchgedrücktem Rücken. Über ihr drehte sich der Wirbel, die schwarze Achse eines Hurrikans.

Faules Wasser, das vor vierhundert Jahren die Stadt Wyshna überschwemmt hatte. Einige Tausend Tote. Eine Epidemie, vergiftete Brunnen, menschliche Körper, eingenäht in Kuhmägen.

Ein fünfjähriger Junge, der im Hochsommer in einen verrosteten Nagel getreten war. Ein Teenager, der sich bei einem Fußballturnier in der Schule das Bein gebrochen hatte. Die Spitze eines mit einem Zauber belegten Messers, das dem jungen Inquisitor aus der Provinz tief in die Seite eindrang. Der ganze Schmerz, den er in seinem Leben gespürt hatte, verkam zur Klöppelarbeit, zum Flor, zum Schatten … angesichts des Schmerzes, den er jetzt empfand. Nicht einmal das Bewusstsein verlor er, nein, alle seine Gedanken waren klar, alle Bilder deutlich und dreidimensional, konturiert, damit sie besser zu erkennen waren.

»*Infolge eines direkten Kontakts mit der vermeintlichen Mutterhexe, der wohl zu deren Tod führte, war der Inquisitor Atryk Ol völlig entkräftet und teilweise erblindet, worauf die in der Stadt versammelten unzähligen Hexen schrankenlose Macht über ihn erlangten. Der Stich eines unbekannten Künstlers, offenbar ein Augenzeuge der Ereignisse, hält den Moment von Atryk Ols Tod fest. Die Hexen hatten ihn geteert, in Stroh gewälzt und angezündet.*«

Wie genau das Gedächtnis funktioniert. Er erinnerte sich an alles, bis zu dem Haar, das an ihrer Schläfe klebte, bis zum Geruch des Bücherstaubs, bis zu der bunten Feder eines unbekannten Vogels, wie auch immer diese zwischen die Seiten geraten sein mochte.

»*Infolge eines direkten Kontakts …*« Was sollte das heißen? Direkt? Er konnte sich ja nicht einmal nach ihr ausstrecken! »Der Inquisitor Klawdi Starsh büßte seine Kräfte ein … aber das Sehvermögen verlor er keinesfalls …« Denn sehen sollte er, welches Schicksal die Hexen für ihn bereithielten. Nicht schlicht über die Erde sollte er geschleift werden, sondern, mit einem Drahtseil an sein Auto gefesselt, den Berg von Reisig erblicken, der zu Füßen der Mauerreste wuchs, zu Füßen der Betonkonstruktion … Schon ließen sie das Seil von oben herab, knoteten es an das Wagendach. Viel zu stark waren sie, wie sie da feierten und triumphierten, wie sie da auftrumpften. Was für ein Fest, was für ein Tanz, was für ein Reigen – der den Tod des Inquisitors im Feuer bedeutete. »Der Stich eines unbekannten Künstlers hält den Moment von Klawdi Starshs Tod fest, den die Hexen an die Reste seines Autos schnürten, das sie an einer Betonmauer hochzogen, um darunter ein Feuer zu entfachen und ihn zu grillen – wie ein Ferkel.«

An alles würde er sich erinnern. Alles würde er spüren. Nichts würde er vergessen – bis zur letzten Sekunde nicht.

»*Aber sie haben sich geirrt, Ywha. Nach der Initiation … also, um es kurz zu machen, eine aktive Hexe hat überhaupt nicht mehr das Bedürfnis, jemanden zu lieben. Die Liebe macht sie, hm, zu abhängig. Nein, das trifft es auch nicht. Die Liebe ist ein Gefühl, das einen Menschen abhängig macht. Und Hexen ertragen genau dies nicht, das darfst du nie vergessen.*«

Das Drahtseil zerschnitt ihm allmählich die Handgelenke.

Läutete da eine Glocke? Oder bildete er sich das nur ein? Ein ferner, melodischer und irgendwie mitleidiger Glockenschlag. Dann noch einer, stärker, schneidender, verzweifelter, eine Art Schrei. Was kann ich schon tun?, schrie die Glocke. Wie soll ich dir helfen, Klaw?

Tief in seiner Seele jammerte und weinte die längst verstorbene Djunka vor Angst. Schon wieder hatte er sie verraten, denn mit ihm würde auch die Erinnerung an sie sterben.

Scheußlich! Warum war er immer noch bei Bewusstein?!

Aber das hast du doch selbst so gewollt, Klaw, flüsterte die

Stimme der sterbenden Djunka in seinen Ohren. *Deshalb* bist du doch hergekommen. Es wäre doch dumm ... bewusstlos zu sterben, alles vergessend ... ohne Erinnerung ...

Ich habe mich geirrt, Djunka, wollte er widersprechen. Ich habe mir selbst etwas vorgemacht!

Willst du etwa immer noch, dass sie lebt?, fragte Djunka kaum hörbar. Willst du das wirklich immer noch, Klaw?

Gequält holte er Luft, entspannte sich und versuchte, die verkrampften Muskeln in eine weniger schmerzhafte Position zu bringen.

Ein Hexensabbat! Sollte irgendjemand auf dieser Welt in dieser Nacht Kinder zeugen, kämen diese ausnahmslos als Hexen zur Welt. Und alle würden zum Teil dieses Trichters, dieser Windhose werden.

Die Hexen standen um ihn herum, unter ihm, denn er hing über ihren Köpfen. Sie hatten einen Kreis gebildet. Als ob sie sich, bevor sie das Reisig entzündeten, noch einmal an dem Anblick von ihrer Hände Arbeit weiden wollten. Hunderte von Hexen, brennende Augen, ein ganzes Feld funkelnder Kohlen. Die Stille, die absolute Stille vor einem Euphorieausbruch, vor dem Tanz, vor dem Höhepunkt des *Hexensabbats*.

Es gab noch einen Menschen, der über der Menge stand. Eine reglose weibliche Figur, die auf einem hohen Stuhl saß. Und es gab den Mond, der die Feuerkugel elektrisch aufgeladener Haare wie gemeißelt hervortreten ließ, ebenso wie die gekrümmten, an einen gespannten Bogen erinnernden Lippen und die leuchtenden Scheiben der Augen, die kein einziges Mal blinzelten.

»Ja, Djunotschka«, sagte er laut. »Ja. So habe ich es gewollt.«

In diesem Augenblick züngelte das Feuer hoch.

Ein dunkler, rot funkelnder Kern, das Zentrum, umhüllt von einer schweren Robe. Der Flug, dieser wahnsinnige Reigen, all die kleinen Strudel ihrer Töchter, die sich in der schwarzen Leere ausbreiteten, der Flug und der Fall, die vom Strudel erfassten Späne – all das würde jetzt, genau in diesem Augenblick, mit der Mutter verschmelzen.

Sie hob den Kopf.

Der Himmelskreis drehte sich schneller und schneller. Er versuchte, den schwarzen Wirbel einzuholen, verschmierte dabei aber nur die klaren Lichter der Sterne, die ihrerseits eine weiße Spur hinterließen, als wollten sie einander über den Himmel jagen und beim Schwanz packen, diese Tausenden von grellen kleinen Kometen.

Der Strudel wurde tiefer. Immer tiefer und tiefer. Der Rand, markiert von den flatternden Mähnen der inzwischen toten Pferde, wölbte sich nach oben und rollte sich ein, als wolle er den unverschämt tief stehenden Mond in einen Sack stopfen.

Sie lachte, erschreckte mit ihrem Gelächter den Rand des Strudels, der erschlaffte und sich nach unten kräuselte, während sie auf dem Gipfel eines Berges saß, eines kegelförmigen Vulkans, und tief unten am Horizont die Konturen verlassener und zerstörter Städte erkannte.

Sie riss die Hände hoch. Der Strudel bildete sich neu, gewann die alte Größe zurück, und auf den Resten der Betonmauer, die unsagbar alt wirkten, erblickte sie einen Mann, der an sein eigenes Auto gekreuzigt war.

Hunderte von kleinen Lichtern. Neue Sterne gesellten sich zu dem monsterhaften Karussell.

»Brenne! Brenne! Brenne!«

Ihr Thron bebte.

Nein, ihr Thron blieb unerschütterlich. Ihr Thron stellte das einzige unbewegliche Etwas in dieser sich wahnsinnig drehenden Welt dar, in diesem Strudel von Himmel und Sternen, Erde, Wasser und Feuer. Seit vielen Jahrhunderten schon saß *sie* auf diesem Stuhl.

Denn das war sie, eine alte Statue. Eine Sphinx, an der die Zeit genagt hatte. Sie rührte sich nicht, sie war ein Turm, der seit dem Anbeginn der Zeiten stand und in dessen Innerem sich Treppen hinaufschlängelten und Gänge kreuzten, sie war das monströse Gebäude einer unbekannten Zivilisation. *Sie,* die mit den Händen nach den Sternen greifen konnte, sie, die zum hundertsten Mal lebte, *sie* …

»Segne deine Flamme, Mutter!«

Ihr Blick hob sich, Segen zu spenden.

Der Mann, gekreuzigt an Beton und Stahl, hob ebenfalls den Blick – um den Segen des eigenen Todes zu empfangen.

Mit ihm starb all das, was er verkörpert hatte, jene Welt aus stramm verschnürten Fäden. Eine Welt der Unfreiheit, denn jede Zuneigung …

»Segne deine Flamme, Mutter!«

Woher kam nur dieser fremde Rhythmus? Woher kam dieser ungeschickte, irritierende Rhythmus, der den ewigen Tanz störte?

Sie erzitterte.

Dort! Aus den schiefen Ruinen einstiger Macht und Kraft streckte sich ihr eine Hand entgegen.

Obwohl seine Hände gefesselt waren, durch das Drahtseil gekrümmt, hilflos und reglos. Und dennoch *sah* sie es genau – wenn auch nicht mit den Augen.

Eine zugleich fordernde und schlaffe Hand, eine fest gespannte Hand, bei der jeder Muskel die Berührung zustande bringen wollte.

Der Strudel kippte zur Seite.

Für einen Augenblick bloß. So neigt sich ein Glas, aus dem ein roter Tropfen Wein schwappt, ein einziger Tropfen nur – der das weiße Kleid der Braut dennoch völlig verdirbt, denn eine Rose, am falschen Fleck erblüht, stört, bringt das Gleichgewicht ins Schwanken. Der Wein im Glas, er strudelt, brodelt, er sucht sich die Freiheit …

Die fremde Hand streckte sich ihr weiter entgegen, nun fast gebieterisch. Der fremde Rhythmus durchwob den Rhythmus des triumphierenden Tanzes, bohrte sich durch ihn hindurch, wie Gras durch Asphalt wächst, wie ein fahles grünes Blättchen, das eine Granitplatte spaltet. Warum jagte ihr dieser im Grunde harmlose Riss eine solche Angst ein?!

Die verschreckten Augen ihrer Kinder. Sie musste sie beruhigen. Sie würde ihnen eine Freude bereiten, ihnen eine weitere Runde in ihrem Reigen erlauben.

Und abermals wirbelte der Reigen in die Höhe. Er schlug auf die ausgestreckte Hand ein, wollte sie abhacken wie einen trockenen, nutzlosen Zweig.

Der fremde Rhythmus riss kurz ab.

Die Sterne zerflossen zu Kreisen, der schwarze Himmel leuchtete auf, der Mond hing wie ein Eigelb in einem Filter brodelnden Kaffees. Ihre Kinder fassten sich bei den Händen und flatterten wie eine festtägliche Girlande durch die Luft, flogen zusammen mit Planeten und Gestirnen einher, an diesem feuerspeienden Festtag. Die Himmelskuppel dehnte sich zu einer Röhre, und dort, am Ende des kolossalen Tunnels, erstrahlte für einen flüchtigen Augenblick ein unwirkliches, überirdisches, märchenhaft schönes Licht.

Das Reisig verschlingend, züngelte die Flamme auf. Der Mann an der Mauer hing reglos da, und er war das Einzige, das in dieser Welt reglos blieb, abgesehen von ihr natürlich, der Statue, dem Turm auf dem Thron.

Doch sein Herz schlug noch. Sein Herz schlug in einem abweichenden Rhythmus, brachte sie aus dem Takt, kippte die feierliche Schale.

Sie erschauderte erneut.

Denn abermals sah sie die ihr entgegengestreckte Hand.

Ihre Kinder peitschten mit Knuten auf die zitternden Finger ein, ihre Kinder lachten sich kaputt, denn schließlich gibt es nichts Komischeres als eine vergebliche Hoffnung.

Da kippte der Strudel wieder zur Seite. Diesmal verlor er einige Sterne, die über den dunklen Rand purzelten und für immer in der Zeitlosigkeit verschwanden. Und er störte den Reigen ihrer Kinder, die durch die Luft flogen, ihrer Teile, ihrer Augen, Nerven und Muskeln.

Es kostete sie enorme Mühe, die schwarze Säule der Windhose wieder über ihrem Kopf aufzurichten.

Dieser Rhythmus! Obwohl er so schwach, hoffnungslos und die Hoffnung verachtend war, zog er Kraft aus der eigenen Verdammnis, dieser kaum wahrnehmbare, alles zerstörende Rhythmus.

Die Statue schwankte. Der Turm bebte, die Zeit, die sich in den Ritzen abgelagert hatte, rieselte wie Staubsand heraus.

Denn die Hand, gebieterisch und rufend, wollte um jeden Preis eine Berührung zustande bringen, selbst noch, als ihr die Knochen schon gebrochen waren …

Wieder verlor die Windhose das Gleichgewicht.

… selbst noch, als sie schwarz verkohlt war, wollte sich diese Hand ausstrecken, sich vorstrecken.

Wie Gras durch Stein.

Diese schlichte Erkenntnis brachte *sie* ein drittes Mal zum Zittern, worauf *sie*, bar jeder Stütze, in sich zusammenfiel.

Sie, die mit ihren Händen die Sterne berühren konnte, sie, die bereits hundert Mal gelebt hatte, *sie* ...

Sie, eine rothaarige Frau, die durch das Labyrinth von Gängen und Räumen irrte, sie, die in eine Statue eingeschlossen war und den Ausgang nicht fand.

Sie, die sie vollkommen frei war, die sie die Welt in ihrem Innern verstaute, die sie die Welt durch sich ersetzte.

Grundmotiv, das versteckte sich also hinter diesem Wort. Der Wert, der zum Einzigen wird ...

Die Glocke schlug und sagte ihr, nun lasse sich nichts mehr ändern. Keine Stimme dieser Welt klingt triumphaler, klingt hoffnungsloser als die einer Glocke.

Sie ...

Bald, Ywha, bald. Bald, Ywha, dort blitzt bereits ein Licht, vielleicht steht dort eine Tür auf, bald, schon bald, nur noch die Treppe nach unten, nach rechts, nach links, achte nicht auf den Boden, der einstürzt ...

Das winzige Zimmer, in dem ihre Mutter saß, den Kopf auf die verschränkten Finger gelegt, mit dunklen Ringen unter den Augen.

»Ich wollte dir immer schreiben, Mama. Wenn alles geschafft ist, wenn ich mir etwas aufgebaut hatte, dann wollte ich dir schreiben, das schwöre ich, Mama. Aber jetzt habe ich keine Zeit, jetzt hab ich's eilig ...«

Die Mutter bedachte sie mit einem schmerzlichen und tadelnden Blick. Ywha schoss in den Korridor hinaus, zur Tür links – die war verschlossen, fest verschlossen, mit einem riesigen, verrosteten Schloss. Hinter dieser Tür lauerte die Angst.

Also nach unten, über die Wendeltreppe. An alle Türen hämmernd, rannte sie vorwärts, durch den langen Gang, an dessen Ende ein Licht aufzublitzen schien ...

Unzählige trockene Blätter prasselten ihr ins Gesicht. Weiter! Vorbei an einem Zimmer, das bis unter die Decke mit allerlei Kram vollgestopft war. Muffige Kleidung mit den weißen Spuren einer unersättlichen Motte, mit verkrusteten braunen Flecken.

Ein Geruch stieg ihr in die Nase, der Geruch nach Naphthalin und Moder.

»Nein!«

In der dunklen Rumpelkammer walkte ihr älterer Bruder ihren jüngeren Brüder methodisch durch, verdientermaßen, und zwar für etwas, das er angestellt hatte, wie üblich für etwas, das er angestellt hatte …

»Ich hab's eilig! Ich habe keine Zeit, ich muss mich so beeilen, ich werde gebraucht …«

Von der Holztreppe wusste sie genau, dass die vierte Stufe einbrechen würde, und das tat sie auch. Und unter der Treppe lag eine Plastikpuppe, rosafarben, als sei sie mit heißem Wasser überbrüht worden, mit weißen Haaren, für immer von Wasserstoffperoxid verhunzt.

Ywha lief weiter. Sie verirrte sich, kam immer wieder an denselben Ort zurück. *Sie* hüllte sich in Schweigen. Ywha kämpfte mit der Leere, mit dem Schatten, zog die Zeit wie ein Gummiband in die Länge, denn das Feuer erhob sich höher und höher.

Sie sah mit *ihren* Augen. Sah, wie sich die Pupillen des Mannes in undenkbarer Weise erweiterten, die Pupillen jenes Mannes, der …

»Klawdi! *Klawdi!*«

Der Name half ihr. Sie schrie, böse und wütend, und lief weiter, suchte den Ausgang, denn hier musste es einen Ausgang geben, es musste … einen Ausgang …

Sie kam zu einem Zimmer, dessen Boden mit Orangenschalen und Kerzenstummeln bedeckt war.

Dann ein leeres Zimmer mit einer Decke, die mit silbergrauem Menschenhaar zugewachsen war.

Ein Treppenhaus. Hier war sie schon gewesen, nein, doch nicht, das war eine andere Treppe, die ins Nichts führte und an deren Rand jemand mit den Beinen baumelte …

»Klawdi?!«

Der Mann drehte sich um.

Das war nicht Klawdi. Das war jener Mann, der mit ihr, der Zehnjährigen, mitgefahren war, in dem Bus über das Land, sich so nett mit ihr unterhalten und ihr einen Apfel gegeben hatte, während er selbst die ganze Zeit mit der Hand über das brennende Kunstleder des Sitzes strich und seine Hand dann unter sie, unter ihr Kleid und auch unter ihren schmalen Kinderpo schob.

Sie fauchte durch die Zähne, nicht wie eine Katze, sondern wie eine Schlange. Es katapultierte den Mann vom Rand der Treppe, und er fiel in den Abgrund. Sein nicht endender Schrei begleitete Ywha, während sie weitersuchte.

Eine geschlossene Tür. Noch eine. Ein leerer Raum. Das Antiquariat, hinter dessen Tür der bleiche Nasar stand, dann Professor Mytez mit der Mandoline, dann eine Blondine mit großer Nase, ihre Klassenkameradin von der Kunstschule, die immer von der Liebe der Schwäne erzählt hatte …

Und dort, hinter der Eisentür, stand ihr Vater. Sie war sieben Jahre alt. »Geh heute nicht raus, meine Kleine.« »Aber ich möchte so gern, Papa!« »Geh nicht, ich bitte dich!« »Aber ich *will*!« »Dann geh, meine Kleine, nur zu …«

Feuchter Lehm, der platschend in eine Grube fiel.

Wenn ich damals zu Hause geblieben wäre – mein Vater würde noch leben.

Sie stürzte weiter. Alle Türen hinter sich schließend, zuknallend, möglichst weit weg von jener Eisentür – zu der sie sich doch immer wieder umdrehte. Wenn ich damals nicht gegangen wäre … damals … wenn ich gleich alles gesagt … wenn ich damals alles erklärt hätte … wenn ich es verstanden … wenn ich es nur vorher gewusst hätte!

Diejenige, die da in dem geschnitzten Stuhl sitzt, diese reglose Statue, an der die Zeit genagt hat – bin ich das?

Als sie die nächste Tür aufriss, fand sie sich in der Turnhalle ihrer Schule wieder. Ihre Mitschüler, achtjährige Kinder, drückten sich an der gegenüberliegenden Wand herum. Sie alle trugen Turnhosen, und ihre nackten Knie funkelten. Sie wollte schon zurückweichen, wollte diesen Winkel der eigenen Seele nicht erkunden, doch dort, auf dem Boden, da lag eingeringelt eine Schlange.

»Folgt dem Faden. Hört auf eure Natur.«

Verschreckt starrten die Jungen und Mädchen einander an. Unter ihnen machte sie diejenigen aus, die sie gejagt hatten, und diejenigen, die ihr Pausenbrot mit ihr geteilt hatten. Die erste Gruppe war natürlich größer. *»Verhaltet euch so, wie es euch* *eure Natur vorgibt. Folgt eurem wahren Wesen. Und wenn die Zeit kommt zu sterben, so sterbt. Und wenn die Zeit kommt zu leben, so lebt. Schreitet Fuß für Fuß den Faden entlang, kommt nicht vom Weg ab, denn dies ist euer Weg, geht ihn bis zum Ende!«*

Aber du bist deinen Weg bereits gegangen, wunderte sich die Schlange.

Dort, am Ende des Saals, standen inzwischen keine halb nackten Kinder mehr, sondern schweigende Frauen, deren ernster Blick sie nicht eine Sekunde lang freigab.

Du bist deinen Weg schon gegangen! Du hast deine Wahl bereits getroffen, Ywha! Deine Kinder …

Die Windhose packte sie. Die Windhose trug sie in Kreisen, in einer Spirale, nach oben und hinauf zum Sternenstaub, hob sie über die reglose Statue auf dem geschnitzten Stuhl hinaus, der sie, an ihr vorbeifliegend, in die riesigen, gleichgültigen Augen blickte – die ihre eigenen Augen waren.

Ich werde es tun. Ich werde die Initiation durchlaufen.

Aber du hast die Initiation bereits hinter dir!

»Und wenn die Zeit kommt zu sterben, so sterbt. Und wenn die Zeit kommt zu leben, so lebt.«

Sie machte einen Schritt.

Ihr Weg würde sich als unsagbar schwer erweisen.

Sie lief nicht über den Schlangenkörper – sie bohrte sich durch das metallene Labyrinth im Innern der Eisenschlange. Und der Ringelkörper wand sich, wollte sie zermalmen. Sie nicht durchlassen.

Der Gang wurde enger und enger. Sie kroch vorwärts, schürfte sich die Haut an den Ellbogen und Knien auf, an den Schultern und Rippen. Die Liebe ihrer Kinder wehte ihr ins Gesicht, eine Liebe, so natürlich wie der morgendliche Dunst über einem warmen See. Und diese Liebe stieß sie wie ein Kolben zurück. Sie robbte weiter. Die Hälfte des bereits gegangenen Weges war verloren, und verloren war auch die Gewissheit, denn schließlich verlangte es sie selbst nach diesem über alles triumphierenden Festtag, nach den Feuernadeln, nach dem Himmel voller Augen, nach der Freiheit, die so gierig war wie eine gespannte Sehne …

Doch eine andere Kraft, deren Namen sie nicht wusste, trieb

sie mit einem unbarmherzigen Ruf an. Sie *musste* weitergehen. Denn dort, am Ende des Schlangentunnels, streckte sich ihr eine Hand entgegen …

Und sie ging weiter. Sie kroch, zwängte sich durch die Eisenringe, schloss die Augen, folgte dem Magnetismus dieses zarten Rufs, der Saite, die jeden Augenblick reißen konnte, der Kraft, deren Bezeichnung sie nicht kannte.

Weißer Stoff zerriss. Zärtlichkeit durchflutete sie. Kinderhände reckten sich ihr durch die schwarzen Fetzen der Nacht entgegen. Die Zärtlichkeit schmerzte nicht, denn die Kinder besaßen *sie* für immer. Die Erde bebte, ein langsamer Tanz zog sich dahin, ein schmerzlicher Tanz auf der Trommel, in die sich der Himmel verwandelt hatte, ein Triumphmarsch. Und alle ihre Kinder kamen hierher …

Ihr neues Wesen erwies sich als allzu mächtig, allzu groß und schön, als dass es sich losreißen wollte, als dass es aus ihr wie aus einem Nylonstrumpf herausschlüpfen würde. Erneut presste es Ywha zurück, ganz zum Anfang ihres Weges, und die Eisenschlange rasselte mit den Gliedern, sagte jedoch kein einziges Wort. Vorhin, als sie noch lebendig und gestreift gewesen war, hatte sie schon alles gesagt: »*Du bist deinen Weg bereits gegangen.*«

Nun lag sie da, zerschlagen und gebrochen. Und sah die ausgestreckte Hand nicht mehr.

Sie dagegen sah, wie die Flamme des hohen Lagerfeuers züngelte. Immer höher und höher, dorthin, wo zwischen dem kreisenden Himmel und der kreisenden Erde das reglose Opfer hing.

»Ich bin nie ein Opfer gewesen. Ich bin niemals ein Opfer gewesen, und ich werde mich nicht opfern, Ywha. Ich führe lediglich das aus, was ich für notwendig erachte.«

Woher kam diese Stimme? Woher?! Oder sprach sie mit sich selbst, wollte sie sich täuschen, es sich leichter machen, sich rechtfertigen?

»Sieh mich an. Das macht niemand *mit mir*, das mache *ich* selbst, weil ich es so entschieden habe … Djunka … Ywha. Weil ich es so will.«

Sag mir den Namen, bat sie schweigend. Verrat mir, wie die Menschen das nennen, wie dieser Ruf heißt, der mir im Hals steckt, aber trotzdem nicht herauskann. Wie heißt er? Den Namen, Klawdi, nenn ihn mir!

Er schwieg. Das Feuer erhob sich und blühte auf, der Wind zauste zärtlich die orangefarbenen Flammenzungen.

Warum, Klawdi? Warum tust du das?

Er schwieg.

In diesem Augenblick sprudelte die unbenannte Kraft aus ihr heraus wie das Blut aus einer aufgeschlitzten Kehle. Der Strahl flutete in den Raum und riss sie mit sich, durch das Labyrinth, einer neuen, einer zweiten Initiation entgegen, einem neuen Wesen entgegen, für das es noch keinen Namen gab.

Die Nacht schlug ihr ins Gesicht. Ein rotes, ein dunkelrotes, ein feuerrotes, ein blutrotes Gesicht. Der Mond flatterte mit gelben Bannern. Sie standen für ein großes Ziel und einen majestätischen Sinn, diese schönen, verlorenen, fast verlorenen … schon … fast …

Vor ihr wartete nicht mehr auf sie als eine ausgestreckte Hand.

Gleich würde sie die kalten, steifen Finger berühren.

Nur ein einziger Augenblick fehlte noch bis zu dieser Berührung. Der Bruchteil eines Augenblicks, dann würden sich ihre Hände vereinigen, einmal nur noch musste sie Luft holen …

Gleich.

Epilog

»Pass auf, Rote, gleich lernst du jemand ganz Besonderen kennen … Was ist denn mit dir, Rote?«

Die rote Abendsonne brach durch die hohen Fenster des Hauses mit dem roten Dach und dem von Weinreben umrankten Balkon, was es wie eine Etikette auf einer alten Weinflasche aussehen ließ. Der kupferne Wetterhahn zitterte auf dem Gipfel, auf der Wiese brannte ein Feuer für ihr Picknick. Er kam über die ganze riesige Wiese zu diesem Feuer gestapft. Er schritt aus, wobei er sich alle Mühe gab, nicht vom geraden Weg abzuweichen – wogegen er schließlich doch nichts machen konnte. Der Geruch des Abends, des Grases, des nahen Teichs, der im Feuer backenden Kartoffeln …

Nasar Mytez, der gute Nasar, lief neben ihm, und auf seinem Gesicht zeichnete sich immer deutlicher Unruhe ab. »Sag mal, Klaw, bist du betrunken?«, fragte er. »Was hast du bloß, Klaw? Was ist denn?«

Am Feuer wuselte sein Vater herum, der renommierte Professor. »Rote!«, bemerkte Julian. »Du musst schon entschuldigen, Klaw, das Mädchen fühlt sich nicht gut, die Sache ist nämlich die …«

Die junge Frau saß da, das Gesicht in den Händen verborgen. Sie drehte den Kopf weg, wand sich auf dem Klappstuhl aus Segeltuch und zog das Knie in den ausgeblichenen Jeans zum Kinn. Er trat an sie heran und blieb eine Sekunde lang lauschend neben ihr stehen. In der Ferne verhallten ein zartes Wiehern und ein hoffnungsloses Glockengeläut, ohne jedoch gänzlich zu verstummen.

Dann ließ er sich aufs Knie nieder.

Die elegante graue Hose scherte ihn nicht im Mindesten. Ohne auf Vater und Sohn zu achten, die voller Unglauben wie gebannt dastanden, verblüfft und ein wenig beleidigt. Er ließ sich vor ihr aufs Knie nieder, löste ihre Finger von dem verweinten

Gesicht und schmiegte sein Gesicht in ihre verdreckten, nach Rauch riechenden Hände.

»Im Grunde hat sich wirklich nichts verändert«, sagte die Frau kaum hörbar. »Die Welt hat sich nicht verändert, und wir sind auch immer noch die Alten …«

»Nein.«

»Doch! Und jetzt … wiederholt sich alles. Wir werden wieder in den Kreis … hineingezogen … hineingeschubst. In diese Spirale. In den Trichter. Dorthin …«

»Sieh mich an«, bat er flüsternd.

Sie senkte den Blick. Krampfhaft zog sie den salzigen Rotz hoch.

»Sieh mich an. Bitte, sieh mich an.«

Entschlossen schluckte sie den Speichel hinunter. Sie sah auf, blickte ihn mit den geröteten, gepeinigten Augen einer unglücklichen Füchsin an.

Er lächelte. Vorsichtig, nur mit den Augen und den Mundwinkeln.

»Und du behauptest, die Welt hätte sich nicht verändert?«

Kein Laut ließ sich vernehmen. Eine undurchdringliche, glasklare Haube schirmte sie ab, trennte sie von der Welt, vom Knistern der Zweige im Feuer, von den erstaunten Stimmen von Vater und Sohn und auch vom fernen Gesang der Frösche.

»Gänse«, hauchte sie.

»Was?«

»Gänse …«

Er drehte sich um.

Vom See her, der hinter Dickicht versteckt auf dem Nachbargrundstück lag, stolzierte eine Schar wolkenweißer, unerschrockener Gänse über die Wiese.

Heide Solveig Göttner

Die Priesterin der Türme

Die Insel der Stürme 1. 432 Seiten. Serie Piper

Die Bewohner der Stadt Caláxi werden vor einer verheerenden Katastrophe gewarnt. Doch die Menschen trauen der Überbringerin der Nachricht, dem Mädchen Lillia mit den türkisfarbenen Augen, nicht; denn sie fürchten, Lillia bringe das Ende der Zeit. Einzig Amra, die Dienerin des Totengottes Antiles, nimmt sich Lillias an. Als auch noch die kriegerischen Nraurn angreifen und Lillias Herausgabe verlangen, scheint das Unheil unabwendbar. Der Auftakt zum Zyklus »Die Insel der Stürme«, der die Leser bis zum Schluss gefangen halten wird.

Gefährliche Abenteuer, faszinierende Charaktere – eine Entdeckung für alle Freunde epischer Fantasy.

05/2071/01/L

Heide Solveig Göttner

Der Herr der Dunkelheit

Die Insel der Stürme 2. 448 Seiten. Serie Piper

Die Insel der Stürme ist in Gefahr. Amra, die Dienerin des Totengottes, setzt mit ihren Gefährten den Kampf gegen die zerstörerischen Mächte fort, die ihre Welt in den Abgrund stürzen wollen. Auf der Flucht vor den grausamen Ziegenkriegern hat es Amra, Gorun, Jemren und Lillia in den Norden der Insel verschlagen. Verräter liefern Lillia, die Nachfahrin der Götter, dem Totengott Antiles selbst aus, der sie auf das Schiff der Toten verschleppt. Alles scheint verloren. Doch der Speerkämpfer Gorun setzt sein Leben aufs Spiel, um Lillia dem Herrn der Dunkelheit wieder zu entreißen.

»Perfektes Kopf Kino.«
Literaturschock.de

05/2201/01/R

SERIE PIPER

Richard Schwartz

Das Erste Horn

Das Geheimnis von Askir 1.
400 Seiten. Serie Piper

Ein verschneiter Gasthof im hohen Norden: Havald, ein Krieger aus dem Reich Letasan, kehrt in dem abgeschiedenen Wirtshaus »Zum Hammerkopf« ein. Auch die undurchsichtige Magierin Leandra verschlägt es hierher. Die beiden ahnen nicht, dass sich unter dem Gasthof uralte Kraftlinien kreuzen. Als der eisige Winter das Gebäude vollständig von der Außenwelt abschneidet, bricht Entsetzen aus: Ein blutiger Mord deutet darauf hin, dass im Verborgenen eine Bestie lauert. Doch wem können Havald und Leandra trauen? Die Spuren führen in das sagenhafte, untergegangene Reich Askir …

Ein sensationelles Debüt mit einer intensiven, beklemmenden Atmosphäre, die in der Fantasy ihresgleichen sucht.

05/2032/02/L

Richard Schwartz

Die Zweite Legion

Das Geheimnis von Askir 2.
432 Seiten. Serie Piper

Ein mysteriöser Wanderer aus dem legendären Reich Askir trifft im Gasthof »Zum Hammerkopf« ein. Er unterrichtet den Krieger Havald und die Halbelfe Leandra über die Zersplitterung des Reiches. Leandra, Havald und einige Gefährten machen sich auf zum magischen Portal, um die Bewohner Askirs davor zu warnen, dass der brutale Herrscher Thalak auch sie zu unterjochen droht. Das Portal soll die Gefährten unmittelbar nach Askir führen; doch stattdessen landen sie im gefährlichen Wüstenreich Bessarein …

Der zweite Band des Fantasy-Zyklus »Das Geheimnis von Askir« verblüfft erneut mit hochgradiger Spannung und intensiver Atmosphäre. High Fantasy der Superlative!

05/2132/01/R

Richard Schwartz

Das Auge der Wüste

Das Geheimnis von Askir 3. 368 Seiten. Serie Piper

Auf der Suche nach Verbündeten im Kampf gegen den zerstörerischen Thalak hat es den Krieger Havald, die Halbelfe Leandra und ihre Gefährten in den Wüstenstaat Bessarein verschlagen. In der sengenden Hitze des exotischen Landes müssen sie Havalds Geliebte Leandra aus den Fängen skrupelloser Sklavenhändler befreien – und geraten dabei mitten in die Wirren des Thronfolgestreits. Eine entscheidende Rolle spielt dabei ein magisches Artefakt – das Auge von Gasalabad. Wird es den Gefährten gelingen, endlich den Weg ins Reich Askir zu finden?

»Atmosphärisch dicht erzählt und fesselnde Figuren.«
phantastik-couch

05/2158/01/L

Guy Gavriel Kay

Die Fürsten des Nordens

Roman. Aus dem kanadischen Englisch von Irene Holicki. 560 Seiten. Serie Piper

Auf ihren erbarmungslosen Feldzügen verbreiten die Erlinger Feuer und Tod. Ihre Drachenschiffe gelten als unbesiegbar. Doch König Aeldred ist fest entschlossen, sein Reich zu verteidigen. Allerdings droht nicht nur durch die Erlinger Gefahr. Aeldred muss die Dämonen besiegen, die in seinem Innern lauern, um das Königreich zu retten. Und in den Tiefen des Geisterwalds machen schauerliche Geschöpfe der Zwischenwelt Jagd auf ihre Opfer …

»Guy Gavriel Kay verzückt, überrascht und unterhält seine Leser wie kein anderer.«
Carsten Kuhr, phantastik-news.de

05/2202/01/R

SERIE PIPER

Kirsten J. Bishop

Stadt des Wahnsinns

Roman. Aus dem Englischen von Birgit Reß-Bohusch. 416 Seiten. Serie Piper

Der Söldner Gwynn und die Ärztin Raule ziehen durch die Einöde des zerstörten Kupferlands. Als sie die verrufene Stadt Ashamoil erreichen, werden sie in einen schillernden und grausamen Sumpf hineingezogen. Raule kommt einer gefährlichen Verschwörung auf die Spur. Tod und Wahnsinn greifen wie eine Seuche um sich. Im Bemühen, den Untergang abzuwenden, geraten Gwynn und Raule zwischen die Fronten. Denn die Stadt birgt ein monströses Geheimnis …

»Ein brillantes Debüt in der Tradition von Stephen King und China Miéville.«
Publishers Weekly

05/2121/01/L

Julia Conrad

Der Aufstand der Drachen

Roman. 512 Seiten. Serie Piper

Die Drachen kehren zurück: Als der graue Drache Urchulak aus seinem Todesschlaf in den Tiefen der Erde erwacht, sinnt der Verbannte auf Rache. Geleitet von Hass und Niedertracht gegen die Hohen am Himmel und die Menschen von Chatundra, setzt er alles daran, die Welt zu vernichten. Sein teuflischer Plan scheint aufzugehen: Nach und nach gewinnt der Drache an Stärke und scheint bald unbesiegbar. Doch noch ist nicht alles verloren: Die Hohen des Himmels beauftragen sieben Auserwählte, die Welt von der todbringenden Kreatur zu erlösen …

Nach dem Bestseller »Die Drachen« nun der neue fulminante Roman für alle Fans von Zwergen, Orks, Trollen und Kobolden!

05/2185/01/R

SERIE PIPER

A. Lee Martinez

Diner des Grauens

Wir servieren Armageddon mit Pommes Frites! Aus dem Amerikanischen von Karen Gerwig. 352 Seiten. Serie Piper

Willkommen im Diner des Grauens, wo Zombie-Angriffe an der Tagesordnung sind und du niemals weißt, was im Kühlschrank lauert! Als die beiden Kumpels Earl und Duke mit ihrem uralten Pickup bei dem Wüstenimbiss Halt machen, trifft es sie hammerhart: Zombie-Kühe, eine monströse Bardame, singende Yucca-Palmen und liebreizende Friedhofsgeister sind erst der Anfang. Doch Earl und Duke wären nicht der coolste Vampir und der fetteste Werwolf der Welt, wenn sie solche Probleme nicht auf ihre ganz eigene Art lösen würden … Lustiger als die »Muppet-Show« und blutiger als »From Dusk till Dawn« – nach A. Lee Martinez werden Fantasy und Horror nie mehr sein wie zuvor!

»Der größte Spaß seit Douglas Adams und das verrückteste Debüt aller Zeiten!«
Publishers Weekly

05/1980/01/L

A. Lee Martinez

Die Kompanie der Oger

Sterben und sterben lassen! Aus dem Amerikanischen von Karen Gerwig. 416 Seiten. Serie Piper

Für einen, der unsterblich ist, stirbt Never Dead Ned ziemlich häufig – nur kehrt er immer wieder ins Leben zurück. Doch Ned bliebe lieber tot, als seine neue Aufgabe anzutreten: Er soll die Oger-Kompanie befehligen, die verwahrloseste Truppe der Welt. Selbstmörderische Kobolde, gehänselte Orks und verführerische Amazonen machen ihm das Leben zur Hölle. Dazu droht der Welt noch furchtbares Unheil. Die Oger-Kompanie steht vor ihrer ersten – und schwierigsten – Aufgabe …

»Noch schneller und lustiger als ›Diner des Grauens‹. Dieses Buch macht Fans von Terry Pratchett und Douglas Adams süchtig!«
Booklist

05/2120/01/R